树语

Richard Powers
〔美〕理查德·鲍尔斯 著

陈磊 译

图书在版编目（CIP）数据

树语 /（美）理查德·鲍尔斯 (RichardPowers) 著；
陈磊译 . —— 南京：江苏凤凰文艺出版社，2021.7
书名原文：The Overstory
ISBN 978-7-5594-5880-3

Ⅰ . ①树… Ⅱ . ①理… ②陈… Ⅲ . ①长篇小说 – 美
国 – 现代 Ⅳ . ① I712.45

中国版本图书馆 CIP 数据核字 (2021) 第 093379 号

著作权合同登记号：10-2020-391

Copyright © 2018 by Richard Powers
Simplified Chinese translation rights arranged with Melanie Jackson Agency, LLC
through Andrew Nurnberg Associates International Ltd.

树语

（美）理查德·鲍尔斯 著　　陈磊 译

责任编辑	白　涵
出版发行	江苏凤凰文艺出版社
	南京市中央路 165 号，邮编：210009
网　址	http://www.jswenyi.com
印　刷	三河市祥达印刷包装有限公司
开　本	690mm × 980mm 1/16
印　张	25
字　数	450 千字
版　次	2021 年 7 月第 1 版
印　次	2021 年 7 月第 1 次印刷
书　号	ISBN 978-7-5594-5880-3
定　价	88.00 元

江苏凤凰文艺版图书凡印制、装订错误，可向出版社调换，联系电话 025-83280257

For Aida.

目 录
Contents

树根 / 001

尼古拉斯·赫尔 / 004

咪咪·马 / 019

亚当·阿皮亚 / 037

雷·布林克曼和多萝西·卡扎里 / 050

道格拉斯·帕弗利切克 / 057

尼莱·梅达 / 071

帕特丽夏·韦斯特福德 / 088

奥莉薇亚·范德格里夫 / 113

树干 / 119

树冠 / 275

种子 / 367

田野和树林所带来的最大喜悦，在于指明了人类和植物的隐秘关联。我并不孤独，并非不受关注。植物向我颔首，我也点头回应。风暴中树枝的摇动对我来说既新鲜又古老。它令我惊奇，又让我感到熟悉。它们对我的影响，就如同当我自认为所思合理、所行正当之时，内心所体会到的一种更为高尚的思想或更为超越的感情。

——拉尔夫·沃尔多·爱默生，自然文学家，美国文明之父

　　大地或许是活的：但并不是像古人一样在看着她——一个有知觉的女神，怀有目的，深谋远虑——而是像一棵活着的树。这棵树安静地存在于世，除了在风中摇摆之外，从不会有任何移动，但它一直在与阳光和土壤交谈。利用阳光、水分、营养矿物质来生长和蜕变。但这一切都完成得如此隐秘，于我而言，那棵老橡树的绿荫仍和我小时候没有区别。

——詹姆斯·洛夫洛克，世界环境科学宗师

　　树……他在看着你。你看着树，他倾听你。他没有手指，他不能说话。但那片树叶……他摇晃、生长，在夜里生长，在你熟睡做梦的时候。树和草是一样的。

——比尔·奈德杰，地球上最后一位土著智者

树根

起初那里什么都没有。然后那里有了一切。

然后，在西部一座城市高处的公园里，黄昏过后，天空中信息如雨点般倾泻。一个女人坐在地上，背倚一棵松树。树皮重重地抵着她的背，像生活一般坚硬。空气中充满松针的香气，木头的中心有股力量发出连续低沉的声音。她调谐耳朵，收听最低的频率。这棵树正在说着什么事情，一字一字地。

它说：太阳和水是值得一遍又一遍回答的问题。

它说：好的答案必须从头开始，彻底改造许多次。

它说：每一片土地都需要用新方法才能掌控；开枝散叶的方法比任何裸木铅笔所能找到的都更多；一样事物能游历每一个地方，只需静止不动就能做到。

女人正是那样做的。信号如种子一般纷纷洒落在她身旁。

今晚的诉说离题了。桤木的弯枝说起很久以前的灾难。北美矮栗树苍白的花剑摇落花粉，很快它们就将变成多刺的果实。白杨重复着风的闲话。柿子树和核桃树摆出它们的诱饵，花楸树铺开一簇簇血红的果实。古老的橡树起伏着，传达未来天气的预言。好几百种山楂树因为被迫共享一个名字而发笑。月桂树坚持说，就连死亡也无法叫他失眠。

空气里的香味中有某种东西对女人发出命令：闭上眼睛，想想柳树。你看见的下垂枝条是不正常的。想象一根金合欢树的刺。你思想中的任何东西都不够尖利。盘旋在你头顶上方的是什么？此刻飘浮在你头顶上方的是什么——此刻？

就连更远处的树也加入进来：你对我们的一切想象——迷人的红树林站在高跷上，肉豆蔻的核仁是一把颠倒的园艺铲，多瘤的巴哈树像象鼻，婆罗双树像直立的导弹——总是截肢断腿的；你的同胞从来看不到我们整体的模样；你们看漏了一半还不止；地下部分总是和地上部分一样多。

那正是人的麻烦，是他们的根本问题。生命与他们一同奔跑，他们却看不见。就在这里，就在那里。创造土壤，循环水源，交换营养，制造天气，建造大气，喂养、治疗和收容的生物种类远超人类所能计数。

活木森林组成的合唱队对这个女人唱道：但凡你的思维比现在稍微绿一点点，我们的意义就将把你淹没。

她倚靠的松树说：听吧，有些事情你需要聆听。

尼古拉斯·赫尔

现在是收获栗子的时候。

人们朝巨大的树干上投掷石块。坚果像冰雹一样美妙地落在他们四周。这个周日，从乔治亚州到缅因州，数不清的地方都在上演同样的场景。在康科德，梭罗也在参加这样的活动。他觉得他是在向某个有知觉的生命投掷石块，虽然其知觉可能比人类迟钝，但总归是一位血亲。这些古老的树木就像我们的父母，可能还是我们父母的父母。假如你想认识大自然的奥秘，你必须做得更人道……

在布鲁克林的展望山上，新来的乔根·赫尔因为他投掷的石块砸落的"暴雨"而开怀大笑。每次他掷的石块击中，食物就一铲铲地摇落。人们像小偷一样四处奔跑，将脱离刺壳的栗子装进便帽、麻布袋和裤脚翻边。这就是传说中的美国的免费盛宴——不过更像是一笔意外的收获，毕竟在这个国家，就连残羹冷炙也像是直接从上帝的餐桌端来的。

这个从布鲁克林海军船坞来的挪威人同他的朋友们，在林间空地架起一堆巨大的篝火，将奖励品烤熟了吃。烧黑的栗子抚慰人心，好吃得无法用语言形容：香甜可口，如蜜渍过的土豆一般浓郁，朴实又神秘。刺壳很刺人，不过它们的拒绝更像是挑逗，而不是真正的阻碍。栗子们都想从长满刺的保护壳中溜出来，每一颗都主动要求被吃掉，这样一来其他同伴就能散布到更远的地方。

那一晚，吃醉了烤栗子的赫尔向薇·博伊斯求了婚，对方是爱尔兰裔，住在离他家两个街区远的一排松木框架联排房屋中，在芬恩镇的边缘。方圆三千英里谁也无权反对。他们在圣诞节前完了婚。到二月时，他们已经成为美国人。春天里，栗子树再次开花，又长又蓬松的柔荑花序随风飘摆，宛如蓝绿色的哈德孙河浪端的白沫。

伴随公民身份而来的，还有对未开拓世界的渴望。夫妇二人归拢可移动的物品，走陆路穿过东部长满美国五针松的大片土地，进入俄亥俄州深深的山毛榉森林，横过中西部橡树林，来到新建的爱荷华州得梅因堡附近的定居点，那里的当局最近开始向有意耕种者赠送乡村地区的土地。最近的邻居在两英里以外。第一年里，他们耕种了四十八英亩土地。种植的作物有玉米、土豆和豆子。劳作是艰苦的，但是为他们自己干的，比为任何国家的海军造船都强。

接着迎来大草原的冬天。严寒是在测试他们活下去的意志。小木屋的墙上到处都是裂缝，夜里他们浑身血液冻得冰凉。每天早上他们必须凿开水池里的冰层才能洗脸。但是他们年轻，自由，有发愤图强的心——这是支撑他们存在的仅有的东西。冬天没有杀死他们。还没有。他们将内心最黑暗的绝望挤压成了钻石。

种植季再度到来时，薇怀孕了。赫尔将耳朵贴在她的肚皮上。看到他敬畏的神情，她笑了。"它在说什么？"

他用生硬的英语大声说："喂我！"

那年五月，赫尔发现，在他求婚那天穿的工作服口袋里，塞了六颗栗子。他将它们按进爱荷华州西部的土地，种在小木屋周围没有树木的大草原上。这座农场距离栗子树的原生地有几百英里，离展望山的栗子盛宴更是有上千英里。赫尔心中对东部的那些绿色林木的怀想，一月比一月深。

但这里是美国，人类和树木都展开了最惊人的远足。赫尔播种，浇水，然后想：有一天，我的孩子们会摇晃树干，免费就餐。

第一个孩子还在襁褓中就死了，是被一个尚无名字的东西杀死的。当时还没有细菌的概念。唯一能带走孩子的就是上帝，他根据难懂的时刻表，甚至会将占位的灵魂也从一个世界带到另一个世界。

六颗栗子有一颗没发芽。但乔根·赫尔让发芽的籽苗活了下来。生活是发生在造物主及其造物之间的一场斗争。赫尔成了斗争老手。跟他每天必须展开的其他战争相比，让树苗存活实在是小事一桩。第一季结束，他的田地长得满满当当，长势最好的幼苗超过了两英尺高。

又过了四年，赫尔有了三个孩子，栗子树有长成丛林的迹象。籽苗抽出细长的小枝，棕色茎秆上排列着皮孔。繁茂的叶片有锯齿边，齿尖呈刺状，衬得萌发它们的嫩枝都显得细小了。除了这几棵小树，以及洼地散生的几颗大果栎外，他们的宅地就像是草海中的一座小岛。

但即便是细小的树苗，也已派上了自己的用场：

小树产的茶能对付心脏的毛病；

新发的嫩叶能治愈疮疡；

树皮煮的水冷却后能止住产后出血；

虫瘿加热后能帮助收缩婴儿的肚脐；

叶子加黄糖煮水能治咳嗽；

捣成泥能治烫伤，晒干能填一只沙沙响的床垫；

痛苦难耐的时候，提取的精油能缓解绝望情绪……

接下来迎来的有肥年也有瘦年。尽管平均下来，生活依然清贫，但乔根却感觉到一种上升的趋势。每一年他耕种的土地都在变多。赫尔家未来的劳动力储备也一直在增加，那方面由薇负责。

树木像着了魔般日渐茂盛。栗子树长得很快：等梣树长到能做一根棒球棍的时候，栗子树已经能做一只梳妆台了。如果弯腰细细观察树苗，它耀眼的光芒简直能炫瞎你的眼睛。树干旋转着向上生长，树皮上的裂隙像理发店的旋转招牌一般盘旋。树枝在风中摇曳，闪烁的光芒在暗绿与浅绿之间变幻。叶球向外推送，寻求更多阳光。它们在湿润的八月挥舞，像极了赫尔妻子甩头发的样子，直到现在她偶尔还是会那样甩动她那头曾经呈现出琥珀色的头发。战争再度降临这个新生的国度时，五棵栗子树的高度已经超过了种植它们的主人。

一八六二年冷酷的冬季企图再夺走一个孩子。最后勉强同意用一棵栗子树作为交换。次年夏天，长子约翰又毁了一棵。那孩子从没想过，撸下一半树叶用作玩耍时的假钱，竟然会将整棵树都杀死。

赫尔拽着儿子的头发问："感觉好受吗？啊？"他张开手掌狠狠给了儿子一巴掌。薇只能挡在两人之间，这才阻止了丈夫。

征兵令是一八六三年来的。年轻的单身男子先上。乔根·赫尔年届三十三，家中有妻小，还有好几百英亩的土地，因此被批准暂缓入伍。他从没为保卫美利坚出过力，他有自己的小小国度需要保护。

而在布鲁克林，一位投身合众国①阵营做了护士的诗人临终前写道：一弯草叶可比天上繁星起落。乔根从未读过这些词句。词语对他来说就是骗术。他的玉米、豆子、南瓜——他种植的庄稼就足够披露无言的上帝的想法。

又是一年春天，余下的三棵树都绽出了满树淡黄色的花朵。那花的气味浓郁，刺鼻，带着股旧鞋子或臭内衣的酸味。接着收获了少量的甜栗子。虽然是那么少的一批收成，也还是让这男人和他疲惫不堪的妻子想起了那个夜晚，在布鲁克林东部的树林中，让他们走到一起的天赐食粮。

"能收好几蒲式耳。"乔根说。他的脑海中已经在做面包、咖啡、汤、蛋糕、肉汁——总之就是当地人都知道的栗子树能换来的所有美味佳肴。"我们可以把余出来的拿到镇上去卖。"

"然后买些圣诞礼物送给邻居们。"薇做出决定。不过那一年遇上严重干旱，赫尔一家靠着邻居的接济才活下来。干旱持续了一整季，就连未来也没有能匀出一滴水

---

① 美国内战的参战双方分别为北方的美利坚合众国和南方的美利坚联盟国。

的迹象，栗子树又死了一棵。

岁月流逝。棕色的树干开始变灰。一个焦干的秋季，因为大草原上高耸的目标很少，闪电击中了剩余两棵栗子树中的一棵。原本已足够制作从摇篮到棺材的一切用具的木头被烧燃了。最后残存的木料连做一只三角凳都不够。

唯一幸存下来的那棵栗子树继续开花。但是已没有更多的花可供相互授粉。周围好大一片区域内，都找不到一棵同类，栗子树虽然不分公母，但一棵树毕竟难以自给自足。不过即便如此，在它树皮内部虽细瘦但依然活着的树干中，却隐藏着一个秘密。它的细胞遵守着一个古老的准则：保持静止，等待。独自幸存下来的这棵树的体内有某种东西明白，即便是时间的铁律，也有可能被打败。还有工作要做。虽然是指向星辰的工作，但根源依然离不开大地。或者正如那位合众国的护士死前写下的那般：在一百万个宇宙面前保持冷静和镇定。像木头那般冷静和镇定。

农场从上帝下旨爆发的混乱中幸存了下来。南方联盟在阿波马托克斯投降两年后，乔根在耕耘、犁地、栽种、选株、除草、收获的间歇，完成了新屋的建设。作物收进屋后又都运走了。赫尔家的儿子们与他们牛一样的父亲一道走进田间地头，女儿们则相继嫁到附近的农场。新的村落陆续涌现。经过农场的那条土路变成了一条货真价实的道路。

赫尔家的小儿子在波尔克县估税长办公室工作。二儿子在埃姆斯城从事银行业。长子约翰留在了家里，父母年老后，他接管了农场。约翰·赫尔开始追求速度和进步，寻求机器的帮助。他买了一台蒸汽拖拉机，既能耕地和脱粒，也能收割和捆扎。那机器一动就会咆哮，像是从地狱放出来的。

至于最后剩下的那棵栗子树，它不过是多了两条裂隙，年轮增加了一英寸。树干变粗了，树皮盘旋着升向高处，一如图拉真的凯旋柱。镶有圆齿的叶片继续将阳光转化为自身的组织。它现在不只是静静忍耐了，它开始茁壮成长，变成了一个健康而富于活力的绿色圆球。

新世纪的第二个六月，乔根·赫尔躺在他亲手建造的房屋二楼卧室的床上，这个房间里装饰有橡木家具。他已经无法再出门，他躺在那里，透过屋顶的采光窗，看见丛丛树叶在空中飘扬，闪耀。儿子的蒸汽拖拉机在农场最北端的四十英亩地里猛锤，但乔根·赫尔错把那声音当成了雷声。枝叶在他身上投下斑斑点点的影子。那片绿意和那圆齿边的叶片中的某种东西，又或者是他曾经做过的一个梦，又或者是一种增长和繁荣的愿景，让他再度产生了五彩缤纷的联想。

他想要知道：明明是这么笔直粗壮的一棵树，树皮为何扭曲打旋到这般田地？是因为地球的旋转吗？是想吸引人类的关注吗？在七百年前的西西里岛，有一棵树干直径长达两百英尺的栗子树,在一场暴风雨中,它为西班牙女王及其手下的两百马背骑士提供了庇护。那棵树将继续存活下去,比从未听过这个故事的人再多活一百多年。

"你还记得吗?"乔根问此刻正握着他手的女人,"你还记得展望山吗?那个夜晚我们吃得何等尽兴!"他冲着外面繁茂的树枝,冲着远处的土地点点头。"我给了你那片田地。而你给了我——这所有的一切!这片国度,我的生活,我的自由。"

但此刻紧握他手的女人并不是他的妻子。薇在五年前就因为肺部感染过世了。

"睡吧,"孙女将他的手放回他那已经用尽力气的胸膛,告诉他说,"我们就在楼下。"

约翰·赫尔将父亲葬在他亲手所种的那棵栗子树下。散落的墓群四周现在围起了一圈三英尺高的生铁栅栏。浓密的树荫公平地洒在生人与死者两边的地界。树干现在已经粗得让约翰环抱不住。最矮的枝条也已超出了手能触及的高度。

赫尔家的栗子树成了一个地标,农人们称它为守望树。家里人礼拜日外出都以它作为导航标志。当地人用它来为旅人指引方向,它就像一座孤独矗立在麦浪中的灯塔。农场日渐繁荣。现在已经有了培育和繁殖的本金。父亲过世,弟弟们自立之后,约翰·赫尔可以自由地追逐最新款的机器。各式收割机、风选机、捆包机把他的农具棚挤得满满当当。第一批双缸气动拖拉机上市时,他曾专程赶去查尔斯城打探。电话线贯通后,他装了分机,尽管耗资巨大,且家里没有一个人知道电话有什么用。

这位移民之子对进步的追求仿佛成了一种疾病,他已经屈服,好多年过去才算有了特效药。他给自己买了一台柯达2号布朗尼方箱型相机。你只管按快门,其余的交给我们。①他必须把胶卷送到得梅因去冲洗和印刷,很快,洗印所耗费的资金就远远超过了买那台相机所花费的两美元。他拍摄妻子穿着印花棉布衣衫,在新买的轧布机上摆好姿势,紧张微笑的样子。他拍摄孩子们驾驶联合收割机,在田地收割台旁骑背部过分下凹的驮马的样子。他拍摄一家人在复活节那天穿上最好的衣服,戴上软帽,系上领结的情景。当爱荷华州的这片邮票般小小的地界再也没有内容可拍时,约翰将相机镜头对准了家里的那棵栗子树,那位与他一同长大的同辈。

几年前,他为最小的女儿买过一个动物实验镜②做生日礼物,女儿玩腻后,只剩下他还经常把玩。当玻璃圆盘开始旋转,其边缘绘制的拍打翅膀的鹅群和弓背跳跃的野马队图案就活了过来,此刻那些影像激活了他的大脑。一个宏大的计划浮现在他脑海,仿佛那是他本人的发明。他决定,不管他还能活多少年,往后的岁月他要一直为

---

① 1888年,柯达公司创始人乔治·伊斯特曼创造的一句宣传口号。
② 一种可以播放运动图像的投影机,由擅长使用相机拍摄运动物体的埃德沃德·迈布里奇发明。

栗子树拍摄照片，然后根据人类想要的速度，加快照片的播放速度，看看会是怎样的情景。

他在农具棚搭了一个三脚架，然后在房子附近的一个小丘上，放了一块破碎的磨石砂轮。一九〇三年春季来临的第一天，约翰·赫尔将2号布朗尼相机摆好，为刚开始萌芽的守望树拍下了一张全景肖像。一个月后同一天的同一时刻，他在同样的地点拍了第二张照片。每个月的二十一号他都会登上那个小丘。这件事成了他的习惯，不管是在雨雪天气，还是在灼人的热浪之中，他总会准时前往这座植物之神的教堂，举行他私人的礼拜仪式。妻子不留情面地取笑他，孩子们也一样。"他在等那棵树做出一些有意思的事。"

当他把第一年拍摄的十二张黑白照片集合起来，用拇指迅速翻阅，其中呈现出的变化虽然微不足道，但对他的企图心来说却尤为珍贵。一瞬间的工夫，树上就凭空长出了叶子。下一个瞬间，光照日渐强烈，树将它所拥有的一切都展示出来。或者说，树枝只是在忍耐。不过农民是很有耐心的，他们经过了一个个残酷季节的考验，如果不是依然抱有生殖繁育的梦想，很少有人会一春又一春地坚持耕种。一九〇四年三月二十一日，约翰·赫尔再度爬上门外的那座小丘，仿佛他还有一两百年可活，可用来慢慢记录时间掩藏在平凡风光背后的秘密。

在一千两百英里以东的地方，在曾经约翰·赫尔的母亲缝制衣裙、父亲造船的城市，灾难在所有人都没有察觉之间，悄然袭来了。这个杀手是从亚洲溜进来的，日本森林里的栗子树被轮船运入这个国度，栽种在新奇的花园中。在布朗克斯动物园，一棵树在七月里却换了十月的颜色。叶片全都卷曲枯萎，变成了肉桂皮的色彩。肿胀的树皮上遍布橙色斑块。哪怕只是轻轻一按，树干也会凹陷。

不出一年的工夫，布朗克斯区所有的栗子树都染上了橙斑——那其实是一种寄生虫的子实体，其宿主早已被寄生虫杀死。每一棵染病的树都会往风雨中释放大量的孢子。城市园丁们组织了一场反击战。他们砍掉染病的枝干，放火烧掉。他们用四轮马车装载一种石灰和硫酸铜制作的杀菌剂往树上喷洒。可结果他们用来砍伐染病树木的斧子，却帮助了孢子的扩散。纽约植物园的一名研究者鉴定得出，杀手是一种陌生的真菌。他将研究结果发表后，就离开城市去了乡下避暑。几周过去当他返回后，城市里已经没有一棵栗子树值得拯救。

死神快速横穿康涅狄格州和马萨诸塞州，每年以几十英里的速度前进。栗子树成千上万地死去。看到被新英格兰视为无价之宝的栗子树逐渐消失，整个国家都吓呆了。这种被广泛运用于制革工业的树，被用来制作铁路枕轨、火车车厢、电线杆、燃料、栅栏、房屋、畜棚、上等书桌、桌台、钢琴、板条箱、纸浆的树，提供了数不尽的免费绿荫和食物的树，国家产量最丰硕的树，正在消失。

宾夕法尼亚州试图砍出一条数百英里宽的隔离带，横贯全州。而在弗吉尼亚州，国内栗子树森林最茂盛区域的北界，人们在号召清洗瘟疫之源。美利坚的完美树种，整个乡村经济的支柱，能出产拥有三十多种工业用途，木质柔软、耐久的东海岸红木的树种——从最北的缅因州直到南部墨西哥湾沿岸，纵贯两亿英亩的森林中，每四棵树中就有一棵是栗子树——在劫难逃。

疫病的消息没有传到爱荷华州西部。不管什么天气，每个月的二十一号，约翰·赫尔都会爬上他的小丘。赫尔家栗子树的树叶距离地面的高度一直在升高。它在追逐着某种东西，赫尔在哲学世界独自探险时想到，它有一个计划。

五十六岁生日前夜的凌晨两点，约翰醒来在床上四处摸索，像是在寻找着什么。妻子问他怎么回事。他咬紧的牙齿间发出声音："会过去的。"八分钟后，他去世了。

农场传给了老大和老二两个儿子。老大卡尔想削减照相仪式所需要付出的成本。二儿子弗兰克却想要延续父亲这项持续了十年之久且目标不明的研究，就和那棵正渐渐展开树冠的树一样固执。累积的照片已经超过一百帧，它们组成了爱荷华有史以来拍摄过的最古老、最短、最慢也最富野心的一部默片，栗子树的目标已经初露端倪。快速翻阅一帧帧照片，其中的主角身躯不断扩展，轻轻拍打的样子似在召唤天空中的某种东西。或许是渴望一个同伴。或许是想要更多的阳光。那是栗子树的辩白。

美国终于加入世界大战后，弗兰克·赫尔随第二骑兵团一起被送去了法国。他让他九岁的儿子小弗兰克发誓，继续拍照直至他归来。在那个年代，人们都会长时间坚守诺言。男孩虽然缺乏想象力，但性格顺从。

命运沉默地带领着老弗兰克离开了汽锅般沸腾的圣米耶勒战场，却在蒙特福孔附近的阿尔贡，用一枚迫击炮将其熔化。遗体残余部分被装在一只松木盒子里下葬。家人用他的软帽、烟斗和手表做了一只时间胶囊，埋在家族的地里，上方就是他每个月都要拍摄的那棵栗子树，尽管他坚持这项仪式的时间还非常短暂。

如果上帝也有一台布朗尼相机，他可能会拍摄另外一部动画短片：枯萎病在空中盘旋片刻，一头扎进阿巴拉契亚山脉，深入栗乡的心脏。北方的栗子树是雄伟的。但南方的却近于神明。它们构成一片片纯林①带，绵延数英里长。在南北卡罗莱纳州，树龄比美利坚历史还长的栗子树，一直长到树干直径有十英尺，高度超过一百二十英

---

① 指由一种树种组成或次要树种不足一成的森林。

尺。每到开花时节，栗子树组成的纯林就像罩上了滚滚的白云。几十座山地社区都是用这种美丽的直纹木材建造。一棵树就能产出多达一万四千块板材。每一年栗子都会大丰收，落下的果实深齐胫部，足够养活全县的人。

而现在神明正在死去，所有的全部。足智多谋的人类用尽全力也无法阻止灾难在这片大陆上蔓延。枯萎病沿着山脊线奔跑，攻陷一座又一座山峰。如果有人能站在高处，远眺南方群山，那么他会看到树干一排排变成灰白骨架的画面，一如波浪起伏的水面。伐木工全速穿越十几个州，砍伐尚未感染真菌的树木。新成立的林务局鼓励他们：用了这些木材，至少趁它们还没被毁掉。因为这种抢救任务，人们把或许埋藏着能抵抗真菌的秘密的树种也一起杀死了。

如果一个五岁的田纳西儿童在她的魔法树林中看到了第一批橙色斑块，那么从此以后，除了在照片中，她将再也看不见她童年记忆中的玩伴。他们永远也看不到这种树长大成熟的模样，永远也无法了解他们母亲童年时代见识过的景象、声音和气味。数以百万计的枯树桩即使重新萌芽，也依然只能苦苦挣扎，年复一年，直至终于被那些难以处理的嫩枝中保藏的传染病菌杀死，而病菌永远不会消失。到一九四〇年，这种真菌已经一路杀到伊利诺伊州南部最偏远的森林，所过之处，没有一棵栗子树幸存。四十亿棵栗子树在原生地域消失，成为传说。除了少量抵抗住病菌入侵的秘密地带之外，剩下幸存的栗子树就是拓荒者带走的那些，它们因为地处偏远州境，飘浮的孢子无法抵达。

很多年过去，父亲的记忆早已褪色成一团模糊，宛如曝光过度的黑白照片，但小弗兰克·赫尔依然坚守着他对父亲许下的诺言。每个月男孩都会往那只胶枞木箱中放入一张新的照片。很快，他成了一个少年。然后又成了一位青年。就像不断扩大的赫尔家族一直坚持举办圣奥拉夫日庆典，他走这个过场时，也完全不记得它的意义。

小弗兰克完全不会胡思乱想。他甚至不曾想过：我很可能十分痛恨这棵树，我很可能爱它超过爱我的父亲。他是一个没有明确的个人欲望的人，他背负着这个任务出生，也注定要在完成它的过程中死去。他想：这件事在这里没有意义，对任何人都没有好处，除非我们把树砍了。不过也有一些时候，他透过取景器，惊讶地发现，那不断伸展的树冠本身似乎就是意义。

夏天里，水分顺着木质向上爬升，然后从叶片背面数不清的气孔散发出去，每一天都有一百加仑的水从它的树冠蒸腾消失，散发进爱荷华湿润的空气中。秋天里，绚烂的黄叶让小弗兰克充满乡愁。冬天里，裸露的枝干在雪中发出咔嗒咔嗒的声音，迟钝的芽苞在等待中几乎像是危险的凶兆。但是每年春天都会有那么一个时刻，浅绿色的柔荑花序和米白色的花都会往小弗兰克的脑海中种下一些思绪，一些他全然不知是从何而生的思绪。

赫尔家的第三位摄影师继续为栗子树拍照,就像当他断定整个信仰世界都被神话欺骗了之后,就一直坚持去教堂一样。这种漫无目的的摄影仪式给了小弗兰克一个就连农作也无法给予的盲目的目标。它就像是一个每月一次的练习,训练你关注一个根本不值得关注的事物,一个像生活本身一样固定不变和沉默不语的生物。

第二次世界大战期间,照片的数量突破了五百。一个下午,小弗兰克在翻阅那沓照片时,感觉自己还是那个在父亲面前做出一个有欠考虑的许诺的九岁男孩。但随着时间的流逝,栗子树已经完全不再是当初的模样。

当栗子树原生地所有成熟的树木都死去后,赫尔家的树就成了一个奇观。有一棵栗子树逃过了这场大毁灭,为此爱荷华市的一名树木学家专门赶来验证这条传言的真伪。这是美利坚最后的完美之树中的一员,《纪事报》的一位记者为它撰写了专题报道。在密西西比河以东地区,以"栗树"一词命名的地方超过一千二百个。但你必须奔赴爱荷华西部的一个乡村才能一睹这种树的真容。连接纽约和旧金山的新州际公路途经赫尔家的农场,这片人际稀少的平地上种满了玉米和大豆,驾车经过的人只能看见一大片树荫。

一九六五年酷寒的二月,2号布朗尼相机开裂了。小弗兰克换了一台英斯塔麦蒂克①。累积的照片厚度超过了他尝试阅读过的任何一本书。但是每张照片中都只能看见那棵孤零零的树,抖落了他再熟悉不过的四周巨大的空无。小弗兰克每次打开镜头盖,农场都在他的身后。那些照片隐藏了一切:二十年代没有为赫尔一家咆哮②;大萧条让他们失去了二百英亩土地,还将一半的家庭成员送去了芝加哥;电气化革命;无线电的出现毁掉了小弗兰克的两个儿子务农的可能性;家族中有一名成员死在南太平洋,另外两位背负着愧疚幸存下来;迪尔和卡特彼勒公司出产的农具列队开出农具棚;一天晚上,粮仓在家畜们绝望的嘶叫声中被烧成平地;几十次欢乐的婚礼、洗礼和毕业庆典;六起通奸事件;两次连黄莺都悲伤得停止鸣唱的离婚;一个儿子参加州立法委员竞选惨遭失败;堂表亲之间的诉讼案;三次意外怀孕;赫尔家族反抗当地牧师和半个路德会教区的旷日持久的游击战;静默发生的近亲婚姻,苟延残喘的酗酒,一个女儿与高中英文教师私奔;癌症(乳腺,结肠,肺),心脏病,粮食螺旋运送机上工作的一个工人拳头受了套脱伤,一个表亲的孩子在毕业舞会的夜晚出车祸身亡;名叫"狂怒""农达""风暴"等数不清用了多少吨的化学农药,为制造不育株而

---

① 柯达公司从1963年起推出的一系列廉价易装型傻瓜相机。
② 北美地区二十世纪二十年代被称为"咆哮的二十年代",这十年间发生的激动人心的事件数不胜数。

设计的专利种子；在夏威夷庆祝的五十周年结婚纪念日，及其灾难性的后果；退休后搬去亚利桑那州和得克萨斯州；代代相传的怨恨、勇气、忍耐和令人惊奇的慷慨。发生在他照片外的每一件事都足够被人称作故事。而在照片之中，跨越几百个流转季节的，只有那棵茕茕孑立的树，布满裂隙的树皮盘旋而上，进入了中年早期，随着树木的速度一起生长。

灭绝的脚步也悄悄来到了赫尔家的农场——来到了爱荷华州西部地区的所有家族农场。拖拉机机型变得过于巨大，火车车厢里装的氮肥都过于昂贵，竞争太大太激烈，利润太少，土壤经过重复耕种肥力下降严重，无法再盈利。每一年，都有邻居被管理有序、产量惊人的大型单一作物耕种工厂吞噬。和到处大祸临头的人一样，小弗兰克·赫尔也拒不认命。他欠了债，于是开始出售土地和权限，与种子公司签了不该签的协议。等到明年，他很肯定——只要等到明年，事情一定会有转机，他们会得救，就和以往一样。

合计起来，继父亲和祖父拍摄的一百六十张照片之后，小弗兰克又为那位孤独的巨人拍了七百五十五张照片。人生最后一个四月的二十一号，小弗兰克躺在床上无法起身，儿子埃里克从四十分钟车程外的家里赶回农场，在小丘上架好相机，又拍下一张黑白照片，现在照片的边框已经无法容纳栗子树茂盛的枝叶。埃里克把照片拿给老人看。相比起向父亲诉说他的爱，这件事做起来要更容易。

小弗兰克做了个怪脸，像是不小心吃了苦杏仁。"听着，我是因为发了誓，所以要坚守诺言。你不亏欠任何人，所以那破事就别理会了。"

他说这话还不如直接下令让那巨大的栗子树停止生长。

五秒钟的工夫，就翻过了四分之三个世纪。尼古拉斯·赫尔翻阅着那一沓上千张照片，寻找岁月中隐藏的含义。每一年的圣诞节，他都是在家族的农场度过的。二十五岁这年他能赶回来实属幸运，因为暴风雪从西部汹涌而来，全国的航班都取消了。

他和父母是驾车赶回来陪祖母。明天，还会有更多的家人将从全州各地赶回。翻阅照片之际，农场生活的回忆再度涌上心头：他童年时代的假日，整个家族齐聚一堂，享用火鸡，欢唱圣歌；仲夏的旗帜和烟火。这所有的一切都以某种方法编码加密，融进了那棵生机勃勃的树：每一季的聚会，和堂表亲们一起踏上为期数日的探险活动，被玉米地围困的那种无聊感受。倒着翻看这些照片期间，尼古拉斯感觉那些岁月像被蒸汽熏过的墙纸一般开始剥落。

记忆中总有动物。先是狗——尤其是只剩三条腿的那只，每次尼克家的车开上长长的碎石车道，它都激动得像是发了疯。然后是马群喷出的热气，母牛受了惊鬃毛倒竖。蛇在收割的茎秆中爬行。邮筒旁无意间发现的一个兔子窝。有一年七月，前门廊下出现一窝半家半野的猫，闻着有奶水凝结的味道，充满神秘。还有农场后门口出现的死老鼠小礼物。

五秒钟的照片翻阅勾起了童年早期的记忆。他在农机房巡游，里面有好多发动机和不知用途的工具。坐在挤满了家人的厨房，呼吸间能闻到霉味。油布破裂了，松鼠在墙体立柱间藏匿的巢穴中重步移动。和两个表弟刨地刨了几小时，古老的梨木柄铁铲挖出了一条沟，尼克发誓很快就能挖到岩浆。

他坐在故去祖父楼上书房中的拉盖书桌旁，翻阅这个延续了四代人的项目。赫尔家的农舍中堆满了各式各样的物品——上百个饼干罐和装有雪花的玻璃装饰球，阁楼的箱子里装有父亲从前的成绩单，从曾祖父受洗的教堂中抢救回来的脚踏式风琴，父亲和叔叔的旧玩具，磨得油亮的松木保龄球瓶，一座在街道下方用磁铁控制的不可思议的城市模型——但对他来说，这沓照片一直是一个永远也看不够的宝藏。每张照片都是独立的，其中拍摄的内容无非是那棵他爬的次数太多最后闭着眼也能爬的树。但是翻阅之间，他的手下却仿佛隆起了一根科林斯柱，它自己醒了过来，摆脱了束缚。它用了四分之三个世纪才达到可以算得上优雅的模样。曾经有一次，当尼克九岁大的时候，复活节他来农场用晚餐，他用飞快的速度把那沓照片翻了一遍又一遍，最后祖父轻轻拍了他一下，将照片藏到一只封存不用的橱柜中最高的一块隔板上。但是等大人们一下楼，他就爬上椅子把照片又翻了出来。

这是他与生俱来的权利，是赫尔家族的纹章。县上没有第二个家族像他们一样拥有一棵家族之树。爱荷华州也找不出第二个家族拥有他们这样持续了好几代的不可思议的拍照计划。不过，大人们似乎都发过誓，从来不谈这个计划的目的。祖父母也好，父亲也好，都不能向他解释这本厚厚的翻页书有何意义。祖父曾经说过："我对我的父亲发过誓，他也对他的父亲发过。"不过又有一次，祖父又说："能让你对事物有些不同的思考，不是吗？"确实如此。

尼克最早开始涂画素描就是在这座农场。男孩子们都有用铅笔涂涂画画的梦想——火箭、稀奇古怪的车、集结的军队、想象的城市，笔下的奇怪内容一年比一年精细。接着他开始涂画一些奇异的纹理——毛毛虫背上的毛丛，地板纹理上的风暴气象图。也是在这座农场，他看醉了相册，开始第一次尝试素描栗子树的枝叶。七月四日，当其余人都在玩掷蹄铁套桩游戏时，他却躺在树下，仰望展开的枝叶。这种持续开枝散叶的模式中有一种几何性，枝叶的厚度和长度各不相同，其中的平衡远非一个艺术家所能计算。他一边描画，一边感叹，他的大脑得长成什么样，才能分清一根树枝上好几百尖叶中的每一片，并且能像辨认表亲们的脸一样轻松。

再翻一遍那本神奇的相册，那个被祖父轻轻拍过的九岁男孩就长成了一个少年，而且用时比黑白照片中的花椰菜长成一棵渴望探索天空的参天巨树短得多。他爱上了上帝，虽然每晚都向上帝祈祷，却很少能成功阻止自己思念雪莉·哈珀；他渐渐远离上帝，走向了吉他；因为半个大麻烟卷被抓，被判到锡达拉皮兹市附近一所少年犯恐吓从善①机构待了六个月，在那里——一连好几小时地描画他透过宿舍钢丝网窗口能看到的一切——他意识到，他这辈子可能都要用来制造奇怪的东西。

他确定这个想法很难获得家人接受。赫尔家有农民，有饲料店店主，有他父亲那样的农业设备销售员，都是些讲求实际的人，深谙土地的操作规则，被迫长时间不间断地工作，日复一日，年复一年，却从不过问原因。尼克做好了最后摊牌的准备，听起来像是D.H.劳伦斯的小说中才会出现的情节，他就是靠着劳伦斯的书才熬完了高中岁月。他做了好几周的练习，自己也被这要求的荒谬噎得开不了口：爸，我无比渴望跳脱常规意义上的生活轨迹，当一个货真价实的不工作的人，请您帮我承担开支。

他最终选定的摊牌时间是一个早春的夜晚。父亲和往常夜晚一样，躺在装有纱门的门廊里的长沙发上，读一本道格拉斯·麦克阿瑟的传记。尼古拉斯在他身旁的躺椅上落座。晚风带着香气，从纱门里吹进来，拂动他蓬乱的头发。"爸，我想去念艺术学校。"

父亲从书中抬头张望，神情像是在凝视家族血统中的祸根。"我差不多料到会是这样的结局。"于是尼克就出发了，脖子上套着一条长得足以伸到芝加哥环路的皮带，开始自由地测验他自身欲望中固有的所有缺陷。

在芝加哥的学校，他学到了许多：

1. 所谓人类历史，就是一个越来越难以分辨饥饿感的故事。
2. 艺术完全不是他想象的那副模样。
3. 你想得出的任何东西，人都能造出来。在铅笔芯上雕刻的复杂肖像。聚氨酯涂层包裹的狗屎。面积足够赶上小型国家的地景艺术。
4. 能让你对事物有些不同的思考，不是吗？

同学们都嘲笑他创作的小型铅笔素描和超真实的错视画。但他仍坚持创作，一季接着一季，仿佛别无选择。到三年级时，他已经"恶名在外"，私底下甚至引来了一些赞美。

大四的一个冬夜，他在租住的罗杰斯公园杂物室里做了一个梦。他爱过的一个女生问他：你真正想做的是什么？他对着天空摊开空空如也的手掌，耸耸肩。小小的血滴在他掌心聚拢。从那血泊之中竖起两根分叉的脊柱。他恐慌地扭动，一下子清醒过

---

① 美国政府实施的一项预防犯罪计划，旨在通过把不法少年送进监狱短暂关押，以避免他们长大后走上犯罪道路。

来。半个小时过去,他的心跳才恢复正常,他意识到那两根脊柱的来源:是那棵栗子树在漫长岁月中累积下来的一张张照片。一百二十年前,他那位挪威吉人赛血统的天祖父,自发迁徙到爱荷华州西部,进入那座宛如原始艺术通信学校的平原之后,种下的那棵栗子树。

尼克坐在拉盖书桌旁,再一次翻阅这本相册。去年,他赢得了芝加哥艺术学院的斯特恩雕塑奖。这一年,他在著名的芝加哥百货公司当理货工,和赫尔农场一样,这家百货公司也在慢慢死去,这样的情况已经持续了四分之一个世纪。的确,他是已经拿到了一个学位,由此获得了授权,能制作各种奇异的艺术作品,让朋友们尴尬,让陌生人愤怒。奥克帕克有家U-Stor-It存储公司的分店,他在里面堆满了混凝纸浆制作的服饰,还有各种超现实色彩的布景,是为安德森维尔附近一家小剧院举办的一个演出准备的,再过三天演出就要闭幕。但在二十五岁这个年纪,出身于农民世家的亲人们依然认为,他最适合的工作还没出现。

这是平安夜的前一天。赫尔家族的其他人明天才会到齐,不过祖母已经按捺不住内心的喜悦。这些日子以来,她最盼望的就是晚辈们将通风良好的老宅挤得满满当当的时刻。农场已经不在了,只剩老宅还矗立在这块岛屿般的小丘上。家族所有的土地都以长期出租的形式,租给了一些由远在几百英里外的总部办公室管理的机构。爱荷华州的田地已经有了合理的归宿。但一时半会儿,至少在这个假期,这里仍将完全属于那位在马槽中神秘诞生的救世主,和一百二十年来赫尔家的每个圣诞节一样。

他走下楼。时间是上午十点左右,祖母、父亲和母亲正围坐在厨房餐桌旁,桌上摆满了山核桃卷,多米诺骨牌已经磨损到只剩芝兰口香糖的大小。外面严寒刺骨,为了对抗穿透雪松木侧墙的北风,埃里克·赫尔转动曲柄启动了那台老旧的小型丙烷取暖器。壁炉中燃着熊熊烈火,食物足够喂饱五千人,新电视的尺寸足有怀俄明州那么大,上面正在播放一场无人在意的足球赛。

尼古拉斯说:"谁准备好去奥马哈了?"那里的乔斯林博物馆中正在举办一个名为"美国风景"的展览,车程只有一小时。头天晚上他提出这个想法时,老人们似乎都很有兴趣。但此刻他们却都扭过头去。

母亲的微笑中透露出窘迫。"我感觉有点儿燥热,亲爱的。"

父亲补充说:"我们这样就舒服得很,尼克。"祖母也点头表示赞同。

"行吧,"尼古拉斯说,"真是搞不懂你们!那我回来吃晚饭。"

州际公路上,雪被吹得横飞,还有更多的正在降落。不过他毕竟是个地道的中西部人,而且父亲也早已给车子换上了崭新的雪地轮胎。"美国风景"展实在是引人入胜。光是查尔斯·希勒的画就让尼克感到一阵阵的嫉妒和感激。他一直待到博物馆清场。离开时天已经黑了,积雪没过了脚背。

他摸索着回到州际公路，缓慢地向东行进。道路一片雪白。蠢得还想出门的司机都只能依靠彼此的车尾灯，才能跟着队伍，在冰天雪地里慢速前进。尼克犁出的车辙中几乎完全看不见下方道路的痕迹。经过路肩的齿纹震动带时发出的声音完全被风雪遮挡，他根本听不见。

在一座高架桥下，他开进了一片光滑的结冰区。打滑的车子向两侧回转，他缴械投降，任由车子自行滑动，像放风筝一样耐心摆动，直至车身回到正直。他将远光灯开了又关，试图确定怎样才能不被雪幕遮挡视线。一小时后，他才勉强开出二十英里。

他仿佛置身于一条漆黑的隧道中，眼前的景象似乎是从一部警察纪录片中截取的夜视仪记录的片段。迎面开来的一辆十八轮大卡车失了控，弯折成V字形，像受伤的动物一般突然转过头来，横在尼克侧前方一百码远的地方。他转弯绕过失事的卡车，不想却滑到了右边的路肩，车子的右后侧撞上了护栏，左前侧的保险杠贴到了卡车的后车轮。他一个回转停了车，手抖得厉害，很难抓稳方向盘。好不容易挤进一个休息区，里面到处都是被大雪耽搁行程的司机。

厕所前方有一台投币式公用电话。他拨了老宅的电话，但一直接不通。平安夜的前夜，全州的电话线出了故障。他敢肯定父母一定都担心得要命。但此刻唯一理智的选择就是，蜷进车子睡上一两个小时，等风暴过去，车轮能犁得动上帝留下的那点垃圾雪花。

快天亮时他重新上路。雪已经差不多停了，来往车辆都开得十分缓慢。他也慢慢往回爬。最难开的是州际公路出口尽头的一段小上坡路。他摆尾行驶才爬上斜坡，然后转弯开上回农场的公路。道路已经完全被积雪掩盖了。赫尔家的栗子树出现在远处的路边，挂着一树的白雪，是地平线上唯一显露的形状。老宅楼上的窗户还亮着两盏小灯。他想不出时间还这么早，会是谁在做什么。有人彻夜未眠一直在等待他的消息。

通往老宅的路堆了厚厚的一层雪。祖父的铲雪车还停在农具棚里。这时候父亲本应该至少来回铲过两次雪了。尼克在积雪中奋力开路，但雪实在太深。他将车停在车道半途，步行走到门口。推开前门，他就大声号叫："噢，外面天气太吓人了！"但楼下没有人嘲笑他。

后来他总会怀疑，那天他是不是刚走到前门口就已经知道答案。但事实并非如此：他必须绕到楼梯口才会发现，他的父亲就躺在那里，头朝下，双臂弯折成近乎不可能的角度，似在赞美地板。尼克大叫着跪下来，想帮帮父亲，但是已经没有他帮忙的余地。接着他起身上楼梯，一步两级。但是到此为止，任何人想要知道的任何信息，都已清楚无误地呈现在眼前，一如即将到来的圣诞节。楼上，两个女人蜷在各自的卧室里，怎么也叫不醒——像是在平安夜这天睡懒觉。

　　他的双腿和躯干逐渐感觉到沉重。脑海中尖厉的声音几乎将他溺死。他冲回楼下，那台老旧的丙烷取暖器还开着，漏出的气体在上升，无形地聚集在天花板的下方，而尼克的父亲刚刚才给天花板额外多铺了一层隔热材料。尼克踉跄地冲出前门，在门廊台阶上绊了一下，摔倒在雪地里。他在冰冷的白雪中翻滚，大口喘气，恢复体力。当他抬起头时，他看见的是守望树的枝干，寂寞，庞大，舒展，赤裸地映衬着积雪，举起低处的树枝，摇晃着球形的阔大树冠。这一刻是如此无关紧要，如此短暂易逝，但那些肆意伸展的小枝在风中发出咔嗒咔嗒的声响，仿佛要将这一刻写进年轮，枝干在中西部最蓝的冬日天空下挥舞着信号，仿佛在为这一刻祈祷。

咪咪·马

一九四八年，马思贤拿到前往旧金山的三等舱船票的那天，父亲开始用英语与他讲话。说是为了他好，强迫他练习。父亲讲的是一口权威的英属殖民地口音，水平远在思贤只求近似的电气工程师功能用语之上。"我的孩子，听我说，我们劫数难逃。"父子二人坐在上海大楼楼上的办公室中，大楼半是公司贸易商行，半是家庭住宅。南京路上的企业多得都要从窗口漫进来了，劫数更是无迹可寻。不过话说回来，马思贤不懂政治，精力都用来就着烛光解答数学问题了。他的父亲——艺术学者，书法大师，拥有一妻两妾的家长——却不由自主地陷入了沉默之中。但沉默让思贤为难。

"我们家族已经迁徙了这么远。可以说是从波斯不远万里来到了中国的文艺中心。"

思贤点点头，虽然他自己永远也不会说这种话。

"这个国家给我们的一切财富，我们都照单全收，然后打包转售。这幢楼，我们在杭州的宅子……想想看，我们经受了多少变迁。这就是马氏一族顺应能力的体现！"

马寿英凝视着窗外的八月天空，回望马氏商行挺过的所有灾难：殖民主义的剥削，家族桑园被台风摧毁，天灾人祸，战乱频繁。他转头看向房间里阴暗的角落。鬼魂遍地，还有无数违规行为的受害者，就连他，这个富豪，也没有胆量大声说出他们的名字。他摊开一只手掌，放在堆满文件的桌面。"就连日本人也打不垮我们。"

历史的潮水随心所欲地涨落，但却给了思贤一个冒险的机会。作为一九四八年屈指可数的拿到签证的中国留学生之一，四天后他就将启程奔赴美国。好几周的时间里，他一直在研究地图，一遍遍重温录取信，练习所有那些难懂的名字：美国美格斯将军号，灰狗长途汽车，卡内基技术学院。他用了一年半的时间，追看克拉克·盖博和弗莱德·埃斯泰尔的日场电影，练习说一门新语言。

为了维护自尊心，他强调："如果你希望，我可以留下来。"

"希望你留下？你根本没听懂我说的话。"

父亲凝视他的目光像一首诗：

你为何徘徊

在这个岔路口

还揉起了眼睛？

儿子，你不懂我，

是不是？

马寿英起身穿过房间走向窗口。他俯视着下方的南京路，这地方一如往常，时刻都在渴望利润，从混乱中，从未来。"你是这家里的救赎。战争让这里变得不一样。我们所有人……儿啊，面对现实吧。你不是做生意的料子，你应该永远离开，去工程学院。可你的兄弟姊妹呢？你的堂表亲，还有各路长辈呢？当战火到来的那一天，我们这些家境殷实的回商撑不过三周。"

"但是美国人答应过。"

马寿英回到桌旁，伸手抬起儿子的下颌。"我的儿，你太天真了，你只懂关心你的蟋蟀和信鸽，摆弄你的短波无线电收音机。你可知金山①会将你生吞活剥。"

他丢开儿子的脸，领着他一路穿过走廊，进入会计员笼子似的工作间，打开格栅的锁，将一只档案柜推到一旁，露出一个思贤从未发觉的壁式保险柜。寿英取出三个用缎子包裹的木盒。天真如思贤也分辨得出里面盛放的东西，那是马氏一族世世代代积攒起来的利润财富，从丝绸之路到上海外滩，如今汇成这些可移动的形式。

马寿英在那些闪烁的物件中翻翻捡捡，每一件都拿起来一番思量，然后又笑着都放回盒子。最后他找到了他要找的东西：三枚小鸟蛋一般大小的圆环。他将那三枚雕刻有风景图案的玉环举至亮处。

思贤惊得屏住了呼吸。"看这颜色！"那颜色象征着贪婪、嫉妒、新鲜、生长、天真。绿，绿，绿，还是绿。寿英从脖子上挂的小袋中，掏出一只珠宝店用的小型放大镜。他让玉环迎着光线，细细地凝视，那将是他最后一次看到它们。接着他将第一枚玉环递给思贤，而思贤打量它的眼神像是在看一块来自火星的石头。是一大枚玲珑有致的玉，上面的树干和树枝都有好几层厚。

"你生在三棵树之间。一棵在你身后。就是极界树②——你波斯先祖的生命之树。这树长在无人能跨过的第七重天的边界。噢，不过工程师在历史面前毫无用处，

---

① 曾被华人用来泛指北美西部地区。

② 即枣莲树，在伊斯兰世界，天是七层，因此这棵巨大的枣莲就是第七层天的边界，没有任何受造物能跨过。

不是吗？"

这话把思贤弄糊涂了。他听不懂父亲的挖苦。他将那枚玉环递回，但父亲正忙着摆弄第二枚。

"第二棵在你的身前——是扶桑树。这是一种长在遥远东方的有神力的桑树，保存着能让人长生不老的仙丹。"他将放大镜握在手心，抬起头来，"好了，现在你就要去找扶桑树了。"

他将第二枚玉环也递了过来。上面图案的精致程度超乎想象。茂密叶片的顶上，飞着一只鸟。弯弯曲曲的树枝上垂下一串蚕茧。雕工一定用的是镶金刚钻的微型针头。

寿英举起放大镜，凑近最后一枚玉环。"第三棵树环绕在你的四周：就是此刻之树。就像此刻这个时间概念一样，它将跟随你去往天涯海角。"

他将第三枚玉环递给儿子，听到儿子问道："那它是哪种树呢？"

父亲打开第二只盒子。是一只暗色的木头漆盒，用两只合页开合，里面放的是一个卷轴。他解开卷轴很久都没打开过的系扣，展开来是一组肖像，画的都是形容干枯的男人，皮肤上的沟壑比他们袍子上的衣褶还要多。其中有一位拄着拐杖站在一片林间空地，一位正透过墙上的窄窗往外窥看，还有一位坐在一棵扭曲的松树底下。思贤的父亲敲敲画像上的空白："这种树。"

"这些人是谁？他们是做什么的？"

父亲凝望着上面的字迹，年月太过久远，思贤无法辨识。"是罗汉，他们都是通过了开悟四阶段的能者，现在生活在纯粹、明知的喜悦之中。"

思贤不敢触碰那个光芒四射的卷轴。他家当然是很富有——富到许多家人都再也不用做事。但富到能拥有这件东西？他被激怒了，父亲竟然一直保守着这些珍贵的秘密，不过他毕竟不是一个懂得该如何生气的人。"我怎么不知道有这样的东西？"

"你现在知道了。"

"你想我做什么？"

"哎呀，你的语法太糟糕了。我猜你的电力和磁学老师比英文老师水平更高吧？"

"多老了，这个？一千年？更老？"

父亲伸出一只手，安慰面前的儿子。"儿啊，听我说。想保存家族财富，方法很多。而这就是我的方法。我认为我们应该收集这些东西，保护它们。等世道恢复太平时，我们再给它们找个家——比如家族的博物馆，届时每一位参观者都会想起我们的名字与……"他冲着那些正在涅槃境界玩乐的罗汉点点头，"现在它们属于你了，任凭你怎么处置。也许你会发现它们对你的所求。最紧要的，是保护好它们，不让它们落入他人之手。"

"我带着它们去美国？"

父亲将卷轴重新卷起，小心翼翼地用磨损的丝带缠好。"一个来自孔夫子之乡的回教徒，要带着几卷无价的佛教画卷，前往基督教要塞匹兹堡。我们该怀念谁？"

他将卷轴放回木盒，然后把盒子递给儿子。思贤接过盒子，不想却弄掉了一枚玉环。父亲叹口气，弯腰将那宝贝从灰扑扑的地上拾起，又从思贤手中拿起另外两枚玉环。

"玉环我们可以放进馅料做成月饼。这个画轴……必须得好好打算。"

他们将盛放珠宝的盒子放进安全柜，将文件柜推回原位，然后锁上会计员的工作间，关上办公室，走下楼去。他们在外面的南京路上停下脚步，尽管阴影正在逼近，但街上还是挤满了做生意的人。

"等我念完书，这里的形势恢复安全，"思贤说，"我再把它们带回来。"

父亲低头凝视着地面摇摇头。他换成了中文，像是自言自语般地说道："不复存在的地方，你又如何能够返回。"

马思贤带着两只扁皮箱和一只硬纸板手提箱，从上海乘火车到了香港。落地后他才得知，他在上海的美国领事馆获取的健康证不符合轮船上卫生官员的要求，必须另外支付五十美元，请他们再做一次检查。

梅格斯将军号刚刚退役，被移交给美国总统航运公司，用作太平洋客轮。船上能搭载一千五百人，就像一个缩微世界。思贤的铺位在亚洲乘客层中的一层，从甲板往下数第三层。欧洲人住在上面，能晒到太阳，有帆布折叠躺椅，还有身穿制服的侍应生提供冷饮。思贤必须和其他几十名男性乘客一同沐浴，脱光了衣服用水桶浇着洗。食物有泡过水的香肠、土豆泥和盐腌的牛肉末，都是些廉价货，能忍住不吐就够难了。不过思贤不在乎。他要去美国了，去伟大的卡内基学院，去取得电气工程学的学位。就连肮脏的亚洲乘客住宿层此刻也是一种奢侈——没有坠落的炸弹，没有强奸和折磨。他在铺位上一坐就是几个小时，吮吸芒果核，感觉自己是造物之主。

他们停靠的第一站是马尼拉，接着是关岛，然后是夏威夷。二十一天后，他们终于抵达旧金山，扶桑福地的入口口岸。思贤排队站在入境检查的队列，两只扁皮箱和脆弱的纸板箱上都用漏字板喷漆印了他的英文名字。现在他是思贤·马了——过去的自我彻底翻了个面，就像一件可以两面穿的神气夹克。手提箱上贴满了五颜六色的标签——轮船的贴纸，一张大学的粉红色信号旗，还有一块橙色的，来自卡内基学院。他感到无比轻松，仿佛美国人对各个国家的人都充满了爱，但日本人除外。

海关官员是个女人。她仔细阅读他的文件。"马是你的教名还是姓？"

"不是教名，只是穆斯林的姓氏，我是回民。"

女官员眯起了眼睛。有那么一瞬间，他恐慌地觉得自己被发现了。他在出生日期上撒了谎，填的是一九二五年十一月七日，可实际上他出生于农历的十一月七日，没有正确转换。

女官员问了他停留的期限、目的和地点，其实都已经在文件中详细说明过。思贤觉得，整场谈话就是一次粗鲁的测试，目的是验证他对写下的信息的记忆能力。女官员指着他贴有轮船贴纸的扁皮箱说："能请你打开那只箱子吗？不——另外那只。"

她检查了食物箱里的内容物：三只月饼，周围码的都是皮蛋。她像是目睹坟墓打开一般地捂住嘴。"老天，快关上。"

接着她仔细检查衣物和工程学课本，还停下来特意查看了他自己修好的一双鞋子的鞋底。然后她看见了那只装卷轴的盒子，思贤和父亲决定就让它摆在外面。"里面是什么？"

"纪念品。一幅中国画。"

"请打开。"

思贤脑子里一片空白。他想起他的信鸽，想起普朗克常量，想起除眼前这件可疑杰作之外的任何事情。往最好的情况想，他也要为它支付远超他未来四年助学津贴的关税；往坏了说，他可能会因为走私罪被捕。

女官员看到画上的罗汉皱起了脸。"他们是什么人？"

"是圣人。"

"他们怎么了？"

"喜乐。他们看到了真相。"

"那真相是什么？"

思贤对中国佛教一无所知，英语也只了解个大概。此刻他却要向这位美国女官员解释何为开悟。

"真相就是：人类，如此渺小；生活，如此广大。"

官员嗤了一声。"他们刚刚才想清楚这点儿事儿？"

思贤点点头。

"这就让他们开心了？"她摇摇头，挥手示意他通过，"祝你在匹兹堡好运多多。"

思贤变成了温斯顿·马，就像经历了一次简单的工程修复。在神话中，人可以变成各种各样的事物——鸟、动物、树、花、河，那为什么不能变成一个名叫温斯顿的美国人？而在他结束匹兹堡的求学生涯后，父亲所说的神话中的东方福地则变成了伊利诺伊州的惠顿。温斯顿·马和他的新婚妻子在他们光秃秃的后院里真的种下了一棵桑树。扶桑树是由雌雄两棵桑树扶持而成的一棵神树，在阴阳分开之前就已经存在，它是复生之树所延伸的纺织业，生长在宇宙的中心，它中空的树干中蕴含着神圣的道。马家的财富就来源于桑树，所以他种下这棵树来纪念父亲，虽然父亲永远也看不到了。

他站在苗圃旁边，脚下的土壤平整成黑色的圆环，就像一个诺言。他没有在粗布工作服上擦拭满手的泥泞。妻子夏洛特出身于一个没落的南方农民家庭，曾经往中国派遣过传教士。这会儿，妻子对他说："有一句中国谚语是这样说的：'种一棵树的最佳时机是何时？二十年前。'"

这个中国工程师笑着说："有道理。"

"'第二好的时机又是何时？现在。'"

"啊！那好啊！"这一次他是真的笑了。他长这么大，还从没种植过任何东西。但此刻，第二好的种植时机，是漫长的，它能改写一切。

数不清的此刻化为了过去。但在下一个此刻，三个小姑娘出现在早餐树下吃玉米片。季节是夏天。桑树上结出了一簇簇小小的果实。九岁的咪咪是家里的长女，她带着两个妹妹坐在掉落的桑葚之中，衣服被果实的汁水染上了红印，三姐妹在惋惜家族的命运。这是一九六七年仲夏的一个周日早晨，父母锁闭的卧室里飘出了威尔第所作的旋律，就和咪咪童年时代的每一个周日一样。

小妹艾米莉亚停止搅拌麦片糊的动作，问："他是谁？"

"是马爷爷。"

"马爷爷是谁？"

"中国的爷爷，"老二卡门说。

"我从来没见过他。"

"没有人见过他。甚至包括妈妈。"

"爸爸也没见过他吗？"

卡门说："爸爸为什么从来不说中国话？真奇怪。"她们的父亲有许许多多的秘密，这只是其中的一个。

"爸爸趁我打他的时候，偷走了我的扑克筹码。"艾米莉亚把碗里的牛奶倒出来浇树。

"别说了，"咪咪下令，"把你的下巴擦干净。别再倒了，你会把树根毒死的。"

"爸爸是做什么的呢？"

"工程师。笨蛋。"

"我知道那个词。'我开火车啊，嘟嘟，嘟嘟！'他每次都这么说，他想逗我笑。"

咪咪无法容忍蠢话。"你知道爸爸是做什么的。"她们的父亲正在发明一种比公文包大不了多少的电话，用汽车蓄电池带动，能拿着到处跑。全家人都在帮他做测试。每次打长途电话，他们都必须出门到车库里，坐在雪佛兰车上——爸爸管那里叫电话亭。

"你们不觉得那个实验室很吓人吗？"卡门问，"为什么必须登记才能进去？像要进一个大监狱一样。"

咪咪屏气细听。楼上父母卧室的窗口飘出威尔第的旋律。她们只有周日才被允许在这棵早餐树下吃东西。周日的早上，她们哪怕步行去芝加哥也没有人会知道。

卡门循着咪咪的目光，"你说他们一早上都在房间里做什么呢？"

咪咪耸耸肩，"你能不能别学我？我讨厌你学我做这做那！"

"你说他们是不是没穿衣服，正在抚摸彼此？"

"别恶心人了。"咪咪放下碗。她需要找个地方，好好想个清楚，那就意味着她得去高处。于是她便爬上桑树低处的丫杈，心脏怦怦直跳。父亲总是说，这里是我的桑园，只是没有蚕。

卡门大叫起来："别爬了，谁也不准上树，我要告发你！"

"那我会像拍虫子一样把你拍瘪。"

这话把艾米莉亚逗笑了。咪咪停在镫索上。四周挂满了桑葚，她吃了一颗，甜甜的，像葡萄干一样。不过她早就吃腻了，在她短短的人生中，这种果实已经吃了不知多少。树枝弯弯曲曲的，叶子有那么多不同的形状，让她感到很烦恼。有的是心形的，有的像连指手套，有的像狂热的童子军的手。有些叶片背面长满了绒毛，吓得她起了一身鸡皮疙瘩。树为什么会长毛？所有的叶片边缘都是锯齿形的，有三条主要叶脉，就像她们三姐妹。她抬手摘下一片，心里知道随后会有恐怖的事情发生。果然，树枝的创口渗出乳白色的浓稠树浆。她想，蚕一定就是把这种浆液变成了丝吧。

艾米莉亚开始喊了："住手！你把它弄伤了，我听到它在哭！"

卡门抬头望向咪咪想要到达的那扇窗。"他是基督徒吗？他每次和我们去教堂，从来都不称耶稣的名字。"

咪咪知道，她们的父亲属于另外一个遥远的世界。他是中国人，小个头，生得帅气，笑容让人感觉温暖，他热爱数学、美国轿车、露营。他喜欢做长远的规划，会在地下室里存储打折商品，每天都工作到很晚，总是躺在躺椅上，伴着十点钟新闻的声音入睡。所有人都喜欢他，尤其是孩子们。但是他从来不讲中国话，哪怕是在唐人街。他偶尔会说起来美国之前的生活，比如吃完奶油糖果冰激凌后，或者是凉爽的夜晚，大家在国家公园围坐在篝火旁边时。讲他在上海养蟋蟀，喂鸽子；有一次刮了桃子毛，放进一个仆人的罩衫，害得她浑身痒痒。别笑，哪怕一千年过去，我还是觉得愧疚。

但是咪咪对这个男人一无所知，直到昨天，一个可怕的周六，她抹着眼泪从运动场走回家。

"怎么了？出什么事了？"

她在男人面前挺直腰背："中国人都吃老鼠吗？"他柔声说："中国人的有些食物也许奇怪，但他们从来不吃老鼠。"

父亲将她带进他的书房。他在里面为她展示的东西，她直到一天后的现在还是无法理解。父亲打开档案柜的锁，取出一只木头盒子。里面有三枚绿色的戒指。"别人永远也不会知道这三枚魔法戒指的存在。还有这上面的三棵树，它们分别象征着过去、现在和将来。我真幸运，拥有三个迷人的女儿。"他用手指点点自己的太阳穴，"你们的父亲，总是在思考。"

他拿起他所说的那枚代表过去的戒指，在咪咪的手指上试了一下。上面缠绕的绿色植物让她着迷。图案雕得很深——一层枝叶盖着另一层。难以置信，竟然能有人在这么小的东西上雕刻。

"这些都是玉石。"

她猛地拉了一下手，戒指翻落在地上。父亲跪下来，将其重新扫进盒子。"太大，我们再等等看。"他将盒子放回档案柜，重新上锁，然后猫腰钻进壁橱，取出一只漆盒。他将漆盒放在绘图桌上，像举行仪式一般小心地解开锁闩和丝带。只听得啪嗒两声，卷轴滚动着铺开，中国呈现在她眼前，她感觉像是走进了寓言故事，完全没有真实感。中国字是一列列排在那里的，像小小的火焰一般旋动。墨水写出的每一个笔画都在发光，仿佛是她刚刚才亲手写出来的。她觉得应该没有人能像那样写字。但父亲可以，只要他想。

文字流淌过去后，出现了一组男人的画像，每一个都只有圆乎乎的轮廓。他们皮肤是下垂的而脸在笑。他们似乎已经活了几百年。他们眼含笑意，仿佛听到了有史以来最好笑的笑话，但他们的肩膀却是弯着的，仿佛在承受某种重到难以承受的东西。

"他们是谁？"

父亲端详着那些人物。"这些人吗？"他像画中微笑的人物一样绷紧嘴唇，"是罗汉，是佛陀①，他们解决了生命的谜题，通过了最终的考验。"他伸手抬起她的下巴，让她面对着他。他微笑的时候，门牙上细细的金边闪闪发光。"是中国的超级

---

① 佛陀、菩萨、罗汉指的是佛教果位，思贤应该并不了解，所以混为一谈。

英雄！"

她扭动着挣脱父亲的手，开始观察那些圣人。有一个坐在一个小小的洞里；一个系着一条红饰带，戴着耳环；还有一个站在一座高耸的悬崖边缘，身后就是万丈绝壁，还有蔓延的雾气；一个倚在一棵树上，就像第二天倚在桑树上和妹妹们说话的咪咪一样。

父亲指着那片梦境般的风景说："这就是中国，历史悠久。"咪咪摸了摸那个坐在树下的人。父亲却拿起她的手，亲亲她的指尖，说："太古老了，不宜触摸。"

她看着面前的男人，他的眼睛知晓一切。"超级英雄？"

"他们知道所有的答案。没有任何东西能再伤害他们。帝王们换了一个又一个。元朝，明朝，清朝。就像一只巨大的狗身上爬的小小昆虫。但他们呢？"他咂咂舌，竖起大拇指，仿佛不管岁月如何流逝，这些小小的佛陀才是值得尊敬的对象。

伴随着那声咂舌，十几岁的咪咪仿佛又越过九岁时的肩膀，从更高的地方，隔着几年的时间，看到了那些罗汉。然后这个专心凝视的少女又长成了一个更为成熟的女人。时间并非一条在她眼前展开的线，而是一列同心圆，她站在圆心，当下正沿着最外围的圆圈越漂越远。未来的自己累加在她之上，在她身后，全都会回到这个房间，再次凝望这几个解决了生命谜题的人。

"看看这颜色，"温斯顿说，于是咪咪所有后来的自我都倒塌在她周围，"中国当然是个有趣的地方。"他卷起卷轴，重新放回盒子，又将盒子放回橱柜的最底层。

而当时在那棵桑树上，咪咪想的是，如果她能再往上爬几英尺，也许就能透过那扇窗口看见父母的卧室，看见威尔第在对他们做什么。但是在下面的地面上，却爆发了革命。"不准爬树！"艾米莉亚大喊，"快下来！"

"闭上你的嘴吧。"咪咪说。

"爸爸！咪咪进了丝绸农场！"

咪咪落到地面，一只脚差点踩到小妹。她捂住小妹的嘴说："闭嘴，我给你们看些好东西。"

凭着童年时代完美的聆听能力，两个妹妹都知道：好东西值得一看。于是下一刻，在威尔第激昂的合唱旋律的掩护下，她们像突击队一样，悄悄钻进了父亲的书房。档案柜有锁，不过咪咪打开了那只漆盒。卷轴在温斯顿的绘图桌上展开，她们看到一个人坐在一棵树下。

"别碰！他们是我们的祖先。他们是神明。"

这位中国电气工程师总将家人带到车库，用一台比圣诞节原木蛋糕大不了多少的车载电话给女孩们在弗吉尼亚州的外祖父母打长途电话。他热爱生活中的所有事物，就像他热爱他的国家公园。温斯顿·马总会花半年时间来计划每年六月的例行出游，他会在地图上做标记，在指南书上画线，在口袋笔记本上用整齐的字迹做笔记，系一些缩小版的中国龙模样的奇怪饵蝇，是钓鳟鱼用的。到十一月时，准备的各种物品就已把餐桌摆得满满当当，一家人只能在早餐角吃蛤蚌和米饭感恩节大餐。接着假期来到，他们再度出发，一家五口都挤进那辆天蓝色的雪佛兰比斯坎轿车。车顶行李架和后座都像大陆架一般宽阔，里面没有空调，也没有装果汁的冰镇箱，行车里程已经超过数千英里，去过的国家公园包括约塞米蒂、锡安、奥林匹克等。

今年他们重返他心爱的黄石。沿途每一个露营地在温斯顿的笔记本中都有条目。他记录了帐篷位的数量，还有十几个不同标准的评估结果。冬天里，他会使用这些数据来完善来年的出游路线。他让女孩们在后座练习乐器。咪咪的小号比较简单，卡门练的是单簧管，小妹艾米莉亚则是小提琴。他们忘了带书，两千英里的旅途却没有书籍可读。在内布拉斯加州，好几十英里的旅途中，两个姐姐一直盯着艾米莉亚，看得她终于崩溃大哭。只能靠这样的方式打发时间。

夏洛特放弃了，不再试图阻止女儿们。虽然还没有人察觉，但她其实已经开始滑入每年都在加深的私人领地。她坐在副驾座，拿着地图帮丈夫导航，同时小声哼哼肖邦的夜曲。失智症就是从这里开始的，从这些坐在汽车上，像圣徒一般安静的日子里开始的。

他们在泥沼溪附近扎营住了三天。两个妹妹一连好几个小时地玩"老处女"纸牌游戏，咪咪则跟着父亲下到溪水里。共享的抛竿疲累的时刻，钓线在空中延长形成的C字弧，僵硬的手停在十点钟和两点钟方位，像发动机一样分为四个冲程逐渐发力的节奏，干燥的假蝇落在水面激起的涟漪，她隐隐担心真的会击中什么东西，当鱼嘴突破水面时她所感到的惊吓——这些时刻都让她着迷，她永远也不会忘怀。

父亲站在及膝深的冰凉水流中，不受任何约束。他在辨识沙洲的方位，测量水的流速，观察河底，等待鱼跃出水面的时刻——要同时平衡这么多未知因素，你得像鱼一样思考——整个过程中，不能考虑任何事情，只能将运气押在水中。"这些鱼为什么要躲？"他问女儿，"它们想干什么？"

而这就是他在她记忆中的模样，他仿佛是在自己的天堂中涉水。在钓鱼的过程中，他解开了生活的谜题。在钓鱼的过程中，他通过了最终测验，成了新的智者，加入他橱柜底层那个神秘画轴中先辈的队伍。而这些年来，咪咪总会悄悄把画轴拿出来观看。现在她长大了，知道画轴中的那些人并不是她的祖先。但看到父亲在河上完满和宁静的模样，她不禁会想：他就是他们的延伸。

夏洛特坐在河边的折叠椅上，唯一的工作就是帮他们两个渔人解开纠缠的钓线，解开错综复杂的小结，一小时又一小时。温斯顿看着倒映在河面上的晚霞，芦苇从金色变成暗褐色。"看看这颜色！"几分钟后，他站在仿佛即将崩塌的钴蓝色的天空下，又一次喃喃自语：看看这颜色！在他的光谱中，有许多其余人都看不见的颜色。

他们在一个小湖的岸边野餐，不远处就是通往塔台路口的公路。咪咪和卡门在寻找能做成首饰的石头。夏洛特和艾米莉亚连玩了六局中国跳棋，现在开始第七局。温斯顿坐在一把折叠式露营椅上，往笔记本里补充新信息。这时桌子旁边有一阵可疑的动静。艾米莉亚大喊："熊！"

夏洛特一跃而起，把棋盘都给掀飞了。她一把拎起小女儿，冲进湖里。熊缓慢地走向正在收集宝石的两个大女儿。咪咪看清熊的肩膀是隆起的，脸是下凹的，是棕熊。她必须做一件事，因为棕熊和黑熊正好相反，一个会爬树，一个不会爬树。但她忘了哪个会爬，哪个不会爬。"爬树。"她冲卡门喊道，然后两姐妹一人找了一棵洛奇波尔松爬上去。

那熊原本只消轻松爬两下就能抓住她们的，却失去了兴趣。它站在岸边，像是在思考，今天适不适合游泳。它看到一个女人站在齐胸深的水中，双手把小女儿举得高高的，仿佛要为她举行洗礼。它等着看这个一向都很愚蠢的种族接下来要做什么。接着它往温斯顿那边去了，后者一直静坐在露营桌旁，拿尼康相机拍照。相机——他允许自己拥有的唯一一件日本产品——发出咔嚓咔嚓尖厉的快门声。

那熊走近后，温斯顿站起身来，开始与它交谈。用的是中文，古老神秘贴合自然。营地附近有一个简陋的厕所，门是打开的。温斯顿对熊说着话，一边哄骗它，一边缓慢地朝厕所门口移动。熊似乎很困惑，它开始重新考虑该如何处理眼下形势。它的行止逐渐渗出悲伤，站起身来用爪子抓刨空气。

温斯顿一直在说话。咪咪被父亲口中吐出的陌生语言触动了。温斯顿从口袋里掏出一小把开心果，扔进厕所。那熊慢步走过去，形势的改变让人松了口气。"快上车，"温斯顿低声吆喝，"赶快！"她们都照做了，那熊甚至连头都没抬一下。不过温斯顿中途又下车收走了露营桌和椅子。他买它们可是花了一大笔钱，才不会就这样丢掉。

那天晚上，在诺里斯附近的露营地，咪咪敬畏地向父亲提问，她眼中父亲的形象发生了变化。"你难道不怕吗？"

父亲不安地笑笑，"我的时间还没到，我的故事还不到时候。"

这句话让她打了个冷战。他怎么能比时间更早知道自己故事的结局？不过她没有问。取而代之的是，她说："你对它说了什么？"

父亲皱起眉头，耸耸肩。跟一头熊，还有什么能说的？"道歉！我告诉它，人类非常愚蠢。他们忘了一切——他们的来处，他们的去处。我说：别担心。人类很快就会离开这个世界，届时熊又将后来居上。"

在蒙特霍利约克学院的岁月，是咪咪的蕾丝时代，她在学校保持着女同性恋的身份直到毕业。"七姐妹"女子学院[①]中，有一半都流行着这种风气。他们管这种现象叫剪切和粘贴，毫无创造性，却有趣、罪恶、健康、可耻、甜蜜——是对某种事情，比如生活的一种伟大实践，为了应对毕业后可能遇到的各种状况。

她在南哈德利镇读十九世纪的美国诗歌，喝下午茶过了三个学期。这里的生活打败了惠顿。但大二那年的一个四月天，她为超验主义课程学习做调查，开始阅读艾勃特的《平面国》，当她读到叙述者——一个正方形从飞机中提出，进入广阔的空间世界时，她仿佛获得了启示一般，突然明白了真相：度量是唯一值得相信的事情。她必须成为一个工程师，和她的父亲一样。这甚至不是一个选择。她现在就已经是一位工程师了，而且一直如此。正如艾勃特的正方形一样，她一回到平面国，学院的朋友们对她来说都是一种桎梏。

她转学去了伯克利，她能找到的学习陶瓷工程的最佳选择。那里就像一个令人震惊的时间隧道。未来的宇宙主人在这里用功学习，顽固不化的革命分子却认为，人类潜能的黄金年代早在十年前就达到了顶峰。

咪咪在这里过得如鱼得水，宛如获得了重生。她像个小个头的哈萨克人那般，拿着一台可编程的计算器，满世界地寻找许多人口中所谓的有史以来最可爱的东西，即霍尔-佩奇关系[②]。她尽情享受着一如《复制娇妻》小说中描绘的那般奇异的氛围。她坐在炎热旱季会爆炸的桉树丛中，解决习题集，观看抗议者高举写满各种口号的布告牌——上面所有字母都是大写。天气越好，他们就越愤怒。

毕业前的一个月，她换了一套效果绝佳的面试套装——时尚的灰色职业装，看上去就像北加州的地震一样铁面无情。她参加了八场由校园代表进行的面试，拿到了三份工作邀请。她最终选择去波特兰一家模塑公司做铸造监督，因为这份工作提供的出差机会最多。他们把她派去了韩国，她爱上了这个国家。四个月后，她的韩语水平就超过了汉语。

她的两个妹妹也都在地图上到处跑。卡门在耶鲁拿到了经济学学位，艾米莉亚在科罗拉多州的一个探索中心负责照顾受伤的野生动物。而在惠顿，马家后院的那棵桑树却遭到了全面的攻击。棉絮一般的粉蚧虫爬满了一整棵树。树枝上生了介壳虫，父亲试过所有的杀虫剂都无济于事。叶子则被细菌染黑了。父母都已束手无策。夏洛特

[①] 指19世纪美国女性高等教育起步后，各地涌现的女子学院中最著名的七所，分别为蒙特霍利约克（1837）、瓦萨（1861）、韦尔斯利（1870）、史密斯（1871）、布赖恩莫尔（1885）、巴纳德（1889）和拉德克利夫（1894）。

[②] 指低碳钢的下屈服点与铁素体晶粒大小的关系，由英国科学家佩奇在霍尔的研究成果上完善提出。

的失智症越来越严重，总咕哝着找个牧师来为桑树祈祷。温斯顿仔细钻研园艺学的各种经典著作，笔记本里用近乎印刷体般完美的笔迹记满了他的推测。但每一季，桑树都离投降又近了一步。

温斯顿打电话时，咪咪刚从韩国出差回到波特兰。他是在家里车库的电话亭给她打的电话。他发明的电话已经缩小到登山鞋的大小，而且效果十分可靠，节能性也很出色，实验室已经授权给其他机构使用。不过温斯顿在告诉女儿他一生的工作终于取得成果时，言语中并没有喜悦。他所能谈论的，只有他那棵拯救失败的桑树。

"那棵树，它该怎么办？"

"它出什么事了，爸爸？"

"颜色不好，叶子快掉光了。"

"你给土壤做过测试了吗？"

"我的丝绸农场，完了，永远也产不出一根丝了。"

"也许你可以再种一棵。"

"还记得种树的最佳时机吗？二十年前。"

"是，可你以前总说，第二好的时机是现在。"

"错。第二好的时机，十九年前。"

咪咪从没听过这个性格开朗、足智多谋的男人用这样消沉的语气讲话。"出去旅行一趟吧，爸爸，带妈妈去露营。"可是他们才刚自驾一万英里，去阿拉斯加州的溪流钓鲑鱼，他的笔记本里又细致地记满了笔记，得花好几年才能读完。

"让妈妈接电话。"

电话那头传来一些声音——车门打开又关上，然后是车库门的声音。过了一会儿，一个声音说："Salve filia mea."

"妈？你说的是什么？"

"Ego Latinam discunt."

"别这样对我，妈妈。"

"Vita est supplicium."[①]

"还是换爸爸来接吧。爸爸？家里一切都好吗？"

"咪咪。我的时候快到了。"

"那话是什么意思？"

"我的工作俱已完成。我的丝绸农场，完了。能钓到的鱼也在减少，每年都少一点。我现在该做什么？"

---

① 这几处均为拉丁语，意思分别为："你好，女儿。""我在学拉丁语。""生活就是受苦。"

"你在说什么？做你一直在做的事啊？"为明年的露营制定计划，绘制地图。把地下室里堆满肥皂、汤羹、麦片，和其他各种刚好在打折的物品。每天晚上听着十点钟新闻入睡。自由。

"是的。"他说。但是她知道，这声音是在通知她。不管他想用那个"是的"来表达什么意思，那都是谎言。她暗暗记下，要给妹妹们打电话，讨论惠顿老家的崩溃，父母出了问题。该怎么办？但是如果没有魔法鞋子电话，往东海岸打长途一分钟要两美元。她决定还是周末给她们俩写信。不过那周末她去了鹿特丹开陶瓷烧结工艺大会，写信的事忘了个一干二净。

秋天里，妻子在地下室学习拉丁语时，曾经被认识的人叫作马思贤的温斯顿·马，坐在那棵正逐渐死去的桑树下，伴着卧室窗户飘出来的威尔第的《麦克白》的旋律，将一支硬木手柄的史密斯维森686手枪举到太阳穴位置，将他无限生命的产物扩散到后院所有的石板上。他没有留下任何只言片语，只在书房桌子上留下一幅书法，抄在一张摊开的羊皮纸上，写的是一千二百年前的诗人王维的一首诗：

晚年唯好静，万事不关心。
自顾无长策，空知返旧林。
松风吹解带，山月照弹琴。
君问穷通理，渔歌入浦深。

咪咪此刻正在旧金山国际机场，正要去西雅图实地考察。她正浏览中央大厅的商店橱窗时，突然听到刺耳的登机口广播声，还有公共服务广播也刺耳地叫出了她的名字。仿佛有某种冰冷的东西抓住了她的头皮。不等顾客服务台的工作人员递给她电话，她就已经知道了。赶回伊利诺伊州的路上，她一直在想：为什么我心里已经接受了这个事实？为什么一切感觉都像是回忆？

母亲万般无助。"你父亲不想伤害我们。他有他的想法，我并不是全部理解，他就是那样一个人。"她之所以会说这番话，是因为于她而言，她在地下室听见的枪声，不过是分叉的时间可能带来的若干可能性之一。意识模糊的她看上去是那样温柔，那样平静，仿佛完全置身于流淌的河流深处，咪咪无能为力，只能和她一起陷入不真实的宁静之中。父亲留下的活计只能靠咪咪来完成。没有人动过现场，他们只挪走了遗体和枪。脑浆溅射在石板和树干上，像是新种的庭院蛞蝓。她变成了一台清洗机。水桶，海绵，肥皂水，用来清洗泼溅的痕迹。她没能提醒妹妹们，没能阻止她眼前发生的事情。但她可以做这件事——将后院的遗迹永远清除干净。清洗的过程中，她变成了另一种生物。风吹散了她的头发，她看着染了血的铺地石，上面的软组织碎片曾经储存着他的思想。她看到他出现在身旁,为草坪上散落的他自己的大脑组织碎片惊叹不已。看看这颜色!君问穷通理?这便是。

她坐在生病的桑树下。风拍打着锯齿边的树叶。树皮上刻满了褶皱,就像罗汉脸上的皱纹。她因为困惑而两眼发酸。即便是此时,每平方英尺的土地也都染上了果实的色彩,希腊神话中说,桑葚是被一个为爱自杀的年轻人的鲜血染红的。她开始喃喃自语,尖细的声音带着哭腔。"爸爸,爸爸!你都做了些什么?"

然后,寂静开始哀号。

卡门和艾米莉亚到了。三姐妹最后一次围坐在一起。她们没得到任何解释。永远也不会有解释。世上最不可能抛下她们的人独自踏上了不可能发生的旅程。取代解释的,是记忆。她们用双手扶着彼此的肩膀,告诉彼此从前的模样:周日的歌剧;漫长而艰难的汽车旅行;去父亲的实验室,小个子的父亲像是在走廊上飘来飘去,接受巨人般的白人同事的恭贺,他是未来移动电话的快乐创造者。她们记得那头熊把一家人吓得东躲西藏的那一天。母亲躲在水里,将艾米莉亚举在头上。父亲用中文对那动物讲话——两种生物,遵循的并不是同一种秩序,却共享同样的森林。

她们举行了一个静默回忆的仪式,都还处在震惊之中。不过她们是在室内举行的。咪咪的妹妹们无法靠近后院,甚至无法直视从前的早餐树,父亲的丝绸农场。咪咪把她了解的都告诉了她们,那通电话,那句"我的时间快到了"。

艾米莉亚抱着她。"那不是你的错,你不可能知道。"

卡门说:"他跟你说了那些,你却没告诉我们?"

坐在近处的夏洛特隐隐露出微笑,就好像一家人还在某个地方露营一样,她坐在湖畔,帮丈夫解开钓鱼线上最小的结。"他讨厌你们三个吵架。"

"妈,"咪咪大声说道,"妈,够了,清醒清醒吧,他走了。"

"走了?"夏洛特听到女儿的愚蠢言辞皱起了眉头,"你在说什么?我还会见到你们父亲的。"

三个女孩开始处理繁多的文件和报告。咪咪从没想过:法律并不因人的死亡而停止发挥作用。它的管辖区域远远超出坟墓的范围,而且将跨越漫长的岁月,它将幸存者困在官僚主义所制造的障碍中,将死前的挑战伪装成易如反掌的模样。咪咪对两个妹妹说:"我们得分割他的遗物。"

"分割?"卡门说,"你是说,拿走?"

艾米莉亚说:"我们难道不是应该让妈妈……"

"你们看见她的状态了。她甚至都不知道发生了什么。"

卡门爆发了："你能不能暂停一分钟，别只顾着处理问题，急什么？"

"我想把事情都安排好，为了妈妈。"

"方法就是丢掉他的遗物？"

"是分割，每样物品都交给正确的人。"

"就像在解一个复杂的二次方程式？"

"卡门，我们必须好好照顾它。"

"为什么？你想把妈妈名下的这套房子卖掉？"

"因为她自己无法照顾好它？这是她的故乡！"

艾米莉亚伸出双臂搂住两个姐姐。"或许，这些问题暂时可以先缓一缓？我们陪伴彼此的时间很短。"

"现在我们在一起，"咪咪说，"下次团聚可能要等很久很久。所以现在就处理好吧。"

卡门挣脱妹妹的怀抱。"这么说你圣诞节不回来了？"但是她的声音中有一种近乎签字供认般的情绪。不管父亲去了哪儿，总之她们的家也随着他一起消失了。

夏洛特坚持要留下一些有象征意义的东西。"这是他最爱的毛衣。啊，别拿那条钓鱼裤。这是我们徒步时他穿过的便裤。"

"她没事，"母亲不在时，卡门说，"她在设法应对。她只是有点儿怪。"

"我可以过几周再回来一趟，"艾米莉亚提出，"检查一下，确保她没事。"

卡门面朝着咪咪，即将发火的样子。"想把她一个人留在家里？想都别想。"

"我没有幻想任何事情。我只是在试着处理事情。"

"处理？给你，是你强迫我们分割遗物的，别客气，这十一本笔记本里面记满了我们住过的每一个露营地的报告单，都归你了。"

三位歌剧女主角为一只银盘犹豫起来。盘子上放着三枚玉石戒指。每一枚都雕成一棵树的模样，而每一棵树的树枝都乔装成时间的三种时态中的一种。第一棵是极界树，生长在跨越过后就无人能返回的过去的边界。第二棵又细又直的松树代表的是现在。第三课扶桑树是未来，这是一棵生长在遥远东方的有神力的桑树，是长生不老药的隐藏之地。

艾米莉亚凝望着它们。"该怎么分配呢？"

"正确的分配方法只有一种，"咪咪说，"错误的却有十几种。"

卡门叹气道："那正确的是哪种？"

"闭嘴，闭上你们的眼睛，数到三，一人一枚。"

数到三，手臂稍有摩擦，然后每个女人都找到了自己命中注定的戒指。睁眼时，盘子已经空了。艾米莉亚拿到了永恒的现在，卡门则注定要守着过去。咪咪则拿着未来之树细细的树干。她将戒指套上手指，有一点点大——这是来自她永远也不会亲见的故乡的礼物。她让这无限延伸的指环绕着手指旋转，像是在转动一个开门咒。"然后是佛陀们。"

妹妹们不懂她在说什么。过去的十七年里，艾米莉亚和卡门从没想过那幅画轴。

"那些罗汉。"咪咪用蹩脚的中文发音说道。她在桌上父亲过去经常系假蝇的地方摊开画轴。画的古旧和陌生程度超出了她们所有人的记忆。仿佛一直有人从另外一个世界，拿各种颜料和墨汁重新修改。"我们可以把它送去拍卖行，然后平分卖得的钱。"

"咪，"艾米莉亚说，"他留给我们的钱难道还不够多？"

"或者干脆就让咪咪自己留下，争取获得开悟。"

"我们可以把它捐给博物馆，用来纪念马思贤。"

艾米莉亚说："这个主意好。"

"我们将获得终生税务冲销的补偿。"

"仅限我们挣钱的人。"卡门嘲笑道。

艾米莉亚用她娇小的手卷起画轴。"那我们该怎么做？"

"我不知道。我们应该先把它拿去估价。"

"你负责，咪咪，"卡门说，"你擅长处理事情。"

警方将枪还了回来。严格说来，她们拥有继承权。不过她们都没有持枪许可，都不知道该怎么处理。那枪就摆在案台上，像个庞然大物，在木箱中嗡嗡作响。必须毁掉它，同样地，也必须把那枚戒指扔进火山口。但是怎么毁？

咪咪鼓足勇气，拿起木箱，绑在她高中时代常骑的自行车后座上，这么多年过去了，父母依然把那车留在地下室里。然后她踩下踏板，沿着宾夕法尼亚路打算一路骑到格伦艾伦的枪支商店，骑到这把枪的来处。她不知道他们是否愿意将枪买回去，不过她并不在乎，她可以捐给慈善机构。木箱压在后座上，感觉重得离谱，她恨不得尽快摆脱。沿路的司机等得不耐烦，纷纷超过她。这个社区住的都是富裕人士，没有成人骑自行车。而且那木箱看上去就像一只小棺材。

接着来了一辆警车。她尽量保持镇定，马家人一向都爱这样伪装。不想警车却在她身后停了下来，闪烁的警灯在正午根本看不见光芒。警笛短促地鸣了一声，就像终极权威人士打了个嗝。咪咪摇摇晃晃地跳下来，车子差点翻倒。未经许可便携带枪支将被判处强制监禁。近来枪支抹杀了无数人的性命。她的心跳得厉害，舌头下泛起了血腥味。一个警察走下车，朝缩在自行车上的她走来。"你刚刚没打手势信号。"

她的头颤抖得厉害，这会儿只能不停点头。

"时刻记得打手势，这是法律规定。"

然后咪咪去了奥黑尔机场，等待乘坐飞机返回波特兰。她仿佛听到机场广播在一遍又一遍地呼叫她的名字，但每当她站起身，耳畔的音节就变成了其他的词语。航班延误了，然后再次延误。她坐在那里，不停地转动手指上的玉树戒指，几百遍，几千遍。万事不关心，她只在乎这枚戒指，和手提行李里那卷无价的古老画轴。她想要的只有宁静。但这里正是她眼下必须生活的地方：在这弯曲桑树的树荫下，读着那首费解的诗，听着那支渔歌。

亚当·阿皮亚

一九六八年，一个五岁大的孩子画了一幅画。里面画了什么？最先画的是一个母亲，纸和颜料的提供者，她说：给我画些漂亮的东西。接着是一座房子，有一扇浮在空中的门，一座炊烟盘旋上升的烟囱。跟着是像一组量杯一样从大到小排列的阿皮亚家的四个孩子，亚当是最小的一个。房子的一侧有四棵树，因为亚当不知该如何将它们画在房子的后面，分别是莉的榆树、简的桦树、埃米特的铁木树，还有亚当的枫树，全部都一模一样，画得像是绿色的尘菌。

"爸爸在哪儿？"母亲问。

亚当虽然生气，但还是画了一个男人进去。他画的父亲伸出的双手中，正拿着这幅画，笑着说：这些是什么树啊？看外面！那形状是树吗？

这位生性细心的艺术家又添上了猫。然后是埃米特养在地下室的那只角蜥，那里面的气候更适合爬行动物。接着是花盆下的蜗牛，还有那只从茧子里孵化而出的蛾子，织茧的却是一种与蛾子完全不同的生物。然后是亚当那棵枫树的翅果，还有莉从一条小路上捡回来的那颗奇怪的石头，莉说是煤渣，其实有可能是一颗陨石。然后还有几十样其他物品，有活物，也有勉强算活物的东西，一直画到那张新闻用纸上再也画不下任何东西。

亚当画完后把画给了母亲。母亲将他拥在怀里，全然不顾从街对面过来喝东西的格雷汉姆一家就在面前。他的画里没反映出来，母亲只有在喝酒后才会抱他。亚当挣脱她的怀抱，以免画被压坏。他从幼年起就讨厌被人抱。每一个拥抱都是一个柔软的小监狱。

格雷汉姆一家看到男孩快速跑走都笑了起来。亚当爬楼梯爬到一半，在平台上听见母亲小声说道："他有点儿社交障碍症，学校护士说要多留心。"

他认为那个词意味着特别，可能拥有超能力，其余人都必须小心对待。男孩回到他位于顶楼的房间，问八岁——差不多是个大孩子了——的埃米特："什么是障碍症？"

"就是说你有障碍。"

"什么意思？"

"不是普通人。"

这种说法亚当能接受。普通人有问题，他们远远算不上世界上最棒的生物。

这幅画从此就一直挂在冰箱上。几个月后的一天，晚餐过后父亲将四个孩子都搂在怀里。他们挤进小房间，里面铺着长绒地毯，摆满儿童棒球赛奖杯、手工制作的烟灰缸以及一堆堆的通心粉雕塑。孩子们散坐在地上，被围在中间的父亲则弓着腰，在看一本名为《树木袖珍指南》的书。"得给你们大家找一个小兄弟姊妹。"

"兄弟姊妹是什么？"亚当小声问埃米特。

"是一棵小树，有点接近红色。"

莉哼了一声。"你想说的那个词是树苗，小鬼头。兄弟姊妹指的是小宝宝。"①

"闻屁精，就会偷听别人说话。"埃米特叫道。这个词引发的联想画面是那样的粗野，亚当人到中年依然记忆犹新。在他对姐姐莉的记忆中，这个拌嘴的时刻占据了很大一部分比重。

父亲嘘声阻止了他们的拌嘴，然后开始提出可选的树种。有一棵鹅掌楸，长速快，寿命长，花朵显眼。有一棵瘦小的河桦，剥落的树皮能拿来做独木舟。铁杉的树形就像一个个大尖顶，树上长满小球果。而且，它四季常青，哪怕被积雪覆盖。

"我选铁杉。"莉宣布道。

简问："为什么？"

"我的理由难道非得告诉你？"

"独木舟，"埃米特说，"我们有投票的必要吗？"

亚当脸涨得通红，雀斑都几乎看不见了。他想要阻止哥姐犯下大错，但这份职责实在是大到他难以承受，他差点就要哭了，大喊着："如果我们选错了怎么办？"

父亲还在翻那本书。"你想说什么呢？"

先回答的是简，她抢在弟弟开口前说道："他想问的是，如果选的兄弟姊妹树不对怎么办。"

父亲听到这个麻烦的想法，重重地拍了几下地毯。"我们必须挑到合适的树。"

难过的亚当并不买账。"不，爸爸。莉总是垂头丧气的，就像她的榆树。简正直，脾气好。埃米特就是铁木树——你看看他就知道！我的枫树叶子会变成红色，就像我。"

"你这么说只是因为，你已经知道你们几个分别是什么树。"

亚当日后会向他所教的精神病学专业的本科生宣讲这个主题，那时他的年纪甚至已经超过他们为尚未出世的查尔斯挑选兄弟姊妹树这晚父亲的年纪。他将在这个领域

---

① 此处是埃米特弄混了sibling（兄弟姊妹）和sapling（树苗）两个读音相近的词。

创建一番事业：提示、引发、设计、确认偏见，合并因果联系之间的相关性——所有这些故障，都早已嵌入大部分存在问题的大型哺乳动物的大脑。

"不是的，爸爸。我们一定要选对，不能只是选选而已。"

简摸摸他的头发。"别担心，当米。"梣树是一种高大的庭荫树，可用来制作许多药物和补药。它的枝叶像大烛台一样伸展，树干活着时就能燃烧。

"已经选中独木舟了。"埃米特大喊。不等你把铁木树砍倒，它会先让你砍断了斧子。

他们的父亲和往常一样，成功操纵了选举。"有一棵黑胡桃木在减价出售。"他这句话一说，民主就结束了。出人意料的是，美利坚这座植物园中，再没有比黑胡桃木更像长大后的小查尔斯的树种了：他将长成一棵高大的直纹树木，结出的坚果坚硬无比，只能用锤头才能砸开。这棵树甚至会毒害它自己脚下的土地，让其余任何植物都无法生长。但它产出的木头质量非常出色，会引得贼人偷伐。

黑胡桃木到家时，宝宝还没出生。亚当的父亲一路责骂连连，奋力地将麻袋包裹的根球搬到平整的绿色草坪上挖出的一个坑洞旁。和哥姐一起围在坑洞周围的亚当发现了一个很可怕的错误。他难以相信竟然没有一个人站出来干涉。

"爸爸，停下！还有麻袋，树苗会喘不过气来的，它的根无法呼吸。"

父亲咕哝着继续搬。亚当跳进坑里阻止这场谋杀。根球整个压在他伸出的双腿上，他大叫起来。父亲大骂了一句最狠的话，一把将亚当拽出活埋坑，拖着穿过草坪，放在前门廊上。男孩脸朝下趴在水泥地上开始哭号，他并不是因为疼，而是不能原谅那桩强加在他未出世的小弟弟的树上的罪行。

查尔斯出院回家了，被包在一条毯子里，沉重无力的样子。一个月又一个月，亚当等待着那棵无法呼吸的黑胡桃木死去，连带着他的小弟弟，也一起被那个上面印着小丑的被单捂死。但树和弟弟都活了下来，对亚当来说，这只证明了一点，生命想说的话，没有一个人听见。

四年后，树叶初萌的时节，阿皮亚家的孩子们开始争论谁的树最漂亮。树上结出种子，后来长出坚果，最后秋叶开始绚烂时，他们又争论了一次。健康与力量，大小和美丽程度，各方各面都是他们争论的内容。每个孩子的树都有自己的优点：梣树有菱形的树皮，胡桃木有长长的复叶，枫树洒下的翅果像雨点，榆树的枝叶伸展得像花瓶，铁木树有沟沟壑壑的肌肉。

这时已经九岁的亚当决定举行一次选举。他在一只装鸡蛋的纸箱顶部划了一个切口，做成一个无记名投票箱。五张不记名的选票，五棵候选树木。每个孩子都投出自己的一票，举行一场决赛。埃米特用半包巴特芬格糖果收买了四岁的查尔斯的票，简把她的票改给了亚当的枫树，只能认为是以爱之名。最后的结果是铁木树对抗枫树。竞选是冷酷的。简帮亚当制作了宣传册。莉当了埃米特的经理。他们两个还从父亲高中时代的旧年鉴中找了一首潦草的诗，涂涂改改弄成一段宣传口号：

  如果你的工作渺小，

  酬劳很低，别担心。

  就连坚强的铁木树，

  曾经也只是一粒种子，

  就像你。

为了与之对抗，亚当让简做了一张海报，上书：

  来吧，甜心，投票给枫树吧。

在北边的加拿大，它可是个宝。

"我不知道，当米。"比亚当大三岁的简对选民的判断更准确，"他们可能看不懂。"

"这段话很好玩啊，人们喜欢好玩的东西。"

最终他们以三比二的比分输掉了选举，亚当生了两个月的气。

到十岁时，亚当多数时候都独自玩耍。是其他孩子早已让他做出的决定。哥哥埃米特带他远足过一次，结果给他喝水的水壶里装的是混着尿液的冰块。在公园里，朋友们说他吃了太多的薯片，头皮正在变绿。他冲回家里找到母亲，母亲却责骂他太轻信别人。他想不通人们为什么要这样做。而因为他想不出头绪，又让其他孩子更起劲地愚弄他。

他基本上都自己独处。不过即便是最小的地块上，也生存着数百万的生物。一本《金版昆虫指南》，一只瓶盖上穿了孔的广口瓶，将孤独的周日下午变成了收藏家的美梦。有《金版化石指南》做武器，他推断出一个结论，门前石板中隆起的部分和小块其实是很久以前灭绝的鱼龙的牙齿，在那个年代，哺乳动物在森林里根本毫不起眼。而在《金版池塘生物指南》《金版星辰指南》《金版岩石和矿物质指南》《金版爬行动物和两栖动物》中，人类几乎无关紧要。

在收集标本的时候，时间过得很快。猫头鹰的唾余[①]，莺鸟的巢；玉米蛇蜕掉的蛇皮，连尾尖和眼部的覆膜都保存得完完整整；黄铁矿，墨晶，像纸一样薄的银灰色云母，一块他确定是旧石器时代箭头的打火石碎块。他为每一样收藏品都记上发现的

[①] 猫头鹰以鼠类、小鸟、鱼等为食，其嗉囊有消化能力，它们常常将食物整吞下去，不能消化的骨骼、羽毛等集成小团吐出，这些小团叫唾余，也叫食丸。

日期和地点。藏品接管了他的房间,涌出走廊一直堆到了小房间。就连神圣的客厅里也摆上了展品。

一个冬日的下午,他放学回来的时间迟了些,到家后发现所有的收藏都被扔进了垃圾焚烧炉。他哭着跑过一个个房间。

"亲爱的,"母亲解释说,"那些都是垃圾,都发霉了,会招虫子。"

他扇了母亲一巴掌。母亲疼得往后退了几步,双手捂着脸,盯着男孩。造成她疼痛的理由就在眼前,但她难以置信,她不明白这个儿子怎么会变成这样,就是这个孩子,六岁时还曾从她手里抽走湿漉漉的洗碗巾,说从此以后碗都归他洗。

晚上,父亲知道了亚当干的事,狠狠地训了他一顿,一直扭到他手腕断裂。深夜里,他手腕肿得异常,青得像是《金版甲壳类动物指南》中的插图,这时候家里人才意识到,男孩的手腕断了。

晚春的一个周日,阳光洒在树梢,亚当爬上了他的枫树,一直爬到他所能抵达的最高处,待到晚餐时分才下来。阳光穿过叶片,将空气照成未全熟的酸橙的颜色。他凝望着邻居家的屋顶,想着在高出地面的地方生活该是多么美妙,心里感到一种苦涩的安慰。掌状的叶片在轻柔的微风中挥舞,就像一只只五指俱全的手。四周有一种细雨般的声音,无数细小芽鳞撒在空中。在他头顶的高处,松鼠在咬食簇生的花朵,吮吸它们的汁液,吸完后将略带红色的黄色花束扔到下面的地上。亚当一共数到十五种不同的爬行动物,有面包虫,有扁平的斑点一般的虫子,腿脚小得几乎看不见,肢体像涟漪一般蠕动,转着圈寻找甜蜜的泉源。棕头和黑头的鸟雀快速飞过,啄食虫子和蝴蝶留在树枝上的排排虫卵。一只啄木鸟在它去年啄出的一个洞里钻进钻出,翻掘幼虫。这真是一个惊人的秘密,他家里的人永远也不会知道:他的枫树上生活的生物数量,比整个贝尔维尔地区的人口还要多。

许多年后,亚当将会回想起这次枫树上的守望。那时的他在一棵红杉树上,距离地面有两百英尺的高处,他低头向下看,树下有一小群比虫子大不了多少的人,却是想要置他于死地的民主大众。

亚当十三岁时,姐姐莉的榆树在秋天还很远时就黄了叶子。最早发现树叶枯萎的人是亚当。其余的孩子们都已不再关注这几棵树。他们一个接一个地都走出了这片绿色社区,将目光投向其他人举办的更加热闹和浮华的派对。

莉的榆树染上的疾病已经发展了几十年之久。早在乐观主义的二十世纪五十年代,伦纳德·阿皮亚为长女种下这棵树的时候,荷兰榆树病就已经肆虐了波士顿、纽约、费城和榆树之城纽黑文。但那些地方都如此遥远。伦纳德认为,科学很快就能找到解决之道。

孩子们还很小时，真菌就已经蔓延到底特律，接着很快扩展到芝加哥。这个国家最常见的行道树，将林荫大道变成绿色隧道的花瓶般的榆树，正在离开这个世界。现在，疾病来到了贝尔维尔的郊区地带，莉的树也被压垮了。十四岁的亚当是唯一一个哀悼者。要把死去的榆树放倒得花一笔钱，父亲为此骂骂咧咧。莉本人几乎毫不在意。她就要去伊利诺伊州的剧场技术学院上大学了。

"你当然要挑一棵榆树，爸爸。我还没出生的时候，你就帮我挑好了。"

亚当从处理树桩的工人手中抢下一点儿木块，拿到地下室用他的工具刨薄，刻上他在一本书中看到的一句话：一棵树就是地与天之间的一趟旅程。他把"旅程"这两个字刻坏了，"地"与"天"都不清晰。但他还是把它送给了莉，作为离家的礼物。莉看到这个礼物笑着拥抱了他。是在莉走后，他才发现，她把它丢在了留给救世军的物品箱中。

亚当迷上蚂蚁，是在一九七六年秋天。九月的一个周六，他看到它们成群结队地爬上邻居家门口的人行道，想把一根掉在地上的棒冰搬回大本营。那阵势看上去就像一块铁锈色的长绒地毯，伸展了好几码长。蚁队弯弯曲曲地绕过障碍物，甚至不惜从同伴的身上攀爬而过。它们这种集中部署的方式足可媲美任何人类天才。亚当在这块活动泡沫旁的草地上安营扎寨，几近沸腾的蚂蚁翻腾着爬过他的短袜，爬上他细瘦的小腿。它们爬上他的手肘，钻进他T恤的袖子。它们在他的短裤里侦察，胳肢他的卵蛋。他没理会，仔细观察之际，蚁群的活动模式自动显露出来，煞是狂野。在这场大规模的活动中，并没有掌管者，这一点相当明显。然而它们却以最协调的方式，将那黏腻的食物搬回了蚁巢。没有任何规划师，它们却能有条不紊；没有任何测量师，它们却能找到路径。

他回家拿来笔记本和照相机，开始一场头脑风暴。他向简讨来一些指甲油。随着年纪的增长，他的这个姐姐逐渐迷失在时尚的漩涡，变得愚蠢。但她依然愿意为了弟弟当米做任何事。而且她也曾爱过金版指南丛书，只不过她早已被人类社会牢牢把控，永远也无法重获自由。

简给了他五种颜色，彩虹色谱上从红到青。亚当回到营地，开始给蚂蚁涂色。他在一只清道夫的腹部涂了一小滴烟熏玫瑰，然后一只接一只地，给其余几十只也都涂了同样的颜色。几分钟后，他开始换用桃色。上午十点时，所有颜色的指甲油都用上了。很快，各种颜色的涂料呈现出一种复杂的康茄舞队形的模式，美得不真实。蚁群中蕴含着某种东西，亚当不知该如何称呼。意图？意志？一种意识——总之就是某种与人类智力截然不同的东西，因此人类会觉得它什么也不是。

这时埃米特拿着钓鱼竿和鱼饵经过，发现亚当躺在草地上又是拍照，又是在笔记本中速写。"你这是干什么?"

亚当缩在那里继续忙碌。

"这就是你理想中的周六?难怪旁人不理解你。"

亚当也不理解旁人。他们说话掩藏真意。他们追逐无意义的小玩意儿奔走。而他总是低着头,默默计数。

"嘿!臭虫小子!臭虫小子——我跟你说话呢!你为什么在泥地里玩?"

亚当从埃米特的声音中听出,他把哥哥吓到了,这让他感到惊奇。他对着笔记本小声说:"那你为什么要折腾鱼?"

一只脚突然飞出来,踢中了亚当的肋骨。"你这个混蛋说什么呢?鱼没有感觉,脑子都是屎做的。"

"你怎么知道?你无法证明。"

"你想要证据?"埃米特伸手薅起一把草,塞进弟弟的嘴巴。亚当无动于衷地把草吐了出来。埃米特怜悯地摇着头走开了,又一次取得了单方面辩论赛的胜利。

亚当继续紧盯他的活地图。又过了一阵子,颜色编码开始展现蚁群的活动路径,说明在没有任何中央信号员发号施令的情况下,信号的传递模式。他把棒冰挪了挪,驱散蚁群,制造障碍,为蚂蚁重新发现棒冰的过程计时。棒冰运走后,他把午餐拿出一些,放在不同位置,测量这些食物残渣消失所用的时间。蚁群动作迅速而狡猾——就和任何尽力获取自己所需物资的人类一样狡猾。

圣公会教堂的钟声传来,坚定地奏出圣歌的乐音。六点钟了——阿皮亚家所有迷途的人都该回家吃晚饭了。这一天里,他在笔记本里涂写了十二页,拍了三十六张关键时刻的照片,得出了半个推测,只是这些收获中,没有哪个能在开放交流活动上为他换来一个破碎的悠悠球。

整个秋天,只要放了学,不需要割草,不需要去冰激凌店打工时,他都在研究蚂蚁。他画图制表,对蚁群智慧的钦佩无限增长。看看蚁群在不断变化的形势面前所做出的灵活反应,除了古灵精怪,还有别的更贴切的描绘吗?

年底,他参加了地区科学展览。他的作品名为《蚁群行为和智慧的一些观察》。展厅中有更好看的作品,也有一些显然是由学生父亲全力完成。但没有任何其他参赛者像他那样观察一样事物。

裁判问:"这是谁帮你做的?"

"没人帮我。"他的骄傲可能有些过了头。

"你父母呢?你的科学教师呢?还是哥哥姐姐?"

"指甲油是我姐给的。"

"这个想法是从别人那得到的吗?你是不是在模仿哪项实验,但没有指出引用来源？"

这类实验可能早就有人开展过，想到这里他感到无比失望。

"所有的测量都是你独自完成的？你四个月前，假期时就开始了？"

他的眼中盈满泪水。他耸耸肩。

裁判没有颁给他任何奖项——铜奖都没得到。他们说是因为他没有列出参考文献，而参考文献是正式报告中必不可少的部分。但亚当却知道真正的原因所在。他们认为他是小偷。他们不相信会有孩子为了自己的一个原创想法忙碌几个月，而原因只是观察结果让他感到高兴。

春天里，大姐莉和几个闺蜜南下去劳德代尔度春假。第二天晚上，在海滨一家蛤蜊餐馆门外，她同一个刚认识三小时的男人上了一辆红色福特野马敞篷车。那以后再也没人见过她。

他的父母急得要发疯，两次飞往佛罗里达州。他们在执法人员面前大声吼叫，花了不少钱。几个月过去，依然毫无线索。亚当认为永远也不会有。不管带走大姐的人是谁，他一定精明又小心，智商很高。

伦纳德·阿皮亚不肯放弃。"你们都了解莉。你们知道她的性子。她肯定是又私奔了。确定她的下落之前，我们不会举办任何悼念仪式。"

确定。他们是知道的。母亲将去年春天莉说过的话砸在父亲的脸上——我还没出生的时候，你就帮我挑好了。争吵爆发，她紧抓住这句话。"那些年，各地的榆树都在死，你还是给她种了一棵榆树。你在想什么？你从没喜欢过她，不是吗？现在她被强奸了，死在一个垃圾堆里，但我们永远都无法知道地点！"

伦尼不小心扭断了母亲的手肘。出于自我辩护，谁肯听他说话，他就一直说个不停。亚当就在这个时候意识到：人类已经病得很深。这个物种不会存在很久，它只是畸变的产物，世界很快就会回归健康智慧生物之手，回归集体生物之手，比如蚁群和蜂群。

简带弟弟们去了森林保护区。他们三个在那里举行了一个父亲不允许举行的悼念仪式。他们燃起一堆篝火，开始讲故事。十二岁的莉，因为小声骂了句"混蛋"而被父亲打了一耳光，之后她便离家出走了。十四岁的莉，为了惩罚所有讨厌她的人，拒绝和二年级西班牙语班同学以外的任何人讲话。十八岁的莉，扮演艾米丽·韦伯，回到地球重新体验她的十二岁生日。那个才女整个高中生活都在泪水中度过，早已离开人世。

亚当拿出他为姐姐篆刻的那块榆树纪念牌扔进火中。一棵树就是地与天之间的一趟旅程。榆木不是出色的木柴,但没过多久还是烧起来了。他笨拙篆刻的文字全都变得无比完美,然后消失,变成黑乎乎的一片——先消失的是"树"字,接着是"地",然后是"天",然后是"旅程"。

科学展览的那些裁判治好了亚当·阿皮亚,让他再也没有任何记录田野笔记的想法。他对蚂蚁失去了热情,把金版指南丛书全部放到了路边。秘密博物馆里的那些藏品,他东躲西藏才避开母亲的真空吸尘器的那些,现在也都毫无眷恋地丢弃了。不过是些孩子气的玩意儿。

高中的四年就像生活在碉堡中一样黑暗。倒也不是没有朋友,过得不开心。事实上,他有很多朋友,快乐时刻也很多。冲破夜幕的笼罩,到镇子高处的水库裸泳。整个周末都待在地下室,同其他介于男孩和男人之间的朋友玩掷骰子,争论只有内行才懂的角色扮演游戏的规则,那些朋友都过度肥胖,患有贫血症,手提的行李箱里装满了可回收的名片。游戏里的怪物就像自然历史出毛病后的造物。巨大的虫子、寄生树,这个游戏的意义就在于将它们全部消灭干净。

"是睾酮素。"父亲解释道。现在的他害怕这个笨重的儿子,亚当知道这一点。"是荷尔蒙掀起的狂风暴雨,看不到出口。"

亚当想伤害父亲,但父亲说的没错。他的朋友中是有女孩,但她们让他琢磨不透。女孩们总是将装蠢作为保护色。她们被动,文静,神秘。她们总是说反话,测试你是否能将她们看透。她们想要被看透,可当你真的看透,她们又怨恨你。

他组织对相邻的高中发起了一次突然袭击,趁着夜幕展开复杂行动,将好几英里长的卫生纸抛上椴树的树枝。那些卫生纸在树上飘荡了几个月,宛如巨大的白色花朵。他每天骑着山地自行车穿行其下,觉得自己是个天才游击艺术家。

他和一个朋友绘制了学校、超市和银行支行的地图,为盗窃准备所需的硬件物资。计划非常详细。他们还问了武器的价格,虽然只是为了好玩。对亚当来说,这是一场关于后勤、规划、资源管理的游戏。而对那位朋友,这却是远离宗教束缚的一步行动。亚当看着那个危险的男孩,深深地被他所吸引。一粒种子若是头朝下落在地里,那它会整个掉头,直到摆正方向,才开始生根发芽。但人类的孩子呢,他哪怕知道走错了方向,也仍会觉得这条路值得一试。

他越来越擅长分辨,要通过某门课程,最少需要付出多少努力。除了必须付出的那些,任何成年人都别想从他那里得到任何东西。成绩单上直线下降的成绩让他的母亲感到困惑。"怎么回事,亚当?你的能力不止如此!"但她声音扁平,一副挫败的样子。简看着他一路堕落,责骂,取笑,恳求,各种方法都用尽了。但后来她去了科罗拉多州念大学,再也没有人逼他回答。

莉再未返回。父亲也渐渐停止寻找。母亲开始大量吸食可待因。很快，她就循环光顾许多城镇的药店。她不再煮饭和清扫房屋。亚当的生活倒是没有受到影响。他取得了适应和发展，成了幸存者中的幸存者。

因为一个朋友的笑话——如果你帮我做代数作业，我付你三块钱——他发现自己不费吹灰之力就能赚到零花钱。说实话其实非常简单，所以他开始打广告宣传。除开外语，任何科目的作业他都能代做，而且质量和速度都能按需调整。他花了一阵子才摸索出合适的价格点，摸清以后，客户就排成了行。他尝试着根据任务量来提供折扣，还制定了预付款方案。很快他就成了一个成功的小企业业主。父母看到他又开始每晚都做好几个小时的家庭作业，都松了口气。他不再缠着他们要零花钱，这也让他们大喜过望。局面简直就是三赢。清晨才是亚当上床的时间，每天入睡前他都会感谢自己能出生在这样一种适合创业的文化氛围中，自由市场能自行发挥作用。

他速度快且尽职尽责。每份任务都能按期完成。很快他就成了哈丁高中最可靠、最受推崇的作弊企业经营者。这门生意几乎让他成了热门人物。他把赚来的钱大部分都存了起来。相比起花钱，他更喜欢的是看到银行存折上的余额数字不断变大，计算每欺骗一位老师能赚到的钱数。

不过，要求高的任务确实需要他做出牺牲。他被迫学会了各种各样他原本不感兴趣的有趣知识。

高中最后一年的初秋，亚当在公共图书馆为一个同学炮制一篇心理学论文，那家伙对于人类这种两足动物的了解，甚至还不如他。要求是至少引用两本著作。怎么都无所谓。他从阅览桌站起身，漫步走到相应学科的书架。忙了几个小时，他都快成斗鸡眼了。在低亮度的灯光照射下，里面的书看上去都像扫烟囱的人住的市区联排住宅。

一个书籍吸引了他的视线。荧光绿的文字被黑色的底色衬得十分显眼，书名是《我们内心的猿》，鲁宾·M.拉比诺夫斯基著。亚当抽出那本厚书，在近处的一张扶手椅上重重地坐下。书页打开了，翻开的是一页图像，里面有四张卡片：

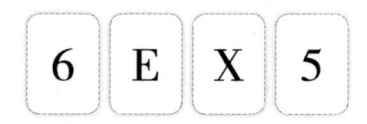

$$\boxed{6}\ \boxed{E}\ \boxed{X}\ \boxed{5}$$

下面有一行说明文字：

上面有四张卡片，每张的一面有一个字母，另一面是一个数字。假设有人告诉你,如果某张卡片上的字母是元音字母,那反面的数字就是偶数。想要验证此人的话是否正确,你需要翻开哪一张或哪几张卡?

他来了兴致。有清楚、简明、正确答案的问题是人类存在的解药。他很快就解开了谜底,而且非常自信。但查看答案却发现自己错了。起初他认为是印错了答案。接着他才意识到忽略了一个明摆着的条件。他告诉自己,他刚刚才帮别人做了几个小时的作业,脑子一片空白。刚才是没集中精力,如果能专心思考,他是可以答对的。

于是他继续阅读。书上说,一般成人中,只有百分之四的人能找到正确答案。

而且,看到正确答案后,答错的人几乎有四分之三都会为自己的错误寻找借口。

他坐在扶手椅上对自己解释,为什么他刚刚的行为和其余几乎所有人都一样。在第一排卡片下面,又出现了一排:

| 32 | 朗姆酒 | 可口可乐 | 17 |

下面的文字说:

  上面有四张卡片,每张代表酒吧里的一个人。一面的数字显示的是他们的年纪,另一面显示的是他们喝的酒。假设法律规定的饮酒年龄是21岁,如果想要确定是否每个人都到了法定饮酒年龄,你需要翻开哪一张或哪几张卡?

答案显而易见,亚当甚至都无须思考。这一次他做对了,和其余四分之三的普通成人一起。接着他读到了关键信息。这两个问题其实是一样的。他大笑起来,引得深夜图书馆中的灰发读者纷纷侧目。他所属的物种掌管自豪和欢乐的器官,对"混乱"特别敏感,自古就是如此。

亚当读得停不下来。这本书一遍又一遍,不厌其烦地展示所谓的智人,哪怕是在最简单的逻辑问题上也会犯错。但不可思议的是,他们总能快速弄清,谁里谁外,谁上谁下,谁应该收获赞美,谁必须遭到毫不留情的惩罚。他们有能力执行简单的理智行动吗?很弱。团结彼此的技巧呢?无比娴熟、出色。亚当的大脑打开了许多全新的空间,都期待着能被填满。他从书中抬头时,发现图书馆正在关门,他被赶了出去。

回到家,他一直读到深夜。第二天一早,他连吃早餐时也在阅读。他差点儿没赶上公交车,而且没完成客户的家庭作业。打从这门作弊的生意开业以来,这还是他第一次失信。上午的三节课上,他将《我们内心的猿》放在桌子下面,躲躲闪闪地秘密自学。午餐前他读完了,然后又重读一遍。

这本书是那样的优雅,亚当为没有早些看清真相而严厉自责。人类除了自身坚持的那一套老掉牙的规则之外，还随身携带着进化早期遗传下来的行为模式、偏见和各种毫无道理的残渣。表面看来古怪、荒谬的选择，实际上是很久以前为解决其他种类的问题而创造的策略。我们所有人所受困的身体，是由攀附上流社会的狡猾的机会主义者所塑造，目的在于监督彼此，以便在热带大草原上幸存。

好几天的时间里，这本书让他一直处于一种快乐的恍惚状态。他想象着，自己以书中揭露的模式为武器，在学校的每一个女孩身上开展实验，在她们的鞋跟上厚厚地涂上指甲油，以便追踪她们的来去行踪。书中最精彩的部分是名为《影响》的第十二章。如果他在高一时就读到这些内容，他可能会成为学校的终身总统。人类的行为——他终生的报应——之中，拥有一些隐蔽却可知的模式，它们就和他曾在昆虫身上目睹过的那些一样优美，光是这一点就让他的内心想要歌唱。大姐失踪以后，他第一次感到自己是这般的轻盈和正确。

到了大学入学考试的时节，他大获全胜。在分析技巧这一科，百分制考题他得了九十二分的高分。然而，在绩点排名中，毕业班269个学生，他勉强混到212名。任何自重的大学都不会考虑他。

父亲赶他走。"去读两年大专，把过去的都一笔勾销，重新开始。"

但亚当无须勾销过去，他只需要找到能看懂成绩含义的人，向他们证明他的能力。寒假前的一个周六早晨，他坐在餐桌旁，开始起草一封信。这种感觉就像是童年时代往田野调查笔记本中记录观察结果。剩余的兄弟姊妹树依然耸立在窗外。他记得曾经有一度，他真的相信，那些树和他们之间存在某种神奇的联系。他把自己打造得像枫树一样——亲切，直率，容易识别，随时准备好淌出枫糖，春季里第一个晴天就绽开满树的花朵。他曾经爱过那棵树，爱它的朴素。但接着人们把他改变成了另一副模样。他提笔放到纸页的页眉，写道：

加利福尼亚州福图纳市福图纳学院
心理学系
R.M.拉比诺夫斯基教授收

亲爱的拉比诺夫斯基教授
您的书改变了我的人生。

接着他完全换了一副叙述口吻，重新变回那个偶然间被教授的才华所拯救的任性男孩。他描绘了《我们内心的猿》这本书是如何唤醒他体内的某种激情，尽管这种觉醒或许来得太迟。他说他从来都不能认真上学，直到那本书落在他的膝头；现在他可能不得不去社区大学销去过去的处分记录,然后才有机会进入正规学院学习心理学。不管怎样,他写道,他都要感谢拉比诺夫斯基,正如教授本人在那本书的二百三十一页写的那样:"善或许会要求回报,但那并不会有损于善的本质。"路上意外收获的善甚至可能会缩短摸索的路程。

窗外,他的枫树在微风中轻轻摇晃,枝叶仿佛都在将他责骂。如果不是计出无奈,他早就该羞红了脸。他继续写,用他从第十二章《影响》中学会的好几种技巧润色他的文字。想要引导他人的行为模式,有六种最佳表达方法,而他的感谢之词中用上了其中四种:坚持互惠原则,坦陈自身的不足,确认信息,启发对方承诺。他用从第十二章中学到的另一个技巧隐藏了他的恳求:

如果想要某人对你提供帮助,那就说服他们相信,他们在你尚未开口之时就已经伸出了援手。这样一来,人们会努力捍卫他们的遗产。

《我们内心的猿》一书的作者寄来回信时,亚当的父母惊呆了,他本人倒并未受太大震动。拉比诺夫斯基教授在回信中说,福图纳学院是一座小型的非传统院校,宗旨是为敢于打破常规的学生,提供有争议的非常规教育。学院的录取看中的并非高中成绩,而是其他特别的动机。拉比诺夫斯基教授虽然未做承诺,却保证会严肃考量亚当的申请。亚当需要做的,就是撰写一篇最能反映他能力的申请论文。

在这封正式的信件背后,还用别针别了一张未签名的索引卡。有人用蓝墨水写了一行字,潦草的字迹甚是吓人,写的是:"再也不要虚情假意地拍我马屁。"

雷·布林克曼和多萝西·卡扎里

对他们来说，树木几乎毫无价值，这样的两个人并不难找。他们两个人，即便是在人生的春天，也分不清橡树和椴树的区别。他们两个人，从不曾对森林有过片刻的思考，直到一九七四年，一整座森林行军数英里远，横跨过圣保罗市中心一座微型黑盒剧场的舞台。

雷·布林克曼，知识产权领域的初级律师。多萝西·卡扎里，为前者律师事务所服务的一家公司的速记员。多萝西录取证言时，雷的目光总是无法从她身上移开。她指尖的芭蕾中蕴含着一种寂静、流畅的美，令他惊奇。热情的奏鸣曲旋律自她的指尖回旋而出。

她觉察到他的视线，壮着胆子瞥了一眼，想看看他是不是敢与她对视。他没有转移目光。大胆承认比只能在远处表达倾慕来得容易。她同意出去赴他的约，如果能由她来选择见面地点的话。他签字缔约，但从没想过会有隐藏条款。她的选择是，去参加一场业余爱好者制作的话剧《麦克白》的试镜。

为什么？她说不为什么。一只云雀，一时心血来潮，自由。不过，当然了，那部作品中没有自由。有的只是古老的预言，占卜着时间的种子，看哪些会发芽，哪些不会。

作为业余爱好者制作的作品，台词读起来令人恐惧。整场试镜就像是在没有手电筒的情况下猎捕怪兽。他们俩自高中毕业后都没再演过话剧，但都鼓足了勇气，最后都像受虐狂一般，从这个夜晚榨出了一种刺激的快感。

"哇哦，"雷随着多萝西走出大厅，"刚才究竟发生了什么？"

"我一直都想假装自己会演戏，只是需要一个共犯。"

"那我们的返场节目是什么呢？"

"你选。"

"下次选个对神经伤害不那么大的活动怎么样？"

"你玩过悬崖跳水吗？"

问题在于：他们两个都拿到了角色。他们当然会拿到。在试镜之前，他们就拿到了。神话就是这样发生的。他们成了麦克德夫和麦克白夫人。

雷极度恐慌地拨通多萝西的电话，仿佛他一直在玩父亲的霰弹猎枪，玩得走了火。"我们不用真的接受，对吧？"

"那是家社区剧院，我想他们在指望你呢。"

她早已摸清他的命门所在，他们在一起的第一周就摸得一清二楚。这个男人责任感尤为强烈。对于别人的希望和预期，他有一种近乎病态的责任感。而她是完全不计后果的，她早就做好准备，哪怕来十个他，她也能应对。她差不多是在向他宣告：不演《麦克白》，约会就到此为止。于是他们接下了角色。

多萝西表现得很自然。但雷呢，就连选角导演，在第一晚对台词的时候，也觉得自己恐怕犯了大错。多萝西看着他，心中充满敬畏。他是她所见过的最差演员中的冠军。他只顾念台词，语气中有一种笨拙的怨恨，质朴到让人震惊，那样子就仿佛是在世界末日辩论社的面前表明自身的存在。

她到公共图书馆找了一堆论述体验派表演和进入角色方法的著作。他则退回到默默忍受的状态。"能把所有台词记住就是我的幸运了。"

两周后，他差不多都背下来了。三周后，他有了更大的进步。

"不公平，"她说，"你一直在练习吗？"

确实如此，只不过他现在才发现自己的方法。他以前从未意识到，但法律本身就是一座剧场，早在你带人上法庭之前就是。雷有一种天赋：用一种十分可怕的激情方式扮演自己。在未来岁月，这一天赋将让他在版权和专利领域取得巨大的成功。而现在，这个小天赋却让他扮演的麦克德夫令人昏昏欲睡。他不动声色，一本正经地站在那里，似乎获知了行星的意愿。

多萝西则从童年时代就拥有了一种强大的超级力量，她通过阅读人说话时嘴巴和眼睛四周每块肌肉的走向，就能精准判断这个人是否在说谎。这项能力对她的速记工作和扮演麦克白夫人并无帮助。却让她想要试探这个男人的天真到底极限在哪里。每周三晚的彩排持续了五周，她被说服了：为了拯救倒霉的国家，雷·布林克曼真的会将妻子和孩子孤零零地留在偏远乡下无人保护的城堡里。

演出完全是二十世纪七十年代的风格，充满水门事件时期的特色。入场免费，社区的资金花得值。连续三个晚上，麦克白夫人都在壮观的火焰中倒下。连续三个晚上，麦克德夫和他的人马用树枝作掩护，像森林一样从勃南森林一路拔军到邓锡南。实际上是树木在舞台上穿行。橡树，橡树之心，橡树组成的陆军和海军，就是历史这座房屋里的立柱和楣梁。男人们举着粗壮的树枝，神智错乱的麦克白宣称有预言确保他的安全，进攻者舞蹈着横穿舞台，动作是那样缓慢，根本看不出在动。每天晚上，雷几乎都有无尽的时间来思考：我的体内正在发生一些变化。从遥远的外界而来，沉重，巨大且缓慢，我不能明白。

他毫无头绪。冲他而来的那种事物比六百个物种加在一起都更强大。它熟悉却千变万化，从赤道一路安营扎寨，北上穿过了北温带：是一个能代表所有树种的多面体。它粗壮，结实，粗糙，但可靠地扎根在大地之中，被其他生物覆盖。三百年生长，三百年坚持，三百年死去。这就是橡树。

橡树在与人类恶魔的战斗中，宣布由他担任临时代表。正直的麦克德夫躲藏在砍下的橡树枝干背后（为了制作这出话剧，许多生物遭到伤害），希望能记得下一句台词，祈祷着今晚他能再次击败那位篡位者，同时他也感到惊讶，那些从他的伪装中伸展出去的叶片，形状是那样的奇怪和不规则，就像一份外太空字母表中的字母，每一个字符的形状，都仿佛在希求全世界的慎重对待。他读不懂他高举的树叶横幅上的文字。那文字的作者拥有五千万条根须。它在说："橡树"和"门"两个词起源于同一个古语词根。

闭幕派对结束后，雷和多萝西终于上床了。剧场和多萝西的心血来潮将他们耽搁了这么久。然后他终于迎来了悬崖跳水式的进展。光线很暗，足够停息他们内心最敏锐的警惕心。不过烛光照亮了他的脸，即使隔着六英寸的距离，她依然能辨别他眼周最细微的肌肉动作。

"你对你父母的感情如何？你是否有过种族歧视的想法？你有没有在商店里偷过东西？"

"我这是在接受审判吗？你为什么要拷问我？"

"没有原因。"她整张脸抽搐得像是一颗墨西哥跳豆。

他翻身仰卧，看着天花板。"我从没有过那样正式的登台演出经历。那让你觉得，你像是在对神明讲话。"

"难道不是吗？"

他接着又问："你认为我们会有结果吗？"

她用手肘撑着爬起来，看清他的脸。"我们？你是指人类？"

"当然。不过首先是你和我，然后再是大家。"

"我不知道。该死的，我怎么知道？"

他听出了她的愤怒，而且觉得自己能理解。他一只手轻轻拍着被单，寻找她的手。"我感觉这一切的发生都是应该的。"

"这一切？"无情的麦克白夫人嘲讽道，"你是指命运？"

他仿佛再一次伪装成勃南森林的样子，以延时摄影中的姿态，僵硬地飘过了舞台。"我薪水不错，再过五年就能还清贷款。很快，他们就会让我成为公司合伙人。"

她紧紧地闭上眼睛。再过几年，炮弹会降落，地球资源被耗尽，幸存的人类将乘上火箭逃离这颗星球，却无处可去。

"如果你不想工作，到时你就可以不工作。"

她坐起身来，一只手狠狠地钉住他的胸骨。"打住，老天啊，你是在求婚吗？"

他抬起头，大胆地看着她。橡树之心。

"因为我们睡过……一次觉？"她无须调动她的特别天赋也看得出，这句嘲讽将他伤得有多深。"等等，你这是第一次？"

他刚走到舞台中央，却僵在那里定住了。"这个问题你或许应该两小时前问。"

"听着，我想问……结婚？"这个词从她嘴里说出来显得无比怪异，"我不能结婚，我应该……我不知道！我还想去南非徒步旅行两年，想搬去纽约，想跟一个夜里为中情局兼职的轻型飞机飞行员牵扯不清。"

"我有一个背包，纽约也需要专利权律师，飞行员的部分我不确定。"

她像是遭了埋伏，笑着摇头。"你在开玩笑吧。你没开玩笑。搞什么？"她向后倒在枕头上，"搞什么啊，继续说，麦克德夫！"

他们又来了一次。这一次他们紧紧缠在一起。安静下来后，她能感觉到他太阳穴上的汗水。"出什么事了吗？"

"没事。"

"我没吓坏你吧？"

"没有。"

"你在撒谎。你是第一次。"

"或许。"

"但是你爱我。"

"或许。"

"'或许'？你究竟是什么意思？"

某种巨大、沉重、缓慢、遥远，且他完全不明白的东西，开始述说那个词可能蕴含的意义。接着他继续为她展示。

雷的预料成真了。他只用了五年就还清了所有的债务。随后不久他就成了公司的合伙人。他在自己的行业里表现杰出，揭穿知识产权窃贼，勒令他们停止或付款。他的真挚有着催眠般的作用，他追求公平和稳定。你在用属于他人的东西获利，世界不能以那样的方式运转。对方几乎每次都会选择庭外和解。

多萝西对她自己的预测也并非全部都错。炸弹确实落下来了，遍布全球，但都是中型炸弹,破坏性很小,至少现在还没有人因此逃离地球。比如她自己,就保留了正职,追随证人的速度,尽快将他们的证言转录为文字。秘诀在于,不要理会那些词句的意思。思考会有损记录速度。

六年时间一晃而过,仿佛只过了一季。他们分了手,但在知己社区剧场制作的话剧《浮生若梦》中扮演一对情侣主人公时,又走到了一起。她再次变得冰冷如石。花二十八天时间一同徒步走完五百英里的阿巴拉契亚山道后,他们再次重蹈覆辙。接下来的一次是在跳伞的时候,他们打手势宣告。

平均每次恋情的持续时间是五个月。第四次分手时她打破了一些东西,闹得非常不愉快,她为此辞了职,消失了数周。她的朋友不肯向雷透露任何信息。他恳求他们告知她的近况,哪怕是电话号码——任何信息都行。他写了长信请他们转交,但他们都表示无能为力。接着她送来一张字条,不是道歉,语气也并不无情。但她不肯透露她的行踪,只是直白地坦陈事实,每当想到要签署一份能决定她余生行为和生活方式,具有法律约束效力的文件时,她都会感到一种难以遏制的幽闭恐惧,颤抖得停不下来。

"我想和你在一起。这一点你是知道的。所以我才总是答应你。但是说到那份合法交易?要界定权利和所有权归属?雷,你要是个声名狼藉的医生,或者是个破产的商人该多好。哪怕是个不择手段的房地产经纪人。怎样都好,只要不是产权律师。"

他往字条上的回信地址写了信——是欧克莱尔的一个邮箱。他告诉她,奴隶制已被全世界禁止。她永远都不会沦为任何人的财产。他不会为她改变职业;他了解版权和专利权法。这是一份必要的工作,是世界财富的发动机,而且他很在行。或许可以说精通。但是如果他必须二选一,是放弃结婚的想法,还是放弃再同她一起去别的业余剧场表演,那他选择做无罪申辩。

只管回来吧,我们可以一同在罪恶中生活,开两台独立的车,用两个独立的银行账户,住两座独立的房子,立两份独立的遗嘱。

信寄出后不久的一天深夜,她出现在他家平房外的台阶上,拿了两张去罗马的机票。他的同事们好奇地问东问西,但两天后他还是出发同她去了一个不是蜜月的假期。在那座永恒之城的第三天晚上,普罗塞克起泡酒自由流淌,四周灯火璀璨,看着破碎的古迹,听着喧嚣的街头音乐,酸橙树展开华丽的树冠,优雅的树枝上挂满白色小灯,她问他:"嘿,雷,这算什么啊?"问他是否愿意做她的合法奴隶,立契缔约永远归属于她。最后他们越过左肩往特莱维喷泉掷硬币。不过这不是他们的原创,或许应该向某人支付版权费。

他们及时赶回圣保罗参加了十月节。他们对彼此发誓,永远不告诉任何人,不否认任何事。但当这对夫妇得意地笑着一同出现在公众面前时,他们的朋友都开始猜测。你们俩在罗马发生什么了?没什么特别的。所有人无须任何超能力,都能通过他们的面部肌肉走向,判断出他们在撒谎。你们被关监狱了还是怎么的?你们结婚了?你俩结婚了,是不是?你们结婚了!

这件事对世界并未产生任何影响。多萝西搬了回来。她坚持一丝不苟地记账,每一笔共同开支都要精确平分。她在她可爱的图书室、餐厅和日光浴室之间流连时,脑海深处产生了一个想法:当事情发生,当哺育的时机到来,当我转变所有的怪诞和热情开始哺育,那时候这里的一切都将属于我们的孩子们!

第一个周年纪念日那天,他给她写了封信。他花了些时间措辞行文。那些话他说不出口,所以就趁出门上班前留在早餐桌上。

"你所给予我的,是我在认识你之前,从来就不曾想象过的。这种感觉就像是,我刚想到'书'这个字,而你就将书放在了我的手中。我刚想到'游戏'这个词,你就教会了我如何去玩。我刚想到'生活'这个词,你就走过来说:'噢!你是说这个啊。'"

他说在这个纪念日,不管送她世上的任何事物,都无法表达他的感激之情,无法与她所给予他的相媲美。任何事物都不能,除非是一个能生长的东西。这就是我的建议。他不知道自己是从哪儿来的这种想法。他早已忘了第一次在业余剧场登台演出时的情景,那个从外界而来的,缓慢且沉重的预言,当时他不得不扮演一个不得不伪装成一棵树的男人。

多萝西读到这封信时,正驾车前往法庭,准备为下午的听证会做文字转录。

"每一年,让我们尽可能地在纪念日前后,去一趟苗圃,为院子找点儿东西。我对植物一无所知。我不知道它们的名字,不知道它们的打理方法。我甚至不知道该如何分辨两棵绿色的植物。不过我可以学,就像我曾经必须重新学习每一件事一样——学习我自己,我的喜恶,我生活的宽度、高度和深度——和你一道。

"我们种下的植物不一定全都能成活,不一定全都能枝繁叶茂。但我们可以一起看着活下来的那些将绿荫洒满我们的花园。"

读着读着,她的视线开始模糊,她把车开到了路边,那是一条林荫道,车子被椴树包围,粗壮的树干撞碎了车子的前格栅。

事实证明,椴树是一种很极端的树,与橡树完全不同,就像男人完全不同于女人。它是一种可让蜜蜂筑巢的树,产出的滋补药和茶能治愈各种紧张和焦虑——它绝不会被错认为别的树种,因为在地球上成千上万的物种中,它是独科独属,它的花朵和又小又硬的果实垂在冲浪板形的苞叶之中,而那苞叶唯一的目的似乎就在于表明其独特性。以这次埋伏作为开始,椴木总有一天会俘获她的心。但要想让她完全接受,还需要好多年的时间。

她右眼上方被方向盘划了一条很深的口子，足足缝了十一针。雷从办公室冲向医院，慌乱之中，他在医院的车库撞上了一名医生开的宝马车的后保险杠右侧。他被领着走进诊疗室时，满眼都是泪水。那时她正坐在一张椅子上，脑袋上缠着绷带，正试着阅读。每一样事物都有重影。薄纱包装材料上的商标在她眼中看着像是"强生强生"。

她抬头看见了他——两个他。"雷雷！亲爱的！你怎么了？"他冲向她，她疑惑地畏缩了一下。接着她才明白。"嘘。没事的。我哪儿也不去。我们种点儿什么吧。"

道格拉斯·帕弗利切克

早餐之前，警察来到了道格拉斯·帕弗利切克位于东帕罗奥图市的简易小公寓。是真正的警察：一个不错的尝试。你或许可以说逼真。他们指控他持械抢劫，并向他宣读了他的米兰达权利①。违背的是刑法211条和459条。他们搜完他的身，给他戴上口罩时，他忍不住傻笑起来。

"你觉得好笑是吗？"

"不，不，当然不是！"其实，可能是有点儿。

警察押着他走向停靠的警车时，邻居们都穿着睡衣裤凑到阳台上围观，这下事情就没那么好笑了。他在微笑——不是你们想的那样——但双手毕竟被铐在背后，所以说服力有所削弱。

一个警察将他推上了后座。后门上没有把手。接着他们用无线电汇报已经完成逮捕。一切都像是黑色电影《裸城》中的情节，只不过这是八月里的一天，半岛中部的这座城市天气堪称完美，想到每天能挣十五美元，影片的音轨变得欢快起来。他十九岁，已经当了两年孤儿，又刚丢了超市货品管理员的工作，靠父母的人寿保险金过活。连续两周，每天薪水十五美元，这可是一大笔钱，而且什么都不用做。

到了警察局——真正的警察局——他被采了指纹，除了虱子，然后被蒙上了眼睛。接着他们又将他扔上车后座，带着他四处转悠。眼罩除下时，他已经到了监狱。监狱长办公室，警长办公室，还有一些牢室。他的腿上拴了锁链。一切都考虑得十分周到，很有说服力。他全然不知自己身在何处，只知道这是现实生活。他看到有一些办公楼。主持这场演出的都是临时拼凑的草台班子，就和他一样。

所有警卫，还有大部分囚犯都早已到场。道基成了囚犯571。警卫都是长官，配有警棍和口哨，身穿制服，戴着墨镜。就钟点义工的标准来说，他们拿警棍的样子有点儿太过懒散。投入角色，取悦实验者。他们剥掉道格的衣服，给他套上一件罩衫。他们本意是想杀杀他的气焰，不过道格拉斯占了优势，因为他本来就没有什么自尊心。

---

① 指美国刑事诉讼中的犯罪嫌疑人保持沉默的权利。

那晚他们点了好几次名——既是为清点人数，也是一种例行仪式的羞辱。晚餐吃的是番茄辣肉酱汉堡，比他平时的伙食强。

熄灯号前后，囚犯1037变得有点儿野蛮，演得过了火。几个警卫狠狠地将他放倒了。形势已经很清楚：这里有好警卫，有坏警卫，也有狂热的警卫。有其他同伴在场时，每个警卫的气势都要降一级。

道基——囚犯571——刚感受到困意，马上又被另一次毫无来由的点名拉下了床。时间是凌晨两点半。事情就是从这一刻开始变得怪异。他意识到，这项实验并不像他们宣称的那般。他觉得他们真正的测试内容要更加吓人。不过他只需挺过十四天。两周的时间，不管发生什么，人的身体都能承受。

第二天，一号牢室中因为尊严而发生了争执，最后失去了控制。一开始是互相推搡，后来逐渐升级。几个囚犯——8612、5704和另外两个——将床铺打横抵住牢门，躲在里面。警卫叫来夜班同伴增援。都是年轻男性，你推我撞，都紧紧抓着床架。有人开始喊："这是模拟，真要命。这是模拟！"

或许不然。警卫用灭火器征服了叛乱分子，锁住头领，丢进单人牢室。叛乱者没有饭食。警卫提醒俘虏，进食是一项特权。道基有吃的。他了解饥饿的滋味。囚犯571才不会为了一出不起眼的业余戏剧而忍饥挨饿。如果这就是其余人想要的消磨时间的方式，那他们准是都疯了。不过没人能阻止他吃热乎饭食。

警卫建了一间优待牢室。如果有任何囚犯肯说出他对叛乱的了解，那他就能将床铺搬进豪华间。愿意合作的人将有洗澡和刷牙的机会，甚至还能享受一餐特别的饭食。优待并非囚犯571的需求。他会小心防备，但他不会告密。事实上，也并没有囚犯接受优待牢室的条件。但只是一开始。

警卫开始执行例行脱衣搜索。抽烟成了一项特权。洗澡成了一项特权。上厕所要么用屎篓子，要么憋两天。毫无意义的杂活儿繁重而累人，经常要耗费好几个小时。依然有深夜点名。还要清洗他人的尿桶。傻笑被抓住的人必须张开双臂唱《奇异恩典》。囚犯571每次被诬陷有少许冒犯行为，都要被迫做一百个俯卧撑。

一个被所有囚犯叫作约翰·韦恩的警卫说："如果我命令你干地板，你会怎么做？囚犯571，你是弗兰肯斯坦。3401，你是弗兰肯斯坦的新娘。好了，接吻吧，贱人们。"

到目前为止，还没有人——没有警卫，没有囚犯——跳出角色。简直太疯了。这些人都很危险，就连571也看得出来。所有人都失控了。他们也想把他拉下水，变得和他们一样低级。他开始怀疑，自己究竟能不能挺过两周。他是在自己的小公寓中读到这则招募广告的，那一刻低亮度的灯光似乎也变得美丽豪华起来。

一次点名途中，发生了一起小事故，囚犯8612失败了。"通知我父母，让他们来接我出去！"但那是不可能的，他的期限是两周，和所有人一样。于是他开始咆哮。"这是一座货真价实的监狱，我们都成了真正的囚犯。"

所有人都看得出8612的目的，他是在装疯。那杂种想逃离游戏，不管剩下多少时间，他想把铲屎的活儿留给别人做。接着他的表演变成了现实。

"老天，我就快疯了！我心里一团糟。我想出去！立刻！"

道格在特温福尔斯念高中时曾经看人发过一次疯。这是第二次看到了。光是看着这一幕他脑子里就感觉要发狂。

他们把8612带走了。狱长没说带去了哪里。必须保持实验的完整，保证实验的展开。571最希望的莫过于把自己弄出去。但是他没办法对其他人做那种事。他的狱友会恨他一辈子，就像此刻的他痛恨8612一样。尽管是一种病态的想法——是他原本以为自己并不拥有的一丁点儿自尊心所导致的症状——但他想维护571的名誉。他不希望有任何大学的心理学家，在双向镜的那一头窥看和录像，说什么："啊，那个家伙——我们把那个家伙也整崩了。"

来了一位牧师，一位天主教监狱牧师。是真牧师，从外面来的。所有囚犯都必须去咨询室见他。"你叫什么名字？"

"571。"

"你为什么在这儿？"

"他们说我持械抢劫。"

"为获得释放，你有什么行动？"

这个问题沿着他的脊柱下沉，一直沉入他的内脏。他应该有所行动吗？如果他没有——如果他没搞清楚该怎么行动，结果会怎样？约定期限结束后，他们还会把他关押在这个地狱般的地方吗？

接下来的一天，所有囚犯打起了颤。因为警卫开始利用他们的痛苦，逼他们往家里写信，但只能写自己口述的内容。亲爱的妈妈。我搞砸了。我是邪恶的。一个警卫把819狠揍了一顿，原因不过是819倒霉，那囚犯崩溃了。上次堵门事件后，当局就把话说得很清楚了，于是这一次他们就把819扔进了禁闭室。他的哭声传遍了整座监狱。他的狱友都被叫到走廊上点名。警卫命令他们反复念诵：囚犯819做了坏事，因为他的所为，我的屎篓子今晚得不到清理。囚犯819做了坏事，因为他的所为……

另一个囚犯，416——8612的替补——组织发起了一次饥饿罢工。他找到两个囚犯加入，其余人都抨击他是个搅屎棍，都断然拒绝。一旦出了问题，每个人都被牵连。571拒绝选边站。他不想加入，也不想带头拒绝。一切都乱套了。囚犯们开始互相攻击。被卷进去的代价他付不起。他告诉所有人，自己保持中立。但这里不存在所谓的中立。

约翰·韦恩威胁416。"把那该死的香肠吃掉,小子,不然你会后悔的。"416把香肠扔到地上,沾满污垢。不等任何人意识到发生了什么,他就被掀进了禁闭室,手里握着那根弄脏的香肠。"不把它吃完,你就别想出来。"

这时广播里传来一条通知:如果今晚有任何囚犯愿意放弃自己的毯子,那416就能出来;如果没人愿意,那今晚416就将在单人禁闭室度过。571躺在床上,躲在毯子下想:这不是人生。这只是一次该死的模拟实验。也许他应该反抗实验者,毁掉他们的期待,变成一个神圣的超人。不过还是算了吧,其他人都没出头。每个人都在等待,那家伙只能冻一晚。他不想让大家失望,可话说回来,让416玩命的又不是他。两周的时间,他们都要忍气吞声,然后一切都会好。

他整晚都暖和地躺在那里,却无法入睡。思绪无法停止。他在想:这一切都是真的吗?他会不会被关两年、十年,甚至两百年?因为误杀而被关押十八年?就像汤森德的那位初中老师一样,他因为醉酒,而把父母养的刚跳完队列舞的破坏精灵撞死了;被关在栅栏里面?就像这个国家不为人所知的那两百万人一样,就连他也不曾细想过。到了那个地步,他将什么也不是。他甚至不是571。真正的当局可以给他按上任何身份。

第二天早上,他们匆忙开了一个会。狱长和警长也被高层人士召集过来。终于有当权的科学家清醒过来,意识到人类不能这样。整个实验都是一场该死的犯罪。所有囚犯都应当获得自由,但在那之前,要先向他们道歉,为这场持续了六天的噩梦。才六天。感觉不可能。571几乎已经不记得自己一周前的身份。

实验者在让他们回归外部世界之前,先对每个人都进行了一番检查。但受害者都太过兴奋,无法思考。警卫们忙着为自己辩解,囚犯们则勃然大怒。道基——道格拉斯·帕弗利切克——也用手指戳空气。"组织这场实验的人——所谓的心理学家——都违反了道德规范,应该把他们全都关起来。"但他没放弃自己的毯子。从现在开始,他将永远都不会偏袒任何一方,永远都不会放弃他的毯子,哪怕是在一场为期两周的模拟小实验中。

走出地牢,他钻进半岛中部灿烂、美丽的日光中。一缕茉莉花和意大利五针松的香气随微风钻进他的衬衫,扬起他的头发。现在他知道自己在哪了,是在强盗资本家创建的斯坦福大学校园,心理学部大楼。这是一片知识、金钱和权力的土地,数不清的棕榈树排列成行,吓人的石头拱廊无边无际。这里是权势之人的修道院,他以前总害怕进入,甚至不敢进来办差,因为害怕会有人把他当骗子抓起来。

他们给了他九十块钱的支票,驾车将他送回东帕罗奥图的小公寓。他缩身于自己的私人碉堡,吃蓝带啤酒炖的菲力多玉米片,看一台小小的黑白电视,揉皱的锡纸喇叭就是天线。三周后,他看到一个节目,一次在老挝的行动搞砸,美军痛失上百架直升机。他甚至都不知道美军去了老挝。他将啤酒罐放在木头圆桌上，脑海中突然产生了一个清晰的想法，他要在某人的松木棺材上，留下一圈水渍。

他站起身，脑袋晕晕的，感觉就和416被关禁闭的那个夜晚一样。他用手指扒拉浓密的卷发，很快它们全部都将离开他的脑袋。显然，目前的状况中有些地方出了问题，其中也包括他自己。有些二十岁的人在送死，好让另一些二十岁的人学习心理学，撰写该死的实验报告，他不想活在这样的世界。他完全清楚，在这场战争中，他们失败了。但那没有任何影响。第二天一早，百老汇大道征兵中心刚开门，他就走了进去。踏实工作，诚实到底。

空军技术军士道格拉斯·帕弗利切克入伍四年来，已经飞过两百多次垃圾运输任务。作为一架C-130运输机上的装卸长，他运输过的屏障材料和A级炸药总数已达数吨。他不顾迫击炮的攻击，将军械送到草地，熊熊战火染红了天际。出发时飞机上装的是载量两吨半的卡车、装甲兵运输车，运货板上摆满战斗口粮；返航时装的却都是尸体袋。任何关注这场战争的人都知道，美军的理由早已站不住脚。但在道格拉斯·帕弗利切克的精神经济学中，与其关注这些，不如保持忙碌。只要还有任务供他打发时间，同机战友将广播停在节奏蓝调音乐频道，他才不在乎这场毫无意义的战争结束的是早是晚。

他经常习惯性地因为脱水而昏厥，所以大家给他取了个绰号叫"昏昏"。他总是忘记喝水——反正白天他记不得。而日落后，在呵叻的中心主路上匍匐前进时，或在天使之城曼谷帕蓬街和碧武里路的色情迷宫中，总有喝不完的湄公河水，酒缸里也装满了胜狮啤酒。烈酒让他变得更有趣，更诚实，不再那么让人讨厌，能与嘟嘟车司机就命运展开坦荡而冷静的交谈。

"你们要回家了吧？"

"还没有，伙计。战争还没结束！"

"战争结束了。"

"对我来说还没有。最后出门的人还是得关灯。"

"尼克松，基辛格，所有人都说战争结束了。"

"去他的基辛格吧，伙计。就他还得诺贝尔和平奖，去他的！"

"是啊，去他的黎德寿[①]。现在所有人都要回家了。"

道基已经不太清楚，所谓的家在哪里。

不忙的时候，他抱着贝斯坐在那里，跟着稀土元素和三犬之夜乐队，重复弹几个

---

① 1911—1990，越南政治家，越南停火谈判专家。

乐段,一弹就是几个小时。或者去寺庙废墟周围晃悠——比如大城府和碧迈镇。那些坍圮的佛舍利塔拥有某种能让他安心的力量。倒塌的石塔被柚木吞没,荒废的雕廊崩溃成岩屑。不久,丛林就将掩盖曼谷。总有一天会轮到洛杉矶。没关系的。不是他的错。不过是历史的发展。

怪兽的大部队正携着它们的轰炸机队伍压境而来,依赖战争给养的经济得到了迅猛发展,数以千计的家庭工坊逐渐繁荣。所有的泰国人都知道将要迎来的是什么。他们是被迫与白魔鬼结的盟,现在来看,他们似乎站错了队。然而就道格拉斯见过的那些泰国人来说,面对毁灭者,他们表露出来的唯有善意。等他的旅行结束,等这场无休无止的战争终结,他打算留下来。他来这里是为了追逐快乐,那他就应该留下来,等灾难发生时,做出回报。他已经学会一百个泰语词汇。Dâai. Nít nói. Dee mâak!①不过,眼下他一点儿空闲时间都没有,他要在有史以来最可靠的运输机上忙碌。反正接下来的几个月,他还有工作保障。

他和机组成员正在检查"大力神"运输机,为下一次一日往返的柬埔寨通勤任务做准备。之前,他们往波成东机场运了好几周的补给品。现在,输送补给的任务变成了帮助撤退。再有一个月,或许两个月——不可能更久。越共正在控制一切,就像夏天的雨。

他坐进弹跳座椅,系好安全带,然后就依循惯例起飞了,脚下的世界依然苍翠繁茂,在丛林的中央,拼布画一样的梯田里种满了水稻。就在四年前,这条航线下面的世界还全是绿色,一直跨过条条河流,延伸到南中国海。接着包装瓶像彩虹一般绚丽的橙剂掀起了一场混乱的风暴,一千两百万加仑的除草剂改变了这里植物的激素。

进入柬埔寨没几分钟,他们就被击中了。不可能;所有仪表都显示,通往金边的航路是安全的。高射炮撕裂了机舱和货舱。随机工程师福尔曼的眼睛中了弹。一块弹片割伤了驾驶员尼尔森的侧腹,有些热乎、湿润和不祥的东西迅速涌出。

整个机组成员都保持着一种怪异的平静。这种恐怖场景,他们在梦里已经见过多次,现在终于成了现实。因为难以置信,所以他们的行动非常高效。他们聚拢来照料伤员,查看机身的损伤情况。有两台发动机冒出了两道细细的黑色油烟,都在右舷,情况不容乐观。一分钟后,烟变粗了。斯特劳布斜着机身转了个急弯,掉头朝泰国返航,寻求救援。只需两百秒的时间。大力神靠一只发动机也能飞。

接着他们开始降落,就像鸭子返回湖面。货舱后部有黑烟冒出。帕弗利切克大脑还没反应过来,嘴里就喊了出来:"起火了!"货舱里装满了燃料和军火。他奋力扑向后方不断蔓延的火焰。必须赶在爆炸发生前将运货板弄出去。他,莱文,还有博拉

---

① 意思分别为"可以,一点儿,好棒"。

格拼命摆弄固定锁具和释放装置。一根排气管被炸断了,正在漏气,炽热的蒸汽喷在他脸上。热气烫伤了他的左脸。但他甚至都没察觉。暂时未察觉。

他们设法投弃了所有的货物。一块运货板还未投出机舱就爆炸了。炸弹引爆后开始坠落。接着帕弗利切克也飘飘荡荡地坠向地面,像一只有翼的种子。

在下方数英里的地方,三百年前,一只身上沾满花粉的黄蜂爬进一棵碧绿的无花果树树顶的小洞,将卵产在里面隐藏的内卷型花朵里。世界上有七百五十种热带榕属植物,每一种都有专属的受精黄蜂。而这只雌蜂就找到了她命中注定的那棵无花果树。这位女创始人产完卵后就与世长辞了。经她受精的这只果实就成了她的坟墓。

寄生的幼虫孵化后,以花朵的内壁为食。但它们不会毁坏喂养自己的果实。雄蜂会与姐妹交配,之后就死在这座豪华的水果监狱内。雌蜂则会钻出果实飞走,披挂着满身的花粉,将游戏永远持续下去。她们留在身后的那棵无花果树结出了一颗红果,比道格拉斯·帕弗利切克鼻尖的雀斑还小。那只无花果被一只夜莺吞下了肚。果实穿过鸟儿的肠胃,随浓稠的粪便一道被排到空中,落在另一棵树的弯折处。阳光和雨水滋润着它长出的幼苗,使它远离了几百万种死亡方式。它逐渐生长,根须向下伸展,甚至包住了它的寄主。几十年过去了,然后是几百年。象背上的战争让位给电视转播月球登陆的场景,以及氢弹的诞生。

那棵无花果苗开枝散叶了,叶片尾部细长。树枝碰到寄主的大枝干,只能弯折下来,向地面生长,然后变粗成为新的树干。最后,中间的那根树干长成了一棵树。这棵无花果树向外伸展,长成了一片椭圆形的树丛,其中有三百棵主要树干,两千根次要枝干。但它们依然是一棵无花果树。一棵榕树。

装卸长帕弗利切克腹部向下穿透蔚蓝的空气。嘶嘶声让他感到困惑。灾难飘浮在他上方高处的云层之中,已经无须再去解决。他只想原谅这个世界,忘记一切,然后坠落。风随心所欲地吹着他,一路到了呵叻府的中央地带。在急速冲向大地的时候,道格拉斯突然苏醒过来。他试图控制降落伞,飞向一片梯田,那里有水,还有一束束绿色的秧苗。但是栓扣缠住了,他飞过了头。在急速下降的最后一百英尺,一把绑在他大腿上的小手枪走了火。子弹钻进他膝盖骨下方,沿着胫骨向下,最后撕裂他皮军靴的鞋跟钻了出去。他的尖叫声穿破了空气,身体摔在那棵榕树的枝干之间,这片独树森林历经三百年的生长,刚好赶上这一时刻,阻止了他的坠落。

树枝划破了他的飞行服。丝绸伞衣把他盖了起来。因为中枪所致的撕裂伤和烧伤,以及腿部所受的粉碎性损伤,这个飞行员昏了过去。他脸朝下,双臂像展翅的雄鹰那般张开,高悬在距离地面二十英尺的一片友好领域,一棵比许多村庄还要大的神树的怀抱之中。

此时刚好有一辆双排车①载着满车的信徒来这棵神树朝圣。他们徒步穿过支柱根组成的柱廊，朝中央的树干走去，那树干缠着寄主的主干向下生长，多年前就已将寄主缠扼至死。在那根曲折的树干中，设置有一座神龛，上面盖满了花朵、念珠、铃铛，写有经文的纸页，树根雕刻的神像，以及圣洁的丝线。游客一边念诵巴利语的经文，一边穿过枝干伸展形成的迷宫般的绿廊，朝圣坛走去。他们怀里抱着香，装满五香浓汁鸡肉末的堆叠式午餐锡盒，还有荷花和茉莉花编织的花环。三个小孩跑在前面，以最快的速度唱着一首乡野童谣。

他们慢慢走到神龛附近，四周树枝上已经挂满了供品，颜色像彩虹般绚丽。接着天空坠落下来，一颗飞弹落在上方树叶之中。他们被这声撞击吓到了，怀里的香、花环，以及午餐锡盒四处散落。有两个朝圣者甚至跌倒在地。

混乱平息了。朝圣者们抬头看去。只见一个块头巨大的外国人高悬在他们头顶，就要冲破树枝，跨越最后这段短短的距离，坠落在地上。他们呼叫那外国人，但他没有回应。他们开始讨论，怎样才能够到他，将他从无花果树枝和降落伞的束缚中解救出来。技术军士帕弗利切克惊醒了，是被几个站在长椅上的泰国人戳醒的。他以为自己是仰躺着的，正在空中上下浮动，那些头脚颠倒的人是在镜面之下，都弯着腰想要抓住他。腿和脸颊的痛感快将他击碎了。他咳嗽起来，吐出一些红星子。他想着：我死了。

不，一个声音在他脸颊附近纠正道：树救了你的命。

他脱口而出四年来他学会的最有用的三个泰语音节："Mâi kâo chai."我不明白。说完，他又昏了过去，漫长的坠落循环延续。这一次，他的翻腾没有停止，直到身下的大地张开大大的裂口，将他接纳。他坠入深深的地下，好一场漫长、放纵的坠落，他进入了根的王国。他一头扎进地下水位之下，向下坠入时间的初始，坠入一个他从不曾想过的奇异生物的巢穴。

当地诊所的人不肯碰美国大兵的腿。一个职员驾车将他送去了呵叻府，是一辆珊瑚色的马自达，车顶天线上飞舞着一面旗帜，上面画着一个佛教转经轮。车子启动时发出的声音像是运河上哽咽的船只，留下一路的油烟。帕弗利切克完全是被拖上后座的，一路上他看到大片的绿色一晃而过，有低矮、葱茏的乡村风景，有起伏的山峦。水里有鱼，地里有稻。遇到台风天，这一整片地区会像香蕉叶子做的小船一样沉没。明年的这个时候，查理就将在曼谷洲际酒店晒太阳了。一棵树救了他的命。这说

----

① 一种用皮卡或大卡车改造的客车，因在车厢设置两排座椅而得名。

不通。

　　诊所注射的针剂药力开始失效，帕弗利切克乞求司机杀死他。司机摇摇手指，指着嘴巴说："别瞎说。"

　　道格拉斯的胫骨被挖空了。呵叻大本营的一位医生帮他做了修补，然后用船将他送去了曼谷的第五基地。机组的所有成员都活了下来——战斗之后的报告中称，很大程度上都是因为他。而他呢——他的命是一棵树给的。

※※※

　　腿瘸后他在空军已经没有用武之地。他们给他发来了拐杖，还颁给他一枚空军十字勋章——军方颁发的勋章中等级第二——还给了他一张回旧金山的免费机票。他把奖章拿到弗兰德利开的军中典当行，换了三十五美元。他不确定弗兰德利这么做是想帮助一位负伤的老兵，还是欺诈他这个门外汉。不过他也并不太想知道。所以，装卸长道格拉斯·帕弗利切克保卫自由世界的努力就到此为止了。

　　宇宙是一棵榕树，根须在上，枝干在下。时不时地，会有一些语句沿着树干汩汩流淌上来，抵达道格拉斯的耳畔，仿佛他依然面朝下悬在空中那般：树救了你的命。但它们疏漏了，没告诉他原因。

　　生活开始以数字计算。九年，六份工作，两段夭折的恋情，三个州的车牌，两吨半的啤酒，还有一个一再重复的噩梦。又一年秋去冬来，道格拉斯·帕弗利切克取出圆头锤，在潦草铺砌过的路面砸出一排坑洞，那是途经马场下坡去布莱克福德的路。他这么做的目的是减慢往来车辆的车速，他好站在栅栏旁边，看到车中人的脸。等到了十一月，过不了多久，他也许就又能享受这种乐趣了。

　　结束给马喂食和读书之后，整个周六，道格拉斯都在做这件事。他的计谋是有效的。如果车速降到足够慢，他就带着狗随车小跑，直到司机摇下车窗打招呼，或者掏枪。有过几次友好的交谈，真正称得上是平等交谈。有个家伙甚至把车停了一会儿。道基意识到，从外人的角度来看，这样的行为会显得有些古怪。不过这里是爱达荷州，当你整天都和马待在一起，你的灵魂就会一点点扩展，直至人们表达自我的方式，都像是在化装舞会之上，并且你会再三被人叮嘱，不要只看表面好看就去参加。

　　事实上，道基也越来越意识到，人类这个物种，最大的缺陷就在于，总会难以遏制地将赞同意见误当作事实。一个人相信什么，不相信什么，最大的决定因素就是，周围人们的说法。把三个人集中到一个房间，他们就会相信，地心引力法则是有害的，应当废除，因为他们其中一人的叔叔喝醉时曾经从屋顶摔落。

　　他试过对其他人讲述这个观点，不过没能获得太大成功。但在他的第四腰椎附近，却漂浮着一只小铁箱，里面装着一小笔战争退役抚恤金、一只空军十字勋章（典当了），一枚迟来的紫心勋章，其背面总让他想起马桶座圈，以及用自己的双手将所有赋予他的东西全部淬炼成坚强信念的能力。

挥舞锤头时，他的腿还是有些跛。他的脸变成了长长的马脸，无意间模仿了他照料的动物。一年里有七个月的时间，他独自生活，这期间年过中年的农场主则会离开去追求其他的爱好，光顾其他房屋。周围三面都是山。唯一能看到的电视节目是蚁群生活的纪录片。但他内心依然有一部分想要知道，在现实世界的某个地方，是否有某个人，赞同他为数不多的私密想法。人们为了得到其他人的肯定，甚至不惜去死，这是全人类的疾病。十月的第二个周六，他依然在房前的公路上忙活，希望挖个大坑减慢过路人的车速。

这天，他正准备去查看陷阱的收获，然后回马棚与比利时驮马"诸多成就酋长①"讨论尼采，这时一辆红色道奇达特轿车以几近音速的速度攀上上坡。看到前面的坑洼，那车立即开始刹车，控制性能之优越令人钦佩。道基和狗开始狂奔。等他们跑到时，车窗已经摇了下来。一个红发女人探出头来。道格拉斯看得出，他们会有很多话题，注定会成为朋友。"为什么只有这段路这么糟？"

"有人叛乱。"道格拉斯解释说。

女人摇起车窗，加速离开，车轴遭了殃，但她连看都没看一眼。游戏结束。道格拉斯若有所失。又是一根最后的稻草，他几乎没有力气再去给马朗读《查特图斯特拉②传》的下一节。

那晚气温降到华氏十几度，雪片粗粝地打在脸上，仿佛将整个广阔的外部世界都变成了加州的去死皮美容店。他往布莱克福德走，他在那里存了足够喝一个月的水果鸡尾酒，以备提前下雪。最后他去了台球酒吧，把银币当铝皮挥霍。

"你必须做好准备，把自己燃烧成火焰。"他对一个大块头顾客说。这是从前的囚犯571在说话，他永远都难以忘怀，曾经在应该将毯子献给狱友的时候，他没能做到。打了十八轮争黑八后他才回了家，赢的钱比花的还多。趁着地面还不至于冻得挖不动，他将现金埋在了北边牧场，和其余储蓄埋在一起。

这里的冬天简直比文明的运行历史还要长。他切切削削，用他收集的那堆鹿角做东西，做了一盏台灯、一只衣帽架、一只椅子。他想起那个红发女人，她高不可攀的光彩模样。他倾听阁楼上动物活动发出的声音。他读完了《尼采作品便携本》和《诺斯特拉德马斯预言全编》，每读完一本就一页一页塞进柴炉烧掉。他把马群刷洗得干干净净，每天轮换着带它们去室内马术场骑，因为诺斯特拉德马斯的预言令人心烦意

---

① 是印第安克劳族酋长的名字。
② 拜火教创始人。

乱,所以他开始为它们朗读《失乐园》。

春天里,他扛着一把点22口径的猎枪去了灌木丛。但他无法扣下扳机,哪怕是对一只温驯的野兔。他心里有些地方不对劲,他意识到了。初夏,雇主归来后,他向他们道谢,然后辞了工。他不确定自己要去哪儿。从他作为一名装卸长最后一次执飞以来,这样的知识就成了不可能的奢侈。

他想一直向西。麻烦在于,就他此刻所处的位置而言,西边只剩下一小片区域,而那里让他感觉像是又在向东。不过他还是取出了他那辆结实的二手F100,花一大笔钱换了新胎,他是个身有残疾的退伍老兵,不过在尤金还有个朋友。美丽的乡村小路一路穿过重重山峦,通往博伊西以及更远的地方。生活又变得像是他刚从空中掉下来,落进那棵榕树后那般美好。车载无线电的声音在峡谷里钻进钻出,歌声听着像是从月球上传来的一样。孤独的情绪都融入了高科技舞曲之中。反正他也没有听。他走了神,思绪飘到了窗外连绵数英里的恩格曼云杉和亚高山带冷杉森林中。他下车去路边方便。这里是山脊,他尽可以尿在公路的中线上,人类并不比其他生物聪明。但野蛮是一座狡猾的斜坡,正如他经常给马群读的那样。他离开公路,钻进森林。

道格拉斯·帕弗利切克解开裤子,眼睛望着荒野,等待膀胱解除封锁。就在这时,他看见有一道光芒穿透树干照了出来,但从这里直到森林中心,本该都只有阴影的。他拉好拉链,开始仔细探查。他继续往森林深处走,钻进下层丛林,但结果发现只是越走越远,森林并没有变得更深。这是他走过的最短的徒步路线,很快他就再次走出了森林,他看到的是……你甚至无法称之为林中空地,称之为月球表面更为贴切。铺展在他面前的是一片只有树桩的荒地。地面上红色矿渣流淌如血,还混合着锯屑和伐木留下的碎片。无论往哪一个方向看,目力所及的景象都像是一只巨大的被拔了毛的飞禽。仿佛有奇异的死亡射线照射过这里,世界正在请求终结的许可。近似的经历他只有过一次,那就是他、陶氏化学和孟山都公司帮忙对那三个遍布丛林的国家展开的清理。但这里的清理看起来效果好得多。

他回头跌跌撞撞地穿过遮蔽一切的树木帘幕,横穿公路,往另一边的树林看去。然而顺着山腰向下铺展的,是更多月球表面般的风景。他启动卡车,继续行驶。这条路像是穿行在森林之中,一英里又一英里,沿途一片苍翠。但现在道基看透了这幻象。他正行进在一条最脆弱的干道上,它假装两旁生机盎然,但这种做法简直就像是试图用一块粗麻布遮掩一只足有一个主权国家那么大的炸药箱。这些森林只是道具,是一件巧妙的艺术品。树木则像是群众演员,被雇来填满一个镜头,好假装场景是纽约。

他在一座加油站停车加油。他问收银员:"山谷上面一直在清理林木?"

男人收下道基的银币。"呸,是啊。"

"只留下少量树林做帘幕来遮挡？"

"那些叫绿化带，观光走廊。"

"可是……那难道不都是国有森林？"

收银员看了他一眼，仿佛他这个蠢问题中有什么陷阱。

"我以为国有森林都是保护区。"

收银员无理地哐了几声嘲笑他。"你说的那是国家公园。国有森林存在的意义就是要被砍伐和清理。然后卖给需要的人。"

好吧——有文化就是能理直气壮。道格拉斯已经养成习惯，每天都在学习新知识。接下来的好几天，他一直在琢磨这个小知识。但在抵达本德之前的某个地方，怒气又开始沸腾了。从上午到下午，就有数千英亩的森林在他眼前消失。但原因不止这一点，如果说是斯摩基熊①和游侠里克②把惠好木业公司支付的抚恤金存起来了，那这样的事实他可以接受。但在公路两旁设置遮挡林，这个精心设计的简单计谋却高效得让人感觉恶心，让他想揍人。每一英里的路程都在欺骗他的心，而这正是他们的设计目的所在。一切看起来都是那样的真实，那样的原生，那样的完好无羔。他感觉自己身在《吉尔伽美什史诗》中的雪松山上，就是去年他在农场图书室找到的那本书，他还读给马群听过。那是创世第一天就有的森林。但事实上，吉尔伽美什和他年轻无知的朋友恩奇都早已走遍了这片森林，而且把它弄得一团乱。那是世上最古老的故事。你驾车穿过整个州，可能都不会知道遮挡林背后的真相。这才是让人愤怒的地方。

在尤金，道格拉斯用许多银币换来一次乘坐螺旋桨飞机的机会。"带我兜一个用这笔钱所能兜的最大的圈子，我想知道从空中看到的大地是什么模样。"

它看上去就像一头即将接受手术的病兽的侧腹，毛都被剃光了。目力所及的所有方向尽皆如此。如果这番景象被电视播放出去，那么伐木明天就会停止。回到遮遮掩掩的地球表面后，道格拉斯在朋友家的沙发上哑口无言地待了三天。他没有资金，没有政治头脑，没有不烂之舌，不懂复杂的经济学，也没有社交资金。他所拥有的只有眼前的一片荒芜，无论睁眼还是闭眼，那场景都一直萦绕在他眼前，一直延展到天边。

他做了些调查，然后签了份合约，为自己的一条半好腿找了个雇主，工作则是往那些被砍伐一空的空地上种树。他们给他的工具是一把铁锹，和一个写着"苹果籽约翰尼"③字样的包，里面装满了树苗，每一包只收他几美分。如果他种下的树一个月

---

① 美国林业局的吉祥物，用于向公众科普山火的危害性和预防方法。

② 美国国家野生动物保护联盟的浣熊吉祥物。

③ 美国早期拓荒历史上的传奇人物，本名约翰尼·查普曼（1774—1845），一生致力于在偏远地区种植果树，俄亥俄州、密歇根州、印第安纳州以及伊利诺伊州都是因此发展起来的。

后依然活着,他们承诺每棵会付他二十美分。

花旗松,美国最珍贵的成材木,那么,当然了——为什么不种出一座只有这种树的林场呢?每英亩产出的木材都足够造五座新房。他知道自己种的这些树,最后还是会被中间商卖给一开始砍树的那些混蛋。但他无须摧毁伐木业,或者替大自然复仇。他需要的只是挣钱谋生,摒除那些砍树的画面,那些画面一直在往他心里打洞,就像钻进白木质的甲虫。

他整日在污水四溢的山坡上穿行,那里一片死寂,寂无声息。他四肢着地,拖着身子在遍地的废物中爬行,无法通行的沼泽低地几无立足之地,他用两只手拖着身子爬过凌乱的树根、木棍、树枝、大枝、树桩、树干、纤维质和碎木屑,这地方就像杂乱的墓地,它们都被留在里面,等待腐烂。他掌握了上百种不同的倒地方法。他弯腰,在地上铲一个楔形的坑,塞进一根树苗,然后用鞋尖像爱抚一般轻轻地推拢坑缝。接着将这个过程重复一遍。再一遍。织成一张向四面八方散射的网,上到山腰,下到光秃的冲沟。每小时重复几十次,每天几百次,每周几千次,直至他悸动的三十四岁的身体整个膨胀起来,像是里面灌满了毒蛇的毒液那般。有时候,如果手头有锉刀,他真想把那条瘸腿锯掉。

他睡在种树人营地,里面住满了嬉皮士和非法移民,都是强硬而可爱的人,白天忙得太累,晚上连话都不想说。夜里他肌肉酸痛,身体僵硬地躺在那里,脑海中突然冒出一句话——是从前他在农场帮工时给领头的马读过的一句话。当弥赛亚降临时,如果你手中正握着一根树苗,那就先把树苗种好,然后再出门迎接弥赛亚。他和马都不能理解这句话,直至今日。

树木被砍倒后散发出的气息征服了他。散发着湿漉漉的香气的抽屉,潮湿的羊毛,生锈的铁钉,腌渍的泡椒。这些气息让他回想起童年时代。香味为他注入了无法说明的幸福感觉。那些气味将他投入最深的井底,困在那里几个小时。接着传来了声音,仿佛他的耳朵被枕头捂住了一般。是锯子和伐木归堆机的咆哮声,在远处的某个地方。但种植是无声的,生长是无形的。

有时候,晨光仿佛是穿透了亚瑟王时代的雾气到来的。有些早晨,严寒几乎能把他冻死;有些正午,热浪炙烤着他几近麻木的屁股;有些下午,天空碧蓝如洗,他仰躺在那里,看到眼中盈满泪水。有时雨水无情地倾泻,仿佛在发出嘲笑;有时雨滴沉甸甸的,是铅的颜色;有时雨很害羞,像是试镜怯场的人;有些雨让他的脚下生出苔藓和地衣。这里曾经密密麻麻地长满了巨大的尖顶树。它们会回来的。

有时他与其他种树工一起工作,有些人讲的语言他完全听不懂。他遇见过一些徒步者,对方想要知道他们年轻时代见过的森林去了哪里。季节性的森林劳动者来来去去,但像他一样的中坚力量却留了下来。楔坑,下蹲,插苗,起身,鞋尖封土。

他栽种的花旗松那样小，那样可怜。就像烟斗通条，就像铁路模型玩具中的轨道。从远处看去，这些人工种植的树苗，就像一群在秃顶男人头上赶路的人。但是他种进土里的每根瘦弱的树苗，都是一根正在成型的魔法棒。他将它们成百上千地种下去，他爱它们，信任它们，就像他曾经信任他的同伴。

放手——这才是重点——放手，将它们留在阳光、空气和雨水中，它们每一棵都会长到几十几千磅重。他种下的每棵树苗都将生长六百年，让工厂里最大的烟囱也相形见绌。它能供几代田鼠寄生而从来不用下地，可以容纳几十种只想将它吞噬殆尽的昆虫。雨水每年往它低处的树枝上洒落几千万根针，扬起的土壤在空中垒起高高的花园。

这些瘦长的树苗，每一棵一生中都将结出几百万只球果，较小的黄色小球是雄性，它们的花粉能飞遍整个美国；下垂的球果是雌性，它们有老鼠一般的尾巴，从一圈圈的鳞片中伸出来，他看它们比看自己的人生更亲。它们会重新组成森林，他几乎能闻到它们的气味——混合着树脂的香气，新鲜，浓烈，充满了渴望，不结水果却有水果汁液的气息，是永不结束的圣诞节的气息，但比基督还要古老。

道格拉斯·帕弗利切克工作的那片荒地面积比尤金市区还要大，每种下一棵树苗，他都会和它们告别。挺住。只需一百到两百年。对你们这些家伙来说，这不过是小菜一碟。你们必须活得比我们长。那时活着的人就再也没有谁能将你们干倒。

尼莱·梅达

在圣何塞一家墨西哥面包店楼上的公寓里，那个将要帮助人类变成其他生物的男孩，此刻正在观看《电力公司》①的录影带。在厨房里，黑豆蔻粉的气息和楼下面包房渗上来的潘菲诺和孔沙斯面包②的肉桂气息混在一起，让他的拉贾斯坦裔母亲几乎喘不上气来。而在窗外，在心之喜悦谷③，扁桃树、樱桃树、梨树、胡桃树、李树和杏树的亡魂，无论往哪个方向看，都绵延了数英里，这些树是最近为了建设硅谷才牺牲的。男孩的父母现在依然把这里叫作黄金州。

男孩的古吉拉特裔父亲此刻正扛着一只巨大的箱子爬上楼梯，他的身体瘦得像根扫帚柄。八年前，他来到这个国家时，身上只揣着两百美元和一个固体物理学专业学位，他愿意只拿白人同事三分之二的薪水。现在他在一家正改写世界的公司工作，工号是276号。他被箱子压得有些摇晃，费劲地爬上两层楼梯，嘴里哼着儿子最喜欢的歌谣，睡觉时两人会一起唱的那首：欢乐带给蔚蓝深海中的鱼儿，欢乐带给你我。

男孩听见他的脚步声，冲到楼梯平台上。"爸爸！那是什么？是给我的礼物吗？"他是个七岁大的拉杰普特裔，对于世界的了解，最多是一个送给他的礼物。

"先让我进去好吗，尼莱，拜托你，谢谢。是礼物，给我们俩的。"

"我就知道！"男孩围着咖啡桌踢起了正步，这张桌子非常结实，撞球摆件的钢珠掉在上面会发出噼啪一声响，"我的生日礼物，提前了十一天。"

"不过你得先帮我把它装起来。"父亲把桌子上乱七八糟的东西都推到地上，小心地将箱子放到桌上。

"我是个好帮手。"男孩提醒健忘的父亲。

"还要有耐心，这方面你还在训练，记得吗？"

"我记得。"男孩向他保证，同时手已经开始撕扯箱子。

---

① 美国一部针对7—10岁儿童的教育性电视剧集。
② 原文分别为pan fino和conchas，都是墨西哥面包房的经典产品。前者为手工制作，形状各不相同，后者类似菠萝包。
③ 加州圣克拉拉县的旧名，圣何塞和现在的硅谷所在地。

"耐心能创造一切美好的事物。"

父亲扶着男孩的肩膀，将他引到厨房。母亲却堵住了房门。"别进来，忙得很！"

"遵命，你好，妈妈。我得到了一套电脑套件。"

"他说他得到了一套电脑套件。"

"就是电脑套件！"男孩尖叫起来。

"你当然得到了一套电脑套件！好了，你们两个小伙子玩去吧。"

"我们不是在玩，妈妈。"

"不是吗？那就去工作吧，像我一样。"

男孩尖叫着拽着父亲的手，将他拖回了那只神秘的箱子。母亲在他们身后喊道："是背一千个单词，还是四千个来着？"

父亲兴奋地答道："四千！"

"四千，对。好了，快去吧，造点好东西出来。"

当看到箱子里拿出来的是一架绿色的玻璃钢玩具后，男孩噘起了嘴。"那就是电脑套件？那有啥用处？"

父亲露出了一个尴尬无比的笑容。那一天就要到了，届时"用处"都会被这个东西改写。他伸手从箱子里拿出玩具的心脏。"给你，我的小尼莱。你看！"他拿起一块三英寸长的芯片，开心地摇晃脑袋，一向表情很少的脸上舒展出一种像是骄傲的神情，看起来让人觉得危险。"你父亲帮忙造出了这个。"

"就是它吗，爸爸？那是微处理器吗？就像直腿直脚的虫子。"

"啊，但是你想想看，我们设法给它里面加入了什么。"

男孩仔细看着。他想起了过去两年来，父亲给他讲的睡前故事——勇敢的工程管理人员和敢于冒险的工程师的故事，他们经历的灾祸比神猴哈奴曼及其整个猴子大军经历的还多。他七岁的脑瓜里点火，装线，搭建起一个个分叉的轴突和树突，长出一棵棵小小的枝叶伸展的树。他笑得小心翼翼，有些不确定的样子。"成千上万个晶体管！"

"对，我聪明的小伙计。"

"让我拿拿看。"

"嘘，嘘，嘘，小心，别动。我们搞不好会杀死这个小家伙，那样它就活不过来了。"

男孩的惊恐中带着一种满足。"它还能活？"

"如果……"父亲晃动手指，"如果我们把所有的士兵都安排到位的话。"

"那它会怎样，爸爸？"

"你想要它怎样,尼莱?"

男孩瞪大眼睛,他看到各种元件拼接在一起,变成了一个神灵。"我们所有的愿望它都能实现吗?"

"我们只需要弄清楚,如何将我们的计划输入它的记忆。"

"我们要把计划输入那里面?能装多少计划?"

这些问题让男人停顿下来,就像有时候遇到一些简单的小问题时一样。他迷失在宇宙的荒原之中,因为他所造访的那个世界重力更强,他稍稍显得有些弯腰驼背。"有一天,它或许能承载我们所有的计划。"

男孩嘲笑道:"就这个小东西?"

男人走到书架旁,取下家庭剪贴簿。翻开几页后,他扬扬得意地叫道:"看啊!尼莱,过来看。"

是一张绿色的小照片,充满神秘。照的像是一大堆纠缠在一起的大蟒蛇,正从碎石堆里往外钻。

"看到了吗?一粒微小的种子落在这座神庙的屋顶上。几百年后,神庙被种子压塌了。但是这粒种子仍在继续长啊长。"

几十根疙疙瘩瘩的树干和树根在墙壁的废墟中吸取养分。根须填满了石头的每一条裂缝。一根比父亲身体还要粗的树根钻透了一道过梁,然后像钟乳石一般渗漏,钻进下方的门洞。男孩被这棵植物不顾一切的探索精神吓坏了,但他无法移开视线。枝干在那座石头建筑中探寻、追逐的架势中,有一种非常类似动物的气质。像是另一种躯干——像是大象的象鼻。它们似乎有觉知,有想法,想要寻找它们的路。男孩想:有一种缓慢却决心坚定的力量,想要将人类的所有建筑都变成齑粉。但父亲将照片举在尼莱面前,却像是在证明一种最欢乐的命运。

"你看见了吗?如果毗湿奴神能往这么小一粒种子里装进这么大一棵无花果树……"男人弯腰捏起儿子小手指上的芯片,"想想看,我们能往机器中装多少东西。"

接下来,他们花了几天时间造好了外箱。所有的焊接活儿都做得十分出色。"好了,尼莱先生,这个小东西能做什么呢?"

男孩呆坐在那里,思考各种可能性。他们能随心所欲地向机器世界中释放任何程序、任何事物。唯一不可能做到的就是选择。

母亲在厨房里喊道:"请教教它怎么煮六角豆吧。"

他们用编码的闪光灯让它说:"你好,世界。"他们让它说:"生日快乐,亲爱的尼莱。"于是父子二人写下的词汇开始浮现和闪烁。男孩刚满八岁,但在这一刻,他回到了家。他已经找到将内心最深处的希望与梦想转变为活动进程的方法。

他们制作的东西很快就开始进化，从一个只有五个指令的简单重复指令，变成了一个拥有五十行指令的漂亮的分段式结构，能分离成可重复使用段落的小的程序部分。尼莱的父亲往上面连了一台录音机，只需几分钟时间就能将他们数小时的工作重新装入计算机。不过音量按钮必须精准调好，不然一个读取错误就能炸掉一切。

几个月的工夫，他们的存储容量从四千字节升级到一万六。很快他们又飞跃到六万四。"爸爸！它的力量已经超过历史上的所有人类啦！"

男孩迷失在自己的意志逻辑之中。他开始驯养这台机器，把它当小狗，一连好几个小时地训练它。但它只想玩。把炮弹掀过山脉射入敌军，阻止老鼠进入你收获的玉米堆，转动财富之轮，在象限中找到并摧毁所有的外星人，在那个可怜的逃亡人被绞死之前拼写出单词。

父亲坐在那里看他释放出的东西。母亲手捏着衬衫下摆，开始斥责他们父子二人。"看看这小子！就知道坐在那里敲敲打打，简直像个苦行僧，都进入飘飘然状态了。他这是上瘾了，比嚼火焰槟榔还可怕。"母亲的唠叨没完没了，一直念到他调出检查指令才罢休。男孩从来不回应。他正忙着搭建世界。一开始只是些小小的世界，但都是属于他的世界。

电脑编程中有一种结构叫"分支"，而那就是尼莱·梅达正在做的事。他要让自己转世，用各种种族、性别、肤色和信仰的身份再活一次。他要饲育腐烂的尸体，吞食年轻人的灵魂。他要在苍翠森林高高的冠顶上安营扎寨，跌落万丈悬崖摔得粉身碎骨，到拥有许多太阳的行星海洋中游泳。他要投入自己的一生，为心之喜悦谷发起的一项宏大计划服务，去接管人类的大脑，用一种自人类学会书写以来从未有过的方式去改变人类的大脑。

有些树木的枝叶会像烟花般伸展，有些树木则呈锥形生长。有些树木向天空笔挺地射出三百英尺，却不留下一丝涟漪。树木的形态各不相同，阔大的，角锥状的，圆形的，柱状的，圆锥形的，弯弯曲曲的，它们唯一的共同点就是分枝，就像拥有千根手臂的毗湿奴。在那些开枝散叶的树木中，最狂野的当属无花果树。这是一种善绞杀的树，它们的根系向下伸展，缠绕住其他树木的枝干，而后将之吞食，寄主腐烂后，绞杀根缠绕的地方就变成了一个中空的空间。这种树又叫菩提树、菩提榕，是佛陀的开悟场所，它的叶片逐渐变窄，最后形成一个独特的水滴状叶尖。这种榕树伸展开后，一棵就像一整片森林，上百根独立的树干都在争夺阳光。父亲那张照片中吞食掉寺庙的无花果树长进了男孩的心里。每生出一块新的可重复使用的代码，那树就长得更快一些。它会一直伸展，寻找罅隙，探索所有可能的逃离方式，寻求可供吞食的新建筑。接下来的二十年，它都将在尼莱的手下生长。

然后它会成熟开花，成为男孩对童年时代这份生日礼物的一份迟来的感谢；代表着他对瘦小的爸爸的敬意,是爸爸将那只巨大的装运箱拖上了公寓的楼梯;代表着他对毗湿奴的赞颂,他只有通过用新闻纸印刷的廉价印地语漫画书才能了解到这位神明,而他永远也不会读那些书;代表着他与一个由动物化为数字的种族的告别;代表着他抚养死者,让他们重新爱上他的努力。父亲在他心中种下的那粒种子长成了树,这棵树向下长出了数不清的树干,它们将要吞食整个世界。

他们搬去了谷中的山景城,国王大道旁的一座房子。有三个卧室,奢侈得让巴布尔·梅达晕头转向。他还是开一辆已有二十年历史的旧车。但每隔五个月,他都会给电脑做一次升级。

每次有新的板条箱回来,丽图·梅达都惊慌失措。"什么时候才是个头儿啊?你把我们都拖穷了!"

车库里堆满了用旧的设备,车子都几乎停不进去。但不管每一个组件有多么过时,都是一群英雄工程师的心血结晶,是复杂惊人的奇迹。父子二人谁都不舍得将这些淘汰的奇迹丢弃。

摩尔定律①所描绘的发展趋势慢如蜗牛,尼莱大感折磨。他渴望更大的内存,更快的单字长定点指令平均执行速度,更高的像素。等待下一代突破升级花费了他十分之一的青春。在这些微小、易变的元器件中,有些东西正在等待释放。说得更准确些,这些沉默的元器件或许正在等待执行某些任务,某些人类甚至尚未想到的任务。尼莱就要发现那些任务,并且为它们命名了,只要他能找到下一代的新咒语。

白天在校园里穿梭时,他像个背叛了童年时代的叛徒。他在学习各种陈词滥调——看不完的情景喜剧中的著名台词,小收音机中播放的有害无益的勾人旋律,应该摄走他心魄的十五岁性感明星的简介。但到了夜里,他的梦里出现的不是运动场上的打斗,不是白天听来的八卦新闻,而是可爱的代码,体量越来越小,效果却事半功倍——字节片段从记忆体传输到寄存器,再到累加器,然后返回,这个过程就像一支优美的舞蹈,他无法张口与朋友们讨论。他们看不见他呈现的景象。

每一个程序都打开了一种可能性。一只青蛙试图横穿一条繁忙的街道,一只猿猴试图用桶爆弹防身。来自另一维度的生物们都披着那些荒唐的块状皮肤,涌入尼莱的世界。能真正看见它们的时间非常之短,很快这些从不曾成形的事物就化作了一贯的模样。如果是再晚几年,像他这样人际交往困难的孩子,就会被诊断为阿斯伯格综合征,需要接受认知行为治疗,服用抗抑郁药。但他几乎比任何一个人都更早地确定:

---

① 英特尔创始人戈登·摩尔经过长期观察提出的一个推论,集成电路上所能容纳的晶体管数量每隔18—24个月便会增加一倍,性能也将提升一倍。

人类准备好了。曾经,掌握人类命运的或许是那些适应力强、长于社交的人,情感操控大师,但现在一切都已经升级换代。

  他依然热爱老派读物。夜里,他会专心阅读离奇难懂的史诗,探寻其中揭露的有关时间与物质的真实传言,搜集各种有关历代宇宙飞船方舟的传说,探索那些像巨大玻璃容器的穹顶城市。历史分裂成为无数个并行的量子世界。他一直在等待一个故事,他用了很久的时间才与之偶遇。当他终于发现后,那故事就永远留在了他的身边,尽管他再也无法找到它,任何数据库中都找不到。外星人降临地球,是一些小侏儒,但他们会像活不到明天那般地变形。他们像蚊虫一般移动,快得让人看不清形迹——他们的速度太快,地球上的秒仿佛是他们的年。在他们眼中,人类不过是些固定不动的肉身雕塑。那些外星人试图交流,但得不到回应。他们找不到智慧生命的迹象,于是就将人类包裹起来,冰冻成雕像,制成漫长回程食用的肉干。

  对尼莱来说,只有一个人比他的作品更重要,那便是父亲。他们无须语言就能理解彼此。只有一起坐在键盘前,他们才会开心。掐脖子,戳肋骨,逗得彼此咯咯笑。父亲还总是歪着头,用温柔的声气轻快地唱道:"当心,尼莱先生。小心!不要滥用你的力量!"

  整个广袤的世界都在等待激活。他们必须一起努力,从最小的原子中创造出可能性。男孩想要音乐和歌声,但他的机器是哑的。于是尼莱和父亲就自创了锯齿波,快速点击那只小型压电扬声器,让它开始歌唱。

  父亲问:"你是怎样变得这么专注的?"

  男孩没有回答。其实父子二人都知道。毗湿奴已将所有生命的可能性都注入了他们那台小小的八位微处理器,尼莱会一直坐在屏幕前,直到完成创造为止。

  人到中年后,尼莱只需要拖一个可爱图标出来,丢进树形图,挥一下手腕就能完成的工作,从前他和父亲要一连六周的夜晚都待在地下室里才能做成。但是这种等待构思完成的不可思议的感觉却再不能复现。那时,他将待在一座由名流支付的价值数百万美元的综合写字楼中,他将在那间红木镶边的大堂中悬挂一块匾额,一挂就是好多年,上面篆刻的是他最爱的作家的名言:

    所有人都应该有能力进行各种各样的思考,
    我认为将来一定能够做到。①

---

① 出自博尔赫斯的短篇小说《〈吉诃德〉的作者彼埃尔·梅纳德》。

尼莱在十一岁那年的风筝节为爸爸做了一只风筝。不是真的风筝，是比那还好的东西。父子二人可以一同放飞，但又不会让山景城的任何人觉得他俩是愚昧的牛的信徒。他尝试了一种新技术，来将他在油印兴趣杂志《一见钟情》中读到的小精灵制作成动画。这个想法聪明又美妙。你只需画出各种精灵的风筝图样，然后将它们直接存入图像存储器。接着将它们都调到屏幕上去，就像翻阅动画书一般。第一个小精灵风筝扑扇着飞起来时，他感觉自己像神一样。

他想到的点子是写一个能自我编程的程序。让用户以简单的字母和数字形式，键入自己选择的旋律，然后风筝就能随着节奏跳舞。这个宏伟的计划在尼莱的脑海中旋转。爸爸会设定他的风筝和着真正的古吉拉特音乐旋律舞蹈。

尼莱为了这个项目，用完了一整个活页笔记本，里面记了各种笔记和图表，夹满了打印输出的最新信息。父亲好奇地拿起笔记本，问道："尼莱先生，这是什么啊？"

"别碰那个！"

父亲笑着点点头，明白这是属于他二人的秘密礼物。"遵命，我的尼莱大人。"

男孩都是趁父亲不在时赶这个项目。他把活页夹带去了学校，那里迷宫一般的走廊秩序井然，在他看来实在是一种折磨，将为他后来创作地下迷宫提供许多灵感。黑色的活页笔记本看上去很正式。他假装在往里面记笔记，实际是在编写代码。老师们见此情景都很高兴，根本没产生丝毫怀疑。

计划进行得非常顺利，直至第五节课——是吉尔平小姐的美国文学课。这堂课他们要读的是斯坦贝克的《珍珠》。尼莱有点儿喜欢这个故事，尤其是宝宝被蝎子蜇的那个部分。蝎子是了不起的生物，尤其是大蝎子。

吉尔平小姐一直在念叨珍珠的象征意义。但在尼莱看来，珍珠就是珍珠。他正在焦头烂额地思考一个真正的问题：如何同步风筝的舞蹈和音乐。翻阅打印资料之间，他突然想到了解决方法：两个嵌套循环。简直就像神明在他脑海中的黑板上写出了答案。他情不自禁地嘟囔了一句："噢，棒极了！"

班上的同学都爆笑起来。因为吉尔平小姐刚问了一个问题："没人想看到宝宝死去，对吧？"

于是吉尔平小姐示意所有人都安静。"尼莱，你在做什么？"他不知该如何作答。"你的笔记本里写的是什么？"

"电脑作业。"听到这句愚蠢的回答，所有同学又哄笑起来。

"你难道是在上电脑课？"尼莱摇摇头，"拿过来。"

在往吉尔平小姐讲桌走的途中，他恨不得绊倒扭伤脚踝。但他还是把笔记本交了上去。吉尔平小姐翻开，见里面都是草图、流程图和代码，眉头皱了起来。"回去坐下。"

他照做了。吉尔平小姐继续讲解斯坦贝克的小说,他则像浸在了不公和羞耻的池水中。下课铃响后,班上的同学都走光了,他又回到吉尔平小姐的讲桌旁。他知道吉尔平小姐为什么讨厌他。他的和善会将她的好脾气耗尽。

她翻开笔记本,看着里面画满方形风筝的网格。"这是什么?"

她不知道风筝节,也不知道拥有他那样的父亲是什么感受。她是个来自瓦列霍的金发女人。机器是她的天敌。她认为逻辑会扼杀人类灵魂中的一切美好。"电脑相关的东西。"

"你是个聪明的孩子,尼莱。你为什么不喜欢英文呢?你明明很擅长分析句子。"她等了很久也没等到他的答案,于是敲敲笔记本又说,"这是什么游戏吗?"

"不。"不是她想的那种游戏。

"你难道不喜欢阅读吗?"

他对她心怀歉意。如果她知道阅读该有的面貌就好了。银河帝国及其敌人正在横扫整个银河系,战争已经持续了几千年,她却在为那三个墨西哥人担忧。

"我以为你喜欢《一个人的和平》①。"

他是喜欢,这部小说甚至还有点儿戳他的心。不过他不明白,这和取回他的私人财产有什么关系。

"你难道对《珍珠》不感兴趣吗?这个故事可是跟种族歧视有关啊,尼莱。"

他站在那里眨眨眼睛,就像第一次与外星智慧交流的样子。"我可以拿回我的笔记本吗?我再也不把它拿进教室了。"

吉尔平小姐的脸皱了起来。尼莱自己也看得出,他这样做是在背叛吉尔平小姐。她原本以为他是站在她那个阵营的,不想他却在几周前就溜走了,转投了敌军。吉尔平小姐摸摸他的笔记本,又皱起了眉头。"先暂时放在我这里保管吧,等你回到正轨再说。"

这天放学后,他去了吉尔平小姐的办公室。他满脑子都是改过自新的想法。"我很抱歉在您的课堂上不听讲,而在笔记本里努力忙活。"

"尼莱,你说你那是努力忙活?"

她想听的是忏悔,当班上其余同学都在认真地从小说中萃取珍珠时,是她把他从玩游戏的危险中救了出来。他为了父亲的风筝付出了五十个小时的辛勤劳动,成果就在四英尺外,但他无法触碰。她想羞辱他。而他已经怒不可遏。"请问,能把我那本

---

① 美国小说家约翰·诺尔斯(1926—2001)于1959年推出的处女作,讲述二战期间新英格兰一所预科学校中两个男孩的友情和背叛的故事,树上跳水是其中的关键情节。

该死的笔记本还给我吗?"

这句话像耳光一样掴在了吉尔平小姐的脸上。她瞪大眼睛开战了。"你竟然在老师面前说脏话,这是一个陋习,你父母会怎么说?"

他呆住了。母亲会对他下死手,像宰杀牲畜那样。

吉尔平小姐看一眼手表,时间已经太晚,不能送他去校长室了。十分钟后,她的男朋友就要来接她下班。到时候他们会一起嘲笑这个愚顽的印度男孩,还有他那本写满象形文字的笔记本。他竟然还坚称那不是游戏。吉尔平小姐变成了一根象征着权威的支柱。"明天早晨上课铃响之前,到这儿来找我。到时候我们再来谈一谈你最近的表现。"

男孩的脉搏跳得如同擂鼓,眼睛在灼烧。

"你去吧。"吉尔平小姐稍稍扬起眉头,命令道,"明天早上七点,准时到。"

他需要思考,于是就放弃了公交车,改为步行回家。这天半岛中部的天气好得像是在模仿天堂——华氏七十度,天朗气清,空气中弥漫着浓郁的月桂树和桉树的气息,让人感觉十分怪异。他沿着熟悉的归家路途慢悠悠地走,步速是平时的一半。沿途经过了一些低调的中产阶级平房,很快人们就会斥资一百五十万美元来购买,目的只为拆倒重建。他必须制定一个计划。他在老师面前说脏话了,就因为那三个可怕的字,过去金光闪闪的生活粉碎了。这种针对白人的无礼行为将对父亲造成严重影响。要有耐心,尼莱。要保持缄默。记得吗?记得吗?这件事将传遍整个印度移民社区。母亲会屈辱而死。

绿树成荫的街道好似手指肚上的螺纹,这片社区被三条公路环绕其中。在离家四个街区远的地方,他穿进了公园,只要父母强迫他出门活动,他都会来这里。小路蜿蜒穿过一片低矮的禾叶栎树林,它们在加州还是西班牙最偏远前哨站的年代就已经在这里生长,枝叶伸展的样子活像幽灵。如果说他曾对生物的物种有所关注,那也只是在电影中:舍伍德和巴格沃斯的森林都是道具,用来吓唬清教徒,阻拦船难幸存者的。好莱坞拍摄时如果需要用到树林,都只会求助于附近的阔叶林。

弯弯曲曲的枝干似在招手示意,那场景像梦境一般怪诞。一根巨大的树枝俯冲向地面,仿佛是想躺倒休息。尼莱纵身一跃,就荡上了树上的小窝,他在那里坐下来,像是又回到了七岁的时候,接下来才要开始创造世界。他坐在那里估量他被毁掉的生活。从栎树这根悬臂式的枝干高处往下看,人行道上有两个孩子,正拿着棍子在鹅卵石堆上挥舞,一位驼背的白发妇人正在遛她的达克斯猎狗。他感觉得出,在吉尔平小姐的眼中,整件事只是一片混乱。她斥责他并没有错。但她偷了他的宝贝。从这高高的乌鸦栖息地看来,吉尔平小姐或许会说这整场灾难就是一个道德困境。

079

他在曲折的栎树枝上为《一个人的和平》中的两个男孩腾出空间，看这两个就读预科学校的白人男孩玩树上跳水的游戏，那是一场爱与战争的游戏。每当微风吹动树枝，加利福尼亚棕绿色的大地就在远远的下方轻轻弹跳。他对父母的世界几乎一无所知，但有一件事就如同数学一般确定。对印度人来说，羞耻比死亡更糟糕。吉尔平小姐或许已经给父母打过电话，通报了他的犯罪细节。想到这里，他的脑袋开始抽痛，舌头上泛起金属的味道。他听到母亲在咆哮：你竟然让那个满脑袋杂毛的女人羞辱你的整个家族？很快远在故乡的叔舅姑姨、堂亲表亲就都会知道他的所作所为。

而他可怜的父亲呢？为了能在这个黄金州生存与工作，多年来一直低调隐形的父亲呢？他正惊恐地看着尼莱，诧异这个孩子怎么会如此傲慢，竟然自以为有权反驳美国权威。

尼莱从栎树的高处窥视下面的小路，思绪就像一堆乱七八糟的代码。他突然想到一个点子，瞥见了一个轻松获得平静的方法。如果他能把身上沾点灰，那他或许就能赢得同情。毕竟你不可能痛打一个受伤的孩子。他吓得脖子僵硬，但那惊恐是诱人的，就像观看老电视剧《阴阳魔界》时一样。那个点子太过疯狂。他必须振作起来，回家去领受惩罚。他探身出去仔细观望眼前的盛大图景，也许很长一段时间他都不能再来。父母会惩罚他好几个月。

他叹了口气，踩着树枝准备下去。但他滑了脚。

之后的很多年里，他都会怀疑，当时是不是树枝抽动了，那棵树是不是讨厌他。下坠的过程中，大大小小的树枝都在抽打他，把他像弹球一样拍来拍去。大地冲了上来。他落在混凝土铺设的小路上，尾椎骨弹了起来。冲击力将他的大腿骨冲进了骨盆，进而撞裂了他的脊椎。

时间停止了。他仰躺在地上，腰背已经破碎。向上看，翱翔在上空的苍穹就像一只开裂的外壳，即将粉碎崩溃落在他的周围。一千片——百万片——尖端为绿色的细小碎片堆叠在他身上，在祈祷和威胁。树皮裂开，露出了木头的纹理。树干变成摊开的都市，变成连接在一起的细胞网络，涌动着能量和清亮的日光，水分沿着芦苇般细长的茎脉上升，年轮绑扎在一起形成管道，将溶解的矿物质吸取上来，穿过透明隧道般的细枝，一直抵达摇晃的树尖，与此同时，阳光的能量则沿着枝干内部的管道下沉。这就是一台巨大的空间升降舱，由数百万个独立的部分组成，它们一路上升，抵达目的地后就扩散开来，将氧气释放到空中，同时也将空气存储到深深的地下，从虚无中分拣出可能性。这是尼莱渴望看见的最完美的自写代码。接着他震惊地闭上了眼睛，意识关闭了。

几天之后他在医院醒来，身体像是被捆绑在一起，无法动弹。他的四肢都被管子钳住了，两只耳朵里都有楔入物，夹着他的脑袋。除了天花板，他什么也看不见，而天花板并不是蓝色。他听见母亲在喊："他睁眼了。"他不明白她说这话时为什么在哭，好像他睁眼是一件坏事。

他被麻醉了，躺在那里万事不知。有时他是一串储存代码，位于一个比城市还大的微处理器中。有时他是一位旅人，行于他将要建造的那座惊喜之城，等机器的运行速度能像他的想象力一样快。有时巨大的卷须裂开来，在他身后追逐。

瘙痒的滋味让人难以忍受。他腰肢以上的每一个部位都是无法触及的火。当他再一次掉落在大地时，母亲就在旁边，蜷在他床铺旁的椅子上。他呼吸节奏的变化将她从睡梦中惊醒。不知为何，父亲也在。尼莱开始担心：他没去上班，老板会做何感想？

母亲说："你从树上掉下来了。"

他无法理解母亲的话语。"摔下来的？"

"是的，"她指出，"你就是那么做的。"

"我的腿为什么包着管子？怕我打碎东西？"

母亲举起手指摇了摇，然后按住嘴唇。"一切都会好起来的。"

他的母亲平常不会这么说话。

护士关掉止痛点滴，他慢慢放松下来。但药效过去后，他感到非常痛苦。有人来探病。父亲的老板，母亲的牌友。他们都面带微笑，像是在跳健美操一般。他们的安慰把他吓得够呛。

"你吃了很多苦头。"医生说。但尼莱感觉自己并没有经历任何事情。或许是他的身体吧，是他的肉身受了苦。但他自己呢？不过是变了代码，没什么重要的。

医生很和蔼，他的手颤动了一下，然后垂在身侧，眼睛盯着墙壁高处的一块空白。尼莱问："你能把我腿上钳的东西卸掉吗？"

医生点点头，但并非赞同。"还得给你做些修复。"

"它让我很难受，我移不动。"

"你得集中精神好好疗伤。之后我们再来讨论下一步行动。"

"那你至少能帮我把靴子脱掉吧？我的脚趾头都动不了。"

接着他才明白。他还没满十二岁。他已在自己发明的世界中生活了数年。在他的想象中，他的人生经历了无数好事情，但实际上并未发生。他依然拥有另外的那个地方，那个仍在孕育之中的天堂。

但他的父亲和母亲呢，他们已经崩溃。可怕的时刻开始了，怀疑与绝望交织在一起，他难以忘记。接下来的许多年里，他一直在接受超自然力量的治疗，替代疗法和奇迹疗法。很长一段时间里，父母的爱只让他感到更加糟糕，最后他们终于开始相信轮回解脱的说法，接受了儿子残废的事实。

日子一天天过去，他仍躺在牵引床上。这天，母亲离开去办事了，或许并不是碰巧，这时候他的老师走进门来。她看起来精力充沛，表情温暖，比他记忆中更漂亮。

"吉尔平小姐。啊！"

她脸上的表情有些不太对劲。不过话说回来，此刻他处于一个有利的新位置，在他看来，人们的面孔背后都隐藏着一些不对劲的东西。老师走拢来，扶着他的肩膀。他吓坏了。

"尼莱，我很高兴见到你。"

"我也很高兴见到您。"

吉尔平小姐的整个身体都在颤抖。尼莱想，她知道我腿的情况，整个学校都知道。他想告诉她：这并不是世界末日。反正这个世界并不重要。吉尔平小姐说起班上的情况，说他们现在正在阅读《献给阿尔吉侬的花束》。尼莱保证他会自己阅读。

"大家都想念你，尼莱。"

"瞧。"他指着墙壁，母亲把九年级全体同学签名送来的那张巨大的卡片贴在那里。吉尔平小姐崩溃了，但他无能为力。"没关系的。"他告诉她。

吉尔平小姐猛地抬起头，语气中充满希冀："尼莱，我不是真的……我从没想到……"

"我知道。"他希望她赶快离开。

她张开手掌蒙住脸，然后从小背包里掏出他的笔记本，他为了送给父亲的风筝而记录的那本。"这是你的，我不该……"

他高兴极了，甚至顾不上听她喋喋不休的那些话语。他在从树上摔下来之前，还以为这本笔记本再也拿不回来了，这将成为他生命中另一件永远失去的东西。

"谢谢，太感谢您了！"

她呜咽了一声。等他抬头时，她已经转身冲出病房。翻开笔记本的那一瞬间，所有的悲痛就都一扫而空了。接着他便躺在床上翻阅失而复得的那些资料，回忆其中的所有细节。如此多的心血，如此多的奇思妙想——得救了。

六年过去了。青春期改变了尼莱·梅达。他变成了一个古怪的小伙子。十七岁的他身高六英尺六，150磅，整个人被焊在轮椅上。他的躯干是展开的，双腿虽然已经萎缩成粗树枝的模样，但仍然长长了，显得十分愚蠢。他的面颊动起来像是大陆板块，上面有一块块的青春痘斑块。曾经一片洁净的阴部钻出了黑色毛发。他的声音从女高音变成了男高音。他的头发长成了锡克教徒的长发①，只是并没有像圣人一样挽成发髻，而是任由它们像粗壮的藤蔓，垂落在细长的脸颊周围，滑落在瘦骨嶙峋的肩胛上。

他生活在滚动的金属装备上，就像坐在星际飞船的船长椅上，永远在各种奇怪的思维领域航行。有些失去了行走能力的人会长胖。但他每天只吃五十美分的葵花籽，喝两杯含咖啡因的苏打水。当然，他很少会无谓地消耗卡路里。每天早上，只要一坐到专为他定制的桌子旁，立式主机和显像管所需要的能量就比他还多。他的手指轻轻擦过键盘，目光扫视荧幕，只有大脑在燃烧葡萄糖，小心翼翼地执行命令，用十八小时的增量，实现他想要的原型作品。

斯坦福大学在两年前录取了他。学校就在国王大道上，那里的计算机科学系得益于他父亲公司的大量馈赠，发展得很好。尼莱从十二岁起就经常去这座校园。早在入学的很久之前，他就是计算机科学系实际上的吉祥物。你们都认识他，那个体型瘦长的印度小孩，坐花哨轮椅的那个。

这片校园的六七座大楼内部，正在孕育某样东西。一夜之间，到处都钻出了魔力豆茎。它们诞生于朋友的交谈之中，诞生于尼莱消遣和编码的地下计算机实验室中。编码员可能都很沉默寡言，但在周日的晚上，他们会抬起头来，放下手头的循环语句工作，分享公升装的汽水和比萨饼，讨论哲学问题。

有人说："我们处于进化的第三幕。"酱汁从他张开的嘴角滴了下来。

仿佛这是所有人共同的观点。生物进化是第一阶段，以地质纪元为跨度逐渐展开。接着文化的发展将遗传转化的速度压缩到几百年。现在每过二十周，数字世代就会更新一次，而每一次更新的子程序都会加快下一次更新的速度。

"每十八个月，芯片上的晶体管数目就会翻一倍……我想说的是，我们应该重视摩尔定律，伙计们。"

"假设这条定律在我们的余生都能适用。我们还能活六十年。"

想到这个疯狂的数学问题，他们都咯咯笑了起来。那就等于还有四十次翻倍的机会。届时在传说中的那只棋盘上，麦粒将一直高堆上平流层②。

"一兆倍的增长。比任何已经写出的程序都深刻和丰富一万亿倍。"

他们都停顿下来发出惊叹。尼莱垂着头，却没吃他那块比萨饼，而是凝视着那

---

① 蓄长发、戴发梳、戴钢镯、穿短裤、佩短剑是锡克教徒的五大标志。
② 这里指涉的是印度传说中的棋盘麦粒问题。大臣达依尔发明了国际象棋，舍罕王打算奖励他。达依尔说："请陛下在棋盘的第一个小格中放一粒麦子，第二个小格放两粒，第三个小格放四粒，以后每一小格里的麦粒数目都比前一小格加一倍。请陛下将六十四格中全部的麦粒，都赏给您的仆人。"国王一开始以为这个要求很容易满足，最后却发现根本无法实现大臣的愿望。

块楔形的饼身，仿佛在思索一个解析几何问题。"生物，"他的声音很轻，几乎是在自言自语，"会自学，会自我创造。"房间里的人都笑了起来，但他的语气更坚定。"它们的速度如此之快，以至于根本无法察觉我们的存在。"

起初，他编码的目的在于分享一切，纯粹是出于博爱精神。他在一个网络公共领域中发现了出色的种子项目，接着他会充实它，为它增添新的特性，开启他那台1200波特率的调制解调器，拨号进入当地的布告栏，上传资源，任何人都可对其进行添改。很快他的作品就传播到世界各地的主机。每一天都有各处的人为资源库中增添新的品种。这就像是第二次寒武纪大爆发，而且速度快了百万倍。

尼莱放弃了他的第一个杰作，是一个回合制策略的游戏，你在里面可以扮演日本电影中的怪兽，在世界各地的大都市中大开杀戒。十几个国家的数百人开始争抢，即便每次下载都要花费四十五分钟时间。如果玩这个游戏能消耗你的空闲时间，就像怪兽袭击东京那样，会发生什么？他的第二个游戏——征服者肆虐美洲处女地——成了另一大免费热门。为了交换游戏策略，玩家们还专门组建了一个世界性新闻网络小组。每次打开，这个游戏程序就会生成一片全新的新大陆，地质学构建非常真实。它将杂货店兼职的打包男孩都变成了肥胖的科尔特斯①。

他的游戏引来了许多模仿者。剽窃的人越多，他对自己受限于轮椅的生活就越坦然。他分享得越多，收获得也便更多。他被禁锢在地下室的轮椅上，但这里对他来说却是一个有利位置，整个新大陆都摇摇晃晃地进入了他的视野。这种互惠经济——完善命令的免费复制——有望最终解决匮乏问题，治愈他内心最深处的饥渴。尼莱·梅达几乎成了先驱者中的传奇。人们在拨号公告板上，在游戏新闻小组中感谢他。大学生们在聊天室中谈论他，仿佛他是托尔金笔下的某个角色。在互联网上，没有人知道你行动受限，是个身材扁长的怪物，不依靠机器就无法活动。

但到他十八岁生日时，天堂里竖起了栅栏。先前免费分享代码的博爱主义者开始收回版权，收取费用。他们甚至大胆组建了私人公司。获准通过后，他们照旧穿着宽松的喇叭裤兜售软性磁盘，但谁都知道事情会怎样发展。平民百姓都被栅栏封闭了起来。礼物文化将被扼杀在摇篮中。

尼莱在"自由定制"俱乐部的每周例会上大发雷霆，痛斥这种背叛的行为。他用空闲时间重新创造了一个最著名的商品，改善后将复制件发布到了网络公共域上。会遭遇侵权行为吗？或许。但所谓的版权属性，每一条都是在前辈几十年辛勤工作的基础上建立起来的，而之前的那些作品都没有收到报酬。有一年的时间，尼莱都在扮演

---

① 科尔特斯·埃尔南多（1485—1547），西班牙第一位对外殖民者。

罗宾汉，同随从们一道在无人管辖的森林里安营扎寨，栖息在一棵巨大的橡树下，在那片大地尚无所有权认定之前，那树就生长在那里了。

他为一个角色扮演的太空歌剧类游戏忙碌了几个月之久，打算把这个游戏作为自己最大规模的一次分享。角色的影像是十六位高分辨率的精灵，动起来时会有六十四种灿烂色彩。为此他还研究了许多超现实主义的动物寓言集，以丰富他创建的星球上的居民类型。一个春夜，他在斯坦福主图书馆忙着研读黄金年代出版的科幻杂志，翻阅苏斯博士[①]的著作。里面的植物插图很像他童年时代读过的讲述毗湿奴和克利须那神故事的廉价漫画。

休息时，他滚着轮椅穿过校园，去塞拉购物广场附近看实验室里的活动。天色已近黄昏，一年里有九个月的时间，黄昏都像这般温柔完美。他往网络实验室里的小隔间里前进，仿佛在亲自进行一场探险。椭圆形公园中宏伟的棕榈树拱廊蜿蜒伸展在他的右侧。而在他的左边，仿西班牙罗马式回廊的背后，能看到圣克鲁斯山。他曾与父母一道爬上那里的小径，穿过红杉树林，一直攀爬到天际线附近，那已经像是发生在另一世人生的记忆。那山脉的背后就是大海，乘坐能容纳轮椅的面包车，半小时即可抵达。沙滩和海湾并不是他的禁区。三个月前他还曾去过。几个朋友将他推到海岸附近，将他扶下来安置在沙滩上。他坐在那里看着海浪，观察一头扎入海中的涉禽，聆听它们古怪的唳叫。朋友们游泳，玩飞盘，在沙滩上彼此追逐，几小时后他们都玩累了，只有他还没尽兴。

他沿坡道上到纪念庭院，进入大方院，经过了罗丹创作的等真大小的《加莱的义民》雕塑群。这将是漫长的一夜，他需要储存些零食，以提供能量。他启动轮椅，直接进入内庭，朝学生活动中心的后门前进，那里有货品最齐全的自动售货机。他的思绪一直沉浸在银河系游戏计划中，差点儿撞倒一群正在拍摄小教堂的日本游客。车轮从一位年长妇人的脚趾上滚了过去，他倒回来道歉。那妇人是第一次出国旅行，困窘地连连鞠躬。尼莱离开后直接左转，抬头看时，他发现教堂大门的旁边，有一座和汽车一样大的花池，里面长着巨大的球形植物，是他所见过的最令人惊异的有机体。这正是他一直在为他的太空歌剧寻找的东西，一个活灵活现的幻想中的生物，来自太空虫洞另一头的一个星系。一定是园丁昨晚趁天黑偷偷种下的。不然的话，几个月以来他每晚都从这里经过，为什么一次也没发现？

他将轮椅滚到那棵树下，笑了起来。那树的树干就像一根巨大的上下颠倒的玻璃吸管。树枝像长钉一样倾斜刺出去，角度看起来十分愚蠢。他伸手触碰树皮，荒谬的

---

① 西奥多·苏斯·盖泽尔（1904—1991），美国儿童文学家、教育家。

是，触感却近乎完美，让人心生好感。上面有一块小的标语牌，写的是：瓶子树。原来是昆士兰瓶子树，只可惜这个名字没起到任何解释作用。可以确定的是，它和尼莱一样，也是外来侵入物。

他不知道哪条发现更不可思议，是那棵树本身呢，还是他竟然从未注意到它这件事呢。在他的视线边缘，有一些影子在扑闪。他背后正在发生一些事情。他有一种被监视的强烈感受。在他的脑海中，有声音在无声地合唱：回头看，转身看！他转动轮椅，一切都变得不对劲了。整个回廊庭院都变了。一个冲天大跳，他就降落在一座星际植物园中。四面八方都是怒涛一般的绿色生物在向他挥手。都是专为这里超脱凡俗的气候所打造的生物，每一种的习性和轮廓都让人着迷。它们来自古远的纪元，你根本不可能回溯。所有这些生物都像是拥有知觉一般，打着信号，让他在椅子上无法动弹。他从未磕过药，但磕嗨的感觉一定就是这样。奶白色和黄色的羽状物；一条紫色的瀑布，在触地之前就蒸发殆尽。八座大花池中，都长着这种畸形实验品一般的树，它们在召唤他，每一棵都像是一艘小型星际飞船，正准备飞往太空中的某处。

尼莱操作轮椅，绕着庭院快速转圈。树木立在那里，围成一个圈，就像一个委员会，看着他打转，他下身瘫痪的身体变得紧绷起来。轮椅又经过一棵树，像是苏斯博士作品中的怪兽，和第一棵一样怪异。他读了标签上的文字，是一棵丝绵树，来自巴西雨林，那片森林一直到现在仍在以每天十万英亩的速度消失。树干上遍布尖刺状的瘤，这些突起物的目的是阻挡亿万年前就已灭绝的野兽的啃食。

他从一座花池移动到另一座，触摸那些树木，细嗅它们的气息，聆听它们发出的沙沙声响。它们有些来自炎热岛屿和干旱的内陆，有些是来自最近才打通的中亚地区偏远的山谷。珙桐树、蓝花楹、龙舌兰、香樟树、凤凰木、毛泡桐、异叶瓶木、红果桑，就在他费尽千辛万苦在遥远的星球上寻找之际，这些形态怪异的生命却在这座庭院里等待着伏击他。他触摸着它们的树皮，感受着在那表皮的下方，挤挤挨挨的细胞就像整个行星文明系统，在搏动和嗡鸣。

日本游客返回了停靠在加尔维斯街的巴士。尼莱依然停留在这片空荡的空间，像只躲避猛禽的野兔。他只独处了几秒钟时间，但在这期间，那些外来侵入物却在他的大脑边缘系统中植入了一个想法。应该有一个游戏，比任何现存游戏都丰富十亿倍，可供全球无数人在同一时间赏玩。尼莱必须让它成为现实。他要用几十年的时间，分阶段逐步创造。玩家将要进入的是一个栩栩如生的世界，能感受到它的呼吸和活力。其中拥有数以百万计的不同物种，那是一个万物有灵的世界，急需玩家的帮助。而这个游戏的目标就是，弄清楚这个急切的新世界对你的渴求。

想象结束了，他再次回到斯坦福的这个庭院。想象中近乎宗教一般神圣的青绿色生物，褪色变成了不切实际的树影。尼莱没有动，他仍然沉醉在刚刚所见的幻景之中，不知为何，他的大脑突然理解了隐藏在摩尔定律曲线尽头的真相。他必须退学。现在已经没有时间再去上课。他必须调整节奏，做好长期奋战的准备。他要尽快结束手头正在忙活的那个精巧项目，那个角色扮演的太空歌剧小游戏，然后挂出去出售，换取真正的钱，真正的美元。他的拥趸会失望怒吼。他们会在全国的拨号公告板上咒骂他是最恶毒的叛徒。但一个三十秒差距①的游戏只卖十五块，实在是非常便宜。这是他涉足外星生活的第一步，取得的利润将为后续行动提供资金，此刻他的野心已经比之前的设想大了无数倍。通过这样一小步一小步的进步，他终将抵达刚刚在幻想中所看见的地方。

他离开回廊庭院时，夕光刚好完全消失在山脉背后。阴影中的层峦叠嶂正从青紫色变成难以分辨的漆黑。在他目力所不能及的山岭高处，嶙峋的岩石上爬满了常绿灌木，它们深红色的树皮正在卷曲脱落。樵夫伐木后留下的草坪边缘长满了月桂树。遍布峡谷的橙色太平洋乔鹃木变成了一片湿冷的奶绿色。峭壁上丛生着禾叶栎，就是导致他残疾的那种。在下方清凉的河岸上，能闻到淤泥和腐烂的松针的味道，红杉树正在构思一个需要一千年才能实现的计划——就是此刻正在利用他的那个计划，只不过他还以为那是他自己想到的计划。

---

① 天文学上的一种长度单位，是一种最古老的，也最标准的测量恒星距离的方法。

帕特丽夏·韦斯特福德

一九五〇年，女孩帕蒂·韦斯特福德爱上了她的宠物鹿，她很快就会发现，神话里的美少年库帕里索斯也是一样。她的鹿虽然是小树枝做的，但每一个细节都活灵活现。她还有用两只核桃壳黏合做成的松鼠，枫香球做的熊，肯塔基咖啡树豆荚做的龙，穿着橡子帽衣衫的仙女，还有一只用松果做身体的天使，只需要两片冬青树的叶子就能做翅膀。

她还精心为这些小动物造了家园，门前有鹅卵石小路，屋子里有蘑菇做的家具。她为它们准备的床铺上有木兰花瓣做的被子。她看顾着它们，这群王国的守护精灵，它们的城镇依偎在与外界隔绝的树节背后。节孔是百叶窗，她透过窗板能看见其中的迷人客厅，那些森林居民是人类失去的亲族。她同她创造的生物一道，居住在想象的微缩建筑中，那个世界比足尺的现实生活丰富得多。每当木头玩偶的脑袋扭曲掉落后，她都会将之种在花园中，坚信它一定会长出另一个身体。

帕蒂的树枝玩偶都会说话，不过大多数都和她一样，无须任何语言。她本人从三岁以后就再没有说过一句话。两个哥哥会帮助翻译她的秘密语言，父母却吓坏了，觉得她一定有心智缺陷，于是带她去奇利科西镇的诊所做检测，发现原因是内耳变形。诊所为她安装了拳头大小的助听器，她很厌恶。当她最终开始说话时，语言就像泥浆，隐藏了她的思想，让不熟悉她的人很难理解。而且她长着一张熊脸，还总是歪着，更是雪上加霜。邻里的孩子们都躲着她。人类就是如此，相比之下，橡子宽容多了。

只有父亲理解她的林地世界，一如他总能明白她口中每一个模糊的词语。她和两个哥哥一样，在父亲身边也自豪地拥有一席之地。父亲会同哥哥们打垒球，说俏皮话，玩捉迷藏。但他最好的礼物总是保留给喜欢植物的小女儿帕蒂。

父女二人的亲密无间引得母亲开始操心。"我问你们啊，历史上有两个人组成的小国家吗？"

比尔·韦斯特福德去俄亥俄州西南部的农场出差，做地区农业推广工作时，也会带上帕特丽夏。他开的是一辆破旧的帕卡德车，装的是松木边镶板，帕特丽夏坐在副驾座。战争结束了,世界正在逐步恢复,整个国家都把科学发展视为获得美好生活的关键,比尔·韦斯特福德想带女儿看看外面的世界。

帕蒂的母亲却反对这种做法。她认为应该送女儿去上学。但比尔的温柔权威占了上风。"她跟着谁都不如跟我一起学得多。"

两人一英里一英里地开路前进,展开他们的游学之旅。比尔讲话时会面朝着女儿,好让她阅读自己的嘴唇翕动。帕蒂听到他讲的故事,会发出笑声,虽然含混缓慢,却洪亮。他提出的每一个问题,她都会兴奋地作答。银河中的星星和玉米叶中的叶绿体,哪一个的数量多?哪种树先开花后长叶,哪种先长叶后开花?为什么树冠上的叶子往往比下面的小?如果你在山毛榉树离地四英尺高的树皮上刻上你的名字,半个世纪后,刻痕离地多高?

最后一个问题的答案让她很开心:四英尺。还是四英尺。一直是四英尺,无论山毛榉树长到多高。半个世纪后她仍会热爱这个答案。

就这样,橡子有灵论一点一点地生根发芽,扩展出整个植物学理论。她成了父亲的明星,成了父亲唯一的学生,原因很简单,整个家里,只有她一个人懂得父亲的心思:植物是任性和狡猾的,总在追逐某样东西,就和人一样。他在旅途中给她讲了植物所设计创造的所有隐藏的奇迹。好奇引发的行动并非人类所独有。其余生物——更大,更慢,更古老,更耐久的那些——能发号施令,控制天气,喂养动物,制造氧气。

"树木真是了不起。太了不起了,它一直在不停地进化,一次又一次。"

他教她区分小糙皮山核桃和鳞皮山核桃。她在学校的同学甚至分不清山核桃木和铁木的区别,她觉得很不可思议。"我班上的同学觉得黑胡桃木和白桉树是一样的。他们是瞎吗?"

"植物盲,亚当的诅咒。我们只看得见与自身类似的事物。很可悲吧,老姐?"

父亲自身则和智人有点儿小麻烦。名流们的家族农场未能征服地球,许多公司又希望收购资源,以求取得总体控制权,他于是夹在中间左右为难。碰到严重受挫的日子,他只会冲着帕蒂受损的耳朵哀叹:"啊,给我在远离城市的地方买一片山坡吧。"

车子开过一片曾经长满幽深山毛榉森林的大地。"这种树或许算得上你所见过的最佳树种。"又粗又壮,却充满优雅,靠近根部的位置华丽地展开,形成树干的基座。能结出大量的坚果,喂饱所有来客。它光滑的灰白色树干与其说是木头,更像是石头。羊皮纸色的树叶能安然越冬——凋谢但未掉落,父亲告诉她——光芒闪耀的样子,与周围光秃的阔叶树形成鲜明对比。它们的大树枝优雅且结实,像极了人类的手臂,向上举起,尖端像手一样端着。春季里它们就像一团苍白的薄雾,秋季里它们粗大、扁平的枝干将空气也晕染得一片金灿。

"那它们为什么消失了？"悲伤重重地压住了他们，女孩粗声问。

"是我们干的。"父亲的目光一刻也没离开路面，她却觉得自己听见了父亲的叹息。"山毛榉向农民发出了适合耕种的信号。它们生长的地方，下方是石灰岩，但表面覆盖的是最优良、肥沃的壤土，是理想的耕地条件。"

去年农作物患了枯萎病，往后一年会有表层水土流失的灾害，但在这一年，他们驾车在农场之间辗转。他带她见识了许多非凡的景象：一棵悬铃木的形成层①不断生长，吞没了几十年前不知是谁靠在树上的一辆施文牌老式自行车的横梁；两棵榆树枝干像手臂一般相拥，最终长成了一棵树。

"我们对于树木的生长知之甚少。它们开花，发枝，吐哺他者，治愈自身，但我们几乎一无所知。我们只对单独的几种树有少量了解。但世上没有比树更孤立的事物，也没有比树更注重群体的事物。"

父亲是她的水分、空气、大地和阳光。他教给她如何观察一棵树，每平方英寸树皮的内部，都有鲜活的细胞鞘，它们在做些什么呢，至今尚无人弄清。他将车开到一条流淌着潺潺溪流的河谷最低处，那里有一片硬木杂木林。"过来！你看这个，看这个！"那一小片土地上生长的树木茎干都很细瘦，大大的叶片都下垂耷拉着。他就像是树的牧羊犬。他将勺形的巨大叶片捣碎了给她闻，气味像沥青那般辛辣。他从地上拾起一只肥厚的形似酱瓜的黄色果实，举给她看。她很少见到他如此激动的样子。他掏出军刀，将那果实切成两半，露出内里黄油状的果肉和亮闪闪的黑籽。她咬了一口，开心得想要大叫，但是嘴里塞满了奶油糖果布丁一般的果肉。

"巴婆果！唯一一种逃离了热带地区的热带水果。这片大陆有史以来孕育出的最大最好的本土水果，也最不可思议和疯狂。它们在这里，在俄亥俄州完全是自然生长的，但无人知晓！"

只有他们知道，只有女孩和父亲两个人知道。她永远也不会向任何人透露这一小片林地的方位。这里将只属于他们两个人，一秋又一秋，这里的草原香蕉②只属于他们两个人。

听力和言语都有障碍的帕蒂看着父亲，意识到真正的喜悦来源于这样一种觉知，那便是人类智慧并不如微风中山毛榉树叶闪烁的光芒重要。可以肯定的是，正如天气从西方开始变化，人们确知的事物也会发生变化。没有什么知识是肯定的。唯一值得

---

① 裸子植物和双子叶植物的根和茎中，位于木质部和韧皮部之间的一种分生组织。形成层细胞不断分裂，可以产生新的木质部与韧皮部，使茎或根不断加粗。

② 巴婆果的别称，也叫印第安纳香蕉。

信赖的只有谦卑和观察。

　　他发现她在后院中用枫树翅果的对对翅羽制作鸟儿。他露出一个奇怪的表情，拿起一粒种子，对着巨大的树干说："你注意到了吗，风往上吹时，树上掉落的种子比往下吹时要多？这是为什么？"

　　她最喜欢听到这样的问题，于是开始思考。"因为这样能飞得更远？"

　　他将手指贴在鼻子上，"答对了！"他看着那棵树，皱起了眉头，再次开始思考那些古老的谜题。"你说所有的树都是从哪里来的呢，从这么小一粒种子长到那么大？"

　　她胡乱猜想："因为泥土？"

　　"我们怎么才能确认？"

　　他们一起设计了验证答案的实验，往粮仓南面的一只木桶中装了两百磅土壤。接着他们从壳斗中剥出一颗有三只角的山毛榉坚果，称量过后塞进土里。

　　"你要是看到一棵树的树干上刻满了各种文字，那一定是山毛榉树。人们总是控制不住，要在它们光溜溜的灰色树皮上到处写字。神偏爱它们。人们也想看到寄托了他们真心的文字一年年不断长大。多情的恋人们啊，情焰如火般残酷，在这些树上刻下了爱人的名姓。可惜的是，他们不知，也很少留意，树木之美远胜他们的爱人！①"

　　他告诉她，在很多语言中，"山毛榉"（beech）这个名字都源于"书籍"（book）一词。而在语言发展的早期，"书籍"一词是从"山毛榉的树根"演变而来。最早的梵文就写在山毛榉的树皮上。帕蒂开始想象，他们埋下的那粒小小的种子长成大树，树皮上写满文字的图景。可是，那样巨大的一本书又从何而来呢？

　　"接下来的六年里，我们要保持木桶中土壤的湿润，而且不能让里面生杂草。等你满了甜蜜的十六岁，我们就再次称量树木和土壤的重量。"

　　她听懂了他的话。这是科学，比任何人对你发过的任何誓言都贵重百万倍。

　　她逐渐变得和父亲一样善于分辨，知道农民种植的庄稼为什么凋萎，受了什么害。父亲不再考她，而开始向她咨询，不过当然不会当着农民的面，而是等他们回到车上，有机会像团队一样思考病虫侵染问题的时候。

　　在她十四岁生日那天，他送给她一本奥维德的《变形记》，是删节翻译本。扉页上写着：给我亲爱的女儿，一个真正懂得家族之树有多么阔大粗壮的人。帕特丽夏翻开书页，从第一个句子开始阅读：

---

①　出自英国诗人安德鲁·马维尔（1621—1678）的诗作《花园》。

现在，让我为你歌唱吧，歌唱体如何换上新形的事。

看到这些词句，她仿佛重新变成了一粒橡子，隔着一步的距离，在观看天使的面孔，以及构成它们身体的松球。她开始阅读那本书。里面的故事奇怪又优美，和人类一样古老。但不知为何，这些故事让她感到熟悉，仿佛她生来就知道它们。与其说那些寓言讲的是人类变成其他活物的故事，不如说讲的是在最危险的关头，其他活物重新吸取人类内心从未真正消失的野性。这个时候，帕特丽夏的身体已经很好地适应了令人痛苦的变形过程，而变形方向却是她完全不想要的。她的胸部和臀部开始萌发，双腿之间的部位也开始变化，像是要将她变成一个更加古老的兽类。

她最爱的是主角变成树的那些故事。达佛涅在即将被阿波罗追上，将要遭到伤害之时，变成了一棵月桂树。射杀俄尔普斯的妇女们脚趾被牢牢地捆在地上无法动弹，只能看着自己的脚趾变成树根，腿变成树干。她读到少年库帕里索斯的故事，他误杀了自己心爱的鹿，为了满足他永恒悲恸的愿望，日神阿波罗将他变成了一棵柏树。密耳拉在与父亲乱伦后变得像甜菜根、樱桃、苹果一般红，最终变成了一棵没药树。读到菲勒蒙和包喀斯忠贞不渝的爱情，她感动落泪，这对老夫妇收留的陌生人原来是天神，作为回报，他们被变成了橡树和椴树，永生永世地长在一起。

她十五岁了。秋天到来后，白日变短，夜幕早早降临，提醒树木暂停制糖的计划，脱落所有脆弱的部分，强硬起来。树液变少了，细胞拥有了透水性，水分从树干淌出，凝结成防冻液。在树皮之下，生命在沉睡，那里储存的都是水，非常纯净的水，没有任何能帮助结晶的杂质。

父亲给她解释了这其中的窍门。"想想看！它们弄清了在困境中生存的方法，不借助任何其他保护，冒着零下三十摄氏度的严寒，顶着寒风的鞭打。"

那年冬天晚些时候，比尔·韦斯特福德在一次外地考察归家途中，日落后车子撞上了一块黑冰。帕卡德车翻出公路冲进了水沟。他的身体飞出二十五英尺，撞进了一排奥塞奇橙木，是一百五十多年前农民种的一排树篱。

葬礼上，帕蒂朗读了奥维德的诗句，读的是包喀斯和菲勒蒙脱胎成树的段落。哥哥们觉得她太过悲伤，失去了理智。

她不许母亲丢掉父亲的任何遗物，将他的手杖和套叠式平顶帽收藏在一个类似神龛的地方。她小心维护着父亲留下的珍贵书籍——奥尔多·利奥波德、约翰·缪尔，他的植物学文本，他帮忙编写的农业推广宣传册。她还找到了父亲收藏的全本《变形记》，整本书做满了记号，就像人们在山毛榉树皮上刻下的那样。正文的第一行字下就画了三条下划线：现在，让我为你歌唱吧，歌唱体如何换上新形的事。

高中想要将她扼杀。她在管弦乐队中担任中提琴手，枫木琴板抵着她的下巴，她仿佛听见古老的山间回忆在号叫。她爱上了摄影和排球，交了两个差不多算得上朋友的伙伴，他们虽然对植物所知不多，但至少懂得动物的实质。她拒绝一切首饰，穿法兰绒和牛仔布的服饰，随身带一把瑞士军刀，长发编成辫子盘在头上。

家里添了一位继父，人够聪明，没有改变她的企图。但她还是遭遇了一次精神创伤，有个个性安静的男孩两年里一直梦想着能带她去参加高中毕业舞会，但那样的梦想只能破灭，就像一根白橡树的树桩，一直死透到心里。

十八岁那年的夏天，她正准备去东肯塔基学习植物学之际，突然想起了粮仓外木桶里种的那棵山毛榉。她羞愧得无以复加：她怎能忘记了那项实验？与父亲约定的时间已经超过了两年，她完全跳过了甜蜜的十六岁。

整个七月的下午，她都在分离树和土壤，一点一点将树根上的全部泥土都剥下来，树根此时已经有滴灌线①的三倍长。接着她分别称量了树木和桶中泥土的重量。这时候光是树上结的坚果，取一小部分来，重量就超过了她的体重。但土壤的重量几乎没变，只少了一两盎司。没有别的解释，树的全部质量几乎都来源于空气。父亲知道这一点。现在她也知道了。

她将他们的试验品重新栽种在房后的一个地方，从前的夏夜她和父亲喜欢坐在那里，聆听旁人所谓的寂静。她记得父亲告诉她的物种的事。人们总是要在山毛榉的树皮上到处写字。神偏爱它们。但有些人——有些父亲——的一生却是由树木写满的。

她在离开去学校前，在书本一般的灰色光滑树皮上，用军刀刻了一条小小的刻痕，在距离地面四英尺的位置。

东肯塔基大学将帕特丽夏变成了另外一个人。她绽出了南方植物那般的风采。她穿行在校园中的时候，二十世纪六十年代初的空气正噼啪作响，天气变了，白日的气息在拉长，各种可能性正在突破过时思想的膜壳，清新的风从丘陵吹卷而来。

她在宿舍里摆满了盆栽，书桌到床铺之间的空间变成了一座植物园，不过在她所住的楼层，这样的花园不止她这一座。但是只有她会在纸条上记录植物的数据，然后贴在陶器上。朋友们栽种的是满天星和蓝眼睛一般的紫罗兰，她却种植鬼针草、鹧鸪豆和其他实验植物。她还打理着一盆杜松盆景，看上去像有千年历史了，这棵植物只是一首细长的俳句，并不存在科学目的。

楼上的女孩们有时晚上会来看她。她们把她打造成了一个宠物。我们去把那棵叫帕蒂的植物灌醉吧。我们去撮合植物帕蒂和那个学经济的披头族②吧。她们嘲弄她

---

① 即植物的冠幅在表土的投影，也就是浇水的范围。

② 指二十世纪五十年代及六十年代初摒弃传统生活与衣着的年轻人，即"垮掉的一代"。

的用功，取笑她的使命感。她们强迫她听比尔·哈利①的歌。她们为她套上无袖紧身衣，将她的头发梳得蓬松。她们称她是叶绿素女王。她在这群人中格格不入，也并非总能听清她们的言语，而当她听清时，她们的言语又并非总能说通。但是这群疯狂的哺乳动物能逗她笑，这从各方面来说都堪称奇迹，而且她们自己也需要听恭维话。

到了二年级，帕蒂在学校温室找了份工作——每天上午上课前花费两个小时的时间。晚上她学习遗传学、植物生理学、有机化学，每晚都在阅览桌边学到图书馆闭馆。睡前时间她读书自娱。她也试着读过朋友们读的书：《悉达多》《裸体午餐》《在路上》。不过她最喜欢的还是唐纳德·卡尔洛斯·皮蒂的《北美树木自然史》，是她从父亲的书架上找到的。这本书激励了她无数次。书中的语句像树枝一样分叉和转弯，以便获取阳光：

> 王座已经粉碎，新的帝国兴起了；伟大的思想已经诞生，描绘出伟大的图景，科学和发明革新了世界；但依然没有人能说清，这棵橡树将生长多少个世纪，它还将见证哪些国家和教义的兴衰……

> 鹿跳跃的地方，鳟鱼腾跃的地方，你的马驻足畅饮冰水，在阳光能温暖你后颈的地方，在你每吸一口气都觉得欢欣的地方——就是白杨树生长的地方……

书中说到父亲喜爱的树：

> 就让其他的树去完成世上的工作吧。就让山毛榉树站立，依然固守原地……

她从未变成天鹅。但毕业班的学生都是从大一的丑小鸭时代走过来的，知道她的所爱，懂得她想要的人生，在任何一级的新生中，她都算得上新奇人物。没被她吓跑的人都开始来打听，这个女孩长相平凡，但热心又直率，她没有向社交责任屈服。令她震惊的是，她甚至有了追求者。不知是她的哪些方面特别招男孩子的喜欢。当然不是她的相貌，她的步态有一种让人想要回头侧目的气质，虽然男孩子们也说不清楚具体是什么。她思想独立——这本身就是一种吸引人的力量。

男孩们来电话时，她就让他们中午带她去里士满公墓野餐，那是一座1848年开放的公墓。有的男孩会被吓跑，事情也便就此告终。如果他们留下来，并且提及树木，她就同意再次见面。她在笔记本中潦草地写道，事实证明，欲望有无限种类型，是进化所要的最甜蜜的花招。春季里花粉肆虐，就连她也变成了一朵盛开的鲜花。

一个男孩留了下来，在她周围逗留了好几个月。他叫安迪，就读于英语专业。他是她在管弦乐队的队友，热爱哈特·克莱恩、奥尼尔和《白鲸》，虽然他也说不出原

---

① 1925—1981，美国第一位青少年摇滚偶像，常被称为摇滚乐之父。

因。他能吸引鸟儿停落在他的肩头。他在等待某样事物的降临，好补偿他漫无目的的生活。有天晚上，在玩克里比奇纸牌时，他说他认为他要等的或许就是她。她牵起他的手，将他领到了自己狭窄的床上。他们笨拙、青涩地褪去衣衫的护罩。十分钟后，她变成了一棵树，回头已为时过晚。

真正的人生开始于研究生院。在西拉法叶的有些早上，帕特丽夏·韦斯特福德会被自己的好运吓到。林业学院，她感觉自己不够格。她拿到了普渡大学的奖学金，考上了渴望多年的专业。她还给本科生教授植物学的课程，靠课酬支付食宿费用，她很高兴能争取到这份工作。研究项目要求她长期待在印第安纳的森林里，那里简直是万物有灵论者的天堂。

但在第二学年时，一些隐情浮出了水面。在一个有关森林管理的研讨班上，教授宣称应该清理掉森林地面堆积的断枝、被风吹倒的树木以及浆质物质，以提高森林的健康水平。这种说法似乎不对。对一片健康的森林来说，死去的树木必不可少。从一开始就是如此。鸟儿能对它们加以利用，小型哺乳动物和多种昆虫在其中居住，以它们为食，这些都是科学所不能提供的。她想举手发言，像奥维德那样说明，所有的生命如何换上新形。但是她没有数据。她所拥有的，只是一个在森林凋落物中玩耍长大的女孩的直觉。

她很快就明白过来，整个林业研究领域都出了问题，不只是在普渡大学，全国都一样。美国的林业负责人梦想的是，以最快的速度连续产出干净、统一的森林质地。他们说起健康的新生林、衰败的老林，在乎的是森林的年平均增长量和经济成熟时间。她确信，这些掌控行业发展方向的人物一定会失败，就在明年或后年。届时他们的信念会变成倒地的树干，从中将长出茂密的新生林下灌木丛。那里是能让她茁壮成长的地方。

她开始对学生宣讲这场矮树丛革命。"二十年后你们再回头看，看到林业领域内所有智慧人士认为是不证自明的真理，你们会大为惊奇。所有的有效科学都是如此，届时人们会感叹：'我们当时为什么就没能看明白？'"

她和同门研究生们相处融洽。她会参加烤肉聚会和民谣合唱会，捕风捉影的同时也试着维持自己那个小小的独立世界。一天晚上，她和一位女同学因为植物遗传学的问题发生了一场愚蠢的争执，吵得十分激烈。帕特丽夏将这次尴尬的失误事件藏进心里的一只抽屉，从此再也没有拿出来过，甚至连看都没再看过一次。

一个隐秘的怀疑将她和其余人隔离开来。她虽然没有任何证据，却确信，树木是群体性生物。她觉得这是明摆着的事，树木是静止不动的生物，它们既然能构成大规模的杂生群落，那必定早已进化出彼此协调一致的方法。自然界少有独生的树木。

但是这个想法让她陷入了孤立境地。讽刺的是，周围虽然都是同专业的伙伴，但到头来，就连这些人也看不见这明摆着的事实。

四级杆气相色谱质谱联用仪一经问世，普渡大学就拿到了一台。某个持不同观点的人把那机器直接拿给了帕特丽夏，奖励她坚定不移的态度。有了这台仪器，她便能测量东部古老的大森林向空气中释放的挥发性有机化合物的内容，以及这些气体对周边环境的影响。她向导师提出了这个想法。人们对森林产出的物质一无所知。这是一个全新的绿色世界，探索的时机已经成熟。

"那项研究有什么用？"

"或许无用。"

"为什么要去森林研究？学校的实验区不行？"

"就像你不会去动物园研究野生动物。"

"你认为人工栽培的树林与自然森林表现不同？"

这一点她能肯定。但导师叹了口气，像公益广告那般清晰地表明了他的意见：女生搞科研就像熊骑自行车。可能性是有的，但无异于异想天开。"我到林区给你预留一些树，这样更简单，也能节省你的时间。"

"我不着急。"

"你还有论文要写，你这样会浪费时间。"

但这样的浪费让她感到极大的快乐。这项工作算不上迷人。内容包括用绳子将编有号码的塑料袋缠在树枝末端，然后设定好间隔期限，过一段时间就去回收。她一遍又一遍地重复这项工作，一言不发，一小时接一小时，而在这期间，她周围的世界充斥着刺杀、种族暴乱和丛林战争，喧嚣不已。她整天钻在树林里，背上爬着恙螨虫，头皮上落了扁虱，嘴里塞满了半腐的树叶，眼睛里沾上了花粉，蜘蛛网像头巾一样包裹着她的脸，毒藤成了手镯，膝盖上嵌着煤渣，鼻子里扑满孢子，大腿后侧黄蜂蜇过的痕迹像是布莱叶盲文，但她的心里充满喜悦，一如慷慨的白昼。

她将收回的样本带回实验室，开始长时间地思索那些气体的浓度和分子质量，分辨哪种树木会呼出哪种气体。其中的化合物一定有上千种、上万种。这是一份单调冗长的工作，但她着了迷。她称这种矛盾为科学悖论。这是一个人所能从事的最耗费脑力的劳动，却能让人清楚地看见，在人的大脑中，除了思想还有些什么东西。工作时会遇上斑驳的日光和淅沥的雨水，腐殖质的臭气直冲鼻孔，还带着刺鼻的麝香气息。在树林里，父亲又来到了她的身边，整天都陪伴着她。她问他各种事情，光是大声提问这个动作就帮助打开了她的视野。为什么层孔菌只生长在树干特定的高度？一棵树所能吸收的阳光相当于多少平方米的太阳能电池板？花楸树和悬铃木的叶片尺寸为何差别如此巨大？

她告诉学生，光合作用是一个奇迹，是支撑整个生物大教堂的一项化学工程壮举。地球上所有令人眼花缭乱的生命都是这一惊人魔术的受益者。这就是生命的奥秘：植物吸收阳光、空气和水，然后将能量存储起来，完成所有的事情。她开始向秘密核心的圣地发起进攻：成百上千的叶绿素分子集合在一起，形成天线复合体；无数的复合体排列起来，组成扁平小囊状的类囊体；一堆堆的小囊排成一行，组成一个叶绿体，它们就像太阳能发电厂，几百个这类的发电厂才能组成一个植物细胞。数以百万计的细胞才能构成一片树叶。而一棵灿烂的银杏树上，就有数百万片叶子在风中沙沙作响。

数据太过庞大，学生们都听呆了。她必须带领他们返回，跨过那条极细的界线，从麻木走向敬畏。"百万年前，一个单细胞侥幸成功地实现了自我复制，学会了如何将一团无益的毒气和火山熔渣转变成适合人类居住的花园。于是你们所希冀、恐惧和热爱的一切事物都成了可能。"学生们觉得她发了疯，但她并不在乎。她愿意为他们遥远的将来提供一段回忆，那样的将来将以绿色植物的慷慨大度为基础。

深夜里，她疲于教学和研究，无法继续工作时，就会阅读她喜爱的缪尔的作品。《墨西哥湾千里徒步行》和《夏日走过山间》托着她的灵魂浮上了天花板，让它像苏菲派的苦修士一样跳起了旋转舞。她将其中最爱的段落抄写在笔记本的内封页上，每当派系政治和人类的恐怖暴行让她心生厌倦时，她都会翻出来看一眼。那些话语抵消了白日里她所经历的所有残酷。

我们一起穿行在银河中，树木和人类……每一次行走在大自然中，人取得的收获总是远多于探求。想要进入宇宙，最简单的方法就是穿越一片荒野森林。

植物帕蒂成为帕特·韦斯特福德博士，在职业通信中，她用这个名字来掩饰自己的性别。她的鹅掌楸研究帮她取得了博士学位。鹅掌楸木就像竖直站立的长涵管，其产出的丰富程度就像工厂，远超所有人的想象。这种树气味浓烈，释放的挥发性有机复合物完成了所有的工作。但她尚不知晓这套系统的运转方式，只知道它丰富而美丽。

她来到威斯康星开展博士后研究工作。她在麦迪逊四处搜寻奥尔多·利奥波德留下的遗迹，也寻找那棵高大的刺槐，及其芳香的总状花序和结出的豆荚，就是这种树震服了缪尔，将他变成了一位自然主义者。但那棵改变世界的刺槐树在十二年前就被砍倒了。

她的职位是研究助手，几乎什么也不用做，不过她的生活需求原本就很少。幸运的是，她不用负担娱乐和维持身份地位这两大核心开支，而且树林里到处都是免费食物。

她开始在城东的一片森林里研究糖枫。她的突破和大部分科学突破一样：都是长期准备后迎来的意外事件。一个晴朗的六月天，帕特丽夏来到她的杂木林，发现她绑塑料袋的树木中，有一棵遭遇了大规模虫害。乍一看，过去几天得到的数据都被毁于一旦了。但她临时起意，将遭了虫害的那棵树，以及附近几棵枫树上所取得的样本留了下来。回到实验室后，她放宽了研究的复合物的清单。接下来的几周里，她所取得的发现连她自己都难以置信。

附近的另一棵枫树也被感染了。她再次测量。这一次，证据依然令她怀疑。秋天来了，她的那些复合体化学工厂开始落叶，叶片堆积在林中地面。她开始准备过冬，教课的同时再次检查实验数据，试着接受那些牵强的结果。她在林中漫步，犹豫是发表实验结果，还是将时间再延长一年。林子里的橡树依然闪烁着深红色的光芒，山毛榉则是惊人的青铜色。等待似乎是明智选择。

次年春天她再次得到确认。她又进行了三次实验，才终于信服。遭遇虫害的树木会大量分泌杀虫剂以求自救。这一点没有异议。但是数据也反映了另外一些情况，令她浑身颤抖：当一棵树遭遇虫害时，在离它稍远的地方，未受攻击的树木会提高防御。它们收到了某种警告。它们听闻了灾祸的风声，并且做好了准备。她控制了所有可控因素，结果依然如此。那么就只有一种合理解释：遭遇虫害的树发出了警告，其余的树有所察觉。她的枫树在发布信号。它们紧密相连，组成了一张风媒网，连绵数英里的一片森林，共享着一个免疫系统。这些没有头脑、静止不动的树木是在互相保护。

她无法说服自己全然相信。数据却一再证实。那天晚上，帕特丽夏终于接受了测量值所证明的结果，她手脚发热，眼泪淌下脸庞。就她所知，在生命不断扩大范围的探险历程中，她是第一个注意到这件事的生物，这件事在进化进程中虽微不足道却确定无疑。生命在与自身交谈，而她听在耳中。

她尽最大努力保持冷静，写下实验结果。报道全部是关于化学、浓度和速度的问题——除了气相色谱仪的记录之外，别无他言。不过在文章的结尾，她没能忍住，说出了结果数据的意义：

  我们只有将树木看作森林群落的组成成员，才能理解个体树木的生物化学行为。

一本著名期刊接受了帕特·韦斯特福德博士的论文。审稿专家都皱起了眉头，但她的数据完全合理，虽然有悖常识，却挑不出任何问题。文章发表的那一天，帕特丽夏觉得自己偿清了欠世界的债。就算明天就死去，那她毕竟揭露了这个微不足道的事实，增添了人类对于生命本身的认识。

媒体注意到她的发现。她接受了一份畅销科学杂志的访问。是通过电话进行的，她听得很费劲，回答也结结巴巴。但文章的影响仍在持续扩大，其他报纸发现了它。"树木能与彼此交谈。"她收到一些信件，来自全国各地的研究者，都是询问细节信息的。她还受邀去林业专业协会的中西部分支会议上发言。

四个月后，发表论文的那本期刊又发表了一封三位领军树木学家的签名信。那些人称，她的研究方法有缺陷，统计数据也有问题；可能早就有其他机制激活了未受虫害的树木的防御机制；或者这些树木以某种她没注意到的方法，与害虫达成了某种妥协。信件还对树木用化学方法发出警告的说法大加嘲讽：

> 帕特丽夏·韦斯特福德对自然选择单位所产生的误解几乎让人感到尴尬……即便树木以某种方式"接受到"一条信息，那也完全不能说明，是其他的树木发布的。

这封信件很短，却四次提到"帕特丽夏"这个名字，而且他们一直到最后签名，都没有提及她的博士身份。两名耶鲁大学的教授，一名西北大学的系主任，对阵麦迪逊分校的一位女助手，结果当然可以想见，专业领域内没有一个人想要验证帕特丽夏·韦斯特福德的发现。曾写信来咨询更多信息的研究者也停止了与她通信。刊载过此类惊人文章的报纸后续也都发表了解释文章，称她的揭露不合常理。

帕特丽夏去了哥伦布，按照计划在中西部林业会议上发言。会议室很小，热烘烘的。助听器里传来的反馈近乎咆哮。她准备的幻灯片在播放时卡了壳。提问都怀有敌意。帕特丽夏在讲台后面对众人之际，感觉童年时代的语言缺陷症又犯了，仿佛是为了惩罚她的狂妄。三天的会议时间，她过得极度痛苦，每当她走进酒店大堂，人们都会轻碰彼此的手肘作为提醒：那个认为树木是智慧生物的女人来了。

麦迪逊没有与她续签讲师的工作。她急忙排队申请其他的工作，但招聘季已近尾声，为时太晚。她甚至连帮其他研究员洗玻璃仪器的工作都找不到。智人站队团结的速度比其他任何动物都快。她没有实验室可用，因此无法为自己辩护。三十二岁的她只好去高中当替补教师。同行的朋友们私下里安慰过她，但没有人公开为她说话。就像秋天里枫树渐渐丧失绿意，她也失去了目标。有很长一段时间，她总是独自回想发生的事情，后来她觉得不能再继续沉沦，应该摆脱出来。

她太懦弱，不肯屈服于脑海中上演的那些情节，那些画面几乎每晚都会出现，在她想要入睡的时候。阻止她的是痛苦，但不是她的痛苦，而是她对母亲、哥哥以及依然支持她的朋友们所造成的痛苦。只有森林在保护她，让她免遭不死羞耻的折磨。她跋涉在冬季的山路上，用冻僵的手指去感受马栗树绽出的有黏性的芽苞。小路两旁长满了林下植被，在积雪的覆盖下，就像是用速记法潦草涂写的控诉文字。她倾听着森林的声音，听着一直在支持她的各种吱吱叫声。但耳边传来的只有震耳欲聋的人类的至理名言。

她像是在井底度过了半年时光。盛夏里一个响晴的周日，天空蓝得耀眼，帕特丽夏在托肯溪旁的洼地中，一棵橡树下找到几只伞盖尚未完全撑开的死亡天使蘑菇。这种菌类十分美丽，但形状足以让古老的形象学说支持者脸红[①]。她摘起来放进蘑菇采集袋，带回了家。她为自己准备了一顿周日大餐：鸡柳以黄油、橄榄油、大蒜、青葱调味，佐以白葡萄酒，再掺入死亡天使蘑菇，刚好足够让肾脏和肝脏停工的分量。

她布置好餐桌，坐下来准备用餐，食物闻起来都是健康的味道。这个计划的巧妙之处就在于，任何人都无法识破。每年都有外行真菌学者把死亡天使蘑菇错认成白林地菇，甚至草菇。她的朋友、家人和前同事都只会觉得，她在那项饱受争议的研究中犯了错，在辨别蘑菇时也犯了错。她用叉子挑起热气腾腾的食物，送到嘴边。

但有某种东西阻止了她。肌肉中涌动着大量的信息，比任何语言都更锋利。这样不对。不该这样。不要害怕。

叉子掉在了盘子里。她像是梦游般站起身。当她回过神来打量时，一切都变了，叉子、盘子、蘑菇盛宴，都显得无比疯狂。心脏狂跳，她无法相信身为动物的本能恐惧竟然想让她做那种事。就因为他人的观点，她竟然愿意忍受那种最痛苦的死法。她将所有食物都倒进了垃圾处理机，她感到饥饿，但她渴望的是更为美妙的事物，而非任何食物。

真正的生活从这一晚才开始——就像尸检过后拿到了一大笔额外津贴。相比她刚刚打算对自己做的事，以后的岁月不可能更糟。人类的评价再也无法触动她。现在她可以随心所欲地去实验，去探索任何事物了。

接下来她失踪了一些年头。外人看来确实如此，帕特丽夏·韦斯特福德没有工作，消失了。分拣存储箱，拖洗地板，她靠着这样零碎的工作，一路从中西部的北部地区穿过大平原，朝高山地区前进。她不属于任何机构，无权借用任何设备。她也没有尝试申请实验室职位和代课工作，虽然前同事鼓励过她。老朋友们几乎都将她的名字列入了科研界路毙人员名单。但实际上，她正忙着学习一门外语。

因为所受时间限制很少，又完全不用动脑思考，她于是重新回到户外，走进森林，走进了与所有职业对立的绿色世界。她不再做理论研究和推论，只是观察、记录和素描，用完的笔记本堆了一大堆，那是除了衣服以外她唯一坚持携带的财产。她的目光都聚焦在近处的小片区域。许多个夜晚，她与缪尔一同在云杉和冷杉树下露营，那是一种完全迷失的状态，闻到内陆绿海的气息才猛地转过身。床是厚实的苔藓，十六英寸高的棕色松针是枕头，背包之下就是生生不息的大地，它的力量向上流淌，

[①] 支持形象学说的草药医生认为，有些草药的形状与人体的部分结构有相似性，因此可用来对应治疗相应的人体结构的病恙。但死亡天使蘑菇有剧毒。

汇入她的身体纤维，汇入周围守护她的所有高大树干。她的自我是一颗微小的颗粒，之前从逃往绿色世界的计划中分离了出来，如今才得以重新加入。"我原本只是出去走走，最后却决定待到天黑再回去，因为我发现，出走竟是返我。"①

夜里她就着篝火的光芒阅读梭罗的著作。"难道我不该与土地息息相通吗？我自身的某些部分不也是绿叶与青菜塑造的结果吗？"②还有："占据我的这个庞然大物是什么？这好像是在说什么神秘故事！——想想我们自然界的生命——每天都会看见物质，都会和物质接触——岩石，树木，拂面的风！结实的大地！现实的世界！常识！接触！接触！我们是谁？我们在哪里？"③

现在她继续向西走。真是令人惊叹，只靠那么少一点儿资金也能走这么远，但前提是你要学会如何觅食。这个国家充满了食物，谁都可以免费吃喝。你只需要知道到何处寻找。有一次她刚走进一个州，在一片国家森林附近的一个服务区上厕所时，趁洗脸的工夫她看了一眼镜子。镜中的脸饱经风霜，比她的实际年龄老得多。她成了一个不修边幅的人。很快，她的模样就会吓到别人了。不过，她一直都很吓人。有些人痛恨她的这种野蛮，愤怒地夺走了她的职位。也有人吓坏了，嘲笑她竟然认为树木能互相传递信息。她原谅所有人。这不值什么。总有一天，人们最害怕的真相将要转变成奇迹。那时人们就会遵照四十亿年的进化历史，按其要求行事：停下来，好好看清眼前的真相。

晚秋的一个下午，她到了犹他州中南部科罗拉多高原的西部边缘地带。她是从愚蠢罪人之都拉斯维加斯一路沿乡村小路开过来的，目的地是狡猾圣徒之都盐湖城。此刻她正行进在鱼湖风景小路上，她将破旧的车子停在路边，钻出车门爬上西边的山坡，走进坡顶的树林。在下午的阳光中，白杨树沿着山脊扩展开去，一直伸展到目力所不能及的远方。这是一片美洲山杨，金黄的叶片像云朵一样闪烁着光芒，细细的树干染了一层淡淡的绿色。四周没有风，但白杨树在摇晃，仿佛站在风中一般。只有白杨树在摇颤，周围的一切都完全静止地矗立着。长长的叶柄耷拉着，哪怕遇到最细微的气流，它们也会旋转起来，在她的周围，有数百万片双色渐层的镉黄色叶片，在蔚蓝如洗的秋空下像镜子一般闪耀。

这些类似神谕的叶片将风变成了耳所能闻的事物。它们过滤了干燥的光线，为其中填满期待。笔挺的树干毫无遮挡，只有根部随着岁月而变得粗糙，往上却是光滑和白皙的，直至伸出第一根枝杈。淡绿色的青苔一圈圈地爬上来，像是给树皮上泼洒了

---

① 出自约翰·缪尔的《夏日走过山间》。
② 出自梭罗的《瓦尔登湖》。
③ 出自梭罗的《缅因森林》。

颜料。她站在这个灰白色的空间中，感觉像是站在通往来世的门厅。金灿灿的空气在摇颤，地上散落着被风吹落的果子和死去的分株。山脊上视野开阔，一片干枯。整个氛围都妙不可言，像是置身于一条流淌的山溪之中。

帕特丽夏·韦斯特福德抱住自己，了无缘由地哭了起来。纳瓦霍人吟诵这是太阳栖息之树。赫拉克勒斯从地狱归来时，折取这树的枝条做成花环用以献祭。它孕育的树叶能保护当地猎人免受魔鬼之害。它是北美大陆分布最为广泛的树种，在三片大陆上都有近亲，在所有人的眼中都无比珍贵。她曾徒步穿越白杨树森林北上，一路抵达加拿大，在高纬度的针叶林地区，它是唯一能生长的阔叶树。夏天里她在新英格兰和中西部北部地区都曾见过它们的淡淡树荫。她也曾在落基山脉地区，在奔涌的雪融水上方干燥、炽热的岩石表面露营，周围都是它们的身影。也曾在它们的树皮上，看到当地人雕刻的编码符号。也曾闭着眼睛躺在西南部腹地的山间，回忆它们从不安宁的震颤所发出的声响。此刻她小心开路，跨越倒落的树枝之际，又听见了它们的声音。那是别的树都无法发出的声音。

白杨树在难以察觉的微风中摇晃，她开始看见那些隐藏在背后的事物。在一根树干上，比她的脑袋还高的高处，有熊留下的神秘痕迹。但这些斜线都很旧，边缘的痕迹都已经发黑了；这片林子很久都没有来过熊了。纠缠的根须从一条小溪的堤岸钻了出来。她细细研究，这些裸露出来的根须是一张地下输水网的边缘管道，这张网能将水分和矿物质输送到几十英亩之外，爬上山丘到达其他地方，供养一些看似独自存在的植株，比如环绕在岩石露头周围的那些，那里水源难以抵达。

在山坡最高处有一小片空地，是用链锯伐木清理出来的。有人曾来这里活动过。她从钥匙链上取下小型放大镜，对准一个树桩，估算上面年轮的数量。被伐倒的树中，年纪最大的大约有八十岁。得出这个数字后她笑了起来，太滑稽了，因为在她的周围少说也有五万棵小树，它们都是从一块地下根上萌发出来的，那块地下根历史太过古老，其中最年轻的部分也有数百万年。像那棵树一样八十岁倒在地下的树曾经有数十万棵。这是一个巨大的无性繁殖的生物，由许多棵看似独立的树共同组成，如果说在过去的一百万年中，大多数时候它看起来都像是一片森林，她并不会感到惊讶。

所以她才会停在这里，她就是为了看地球上最古老、最庞大的活物之一。在她周围的广袤空间里，生长的都是同一棵雄性树株，从遗传学角度来看，这里数百英亩的土地上，生长的都是一模一样的树。这个东西太奇怪了，超出了她的理解能力。不过话说回来，韦斯特福德博士知道，世上离奇的事物无所不在，树木喜欢玩弄人类的思想，正如男孩子喜欢玩弄甲壳虫。

在小路上她停车位置的另一侧，白杨树林一直向下伸展至鱼湖岸边。五年前，有位华人工程师带着三个女儿曾在那里露营，他们打算去黄石游览。其中的大女儿名字来自普契尼歌剧的女主角,很快她就会因为纵火焚毁了价值五千万美元的财物而被联邦政府通缉。

往东去两千英里,整个中央公园里只有一棵摇颤的白杨树。一位出身于爱荷华州农民家庭的雕塑系学生,在前往大都会歌剧院朝圣途中经过了它的身旁,却没有注意到它。他将会活下来,直到三十年后再度经过那棵树,但只是因为他曾对普契尼的女主角发誓,不管形势多么糟糕,他都不会自我了结。

往北去,在落基山脉蜿蜒的山脊中,靠近爱达荷福尔斯市的地方有一座农场。也就在这个下午,一位退伍的飞行员正在为中队的老战友造马厩。这次雇佣让人充满同情,战友提供食宿,老兵却决定尽快干完活儿好离开。但是今天,他必须用白杨树造好马厩的围栏。这种木头用作木料虽然很差,却禁得起马的踢打。

在圣保罗市郊,离艾尔蒙湖不远的地方,一位知识产权律师宅院的南墙边,长着两棵白杨树。他对树木了解不多,当他那位放浪不羁的女朋友问起时,他说那是白桦树。这位律师往后会被两次严重中风击倒,到那个时候,所有的白杨树、白桦树、山毛榉、松树、橡树和枫树对他来说都只是一个名词,光是拼一个字都要耗费他半分钟的时间。

在西海岸,日渐繁荣的硅谷,一个古吉拉特裔移民男孩正和父亲用矮胖的黑白像素块构造粗糙的白杨树图像。他们是在写一个游戏,因为对男孩来说,整个世界就像是一片原始森林。

这些人对植物帕蒂来说都无关紧要。但是他们的生命从很久以前就被连接在一起了,在深深的地下。他们的亲族关系作用起来就像一本翻开的书。过去往往在将来才看得更加清晰。

许多年后,她将写一本自己的书,名为《秘密森林》。开篇是这样写的:
> 你与你家后院里的那棵树拥有同一个祖先。你们两个在十五亿年以前分道扬镳。但直到现在,往各自不同的方向走了这么久,树和你依然共享着四分之一的基因……

她站在山顶的空地上,隔着一条浅浅的水沟眺望四周。到处都是白杨树,她惊讶的是,这些树没有一棵是从种子长出来的。在西部的这片地区,一万年来很少有白杨树是靠种子繁衍。很久以前,气候发生了变化,白杨树的种子再也无法适应;但是它们开始靠根繁殖,它们不断向远方扩展。有些白杨树一直扩散到遥远的北方,冰原比岩层还要古老的地方。静止的森林在迁移,这些不朽的白杨树先是赶在冰川之前撤退,然后追随着它们再度重返北方,而最后消失的冰川有两英里厚。生命是不论理由的。所谓的意义太过年轻,不具备足够超越生命本身的力量。这世上所有的戏剧都聚集在地下——帕特丽夏希望自己在死前能听到它们的齐声大合唱。

她环顾四周，猜测这棵巨大的无性繁殖的雄性白杨树将去向何方。一万年来，他一直在山峦和冲沟周边徘徊，寻找雌性同伴，以便为其授粉。但在旁边的山坡上，有个东西往她的胸膛上重重地打了一拳。在那无限伸展的无性繁殖植物的中央，一条新开辟的缎带般的公路之中，坐落着一个住宅群。这些根系是地球上最慷慨的事物之一，但其中有数英亩被切开了，建起了共有公寓。韦斯特福德博士闭上眼睛。她在西部各地都见到了森林梢枯病，白杨树在枯萎。此外，它们还会被所有带蹄的动物啃食，被回春火烧死，正整片整片地消失。现在，她看到了一整片森林，在人类离开非洲之前，它们就遍布这里的山峦，努力适应第二个家园。她长久地看着这片金光闪闪的森林：树木与人类展开了土地、水源和环境的争夺战。她听得见，有一方表面上是赢了，实际却是输家，那声音比摇颤的树叶声还要响亮。

八十年代初，帕特丽夏去了西北部。本土四十八州仍有巨树生长，古老的群落广泛分布在从北加州到华盛顿之间的所有地域。她想趁着森林尚未被砍伐殆尽时去看看它们的模样。到达喀斯喀德地区时，赶上潮湿的九月，她没有在这种天气下旅行的经验。在没有参考比例的情况下，隔着一定的距离看过去，那里的树最大只和东部的悬铃木和鹅掌楸差不多。但是走近之后，错觉就消失了，她完全失去了理智。她所能做的就是观察和大笑，然后继续观察。

在她头顶上方的雾气之中，铁杉、大冷杉、黄杉、花旗松这类怪物般的针叶树都消失了。跃入眼帘的是北美云杉，树上的节瘤都有面包车那么大——若是以重量为单位进行比较，等重的云杉木比钢铁还要结实。一根树干就能装满一辆伐木工程车。若是放在东部的森林里，这里的小树也能傲视群雄，而且每英亩的树木数量至少是其余大部分地区的五倍。在这些庞然大物之下，深深的下层植被中，她的身体被衬托得无比渺小，活像她小时候做的橡子人。这里的空气像是凝固了一般，任意一根树干上的一个节孔，都可以当她的家。

滴滴答答的声音和一些动物的吱吱叫声打破了林中教堂般的肃穆气氛。四周一片朦胧的绿色，她感觉自己像是身处水下。有颗粒在飘落——孢子云，断裂的丝网，哺乳动物的毛屑，骸骨般细瘦的小虫，昆虫蛀屑和鸟羽碎片……每样事物都在往其他事物身上爬，奋力争夺斑斑点点的阳光。如果她能长时间静止不动，那藤蔓也会覆盖她的身躯。她静默地行走，每一步都踩碎了万年无脊椎动物的尸骸，她小心寻找各种痕迹，毕竟在这个地方，至少有一种当地语言是用同一个词来代表"脚印"和"理解"两种含义的。脚下的大地像杂色床垫般松软。

她沿着一条裸露的山脊下行走进一块盆地。她甩着手杖在身前探路，仿佛穿过了一层保温幕布，温度直线下降。林冠就像是一只漏勺，在挤满甲虫的地面投下点点光斑。每一棵粗壮的树干周围，都簇拥着上百棵籽苗。有些树木已经倒地死亡，树干上湿漉漉的，每一寸都长满了剑蕨、苔类、地衣，以及沙粒般细小的叶片。密密麻麻的苔藓本身就像是一片片微型森林。

她试着按一下树皮的裂纹，整个指关节都陷了下去。稍微往灌木丛中走一点儿就会发现，这里堆积的腐殖质已经深得惊人。那些倒地的树干上长满了各种生物，已经破碎、腐烂了几百年之久。断枝犹如扭曲的哥特式建筑构件，银白的色泽像是颠倒的冰锥一般。她从没呼吸过如此肥沃的腐败气息。一立方英尺的区域内，就堆积了那么多死去的生物，可以说有史以来死去的所有生物都汇聚在那里，真菌的花丝将它们编织在一起，沾满露水的蛛网让她感到头晕目眩。蘑菇爬上树干，形如阶梯状的矿层。死去的鲑鱼成了树木的养料。整个冬天这片区域都浸泡在雾气之中，海绵状的绿色植物像厚毛呢一般铺满了树干的每一寸，长得比她的脑袋还高，而她甚至叫不出它们的名字。

死亡无所不在，给人以压迫感，但又那样美丽。她明白了学生时代让她异常抗拒的那种林业学思想的来源。老意味着衰败，这里深厚的腐败层都是植物细胞膜质的坟墓，需要大刀阔斧地清理，以使其重新焕发生机，看到眼前这一幕壮丽的腐败图景，上面那种想法也便可以原谅了。她明白了为什么人类总是惧怕这类令人窒息的封闭的灌木丛，因为在这里看不见独自生长的树木之美，取而代之的是某种聚集的、恐怖而疯狂的东西。当寓言故事发生黑暗转折时，当恐怖电影积蓄力量发展到第一个恐怖片段时，其中在劫难逃的儿童和任性的青少年一定会在这样的地方迷路。这里有比狼和女巫更恐怖的东西，任何文明的手段都无法驯服那种原始的恐惧。

巨大的森林拉着她继续向前，经过了一棵西部红杉的粗壮树干。她伸手触摸着沟纹树干上剥落的纤维状树皮，光是那树干的围长就赶得上东部山茱萸的树高。树皮散发出熏香的气味。树冠已经被砍掉，大树枝像枝状烛台一般展开，树枝的围长就足以超过许多树干了。在靠近地面的位置，树心腐烂了，形成一个洞穴空间。哺乳动物的整个家族都可以住进去。在她上方十二层楼的高度，树枝虽然被千年的积垢压得垂落下来，但依然结满了锥球状的果实。

她开始对这棵杉树说话，用的语言与第一批走进森林的人一样。"长寿的王者，我在这里，在下面。"一开始她觉得很愚蠢，但越往下说，每一个字都变得轻松了一些。

"谢谢你提供的篮子和箱子。谢谢你提供的披风、帽子和裙子。谢谢你提供的摇篮、床铺、尿布、独木舟、船桨、鱼叉、网罩、电线杆、原木、标杆、防腐墙板、木瓦，以及永远明亮的引火柴。"

她每说出一个新的物品，心里就又轻松了一些。此刻她找不到停止的理由，于是就继续表达她的感激之情。"谢谢你提供的工具、柜子、甲板、衣柜、镶板。我想不起来了……谢谢你,"她循着古老的方式,继续说道,"谢谢你馈赠的所有礼物。"但她还是不知该如何停止,于是又说:"对不起。我们不知道对你来说,要将断掉的树冠长回去有多么艰难。"

她在土地管理局找了份工作。职位名称是野外护林员,职责描述就和那些巨大的树木一样不可思议:为了现在和将来的人类,帮助保护和维持环境,尽管届时人类这一访客已经不复存在。护林员必须穿制服。不过他们付她薪水来让她自由发挥,运载重量刚刚好的包裹,阅读地形图,开挖拦水埂,寻找烟和火,教育游客不留垃圾,依循大地的节奏,完全根据季节生活。当然还要清理人类的痕迹,无止境地收拾薯片、垃圾袋、六罐塑料环、锡箔纸、金属罐、瓶盖。在开满野花的草地上,遥远的展望台上,高大的冷杉树枝上,冰冷的溪流中,瀑布背后,到处都能看见这一类的垃圾。为这份工作,她甚至愿意倒贴钱给政府。

分配给她的小屋在一片古老的杉树林旁边,主管还向她道了歉。屋子里没有自来水,附近的野兽数量远远超过人类,甚至可以说多出许多倍。她能做的却只有大笑。"你不明白,你不明白,这里简直堪比阿尔罕布拉宫。"

明天她将徒步二十五英里,去拆卸路边树上标志牌的螺钉,好让树干的形成层继续生长。在山脊另一边的一个地方,有一棵巨大的云杉树,树皮已经将四十年代安装的林务局标志牌吞没了,现在据说只依稀能看见轮廓。

夜里下起了雨。她出门走到空地上,坐在瓢泼大雨中。她身上只穿着一件松垮的棉衬衫,她留神细听树木长出新细胞的声音。接着,她回到室内走进厨房,用随处都可擦燃的粗短火柴点燃煤油灯,提着走进卧室。她听到尾巴蓬松的林鼠发出的重重的声音,它们又一次对她毫无价值的财产发起了袭击。上周它们偷走了她的一对发夹。现在已经太黑,没办法调查今晚又丢了什么物品。她站在墙角装冷水的镀锌水盆旁,用海绵擦干身上的水,然后就上了床。脑袋一沾上发霉的枕头,她就立刻回到了家里祖传的度假屋,在那里未来依然充满无数美好的可能性。

她在那里无忧无虑地干了十一个月。野兽从没有威胁过她一次,反倒是有疯狂的露营者来打搅过两次。连绵不断的雨把一切都冲得发了霉。巨大的树木吸饱了倾盆的大雨,然后将其转化为水蒸气吐到空气中。每一个潮湿的表面都长满了芽苞。她的两条小腿变得像是运动健儿那般矫健。有时候她躺下来闭上眼睛,感觉等重新睁眼时,苔藓将会覆盖她的眼睑。她忙了好几天,砍倒一片灌木丛,清理出一块几平方英尺的地方,造了一座存储台。到年底的时候,那一小块空地再度长满了灌木和树苗。她喜欢这样的感觉，绿色植物是毫不留情的，人类对它们发起的闪击战终将被瓦解粉碎。

她不知道的是，当她在修复边远地区的篝火圈，清理非法露营地里遍布的啤酒罐和厕纸时，一篇文章横空出世。它发表在人类有史以来最好的一本著名期刊上。文中说，树木能通过空气中悬浮的微粒来传递信号；它们会分泌药性物质，用气味来警告和提醒周围的邻居；它们能感觉到攻击性物种的到来，然后会召唤空中力量来增援。文章的作者还援引了她从前发表的那篇遭到诸多嘲讽的论文中的观点。他们开始重新研究她的发现，将她的文章大量转载。那些文字她差不多已经忘得一干二净了，现在却开始传播开来，就像一阵信息素，照亮了许多人。

这天帕特丽夏去了一条不熟悉的排水道，她在很远的一条小路上就看见这边有一棵被风吹倒的树。这时她看见下层灌木中有动静——这是最危险的游戏。靠近些，她发现是两位研究者，两位来自一个松散联盟组织的流浪科学家，每年夏天他们都会开着脆弱的拖车，带来各种实验设备，驻扎在离她的小屋几英里远的一片空地上。她惧怕与这些过去的同行争论，总是尽量少说话。这一次，她也只是站在远处观望。隔着这么远的距离，透过树林看过去，那两个人看起来就像是马戏团里的熊，穿着伐木工的制服，后腿直立，笨手笨脚的样子。

两人在丛林中开路行进了一小段路程，接着不知发现了什么感兴趣的东西，停下来凑在一起研究。其中一个轻轻唤了一声，是在模仿某种动物的声音，学得惟妙惟肖。她在夜里听过那种叫声，只是从没见过声音的主人。这声模仿足够骗过她。男人又唤了一声。不可思议的是，他得到了回应。接着他们开始了二重唱，男人的诱哄声欢快而大胆，紧随其后的鸟鸣迟钝却热烈，那鸟就躲在林子里的某个地方。接着空中划过一道条纹，那只猫头鹰出现了。它是智慧与魔法师的象征。帕特丽夏这还是第一次看见西点林鸮。是一种斑点鸮，是濒危物种，为了保护它们，科学家建议封锁价值几十亿美元的原始森林，因为那是它们唯一的栖息地。它落了下来，停在诱惑者三码外的一根树枝上，充满了神秘。鸟和人凝望着彼此。其中一个物种开始拍照。另一个则只是转着脑袋，眨着大眼睛。接着那猫头鹰飞走了，两位科学家做完笔记也离开了，只剩下帕特丽夏站在原地，不知刚刚的一幕是梦是醒。

三周后，她又来到这个地方，拔除入侵植物。是臭椿，它们的枝条上长着绒毛，气味浓烈，在她的手指上留下了咖啡和花生黄油发臭的气息。她沿着之字形小径快速爬上山坡，再次撞见了那两位研究者。他们就在坡上几码远的地方，蹲在一棵倒掉的树干旁。不等她逃走，他们发现了她，冲她招手。无奈之下她只能挥手回应，走了上去。只见其中年长的那位正侧身跪在地上，往样本瓶里收集一些微型生物。

"在找食菌小蠹？"两人听到她的话都惊得回过头来。枯木曾是她热爱的话题，所以她有些忘我。"上学的时候，老师告诉我，倒下的树木毫无价值，只会成为障碍物，造成火灾隐患。"

跪在地上的那位抬头看着她说："我的老师也说过相同的话。"

"'把它们清理干净，以提高森林的健康水平。'"

"'为了安全和清洁考虑，可以把它们烧掉。最重要的是，不要让它们倒进溪流。'"

"'制定法律，让那片停滞不前的地方重新开始生产！'"

三个人都笑了起来。但那笑声更像是在按压一条伤口。提高森林的健康水平。这话说得就好像森林一直等了一亿年，才等到我们这些新来者为它们提供治疗。这样的科学简直是在造福任性的盲人，明明是这么显而易见的事，为什么却会被那么多聪明人士忽视呢？人只需要看一看就会发现，死去的树木比活着的那些更有活力。但面对教义强大的力量，理智并没有获胜的希望。

"好吧，"跪在地上的那位说，"现在我要说，那简直是胡说八道！"

帕特丽夏笑了，真希望能挤出痛苦，就像微风吹过雨帘那般。"你们在研究什么？"

"真菌，节肢动物，爬虫，两栖动物，小型哺乳动物，蛀屑，网，穴居生物，土壤……也就是我们在枯木中发现的一切。"

"你们研究多久了？"

两人对视了一眼。年轻的那位又递过去一只样本瓶。"得有六年了。"

六年，而在这个专业领域，绝大多数的研究都只需要持续几个月的时间。"那你们究竟发现了什么，值得你们坚持那么久？"

"我们计划要一直研究到这棵枯木消失为止。"

她又笑了起来，这一次要疯狂一些。这是一棵倒在湿润森林中的杉树，那这个研究项目只能由他们手下研究生的曾孙的曾孙来完成了。没想到在她缺席的期间，科学已经发展到这么疯狂的地步，正如她所期望的一样。"等它消失的时候，你们恐怕早就灰飞烟灭了。"

跪在地上的那位坐起身来。"研究森林最好的一点就是，等未来的人责备你竟然错失显而易见的事实之时，你早已死去许久！"他看着她，仿佛她也是一个值得研究的对象。"你是韦斯特福德博士？"

她像猫头鹰那般困惑地眨眨眼睛，接着才想起制服上有证章，就挂在胸前，任何人都能看见。但他知道她是博士，那他一定知道她的过去。"我见过你吗？"她说，"抱歉我不记得了。"

"没见过！几年前我听过你的讲座，在哥伦布的那次森林研讨会上。空气传播信号。我印象深刻，还专门订购了你那篇文章的抽印本。"

她想说，那不是我，你认错人了；你说的那个人已经死了，已经在某处腐烂了。

"他们对你的攻击实在够狠。"

她耸耸肩不置可否。年轻的那位科学家一脸茫然，像是在参观史密森学会博物馆的小孩。

"我就知道，总有一天，事实会证明你是正确的。"她迷惑的表情足以说明一切。她为什么会穿着野外护林员的制服。"你好，帕特丽夏。我是亨利，这位是杰森。来我们的科研站看看吧。"他的声音温柔却急迫，就像是有某种东西正处于危急关头。"看看我们的团队正在进行的研究，看看你离开之后，你开辟的道路取得了怎样的成果，你会乐意看到的。"

时间已经过去了十年，韦斯特福德终于取得了最惊喜的发现，她爱她的这群同伴。虽然并非全部都爱，却坚定不移，而且她一直充满感激，至少她很感激研究站里的三十多位常驻研究员。是他们接纳了她，在喀斯喀德地区富兰克林实验林的德雷尔研究站里给了她一个家。她在那里连续待了好几年，而且比她原本以为的更加快乐，产出的成果也远超她的想象。亨利·法洛斯是团队里的高级研究员，他帮她申请了补助金。另外两个来自科瓦利斯的研究团队也将她纳入了职工名单。资金有限，但他们在草地贫民窟中给她分了一辆发霉的拖车，还允许她使用移动实验室——里面有她需要的所有试剂和吸量管。与土地管理局分给她的那间小屋相比，这里的公共厕所和社区浴室好到让人觉得罪恶，要知道从前她只能晚上在门廊上瑟瑟发抖地用海绵擦洗身体。此外，公用食堂里还有烹煮的熟食，只是有时候她沉溺在工作中，必须有人提醒，她才知道又到吃饭时间了。

在地下世界，她的名声得到了恢复，就像德墨忒尔的女儿①。有一些科研论文证明了她提出的空气传信说法的正确性。年轻的科研人员在许多物种中都找到了支撑性证据。比如阿拉伯橡胶树就会警告同伴周围有长颈鹿在觅食。证据还表明，柳树、杨树、桤木都会发出昆虫入侵的警报。不过这些都无所谓，她已经康复。她对这片森林以外的世界并不关心。她需要的世界只存在于这里，在这片苍穹之下——这里的单位面积生物量为地球之最。溪流从陡峭的崖壁倾泻而下，冲过的石堆中有鲑鱼产卵——这里的水寒气逼人，足以让人忘却所有的痛苦。瀑布闪着亮光翻越山脊，被苔藓染成

---

① 希腊神话中，海神波塞冬爱上了妹妹丰产女神德墨忒尔，德墨忒尔化身为马躲进马群，但波塞冬也变成了马。德墨忒尔被强暴后生下一个女儿，她的名字是一个秘密，只有在举行秘密仪式时才会透露。

碧色，裹挟着断落的树枝一路翻滚。在四处散落的空地上，这里那里的下层植被中，隐藏着一丛丛的红花覆盆子、接骨木莓、越橘、雪莓、刺人参、蔓越莓和熊果。巨大的针叶树拔地而起，长到十五层楼高，树干的直径足有一辆轿车的车身那么长，它们就像石柱一般，为下方的一切撑起一面屋顶。在她周围的空气中，能听到各种生命的回响。冬季里有隐藏在暗处的鹩鹩发出的吱吱声。工厂手提钻一般的声音是啄木鸟的叫声。柳莺叽叽喳喳，画眉振翅飞行。松鸡在林中各个角落哗哗嘟嘟。到了夜里，猫头鹰冷酷的鸣叫吓得她手脚冰凉。此外，还总是能听到树蛙的永恒之歌。

在这座伊甸园，她的同事们所取得的惊人发现证实了她的怀疑。缓慢、漫长的观测使得人们从前对森林的认知都成了笑话。概括来说就是，肥沃的棕色土壤——其本身就是由不知名的微生物和无脊椎动物组成，或许囊括了数百万种物种——将腐烂物集中在一起，是由死尸堆积而成，而她现在才开始研究其形成方式。她兴奋地坐在餐桌边，和其他团队成员一起欢笑，分享数据，交换各种令人晕头转向的新发现。他们的团队中有鸟类学者、地质学家、微生物学家、生态学家、进化动物学家、土壤专家、水文专家。每个人都知道无数微小的当地信息。有些人手头忙碌的项目计划运转两百年以上。有些简直像是从奥维德的笔下走出来的，仿佛即将变成绿色植物。他们聚集在一起，构成了一个庞大的共栖群落，就像他们正在研究的那些一样。

事实证明，在温带丛林中隐藏着数以百万计的复杂循环系统，要想维持这些系统的运转，需要有各种各样的死亡掮客。一旦清空了这些循环系统，数不清的可自我补充的水井就会干涸。这可谓是林业领域的全新真理，有最美妙的发现作为证据，比如高高飘扬在空中的青苔的触须，它们只能在最古老的树上生长，会重新为这个活着的系统注入必不可少的氮。生活在地下的田鼠吞食松露，将天使般的真菌散播到整个森林的地面。真菌填满了树木的根系，两者形成密切的伙伴关系，密切到让人说不清哪些是根须，哪些是菌丝。高大的针叶树从高高的林冠生出不定根[①]，一头扎下来，从树枝丫杈处累积的尘土中吸取养分。

帕特丽夏将精力集中在花旗松上。这种树像箭头一般笔直，自下而上逐渐变细，拔地而起一百英尺后才会长出第一根枝杈。它们本身就是一个生态系统，供养着超过一千种无脊椎动物。它们是城市的筹划者，工业木材之王，没有它们，美国的面貌将变得非常不同。她最爱的那一批分散在研究站附近，夜间用车前灯就能照到。其中最大的一棵一定有六百岁。它如此之高，几乎逼近了地心引力所能允许的极限。水分从根系输送到六千五百万根松针中最高的那些需要一天半的时间。每一根树枝都像是一种力量的释放。

---

① 植物的茎叶上所生发的根。

这些年来，她在花旗松林中取得的发现让她心中充满喜悦。花旗松的根系在地下横向伸展，当两棵树的根系相遇时，它们会发生融合。通过那些自我嫁接的节点，两棵树的根系合二为一。它们的根系在地下连成一片网，像有生命的线条一般，绵延了不知多少英里。她的树彼此喂养，彼此治愈，共同抚养幼苗和病木，将资源和代谢物都储存进共有仓库之中……要经过数年的观测，这样的图景才能浮出水面。研究网正在不断扩大，还会有更多的发现和更不可思议的事实得到证实，加拿大、欧洲、亚洲的研究者正通过更好的渠道更快地交换数据。连帕特丽夏也没想到，她的这些树相互关联的程度竟然如此之高。这其中没有独立的个体，甚至没有独立的物种。森林里的每一样事物都代表着森林本身。竞争与合作不可分割。这些树不会像一棵树上的树叶那般你争我抢。说到底，自然界大部分时候似乎都并不野蛮。举一个例子，处于生物金字塔最底层的那些物种没有尖牙也没有利爪。但是如果树木都能共享它们的资源库，那么每一滴红色都必能漂浮在绿海之上。

科瓦利斯的人希望她能回去执教。
"我资格不够。我其实什么也不懂。"
"这话可骗不了我们！"
但亨利·法洛斯让她考虑一下。"等你准备好，我们可以谈谈。"

研究站主任丹尼斯·沃德实地考察时顺路来访，还带来了小礼物，有马蜂窝、虫瘿、溪水打磨出的漂亮石子。他们的站位让帕特丽夏想起她在土管局小屋中与那只林鼠共处的时光。后来丹尼斯就经常来访，他总是突然过来，害羞地送来一些无甚价值的小玩意儿。接着他会隐藏一阵子，就和帕特丽夏当初慢慢对那只林鼠产生兴趣一样，现在她开始慢慢喜欢上这个态度温柔、动作舒缓的男人。

一天晚上丹尼斯给她带来了晚餐。他专为送食物来的。是一道蘑菇榛子砂锅菜，搭配的面包是他放在钟形罩里趁烧灌木丛时烤的。这晚的谈话并不鼓舞人心，他二人的交谈总是如此，她为此心存感激。"那些树怎么样？"他总会问起。她尽其所能地告诉他实情，但会避开生物化学方面的内容。

饭后他们用可再利用的废水洗了碗碟，之后他问道："走走？"这是她最喜欢听到的一个问题，她的回答总是："走走！"

他一定比她年长十岁。她对他一无所知，但并没有开口提问。他们谈论的话题仅限工作——她对花旗松根系网的缓慢研究，而他的工作则近乎不可能做到，要集结科学家，让他们遵守最基本的规则。她已经进入人生的秋天。四十六岁——比她父亲去世时的年纪还要大。她所有的花朵都早已褪色，但此刻迎来了蜜蜂。

他们没有走远，也走不远。空地很小，天色已经太暗，山路无法行走。不过他们并不需要走太远，很快他们就身处她所热爱的茂盛森林之中。周围都是衰朽、腐败，生物垂死的画面是那样奢华、丰富，骇人的绿色从四面八方拔地而起，连同盘缠在树干上的各种圈状物一起。

　　"你是一个幸福的女人。"他们站在巨大盆地中的某处，丹尼斯的语气介乎提问和声明之间。

　　"现在确实如此。"

　　"你喜欢在这里工作的每一个人。真是了不起。"

　　"认真对待植物的人很容易讨人喜欢。"

　　但是她也喜欢丹尼斯。喜欢他没有多余的动作，总是长时间沉默，分不清那些几乎一模一样的分子、叶绿素和血红素。

　　"你自食其力，就像你的树。"

　　"这就不对了，丹尼斯。树并不是自食其力，这里的每一样事物都彼此相连。"

　　"我就是这么认为的。"

　　她被他直觉的纯粹性逗笑了。

　　"但是你有你的习惯。你有你的工作。它让你一直前进，从不停止。"

　　她没有说话，她被吓坏了。她已经很满足自己的中年生活了，不想还能碰到这样的埋伏。

　　他感觉她握紧了拳头；猫头鹰叫了好几声，他没有再说一个字。很长一段时间之后，他才再度开口："是这样的，给你做饭感觉真好。"

　　她长叹一口气，事情终于步入应有的轨道。"有人做饭感觉真好。"

　　但事情根本没有她原本想象的那么可怕，一切都轻松多了。他说："我们继续保留各自的生活可好？只是……时不时地见一面？"

　　"那……可以接受。"

　　"各自忙各自的工作，一起吃晚餐，就像现在！"他似乎很惊喜，他莽撞的提议竟然现在就已经成了现实。

　　"是的。"她一时之间无法相信，好运竟然能扩展到这一步。

　　"但是我想签署文件。"他看着花旗松林西边的一片空地，太阳已经开始落山了。"因为那样一来，等我死了，你就可以领取养老金。"

　　她在黑暗中握住他颤抖的手。感觉真好，一棵树的根系在地下探索数百年，终于找到另一棵树的根系，可以与之交融时，一定就是这样的感觉。爱的物种有数十万种，每一种都是独自发明的结果，每一种都比前一种更加巧妙，而且每一种都在源源不断地创造新事物。

奥莉薇亚·范德格里夫

　　雪已经没过大腿了，走起来很慢。奥莉薇亚·范德格里夫像驮兽一样穿过积雪，返回校园边缘的寄宿公寓。线性回归和时间序列模型的最后一堂课终于结束了。庭院里的钟乐器发出五声鸣响，虽然才刚到五点，但因为马上就到冬至了，所以周围已经黑得如同午夜。呼出的气体结成一层硬壳，包住她的上唇。她将其舔下来吞掉，于是冰晶就覆盖了她的咽喉。寒气像金属丝一般钻进她的鼻腔。她可能会死在这里，真的，死在这个离家只有五个街区远的地方。这个新奇的想法让她一阵颤抖。

　　这是大四的十二月，学期即将结束。她现在就可以被绊倒，脸部先着地，但依然越过终点线。这学期还剩下些什么内容？一道生存分析法的简答题，中级宏观经济学的学期论文，还有她放弃的选修课程作业，世界艺术杰作的一百一十张幻灯片。再过十天，再过一个学期，她就一了百了了。

　　三年前，她以为保险统计计算科学和会计学是一个专业。升学顾问告诉她，这个专业研究的内容是不确定因素的价值和可能性，听起来是个严苛的专业，但好像又和食尸鬼沾边，所以她便说："好，就这个。"如果面对一项追求，生活要你许下一个卑屈的承诺，那么相比起计算死者的现金价值，总还有更糟糕的承诺对象。她是专业里仅有的三名女生之一，这个因素也让她感到一阵兴奋，感到一种排除万难的刺激。

　　但是刺激的感觉早就消退无踪了。她参加了三次国家精算学会的资历考试，但三次都惨遭失败。部分原因在于天资，部分在于性爱、毒品和彻夜狂欢。她能拿到学位，她依然能设法实现目标。如果不行，她还可以品尝灾难所带来的机遇，不管是什么滋味。正如保险精算科学证明的那般，奥莉薇亚也一再向担心过头的朋友保证，灾难不过是另一个数字而已。

　　她在黑暗中转过拐角，走上杉树街。之前已经有其他学生，背着沉重的背包，在雪地里踉踉跄跄地踩出了路，脚印都聚集在一起，想必第一个开路的人大多数时候都只能连蒙带猜地下脚。在新雪的下面，人行道被隆起的树根顶得裂开了，树根的作用力堪称史上最缓慢的震波。她抬头张望着。这里虽然是个死水一般的停滞之地，但等到离开之时，她还是会有所牵挂，她确实喜欢这里的路灯。是镀金时代风格的奶油色的球形灯，发出的光芒看上去就像静止不动的烛光。它们温柔地照亮了学生公寓街区，一路延展到她自己租住的那套公寓楼。那是一座杂乱无章的建筑，就和《美国哥特式》那幅名画中的房子类似，从前是某位外科医生的住宅，现在被分隔成几个独立的小房间，设有五座分开的消防楼梯和八个邮箱。

在她的住所门前，路灯的光芒之中，站着一棵树，是一种曾经遍布整个地球的树——就像一棵活化石，是了解树木秘密的最古老、最奇怪的植物之一。这棵树能制造精子，然后精子必须以液体为载体，游进胚珠使其受精。它的树叶就像人脸一样差别迥异。树干在路灯的照射下显出非凡的轮廓，上面排列着奇异的短刺，因此在冬天也绝对与众不同。她在这棵树下住了一整个学期，却根本不知道它的存在。这一晚她从旁边经过，依旧没有注意到它。

她跌跌撞撞地爬上积雪覆盖的台阶，走进黑暗的门厅，里面停满了自行车。她随手关上大门，但刺骨的冷空气依然从门缝里长驱直入。电灯开关似乎是在嘲笑她一般，安在门厅的里面。奥莉薇亚往漆黑的大厅里走了六步，像是在接受残酷的考验，接着她的脚踝被一辆车子的变速器划伤了，咒骂声在楼梯间里回荡。整个学期的宿舍会议上，她一直在抗议这些自行车的停放位置。虽然所有房客都投票赞成挪走，但此刻自行车还是在这里，她冻僵的脚踝被凿了一下，还沾上了自行车润滑油，她愤怒地大骂："去死，去死，去死！"

无所谓。再过五个月，生活就将重新开始。哪怕到时候她将依然住在租来的只有冷水的肮脏公寓里，而且还要在楼下的早餐餐吧当服务员，但至少所有的罪与错都将只属于她一个人。

楼梯上面有人窃笑着说："一切都好吗？"厨房里也漏出压抑的笑声。是她的室友们，都被她每日例行的愤怒逗笑了。

"没事。"她尖声说。到家了。这是一九八九年十二月十二日。柏林墙倒了。从波罗的海到巴尔干半岛，数百万饱受压迫的人涌上了冬日的街头。鲜血从她那只被划伤的脚踝流下来，洒在门厅里。那又怎么样？她弯腰将一张干燥的舒洁纸巾按在伤口上止血，感到一阵剧痛。

楼上等待她的是拥抱：两个是例行仪式性的，一个怀着嘲讽，一个冷冰冰的；还有一个半年以来一直怀着卑微的渴望。她讨厌室友们无休无止的廉价拥抱，但还是和善地回应了。这个集体是在这年春天的一次狂欢聚会上组成的，那时候大家对彼此都怀着极大的热情。到九月底时，好感耗尽，变成了日常的相互指责。我的刮刀上是谁的毛发？有人偷了我放在冷冻箱里的一点点碎肉。究竟是谁把那只吃剩的火鸡腿塞进垃圾处理机的？但是当终点线近在眼前时，一个女孩可以做出任何事情。

厨房里香气扑鼻，但是没有人邀请她一起吃。她看了一下冰箱，希望渺茫。她已经十个小时没有进食了，不过还是决定再多坚持一下。如果能坚持到她的私人派对结束之后，那时吃东西就会变得像与半神共舞一样美妙。

"我今天离婚了。"她宣布。

女孩们开始七零八落地喝彩和鼓掌。"拖得够久了。"她最不喜欢的一个室友，也是她从前的心灵伴侣说道。

"是啊，离婚耗费的时间比结婚的日子还长。"

"姓就别改了，现在这个好多了。"

"说到底，你当时想什么呢，竟然去结婚。"

"你的脚踝太吓人了吧，至少把油污清理一下。"又是一阵压抑的笑声。

"也爱你们。"奥莉薇亚偷了某人一瓶棕色啤酒——冰箱里唯一没被细菌包裹的东西——然后躲进了自己的阁楼房间。她爬上床，头也没抬就将瓶中啤酒一饮而尽，这是后天习得的一项天资。脚踝上的油污和血迹都抹在了床单上。

这天下午，她在经济学和线性分析两门课之间，抽空去法院与戴维见了最后一面。现在他们结束了，最后判决并没有加重她的悲伤。她确实感到后悔，大二那年春天一时突发奇想，竟然将自己的生活与他人合为一体，感觉像是押上了一切，是那么的奋不顾身，那么的天真。两年时间里，他们的父母对这种蠢行一直大为光火。朋友们也从未理解。不过她和戴维当时下定了决心，想要证明所有人都错了。

他们确实爱着彼此，他们有自己的方式，虽然表现形式主要是大声朗读鲁米的诗，然后再麻木地互相折磨。但是婚姻将他们两个都变成了虐待狂，在他们第三次化身游乐场狼人狠命厮杀过后，她的第五根掌骨粉碎了，必须得有个人清醒过来，拔掉插头了。他们没有共同财产，除了他们两人之外，也没有别的孩子。离婚本该一天半就搞定，最后耗时却超过十个月，主要原因是双方心中都还有恋旧之情在作祟。

奥莉薇亚将空酒瓶放在暖气片上，床边堆满了各种零碎废品，她在其中找到了她的影碟播放机。得为离婚举行一个追思会。婚姻是她的冒险，她需要庆祝。戴维留下了鲁米的书，但她留下了他们最爱的迷幻音乐唱片，还有毒品，数量足够她将后悔转化为欢笑，这对今天来说就已足够。当然，她还要操心线性分析课程的结业考试。但还有三天时间，她一般在放松时刻能学得更好。

两年前，在她第一次心动的时候，她就该反应过来的。不管是任何关系，只要她在刚认识的两个小时里撒谎超过三次，那这段关系都不会维持长久。他们在学校植物园的樱花树下漫步，她声称自己深刻地爱着所有会开花的植物，这话倒是有真话的味道，至少在当时确实如此。她说她的父亲是一位人权律师，这也并不完全是谎话；

说她的母亲是一位作家，这就差不多完全是鬼扯了，虽然是根据一个貌似真相的事实构建出来的情节。她并不为父母的身份感到羞耻。事实上，在小学时代，她曾因一个小丫头说她父亲"蔫软"而大打出手，结果被停了学。但她更青睐故事所带来的满足感，在那样的世界里，父母与他们应有的模样相去甚远。于是她就为他们略施粉黛，反正她已经决定余生都与这个男人一同度过。

戴维也撒了谎。他宣称自己无须毕业，因为在公务员考试中成绩优异，国务院已经为他提供了一份工作。这个谎撒得太过离谱，很难认为是出于善意。她确实喜欢爱幻想的人。后来，在雪一般的樱花下，他给她看了一只维多利亚时代风格的小锡罐，上面贴着胡须用蜡的广告，里面装的却是六根子弹一般细长的大麻烟。除了高中时代看过的禁毒电影之外，她从没在现实中见过那东西。很快，他就开始向她兜售，在忙碌大地之上滑翔的滋味有多么美妙。她与那个小礼物的故事由此就拉开了序幕，至今仍未结束。与她和戴维的恋情不同，她与那东西的关系肯定会持续终生。

她调出迷幻音乐列表开始播放，然后坐在她喜欢的窗边座椅上，推开窗扇，夜间的寒气立刻冲了进来，喷出的烟雾飘荡在危险的火灾逃生楼梯上。电话响了，但她没有接。左不过是那三个男人中的一个，他们觉得她不可能再循规蹈矩地过活。铃声仍在继续。她没有电话答录机。那种设备会把回电话都变成一种职责，谁会使用？她数着铃声，像是在冥思。十二声的工夫里，她往天寒地冻的窗外吐了两团大大的烟雾。在她没意识到的时候，来电者已经放弃了坚持。只可能是她的前夫，希望以爱的名义最后再吵一次，以便纪念这个时刻。

※※※

小奥莉薇亚在心理、社会意识和性这些层面都觉醒了，比她来这座城市时打算学习的内容多得多。三年前她走进这座校园时，随身携带的行李包括一只泰迪熊玩具、一台电吹风、一台热空气爆米花机和一封高中排球代表队开具的介绍信。她计划于明年春天离开，届时她的财产将包括一张败绩累累的成绩单、两枚舌钉、肩胛骨上的一块花卉文身，以及一本她从没想到的幻想旅行剪贴簿。

某种程度而言，她依然算是个好女孩。她只需要作为一个半坏不坏的女孩，再坚持几个月。到时候她就可以挺直身躯，展翅高飞，向西飞——一般搞砸了的好人都会往那边飞。一旦到了那边——不管是哪里——她就会有大量的时间，可以好好思考，该怎么抢救搞砸的学位。必要时，她也可以足智多谋。她知道该怎么装可爱，稍微用点儿心就可以。各种各样的事情都在发生，世界正在分崩离析。既然未来指向的是那个方向，那她可以去柏林试试。去维尔纽斯，去华沙，去一个正从头建立规则的地方。

音乐剥掉了她的三角肌，停止了她脑海中懒洋洋的成人游泳。蜘蛛在她的皮肤下建立了栖息地。她将一只手掌搭在大腿上，推力一路滑动，一直滑到思想的地平线。很快，美妙的头脑风暴就开始了，一个接一个地在眼前连接起来，将整个乱糟糟的人类历史变得如此可爱和明显。宇宙无比浩瀚，她有机会在附近的星系遨游一小会儿，只要不滥用力量，伤害别人，她可以摧毁一些东西来取乐。她爱极了这样的飞翔。

接着那旋律开始了，她心里的旋律。她关掉播放器，试图想办法穿过房间里的海洋。她站起身，她的脑袋也一直在上升，笔直地上升，进入一个全新的意识层面。笑声驱策她向前，帮助她维持平衡，她扬帆起航，跨越了地板，她的乳房像珍稀的珍珠一般闪闪发光。片刻之后，她抵达了目的地，在那里站了一分钟，试着回想为什么要来这里。除了她自己发明的那些梦幻旋律，她几乎什么声音也听不见。

她在压合板做的学生书桌旁坐下，将脑海中的旋律记录在笔记本上。是货真价实的音乐符号在她脑海中演奏，就像许多秘密书写的文字。那些旋律出现在她脑海中的同时也在快速消失，不过她已经发明出自己的一套保存体系。线条颜色，粗细笔画，还有出现的位置都可以作为编码，记录她脑海中出现的天赐旋律。第二天，等嗡鸣声散去，她只要看着这些潦草涂写的符号，就能再次听到那旋律。感觉就像是抓住了一只快感连接器，而且完全免费。

今晚的曲子将她按在了椅子上，就像是一首由不知名乐器组成的乐团演奏的歌曲，是上帝决定将所有人都送回家的那个夜晚，天使将会为他演奏的那种。这是她内心创作的旋律中最棒的一首，这或许是她这辈子做过的最棒的一件事。她哭了起来，她想给父母打一个电话。她想下楼去拥抱她的室友，这一次她是真心实意的。那音乐在说：你不知道你的光芒有多么耀眼。它在说：有东西在等待你，你从童年时代就一直想要的干净、完美的东西。接着那神圣的喜悦变得荒唐起来，她变得有些激动，开始嘲笑自己的这些心思都是徒劳无功。

但是那旋律和喜乐让她浑身刺痒。她迫切地想要冲个热水澡。和卧室一样，她的浴室也是在阁楼上装配出来的，靠北的墙面上结了一层霜花。使用秘诀在于，脱衣服前先放出热水。等她钻进自己安装的淋浴间时，她早已饿得饥肠辘辘，再加上浴室里的水蒸气，她开始头晕目眩，仿佛有火与冰在她眼前旋转，形成一个个涡旋形图案。她低下头，地面的肥皂泡血红一片。她尖叫起来，接着才想起，脚踝受了伤。在用肥皂擦洗伤口时，她又咯咯笑了起来。无论从哪方面来说，人类都脆弱不堪。他们是如何坚持活了这么久来报仇雪恨的呢？

清洗所造成的疼痛让她几乎难以忍受。伤口参差不齐，非常丑陋。如果要留疤，她可以再去做一个文身来遮挡——也许可以选一个脚链的图案。她用肥皂擦洗双腿。皮肤滑溜溜的，感觉就像是一个女孩所能要求的最棒的离婚礼物。每一次触碰仿佛都带着电。她的身体在变亮，渴望获得满足。

有人在重重地敲门。"你在里面还好吧？"

她花了一些时间才发出声音。"请不要管我。"

"你刚才尖叫了。"

"已经叫完了。谢谢你！"

她重新回到房间。她裹着浴巾和水汽，身体因为欲望而闪闪发亮。这世上再没有比攀越销魂巅峰更美妙的事了。她脱掉浴巾，张开四肢倒在床上。向毛毯坠落的过程似乎永远也不会结束，感觉越来越美妙。她伸手关掉落地灯，纵身跳进可口的黑暗。但是当她的湿手摸到廉价插座上的开关时，房间里所有的电流都进入了她的手臂，然后涌进她的身体。她的肌肉剧烈震颤，然后开始收缩，像是在做某种科学实验，她的手紧紧地握住了杀死她的电流。

她躺在那里，赤裸的身体湿漉漉的，仍在剧烈震颤。她的手在空中乱抓，她竭力想将"救命"两个字从肺底挣出来，但嘴巴被电压锁得死死的。在心跳停止之前，她终于成功发出一声模糊的呻吟。楼下的室友们听到了她的声音——是这晚的第二次。但因为那叫声太过亲昵，室友们都羞红了脸。

"是奥莉薇亚。"一个室友假笑着说。

"别理会。"

她死去的那一刻，整个房子都暗了下去。

树 干

这是一座中等戒备级别的监狱，一个男人坐在牢室的桌子前。是树木将他送进这里的。树木，和对它们的无尽的爱。他依然说不清，他错得有多么离谱，也不知道将来是否还会做这样的错误选择。唯一能回答这个问题的文本就躺在他的两只手下，难以读懂。

他用手指追溯着木头桌面中的纹路。他想试着弄清楚，木头中这些疯长的环形纹路是怎么形成的，毕竟一开始的图案那么简单，就只是一个个圆圈。切割的角度，嵌套的圆形中平面所处的位置，这些地方都存在谜团。如果他的大脑稍有不同，那这个问题可能会容易一些。如果他本人是另一个模样，那他或许就能看清。

在他的手指下，木头的纹路摇晃着形成不均匀的条带——粗的地方色浅，细的地方色深。他看树看了一辈子，这一刻才震惊地意识到：他其实是在看四季的变化、年月的摇摆，春天的爆发和秋天的折叠，这里记录的是一首四分之二拍的歌曲，记录在歌曲本身所诞生的介质之上。纹路曲曲折折，就像地形图上山脊和峡谷的走势。灰白色向前冲，深色往回收。在斜角切口之外，纹路消失了一小段。他能将它们绘制出来，将它们的历史投射在木头的表面。但他依然是文盲。好年头就宽——这是当然——坏年头就窄。但此外别无其他。

如果他能阅读，如果他能翻译……如果他是个稍有区别的生物，那么他或许就能了解，阳光是怎样洒在这根树干上，雨如何落在它身上，风从何方吹来，力道有多猛，持续了多长时间。他或许就能破译土壤策划的庞大工程，残酷的霜冻，苦难与挣扎，亏空与盈余，击退的攻击，风调雨顺的年头，经历过的暴风雨，破译这棵树在生长的每一个季节里，遭遇的四面八方而来的所有威胁与机遇。

他用手指摸索着监狱里的桌子，想要看懂这幅陌生的脚本，像缮写室里的修士一样将其转录出来。他追溯着那些纹路，思考着这本难以辨认的古老年历中记录的一切，思考着这棵恋旧的树想要告诉他的一切，在他被关押的这个地方，季节不会变化，天气也只有固定不变的一种。

她死去了一分零十秒。没有脉搏，没有呼吸。接着保险丝熔断后，奥莉薇亚的身体脱离了落地灯，从床沿滚下去，撞在地上。冲击力重启了她原本已经停止的心跳。

奥莉薇亚赤身裸体地昏倒在松木地板上，刚成为她前夫的戴维赶来时发现的就是这样一幅情景，他原本想来大吵一架，然后再靠性爱来言归于好。戴维将她火速送进大学医院，她在那里苏醒了过来。耳边依然嗡嗡作响。肋骨擦伤了，手火辣辣地疼，脚踝撕裂了。助理医生想了解全部事实，但奥莉薇亚无法解释。

戴维心烦意乱，于是不负责任地将她丢给了医生。医生们想做一些神经学评估，为她做扫描检查。但奥莉薇亚趁无人照看时逃走了。这里是大学医院，每个人都很忙。她悠闲地穿过大堂走出来，看着和健康人无异。谁会拦她呢？她回了寄宿公寓，把自己关在房间里。室友们爬上阁楼来探望，但她拒绝开门。她在房间里躲了整整两天。每次有人敲门，她就在里面喊："我很好！"室友们也不知该打电话找谁。除了拖着脚行走的沉闷响声，房间里没有其他声音。

奥莉薇亚睡在床上一动也不动，她抱着擦伤的肋骨，试着回想发生了什么。在她死去的那几十秒里，她没有脉搏，却有一些力大无比的庞大影子在不顾一切地召唤她。它们给她看了一些东西，还恳求她。但当她活过来后，一切都消失了。

她发现记录歌谱的本子卡在桌子后面。符号是用彩色墨水匆忙记下的，再现了她在触电死亡之前，脑海中出现的旋律。通过那首旋律，她重现了那晚灾难的大部分内容。她看见她在这座整修过的阁楼里四处游荡，被她自己的身体迷住了。就像在看动物园里的一只动物在笼子里打转。她第一次意识到，独处是个矛盾的词。身体即使是在最私密的时刻，周围也有其他的东西。在她死去的时候，有人在对她说话。将她的脑袋作为屏幕，投射一些无实体的想法。她穿过了一条由频闪的色彩构成的三角形隧道，进入了一片林间空地。在那里，那些幽灵——只能用这个词来称呼它们——摘掉了她的眼罩，让她看穿。接着她就落回了她监狱一般的身体，那些不可思议的风景便模糊消失了。

她想：我或许遭遇了脑损伤。一个小时里，她必须多次闭合双眼，与此同时，她的嘴唇虽然没有翕动却吐露了话语。告诉我发生了什么，现在我该做什么。她过了一段时间才意识到，她是在祈祷。

她跳过了期末的所有考试，打电话告诉父母不打算飞回家过圣诞节。父亲一开始很困惑，后来受了伤。如果是在平时，她会吼得比他还厉害。但没有人能激怒一个已经死过一次的女孩。她把一切都告诉了父亲——她一个人举行的离婚派对，她的触电死亡。现在，躲藏也失去了意义。有东西在监视——那些活着的大块头哨兵知道她是谁。

父亲听起来很失落，就像她那天晚上躺在床上时感觉到的一样，当然，她永远也无法找回在她死去期间那些东西向她展示的画面。现在，死后重生的她听出了父亲的恐惧——这位律师心中也存在黑暗的潜流，她却从未察觉。她想要安慰他，自从长大以来，她还是第一次有这种感觉。"爸爸，我糟透了，我撞了墙，我需要休息。"

"回家来吧，你可以在家里休息。节日期间你不能一个人待着。"

他的声音听起来那么脆弱。她一直觉得他很陌生，是一个程序化的人，缺乏应有的激情。现在她开始怀疑，父亲是不是也曾死过一次。

他们好多年都没有像这样长时间交谈过了。她告诉父亲死亡是什么感觉。她甚至还试着给他讲了林间空地的幽灵，向她展示各种东西的那些，只不过她措辞很小心，不想吓到他。她说那是冲动，能量使然。父亲有两次差一点儿就要跳进汽车，驾驶六百五十英里一路开到这里来将她接回家。她阻止了他。七十秒的死亡让她拥有了一种奇异的力量。他们之间的一切都改变了，现在仿佛父亲才是孩子，而她则成了监护人。

她还提出了一个以前从不曾提过的要求。"让妈妈接电话吧，我想和她说说话。"就连母亲的愤怒，奥莉薇亚此刻也能理解和安慰了。谈话结束时，母女俩都泪光闪闪，互相承诺着一些疯狂的事情。

圣诞节到元旦期间，她独自待在寄宿公寓。她将所有的毒品都冲进了马桶。成绩单下来了：两个F，一个D-，一个C。对于她奋力想要记起的事情而言，文字是一种干扰。时间一天天过去，她很少吃东西。一场冰风暴为城市包上了一层玉石般的硬壳，压断了橡树和枫树的树枝。奥莉薇亚坐在床上她曾经心跳停止过的地方，将双膝抱在胸前，歌谱本放在膝盖上。她起床行走，赤足走在那天晚上戴维发现她时她躺过的位置，感觉是热的。她还活着，但她不明白原因。

夜里她醒着躺在床上，看着上方，回想唯一重要的发现就在身边时的感觉。生活在向她小声发出命令，她却没能将内容写下来。祈祷变得更加容易。我很平静。我在倾听。你想从我这里得到什么？新年夜里，她十点钟就睡着了。两个小时后她被枪声惊醒，笔直地坐起身尖叫起来。接着时钟告诉她，是烟花的声音。九十年代到了。

新年里，她的室友们回来了。她们对她就像对待病人。她的坏脾气消失了，但她们开始怕她。她坐在厨房里，看着室友们在周围喝醉了开始说笑，并试着忽略她这个幽灵一般的人物。她吃惊的是，她以前竟然从未感受过她们的悲伤和痛苦。真不可思议，她们此刻依然充满安全感。她们像楔子那样活着，用强力胶布就能将她们维系在一起。但在她眼中，室友们却变得脆弱了，而且变得无限可爱。

新学期的第一天，奥莉薇亚坐在一间大礼堂教室的边缘，讲台上一位才华横溢的讲师正在计算，多少数额的保险费和赔偿费，才能让保险公司和死者双方都觉得自己是赢家。"文明的脊梁，"讲师说，"是保险。不是风险池——不是摩天大楼，不是超级大片，不是大规模的农业，不是组织化医学。"

她身旁的空座椅突然发出沙沙声。她转过身，发现在距离她的脸几英寸远的地方，正是她一直以来的祷告对象。一团带电的圆锥形空气进入了她的大脑。它们回来了，它们在召唤。它们想要她站起来，离开大讲堂。不管它们提出什么要求，她都会照做。她穿上冬装外套走下石头台阶，横穿冰封的大方院。接着她绕过教学楼、图书馆、新生宿舍，她被那些幽灵们牵引着，头脑空空地行走着。有那么一瞬间，她以为她的目的地是校园南面的内战公墓。接着她才明白，她要去的是她停车的那座停车场。

上车后她明白过来，她要开一阵子了。于是她将车开回寄宿公寓去取东西。三趟之后她就搬完了需要的全部物品。她将衣服都堆在后座上，然后就离开了。

车子自己开上了州道。很快她就经过了城市西北部的莎草地和橡树林。雪堤上点缀着去年秋天的枯草留下的根茬。她遵照幽灵们的指令，开了很长一段时间。它们的信号像是从另一座城市的广播电台发射过来的，时而清晰，时而会遭遇静电干扰。她将自己当作一台接收它们意志的工具。

横穿小城莫米后，颠簸的道路开始向西南伸展。杂物箱里有一根早餐营养棒，她吃了权当午餐。零钱包里有几张纸币，借记卡账户里存款不超过两千美元。她脑海中没有任何能称得上计划的东西。但是她想起了耶稣说起花朵的话，于是并不担心明天。有一次，修女们让每一个学生都从《圣经》中挑选一个篇章背熟；她选的内容却激怒了老师，那是一位很注重个人责任的老师。她喜欢的耶稣会让每一个遵纪守法、热衷于搜刮财产的美国基督徒胆寒。她喜欢的耶稣是共产主义者，是摧毁商店的疯子，是落魄者的朋友。"一天的难处一天当就够了。"[①] 驾车途中，她突然感到一股懊悔。我要错过统计推断课了。是的，在人生的这个时候，她已经错过了一切。现在推断消失了，很快她就会知道。

黄昏和印第安纳来得比她预想的更快。天黑早得让人觉得荒谬，冬至才刚过没多久。她饿极了，想吃真正的食物，因为一直撞上盖满积雪的齿纹震动带，她已经筋疲

---

① 出自《马太福音6: 34》。

力尽。幽灵们消失了半个小时。她的信心溜走了。很难一边开车一边祈祷。在她眼前展开的是货真价实的中西部空荡的玉米田。她不知道自己为什么会来这里。接着副驾座又被某种东西占据了，于是她又精神满满地开了一百英里。

戴维曾经告诉过她，如果要露宿，最好的地方是仓储式商场门外。她轻轻松松就找到一座，于是把车停在停车场里一个光线明亮的角落，一片犁过的土地上，监控摄像头的下面。接着她快速钻进商场小便，然后买了些零食，返回车上后在后座扎了营。她睡在衣服堆里，祈祷，等待，倾听，最后睡着了。

这里是印第安纳，时间是一九九〇年。在这里，五岁就是一代人，五十岁就已经是古物，比那更老的就是传说中的人物。但是，土地记得人们遗忘的事。她睡的这座停车场曾经是一片果园，种树的是个虔诚又温柔的斯维登堡派①信徒，总是头戴一只马口铁罐，衣衫褴褛地在这一片游荡，宣讲新天新地的思想，消灾防虫的篝火。这位古怪的圣徒本人戒酒，节欲，但几十年里为四个州的拓荒者供应了大量的可发酵性苹果泥，把下至九岁上至九十岁的所有人都吃得半醉半醒。

一整天的时间，奥莉薇亚沿着苹果籽约翰尼走过的路深入了国土腹地。她在父亲给的一本漫画书中读过这人的故事。那本漫画把他塑造成一名超级英雄，拥有让种子从泥土中发芽的魔力。但是里面没说这位慈善家也很精明，有着极强的财产意识，一开始他只是一位流浪汉，去世时却拥有一千两百英亩全国最肥沃的土地。她一直以为这只是一个虚构的人物。但她一定会发现，神话从本质上来说，就是被扭曲成记忆的事实，是过去给出的指示，是等待变成预言的记忆。

事情是这样的：苹果是个让人难以启齿的东西。它同时象征着欲望和理解，永生和死亡。香甜的果肉中埋藏着能产生氰化物的种子。它砸在人的脑袋上促成了整个科学的诞生。一颗令人垂涎的金苹果被当成礼物，丢在一个婚礼宴席上，结果却引发争执，导致了无尽的战争。是苹果让诸神充满活力。它导致了人类最早也最糟糕的一桩罪行，但也是一笔为人类带来幸运的意外之财。收获苹果的时节是应当称颂的。

事情是这样的：苹果籽是一种不可预言的东西。它生出的后代可能是任何面貌。沉着的父母可能生出野蛮的孩子。甜的可能生出酸的，苦的可能生出甘美的。想要保持多样化的口感，唯一的方法就是将枝条嫁接在新的根茎上。奥莉薇亚·范德格里夫一定会很惊讶，每一种苹果，不管叫什么名字，都起源于同一棵树。乔纳森、麦金托什、帝国，苹果属植物简直是在蒙特卡洛的赌场中交了好运。

奥莉薇亚的父亲会告诉她，有名字的苹果都有专利权。她曾经因为一个案子而与

---

① 基督教新教中信奉瑞典斯维登堡（1688—1772）学说的派别。

父亲爆发了争吵。当时父亲正帮一个跨国公司起诉一位农民，原因是那位农民私下里将上年种的大豆留了一些在手里，然后重新播种，却没有支付版权费。她义愤填膺地说："你无权拥有一件活物！"

"你能，而且你应该这么做。保护知识产权能创造财富。"

"那大豆呢？谁会向大豆支付版权费？"

父亲看着她，审判般地皱起了眉头，仿佛在说：你是谁的孩子？

她停车睡觉的这片土地曾经的主人——那位头戴马口铁罐到处流浪的苹果传教士——知道嫁接会给树造成痛苦。他从一座磨坊丢弃的苹果渣中捡来了苹果籽，然后在稍稍往西去的地方种出了一座果园。不管他种下的是什么种子，他都任由它们自由生长，仿佛在做着什么无法预知结果的实验。他仿佛拥有神秘的魔法，挥一挥手，就将从宾夕法尼亚到伊利诺伊的所有土地都变成了果园。她一整天都在那片地区行进。此刻她睡觉的停车场曾经也是一座果园，长满了无法预知滋味的苹果。果树早已消失无踪，城市也遗忘了那段历史。但土地没有。

她睡在衣服堆下面，早早就醒来了，身体已经冻僵了。车里充满了光的幽灵。它们无所不在，美得不可思议，就和她停止心跳的那晚一样。它们钻进她的身体，穿过她的身体。她竟然忘了它们传递给她的信息，但是它们没有斥责。它们只是重新将她填满。看到它们的回归，她高兴地哭了起来。它们不会大声说话。它们不会那么粗鲁。它们甚至都不是它们。它们是她的一部分，是她的某种同类，此刻还说不清楚。是造物的使者——是她曾见过的事物，而且她知道它们存在于这个世上，是她失去的经历，忽略的知识碎片，是被砍掉的家族分支，她必须将它们复原，复苏。死亡赋予了她全新的视野。

它们在低声哼哼，你以前毫无价值，但现在不一样了。你已经从死亡中摆脱出来，要去做一件最重要的事。

什么事？她想问。但她必须保持沉默和静止。

生命已经走到了这一刻。完成一个它尚未完成的测试。

她经历了永恒，在一堆衣服下面，在一辆冰冷的汽车的后座。来自死亡世界远端的无实体幽灵此刻在这里显明了自身，在这座仓储式商场的停车场中，呼唤她的帮助。太阳从地平线上慢慢升起。两名购物者走出商场。天才刚刚亮，他们就推着一辆购物车走了出来，上面驮的纸板箱比她的汽车还大。她的思绪集中到一点。告诉我吧，告诉我你们要什么，我会去做的。一辆集装箱运货车开了过去，它要去的是载货码头，齿轮摩擦发出刺耳的声音。在这阵噪声中，那些幽灵消散了。奥莉薇亚恐慌起来。它们还没告诉她任务是什么。她在背包里翻刨，想找个能写字的东西。她在止咳糖盒的背面快速写下"摆脱""测试"两个词。但是这两个词没有任何意义。

现在到了真正的早上时间。她的膀胱就要爆炸了。再过一分钟，除了撒尿其余的一切都将不再重要。她钻出汽车，横穿停车场走进商场。里面有个年长的男人向她打招呼，仿佛他们是老朋友一般。商场里就像在上演一出幸福和欢乐的变装秀。后面的墙上挂了一排电视机，尺寸从面包到庞然大物各不相同。所有的电视都调到了同一个频道，播放的是一个早间娱乐节目。几百名高空跳伞运动员聚在一起，参加一个空中礼拜仪式。她快速冲过五十码，穿过荧幕构成的长廊钻进厕所。终于尿出来了，她感到一阵近乎神圣的释放感。接着却又悲伤起来。只需要给我一个信号。她擦干手恳求道，告诉我你们想要我做什么。

回到电视长廊，空中礼拜仪式已经结束，让位给另一群人。在墙边摆放的几十台电视机中，人们被链条拴在一起，坐在一条沟渠中，对面是一台推土机，标题文字中显示他们所在的地方是加利福尼亚州的小城索雷斯。镜头快速切换，人们手拉手围成一个圆环，抱住一棵树的树干，十二个人才勉强将那树抱住。那棵树看上去仿佛有一种特别的力量。是一个远景镜头，但也只拍出了那棵树赤裸的底座。巨大的树干上涂了蓝色涂料。画外音讲述了这场冲突的来龙去脉，但是整面墙上的荧幕都是这棵树，那场面让奥莉薇亚感到极度震撼，她根本没顾得上倾听详情。接着镜头切换到一个五十多岁的女人，她的头发束在脑后，穿一件格子图案的衬衫，眼睛像信号灯一样明亮。她说："这里有些树木的诞生时间比耶稣诞辰还要早。我们已经砍掉了百分之九十七的古树，剩下的百分之三，难道我们就不能找个办法保留下来吗？"

奥莉薇亚呆住了。刚刚在车里突然出现的光的幽灵再一次将她围了起来，它们说着：这个，这个，这个。但就在她刚刚反应过来，知道自己必须集中注意力仔细聆听的时候，那段节目结束了，荧幕上出现了别的内容。她站在那里，看着电视中开始争论火焰喷射器是否受宪法第二修正案的保护。光的幽灵消失了。启示录变成了家用电器。

她晕头转向地迷了路，好不容易才摸出这座怪物一般的商场。她很饿，但她什么也没买。她甚至没工夫去想吃东西这件事。回到车上之后，她知道现在必须继续西进。在她的身后，太阳升了起来，照亮了她的后视镜。田野里披盖的积雪都被朝阳染成了粉红色。在西方的天空中，青灰色的云层也开始亮了起来，在它们下方的某处，正躺卧着生命的瞬间。

她得给父母打个电话，但又不知该如何告诉他们发生的这一切。她又往前开了五十英里，一路试着回想她刚刚看到的那个节目。收割过后的印第安纳农田闪烁着黄色、棕色和黑色的光芒，一路延展到地平线的尽头。道路清晰，车辆很少，沿途经过的城镇都不值一提。如果是在两天前，在这样的公路上，她可能会飙到八十英里每小时。但今天，她十分小心，仿佛她的生命拥有了某种意义。

在伊利诺伊州界附近，她翻越了一座小山。下坡路的前方，有一条铁路交叉而过。一列长长的心脏地带①货运火车沿着轨道慢悠悠地开往北部的超级城市加里和芝加哥。车轮驶过交叉路口发出稳定的咔砰声，在她的脑海中激起了一首强节奏音的曲调。列车似乎永无止境，她平静下来。这时她开始注意到车厢里装的货物。一节车厢接一节车厢咔砰驶过，每一节车厢中都装满了伐木。就像一条汹涌的河流，其中的木头都被切割成尺寸相同的梁木，奔涌向前，没有尽头。她开始数车厢的数量，但数到六十就停了下来。她从未见过这么多木头。这时候有一面地图在她脑海中活了过来：就在此刻，全国各地都有这样的列车在行驶，它们将要赶去饲喂所有庞大的都市，以及各个卫星城。她想：是它们为我安排的这幕场景。接着又想：不，这样的火车随时都有。但是现在她已经准备好看个清楚了。

最后一节码满木头的车厢开过去了，斑纹栅栏抬了起来，红灯不再闪烁。但她没有动。身后的车开始按喇叭。她依然没动。那车继续鸣笛，然后加速绕过她的车，司机在封闭的驾驶舱里大叫了一声，同时朝她竖起中指，仿佛想点火一般。她闭上眼睛；透过眼睑，她看见有小小的人影被链条拴在一起，合抱着一棵巨大的树。

生命四十亿年的历程中所创造过的最奇妙的产物需要帮助。

她笑着睁开眼睛，眼眶含满泪水。确认。我听到你们的声音了。遵命。

她扭头向左，看到迎面开来的车子在她旁边停了车，司机摇下了车窗。是个亚裔男人，穿一件T恤衫，上面写着Noli Timere②的字样。男人在对她说话，已经问了第二遍了："你还好吗？"她笑着点点头，挥手道歉。她发动引擎，在她观看川流不息的木材河流时，车子不知什么时候熄了火。接着她继续向西行驶。直到现在，她才终于知道她要往何处去。索雷斯。周围的空气都连接起来了，绽出了闪闪的火花。光的幽灵们围在她身边，正唱着全新的歌谣。世界始于此刻。这里是最初的起点。生命无所不能。你一无所知。

许多年前，在遥远的西北，雷·布林克曼和多萝西·卡扎里·布林克曼正走在回家的路上。时间已过午夜，他们刚参加完圣保罗演员剧场制作的戏剧《谁害怕弗吉尼

---

① 指五大湖西南部的玉米主产区，包括伊利诺伊、爱荷华、印第安纳、南达科他和内布拉斯加东部、肯塔基和俄亥俄西部、密苏里北部。

② 拉丁文，意思是"不要害怕"。

亚·伍尔夫？》的首场演出庆功派对。他们在剧中扮演的是年轻夫妇尼克和汉尼，之后他们和新朋友们喝了几杯酒，了解了人类这个物种的本事。

几个月前，彩排才刚开始，四位主演就领教了这出戏的邪恶。"我是疯，"多萝西向其余演员宣布，"我向你们坦白。但是这些角色——这些角色简直棒呆了。"到首演之夜时，他们四个已经吵架吵腻了，都准备好做出切实的伤害行为了。不过这样倒是成就了一出了不起的社区戏，也是布林克曼夫妇迄今为止出演过的最佳作品。雷于细微处展现出的技巧震服了所有人。多萝西在两个小时的演出中从天真到世故的转变也精彩绝伦。他们只用了从斯坦尼斯拉夫斯基那里学到的少许知识就找到内心的恶魔。

接下来的周五是多萝西四十二岁生日。这些年来，他们在不孕治疗上已经花费了十五万美元，结果却都是徒劳。在首演的三天之前，他们遭受了最后一击。再无别的方法可尝试了。

"都是我的生活，对吗？"庆功宴归家后，多萝西喝得酩酊大醉，在副驾座上哭了起来。"都是我的。我活该拥有这样的生活，对吗？"

所有权问题已经成为他二人之间的痛处，雷每天都在小心翼翼地保卫。他一直没能完全说服妻子，起诉创意剽窃是解决问题的最佳方案，这样每个人都能从中得利。喝酒对争论并无帮助。"是我的私人财产。我能在车库里举办一场该死的旧物销售吗？我能直接宣布……谁捡到就归谁吗？"

现在，工作更加重了多萝西的病情。人们控诉他人，而她必须用她那台狭窄的键盘，快速记下人们的每一句诽谤性发言，一个字都不能错。她想要的只是一个孩子。一个孩子就足够赋予她有意义的工作。如若不然，她也想要对某个人提起控诉。

雷已经掌握了一套熟练的本领，听着她的攻击也能镇定自若。他不止一次地告诉自己，他从未对她有过任何贬损。如果这样有什么区别的话……他想着。但是他拒绝那样的想法。他有权利——不去思考那唯一公平的想法。

他其实没必要这么做。她已经替他考虑过。他按一下遥控器，车库门开了。他将车开进去。"你应该离开我。"她说。

"多萝西，拜托你别说了。你是想让我发疯。"

"真的。离开。去别的某个地方。找个能和你建立家庭的人。男人们一直都是那么做的。男人八十岁还能搞大年轻小妞的肚子。我不介意，雷。真的。只为了公平。你一直崇尚公平，记得吗？哎哟。他不说话了。无话可说。无话为自己辩护。"

他有的只是沉默。他的第一件，也是最后一件最佳武器。

他们走进前门。简直脏得像个垃圾堆，两人心里都这么想，但邻居才是想抱怨无处说。他们将乱七八糟的行李都丢在沙发上，然后上了楼。两人都有自己独立的步入式衣柜,都进去脱了衣服,然后站在各自的盥洗池前刷牙。这是他们有史以来最成功的一次演出,剧院规模刚好,演出收获了热烈的掌声,观众甚至还要求返场演出。

多萝西夸张地将一只脚伸到另一只前面,仿佛有警察——也就是她的丈夫——在让她走直线。她将牙刷塞进嘴里,刷着刷着就哭了起来,刷头咬在嘴里,手则紧紧地握着塑料刷柄。

雷是今晚的指定司机,所以要清醒许多。他放下牙刷,走到她身边来。她将脑袋倚在他的锁骨上。牙膏沫从她嘴里滴下来,掉在他的格子呢浴袍上。到处都是牙膏和唾液。她说话时嘴里像是塞满了鹅卵石。"演出开始前,我真想站在大厅里,向每一个进门的人宣布:没有该死的孩子!"

他让她吐了牙膏沫,用毛巾为她擦了嘴,然后将她领到床上。过去的两个月里,他们的床就像是一只双倍宽的松木箱子。他只能抬起她的脚,将它们放到床上,然后轻轻推一推,让她往里面睡。"我们可以去俄罗斯。"台词说得太久,能用自己的声音说话感觉真好。他不想再继续演戏了,再也不想演了。"或者中国。有许多孩子都在盼望一对能疼爱他们的父母。"

在戏剧行当有一种说法叫"挂灯罩"。比如说后台墙上钻出了一只又大又丑的烟斗,你无法把它除掉。于是你就在上面盖一个罩子,假装那是一个固定装置。

她的声音被潮湿的枕头捂住了,听着含混不清。"不会是我们的孩子。"

"当然会是我们的孩子。"

"我想要一个小雷雷。你生的小家伙。一个小男孩。就和你曾经一样。"

"不可能像——"

"或者一个小女孩,性格像你一样。我都可以。"

"亲爱的,别这么说。孩子是要教养的,不是说有你的基因就——"

"基因才是你所拥有的,该死的。"她拍着床垫,试图直起身来。但因为起得太快,又翻倒下去。"是你……唯一……真正……拥有的……东西。"

"我们并不拥有我们的基因。"他说着故意忽略了一个事实,即公司可以帮助我们拥有。"听我说,我们可以去一个孩子太多养不过来的地方。我们领养两个孩子。我们爱他们,陪他们玩耍,教他们分辨是非,看着他们长大。我不在乎他们遗传的是谁的基因。"

她把枕头拉起来放在头上。"听听他的话。这个人可以爱任何事物。不如干脆给他弄条狗。还有更好的办法,给他弄些蔬菜,可以插在院子里,然后就忘得一干二净。"接着她想起他们的周年纪念日传统,之前的两年里竟然都忽略了。于是她跳起身去挽回她刚刚脱口而出的话语。但是没想到他会弯腰,结果她的肩膀撞到了他的下颌。他的牙齿咬住了舌头边缘。他疼得脸都扭曲了,大叫一声捂住脸。

"啊，雷，该死，我真该死！我不是……我不是故意……"

他挥挥手，是想说"我没事"，还是"你怎么搞的"，又或者是"离我远点儿"。她说不清，哪怕他们已经结婚十年，参与了许多场业余戏剧演出。在外面的院子里，在他们的房子周围，这些年来他们栽种的东西正在发挥作用，正在创造意义，就和它们产出糖分和木头一样轻松，从虚无之中，从空气之中，从阳光和雨水之中。但是人类什么也听不见。

通向西部的州际公路有五条，就像手套的五根手指一般在大陆上伸展，而手腕部分在伊利诺伊。奥莉薇亚走的是中间的那条。现在她有目标了——走最快的路前往加利福尼亚北部，赶在最后一批如航天飞船一般巨大的树木倒地之前。她在阔德城过了密西西比河，然后在世界最大的卡车服务站停了车，那里位于爱荷华边境，在80号州际公路上。那地方就像是一座小城镇。一路经过的加油泵多得数不清，气温降到零度以前，她找到了停车的地方。周围停了足有好几百辆卡车，就像在疯狂争抢饲料的巨大鲨鱼群。

天已经黑了。奥莉薇亚租了一个淋浴间，梳洗一番让自己重新回归人类身份。接着她沿着一条人潮拥挤的大街闲逛，街两边都是餐厅，提供好几百种吃法的玉米、玉米汁、玉米饲养出来的鸡肉和牛肉。她还看见一个牙科诊所和一位女按摩师。还有一座巨大的展示厅，有两层楼。一座博物馆，展示这个世界有多么依赖卡车。还有游戏厅和娱乐街，各种展览、休息室，她还看见一座壁炉，旁边摆满了有软垫的椅子。她找了一张蜷在上面打瞌睡，很快就有一个保安跑过来踢她的脚踝把她踢醒了。"不准睡觉。"

"我只是在这里睡觉而已。"

"不准睡觉。"

她于是回到车上，又在衣服堆里睡了一夜。天亮后，她返回美食街，买了一只松饼，兑换了四美元的零钱，然后找到一台公用电话，做好了最坏的打算。但在她内心深处，她感觉到的却是一种全新的奇怪的平静。话到嘴边自然直。

话务员告诉她要多投些钱。父亲接起电话："奥莉薇亚吗？这才早上六点。出什么事了？"

"没事！我很好。我在爱荷华。"

"爱荷华？发生了什么？"

奥莉薇亚露出微笑。发生的事情太过重大，不适合在电话里说。"爸爸，没事的。是好事。非常好的事。"

"奥莉薇亚，喂？奥莉薇亚？"

"我在听。"

"你遇到麻烦了吗？"

"没有，爸爸。完全相反。"

"奥莉薇亚，究竟发生了什么？"

"我交了……一些新朋友。呃，是一些组织者。他们给我安排了工作。"

"什么样的工作？"

生命四十亿年的历程中所创造过的最奇妙的产物需要帮助。很简单，而且再明显不过，光的幽灵们已经指明了。地球上每一个理智的人都能明白。"有一个项目，在西部，是一份很重要的志愿者工作。我被招募了。"

"你说的招募是什么意思？你不上课了吗？"

"这学期我无法毕业了。所以我才给你打电话。我需要请一段时间的假。"

"你说什么？别胡闹了。你还有四个月就要毕业了，现在不是请假的时候。"

基本没错，但是圣人们和亿万富翁们都这么干过。

"你只是累了，奥莉。只剩几个星期了，不等你反应过来，就要准备毕业了。"

奥莉薇亚看着外面聚集在院子里吃早餐的汽车司机。她惊异得说不出话来：在一种生活中，她触电而死；而在另一种中，她来到了世界上最大的卡车服务站，正在向父亲解释，她被光的幽灵选中了，要去帮助保护地球上最奇妙的生物。电话那头的声音充满绝望，奥莉薇亚却控制不住地微笑起来：父亲恳求她回归的生活尽是毒品、无保护措施的性行为、疯狂的派对和不顾生命危险的冒险，那样的生活本身就是地狱，而这趟西进的旅行正帮助她离开死地。

"你的房租是不能退的。现在要申请退学费也晚了。等到毕业吧，你可以夏天再去做志愿者工作。我敢肯定你母亲——"

电话的背景音中能听到母亲的喊叫："我敢肯定你母亲怎样？"

奥莉薇亚听到母亲在大喊，要她自己负担学费什么的。人们在她周围转悠。她感觉得出他们的焦虑——就像急切的球员面对一道活动的球门线。她之前的人生一塌糊涂，充斥着特权和自恋，青春期长得不可思议，受尽了刻薄与讽刺，只能忧郁自保。但现在她受到了召唤。

"听着，"父亲在电话里轻声说，"冷静点儿，如果你现在无法再坚持一个学期，你可以回家来。"

奥莉薇亚只在童年时代感受过这样浓烈的爱意。"爸爸，谢谢你。但是我需要做这件事。"

"什么事？在哪里？亲爱的？你还在听吗？甜心？"

"我在，爸爸。"从前生活的碎片在拉扯她，对她念咒，反抗，反抗。但此刻反抗是真实存在的，在其他的地方也存在。

"奥莉，待在那别动。我来找你。我现在就过去……"

一切都再明显不过，再清晰不过，但她的父母看不见。有一件伟大的、充满喜悦的、至关重要的工作要做。但是首先，人需要从无止境的利己主义思想中毕业。

"爸爸，我很好。等我得到更多信息，我再给你打电话。"

一段女声录音插了进来，要求她再投七十五分钱。奥莉薇亚已经把换来的零钱用完了。她所拥有的只是一条信息，是打折电视墙上一个目光闪烁的女人说的，之后又经过光的幽灵们的改写，此刻它们正在向她发出指示，清晰得好像它们就在电话的那一头。最奇妙的生物需要你的帮助。

奥莉薇亚透过服务站的玻璃大门，看见里面有二十几台加油泵。在它们的那一头，孤零零的80号州际公路在晨光中伸展开去，大地上盖满了积雪，各地来的旅客在这里休息完毕继续前进。父亲仍在说着，用上了法律学校教授的所有说服技巧。天空中呈现出一幅不可思议的景象。西边的广阔中带着一种皮肤擦伤后留下的青紫，东边则像是洒满了石榴籽。电话咔嗒一声断了线。奥莉薇亚放下听筒，成了一个孤儿。就像一个展开身体迎接太阳的生命，做好了迎接一切的准备。

她离开了卡车服务站，她爱上了漫无目的的人类。回到州际公路后，太阳又在她的后视镜中升了起来。道路起起落落，在冬季白皑皑的原野中切割出两条沟壑，一路伸向地平线。路上景点很少，但每一个都让她感到快乐。她路过了赫伯特·胡佛图书馆和博物馆、夏普利斯拍卖会、阿曼达殖民地村庄。州际公路上的出口名称也任性又古怪，就像是一部讲述南方贵族生活小说中的主人公：惠顿·马斯卡廷、拉多拉·米勒斯堡、纽顿·门罗、阿尔图纳·庞杜朗……

某种东西找到了她，是陌生而美丽的勇气。除了名字之外，她不知道目的地的任何信息，也没有明确的线索，不知抵达后该做什么。车窗外的世界荒凉又寒冷，她在这世上所有的财产都留在了合租公寓。不过她有一张银行卡，里面有一小笔专用款项，汽车还能开。她有一种感觉，目的地一定不会让她失望。而且她还有朋友，她只能推测它们来自非常高的地方。

时间的流逝正如云的翻涌。她一路沿着得梅因和康瑟尔布拉夫斯的分界线前进，四面八方都只见一望无际的冰原，此外别无所有。就在这时她仿佛看见眼角有什么东西在招手，回头看时，只见右侧公路外的雪地里站着一个幽灵般的想搭便车的人。他的手臂比毗湿奴还多,其中有一只手里举着一张条幅,上面写的什么她看不清。

她抬起放在油门上的脚,轻踩刹车。搭车客变成了一棵树。那棵树是如此巨大,简直能填满她在印第安纳遇见的那辆货运列车的一整节车厢。满是裂痕的树干旋转伸展了几十英尺才展开几根粗壮的枝杈。那树站在州际公路的后面,宛如一根撑起苍穹的圆柱,方圆好几英里的地界里,它是唯一比旁边农舍高的物体。副驾座上的幽灵们激动起来。奥莉薇亚将车开到与树平行的位置,这才看清悬挂在大树枝上的标语中的文字:免费树木艺术展。幽灵们用细枝轻轻拂扫她的后颈。

她在下一个出口离开州际公路。在停车标志牌的下面,斜坡连上了一条县级公路,那里有一张手绘的海报,上面也有藤蔓般的字体指示她右转。在乡村公路上行进半英里后,出现了第二个告示牌,指引着她回到了那棵参天大树的位置。在起伏的道路前方,突然出现了一座伊甸园——是一小片阔叶林,像五月里一样鲜花盛开。它就像是一个入口,出现在这片被人遗忘的冰天雪地中,仿佛穿过它就能到达一片隐藏的夏日。继续行进一百码后,那片树林变成了一座旧粮仓的外墙,原来是上面画了一幅极美的错视画。她沿着碎石车道上行,将车子停在粮仓旁的停车场,然后下了车,站在那里欣赏那幅壁画。即使是在这么近的地方观看,那画面所营造的幻境依然让她感到无比震撼。

"你是看到标语过来的吗?"

她转过身,说话的是一个身穿牛仔裤和华夫格纹衬衫的男人,顶着一头青铜时代先知般的发型。他呼出的气体变成了白雾,裸露的双手分别抓着对侧的手肘。他年纪比她大,忧郁又狂野的样子,看到有顾客来露出一副惊恐的表情。他身后二十英尺远的地方,农舍的大门敞开着。那棵树就立在农舍旁边。奥莉薇亚突然想到,很久很久以前,有人将这棵树种在这里,就只为了今天吸引她的注意。"是的,可以这么说。"

她冻得发起抖来,想着该把车上的派克大衣拿下来的。男人观察她的样子仿佛随时准备逃走。他的下巴扬起又落下了两次。"啊,你是第一个。"他伸出一根长长的手指,指着涂有壁画的粮仓,那姿势就像是从文艺复兴时期的耶稣受难图中搬出来的。"你想去画廊里看看吗?"

他领着她走上一个小坡,然后钻进那座建筑。他轻按开关打开灯,眼前的空间既像是流浪汉住的狗窝,又像是法老王的坟墓。到处都是护身符一样的作品,有图腾、画作,也有一些像是船货崇拜运动[①]中收集的物品,都摆放在锯木架上横陈的胶合板上。看起来就像是新石器时代的自闭症泛神论者创作的作品,被考古活动家发掘了

---

① 一种宗教形式,出现在一些与世隔绝的落后土著民族之中。货物崇拜者看见外来的先进科技物品,便会将之当作神祇般崇拜。

出来。

奥莉薇亚困惑地摇摇头，"你要把这些东西送出去？"

"不会成功，对吧？"

"我不明白。"她其实想说的是，这太疯狂了。但是她又开始听见声音了，所以就没有必要再说这些。她突然开始担心，在这样一片什么也没有的土地上，竟然有这样一个人，哪怕用最宽泛的标准来衡量，他的行为也很奇怪。不过只需看一眼就足够证实，这个人身上最奇怪的东西就是他的天真。

这确实是一些货真价实的艺术作品。她弯腰欣赏一幅怪异的哥特式风格的画作。即使是在粮仓暗淡的光线下，那图像也足够清晰。画面中有一个男人躺在一张狭窄的床上，正看着一根从窗口伸进来的树枝的末梢，那树枝已经伸到他的脸上了。旁边的木板上贴着一张绿色的贴纸，上面写着0美元。她慢慢走到旁边，下一件作品画在一块门板条上，那板条侧立着，象征着一扇门，外面是浓密的枝叶，穿过去是一片林中空地。

她粗略浏览了一下桌子上的作品，全部都是类似的主题。都有树，蛇一般钻进窗户、墙壁，或者保险室的屋顶，寻找着某个人类目标，就像追踪热源的探头。在有些作品中，能看到文字浮动在超现实的场景之上，写的是"家庭树""鞋子树""金钱树""剥掉错误之树的树皮"之类的字样。在另一张桌子上，放着四件黑泥雕塑，雕刻的是审判日死者从地下伸出双手的情景。每一件作品旁边的绿色标签上都写着0美元的标价。

"好了，首先……"

"因为你是第一位顾客，所以我两件作品只收你一件的钱。"

她放下手中的画，看着作者。男人双臂交叉在胸前，双手抓着肩膀，仿佛要赶在世界动手之前，先将自己禁锢起来。"你为什么要这么做？"

他耸耸肩。"市场能承受的价格应该就是免费。"

"你该把它们拿去纽约、芝加哥售卖。"

"别提什么芝加哥了。我在格兰特公园的人行道上画了两年半失真的粉笔画，不知被踩了多少次。"

她噘起嘴唇，想留神倾听指引。但是光的幽灵们将她引来这场免费树木艺术展后，就弃她而去了。"我是第一个停车到访的人？"

"我明白！是的，谁会为那样一张标语就停车呢？最近的村子也在十二英里外，而且村子里只有五十个居民。我本来以为，来的人应该主要是逃亡的重罪犯。你不会刚好就是在逃的重罪犯吧？"

她必须思考，弄清楚这里和她刚刚接到的那项使命有什么关系。她走到下一张桌子。上面摆放着超现实主义的康奈尔盒子①，里面摆满了复杂的木头违禁品。还有用碎瓷片、珠子以及轮胎碎片攒在一起制作的类似树根和卷须的东西。就是那棵树的树枝将她引来了这里。"这些全都是你做的？它们都是……"

"是我描绘树木的年代。一共持续了九年零两个月。"

她仔细研究他的脸，想在其中找到钥匙。或许他的钥匙在她手中，但是她甚至不知道锁在哪里。她朝他走去，他突然退后躲闪，同时伸出了一只手。她握住那只手，然后他们交换了名字。奥莉薇亚·范德格里夫抓住尼克·赫尔的手握了一会儿，想通过感觉得到一个解释。接着她放开他的手，转身朝那些艺术作品走去。"将近十年？每一件作品……都是树？"

出于某种原因，这句话把他逗笑了。"再过五十年，我就会成为我的祖父。"

她不解地看着他。作为解释，他将她带到展厅侧面的一个牌桌旁，递给她一本手工制作的厚厚的书。她翻开第一页，是一幅异常详细的钢笔画，画的是一棵小树苗。第二页也是同样的一幅画。

"翻着看。"他用两根大拇指做动作说明。

她照做了。那东西盘旋着站了起来。"天啊！是外面的那棵树。"又一个他没有否认的事实。她又翻了一遍。模拟得太过逼真，光凭想象不可能做到这一步。"你怎么做到的？"

"照片。七十六年里，每个月都会拍一张照片。我的家族有点儿特别，祖辈中有许多都是强迫性神经官能症患者。"

她又浏览了一些作品。他在一旁看着，显得十分急切，仿佛是一家即将破产的小企业主。"如果有你喜欢的东西，我可以帮你拿。"

"这是你的农场吗？"

"是我家族的农场。他们刚把它卖了，卖给了魔鬼及其下属子公司。我有两个月的搬家时间。"

"你靠什么生活？"

男人歪歪头笑着说："你提出了一个大问题。"

"你没有收入？"

"有人寿保险单。"

"你把它们转让了？"

"没有。我都是靠保单领钱，一直领到现在。"他看着摆满作品的桌子，像

---

① 美国装置艺术家约瑟夫·康奈尔（1903—1972）创作的著名系列装置作品，将一些不起眼的边角余料加以组合放在精巧的小手工盒子里，以表现超现实主义的核心主题。

个没有把握的拍卖师,"我三十五岁,对于这项终生的事业,目前能展示的东西并不多。"

男人整个身体都散发着困惑的气息,就像燃烧的木柴放射热量一样。她在两码开外的地方都感受到了。"为什么?"话说出口后感觉比她计划中要尖锐。

"为什么赠送这些作品?我不知道。感觉赠送这个行为就像是另一件艺术作品。可以作为这个系列的最后一件。树木总是倾尽所有,不是吗?"

这种类比触动了她。艺术和橡子,两者都是挥霍无度的宣传品,但大多数时候都在犯错。

男人冷冷地看了一眼锯木架和木板桌。"你可以管这叫火灾后大甩卖。不——还是叫真菌大甩卖吧。"

"什么意思?"

"跟我来,"他朝粮仓大门走去,"我带你去看。"

他们穿过积雪覆盖的大地,走过农舍。她停下来从车上拿出了派克大衣,他还是只穿着牛仔裤和华夫格纹的衬衫。"你不冷吗?"

"一直很冷。但寒冷对你有好处。人们总是把自己弄得太暖和。"

尼克带领她穿过农场,那棵庞然大物就站在那里,姿态舒展地站在陶瓷般的蓝天下。一定有某种陌生但优美的数学规律在统管它那对生的数百根树枝、数千根细枝、数万根小枝。有刚刚粮仓里的艺术品作铺垫,她已经做好了准备,能够发现这棵树的美。

"我从没见过这样的树。"

"活着的人里见过的也不多。"

在州际公路上的时候,她并没有注意到,这棵树逐渐收细的优雅面貌。它笔直地生长,然后绽出大量的枝杈。如果不是那本翻页书,她恐怕根本无法发现。"这是什么树?"

"栗子树。就是东海岸的红木树。"

这个名字让她全身的肌肉都缩紧了。确认了,虽然她几乎不需要。他们跨过滴灌线,走到树冠之下。

"现在都灭绝了。所以你从没见过。"

他开始为她讲述。他的曾祖父的父亲是如何种下这棵树;在这个世纪初,曾祖父又是如何开始为它拍照;枯萎病如何在短短数年间翻山越岭,消灭了美国东部最棒的树种;这棵离群的样本如何免除侵害,存活至今。

她抬头仰望树枝组成的网络。每根分支都是一个课题,可以为粮仓中的雕塑再增添一件新的作品。这个男人的家庭发生过一些重大事件,她像是读过作弊小抄一般,看得出来。他一直在这座祖辈建造的房屋中住了十年之久,靠这个畸形巨人一般的幸存者创作艺术作品。她将一只手放在满是裂痕的树皮上。"而你已经……能够放下它,可以继续前进了?"

男人退缩了一下,像是被吓坏了。"不,永远都不可能放下,是它放下我了。"他绕到那巨大树干的另一侧。用他那根文艺复兴时代风格的长手指又指了一下。树皮上好几个地方都出现了干燥的圆圈图案,上面有橙色斑块。他按了一下,斑块在他的触碰下凹陷了下去。

她抚摸着那海绵状的树干。"噢,真该死。这是什么?"

"是死神,很不幸。"接着他们离开了那位正在死去的神明。他们走得很慢,一步一步走上小坡,朝农舍走去。男人用鞋子踢开后门门廊上的积雪,清出一条路来。他挥手指指粮仓,他未来的画廊。"你愿意带走一两件作品吗?那样的话,今天就真是非常美好的一天。"

"首先我必须告诉你我来这里的原因。"

他在厨房的灶台上泡了茶,十年前的那个早上,他开车去奥马哈的艺术博物馆之前告别时,父母和祖母就坐在这里。访客讲述自己的故事时,表情有苦有笑。她描绘了她转变那晚的情景——混乱的处境,湿漉漉的裸体,致命的台灯插座。他坐在那里,脸涨得通红,仔细倾听她的每一句描述。

"我并不觉得疯狂。那很奇怪。我以前很疯狂。我知道疯起来是什么感觉。这一切感觉……我不知道。就像我终于看清了显而易见的事实。"她用双手捧着热乎乎的茶杯。

那棵濒死的栗子树为什么会触动她,他并不能完全理解。她年轻,自由,任性,而且找到了一个全新的事业。无论根据哪一种可靠标准来衡量,她都倾斜得有些过头。但他希望她就这样留下来,在他的厨房里讲述那些疯狂的理论,讲上一整夜。这座房子里终于有了同伴。还是个从死亡之地返回的人。"听起来并不疯狂。"他说谎。反正,这种疯狂没有危险性。

"相信我,我知道我说这些话听起来像什么。复活,离奇的巧合,从打折百货商场的电视机里收到信息,我看不见的光之幽灵。"

"呃,你那么说的话……"

"但是有解释的。一定有。或许都是我的潜意识,终于开始关注除我自己以外的东西。或许我在几周前听过这些古树保护者的新闻,在我触电死去之前,现在我终于在各处都能看见他们了。"

他知道从幽灵那里接受指令意味着什么。他已经独自生活了这么久,每天都在描绘他那棵将死的树,所以他不敢否认任何人的想法。再没有比活物更让人觉得奇异的东西了。他轻笑着咬住苦涩的钢笔尖。"过去的九年里,我一直在制作各种魔幻的小玩意儿。秘密信号就是我的习语。"

"那正是我不明白的地方。"她的眼神在乞求他的怜悯。她的茶,氤氲在她脸上的水蒸气,被积雪覆盖的爱荷华荒野:这个故事如此古老和夸张,她无法理解。"我沿着公路开过来,看到你挂在树上的标语,看起来就像……"

"呃,你知道,如果你开车开得足够久……"

"我不知道。我不知道该相信什么。相信任何事仿佛都是愚蠢。我们总是,总是在犯错。"

他看见自己正用明亮的颜料将她的脸画在墙上。

"某种东西正试图吸引我的注意。你想管那东西叫什么都可以。"

有人觉得,他在过去十年里对赫尔家族的那棵栗子树所作的所有研究都具有某种意义。那对他来说就已经足够。他耸耸肩。"一旦你开始关注事物,事情就会变得很疯狂,这实在是很不可思议。"

她的情绪立刻就从苦恼变成了坚信。"那就是我想说的!还有比这更疯狂的事吗?相信附近可能有我们看不见的幽灵?或者砍掉地球上最后一批古老的红杉树,就为了制作甲板和木瓦?"

他竖起一根手指,道歉上了楼。接着他拿回一份旧版的道路图和三本百科全书,是他的祖父在一九六五年从一位旅行推销员手中购买的。加利福尼亚确实有个地方叫索雷斯,就在古树森林的中心。那里的红木树有三十层楼高,年纪和耶稣一样大。她的疯狂并未遭受任何威胁。他看着她,她的表情透露了她的决心。无论她的视线投向何方,他都想要追随。如果她的视线收回了,那么无论她接下来要去何方,他都想要追随。

"你不饿吗?"她问。

"一直都饿。饥饿对你有好处。人们应该保持饥饿状态。"

他为她做了燕麦粥,加了融化的奶酪和红辣椒。他告诉她:"我需要彻夜思考这件事。"

"你像我一样。"

"怎么说?"

"我在睡觉时才能最清楚地听见我自己的声音。"

他让她睡在祖父母的房间,从一九八〇年的圣诞节以来,他都只有除尘时才会走进那里。他睡在楼下,童年时住过的小房间里,在楼梯的下面。整个夜晚他都在倾听。他的思想在向四面八方伸展,寻找光亮。他慢慢注意到,哪怕是放宽标准,在他的人生中，也没有任何其他可称之为计划的东西。

　　他醒来时，她在厨房里，穿着从车上拿来的换洗衣服，正在做煎饼，那袋面粉放得太久，已经生满了象鼻虫。他穿着法兰绒睡袍在独腿圆桌旁坐下来，说："月底前我得把这座房子清理干净。"

　　她冲着煎饼点点头。"这没问题。"

　　"我还得处理掉我的作品。除此之外，今年剩下的月份，我还有一些空闲时间。"

　　他透过厨房的窗格向外看。赫尔家的栗子树枝干的那头，天空蓝得让人觉得愚蠢，看起来就像是小学生拿手指厚厚地涂抹出来的。

　　春天再度来到，这是父亲不在后，咪咪·马迎来的第一个春天。海棠、梨、美国紫荆和山茱萸都绽出了粉红色和白色的花朵。每一片花瓣都像是在无情地嘲笑她。尤其是桑树的花，让她恨不得放火烧掉所有开花的植物。这样绚烂的风景，那个男人再也看不见一分一毫了。但它们依然溢得到处都是，是"现在"所呈现出的无情、冷漠的色彩。

　　接着又是一个无情的春天，然后是第三个。工作让她变得坚韧起来，也有可能是花朵开始变无趣了。五月时，咪咪的飞行里程账户升级到了白金级别。他们派她去韩国。他们派她去巴西。她开始学习葡萄牙语。她开始了解各个种族、肤色和信仰的人，只要他们对定制陶瓷铸造有无限的渴求。

　　她开始跑步，徒步和骑行。她开始学跳交际舞，然后是爵士舞，然后是萨尔萨舞，之后她就再也没跳过其他的舞。她开始观鸟，很快她的成就清单上就累积了一百三十种不同的鸟类。公司提拔她做了部门负责人。她开始学习文艺复兴时代的艺术课程，晚间则开始学习现代诗歌，以及为了成为一名工程师，当初她在霍利约克学院放弃的所有课程。她的目标几乎称得上爱国，她想要玩转每一个领域。拥有全部，成为全部。

　　一位同事说服她加入了公司的曲棍球队。很快她就怎么也玩不够了。她和来自四片大陆的男人打过牌，同来自两个大陆的男人睡过觉。她在圣地亚哥待了一周，同一个嗜好多得惊人的女孩，虽然事先达成了协议，但她还是伤了对方的心。她深深地爱上了另一支曲棍球队里的一位已婚男人，每次阻止她进入挡板时，他总是那么温柔。他们见过一次，是在十二月的赫尔辛基，那三天的另类生活堪称魔幻，正午天也是黑的。此后她再也没见过他。

她差一点儿结婚了。过后没过多久,她就想不起来怎么会差一点儿就走进婚姻。她过了三十岁。然后(成了一位可靠的工程师)过了三十一岁和三十二岁。睡梦中的她总是在庞大的机场里穿行,广播在呼叫她的名字,她站在密密麻麻的人群中央。

公司把她调去了总部。九千美元的加薪对她来说几乎没有任何意义,反而让她立刻又饥渴起来。不过她总算离开了生产车间的小隔间,搬进了一间大办公室,里面设计的是落地窗,外面有一片松树。不知为何,她把那里想象成了一次非常漫长的家庭汽车之旅的终点。成了世界上最小最私密的荒野的象征。

装饰办公室的物件都是她趁母亲不知道时偷来的。一只贴满了三角形贴纸的手提箱——卡内基学院,梅格斯将军号,国立中央大学。一只扁皮箱,上面用漏字板喷漆印了一个她不会拼的名字。在她的办公桌上有一幅镶了框的照片,里面的两个人据说是她的祖父母,他们怀里抱着一张三个孙辈的照片,模样都难以辨认。旁边还有另一张照片,正是祖父母怀里抱的那一张。画面的三个小女孩难辨种族,拘谨地坐在一张沙发上,假装她们是惠顿本地人。其中年纪最大的那一个似乎已经做好了准备,哪怕欺凌威吓也要获得归属感,任何人只要觉得她失败了,她都会拳脚相向。

在办公室的墙壁上,宛如古典建筑中的带状装饰一样,挂着她父亲的那幅卷轴图。这幅画如此古老和珍贵:把它铺展开来,哪怕暴露在落地窗照进来的一丝西北部阳光中都是错;在画的背面使用黏合剂是错;把这样的无价之宝留在办公室是错,任何上夜班的人都能把它卷起来藏进口袋;把它挂在那里是错,每次只要她抬起眼睛看到它,都会想起父亲的自杀。

人们第一次走进她的办公室,总会问起那些开悟的小佛陀。她想起父亲第一次向她展示这幅卷轴时,告诉她的话。这些人吗?他们通过了最终考验。她的职业取得了巨大的成功,有时候她坐在桌前,从越来越多的单据和估价表中抬起头来,看到那幅卷轴的时候,她觉得自己和父亲从前一样,正在抵达最后的阶段。当内心里的溺水感越来越严重时,她会透过落地窗,观望她的那片小树林,那里有三个曾短暂经历过自由、狂野岁月的女孩,正在一片古老的湖泊岸边捡拾松球当货币。有时这样的画面几乎拥有让她平静下来的能力。有时她几乎可以看见那个男人,正蹲在那里,将这片露营地所有的情况都记进他那本早已写得密密麻麻的笔记本。

午餐她不吃皮蛋的时候,同事们就把她的办公室当餐厅。今天她吃的是鸡肉三明治,所以这里对所有族裔的员工都是安全场所。三个其他部门的经理和一个人力资源部的朋克挤进来说要玩"沿河上下"纸牌游戏。咪咪也加入了。任何游戏她都乐意参加,只要风险无伤大雅,又能暂时让她忘却一切。她唯一的条件就是她要坐指挥席。

"队长，究竟能指挥什么呢？"

她指指窗外："这片风光。"

其余玩家都从手中的纸牌上抬起头来，瞄了一眼然后耸耸肩。好吧，窗外有一条窄窄的道路横贯整座小公园，路两旁长满了树木。西北部地区的树木就是这样，遍布每一块高地，挤挤挨挨，无限延展，遮天蔽日。

"那是松树？"营销部副总猜测道。

想取代咪咪职位的品控部经理说："是美国黄松木。"

"是威拉梅特河谷黄松木。"说话的研发部主管活像一本行走的大英百科全书。

纸牌在办公桌上翻飞，零钱堆换了手。咪咪用手指拨弄着她的玉石戒指。她将有雕刻图案的那面戴在掌心里，以防被人砍断手指抢走戒指。她转了一下戒指，多节的扶桑树——三姐妹分割父亲的遗物时，她抓到的是这棵树——在她手指上转动。她把手掌握成杯状，挑衅庄家说："快啊，给我来点儿狠的，让我见识见识。"

又拿了一手废牌。她再次抬起视线，正午的蓝天倾泻在她那片私人森林中。阳光在铜绿色的松针上闪烁着光芒，仿佛有一千盏壁灯在闪耀。根根树干就像恐龙时代的大陆板块，变成了橙色、赤色和肉桂色。想取代她职位的品控经理说："你们闻过那树皮的味道没？"

"是香草味。"他又说。

"那是黄松。"大英百科全书宣布。

"看看，专家又来了！"

"不是香草味，是松脂味。"

"我告诉你，"品控经理说，"黄松木的树皮是香草味的，我上过课的。"

大英百科全书摇摇头。"不，是松脂味。"

"谁下去闻闻不就知道了。"房间里一片窃笑。

品控经理一拳锤在桌子上，纸牌飞舞，零钱被震落在地。"赌十块钱。"

"那我们可以谈谈！"人力资源部的朋克说。

众人发现时，咪咪已经快走到门口了。

"喂！我们还打牌呢。"

"去获取数据。"这位工程师的工程师女儿答道。很快她就走到了门外。还没走到树林，她就先闻到了那气味——松香和西部广阔无垠的气息。是她童年时代仅有的无忧岁月的干净气息。她还听到了树木与风协调合奏的音乐。她记得。她将鼻子贴上平坦的赤色树皮块之间的黑暗缝隙，沉浸在那气息之中，那是二十亿年前的气息，却拥有毁灭性的力量。她难以想象树木释放这样的香气有什么目的。但此刻那气息对她产生了影响。精神控制。那既不是香草味，也不是松脂味，而是精粹了两者的气味精华。就像一颗暖心的奶油糖果、一根菠萝味的熏香。事实上它不像任何气息，它只是它自己，刺激而卓越。她闭上眼睛，呼吸着这棵树真正的名字。

她站在那里，鼻子贴在树皮中，呈现出一种不可亲近的倔强姿态。她让自己闻了很长一段时间，就像救济院里自己控制吗啡用量的病人。化学气体涌入她的气管，经由血液抵达她身体的各个部位，并且跨越了血脑避障，进入了她的思想。那气息紧紧抓着她的脑干，直到她和死去的父亲再度肩并肩一起钓鱼，在松树绿荫下鱼群藏匿的地方，在心灵最深处的国家公园。

人行道上有个过路的女人看到她嗅闻的姿态，不确定她是否有危险。咪咪因为记忆和那挥发性气味而感到极大的喜乐，她用目光回应过路人她没事。而在她的办公室，牌友们都站在落地窗前看着这一幕，仿佛她变成了危险人物。她重新靠在树上，最后一次沉陷在那无可名状的气息之中。她闭上眼睛，回想起那位坐在松树下的罗汉，他即将跨越边界，进入完全接受生与死的境界，他的嘴唇浮现出浅浅的笑意。有某种东西来到了她身边。光线变得更加明亮，气息更加浓郁。她仿佛超脱了一般，浮了起来，被她童年时代的潮水托了起来。她怀抱着极大的幸福转过身来。就是这样了吗？我已经抵达了吗？旁边的一棵树上用胶布贴了一张手写的告示：

市政厅集会！5月23日！

她朝那张海报走去，开始阅读上面的文字。城市政府已经宣布，因为干枯的松针和死去的树皮不断累积，此处有火灾隐患，这片树林已经太过古老，年复一年，清理费用也过于昂贵。他们计划用一种更清洁和安全的树种来代替这片松树。反对铲除松林的人要求政府召开听证会。

来说出你的感受！

他们想砍掉她的树。她回头看向公路对面的办公室。同事们都贴在玻璃窗上对她笑。他们在挥手，他们在敲窗户。其中一个还拿出一台拍立得相机给她拍了一张照。虽然海报上的文字十分生硬，但她的鼻孔中充满了香气。说它是回忆吧，说它是预感吧。是香草味，菠萝味，奶油糖果味，松脂味。

在斯帕尔旅馆，一个不满四十岁的男人掏出了一大把美元银币。旅馆位于212号公路旁，不远处的小城有一个恰如其分的名字，叫大马士革。俄勒冈州的大马士革。"真要命，我要庆祝一下。这些钱请大家喝啤酒。"

他的要求得到了回应。"我们究竟要庆祝什么呢，大富翁洛克菲勒？"

143

"庆祝我种满了五万棵树。每天干满九小时,不分晴雨,每周连干五天半,每年的植树季都不错过,用了我差不多四年时间。"

周围响起七零八落的掌声,还有人学了一声猫头鹰叫。旅馆里的所有人都表示,那确实值得好好喝一顿。

"对我这种老家伙来说,这工作不简单啊。"

"你已经做了腰椎置换手术了?"

"你也知道,换了也只能坚持几年,然后他们就又要把它切下来。"

因为得了免费的啤酒,旅馆里的陌生人都很感激。道格拉斯·帕弗利切克微笑着留了下来。他在一张台球桌的桌角又摆出二十枚银圆,扬起枫木做的球棍挥舞几下,向所有来客发出邀请。很快就招来了两位迎战者,杜姆和迪伊。

他们玩三人赛,轮流打。道格拉斯看起来惨不堪言。这四年里,他都在沼泽、矿渣和泥泞中穿行,还要弯腰种树,神经系统早已磨损,瘸腿也已疲惫不堪,还留下了运动型震颤症状,就和湾区的地震检波仪表现一样。杜姆和迪伊拿了他的钱感觉可以说是充满愧疚,只有一杆接一杆、一局接一局、一袋接一袋地打下去。不过道基有的是时间,这里是大城市,他可以尽情地喝全是泡沫的难喝啤酒,回忆有无名同伴相随的乐趣。今晚他可以在床上睡觉,还可以冲个热水澡。他整整栽了五万棵树。

杜姆开球一击就进了三个球。这已经是今晚的第二次。或许他就是想用这种直接胜出的方式来折磨他们。但道格拉斯·帕弗利切克并不在乎。接着的一局迪伊四杆结束。

"你说你栽了五万棵树。"杜姆只是想让道基分心,道基打得很吃力,根本无暇闲聊。

"是,现在就可以去死了,我的记录遥遥领先。"

"那你们在那边怎么找女人?"

"栽树工有很多女人。夏天也会来很多。一切都有可能发生。"他想起快乐的记忆分了心,把母球给打了下去。即便如此,他也只是一笑了之。

"你为谁种树?"

"谁付钱就为谁种。"

"因为你,世上多了很多新鲜氧气,消灭了很多温室气体。"

"人们并不清楚这些。你知道他们用木头做洗发水吗?做抗震玻璃?还有牙膏?"

"那我还真不知道。"

"还有鞋油、冰激凌增稠剂。"

"还能造房子,我说的对吧?做书之类的东西,船,家具。"

"人们并不清楚这些。现在依然是木头的年代,木头是有史以来最便宜的无价之宝。"

"阿门，伙计。二十块再来一轮？"

他们打了几个小时。道基好像怎么喝都不会醉，总能从危险边缘拼回来。迪伊和杜姆离开后又来了新人，一号和二号。道基掏钱又开了一轮，给夜班工作人员又解释了一番庆祝缘由。

"五万棵树，了不起！"

"只是个开始。"道格拉斯说。

二号是今晚强有力的混蛋竞争人选，甚至可以说是本周的有力人选。"不想戳破你的美梦泡泡，朋友。但是你知道光是加拿大不列颠哥伦比亚省一年就要砍掉两百万棵原木吗？光是他们一个省！你得栽四五百年的树才能——"

"好了。现在我们专心打球吧。"

"你服务的那些公司呢？你觉得他们会因为你栽的每一棵树苗而获得好公民积分吗？你每栽一棵树，都会增加他们每年可砍伐的树木数量。"

"不，"道格拉斯说，"那不可能是真的。"

"噢，是真的，全都是真的。你栽下树宝宝，所以他们可以砍伐树爷爷。等你栽的树苗长大，可能会引发单一树种枯萎病，老兄。就像是为欢天喜地的害虫准备的免下车餐厅。"

"好了，请你闭上你的臭嘴，安静一会儿吧，"道格拉斯拿起母球，然后抬起头，"你赢了，朋友。派对结束了。"

第二天中午，咪咪退出了牌局，改为在松树下吃露天午餐。

"那我们还能用你的办公室吗？"人力资源部的朋克问。

"交给你们了，随便用。"

她背对着橙色树干坐下来，抬头仰望松针间闪耀的光芒。她学着罗汉的样子，等待，呼吸。印度王子悉达多曾经就是这么做的，当生命弃他而去，欢愉消失之后。他坐在一棵高大的毕钵罗树——也即菩提树——下，发誓除非参透生命对他的要求，不然就再也不起身。一个月过去了，然后又一个月。接着他从人类的梦境中醒来。真谛在他脑海中闪耀，万事万物都如此简单，隐藏在灿烂的光芒之中。在那一刻，新生佛陀头顶的树绽出满树鲜花，然后鲜花变成了饱满的紫色无花果，而从那树上切下的树枝至今仍在世界各地生长。

而咪咪等待的事物与这宏大景象完全无法相提并论。事实上，她根本不是在等待任何事情——没有任何事情能让她失去自我。那种无可名状的气味——那就是她想要的全部，这片小树林，那种拥有二十亿年历史的气味。她的家庭正处于最自由美好的状态，正在她们自己的原生国度。她又开始钓鱼，在那个有史以来唯一了解她的男人身边，在那条刚消失不久的河流之中。

一个推婴儿车的女人在附近一个长椅上坐了一阵子，车上坐着一对双胞胎。"这里的树荫不错，"咪咪说，"你知道城市要把这片树林砍掉吗？"

她这是在参与政治活动，是在煽动。她讨厌煽动者，他们总是咄咄逼人地喊一些根本与你无关的事。一分钟后，她告诉那位受惊的年轻母亲，二十三号市政厅会有集会。而那时候父亲的亡魂就站在不远处，站在他的松林中，对她微笑。

道格拉斯·帕弗利切克醒来时，咪咪最后深吸了一口气，然后返回了恒温的办公室。道格拉斯很快就意识到，他是在租来的汽车旅馆的房间里，昨晚他买啤酒花了两百美元，打台球又花了一百美元。不过他花得很痛快，连眼睛都没眨一下。但这个下午，醒来后他却感到极大的恐惧。他担心的是每年可允许砍伐的树木数量，以及过去的四年里他是不是受了骗，一直在浪费时间，或者更糟。

房费附赠的欧陆早餐已经结束四小时了。不过他找店员买了一只橘子、一根巧克力棒和一杯咖啡。三样都是树木赐予的无价珍宝，之后他来到了公共图书馆，在那里找了一位管理员帮他研究。管理员从书架上抽下几本政策与编码介绍册，然后帮他一起寻找。答案不妙。昨晚那个大声吵嚷的二号杂种是对的。种植树苗的目的只是为了帮那些公司换得许可，好让他们继续砍伐更多的树木。晚餐时间到了，道基这才澄清所有疑惑，接受了这个事实。这一整天里，除了树木赐予的那三件礼物之外，他没吃过任何东西。但是一想到以后还要进食，他就觉得恶心。

他需要走一走。走路是此刻剩下的唯一理智的选择。而他真正想做的，是冲出去，冲到被修理平整的山坡上去，把未来还给大地。这是他浑身肌肉的想法，尤其是他体内最大一块肌肉——也就是心脏的想法。拿上一只铁铲，扛上一包装满绿色幼苗的麻袋。在今天之前，他一直以为种树代表着希望。

他走了一整个晚上，饿得体力不支时才停下脚步。他吃了一只汉堡包，没有细尝滋味就赶快咽了下去。夜色是温柔的，晚风那样轻盈，所以有半英里的路程他都忘了那种自由坠落般的恐惧。但他难以停止心中的疑问：接下来的四十年，我该做什么？

有什么东西是不能被人类的力量刹成肥料的呢？

他走了几个小时，一英里又一英里，沿着波特兰市中心的边缘地带走进了一个安静的多功能社区，一种无法形容的气味吸引了他。他走进街角的一家杂货店，买了一瓶绿色果汁，一边喝一边看商店门口布告栏上张贴的启事。走失了一只高智商的猫。体内真气再平衡。廉价长途电话。然后他看到一行字：

　　市政厅集会！5月23日！

他脑中残留的一些错乱部分没有运转，无法与其他部分一起发力。他问收银的小孩，那份公告中说的公园在哪里。那孩子看上去就像一只要咬他鼻子的老鼠。"不远，走着就能到。"

"这是在考验我啊。"道基在来这里的路上其实就经过了那座公园。他沿着来时的路折回去。那是一座很小的微型公园，就像上帝的一片生日蛋糕。还没看见它，就先闻到了它的气味。是老朋友了。他把松树下的一张长椅当成大本营，让树木安慰他。天黑了，但是社区里看起来很安全。比驾驶运输机飞在柬埔寨上空要安全，比他昏睡过的许多酒吧要安全。他想睡在这里。让现实及其全部的限制性义务见鬼去吧。给他一个在户外过夜的机会吧，就让松树的种子雨直接落在他裸露的头顶吧。他突然想起，二十三号在市政厅有集会，就在四天之后。

他的梦比许多年里的都更生动。这一次，飞机坠毁在高棉丛林里。机长斯特劳布被躲藏在下层丛林里道格拉斯看不见的保王党人杀死了。莱文和博拉格降落在附近，但是道格拉斯找不到他们，很快他们就不再回应他的呼唤。他再一次成了孤家寡人，他意识到他变成了波特兰的超级英雄比扎罗，整个被一棵印度榕吞噬了。直升机擦过树冠的声音惊醒了他，只见泛光灯闪烁，有人在寻找他。

但在这一晚，直升机变成了卡车车队。许多人带着工具跳下卡车。一分钟后，卡车仍在咆哮，仿佛要将道基所处的村庄变成决战战场。他清醒过来，看见了链锯。他看一眼手表，时间刚过午夜。一开始他还以为自己昏睡了四天。他站起身，探头查看。

"嘿！"他走到那群人刚放下的工具旁。"你好！"戴安全帽的人被吓得往后退，仿佛看见了疯子。"你们不会是要开工吧？"

那些人继续工作，给链锯加满汽油，用胶带把树林整个围起来，将形似大型爬行动物的车载式吊车开到指定位置，锁好支柱。

"你们是不是弄错了？过几天才举行听证会啊。你们看海报。"

一个应该是施工队长的人走了过来。他语气中没有威胁的意思，但是充满权威。"先生，开始砍伐前，我们必须先请您离开。"

"你们要砍树？天这么黑！"不过，当然了，天并不黑。两排弧光灯已经推放到位了。天不再是漆黑一片了。接着他突然恍然大悟,"稍等片刻。"

"是政府的命令,"那位工头说,"必须请您站到胶带外面去。"

"政府的命令?这话是什么意思?"

"意思就是请您出去。站到胶带外面去。"

道格拉斯朝那片劫数难逃的树林冲去。他的动作把所有人都吓呆了。过了一会儿,戴安全帽的人才追上来。他爬上了一根树干,他们抓住他的时候,他已经离地几英尺了。他们抓住了他的脚。有人拿剪枝剪的长柄敲了他。他重重地摔在地上,瘸腿先着地。

"不能这样,会完蛋的!"

两个伐木工将他按在地上,一直等到警察过来。时间是凌晨一点钟。不过是又一桩破坏公共财产的犯罪,趁着城市沉睡的时候实施。这一次他被控诉的罪名是妨碍公共秩序,阻碍执行公务,以及拒捕。"你觉得这样好玩吗?"给他戴手铐的警察问。

"相信我,总有一天你也会那么做。"

在第二街的警察局,他们询问他的名字。"囚犯571。"他们强行从他的牛仔裤里掏出钱包才看到他真正的身份证。他们要把他单独关押起来,以免他煽动其他罪犯挑起叛乱。

清晨七点三十分,咪咪提前来到办公室。阿根廷的一份离心泵叶轮订单出了问题。她放下咖啡,打开顶灯,按下电脑电源。等待机器启动进入公司的局域网期间,她转身往窗外看了一眼,然后大叫出来。原本应该是树林的地方,现在只剩一片蓝灰色的积雨云。

两分钟后,她站在那片光秃秃的土地上,以前她经常从办公室眺望的树林,总能给予她片刻回忆和安宁的树林消失了。她甚至都没来得及将运动鞋换成露跟女鞋。地面已经整理得整整齐齐,仿佛任何事情都不曾发生过一样。没留下一根树干或树枝。只有木屑和松针洒落在与地面齐平的新锯出的平坦树桩周围。橙色的树桩暴露在空气中,年轮的最外圈涌出了树液——年轮一圈套一圈,数目比她的年纪还要多许多倍。

还有那种气息,期待与失落的气味,刚被砍掉的松木的气味。它所传递的信息就像解药,激活了她的大脑,那信息现在已经归拢了,摊开来躺在那里死去了。天空开始飘洒毛毛细雨。她闭上眼睛。愤怒在她体内奔涌,因为人类的卑鄙偷摸,她感觉到一种巨大的不公,比她整个生命还要大,过去的失落永远也不可能找到答案了。当她重新睁开眼睛时，真谛涌入了她的脑海。就像开悟一般，但是没有光芒。

发芽过程来得很快。尼莱完成了他的太空歌剧。这个身材细长的男孩坐在未来主义风格的轮椅上，心中有个部分依然想要将这个游戏免费分享出去。但总会有那样一个时刻，就像游戏中的情况一样，你必须将宇宙中几乎已经完全停滞不进的死水区变成一条收益流。

出版游戏需要有发行公司，哪怕是虚设的公司。公司总部就是他住的一楼，就在红杉城国王大道附近，入口还配备有轮椅用的斜坡。公司需要有一个名称，即便里面只有一个二十多岁的瘸腿印度裔青年，他推着轮椅滚来滚去，就像狗拉小车中的一捆小树枝。但事实证明，给一家公司命名比编码创造一颗行星还难。尼莱花了三天时间研究各种混成词和新创词，但最后不是失败就是发现早已被人占用。晚餐是一根肉桂木牙签，他一边吮吸，一边看着某份伪造的信头，这时回信地址上的"红杉"一词突然蹦了出来。仿佛有人在他耳边轻声诉说这个显而易见的答案。他用一个绘画程序模拟了一个标识出来，图案描绘的就是斯坦福校园里那棵吓人的树。加州红杉公司就这样诞生了。

他把公司出品的第一个游戏命名为《森之预言》，又用最先进的桌面排版软件设计了一份广告。在广告页的页眉上，他居中写下了这样一句话：

　　隔壁就有一颗全新的星球

尼莱将广告投放到全国的漫画和电脑杂志封底，找门诺帕克的一家光盘复制公司拷贝了三千张磁盘。然后他雇了两位从前在斯坦福结识的朋友，将游戏光盘发到东西海岸各个城市的商店。一个月不到，《森之预言》就销售一空。尼莱于是追加拷贝，很快又再次售空。他惊讶的是，竟然有这么多机器能满足游戏要求的最低配置。作品知名度不断扩大。进账收入源源不断，很快工作越来越多，他一个人根本无法处理。

他签了五年租约，租下一位牙医的套房。他雇了一名秘书，称她是公司经理。他雇了一名黑客，称他是首席程序员。他还签了一个有会计学位的家伙，把他变成了商务经理。组建团队的过程就像在《森之预言》中建造母星。应聘者众多，他的雇佣标准是，看到他坐在机动轮椅上火柴棍一样的身体，不会表现出任何畏惧。

令人惊讶的是，新雇员们都倾向于拿现金工资，而非未来的股份。这完全是没有想象力的表现。他们全然不知人类的前进方向。他试着说服他们，但所有人都选择安全和现金。

很快商务经理就对尼莱挑明了话题，假装拥有一家公司并不足够。他必须真刀实枪。加州红杉成了法人。尼莱晚上躺在床上，会梦到开枝散叶的画面。这是一个崭新的产业，增长潜能无可限量。他只需要几款畅销产品，每一款都要吸取前作的成功经验。那时他就能把世界搅得天翻地覆了，就像那天晚上他在斯坦福的内庭，花坛中奇异的生命形式在一瞬之间向他展示的那般。

白日里，尼莱不用学习管理公司时，都在持续编写代码。他依然能从编程工作中获得惊喜。宣布一个变量，详述一个程序。命令每一个架构良好的例行程序各司其职，共同组建起更大、更聪明、更有能力的结构，就像细胞器构成一个细胞那般。而正是从这些简单的指令中，出现了拥有自主行为的实体。语言转化为行动：这是星球上的下一件新事物。在编码的过程中，他又变成了从前的七岁小孩，父亲正怀抱着一整个新世界爬上楼梯，那个世界充满了各种可能性。

第一款游戏销售势头依然强劲时，加州红杉就推出了续集。《新森之预言》的效果真实到超乎想象，画面中使用的色彩达到了惊人的二百五十六种，而且还请专业美术团队设计了包装。虽然游戏设置依然和前作一样，主要是探测和贸易，但是背景换成了高分辨率的灿烂新星系。公众并不在乎这款续集只是前作的重新改编，根本玩不够。他们喜欢其中世界的开放性本质。游戏中没有真正的赢家。就和运营一家公司一样，重点在于，尽最大可能，将游戏时间维持得越久越好。

前作尚在销售榜前十时，《新森之预言》就登上了榜首。玩家们开始在网络布告栏中发布信息，讲述他们在死水星球中发现的野性生物，它们是那样古怪和变幻莫测，有动物，有植物，也有矿物。许多人发现，相比起在星系的中心寻找宝藏，诱捕游戏中的植物和动物更有趣。

这两款游戏加起来取得的收益甚至超过了许多好莱坞电影，而且投入成本要低得多。尼莱将全部利润都投入到第三部的制作中，这一部的野心超过前两部的总和。九个月后，《森之启示》问世，售价高达五十块。但对越来越多的玩家而言，尼莱的游戏能为他们提供一种两年前根本就不存在的变形体验，因此衡量起来，这个售价实在是不值一提。

一家名为数字艺术的大型出版商提出愿意收购加州红杉这个品牌。一切安排都十分合理。他们将派出专业团队，接管公司未来所有产品的销售与配送，届时加州红杉将可以轻装上阵，将所有精力都集中在作品开发上。尼莱无意于管理一家公司，他想做的是创造世界。数字艺术还提出将确保他的创作自由，并且永远为他提供最先进的轮椅。

尼莱回复称原则上同意交易，当天晚上他却躺在可调床上无法入睡。床是母亲改装过的，安装了挂有絮棉储物袋的条状滑行装置，被一根包着泡沫填充物的钢制扶手杆拱起。快到午夜时，他的两条腿开始抽搐，像能走路的人一样。他想要起身。如果护工在，这个任务会简单许多，但还要再过几小时吉娜才会上班。他按了一个按钮，让床头竖起来。接着他伸出右臂，抱住右手边的立柱，然后将左臂甩起来，抬到横杆前面。因为肌肉萎缩，他的小臂看起来就像一对漂流木，手肘就像浮肿的节瘤。他用尽全身力气才让自己坐起来。肩膀抖个不停，他咬紧牙关才总算没有再倒下去。他摇晃了一阵子，好让躯干向前，将两根手臂甩到身后，将他撑起来。这是第一步。一共大约需要五十二步，具体取决于你如何计数。

运动裤垂在膝盖位置，是插排便导管时褪下去的。他尽最大努力向前倾，身体几乎完全弯折过来，这样一来，因为脑袋和肩膀的重量，他就能长时间保持这个姿势，以便他的双手继续向前，伸到屁股附近。右臂滑到了左侧大腿下。那里也只剩下很少一点儿肉了——其实几乎已经没有了——却是双腿的辎重，依然起着抛锚固定的作用，足够支撑他枯萎的躯干，帮助维持其直立。

他抓住运动裤，然后用左手肘撑住身体，向上旋转腿上无力的吊臂。屁股往上抬，好留出足够的空间，以供他笨手笨脚地将裤子拉上来穿好。距离成功还有一段路。腿垂了下去，嶙峋的肩胛骨先落下去，他整个人再次俯卧下来。他靠着挂在横杆上的脚蹬，重新直起身来，又将右侧身体的动作重复一遍，直至运动裤成功地拉到腰上。捋顺两条裤腿费了些时间，但现在是午夜，时间很充裕。接着他抓住头顶的扶手杆，再度稳定后，伸手够到一个装了齿轮的吊钩，然后抓住U形帆布悬带，一点一点地把它铺展在床上，包裹住他直立的上身。两条腿下都各垫上了一根可从中间拉起来的带子。

他再次开始尝试，抓住吊臂头，将它沿水平支撑杆一直拉到自己正上方。全部四只吊环都穿过吊臂锁扣，每侧各两个。他用嘴咬住遥控器，将带子固定到位，咬下遥控器的电源按钮，直至吊臂将他向上吊起。接着他把遥控器安在吊带上，从床边取下导尿管的尿袋。然后他用牙齿咬住导尿管，松开双手，将尿袋绑在缠住身体的背包上。之后他再次按下吊臂的按钮，一直按住不放，等待着身体被吊到空中。

每次都要面临那个时刻，他侧身穿过空气，从床上挪动到等待的轮椅上，那时整个危险的辅助系统都摇晃不停。以前他曾经失误过，于是重重地摔下来，撞倒了金属撑杆，摔在地上，痛苦难忍，尿液洒了一身。但今晚他没有出错。轮椅的座位一定调整过，车轮也复位了，不过他是用撑杆支撑着坐下来的。坐上去以后，他将所有步骤又倒着来了一遍，解开吊臂，挂好小包，然后像脱身魔术演员霍迪尼一样，身体都不用抬一下，就抽走了身下的悬带。穿上衣很简单。鞋子虽然是无带便鞋，而且码子像小丑的鞋一样大，但穿起来没那么容易。此刻他终于动起来了，靠着操纵杆和油门，轮椅可以呼啸前进，他整个人也如同德国飞行员殷麦曼驾驶飞行模拟装置那般轻松。

整个考验过程只耗费了三十分钟出头。

又经过十步,他就出门到了面包车旁,等待电梯的液压地板降落到地面来。他将轮椅滚上钢制平台,电梯开始上升。接着他滚动轮椅,从打开的车壳进入腾空的车舱。电梯收拢,滑动式车门关闭了,之后他调整轮椅的位置,让身体面对操作台,这里的踏板和刹车都在腰部位置,即使是萎缩的手臂也能操控。

在这辆堪称计算程序的面包车中,他拥有完全的自由,下达了几十个命令之后,他将车停了下来。之后他下车,滚动轮椅进入斯坦福大学的内庭。他开始三百六十度转圈,仔细观察,和六年前的那个夜晚一样,那些非凡的生命形式再一次将他包围了。这里的所有生物都来自无限遥远的另一个星系:珙桐树、蓝花楹、龙舌兰、香樟树、凤凰木、毛泡桐、异叶瓶木、红果桑。他想起它们是如何对他轻声细语,描绘他命中注定要创造的那个游戏——那款将被全世界无数人玩的游戏,它将让玩家置身于一片正在呼吸的活着的丛林,那里充满各种可能性,突破人们全部的想象极限。

但今晚,这些树全都守口如瓶,拒绝告诉他任何事情。他像敲鼓一般,用手指敲打萎缩的大腿,等待着,倾听着,已经比他在路上花费的时间还要长。周围一个人也没有。月亮是一台耀眼的电话,通过它地球上的任何人都可以给他打电话,只需要抬起头来,看看他所看见的景象即可。他希望那些树能给他一个信号。那些天外来客都挥舞着奇异的枝干。空气中传来的敲击声在对他唠叨。记忆在它们内部升涌,就像树液。此刻,那些曲折的树枝摇晃着,仿佛在向他指示外面的某个地方,在方院的后面,一直到埃斯孔迪多,然后沿着巴拿马街,过了罗布莱……

他出发前往树枝为他指示的方向。往南去,圣克鲁斯山脉的圆形山巅正高耸在那里,俯瞰着整座校园。现在他想起来了,很久以前,在他年纪只有现在一半大的时候,他曾和父亲一起,在那座山脊上的一条林间小道徒步,那一次他们看见了一棵大得惊人的红杉树,就像孤独的玛士撒拉①,不知何故,竟然逃脱了伐木工的砍伐。现在他明白了,他那间公司的名称一定就来自那棵树。他没有片刻犹豫,他知道必须去请教它。

他拐弯开上沙岭路②,这条白天能让无数人肝肠寸断的路,在黑暗中却如同死亡一般寂静。他来回变道,就像是在《森之预言》中29级玩家才能建造的飞行舱中。这个时间,路上空荡荡的,没有人观看他这个双腿萎缩的瘦弱实体,正用瘦骨嶙峋的畸形手指驾驶一辆改装过的面包车。山脊顶部的地平线公路得名于上面的索道,是它将这些山丘剥光脱净,建起了旧金山这座城市。他在这里拐弯右转,这些他都还记得。

---

① 希伯来语《圣经》中的最长寿的老人,以诺之子,在世上活了969年,是西方长寿者的代名词。
② 沙岭路是硅谷著名的风险投资大街,聚集了大量风险投资基金。

就算记忆改变了大脑的路径,那条山路也一定还在原位。他需要做的,只是等待那些野物从林下植被中现身。

车子穿过了次生林组成的隧道,一百年过去,植被已经有了足够的恢复,在这样漆黑的夜晚,足以骗过他,让他以为这里是一片原始森林。右侧有一个临时停车区,他还认得出来,所以他就在这里停了车。杂物箱里有一只手电筒。他乘着面包车的电梯,下落到松软的地面,然后开始等待。轮椅的轮胎虽然结实,而且做过加固处理,但眼前的小路是下坡,他不确定该怎样操作。但他点击选择这趟冒险之旅,不正是为了这一刻吗?

开始的一百码,他还能应付。接着左轮遇到一个潮湿的坑洼,陷了进去。他操纵控制杆,试图加速开过去。他倒退,旋转,希望能从侧面退出来。但轮胎却越陷越深,到处泥点飞溅。他开始挥舞手电筒,向前方发射信号。却只有各种影子,像幽灵一般飞扑而来。每次有树枝断裂的声音传来,都像是有顶级掠食者在活动。寂静中突然响起汽车发动机的声音,是从天际线公路远处过来的,正越来越大。尼莱用尽全力,一边呼叫,一边像发了疯一般疯狂挥舞手电筒。但那车轰鸣着开过去了。

他坐在完全的黑暗之中,思考人类该怎么在这样的地方生存下来。太阳出来后,会有徒步者发现他。或者要再过一天。谁知道这条山路能有多少人流量呢?身后突然传来一声尖厉刺耳的声音。他扭转手电筒,但旋转的角度远远不够。过了一阵子他的心跳才恢复正常速度。他必须将已经装满的导尿袋排空,都排到他所能达到的离车轮最远的地方。

然后他看见了它,就在他前方不到十二码的地方,和其他的阴影编织在一起。他知道他有多么思念它:它太大了,大得说不通。太大了,很难被归类为活物。它是一扇黑暗中的三开门,通往夜晚的那一面。它的树干没有尽头,手电的光柱只能照亮一小段区域。树干拔地而起,笔直向上,超乎任何想象,它就是一个不朽的集体生态系统——这就是红杉。

在那巨大的生命之下,站着一个渺小的男人,还有他更加渺小的儿子,两人正抬头向上看。他们两个的年纪加起来,都不如它的根系生长的历史长。尼莱仔细观看着,知道将要到来的是什么。记忆是那样的难以理解,仿佛刚刚才在他体内完成编码。父亲向后弯下腰,两只手伸向天空。"是毗湿奴的无花果树,尼莱先生,是它回来吞噬我们来了!"

男孩当时一定站在那里笑了,就和此刻坐在轮椅上的一样。

"爸爸?别胡说。那是红杉!"

父亲解释说:"世界上所有的树都发源于同一个祖先,都是从同一棵树伸展的枝杈中长出来的,都在争取某样事物。"

"想一想制造出这个庞然大物的代码,我的尼莱。里面有多少细胞?运转着多少程序?它们都负责些什么内容?它们想达到什么目标?"

光芒照亮了尼莱大脑中的每一个角落。就这样,在这黑暗的树林里,他挥舞着小小的光柱,感觉那高耸的黑色圆柱在哼唱,他知道答案了。树枝想要的只是继续分枝。游戏的意义就是继续游戏。他不能卖掉公司。有少量原始代码,虽然在他和父亲最早编写的程序中就已经出现,却尚未找到方式走进他的作品。他知道下一个项目应该是什么模样了,再简单不过。就像进化,它会重新利用之前出现过的所有程序中古老和成功的部分。就像进化,它的意思不过是展开。

现在他不可能只坐在这里,干等到天亮被人救援。他有了一个新想法,小得多,但更加接近。他脱掉袍子,丢在被卡住的轮胎前面的地上,然后一推控制杆,车子就摆脱出来了。他爬上小路,钻进面包车,赤裸着胸膛启动车子,经过一千个步骤和子程序之后,他回到了红杉城的工作站。

第二天他致电数字艺术公司,终止了交易。对方的产权律师大声威胁。但他们真正想要收购的东西其实就是他本人。他才是加州红杉唯一值得收购的资本。没有他的创意,这笔交易毫无意义。

交易终止后,他将员工叫到会议室,宣布了下一个项目的方向。玩家将进入一个重新装备的新地球,从一个无人居住的角落开始。他可以采矿、砍树、耕地、造房,建设教堂、市场和学校——他可以做他想做的任何事,去他双腿所能允许的任何地方。他将沿着巨大的技术之树上展开的所有枝杈旅行,寻找各种各样的事物,从石头制品到空间站应有尽有;他可以随心所欲地追随任何思潮,只要能承载最先进的船只,他可以打造任何一种文明。

但其中也存在竞争者:也就是其他的人,真正的人,存在于调制解调器另一端的人,他们每一个都在拓展自己的文明,在这个处女世界的其他部分。而每一个竞争者,也就是真正的人,都想要获取其他玩家帝国的土地。

九个月时间里,一份初始拷贝一直在加州红杉公司里流传,让办公室工作陷入了停顿状态。雇员们一旦开始游戏,就再也不想要其他任何东西。他们不想睡觉,忘了吃喝,也不再为各种人际关系而烦恼。再来一局,再来一局就好。

这款游戏叫作《命运》。

尼克和他的访客花了两周时间清理赫尔家的老宅。得梅因的赫尔一族过来买走了

尼克的汽车，接管了家族的祖传遗物。紧接着来的是拍卖商，他们给每一件有可能卖出价钱的家具和电器都贴上了绿标。一群肌肉发达的男人将可移动的物品和生锈的农场设备通通搬走，装进一辆二十四轮的卡车，拖到两个县以外的某个地方，在那里一切都可以寄托销售。尼克没有设拍卖底价。家族世世代代累积的财产就像风媒花的花粉一般飘散了。接着消失的是赫尔家的老宅。

"我的祖先是空手来到这里的。我离开时也应该和他们一样，你说呢？"

奥莉薇亚碰碰他的肩膀。为了清空这座房子，他们已经在一起度过了十四个白天和十三个夜晚，就好像种了半个世纪的庄稼，熬过了各种风霜雨雪之后，他们终于可以退休了，终于可以前往斯科茨代尔，在那里找一张克里比奇纸牌计分板，缩成一团睡在上面，额头抵着额头一起死去。此情此景的离奇让尼克夜里无法入睡。他就要去加利福尼亚了，同行的女人在州际公路上看到他悬挂的那幅荒唐的标语，一时冲动就停了车。这个女人能听见寂静的声音。尼古拉斯·赫尔想到，真正的表演现在才算开始。

人们与陌生人做爱。人们与陌生人结婚。人们在同一张床上睡了五十年，最后却还是陌生人。尼古拉斯明白这些；父母和祖父母去世后他清扫过房屋，发现了许多只有死亡才能揭露的可怕事实。了解一个人需要多长时间？五分钟就足以盖棺定论。没有任何东西能改变你的第一印象。坐在你人生副驾座的那个人吗？一般都是搭便车的人，在这条路的前面就会到站下车。

事实是，他们的迷恋紧扣在一起。每个人都拥有一条秘密信息的一半内容。除了试一试将两半组合在一起，其余他还能做什么呢？而且即便他们耗尽了，一无所获地从梦境中醒来，除了孤独的等待，他又牺牲了什么呢？

午夜过后，尼克坐在祖辈的空卧室中，就着提灯的微弱光芒读书。他在这地方窝了十年，感觉却像是在一座远方的小屋中过着移民的生活。他反复阅读百科全书中讲述红杉的那篇文章，就连这本百科全书上也有拍卖商留下的标签。他读到有些树一直长到和足球场的长边一样高，有些树的树桩做成地板足够容纳二十几个人跳法国花布舞。

他还读了百科全书中讲精神障碍症的文章。其中讲述确诊精神分裂症的部分有这样一句话：信仰如果与社会规范一致，就不该被视作妄想。

他的室友在做出发准备时，自顾自地哼起了歌。她一蹙眉，他连呼吸都停止了。她年轻，诚实，无所畏惧，使命感比任何中世纪的修女都更强烈。他无法拒绝与她一同上路，就像他无法停止描绘他的梦。反正他也要离开了。现在他的生活中有了一件以前从未有过的奢侈品：一个目的地，以及某个可以同行的人。

在中西部的仲冬一起过了两周，他却连碰都没碰过她一下。这才是唯一不真实的部分。而她知道他不会。她的身体就在他旁边，没有表现出任何的紧张不安。她在他面前没有任何顾虑，就像湖面从来不顾虑风。

拍卖行的卡车拖走赫尔家剩下的遗产之后，第二天早上他们共享了一顿冰冷的早餐。夜里他们是在睡袋中睡的。此刻她坐在白色松木地板上，在她旁边的位置，尼克曾祖父的父亲做的橡木桌子曾在那里站了半个多世纪。地板上的凹痕将永远记得。她穿一件带长尾巴的牛津衬衫，内裤上有拐杖糖花纹。

"你不冷吗？"

"这些天我好像总是觉得热。从我死去以来。"

他扭过头，拍拍她光着的腿。"你能不能——盖个什么东西？会伤了男人的心。"

"噢，拜托，你以前又不是没看过。"

"没看过你的。"

"基本库存都一样。"

"我不知道。"

"呵，有女人在这里住过，就最近。"

"错。我是个禁欲的艺术家，我有一种特殊的才能。"

"医药箱里有抗皱霜，还有指甲油，"她停下来，脸涨得通红，"除非是你……"

"不，没有这么富于创意，最近是有女人，但只有一个。"

"有故事？"

"我发现栗子树感染了枯萎病后，她很快就走了。被吓走的。她觉得人应该画些别的东西，而不是只时不时地画树枝。"

"这话提醒我了。我们得给你的作品找个房子。"

"给画廊找房子？"他的笑容扭曲得像是在吸食明矾——他想起自己曾经将二十多岁时创作的伟大作品存储在芝加哥的U-Stor-It分店，最后全部烧掉以实现一件大型概念作品。

她露出一副恍惚的表情，像是又接到了另一种生命形式的命令。"埋在屋后怎么样？"

他突然想起从前在美术学院学到的一些古代技巧，比如锈蚀效果和龟裂纹，都是将陶瓷埋在地下得到的。至少这个想法并不比将作品随机送给过路司机差。"为什么不呢？就让它们在地下分解。"

"我在想可以用气泡垫包起来。"

"你也知道，现在是一月。虽然气候温和，但要想刨坑，我们非得租挖掘机才行。"接着他想到了一个办法，被逗得笑了起来，"快穿上衣服，穿上外套，跟我来。"

他们并排站在农具棚后面的小丘上，一个从房子里看不见的地方，打量一堆齐腰高的小石子，以及旁边一个相当大的坑。

"小时候我经常和两个表弟在这里刨坑，想一直刨到地球熔化的地心去。这么些年，谁也没费心思把坑填起来。"

她仔细研究那块土地。"哈，不错，有先见之明。"

他们埋葬了那些作品。那叠照片——那本记录了半个世纪以来栗子树成长过程的翻页书——也放了进去。埋在地下比地上的任何地方都更安全。

那晚他们又待在厨房，为第二天早上的出发做准备。她变得谨慎了些，穿了运动衫和紧身裤。他四处踱步，感觉像是即将纵身跳进蓝色大海那般，胃直往下坠。半是因为恐惧，半是因为激动：一切都消散在了空中。我们活着，我们短暂出走，然后永远不再回来。我们知道会发生什么——因为我们被引诱着吃下的那种禁忌之果。为什么要把那果子放在那里？又为什么禁止我们去吃？就只是为了确保果子被拿走。

"你的掌控者们此刻在说什么呢？"

"不是那样的，尼古拉斯。"

他将两只手叠放起来，贴在嘴巴下面。"那是什么样的？"

"他们会说：检查一下油还够不够。懂吗？"

"我们该怎样寻找他们？"

"寻找我的掌控者？"

"不，那些抗议的人，保护古树的人。"

她笑着摸摸他的肩膀。她最近经常有这样的动作，他真希望她别那么做。

"他们肯定想让事迹登报。应该很好找。如果到了那里还找不到，那我们就自己行动。"

他听着想笑，但她似乎是认真的。

早上，他们出发了。她的车里塞得满满当当，都快溢出来了。西进的五个小时里，他们对彼此的了解达到了任何两个人对彼此所能了解的最大程度，但避免了灾难的往事。轮到他开车时，他对她讲了他从未告诉过任何人的事。讲了他原定计划被打乱，在奥马哈度过的那个夜晚，回到家中发现父母和祖母都已经煤气中毒死亡。

她抚摸着他的上臂。"我就知道是那样，差不多丝毫不差。"

在车上待了十个小时后，她说："和你在一起不说话真舒服。"

"我刻意训练过。"

"我喜欢那样。我有好多东西要学。"

"我想问……我不知道该不该问。你的姿势。你营造的……气氛，就好像你想弥补什么东西。"

她笑得像个十岁的孩子。"或许就是这样。"

"弥补什么？"

奥莉薇亚在西方的天际线上找到了答案，正随着远山一同沸腾冒泡。"弥补我从前的糟糕模样，弥补我从前没能成为的细心模样。"

"什么话也不说让人感觉实在是太舒服了。"

她思考了一下，似乎也同意。他则在想：如果有一天我要被关起来，或者是被困在一个躲避放射性物质的避难所，而且还得是旁人一起，那我选这个人。

过了盐湖城后，他们打算在一家汽车旅馆过夜，入住时前台工作人员问道："大床房还是双床房？"

"双床房。"尼克说完听到她又在身边发出孩子般的笑声。他们尴尬地轮流洗澡，之后隔着一条两英尺宽的走道，躺在各自的床上聊了一个小时。与白天跨越几千英里时的状态相比，此刻他们可谓是喋喋不休。

"我从来没参加过集体抗议。"

他一定在想：上大学时肯定参加过政治抗议吧。但出乎意料的是，他说的却是："我也一样。"

"我想不出，什么人会拒绝参加这一次的抗议。"

"伐木工，自由主义者，相信人类命运的人，需要甲板和木瓦的人。"很快他的眼睛就自己闭了起来，他被扫回了梦乡，进入了每晚都会前往的那个解救植物的地方。

内华达足够宽广和荒凉，一路上他们将所有的人类政治活动都嘲笑了一遍。窗外都是冬季荒原。她开车时，他在凝视自己的秘密。轮到他开时，她则像晕船一般，一直流露出一种敬畏的表情。接着他们爬进了山城西拉斯，在那里遭遇了暴风雪。尼克只能找路边高价叫卖的人买了防滑链。在唐纳山口，他被一辆半挂车堵在后面，两条车道上都铺满了碎石，雪被压实了，速度只能开到六十迈。他完全凭直觉导航，发现左侧车道上有一段小空隙后，就立刻变道超车。接着却仿佛患了雪盲症，挡风玻璃上像是打了一层纱布绷带。

"莉薇亚，糟糕，我看不见！"

车子砰一声撞在路肩上，摆尾横了出去。他摸索着重新回到车道，磕磕绊绊地加速向前，以几英寸之差摆脱了死亡危险。

开出几英里后，他仍在发抖。"上帝啊，我差点儿杀了你。"

"没有，"她说话的语气就仿佛有人正在告诉她事情会怎样结局，"不是那样的。"

他们从西坡下行,进入了一片桃源乡一般的风景。不到一个小时后,车窗外的世界就从压着厚厚积雪的针叶林变成了宽广青翠的中央山谷,公路两边的宿根花卉正在开花。

"加州。"她说。

他甚至没想着掩饰微笑。"我想你应该是对的。"

道格拉斯的出庭日到了。

"你被控妨碍公务,"法官说,"你有何辩解?"

"法官大人。所谓的公务实在是太过卑鄙,就像被人抛弃在公园里的流浪狗一样恶臭。"

法官摘掉眼镜,揉搓着鼻子,仿佛正在法律系统的深处审视。"不幸的是,这和你的案子毫无关系。"

"法官大人,能否允许我恭敬地问一句,怎么会没有?"

法官花了两分钟时间,向他解释了法律的运转,以及所有权和民间治理的问题。

"但那些官员的行为违反了民主的规则。"

"法庭的存在就是为了帮助不分团体的任何公民,保证他们能在城市的任何活动中获得公正对待。"

"法官大人,我是一名受过勋章的退伍老兵。他们发给我一枚紫心勋章,一枚空军十字勋章。过去的十年里,我栽了五万棵树。"

他的话引起了法官的注意。

"我已经记不清我走过了多少英里的路,往地里栽种树苗,想要恢复哪怕一点点绿色。然后我却得知,我所做的这一切,只是给了那些杂种机会,让他们有权利去砍伐更多更古老的树。我很抱歉,但是我在那座公园里目睹了蠢事的发生,我被逼疯了。就那么简单。"

"你以前坐过牢吗?"

"真是个难回答的问题。是,也不是。"

法官陷入了沉思。被告被控妨碍的公务,是城市当局派一家私人伐木公司趁深夜执行的任务。他没有伤害工作人员,没有造成财产损失。法官给了道格拉斯七天缓刑期,外加两百美元的罚款,或者三日劳动,内容是帮城市树艺师种植俄勒冈梣树。道格拉斯选了种树。他从法庭匆忙赶回汽车旅馆后，却发现他的卡车已经被拖走了。拖车人的手下要三百美元才肯归还。他让他们保管好他的车，等他凑够钱。他在一些地方埋有一些银圆。

他为城市埋头苦干，种了一周的树——比法庭要求的服务时间长了好几天。"为什么？"树艺师问，"你已经不用再来了。"

"梣树是一种高贵的树。"适应能力极强，是做工具手柄和棒球棍的好材料。道格拉斯喜欢它们的羽状复生叶，它们给阳光添上羽毛，让生活变得更加温柔。他喜欢它们锥形的帆船一样的种子。他想要先种一些梣树，然后再去做一个人真正有必要做的事。

他干得越是卖力，树艺师就越是感到愧疚。"公园里的事，发生的时机不对。"这是一个小小的让步，但对于他这种拿市政工资的人来说，几乎算得上是在纵火。

"胡说，他们专门趁着黑夜的掩盖，还比人们计划去市政厅参加听证会的时间早了好几天。"

"生活是一场流血的竞技运动，"树艺师说，"就像大自然本身。"

"人类对自然一无所知，对民主也是。你觉得那些狂热主义者的行为是正确的吗？"

"要看具体是什么狂热行为？"

"绿色狂热主义者。他们有些人正帮助在休斯劳开挖一条河道，我在乌姆普夸的一次抗议活动中也见过一些。他们来自俄勒冈各地的木工行业。"

"孩子和吸毒鬼，他们为什么全都追随拉斯普京①？"

"嘿！"道基说，"拉斯普京至少很迷人。"他希望树艺师不会告发他言辞煽动。

他没有立刻离开波特兰，而是又回到了公共图书馆，阅读森林游击队的故事。之前的那位管理员又帮了他更多的忙。那人似乎对道基有点儿意思，尽管他身上味道很重，但或许这正是原因所在。有人脱了衣服睡在泥地里抗议。有一个新故事吸引了他的注意，讲述的是萨蒙-哈克贝利荒野附近举行的一次活动——一个装备训练人员封堵了伐木道路。道格拉斯要做的就是赎回他的卡车。但首先，他自己也必须像游击队一样采取一些行动。他不确定重返犯罪现场是否符合法律规定。如果再有抗命行为，他很有可能会再次入狱。道格拉斯内心里有一部分喜欢从高空俯视大地，就像他当装卸

---

① 1869—1916，俄罗斯历史上的传奇人物，因为预言能力和医术而名声大噪，并且取得了沙皇家族的信任，后来因为丑闻百出而引发公愤，遭到谋杀。

队长时那样，他心里的那一部分几乎期待入狱。

当他走到公园附近时，心头怒火开始聚集。时间还不到正午。他的肩膀、脖颈和瘸腿再次感受到了那种感觉——暴徒将平民扑倒在地的感觉。不过，怒火并没有让他血脉偾张，恰好相反，而是让他蹲伏下来，他的心口像是毫无防备地挨了一拳，等走进树林时，他已经是拖着脚在走了。

刚砍出的树桩中第一个仍在分泌松脂。他在树桩旁的地上跪下来，掏出一支细线变色笔，又拿出驾照用作直尺。他将这两样东西都拿到树桩上，像是要做外科手术那般，开始倒着数数。一个个年份从他指尖滚过——它们所代表的洪水和干旱、春寒期和酷暑季全都写进了形状不一的年轮里。倒数到一九七五年时，他用黑色的细线画了一个X，然后写下那个年份。接着他又倒数了二十五年，在对应的线条上，距离刚才的数字逆时针不远的地方，又画下一个X，写下一九五〇这个年份。

他继续倒数，以二十五年为间隔标记，直至抵达年轮的中心。他不知道这座城市有多少年历史，但很显然，在白人涉足这片地区之前，这棵树就已经长得十分坚固。道格拉斯写下他所能准确数清的最接近的年份后，又回溯到树桩的边缘，这棵树直到最近都依然在生长。接着他用全拼大写字母写下了一句话，像车轮一般绕了年轮半圈，他写的是：你在睡梦中被砍倒。

他在树桩上做标记时，咪咪出门来吃午餐。午餐时间，她选择在这座新建的极简形式的禅意花园中，坐在长椅上吃鸡蛋辣椒三明治，同时一个人参加愤怒的新牌局。松林在夜间被砍伐一空后，她打了几十个电话，参加了一个无用的公众集会，也联系过两位律师，但得到的建议都是，正义只是幻想。户外午餐成了她唯一的依靠，她只能看着那些树桩，咀嚼她的愤怒。这时她看到一个男人双手和膝盖撑在地上，正往那毁灭的遗址上写着什么。"你现在又想干什么？"

道基抬头看到说话的是一个女人，长得就像曼谷帕蓬街上一个名叫拉丽达的陪酒女，他曾经爱她多过呼吸。面前的这个女人，只要能靠近她，他愿意付出任何代价。她用三明治当长矛，朝他步步逼近。

"砍了它们还不够？还非得连它们最后的遗迹也毁掉不可？"

他放下手中的东西，然后指指树桩上的文字。她停下来辨认——他是在给年轮标记年份，一直倒数到中心。她的父亲将脑浆洒满整个后院的那一年。她大学毕业得到这份堕落的工作的那一年。马氏一家人散开躲避熊的那一年。父亲向她展示画轴的那一年。她出生的那一年。她的父亲来到卡内基技术学院求学的那一年。在最外圈的年轮上，有半圈全拼大写字母写下的文字：你在睡梦中被砍倒。

她回头看向跪在地上的那个男人。"噢，天哪。我感到非常抱歉。我还以为你是在……我差一点儿踹了你的脸。"

"那也是被砍树那帮家伙逼的。"

"等等。你当时在场？"她皱起了眉头，心里在盘算，"如果我当时在这儿，我可能会跟他们拼了。"

"到处都有大树被砍。"

"是啊，但这里是我的公园，是我每日的面包。"

"你知道，每当你看着那些山的时候，你心里就会想：文明会慢慢消失，但山会永远留下来。只可惜，文明正喘着粗气，像是用生长激素喂大的阉牛，那些山却在倒塌。"

"我找两个律师咨询过，他们没有违反任何法律。"

"当然没有。干错事的人拥有一切权利。"

"你能做什么？"

那个疯狂的男人眼神闪烁。他看上去就像第十二个罗汉，被人类的愚蠢抱负逗乐了。他有些犹豫不决："我能相信你吗？我是说，你不是来偷我的肾或什么的吧？"

她笑了，而这个动作就是他所有信任的理由。

"那你听我说。你不会刚好有三百块钱吧？或者有一辆能开的车？"

布林克曼夫妇在单独相处时喜欢阅读。而大多数时候，他们都两个人待在一起。社区剧场的演出结束了；演完《谁害怕弗吉利亚·伍尔夫》后，他们就没有再演戏。他们从未对彼此大声宣布，演戏的岁月结束了。这件事无须交谈。

取代孩子的是书籍。而在阅读品位上，两人都依旧坚持着年轻时代的梦想。雷喜欢阅读宏大的文明面对自身尚不确定的命运。深夜里，他只想继续阅读，了解生命质量的不断提高、各种发明稳步解放人类、终将拯救种族的技术诀窍的突破性发展。多萝西需要的则是更加自由的开垦，她喜欢不涉及思想说教的故事，沉浸在自身世界中。她要求的救赎细致，热切且私密。取决于一个人是否有能力说"然而"，做一件看似超乎能力的小事，以及偶尔打破时间的桎梏。

雷的书架按主题分类，多萝西的则按照作者姓名的字母顺序排列。他偏爱刚获得授权的先锋书籍。她则需要与古远的死者、陌生的灵魂交流，要尽可能地与她自己不同。雷一旦打开一本书，就一定会坚持读完，不管过程有多艰难。多萝西却并不介意跳过作者的思想论述，寻找书中角色，往往是最令人意外的那一个，深入自己内心，突破自身局限的时刻。

他们步入了四十岁。任何书籍一旦进入他们的房子，就再也不可能离开。对雷来说，目标早已设定完毕，他需要的是能满足每一种无法预见之需的书。多萝西则总是支持当地的独立书店，从敞口箱中抢救被人遗忘的珍宝。雷认为：你永远都不知道，什么时候可能会掉过头来，阅读五年前买的一本大部头巨著。多萝西则认为：总有一天，你会想要翻出一本破旧的书卷，翻到倒数第十页，右手边下面的段落，心中充满巨大的甜蜜和痛苦。

他们的房子变成图书馆的速度很慢，让人难以察觉。放不进去的书，她都堆在侧面，或是放在原本书堆的顶上。这样会把书封弄卷，让他很抓狂。他们的暂时解决之计是添置家具。他在楼下办公室的两扇窗之间摆了两只樱桃木做的柜子。客厅原本为电视柜预留的空间摆了一套胡桃木做的大型组合柜。客房里则加了一只枫木书柜。他说："这样应该够我们用一阵子了。"她听到这句话笑了起来，因为根据她读过的小说，她知道"一阵子"可能非常短暂。

多萝西的母亲去世了。他们不忍心丢掉她收藏的任何一本书，于是就全部留了下来。这样一来，他们的藏书数量足够引发许多国王的觊觎。多萝西在市区一家古董书店找到一套品相极好的书，是沃尔特·司各特的《威弗利小说全编》。"是一八八二年出版的！看看这美丽的环衬页。看看这大理石喷泉的插图。"

"你知道我们可以怎么做吗？"雷在去收银台付款时，说出了他的想法。除了那套司各特的书之外，他又偷偷买了一本《智能机器时代》。"楼上小卧室的那面趣味墙，我们可以找木匠定制设计一套嵌入式书柜。"

现在看起来，他们曾经为那个房间计划的功用，已经比书架上的任何一本藏书都更古老。她点点头，试着露出微笑，深入内心想找到一个词语。她不知道要找哪个词，她甚至不知道自己在干什么。"然而"。她要找的那个词是"然而"。

圣诞节那天，他们经常会说笑话，但并非刻意准备，都是即兴而为。他们互赠对方的一本书必须是每年他们想让对方阅读的作品，他们都试图改变对方的品位。这一年，他送她的是《改变世界的五十个想法》。

"亲爱的！你太体贴了！"

"可以肯定，这本书改变了我。"

她想，他永远也不会改变，但还是在他嘴唇附近亲了一下。接着轮到她执行仪式中她的那部分了。她送的是一套全新注释版的《简·奥斯汀四部经典》。

"多萝西，亲爱的，你简直读懂了我的心！"

"你知道，你可以试着读读看，都这么多年了。"

他许多年前就试着读过，差点儿憋闷而死。

假日里他们都穿着睡袍，阅读对方送的礼物。新年前夜，他们努力坚持读到了午夜。他们靠在床上，肩并肩，腿贴腿，但手都牢牢地放在身前的书上。因为瞌睡，他把同一段话读了十几遍，文字开始旋转，像是飘在空中的带翅膀的种子。

"新年快乐，"钟声终于敲响了，他说，"又熬过了一年，是吧？"

他们拿起床头柜上冰镇的起泡酒一人倒了一杯。她摇晃着酒杯，发出叮叮当当的声音，然后喝下一口，说："今年我们应该冒个险。"

书柜里装满了他们之前因为新年计划而购买的书籍，多数都是买回来就束之高阁了。《轻松学会印度烹饪法》《大黄石地区的一百条步道》《东部鸣禽野外观赏指南》《东部野花野外观赏指南》《独辟蹊径游欧洲》《泰国的未知秘境》，此外还有啤酒和葡萄酒酿造手册，翻都没翻过的外语学习教材。他们想要探索的领域杂乱无章，买来的书却多浪费了。他们就像轻狂、健忘的神。

"有生命危险的那种。"她又说。

"我正想说呢。"

"也许我们应该去跑一次马拉松。"

"我……可以当你的教练，不过，怎样都好。"

"我们可以一起参加的那种。去考飞行员驾驶证？"

"或许，"他已经疲乏不堪，"行吧。"他放下酒杯，拍了一下大腿。

"好，再读一页就关灯？"

她因为幻想而陷入了极大的痛苦之中。她静静地躺在那里，尽量忍住哭泣，以免把他吵醒。这攥住我的心的东西是什么？就仿佛它真的有什么意义似的。是什么让这个伪装的地方对我产生了如此巨大的影响？很简单，因为某人看见了她无法看清的某个事实。这个人甚至不知道她是被虚构出来的人物，她一直处在游戏之中，要面对无法逃脱的情节。

因为某种原因，周年纪念日到来时，布林克曼夫妇再一次忘记了他们的计划，没有种植任何植物。

红杉林震撼得他们失去了言语。尼克沉默地驾车。就连小一些的也像是天使。每过一段时间他们会遇见一棵庞然巨物，往空中冲出四十英尺才长出第一根向上伸展的树枝，而且光是树枝的粗度就堪比东部的绝大多数树干。这时候他就明白了，"树"这个词所指代的事物一定会向上生长，成为现实。震撼他的不是它们的尺寸——不只是尺寸——而是它们覆满纹路的棕红色树干就像完美的多利安式圆柱，从齐肩深的蕨类植物中，从长满苔藓的地面拔地而起，看不到逐渐收细的变化，而像是坚韧粗粝的黄褐色神像。圆柱的冠顶如此之高，距离基座如此遥远，上面很有可能是另一个世界，一个臻于永恒的世界。

而对奥莉薇亚来说，旅途带来的所有激动都退去了。就好像她熟知这个地方，尽管她从未去过六旗降临美中主题乐园①以西的任何地方。在穿过海滨森林的窄道上，她喊道："停车。"

他将车开到路肩上停下，柔软的地面铺着几英尺深的松针。推开车门，外面的空气尝起来香甜可口。她从副驾座走进一片巨人森林。他走过来，看见她脸上有泪痕，她的眼中盛满了滚烫的泪水，是喜悦的泪水。她难以置信似的摇摇头。"就是这里，就是它们，我们找到了。"

※※※

森林守卫者并不难找。整片遗失海岸上到处活跃着不同的团体。当地报纸上几乎每天都会报道他们的活动。尼克和奥莉薇亚在车上对付住了几天，试探某个队伍是不是人员混杂，某个组织是不是临时拼凑。

他们得知，在距离索雷斯不远的地方，一片退休渔民居住的泥泞田地里，有一个志愿者营地。那群志愿者聚集在一起更多的是因为行动，而非组织力量。都是些敏捷的年轻人，会高声表达他们的热情，在草地帐篷群落中大声吆喝。他们的鼻子、耳朵和眉头都像五金器具一般闪烁着光芒。长发辫与五彩服饰纠结在一起。他们散发着臭气，是土壤、汗水、理想主义、广藿香油的气息，还有这片森林里到处种植的无籽大麻的气味。有些人只停留一两天。而根据帐篷周围的微生物群落来看，有些已经在这座营地里停留好几季了。

这片营地是一场混乱运动的许多神经中枢之一，该运动没有领导，大多数时候都以"生命防御力"为名展开。尼克和奥莉薇亚在营地里侦察，和每个人交谈。他们还和一个名叫摩西的年长男人分享了一顿鸡蛋和豆子晚餐。摩西也提问审查过他们，想确保他们不是惠好公司和博伊斯喀斯喀德公司派来的间谍，或是受威胁更迫近的洪堡木业的委托前来。

"我们怎么获得……任务分派呢？"尼克问。

---

① 六旗主题乐园集团旗下的一座游乐园，位于密苏里州圣路易斯，后更名为六旗降临圣路易斯主题乐园。

他用的词逗得摩西大声笑了起来。"这里不存在任务分派，但有干不完的活儿。"

他们为几十个人做饭，之后再帮忙清理。第二天有一个游行。尼克撰写海报时，奥莉薇亚则加入了合唱。一个发如火焰、轮廓像鹰的女人穿过了营地，她穿一身格子呢，围着一条梭织披肩。奥莉薇亚抓住尼克。"就是她，我在印第安纳的电视宣传片上看到的人。"光之幽灵要她找到的人。

摩西点点头。"那是N母亲。她能把扩音器变成大提琴。"

夜幕降临后，N母亲在摩西帐篷旁的空地上主持了一次情况介绍会。她扫视了环坐在周围的各位，一一招呼老成员，欢迎新来者。"看到许多人一直坚持到这个季节，我很高兴。以前冬天的时候，雨水封锁了伐木道路，你们许多人会回家越冬，等春天再回来。但洪堡木业现在已经全年无休了。"

嘘声像涟漪一般在人群中扩散。

"他们想趁着立法还没跟上，法律拿他们无能为力的时候，把树都砍完。但他们没想到你们会出现。"

人群爆发出欢呼声，白浪一般盖过尼古拉斯。他转身面对着奥莉薇亚，捉住她的手。她却抽了回去，仿佛这不是他第一次因为高兴而触碰她的身体。她满脸微笑，尼克再一次为她的笃定而感到惊叹。她已经带领他们走了这么远，依靠的导航是只有她才能听见的幽灵的轻声指示——更暖和的地方，这边走，更暖和的地方。现在他们到了这里，就像他们一直都知道前进的方向那般。

"你们之中有许多人已经在这里待了很长一段时间了，"N母亲继续说，"完成了许多有用的工作！执行纠察任务，上演街头游击式戏剧，和平示威。"

摩西摸索着剃成光头的脑袋，大喊道："现在我们将神之怒种进了他们心中！"

欢呼声成倍增加，就连N母亲也笑了起来。"或许！不过生命防御力会认真对待的是非暴力反抗行动。至于刚加入的朋友，我们希望你们在参加任何直接行动前，先接受和平抵抗培训，宣誓遵守非暴力反抗行为的规则。我们绝不容忍直接破坏财产的行为……"

摩西大喊："但是只要往车辆轮距周围撒一点点水泥，就能起到惊人的效果。"

N母亲的嘴角拧了起来。"我们正处于一个非常漫长、非常广阔的进程之中，这个进程发生在世界各地。如果美丽的印度契普克妇女都敢冒着威胁和挫败，如果巴西的卡亚波土著都无惧生命危险，那我们也能。"

这时候下起了毛毛细雨，尼克和奥莉薇亚却几乎没发觉。

"你们绝大多数人都已经对洪堡木业十分了解了。我再给还不了解的人介绍一下，他们原本是一个家族企业，差不多拥有半个世纪的经营史。他们管理着本州最后一个先进的公司城镇，福利惊人，退休金也非常高昂。他们自给自足，很少雇佣流动人员。最重要的是，他们的伐木是有选择的，现在的产量足够他们永久持续下去。

"因为他们之前砍伐古树的速度非常缓慢，所以依然拥有几十亿板尺①地球上最好的软质木材，整个海岸上的竞争者都资源耗尽后，他们还能坚持很久。二十万英亩，占本地区现存古树总量的百分之四十。但是洪堡的股价低于那些坚持利润最大化原则的公司。因此，根据资本主义原则，这种局面就意味着，一定会有人掺和进来，向这家老牌伐木公司展示如何做生意。你们还记得垃圾债券大王亨利·汉森吗，去年因为诈骗入狱的那个家伙？就是他发起了交易。他在华尔街的一位伙伴，也就是一位蓄意收购公司者赢得了这场堪称窃取的交易。实在是巧妙至极：你投入用垃圾债券筹来的大量资金，实现一次恶意收购行为，将债务出售给储蓄贷款市场，由此一来公众最后一定会从中退出。接着你将公司以抵押贷款的形式完全抵押出去，以便偿付投入的资金，洗劫退休基金，挥霍储备金，卖掉一切有价值的东西，只要有利可图，就处置掉破产后剩下的公司空壳。神奇吧！用洗劫来的钱支付洗劫的费用。

"眼下他们已经进行到倒数第二步了，也就是要将木业公司财产清册上剩余的所有能销售的财产全部变现。具体来说就是洪堡木业剩下的那些拥有七八百年历史的古树。粗度远超你想象的树木都将被送进B工厂，加工成木板后再运送出来。洪堡现在的伐木速度是平均行业速度的四倍。而且他们还在加速，想赶在相关立法工作完成之前砍完所有剩余的古树。"

尼克转身看着奥莉薇亚。这个女孩比他年轻，他却开始向她寻求解释。只见她面孔僵硬，痛苦地闭上了眼睛，泪水淌下颧骨。

"显然，我们不能等待立法的完善。新组建的洪堡木业速度很快，一定会赶在法律完善之前砍掉所有的古树。那么我就有一个问题想要问现场的每一个人：你们能为这项事业投入什么？不管是什么，我们都照单全收。时间，精力，现金。现金能提供惊人的帮助！"

她的讲话在掌声和欢呼声中结束，人们退回去吃篝火上煮出来的扁豆汤。奥莉薇亚也帮了忙，她以前宁愿偷室友放在冰箱里的食物，也不愿自己烧水泡一杯泡面。尼克感觉这些生活在森林里的男人有些已经好几周没洗过澡了，当她为他们盛汤时，他们都像是厌倦了享乐，似乎没有注意到她是刚刚降落在这片草坪上的一位森林女神。

一个名叫黑胡子的人领着一群人回来了，他们刚刚搞了一次突然的袭击，给一辆停在那里的卡特彼勒D8推土机的引擎涂满了玉米浆。在闪耀的篝火光芒中，他们都因为这番作为而满面红光。他们想趁天黑后再次出动，到山腰上更远的地方，找一台更

---

① 是某些国家运送木材时计算运费使用的计量单位。12板尺=1立方英尺，35.7157立方英尺=1立方米。

大的机器，测试一下这家公司的夜晚守卫情况。

"我不支持破坏财产的行为，"N母亲说，"我真的不支持。"

摩西一笑置之。"除了这些森林，这里没有任何有价值的财产遭到破坏。我们是在打一场消耗战。我们把伐木工拖延了几个小时，他们之后会修好机器的。但与此同时，他们丧失了时间和金钱。"

黑胡子在火光中瞪大眼睛。"洪堡木业的存在本身就犯了侵犯财产罪，除此之外他们没有任何价值。就这我们还有必要和他们保持友好？"

二十多个志愿者开始商讨。尼克在爱荷华乡下生活多年，此刻简直就像听着微型收音机长大的孩子第一次听到现场交响乐团演奏。他像是走进了一个德鲁伊教徒的树木崇拜祭祀仪式现场，就是他冬夜里在赫尔家收藏的那套百科全书中读到的那种。古希腊多多那城的圣人崇拜橡树，不列颠人和高卢人崇拜德鲁伊教的树林，神道教崇拜神杉，印度人会用珠宝装饰许愿树，玛雅人崇拜木棉树，埃及人崇拜无花果树，中国人认为银杏树是神圣的树种——这些是世界上最早的宗教所崇拜的树木。不管现在这个宗派要求他创作怎样的艺术作品，他这十年来一直沉迷于描绘树木，已经做好了准备。

奥莉薇亚靠了过来。"你还好吗？"他咧嘴一笑作为回应。

突击队准备再度出发。黑胡子、缝衣针、食藓者、启示者，他们像战士一样，要为争夺棕榈树、月桂树和橄榄树而发起进攻。

"等等，"尼克叫住他们，"我们来尝试一点儿新东西。"他在火光照不到的阴影处，一张折叠椅上坐下来，往他们的脸上涂画。他把刷子伸进一罐绿色乳胶漆中蘸了一下，那涂料是一个名叫小叮当的女孩写横幅用的。他追溯着他们头骨的轮廓、额头的弧线和颧骨凸起的曲线，描绘出漩涡和螺旋形图案，都是记忆中毛利人文身图案的超现实风格。这样一来，那些战士们身穿的扎染T恤和布满涡旋图案的脸庞就搭配起来，制造出一种毁灭性的效果。突击队员们往后退去，欣赏着彼此的造型。仿佛有某种东西融入了他们的身体，将他们变成了其他的某种生物，古老的图案覆盖了他们，改变了他们，让他们充满了力量。

"神啊！这下非得把他们吓得屁滚尿流不可。"

摩西打量着这位新成员手绘的图案，摇了摇脑袋。"很好。得让他们知道，我们是危险的。"

奥莉薇亚自豪地站在尼克背后，双手扶住他的上臂。这些天来，他们一同驾车穿越大半个国家，夜晚并排睡在厚实的睡袋中，但她完全不知道她这样的举动会对他造成怎样的影响。或者也许她是知道的，但她并不在乎。"干得漂亮。"她小声说。

他耸耸肩。"没有太大用处。"

"但是眼下急需的。我这么说是有切实依据的。"

这天晚上，红杉林中飘着毛毛雨，他们在松针铺成的地毯上，给自己取了森林中使用的名字。起初，他们的行为就像是孩子气的游戏。但所有的艺术形式都是孩子气的，所有的故事，人类所有的希望与恐惧。他们为什么就不能为这份新工作取个新名字呢？树木都有十几种不同的称呼。得克萨斯七叶树、西班牙七叶树、假七叶树、莫里诺树，指的都是同一种树。拥有众多名称的树就像枫树的种子一般放荡不羁。法国梧桐又叫悬铃木，又叫假挪威槭，就像一个人在抽屉里装满了假护照。欧椴木又叫菩提树，属于椴树属，变成木头叫椴木，酿出蜂蜜后叫椴木蜜。长叶松更是有二十八种名字。

奥莉薇亚在距离篝火很远的地方，浓重的黑暗中打量尼克。她眯起眼睛，对于该叫他什么，心中已有端倪。她帮他将头发顺到耳后，用冰凉的双手撑起他的下巴。"守护人，这个名字合适吗？你是我的守护人。"

观察者，旁观者，想要成为保护者的人。他的意图被看穿了，于是笑了起来。

"该你为我取名了！"

他伸手摘下一根麦穗状的植物叶片，它很快就会变得比泥土更沉重。那叶片在他手指下展开来。"银杏。"

"那是真实存在的东西吗？"

是的，他告诉她，是一种堪称活化石的植物，出现时间比会开花的树还早，和最古老的针叶树一样古老。它曾在这片大陆上生存过一段时间，在这些河流的上游，然后消失了数百万年，之后又重新出现。它就是最早的树。

※※※

睡觉时，她蜷在他身边，在那顶三角形小帐篷中，他们摆脱了一切侵扰，周围就有许多其他志愿者，他们只感受到温暖。他躺在那里凝望着她的脊背，她胸腔的轻微起伏。她当睡衣穿的T恤衫从肩头滑落了，露出肩胛骨上的文身，是一行鲜红色的文字：改变即将来临。

他躺在那里，尽量保持平静，就像一个正在与自身欲望做斗争的修士。心跳声在耳畔锤响，他开始计数，直至那高涨的声音逐渐沉落。就在他即将迷迷糊糊入睡之际，一个想法像蜘蛛一般钻进了他的脑海。外星上的人一定会困惑不已，地球人起名字都是怎么回事呢？一个东西竟然有这么多不同的称呼。但是那一刻他就躺在那里，身边的朋友刚认识才几天，但感觉却像是经历了许多世人生后的再度重逢。尼克和奥莉薇亚，守护人和银杏——他们构成了一套四重奏——对这个一月的夜晚敞开了心扉，而在他们头顶，是一根根看不到冠顶的海岸杉木的树干，是永生的北美红杉树林。

帕特丽夏·韦斯特福德坐在松木桌边，她的梯式靠背椅上，钢笔悬在空中，她正在记录昆虫的命令。时间已近十一点，但她依然一个字都没写出来——写出来的句子都被修改划掉了。窗户吹进的微风，闻着有堆肥和杉木的味道。那气味激发了一种古老而又深沉的渴望，一种似乎并无目的的渴望。森林在呼唤，她必须离开。

整个冬季她一直在努力尝试，想要描绘这份毕生事业所带给她的喜悦，以及短短几年间就得到巩固证实的那些发现：树木如何通过空气和泥土与彼此交谈；如何关照和喂养彼此，通过相连的土壤网络，协调共有的行为；如何建造与森林一样宽广的免疫系统。她用了一章的篇幅，详细讲述一棵死去的树木如何让位给数不清的其他物种。移走障碍物，杀死啄木鸟，因为它们一直在啄食象鼻虫，而象鼻虫却会害死其他树种。她描绘了核果和总状花序、圆锥花序和包膜的样子，人们每天都从旁边走过，但一辈子也不会注意到这些东西。她讲了锥状椴木如何收获黄金；一棵一英寸高的山核桃树树根却可能长达六英尺；桦树的内皮能喂饱挨饿的人；铁木树的一条柔荑花序就拥有好几百万花粉粒；本地渔民会将胡桃树的树叶捣碎，用来迷晕和抓取鱼类；柳树能清理土壤中的二噁英、多氯联苯和重金属污染。

她描绘了真菌的菌丝——每一勺土壤中存在无数菌丝——如何哄骗树木敞开树根，然后钻进去；真菌如何用矿物质喂养树木；真菌无法制造糖分，树木如何为它们提供糖类营养物质。

地下正在发生某种了不起的事，某种我们才刚刚弄懂该如何观察的事。菌根根簇将树木连成巨大的智能群落，扩散到数百英亩的范围。它们共同构成了一个浩瀚无垠的货物、服务和信息交易网……

森林里没有独立的个体，没有单独的活动。鸟与它所停留的树枝是一个联合体。一棵大树所能提供的食物中，有三分之一以上的数量喂养了其他有机体。即便是不同种类的树也能组成伙伴。砍掉一棵白桦树，附近的一棵花旗松或许就会遭殃……

在东部的大森林中，橡树和山核桃会协调时间，同时结果，以迷惑靠它们的果实为食的动物。一个给定树种形成的森林会互相传递信息——无论它们长在阳光下，还是阴影中，长在湿地还是干燥地带——无论大量结果还是根本不结果，它们都会保持一致……

森林通过地下突触[①]来实现自我修补和塑形。在塑造自身的过程中，它们也塑造

---

① 指神经元之间的功能联系部位，也是信息传递的关键部位。

了其他数千种相关联的生物,这种塑造过程是从内部实现的。不妨把森林看作一片无限扩展和分支的超级地下森林,这样的看法或许有益。

她讲述了一棵榆树如何帮助开启了美国独立战争;一棵拥有五百年历史的巨型豆科灌木如何在地球上最干旱的沙漠中央生长;窗外的一棵马栗树如何给予安妮·弗兰克希望,即便在她绝望的藏匿岁月之中;人类如何将种子带上月球,然后又被送回来,发芽长满整个地球;世界如何被无人知晓的壮丽生物所占据;想要像曾经的土著居民那般了解森林,人们可能需要花费几百年的时间来学习。

她的丈夫丹尼斯住在十四英里外的城里。他们每天见一次,午餐他会做应季的食物。整个白天和夜晚,她唯一能见到的就只有森林,她唯一能为它们发言的方式就是书写。真菌作为后来的腐生生物,只能依靠绿色植物生产的能量为生。

杂志文章的要求总是很严格。每次在写文章时,哪怕只是作为十几位联合作者之一,她都会回想起那些流浪的岁月。有其他人支持时,她甚至会更加焦虑。她宁愿再次离开,也不愿那些可爱的同事经历她曾经所遭遇的折磨。不过,相比起为公众写作,期刊文章就显得像是林中漫步一般轻松了。科技论文只会被用来存档,几乎不会引来任何人的关注。但这本书却让她感到沉重,她确信一定会遭到媒体的嘲笑和误解,而且永远也不可能挣回出版商预支的版税。

整个冬天她一直在努力寻找方法,想要将她所了解的一切都告诉陌生的读者。那段岁月简直就是地狱,但与此同时也是天堂。很快,这段地狱般的天堂岁月就要结束了。八月里,她将关闭她的野外实验室,打包好各种设备,将所有小心翼翼收集来的样本全都搬到海岸去,难以置信的是,她又要开始在那所大学执教了。

但今晚,她无论如何也找不到正确的词句。她应该直接去睡觉,看看梦境会说些什么。但她没有睡,而是伸长脖子瞄了一眼厨房里那台溜肩式古董冰箱上挂的时钟。还有时间,还可以赶在午夜之前到池塘边去走一走。

小屋旁的云杉在摇晃,在几近满月的天空下,看起来像不祥的预言。云杉排成一条笔直的直线,让她想起一座早已消失的栅栏,曾经红交嘴雀喜欢停在上面,拉出的粪便中有植物的种子。今晚这些云杉树很忙,都忙着在黑暗中固碳。很快植物们就会全部开花了,越橘、醋栗、艳丽的马利筋、高大的俄勒冈葡萄,蓍草还有野蜀葵。她再次感叹,这颗星球上的最高智慧能发现微积分和万有引力定律,却无人知晓花为什么会开。

今晚树林也和她塞满词语的脑海一样,下着毛毛雨,一片阴沉。她找到了小路,躲在她心爱的那棵黄杉下。林间小路被暮冬月色点亮了,她几乎每晚都从这条小路上走，去了又回，就像那句古老的回文诗：La ruta nos aportó otro paso natural。[①]针叶在夜间呼出的许多挥发性化学气体都没有被列入目录，却减慢了她的心跳，让她的呼吸变得缓和下来，甚至改变了她的心境和思维。林地就是药房，其中有许多物质都尚未被任何人识别过。树皮、木髓和树叶中的强大分子都有待人类发现。她的树林所使用的遇险信号激素——茉莉酮酸酯——为所有那些给人以神秘和复杂感的娇柔香气都赋予了强烈的冲击力。闻我，爱我，我遇到麻烦了。而它们确实遇到麻烦了，所有的树。全世界所有的森林，甚至包括被离奇地命名为退耕地的那些，而且麻烦远比她在那本小书中向读者透露的要大。麻烦就像空气，四处泛滥，形成的浪潮远超人力所能预测和控制。

她匆匆走到池塘边的空地。人类为什么一直向森林发起战争？头顶的天空星光闪烁，那里有人类想要的所有解释。丹尼斯给她讲过伐木工的说法：就让我们给那片沼泽带去一些亮光吧。森林让人们恐慌。那里发生的事情太多。人类需要一片天空。

水边有一根爬满苔藓的滋养木——那里是她的座椅，此刻正空着，正在等待她。看到雨滴落到湖面的那一刻，她的大脑就清空了，明白了文章接下来该怎么写。她一直想给那些未被砍伐过的古树森林找个名字，是它们保持了碳元素和代谢物的平衡。现在她想到了：

> 真菌矿石为它们的森林提供矿物质。它们猎捕跳虫，用以喂养寄主。森林则将富余的糖分储存在真菌的突触中，然后少量地分发给患病的、照不到太阳的和受伤的树木。森林会自己照顾自己，正如它会制造自己生存所需的当地气候区。
>
> 一棵生长了五百年之久的花旗松在临死之前，会将它所储藏的化学物质向下传送到根部，然后通过真菌伙伴传送出去，将它的财富送给森林的营养池，这是它最后的遗嘱和意愿。我们完全可以把这些古老的捐赠者称为奉献树。

大众读者需要这样的语句，这样才能将奇迹描绘得更加生动和明显。这一点是她很久以前从父亲那里学会的：人们更能理解与自身相似的东西。任何慷慨的人都会理解和热爱奉献树。帕特丽夏·韦斯特福德用这三个字概括了她自己的命运，以及未来的变化，甚至包括森林的未来。

清晨，她撩起冷水洗了把脸，做了一杯亚麻籽粉浆果奶昔，一边喝一边阅读昨天撰写的段落。之后她在松木桌前坐下来，发誓不写出一段值得午餐时向丹尼斯炫耀的文字就不起身。红色雪松木铅笔的气味让她心情愉悦。石墨慢慢划过纸张的过程，让

[①] 西班牙语，意思是：这条路让我们可以往大自然再深入一步。

她想起一棵巨大的花旗松的树干每天都要往几百英尺的空中蒸发几百加仑的水。独坐在稿纸前等待动笔时的那份孤独，或许就类似于她将要从植物中所获得的启蒙。

最后一个章节一直在躲避她。她需要的是某种近乎赌马三连胜那般的奇迹性段落：给人以希望，有用，而且真实。她可以讲述世上最古老的树，那棵生长在瑞典中部一座山脉上的挪威云杉。这棵树地面上的部分只有几百年历史。但在地下，在充满微生物的土壤中，它的根系却超过九千年历史——比她试图用来描绘它的写作这种技巧存在的历史还要长几千年。

整个上午，她都在尝试将这个九千年的神话压缩为十句话——许多树干相继倒下，又从同一片根系中陆续萌发。那其中有她要追求的希望，而真相却更加残酷。快到正午时，她终于讲到了现在，那棵云杉生长在高山矮曲林带，树干的生长总是被积雪所阻碍，这是有史以来第一次，它在人类的笔下得以长成一棵参天大树。

但希望和事实如果派不上用场，对人类来说就毫无意义。她在笨拙写下的疙疙瘩瘩的文字中，寻找着那棵云杉树的用途。在那片贫瘠的山峰上，气候的每一次变化，都会带来无数的死亡和复生事件。它存在的意义就是向人类展示，世界的存在并不是为了对人类有用。我们的存在对树木又有何用？她想起佛陀的话："树是一种奇妙的东西，它庇护、喂养和保护所有的生物，它甚至为砍树的樵夫提供阴凉。"于是她就用这些文字，为她的书收了尾。

丹尼斯于正午时分来到，准时得如同降雨，他带的是加了花椰菜和杏仁的烤宽面，这是他最新的美食杰作。每周她都会好几次地感叹，她是多么幸运啊，竟然能与这个男人一起度过这些珍贵的岁月，他或许是地球上唯一一个能允许她大部分时间都独处的人。勇敢、耐心而又好性子的丹尼斯啊，他保护她的工作，而且几乎无所希求。他是一个手巧的人，在内心的深处，他早已经明白，人类能衡量的事物其实非常之少。他就像野草那般慷慨和热切。

共进午餐时，她给丹尼斯读了她今天写下的那棵挪威云杉的段落。丹尼斯听得十分惊讶，像是一个快活的孩子在听希腊神话故事。读完后，他鼓掌称赞："噢，宝贝，写得实在太棒了。"她在内心深处的某个地方，依然年轻生涩，仿佛是世界上最老的孩子。"我讨厌这么说，但我认为你做到了。"

听起来令人惊骇，但他是对的。她叹口气，看向厨房窗外，那里有三只乌鸦正在精心筹谋，妄图突破她的堆肥箱。"那我现在该怎么办？"

他的笑声充满真诚，仿佛她说了什么好笑的事。"你把书稿打印出来，然后寄给你的出版商。已经迟了四个月。"

"我不能。"

"为什么？"

"一切都不对劲。从书名开始。"

"《森林如何拯救世界》，这个书名哪里不对？森林无法拯救世界吗？"

"我确信它们会。在世界摆脱人类之后。"

他笑着将脏碗碟堆叠起来。他会把它们带回家清洗，家里有深水槽、滤水管和热水。他看着坐在厨房另一头的她。"那就叫《森林的救赎》，这样就不必说明是谁拯救谁了。"

"我真的爱你。"

"有谁说你不爱吗？听着，宝贝，和人们谈论你人生中最大的喜悦，这应该是一件纯粹的乐事。"

"你知道的，丹，上一次我在公众面前发言，进行得并不顺利。"

他挥拳重击空气。"那都是上辈子的事了。"

"他们是狼群，他们当时并不打算反驳我，他们想要的是血！"

"但你已经被证明无罪了，一次又一次。"

她想要告诉他，她从没对任何人提起过的那件事：那段日子里，她所受的打击如此之深，她甚至给自己做了一顿足以致命的山珍盛宴。但是她不能。她对那个很早以前就死去的女孩心怀愧疚。她内心里有一部分已经不能完全相信，她曾经竟然真的考虑过那么做。那只是一出可以否决的戏剧，一场游戏。所以她没有说出那件一直以来她对他隐瞒的唯一一件事——她如何吞下了那些毒蘑菇，只是并不是用嘴。

"宝贝，那时候你完全是个预言家。"

"我还过了许多年贱民的生活。预言家的生活有趣多了。"

她帮他拿着脏碗碟，送他上了车。"爱你，丹。"

"请不要再说那句话，你这是在吓我。"

她用打字机将草稿打了出来。删减了一些词语，砍掉了一些句子。现在有一个章节名为《奉献树》，讲的是她喜爱的那些花旗松，以及它们埋藏在地下的福利国度。她跟随着草稿中的文字，在这个国家的森林里漫游，从十年间就能长到一百英尺的三角杨森林，到五千年才会慢慢死去的狐尾松森林。然后她去了邮局，交完邮费，将手稿寄到另一片海岸，信寄出去的那一刻，她所有的焦虑都烟消云散了。

六个月后，她办公室的电话响了起来。她讨厌电话，拿着话筒感觉就像患了精神分裂症。一个从未见过的人在远处与你耳语。打给她的电话从来都只有坏消息。说话的是她的编辑，她从没见过，对方远在纽约，一个她从没去过的城市。"是帕特丽夏吗？我刚读完你的书！"

帕特丽夏畏缩起来，等待着斧子落下来。

"太不可思议了，谁会想到，森林竟然会有这么多的故事？"

"它们进化了几十亿年，能为你上演各种故事。"

"你把它们写活了。"

"事实上，它们本来就是活的。"但这一刻，她心中想的是十四岁时父亲送她的那本书。她意识到必须把这本书送给父亲，还要送给她的丈夫，以及总有一天要换上新形的所有的人。

"帕蒂，你无法想到，你让我在从地铁站到办公室的路上都看到了些什么。奉献树的那一部分实在是让人迷醉。我们付你的版税太低。"

"你付我的钱比我过去五年挣得还多。"

"你两个月就能挣回来。"

但帕特丽夏·韦斯特伍德想要挣回来的是她的孤独、她的默默无闻，这一刻她开始感觉到——就像森林隔着很远的距离就能感受到入侵者即将到来那般——她将再也无法拥有它们。

命运一旦降临，便没有回头路可走。游戏在北美上市的两个月后，加州红杉公司的总裁、首席执行官兼控股人用他那台重负荷机器打开一张拷贝光盘。此刻他在自己的公寓中，楼下就是公司闪亮的新总部，位于佩奇米尔路高处的山麓上。大楼里到处都是红木和玻璃——就像一个游乐场，也拥有许多适合冥想的怪诞空间。露天的中庭种满了巨大的意大利五针松，环绕在周围的办公室空间角度千奇百怪。在自己的小室里工作，感觉就像是在国家公园里露营。

尼莱的避难所隐藏在蜂房的高处。只有消防楼梯背后的一台私人电梯可以抵达。在这个隐蔽巢穴的中央，放着一张综合病床。尼莱几乎再也没有用过它。上下都各需要四十分钟；这些日子以来，就连躺下都像死一般痛苦，而且他没有时间。他都睡在轮椅上，每次很少超过四十分钟。各种想法在他脑中翻腾，就像复仇女神一样让他备受煎熬。各种发展计划和突破方案追着他满星系地跑，丝毫不留情面。

他坐在一面大荧幕前，工作台很高，他的轮椅甚至可以从下面钻进去。荧幕后方是一扇落地玻璃窗，能眺望蒙特贝罗山顶全景。那片风景，以及夜晚璀璨的星空，就是尼莱所需要的大部分户外旅行内容了。今天他的旅行计划是沿大陆海岸线探险，此刻海岸上起了雾，一切都有待他的探索。他设计了这个游戏的基础，编写了相当一部分代码，并且花费了几个月的时间，来解决所有可能性路径。照理来说，《命运》这款游戏应该已不再具备让他惊奇的能力，但每一次进入，他的脉搏依然会加速。点一下鼠标，敲几下键盘，他面对的就又是一块全新的大陆了。

事实上，这款游戏其实很乏味。它是一款二维游戏——没有气味，没有触感，没有味道，没有感觉。它很小，而且很粗糙，世界模型就和《创世记》中描绘的一样简单。但每次只要一打开，它就紧紧地咬住了他的脑干。每一次进入，其中的地图、气候还有各种散落的资源都是全新的。他的对手可能是征服者、建设者、技术专家、自然崇拜者、守财奴、人道主义者、激进的乌托邦主义者。和任何现存的游戏世界都不太一样。但进入后却感觉仿佛回到了家里。他的大脑一直在等待这样的一个游乐场，早在他从那棵树上掉下来很久以前就开始了。

今天他选择的是哲人角色。从美国到欧洲的拨号公告板上都在风传，出现了一批拥有压倒性制胜能力的策略玩家，名叫"启蒙"。一些顶级玩家正奋力争取，想要完全禁止那些玩家的进场。不过即使是作为一个哲人角色，为了负担人口的增长，他也必须获取充足的煤炭、黄金、矿石、石头、木头、食物、荣誉。他必须探索未知的地域，建立贸易通路，袭击邻的定居点，沿着各条分支路径前进，直至发展出文明、工艺、经济和技术。这款游戏中呈现的选择几乎和现实生活中一样多样，或者，用他员工略带嘲讽的说法，这款游戏就是现实生活。在这个早上，与目前已投入制作的《命运2》相比，游戏中的图像显得有些粗糙。但图像对尼莱并不具备太大的意义，他认为图像只是真实欲望的占位符。在这个永远都在发展的游戏世界里，他和其他五十万游戏玩家所需要的，只是简单和连续的变形。

心里感觉有些不对劲。他用了好几分钟时间才意识到，是饿了。他该进食了，但进食是多么繁杂的一个过程。他滚着轮椅到了小冰箱门前，拿出一瓶能量饮料，一块鸡肉松饼，甚至未及微波炉加热就吃了下去。今晚或明天再正式吃饭吧。他的精英伐木团队收集了一堆柏木板材，电话铃响时，他正准备造一艘大型方舟。上午有一个采访预约，一位记者想采访他这颗新生产业冉冉升起的新星，他才二十多岁，就已经为许多无家可归的孩子创造了家园。

电话接通后，记者似乎有些惊讶，他的声音听起来比尼莱大不了多少。"梅达先生？"

梅达先生是他的父亲，尼莱已经将他藏在了库比蒂诺的一座小型宫殿，里面有游泳池、家庭剧院，池塘旁边有一座红木建的寺庙。梅达夫人每周都在里面举行印度教的普迦典礼，乞求神明赐予她的儿子幸福，祈祷能有一个女孩看见他美好的心灵。

厚玻璃板中的倒影似乎在向尼莱发起挑战。那影子长着棕色的皮肤，身体骨瘦如柴,像一只祈望的螳螂,四肢的关节是球根状的,脑袋则像是一个皮肤紧绷的巨大骷髅。"叫我尼莱吧。"

"噢,天啊,好的,哇哦!尼莱!我是克里斯,感谢你接受访问。那么,我首先想问:你有没有想到《命运》会取得如此的轰动效应?"

尼莱确实想到了,在游戏发行很久之前就预料到了。从他在天际线公路上的那个夜晚,在那棵有着搏动的脉搏,枝叶茂盛的古树下,产生这个想法的那一刻起,他就知道了。"差不多知道吧。测试版的发布挽救了公司的颓势。我的项目经理还不得不实施了一道禁令。"

"天哪。你有销售数据吗?"

"销量非常好,已经登录十四个国家。"

"你认为原因是什么呢?"

这款游戏成功的理由非常简单。它是对尼莱七岁时幻想出的那个世界的复写,当时他父亲费了好大的力气,才把一只巨大的纸板箱搬上公寓楼梯。"好了,尼莱先生,这个小东西能做什么呢?"当时他想要那个黑盒子做的事情非常简单,那就是将他送回神话和起源的年代,那时候人能到达的所有地方都长满了绿色植物,人类只能适应环境,生命依然拥有各种可能。

"我不知道。游戏规则很简单。世界会响应你。事情的发生速度比现实生活更快。你可以看着你建造的帝国逐步发展。"

"我……我向你坦白吧。我爱死了这个游戏。昨天夜里,我一直玩到凌晨四点才最终退出。我就是想知道再走一步会发生什么。等我终于从屏幕前站起身时,我的整个卧室都在摇晃和颤抖。"

"我懂你的意思。"尼莱也有过那样的时刻,只不过他不能站起身。

"你会觉得这款游戏在改变玩家的大脑吗?"

"是的,克里斯。但我认为,所有的事物都在改变我们的大脑。"

"你看了上周《时代》杂志上发表的那篇讲述游戏成瘾问题的文章了吗?有人每周都要花费五十个小时玩视频游戏?"

"《命运》不是一款视频游戏,它是一个思维游戏。"

"好吧。但是你必须承认,人们会因为它而浪费大量生产时间。"

"这款游戏当然是个噬时体,"他听出电话那头记者的对话框中打出了一个小小的问号,"也就是会消耗时间。"

"你会困扰吗?因为摧毁了人们的生产力。"

尼莱望着窗外山坡上一片五十年前被铲平的地块。"我想不会……摧毁一点点生产力,影响并不会太大。"

"哈！好吧，不管怎么说，这个游戏吞噬了我的一点儿时间。我总是碰到许多在那本一百二十八页的指南书中不曾提及的东西。"

"是，那正是让许多玩家欲罢不能的部分原因所在。"

"我在游戏里，会觉得我有一个目标。总有更多的事要做。"

是的，就是那样，尼莱想要告诉他。安全且容易理解，没有一块块模棱两可的沼泽地带将你吞没，没有人际交往中的黑暗，你迎来的将是适合自身的大地。就称之为"意义"吧。"我想相比起外面的世界，许多人会觉得那里更像是家。"

"或许！反正对我的许多同龄人来说是这样。"

"是的。不过我们正计划给下一版增加各种各样的新角色。新的游戏方法。为各种人设计可能的路径。我们希望把它打造成一个能满足每一个人的美丽世界。"

"哇哦，好的，那太棒了。那么公司的下一步打算是什么？"

公司正在脱离尼莱的掌控。团队成员和经理人们构成了一棵巨大的组织树，他无法追踪。每天都有硅谷最棒的开发人员上门，想要大展拳脚。波士顿周边128号公路高科技带走出的软件工程师，刚从乔治亚理工学院和卡内基梅隆大学毕业的大学生——从幼年起就被尼莱过去发布的游戏塑造了头脑——恳求他能给予机会，让他们能在眼下员工大批离开的情况下贡献力量。

"真希望我能告诉你。"

克里斯低声说道："如果我求你说呢？"

他的语气充满自信，是拥有活动能力的健康人才会有的音色。应该是个英俊的白人，乐观，迷人，尚不知人类一旦面临恐惧和伤痛，心中产生欲望，将会怎样对待他人，对待其他生物。

"给一点儿暗示？"

"好吧，很简单，真的。一切都会更多。更多的惊喜，更多的可能性，更多的地方，充满更多类别的生物。可以想象成是丰富程度翻倍、复杂程度增长四十倍的《命运》。我们甚至还不知道那样的世界会是怎样一番面貌。"一切都从这么大一粒种子开始。

"噢，那太惊人了。太……美了！"

像是有某种东西捅了尼莱一下。他想说：再问我一遍，还有更多。

"我能问问你本人的情况吗？"

尼莱的脉搏急速加快，就像他想把自己提上吊环时一样。拜托别，请不要。"当然。"

"我读过你的几篇故事。你的员工说你是个隐士。"

"我不是隐士。只不过——我的腿不能动。"

"我读过相关报道。你怎么运营公司呢？"

"电话，电邮，在线信息系统。"

"为什么找不到你的照片？"

"不好看。"

这个答案让克里斯一阵慌张。尼莱想安慰他：没关系，这不过是现实生活。

"你认为作为移民之子长大——"

"噢，我想没有。大概没有。"

"没有什么？"

"我认为身份对我并未产生太大影响。"

"但是……身为印度裔美国人是什么感觉呢？你难道不会觉得——"

"我是这么想的。我在游戏中当过甘地、希特勒和约瑟夫酋长。我穿着锁子甲丁字裤比基尼挥舞过六大宝剑，老实说，这些都没能给我提供多少保护！"

克里斯笑了。是那种爽朗、自信的笑声。尼莱并不在乎这个人长什么样。他不在乎他是否有四百磅重，浑身长满疱疹。他感到一股强烈的欲望。你想挑个时间我们一起出去吗？不过出门其实和在室内没有区别。不需要发生任何事，事实上不会发生任何事。一切都消失了。我们可以就……找个地方一起坐下来，谈论所有的一切，没有恐惧，没有伤痛，不担心后果。就那么坐下来，谈谈人类要往何处去。

不可能，这位自信满满、开怀大笑的记者只需看一眼尼莱怪诞的四肢，就会对他充满憎恶。但这个叫克里斯的家伙却爱他设计的游戏。他整夜整夜地玩，一直玩到天亮。尼莱写的代码正在改写这个人的大脑。

"就是这样。我扮演过很多角色，我经历过各种人生，去过石器时代的非洲，也去过其他星系的外缘。我认为很快——不是马上，但很快——如果软件业一直进步，给我们的空间越来越多，我认为我们将有能力把自己转变成任何我们想要的模样。"

"那……听起来有点儿吓人。"

"是，或许确实是。"

"游戏不能……人们还是想要钱。他们还是想要名誉和社会地位，还有政治，那是永恒的。"

"是。永恒？未必。"尼莱盯着他面前的屏幕，一个世界正在艰难地发展，其中的社会地位完全是靠选举累积而来，那个世界能在一瞬间实现全球连通，那是一个无名的虚拟世界，却残忍无情。

"人类依然拥有身体。他们想要真正的权力、朋友和爱人，想取得回报和成就。"

"当然，但很快那一切都将被我们收入囊中。我们生活，贸易，做生意，谈情说爱，全都在那个象征性的空间中。世界将变成一个游戏，得分就写在屏幕上。而你说的那些呢？"他摇晃起来，就像人们打电话时经常会做的那样，尽管他知道克里斯根本看不见。"你说的人们真正想要的那一切呢？所谓的现实生活呢？很快我们甚至不会记得那些东西曾经的模样。"

一辆汽车正沿着36号公路向北行驶。是一辆雪佛兰黑斑羚，行驶速度过快，十秒之间就爬上了坡顶。在长长的坡道下方，有十二只黑色板条箱挡住了前路。是棺材。司机踩下刹车，在那大规模葬礼场景几英尺开外的地方停了车。在棺材上方的空中，横着一条钢索，两端起固定作用的树木像灯塔一般结实，钢缆上趴着一头母狮。在她黄褐色的腰上拴着一条挽具状的带子，用一根登山扣锁在保险索上。她的尾巴在两片光滑的臀部之间甩动，高贵的脑袋上长有胡须，懒洋洋地耷拉在脖子上，仿佛在检阅那张被钩破的横幅。

南边又来了一辆车。这时一只兔子跳上公路，停在棺材的前方。那司机按了两下喇叭，接着才注意到钢索上的美洲狮。即便是在这片大麻泛滥的土地上，眼前的景象也实在够奇怪的，司机倒是乐得看一分钟热闹。那母狮年轻，轻盈，只穿着一件连体紧身衣，在她的肩膀上，从紧身舞衣里露出了一行字：改变即将来临。母狮在与横幅缠斗，司机好奇地等待着。又一辆车开来了，被堵在前一辆车的后方。接着又是一辆。

在路边一个平台上，一只熊扯着一根接钩绳，试图将牵索上挂着的一条钩破的床单拉开。灰熊的鼻子和凹陷的眼睛都是用艳丽的油彩描绘出的错视画。预留的观察孔很小，熊必须来回摇晃大大的鼻口才能看见东西。又过了几分钟，两个方向的车流都开始倒车后退。两个司机下了车，他们都很愤怒，但看到那些巨型动物，都忍不住笑了起来。美洲狮一挥爪子，床单终于展开垂落下来，在公路的上方像船帆一样猎猎作响，上面写着一行字：

  停止牺牲处女地

床单的边缘画满了从中世纪手稿中摘来的叶片和花朵图案。一时之间，被堵在那里的司机都只能观望，好几个都无意识地鼓起掌来。有人摇下车窗大喊："我来帮你解决你的童贞问题，甜心！"美洲狮在公路上空摇晃起来。被困的司机开始打手势回应，有的竖起大拇指，有的比中指。她带着野性的面具睥睨下方，搅起了观众心中一些潜藏了很久的激情。

一个司机朝棺材发起进攻。"是我的伐木工作支付了你们的福利金。给我从路上滚出去!"他开始踢那些黑箱子,但箱子丝毫未动。美洲狮叼起项圈上的口哨,使劲吹了三声。箱子一起打开了,里面的死尸都竖了起来,仿佛最终审判日降临了一般。那头熊也在为这喧嚣局面添油加火,投了几枚烟幕弹。每只棺材中都钻出了一个动物,全都是盛装打扮的模样。有一只麋鹿,鹿角呈弧形向外展开,形如天使的翅膀。有一只索诺玛花栗鼠,门牙是巨大的筷子。有一只安氏蜂鸟,羽毛闪烁着热情的粉红和炫目的青铜色光芒。有一只陆巨螈,宛如达利创作的噩梦画作中的生物。有一只日光黄的香蕉蛞蝓。

被堵在路上的司机们看到动物们复活的场面都笑了起来。接着是更多的掌声,以及又一轮脏话。动物们开始疯狂舞蹈。司机们焦躁起来,他们都曾见过这样的狂饮作乐场面——动物们惊慌奔跑,疯狂地绕圈子——他们想起童年时读过的那些书籍中的插画,他们曾用手指抚摸过的那些,在那个时候,一切都是可能的,一切都是真实的。在动物舞蹈的掩盖下,熊和美洲狮揭开了他们身上的安全带,从高处爬了下来。被堵的车流后方传来了警笛声,一开始听起来就像是另一场即兴表演。警察悄悄潜入了道路被堵路段的路肩,给了动物们足够的时间,让他们回归林下灌木丛。这期间,一位年长女性和一位将录像机缠在手上的男性也紧随其后消失在树林里。

两天后,一段影片登上了全国新闻,引发了热烈反响。挂横幅的人成了英雄。他们是哗众取宠的犯罪分子,应该被关起来。他们是动物。是的,他们是顶着大脑袋,毫无私心的动物骗子,他们设法将一条州际公路堵住了十五分钟,在那段时间里,他们似乎是在向世人宣告,动物也有发言权。

这是亚当在福图纳学习生涯的第四年。他坐在丹尼尔斯礼堂的第一排,鲁宾·拉比诺夫斯基教授站在讲台上。这是期末考试前的最后一堂课,课程名称是《情感与认知》,拉比老兄正在查看所有的实验证据,让这个申请人数超员的班级高兴的是,所有那些证据都表明,心理学教学纯属浪费时间。

"有些人宣称,他们认为自己很容易受影响,锚定基准因果率误差、赠予效应、可获得性、信念执着、确认、错觉关联、标记——总之就是你们在这门课上学到的所有偏差形式,都有可能对他们造成影响,现在我来向你们展示这些人的自我评价。下面是对照组的分数。然后是去年这门课的学生成绩。"

学生们大笑起来,因为数值差不多是一样的。两组人都对自己充满自信,认为自己拥有钢铁般的意志力、清晰的目标和独立的思想。

"下面是他们在几个不同评估中的表现，这些评估的设计目的是为了隐藏测试内容。第二组大部分人接受评估的时间都在结束这门课的六个月之后。"

笑声变成了叹息。结果证明是无知、缺乏理性、狂暴。为了节省五块钱，课程结业生愿意付出挣这笔钱两倍的努力。他们对熊、鲨鱼、闪电和恐怖分子的恐惧远超对醉酒司机的恐惧。百分之八十的人认为他们比一般人聪明。他们会极大地高估罐子里软心豆粒糖的数量，而依据只是旁人的荒谬猜测。

"心理医生的工作是让我们幸福地忽视我们自身的身份、我们的所思所想，以及我们在任意形势下可能会有的表现。我们全都在一阵互相强化的浓雾中运转。我们的思想主要是古老硬件塑造的结果，那些古老的硬件逐步进化，开始假定其余的每一个人一定都是对的。但是即便清楚指明浓雾的存在，我们的导航能力也不会增强。

"那么，你们可能会问，既然如此，我为什么还要站在这里讲课？为什么还要一年又一年地拿大学的工资？"

此刻学生们的笑声都是在表达赞同。亚当对这种充满智慧的教学方法感到钦佩。至少他可以发誓，这堂课他会长久地铭记，而课堂上揭露的真相将让他变得更加明智，无论研究的结果为何。至少他会藐视那些指示数据。

"我在这学期开始时，曾让你们填过一份简单的调查表，现在让我来给你们展示，你们当时的答案。你们或许已经忘了还填过这个表。"教授扫一眼平均的答案，露出痛苦的表情，嘴唇也绷紧了。教室里一片窃笑。"你们可能记得，也可能记不起来了，当时我问你们，是否认为自己会……"拉比诺夫斯基教授扯了一下领带，然后转了一下左臂，表情再度充满痛苦，"抱歉耽误一分钟。"他离开讲台出了门。礼堂里响起一阵低语。走廊里传来重击声——像是一堆箱子翻倒了。五十四名学生坐在那里，等待着关键时刻的到来。走廊里的声音变得模糊，沉闷，但没有人动弹。

亚当扫一眼身后的座位。学生们都在面面相觑，要么就是在忙着记笔记。他转过身看到总是坐在他左手边第三个位置上的美丽女生。她是医学专业预科生，肤色是浅黄褐色，美丽而不自知，她的活页文件夹中用整洁的字迹挤满了笔记。他再次想到，如果能和她一起到巴基斯喝杯啤酒，谈谈这门令人惊艳的课，该是多么美妙。但是再过两天这个学期就要结束了，机会即将永远失去。

她朝他看了过来，目光充满疑惑。他摇摇脑袋，忍不住傻笑起来。接着他凑过去小声说了几句，而她也回应了。机会或许没有消失。"基蒂·吉诺维斯[①]，旁观者效应，达利和拉塔尼于一九六八年出版了相关研究专著。"

[①] 1964年，基蒂·吉诺维斯下班后返回皇后区的公寓，下车后她遭到一个持刀男人的袭击，周围有38个目击者，但最终只有一个人报了警。

"可是他还好吗？"她的呼吸有肉桂的味道。

"记得我们是怎么回答那个问题的吗，我们是否愿意帮助某个……"

楼下有个女人大喊："快叫救护车！"但等医务人员的救护车赶来时，拉比诺夫斯基已经死了，死因是心肌梗死。

"我不明白，"那位美丽的医学预科生坐在巴基斯的卡座上说，"如果你认为他是在证明旁观者效应，那你为什么还坐在那里不动？"

她正在喝第三杯冰咖啡，亚当对此感到不安。"这不是重点。关键在于，除我以外的五十三个人，包括你在内，都觉得他发了心脏病，但为什么没有人采取行动。我以为他是在和我们开玩笑，为了证明这种效应。"

"那你就该站起来，说明他在唬人！"

"我不想破坏演出效果。"

"你应该在五秒钟后站起来。"

他一拳捶在卡座的桌子上。"就算那样，也不会有任何变化！"

她缩成一团，就像他要打她一般。他举起两只手，靠过去向她道歉，但她又缩远了一些。他待在那里，双手举在空中，看着那个吓坏了的女人的行为。

"对不起，你是对的。"那是拉比诺夫斯基教授让他记住的最后一个教训。学习心理学确实相当无用。他付了酒钱就离开了，从此没再见她。只在下一周的期末考试中，和她隔着四张桌子，一起坐了两个小时。

他考进了加州大学圣克鲁兹分校的一个新社会心理学研究生项目。那座校园就像一座迷人的花园，高耸在蒙特雷海湾旁的一座山坡上。那是他所能想到的完成博士学业，或者做任何实际工作的最糟糕的环境。但从另一方面来说，那里也是一个完美的场所，可以到码头上与海狮展开跨物种交流，夜里裸体爬上日落树喝得酩酊大醉，躺在大草地上，在满天繁星下寻找论文主题。两年后，其余研究生都开始叫他偏见男孩。不管是任何社会形态心理学的讨论，理学硕士亚当·阿皮亚都能提出几项研究，证明遗传性认知盲目将会永远阻止人类作出最符合自身利益的行动。

他向导师寻求咨询。米克·范·戴克教授留着一头美丽的荷兰式短发，说话时辅音发得很清晰，元音发得很柔软。事实上，她让他每两周就到她在第十学院的办公室找她协商一次，希望能通过这种强制报到的方法，来帮助开启他的研究课题。

"你这样拖着脚磨磨蹭蹭的，只是在漫无目的地拖延时间。"

事实上，他两只脚都收了起来，正靠在她办公桌对面的一张维多利亚时代风格的

183

躺椅上,仿佛正在接受她的精神分析治疗一般。这幅情景把他二人都逗笑了。

"拖着脚?完全没有啊。我已经完全瘫痪了。"

"为什么呢?你把问题想得太严重。你只需要想出一个论题……"她发不出摩擦音①来,"把它当作长期研讨项目,又不是要你去拯救世界。"

"真的吗?至少能让我拯救一两个民族国家吗?"

她笑了。她的上包齿让他的脉搏都变快了。"听我说,亚当,你就装作这件事与你的职业毫无关联,与任何职业认同都毫无关联。你个人想要在哪方面取得发现?两年的时间,研究什么内容能让你感到乐趣呢?"

他看着从那对美丽的嘴唇中溢出来的词语,它们都与她喜欢在讨论班上说的社会科学术语毫无关系。"说到这种乐趣……"

"嘘,你想知道某件事。"

他想知道的是,她是否曾经,哪怕只有一次,觉得他性感。这并没有什么不可思议的地方。她只比他大十岁,而且她很——他想说的是健康。他感到一股奇怪的欲望,想要告诉她,自己是怎样来到这里,来到她的办公室,寻找一个论文主题。想要将他整个思想发展史连成一条直线——从在蚂蚁的肚子上涂指甲油开始,直到本科时代目睹敬佩的老师死亡——然后询问她,这条线接下来将会引向何方。

"我感兴趣的是……破盲。"他说完偷偷看了她一眼。如果人类能像有些无脊椎动物一样,在感受到吸引力时肤色就会变成深紫就好了。这样一来,整个人类物种就不会那么神经敏感。

她噘起嘴唇。她一定知道她做这个动作非常迷人。"破盲?我敢肯定,那个问题一定有某种意义。"

"人们能否做出与群体信仰相悖的独立道德决定?"

"你想研究的是,强大的规范性群体内偏爱所带来的转化潜力。"

他点点头,但那些术语让他极为厌烦。"是这样的。我认为我自己是个好人,一个良好的公民。但是假设我是古罗马时代的一位好公民,当时的父亲有权,有时甚至还有职责,要将他的孩子处死。"

"我明白了。而你,作为一个好公民,被孤立坚守积极区分原则……"

"我们被社会身份困住了。即便有巨大的真相在凝视我们……"他听到同学们在嘲笑他,称他是偏见男孩。

"呃,不对。显然不是这样,否则群体内就永远不可能实现重组,社会身份就无法实现转化。"

---

① 论题(thesis)一词中的字母组合th发的是摩擦音。

"是这样吗?"

"当然!以美国的选举制为例,人们最初认为女性过于脆弱,不能成为选民,现在我们有了大党副总统候选人,而这种转变一代人的时间里就完成了。从德雷特·斯科特案①到黑奴解放也只隔了几年。儿童、外国人、囚犯、女人、黑人、残障人士和精神障碍人士,这些人全都从私人财产变成了独立的人。在我出生的年代,黑猩猩参加听讯会似乎纯属荒谬。但等你长到我这个岁数时,我们会惊讶,人类曾经竟然不承认黑猩猩是智慧生物。"

"话说回来,您多大年纪呢?"

范·戴克教授笑了起来。她精致的高颧骨泛出红晕,他敢肯定那是红晕。她的肤色很难隐藏。"请专注我们的话题。"

"我想确定,是怎样的个性因素使得某些人开始产生怀疑,为什么所有的人都如此盲目……"

"……与此同时,其余的人却依然想要维持群体内部的稳定。现在我们有所进展了。这可以作为研究的主题,范围已经缩小了许多,而且定义也很清晰了。这属于意识的相同历史进程,你可以研究此类进程的下一步。有些人支持的是我们社会中任何理性的人都会疯狂反对的东西,你可以研究那类人群。"

"比如呢?"

"在我们所处的这个时代,人们提出要求都是为了占据人所无法拥有的道德权威。"

他的腹部肌肉舒服地紧绷起来,他于是坐起身。"什么意思?"

"你也看过新闻。在这片海岸上下,有人为了拯救植物甘愿拿性命冒险。上周我还读到一个故事——一个人试图将自己拴在一台机器上,最后被削去了双腿。"

亚当也看过那些故事,不过他都没放在心上。他不明白那些人是出于什么原因。"为保护植物的权利、植物的个性?"他曾经认识一个男孩,为了未出世的弟弟的树苗免受伤害,他竟然跳进了树坑,全然不顾会被埋葬的危险。那个男孩已经死了。

"我讨厌激进分子。"

"是吗?为什么?"

"他们只会维护正统,只会喊口号。无聊透顶。我讨厌被绿色和平组织的人堵在街上。任何正义人士……都不能理解。"

"理解什么?"

---

① 德雷特·斯科特原是美国的一名黑奴,后随主人到自由州居住,随后又回到蓄奴州密苏里。男主人死后,斯科特提起诉讼并上诉到美国最高法院,要求获得自由。此案是美国内战的关键起因之一。

"我们所有的人都是多么无可救药的脆弱和错误。在所有的事情上都是如此。"

范·戴克教授皱起了眉头。"我明白了。好消息是,我们现在不是在对你进行心理分析。"

"那些人真的想要一种全新的、非人类的道德秩序吗?或者,他们只是对美丽的绿色植物有些伤感?"

"这个问题就要涉及对照性心理测量了。"

他自顾自地傻笑了一下。不过他好像想到了某个庞大的命题,他甚至不能转移身体的重心,不然那想法就会消失。往前一步。"植物维权人士的身份形成和五大个性因素。"

"或者,当抱树者抱树时,他们真正拥抱的是谁?"

喀斯喀德西部阳光灿烂,咪咪和道格拉斯将车停靠在已经停满汽车的林务局旁边的公路上。那一小片林间空地上人头攒动。参与的人数比他们预想的要多得多。这不像是一次抗议游行,而像是一次狂欢节。那位陶瓷铸型公司的经理问那位受伤的老兵:"他们都是些什么人?"

道基走下车,脸上带着傻气的微笑,咧着嘴,像是要吞食空气和阳光一般。咪咪已经喜欢上他的笑容,就像你可能会喜欢上从池塘里救出来的小狗的狺狺叫唤。他对着人群挥舞他那只饱经风霜的手,像是愚笨的牛仔那般高兴。"智人,人类,总在筹划着什么事情!"

咪咪小跑着追上。参加的人如此多,她感到有些晕眩。"他们在做什么?"

道格拉斯将他那只完好的耳朵凑向她。"你说什么?"人群正为自己的目的而大声喧嚣,而他在从前开运输机的岁月里丧失了大部分听力。

她依然觉得震惊。竟然有一个男人愿意费心听她说话。"我父亲以前经常那么说,他们在做什么?"

"他们在做什么?"

"是,意思是,这些人究竟希望达成什么目的?"

"他是个很怪的人吗?"

"是中国人。他认为英语应该比现在的样子更加高效。"

道格拉斯一拳锤在自己的额头上。"你是中国人。"

"半个中国人。你以为我是什么裔?"

"我不知道。你的肤色更黑一些。"

咪咪知道，真正的问题是，她在做什么。她很惊讶，他竟然把她带来了这次抗议活动。她的不满是针对城市的，当局竟然煞费苦心，趁着夜色采取行动，砍掉了她的松树。至于这些树林，它们离城市那么远，而她作为一名工程师，想要大声呼喊，这些树木都非常渴望为人类所用。

但是陪这位笨拙、天真的老兵去听了两个讲座，参加了一次组织会议后，她的心碎了。这些山脉，这些森林瀑布——现在既然她已经看见它们了，那它们就是她的了。所以她来了，来参加这次公众集会和示威活动，如果父亲还在，他可能会把她拖回家，担心她被驱逐出境，遭受折磨，甚至更糟。"看看这里的每一个人！"

有抱吉他的老奶奶，有抱着太空时代玩具水枪的学步儿童，有想要证明自身价值的大学生。末日准备者推着形如全地形霍比特人悍马车的婴儿车。小学生认真地举着标语牌，上面写的是：尊敬古树，我们需要绿肺。各式各样的鞋子组成了一个彩虹联盟，正往运材路上行进——乐福鞋，多功能运动鞋，前高后低的凉鞋，鞋尖破裂、带有查克·泰勒签名的匡威帆布鞋，是的，还有伐木工防水靴。服装就更是五花八门了，系扣领牛津衬衫，仿旧牛仔裤，扎染和法兰绒面料的山核桃牌的衬衫，甚至还有一件美国空军飞行员夹克，就和十五年前道基抵押换了几块钱的那件一样。小丑服，泳衣，连体衣——除了三件套西装以外，所有款式都应有尽有。

许多人是被公共汽车运过来的，分成四个差别迥异的环保军团，如果不是有更迫切的目标，他们很有可能会彼此开战。还有一群背包客，经陆路徒步两天来参加这次盛大的活动，他们都希望能靠一枚橡子帽来帮助他们摆脱资本主义的汪洋大海。还有来观望的当地人。到了这里，方圆一百英里范围内的大多数人都是靠木头的恩赐才得以存活于世。他们也都举着手写的标语牌。伐木工：真正濒危的物种。地球优先！以后再去砍伐其他星球上的木头。

两个胡须一直长到胸前的男人徘徊在人群外围，正用肩扛式摄影机拍摄。一个身穿丹斯金牌休闲裤和无袖背心，头戴毛毡软帽的灰发女人，正举着录音机，采访任何想要发言的人。在树林的深处，有一男一女正拿着话筒喊话，以激励人群的情绪。"同胞们！你们棒极了。真是一场盛大的活动。感谢你们所有参与的人！准备好去树林里走一走了吗？"

人群爆发出欢呼声，队伍沿着一条砾石小路下行，走向一条新开辟的木材滑送道。道格拉斯跟上人群的步调，咪咪紧随身旁。他们走进了一片缤纷的色彩之中，人群挥舞着彩虹横幅，叫嚣着一些激进的口号。在这种节日般的氛围中，在这片无比湛蓝的天空下，与陌生人手挽手走上和缓的山坡之际，咪咪明白了。她这一生中，一直在不经意地遵照父母共享的第一条原则行事，那便是：不要在世界上发出自己的声音。她，卡门、艾米莉亚——马家的三个女儿都不会在人群中出头；你没有权利。任何人都不欠你任何东西。做小伏低，按照主流意愿投票，像一切都合情合理那般点头。但是现在她来找麻烦了，就好像她的行动能造成影响一般。

他们肩并肩横穿那条木材滑送道，一排十个人，行数更是多到她数不清。他们唱起叮当响的童年时代才会唱的歌谣，咪咪上一次唱起还是在伊利诺伊州北部参加夏令营的时候。《这是你的土地》《如果我有一把锤子》。道基微笑着哼唱，他的男低音几乎不成曲调。在歌唱的间歇，还有一个啦啦队员拿着扩音器走在人群前方，队伍的一侧，用喊话应答来激活气氛。"清场伐木是极大的浪费！拯救最后的山林！"

咪咪痛恨所谓的"公义"。她一直很讨厌信念坚定的人。但比坚定的信仰更让她痛恨的，是偷偷摸摸的力量。她已经了解了这片山坡上发生的事，她感到恶心。一家富有的伐木公司，在一个名为森林马戏团的工业支持机构的资助下，正在利用权力真空，妄图赶在法院作出最终裁决之前，以非法的手段抢先窃取这片针叶杂木林。而在这片地区的所有权归属明确之前，这片森林早已在此生长了几百年之久。她已经做好了准备，会竭尽所能阻止他们的盗窃行为。哪怕借用"公义"的帮助。

他们徒步穿越了一片浓密的云杉林，其间完整合唱了三首歌。树木将阳光切成了碎片。她和妹妹们以前经常把这些倾斜的光柱称作"金手指"。四周都是她叫不出名字的树，有的完全被藤蔓包裹了，有的则像路障一样倒在地上——如此多的生命，散发出如此多样的气息，她想脱掉衣服在这里肆意蹦跳。林下灌木丛中有些小苗她一只拳头就能握住，有些就像扫帚柄，已经生长了上百年。但是支撑林冠的那些树干，粗到好几个抗议者手拉手都无法合抱。

透过森林参差的缺口，能看见远处的风景。咪咪拉着道格的袖子指给他看。在东北方向，峡谷前方无法攀登的陡壁上，林海如波浪般起伏。雾气包裹了冷杉林，就和白人的第一批船队抵达这片海岸、四处寻找海港的那天一样。但透过另一个缺口向南看，山腰上只有一片宛如月球表面般的毁灭场景——沼泽里灌满了柴油，火一直烧到连真菌也死透，然后除草剂淹没了一切，直至寸草不生，只剩下这家公司种植的速生单一人工林。她已经了解到，即使是那些速生林，最多也只能种植几轮，之后土壤就死了。从高处看过去，感觉就连山坡上蔓延的那些森林也处于交战状态。葱翠的绿块在呕吐物一般的泥泞中行进，这样的景象一直延伸到地平线。人们聚集在这里，就像无知的军团，簇拥着彼此向前走，就和他们一直以来的面目一样，至于原因却被隐藏了起来，哪怕是最激烈的那些。何时才会足够？现在，如果你相信这群一边颂唱、一边大笑的人，将要说服车辙尽头的伐木公司巡路员。现在就是第二好的时机。

道路变细了，翠绿色的森林变得浓密起来。怪物般巨大的树干令人相形见绌，也让咪咪失去了方向。苔藓长了起来，形成厚厚的毯子，覆盖了一切。就连蕨类植物的高度都达到了她的胸部。走在她旁边的男人知道各种树的名字，但咪咪太过骄傲，不肯向他咨询。尽管她已经在这个州生活了十年，尽管她一再尝试掌握野外工作指南和编制二歧检索表①的方法，但她依然分不清狐尾松和糖松的区别，更不用说分辨美洲花柏和翠柏。银杉、白冷杉、北美黄杉和大冷杉，全都像是褶边一般，让她无从辨识。还有群集的林下灌木丛——更是不可能熟识。但不知为何，她却认识沙龙白珠树、酢浆草和延龄草。但是其余的一切都像是被丢弃的沙拉一般，都是些神秘的叶片，攀爬在路边，随时准备好扯住她的脚踝。

道格拉斯指着道路左侧说道："看！"在那片蓝绿色的风景中，有七棵粗壮的树排成笔直的一排，让人觉得仿佛是闯入了欧几里得的梦境。

"怎么会？是有人……"

他笑着拍拍她的肩膀，感觉很舒服。"回想一下，往古远的过去想。"

她照做了，但依然一无所获。道格拉斯把悬念又拖长了一些。

"几百年前，清教徒们看到它们也会想：'怎么回事？我们过去看看。'然后就有一些大家伙倒了下来。木头腐烂后会形成一片完美的苗圃。许多籽苗会把它当成犁沟，就像是上帝扛着锄头把它们种成了一排！"

在她的前方，有某种东西在闪光，被斑驳的日光显露了形迹，就像露水勾勒出蛛网的轮廓那般。那是由上千个物种编织而成的密实网络，因为编得过于精巧，任何人都无法追溯。谁知道这里隐藏着什么解药呢？下一代阿司匹林，下一代奎宁，下一代紫杉醇。理由已经足够充分，这是最后一小片山林，应该被完好无损地保存下来，存在得再久一点儿。

"很不同寻常，不是吗？"

"是，道格拉斯。"

这个人曾尝试过拯救她的松林，将他的身体横在链锯和树木之间。没有他，她根本不会来这里，来这片濒临灭绝的天堂。但是有了她的资助，他狂热得像是发了疯。他对任何事物都怀有无限的勇气，那种劲头吓坏了她。他看着前方的森林两眼放光，像是尚未被完全驯服。他摇头晃脑地看着人群，神情充满惊叹，像是一只终于回到家的小狗。

"听见那声音了吗？"道格拉斯问。

她已经听了一上午了。又走了四分之一英里，那沉闷的嘎嘎声变得尖厉起来。在道路的前方，荆棘的那头，深黄色和橙色的机器将爪子插进了大地——平土机和铲土

---

① 把同一类别的动植物，根据相对性状的区别，分成相应的两个分支。接着，再将这两个分支继续分解，直到编制出包括全部生物类群的分类检索表。

机正将这条道路推向新的领域。

"噢，天哪，咪咪，看看他们在对这片美丽的土地做些什么。他们在做什么？"

前方道路的中央，横着一扇用金属棒焊接的大门。先遣部队在那里停下了脚步，横幅将他们围在中间。拿扩音器的女人说："我们要翻过这扇门，进入伐木区。这样就意味着要侵入我们正在反抗的木材厂的领地。不希望被逮捕的人就此打住。但你们的出现和发声依然重要。媒体已经开始关注你们的意见！"

掌声像是松鸡振翅的声音。

"愿意前进的，谢谢你们。现在我们就要翻门了。保持秩序，保持冷静。不要允许自己被激怒。这是一次和平对抗。"

一部分人继续朝那扇门前进。咪咪冲道格拉斯扬起眉头。"你确定？"

"当然。那正是我们到这里来的原因，不是吗？"

她不知道他说的"这里"是指国家森林边缘这片被卖给标王的土地，还是指地球这个唯一能提供保护的实体。她耸耸肩，清空所有的想法。"那我们走吧。"

再走十码远，他们就是罪犯了。机器的轰鸣声令人作呕。再走半英里，他们就要面临人类最具独创性的智慧力量。相比起不同树木的名字，她更熟悉那些金属怪兽的名字。在那片空地的下方，有一台伐木归堆联合机，正在抓取一堆小树干，砍掉它们的枝杈，将木材切成固定的长度。这样的一台机器，一天能完成的工作量，一个人类切割工团队需要一周才能达到。还有一台自装式运输拖车，正将切好的木头堆叠起来装进车厢。附近有一台单斗装载机正在拓宽路基，一台铲土机在粗略地平地，为碾压机进来做准备。她了解到，那些机器将嘴对准五十英尺高的树木后，很快就能将它们放倒在地，速度比榨汁机榨干一根胡萝卜还要快。机器将木头像牙签一样码放起来，拖去加工厂。在那里，二十英尺长的树干快速旋转，发出噼噼啪啪的声音，单刃平切锄铲只需触碰一下，就能将它们切割成连续不断的薄木皮。

前方有戴安全帽的人挡住了道路。领头人说："你们这是非法侵入。"

拿扩音器的女人说："这里是公共领地。"咪咪已经对她产生了一种校园女生般的迷恋之情。

另一个拿扩音器的人发布命令，游行者在泥土路基上扩散开来，肩并肩坐在一起，横跨在公路上。咪咪和道格拉斯挽起胳膊，和旁边的人组成一道坚固的防线。她将两只手在胸前扣紧，玉石戒指上朝向掌心的桑树浮雕压住了她另一只手的手腕。等伐木工明白过来时，他们的工作已经完成。抗议者组成的人链堵住了道路，两端的人用自行车链条将自己锁在了路边的树上。

两名伐木工一直走到抗议者用手臂锁成的人链旁。他们脚上穿的钢骨靴的靴面几乎踢到了咪咪的眼睛。"该死。"金发的那位伐木工骂了一句。咪咪看得出来，他真的很苦恼。"你们这群人，什么时候才肯长大，才肯认清现实？你们为什么不管好自己的事，我们的事就交给我们来处理？"

"这是所有人的事。"道格拉斯答道。咪咪使劲拉扯他。

"你们知道真正的问题出在哪吗？那些地方正在疯狂砍树。你们该去那些国家抗议，跟他们说，他们无权变得像我们一样富裕，看看他们会怎么想。"

"你们砍的这个是美国最后一片古树森林。"

"这些树不倒在你们身上，你们就不知道它们是古树。我们在这些山头上砍树砍了几十年了，而且我们也一直在补种。每砍一棵树，就补种十棵树。"

"纠正一下，是我一直在补种。砍一棵树，补种十棵小树苗，但你们砍的是种类多样的古树，补种的小树却只能用来造纸浆。"

咪咪看到领头的伐木工正在计算各种成本效益。资本主义有一个很好笑的特点，因为生产降速所导致的损失永远比你已经赚到手的钱更重要。一个伐木工甩了甩靴子，将一团泥浆抖落在道格拉斯的脸上。咪咪松开手臂想帮他清理，但道格拉斯用臂弯紧紧地夹住了她。

又是一团泥浆。"哦！抱歉，伙计，是我的错。"

咪咪爆发了。"你们这群暴徒！"

"和这些家伙一起受着吧，到监狱里起诉我。"

那伐木工看着抗议者的身后，只见大批警察正从林务局旁的公路上奔涌过来。他们冲破了人链，就像人手采摘蒲公英那般轻松。接着他们用手铐将冲破的人链重新连接起来。咪咪和道格拉斯被两个陌生人隔开了，两边又各锁了另外两个人。之后警察任由他们坐在泥地里，开始收拾其他的烂摊子。

"我要撒尿。"快到两点钟时，咪咪告诉一个警察。半小时后，她又对那位警察说了一遍。"我真的，真的需要小便。"

"不，你不需要，你真的不需要。"

尿液沿着她的大腿流了下来。她像野兽一般哭了起来。和她铐在一起的女人痛苦地呕吐。

"我真的很抱歉。我真的很抱歉。我忍不住了。"

"嘘，没事的，"道格拉斯隔着两个人对她说，"别想了。"她哭得更加厉害。"没事的，"道格拉斯继续说道，"我已经抱住你了，在我的脑海中。"

哭声停止了。许多年里都没有再出现。咪咪身上的气味闻着就像一个被动物撒尿做了标记的树桩，她接受了逮捕和记名警告。警局里的女警察采集她的指纹时，她感觉她已经给予了这一天的时间想要的一切。父亲去世以来，她还是第一次有这种感觉。

吻从后方来，落在雷的头顶上，他正坐在书房里看书。那些吻轻快又精准，就像线导导弹，已经成了这些日子以来多萝西的标志。每一次都总能让他毛骨悚然。

"去唱歌。"

他扭头看她。她四十四岁，但在他看来依然是二十八岁的模样。他认为，是因为他们没有孩子的缘故。虽然早已不再年轻，但她的青春之花依然在绽放，依然充满诱惑，就好像她那荒谬的美貌依然还有工作要完成似的。她穿一条牛仔裤，白色的棉线缩褶针织衫挂在她哀伤的肋骨上。外面还罩着一条淡紫色的披肩，随意地披在脖子上，她认为那里的皮肤是唯一泄露她真实年纪的地方。她的头发散落在披肩上，是光闪闪的栗子色，完美无瑕，依然保持着他们第一次约会那天，她去试镜麦克白夫人时的长度。

"你看起来真美。"

"哈！我很高兴你的眼睛欺骗了你，"她挠着他头皮上她刚刚亲吻的地方，"这里头发变稀了。"

"时间是一辆带翼的马车。"

"我正尝试想象那辆车的样子，那样的马车究竟该怎么驾驶？"

他继续转身。她一只手中拿着一本彼得斯出版社发行的乐谱集，紧紧地扣在多年跑步练就的结实大腿上。书封是浅绿色的，上面印有几个黑色的大字：

勃　斯

作曲家的名字被她完美的前臂截成了两半。下面是一行小一些的字：

德意　魂曲

音乐会的时间是六月底。届时她将与其他一百名合唱队员一起登上舞台，除了是少数几个头发还没灰白的队员之一外，她将完全被淹没在那群女人的队伍中。她们会一起唱：

　　Siehe, ein Ackermann wartet

　　auf die köstliche Frucht der Erde

　　und ist geduldig darüber,

　　bis er empfahe den Morgenregen und Abendregen.

看哪，农夫忍耐等候地里宝贵的出产，直到得了秋雨春雨。①

现在，歌唱成了一切。这是她为了最大化利用平日时间而努力养成的众多爱好之一。其余爱好还包括游泳、救生术、木炭和蜡笔绘画。与此同时，他却退回了书房大本营。他工作的时间比以前更长了，心中隐隐希望能为他们再买一个家，一个更漂亮的地方。即便不能位于群山的环绕之中，那至少也要在一个能让人想起大自然的地方。

"你们彩排得够频繁的啊。"每周两次彩排，每次持续两小时，她从未缺席过一次。

"很好玩。"她已经认真准备了好几周了。事实上，她准备得那样用心，今晚她就能将整部安魂曲从头到尾唱下来，并且足够胜任每一个声部。"你确定不来吗？我们需要更多男低音。"

这句邀请让他感到前所未有的震惊。如果他真答应了，她会怎么做？"也许秋天再去吧，为了莫扎特。"

"你手头的工作够你今晚忙的吗？"

人们就是喜欢这样——在他人的生活中解决自己的问题。他笑了。"眼下够我忙的。我在跟这玩意儿搏斗呢，"他举起手中的纸页给她看。"树木是否应该有身份？"她读着文件的标题，蹙起了眉头。雷在审读之间也困惑不已。"他似乎想说，法律的不足之处在于，它只承认人类受害者。"

"那算是问题？"

"他想为非人生物也赋予权利。他希望树木的知识产权能得到回报。"

她假笑起来。"这可对生意不好，是吧？"

"我不知道是该大笑着把这份文件扔到房间那头去，还是把它点燃自杀。"

"决定后告诉我。我十点后回来，不会迟于十一点。你要是困了，就不用等我。"

"我现在就已经困了，"他又笑了起来，仿佛刚刚说了什么笑话，"你穿得够暖吗？今晚天气会很冷。把大衣扣好吧。"

她在门口停下脚步，那样的时刻又降临了。怒意突然上涌，他们想要挫败彼此。"我不是你的财产，雷。我们有过协议。"

"你这是干什么？我没说你是我的财产。"

"你当然说了。"她说完就离开了。门重重地拍上后，他才跳了起来。大衣，扣

---

① 即上文德语诗行的意思。出自勃拉姆斯的《德意志安魂曲》第二乐章，引自《圣经·雅各书5：7》。

子，疾风劲吹。照顾好你自己。你是属于我的。

她驾车离开桦树街往西去了，街道的两边，枫叶红艳如火。他没有看车尾灯，也没关注她在何处转弯。这对他们两人都是侮辱。她很聪明，肯定会先去彩排的礼堂。而且，头天晚上他已经站在窗口观察过她的车尾灯了。所有的事他都做了，所有疯狂的、令人恶心的事。寻找她电话账单条目中未知的电话号码。搜寻她头天晚上穿过的衣服的口袋。在她的手袋中寻找票据。但是他没有找到票据。他就像身处法庭上，按字母顺序从A到Z排开的证据都在展示他的耻辱。

他的怀疑已经持续数周，而且很早以前就演变成了自由坠落运动，比他们年轻时代玩的跳伞运动还要可怕许多倍。发现真相的恐慌很快就增厚变成了悲伤，就是母亲去世时他所感受到的那种悲伤。接着悲伤变形成为美德，是他秘密护理数周的结果，最后美德因为自身的爆炸式增长而崩塌，变成了固定不动的痛苦。每一个问题都是一种自发的蠢行。谁？为什么？多久了？以前的频率如何？

就算大衣的扣子敞着，又有什么关系？现在他只想要平静，想在她身边待得再久一点儿，久到无法继续，直到她为了惩罚他的发现而摧毁一切。

她将车停在礼堂的后面。她甚至还进去待了一分钟，时间没有长到足够作为不在场证明使用，她觉得那样会过于疯狂。当那一百名合唱队员走上合唱台时，她从后门溜了出去，仿佛是要回车上取东西一般。一分钟后，她走上了被雨水淋湿的街道，寒冷却给人以鲜活感，心脏狂跳。她准备去把事情做完，有好几种不同的方法，长久，充满爱意，毫无意义，没有契约责任，由一个她根本不认识的男人来完成。

她要去干坏事了，再一次干坏事，愚蠢的坏事。她从没想过她会做这些事。新鲜事。她要更多地了解自己——多到吓人，以极快的速度，充满喜悦。她喜欢什么，不喜欢什么，当她不用为了礼仪而慢慢吞吞地撒谎的时候。将过去的三十年统统丢进没有热度的火焰之中。这样的想法将她击得粉碎——真是神奇。她被淋湿了，而且她确实是靠着自己的双腿快速地走过来的，就像青涩的十六岁女孩，她看到那辆黑色宝马车就停靠在路边，于是钻了进去。

四十八分钟的荒野实验。结束后她很快就难以回想起来。或许他确实给她用了些药，为了消遣。她记得她张开膝盖坐在那张巨大的床上，笑得像个妇女联谊会上喝醉了酒的公主。她记得她变得庞大，充满诗意，像个女王，无比庄严，变成勃拉姆斯的一段旋律。接着又落回到双腿和肺叶的痛苦之中，像个长跑运动员。她记得他用手指触碰她，在耳边轻言细语——说的是一些含混不清的音节，充满危险性，也含有崇拜，令人兴奋，她未及辨认清楚，就都吞了下去。

在那片起伏的大海上，就和上周时一样，她脑海中时常跳出她最爱的通奸小说中的情节，细节详细至极。她记得她心里想着，现在我是我自己那部悲剧故事的女主角了。接着是一个漫长而温柔的晚安之吻，在路边的黑色轿车之中，距离礼堂三个街区远的地方。沿着湿滑的人行道走出十步，她就将整个冒险变成了想象中的故事，变成了只有书本中才会有的情节。

她返回礼堂，登上合唱台，时间还很充裕，于是她开始等待合唱的时机，此刻是男中音在唱："我如今把一件奥秘的事告诉你们，我们不是都要睡觉，乃是都要改变，就在一霎时，眨眼之间。"①

雷一点儿一点儿地咬着晚餐——开心果和一只苹果。阅读速度很慢，所有的事情都在分他的心。他盯着苹果核的底部，意识到花萼——这辈子他永远都不会认识的一个词——指的不过是苹果花枯萎后残余的部分。词汇太过复杂，一分钟他就要查三次字典，然后等待真相像砸穿屋顶跳进来的橡子一般突然降临。但没有任何东西掉下来杀死他。发生的只有空无，而且它力量巨大，耐心惊人，一直在持续发生。空无发生得如此彻底，所以他看了一眼手表，疑惑多萝西怎么还没回家，但他震惊地发现，她离开才不到半小时。

他低下头，将注意力集中在纸页上。这篇文章让他感到痛苦。树木应该有身份地位吗？这篇辩论文章观点独到，如果是上周的这个时候，验证它是否有道理还可以成为一项很棒的晚间运动。什么东西可以被人拥有？又该被谁拥有？权利意味着什么？为什么在所有的星球上，只有人类拥有？

但是今天晚上，文字在游泳。八点三十七分。曾经属于他的一切都在坠落，而他甚至不知道，是什么导致了这场灾难。这篇文章逻辑糟糕，读得他筋疲力尽。儿童，妇女，奴隶，原住民，疾病，精神病和残疾人：他们在过去的几百年里都发生了难以想象的改变，被法律赋予了人的身份。那么为什么树木、老鹰、河流和活生生的高山就不能起诉人类的盗窃行为，以及他们所带来的无止境的破坏？这整个想法都堪称一场噩梦、一场正义的死亡之舞，就像他现在的生活一样，他手表的分针拒绝走动。在这一刻，他整个的职业生涯——保护那些有权增长的财产——都开始变得像是一场漫长的战争犯罪，一旦革命发生，他似乎会因此而入狱。

该提议听起来一定很奇怪，甚至让人觉得可怕或是可笑。部分原因在于，除非那些无权的事物拥有权力，否则我们都只会认为它们只能为"我们"所用，而所谓的"我们"也便是此刻拥有权力的人。

---

① 出自《德意志安魂曲》第六乐章，引自《圣经·哥林多前书15：51-52》。

八点四十二分，他要发疯了。现在他愿意做任何事，只要能骗过她，让她以为他一无所知。她的疯狂发作完毕后自然会平息。是疯狂将她变成了这副他认不出的模样，但那疯狂总会燃烧殆尽，然后再一次离她而去。愧疚将会让她恢复理智，她会记起每一件事。他们共同度过的岁月；他们去意大利的经历；他们从飞机上跳伞的记忆；她忙着读他写的周年纪念信，把车子撞到了树上，傻点儿杀死她自己的那天；还有业余的剧场演出，他们一起种下的植物，他们一起开辟的后院。

溪流和森林不能拥有身份地位，因为溪流和森林不能说话，这种说法是不正确的。公司也不能说话；联邦各州、庄园、婴儿、智力障碍者、自治市、大学也都不能。律师帮他们发言。

关键在于，永远都不能让她知道，他已经知道了。他必须表现出快乐、聪明、滑稽的样子。一旦她察觉，他们两个都会被毁掉。她可能永远都无法获得宽恕。

但是隐瞒会让他生不如死。除了诚挚的麦克德夫，他永远都无法扮演任何人。八点四十八分。他试着集中精力。这个夜晚无限拉长，前方仿佛还有两场连续的无期徒刑。只有这篇论文陪伴他，折磨他。

我们不只想要满足自身的基本生物需求，还想将我们的意志强加在其他生物之上，把它们物化，把它们变成我们的财产，操纵它们，把它们放在心灵世界的远方，是什么让我们产生了这样的需求？

那篇文章在他的手指下闪烁。他无法阅读，无法判定它是杰作还是垃圾。他的整个自我都在消融。他所有的权利与特权，他所拥有的一切。从他出生起就被赋予的一份大礼被拿走了。那是一项盛大、放纵的自欺行为，一个彻底的谎言，康德宣称："至于说到非人类，我们并不负有直接的责任。所有的存在都只是结局的工具。而那结局就是人。"

驾车回家的途中，她感到无限的恶心。但即便是恶心，感觉也是自由的。如果一个人能看到自身最糟糕的一面……如果一个人能完全真实、彻底地了解自身的真实面目……现在她已经获得满足，所以就又开始渴求纯粹。到了斯内林后，她抬头看着沐浴在路灯光芒中的后视镜，她发现她的眼睛在躲避自己鬼鬼祟祟的窥视。她想着：我要停下来，回归我的生活。体面的生活。没必要将一切都结束在火焰之中。音乐会演出的时间即将到来，会耗尽她所有额外的精力。结束后，她可以找些别的事来填满她的生活。来让她保持理智和清醒。

到列克星敦了，距离家门还有十个街区，她计划着再来一剂。一次就好，提醒她记住在这片高山大陆上滑雪是什么感觉。她不会感伤。她会保留这种沉溺的感觉，不去寻找可怜的解决方法。她不知道是什么上了瘾：她的身体还是心灵。她只知道，她会追随自己的想法,无论要付出怎样的代价。等她拐回家门口的那条绿荫峡谷时,她已经再次平静下来了。

她走进门,脸冻得通红。关门时,披肩滑了下来。《安魂曲》的乐谱从手里掉落在地上。她弯腰拾起,等她再次直起身时,他们的目光交汇了,泄露了一切。恐惧,蔑视,恳求,野蛮。想重新回到家中,和一位老朋友一起。

"嘿!你还没离开那只椅子。"

"彩排顺利吗?"

"最成功的一次!"

"我很高兴。你唱哪个部分?"

她穿过房间来到他的座椅旁。按照他们的老节奏。她拥抱了他,动作相当慢,而且搭配了表情。不等他站起身,她就溜进了厨房,她闻了一下,身上混合着盐和漂白粉的气味。"我快速冲个澡就上床。"

她是个聪明的女人,但对于明摆着的事从来没有耐心掩饰。她并不相信他有能力进行简单的观察。她冲了二十分钟,然后走出浴室,练习她的勃拉姆斯。

她穿着孔雀图案的睡衣上床,因为热水澡的缘故,她的身体滚烫,重新恢复了活力。她问:"你读得怎么样了?"

他需要一段时间来回忆他整个晚上都读了些什么。人们需要的是神话……

"很难。我完全无法集中精力。"

"唔,"她翻身侧躺着,面朝他闭上了眼睛,"给我讲讲。"

正如有些人所说,我们可能会认为,地球是一个有机体,人类只是其中的一个功能部件——或许是大脑。我想那一天应该不会太远了。

"他想赋予一切活物权利。他宣称,为树的发明创造付费,将让整个世界变得更加富裕。但是如果他是对的,那么我们的整个社会体系……我一直以来忙碌的一切……"

但是她的呼吸已经变了,她的意识飘走了,就像一整天取得了许多全新发现的婴儿。

他关了床头灯,转过身去。她在睡梦中仍在低声说着什么,手紧紧地抓着他,吸取着他的背部散发的暖意。她赤裸的手臂搭在他身上,他爱这个女人,他和她结了婚。有趣、狂热、野性、难以驯服的麦克白夫人。大部头小说的爱好者。敢从飞机上往下跳的人。他所认识的最棒的业余演员。

守护人和银杏在红杉林的深处。他拖着一包口粮。她一只手举着营地的摄像机，另一只手则紧紧地抓着他的手臂，像是扒着救生艇穿过海峡的游泳者。她时不时地会抓住他的手腕，指给他看某个彩色的东西，或是超出他们理解能力的东西。

昨晚他们幕天席地，睡在泥海中一座边缘长满蕨类的小岛上。他睡的是一只五十年代的充满尿骚味的睡袋，她睡另外一只，头顶的树林温暖，庞大，而且也睡着了。

"你冷吗？"他问。

她回答不冷。他相信她。

"身上酸痛吗？"

"说不上。"

"害怕吗？"

她的目光在说，为什么问？嘴巴却在说："我们应该害怕吗？"

"洪堡木业势力庞大，雇有几百号人，拥有几千台机器，母公司是一个拥有几十亿美元资产的跨国集团。所有的法律都是站在他们那边的，还有美国人民的支持。我们只是一群无业的破坏者，在树林里露营。"

她像个小孩子一样微笑着，仿佛刚刚问了一个可笑的问题，能否通过地球内部的隧道前往中国。她将手伸出睡袋，钻进他的睡袋。"相信我。我得到了最高权威的指示。伟大的事情即将发生。"

她睡着了，手还留在他们之间，像一根导线。

他们沿着一条之字形道路下坡走进一条远处的排水沟，后来小路变成了一条流淌着泥浆的河。两英里后，小路消失了，他们两人只能在丛林中开路。阳光穿透树冠洒落下来。他看着她横穿过一片开满形状花朵的酢浆草。根据她自己的说法，就在几个月前，她还是一个粗鲁、自恋的蠢女孩，总是筋疲力尽，还有药物滥用问题，最后从大学退了学。现在她是——什么？一个与自己的人类身份和解了的人，而且与迥异于人类的东西结了盟。

红杉林在做一些奇怪的事。它们发出低哼声。它们发射出力量弧线。它们长出各种奇形怪状的树瘤。她抓住他的肩膀。"看那边！"十二棵树像使徒一样围成一个圆圈，就和几十年前一个下雨的礼拜天，小尼克用一只量角器画出来的圆圈一样浑圆。祖先死去之后，又有十二棵无性繁殖的树从地下长了出来，围绕着那个空旷的中心，围绕着那个罗盘。尼克的脑海中划过一个信号：如果有一个人能雕刻出这些树中的任意一棵,就按照它们站在那里的样子雕。光是那一件作品就足以成为人类艺术的地标。

沿着铺满鹅卵石的河岸下行,他们遇到了一棵倒在地上的参天大树,光是横截面就比奥莉薇亚还高。"我们到了。就在右边,N母亲说过。这边走。"

他第一个看见了它:是一片拥有六百年历史的树林,根根树干拔地而起,一直伸展到目力所不能及的高处。它们就像一根根圆柱,支撑构成了一座黄褐色的大教堂中殿。这些树已经古老到无法移动。但是它们的沟纹上被白漆喷上了数字,就像有人给一头活着的母牛画上屠夫切肉用的标记,以显示下方隐藏的不同区域的肉。那是大屠杀将要发生的顺序。

奥莉薇亚将手提摄像机举到脸上,然后开始拍摄。尼克摔倒在背包上,失重般滑了几步远。各种装满颜料的瓶瓶罐罐从背包里掉了出来。他将它们摆在一小片长满嫩木贼草的地上:有六种颜色,横跨光谱的各个区域。他一只手拿起樱桃红,另一只手拿起柠檬黄,朝一棵被标了数字的树干走去。他看着树干上白色颜料的笔触,研究了一会儿,然后举起颜料瓶,喷了起来。

之后,他们会对她拍摄的录像进行剪辑,配上画外音,寄给"生命防御力"地址簿上记录的每一位持相同观点的记者。但此刻,录像的背景音是森林里上百个喊叫的声音,以及——你是怎么做到的?——话筒里传来的惊叹。尼克返回放颜料瓶的空地,又拿起两种色彩。他开始涂画,然后退后几步,评估画作的效果。他画出的物种就和博物馆收藏柜里的那些一样,充满野性。他走到下一棵被涂了数字的树木旁,再次开始作画。很快,树干上的数字全部消失了,认不出来了,都变成了蝴蝶。

接着,他走到那些只简单打了一个蓝勾的树干旁。那样的勾随处可见,只用简单的一笔就宣判了树木死刑。完成后,他继续在那些没有标记的树干上作画,直到最后完全无法分辨,哪些树是做了标记要被砍掉的,哪些只是碰巧长在旁边。下午即将过去;他们两个都已经习惯了森林时间,早已不再计时。工作马上就要完成了,再有一眨眼的工夫。

奥莉薇亚举着摄像机追拍这片变形后的树林。这片曾经只代表着测量数值和砍伐前景的树林,这个用冷酷无情的数字标记的项目,现在只剩下一片弄蝶、凤蝶、大闪蝶、细纹蝶、蛇目蝶的图案。它可以是一片神圣的冷杉树林,长在墨西哥的山间,蒂芙尼公司设计的昆虫饰品可以迁徙到那里繁衍许多代。因此,他们两个人只用了一个下午,就让六名评估人和测量员一周的工作成果化为了灰烬。

在那段尚未剪辑的录像中,有个声音在说:"他们会回来的。"他指的是在树上编号的人,他们会用一种更加完善的方法,再次为他们选中的树木打上标记。

"但是这些图案真美,够他们忙活了。"

"或许吧,也有可能伐木工会直接过来,砍掉所有的树,就像他们在海雀树林里干的一样。"

"我们现在有录像。"

她的这句话被录了下来,从她音乐般婉转的声音中,你能听得出来,她相信情感能解决自由问题。接着录像结束了。没有人看到接下来这两个人之间发生了什么,在那片森林中,在那两条长满蕨类和玉竹的河岸之间。没有人,除非你算上那里的无数隐形生物,它们穴居在地下,爬在树皮里面,蜷缩在树干上,蹦跳在树冠之间。还有那些巨大的古树,它们将自己释放到空气中的数十亿微粒又重新吸进了体内。

丹尼斯的卡车在崎岖不平的碎石路上艰难行进,帕特丽夏在四分之一英里外就听见了声音。车声让她欢喜起来——她甚至没有察觉自己的欢喜。轮胎摩擦地面和急速旋转的声音让她心情愉悦,就和空地边缘的黄眉林莺发出的吱吱声一样。那辆卡车也是一种珍稀的野生生物,尽管它每天都来,像阵雨一样准时。

她慢步走到路边,感觉过去的二十分钟里,她等得十分焦急。他会送来午餐,是的,还有邮件,承载着她与外部世界的各种联系,比如科瓦利斯实验室寄来的新数据。但此刻丹尼斯才是她的灵魂之需。他稳定她的心绪,他总是耐心倾听,而她经常会产生一种愉悦的惊恐,二十二个小时才见一面,是不是相隔太久。她走到已经熄火的卡车旁,退后几步让他开门。他伸出粗壮的手臂环住她的腰,用鼻子蹭她的脖颈。

"丹,我最爱的哺乳动物。"

"宝贝,等着看我们的好东西。"他将邮件递给她,然后抓起冷藏箱。两人肩并肩爬坡回到小屋,一路上谁也没说话。

她坐在门廊上的电缆线轴桌旁,用拇指翻看邮件,他则在一旁准备午餐。那些技巧娴熟的诈骗犯是怎么找到她的住址的?有一封诈骗邮件上写着:"关于阁下保险的重要信息。请立即打开!"她已经远离商业社会几十年了,但当她坐在小屋里读梭罗的时候,她的名字却成了热门商品,被无止境地买来卖去。她希望买她信息的人没有花太多钱。不,她希望他们也遭到敲诈。

没有科瓦利斯实验室的信息,但是有她的经纪人寄来的一个包裹。她把它放在餐盘旁边的木板上。丹尼斯盛出两条填了馅料的诱人小虹鳟鱼。

"一切都好吗?"

她点点头,又立刻开始摇头。

"里面没有坏消息吧？"

"我不知道，我无法拆开。"

他分了鱼，然后拿起包裹。"是杰姬寄来的，有什么好怕的？"

她不知道。法律诉讼、惩罚，总之是公务，应该立刻拆开。他将信封递给她，还在空中挥了下手，轻轻向她输送勇气。

"你对我真好，丹尼斯。"她将手指塞进信封的封口处，撕开后许多东西撒了出来。有评论文章、转递的读者来信，还有杰基写来的信，后面还附了一张支票。她看到支票尖叫起来。支票滑落下去，面朝下落在总是潮湿的地上。

丹尼斯捡起支票擦干净，吹了声口哨。"天哪！"他瞪大眼睛看着她，"他们是点错小数点了吧？"

"还点错了两位！"

他笑得肩膀都颤抖起来，就像他那辆古董卡车经过一夜冰冻想要重新启动时一样。"她告诉过你，书卖得很好。"

"一定是弄错了，我们必须把钱还回去。"

"你做了一件好事，帕蒂。人们喜欢做好事的人。"

"这不可能……"

"别紧张，没那么严重。"

但事实确实如此。那笔金额比她这辈子在任何一家银行的存款都多。"那不是我的钱。"

"这话怎么说的，不是你的？你为了那本书忙了七年！"

她没听见他的话。她在听风吹过桤木的声音。

"你随时都可以放弃的。写一张支票，捐给美国林业局，或者捐给那个栗子树逆代杂交复活计划，你也可以把钱投给研究团队。好了，来吃鱼吧，我花了两个小时才抓到这几个家伙。"

午餐过后，他给她念书评。不知怎的，经过丹尼斯广播电台主持人一般的男中音朗读，评价听起来都是好评，都表达了对那本书的赞赏。有人说：我不曾意识到。有人说：我开始发现各种事物。接着他给她念读者来信。有一些只是想要感谢她。有一些人把她误当成所有树木的母亲。有一些让她觉得自己是寂寞芳心小姐：我家后院有一棵大果栎，历史一定有二百年了；去年春天，树干的一侧开始生病；看着它慢慢死去，我实在是痛苦难耐；我该怎么办？

许多人都提到了奉献树的事——那些古老的花旗松，在生命的最后，将它们全部的次级代谢物都还给了群落。

"听见了吗,宝贝?'你让我开始思考,另一种形式的生命。'那句话应该是称赞吧。"

她笑了起来,但听起来像是被困陷阱的山猫。

"噢,听好,这里有条重要信息。邀请你去参加全国听众最多的一个电台节目。他们想做一个系列节目,聚焦地球的未来,需要有人代表森林发言。"

她听着他的话,像是身处咆哮风暴中一棵高大的花旗松的树顶。人类的产业无所不在。人们对她有所求。人们误把她当成了别的某个人。人们想一把将她拉回那个被他们误称为"世界"的地方。

摩西疲惫地走进大本营。活动在各地展开,过去的半周以来,他们已经有十三个人遭到逮捕和拘留。"我们有一棵古树需要配备人手。有人愿意爬到树顶待一小段时间吗?"

守护人还没听懂摩西提出的要求内容,银杏就举起了手。她脸上的表情像是在说:对了,终于到这一步了。

"你确定?"摩西问,他刚刚提出的要求正是光之幽灵们的预言内容。"你至少要在上面待几天。"

她一边打包一边安慰尼克。"如果你觉得你在地上能做的事更多……我自己能行的。他们不敢伤害我的。想想看,还有媒体呢!"

她不在的话,他是不会好的。道理就是这么简单,这么荒诞。他没有告诉她。形势再明显不过了,尽管他最后还是犹豫着点了头。她当然明白,她甚至能听见不在此处的幽灵的声音,自然也就能听见他横冲直撞的思绪,听见血液在他耳郭中撞击的声音,甚至比无尽的雨声还要清晰。

先翻过门的是他们的背包。接着才是他们——银杏,守护人,以及他们的向导洛基,他已经在地面上支援这棵树好几周了。他们的双脚重新踏上了洪堡木业的领地,这一次是怀有犯罪意图的非法入侵。背包很沉,山路很陡。连绵数周的雨已经将山路变成了土耳其咖啡。几周前,他们的体力都还不足以走完三英里。即便是此刻,在这种海拔的地方,五英里走下来,守护人还是喘得厉害。他对此感到惭愧,于是故意落在后面,好让她听不见他的气喘。小路爬上了一座泥泞的陡壁。背包的重量和软烂的稀泥把他直往下拉，每走一步都像是要撑竿跳。他停下来喘气，雨夹雪扑面而来。银杏在前方高处稳步前进，活像是神话中的兽类。力量从铺满针叶的大地涌入她的双脚。每走一步，泥泞都让她体力恢复如初。她是在跳舞。

尼克出于怯懦，往背包里塞了一块石头。他不想被捕。他不恐高。驱使他爬上这座悬崖的是爱。而她却想要拯救活着的每一样事物，是这种需求让她充满了能量。

洛基伸出手。"看见那道闪光了吗？是秃鹰和火花。他们听见我们的声音了。"他用手抹了一把嘴唇，然后啐了一口。高处森林里又划过一道闪电，急不可耐的样子。洛基被逗笑了。"那两个混蛋已经等得不耐烦了，迫不及待想回到地上来。你们看得见吗？"

尼克准备好了，他甚至从未离开过大地。他们沿着车辙艰难地爬完最后几百码。灌木丛中出现了一个影子，庞大到不像是真的。

"就在那儿，"洛基不知所谓地说，"那就是米玛斯①。"

尼克嘴里发出了一些声音，是一些松散音节，意思是：噢，我绝望的耶稣啊。这几周里，他也见过一些巨大的树，但从没见过这么大的。米玛斯的树干直径比他高祖父的那座旧农舍还要宽。此刻正值日落，在暮色的包裹中，他们像是在觐见神明，感觉是那么原始，他们像是在领受福报。那棵树像孤峰一般拔地而起，仿佛忘了停顿。从下面仰望，它就像是北欧神话中的世界之树，根系深扎在地下世界，冠冕高悬在上空。直到离地二十五英尺的高度，才伸出一根侧枝，光是那侧枝也比赫尔家的栗子树还要大。继续往上，还有两根侧枝伸展开来。整棵树看起来就像是遗传分类学，生命之树进化历史的一次演练，在漫长的岁月里，在高高的空中，一个伟大的想法分裂引出一整个全新的家族支脉。

守护人走到正抬头凝望的银杏身旁，想着现在后退是否已经太晚。但是即便不停地有闪电划过，她的脸庞依然闪烁着坚定的神采。从她将车开上他在爱荷华州的那条碎石车道的那一刻起，就已经成为她身体一部分的所有那些激情，此刻已经耗尽了，取而代之的是一种笃定，一如猫头鹰孤独的召唤那般纯粹而深刻。她张开双臂拥抱满布沟纹的树干，简直像是跳蚤想要拥抱寄生的狗。她歪着头仰望巨大的树干。"我不能相信。我不能相信，面对这样伟大的造物，除了赌上我们的身体，我们竟然没有其他保护它的方法。"

洛基说："如果不涉及经济损失和人身伤害，法律根本连眼都不想眨一下。"

在树干的底部，两个巨大的树瘤之间，有一个树洞，里面是一座用木炭衬砌的鹅圈，空间足够大，够他们三人今晚过夜。树干的高处，有煤烟熏出的黑色记号，是火

---

① 希腊神话中的一位巨人。

焰烧出的疤痕，时间应该在美国建立以前。树冠低处有一条裂缝，是闪电袭击留下的印记，还很新，还在渗出树液。从高空中看不见的地方，纠缠的树叶丛中，传来了欢呼声，是留在上面的两名队员发出的。他们都已经筋疲力尽，今天晚上，他们想回到干燥、温暖、安全的地方，休息几个小时。

有某种东西从上面翻滚着落了下来。守护人大叫一声，将银杏拉到一旁。一条蛇掉落在林中地面上。是一条比守护人食指还粗的绳索，摇晃着悬在空中，后面是一根竖杆，粗度也超过了他的视野。

"这东西有什么用？拴背包吗？"

洛基笑了起来。"给你们爬树用。"他用绳索打成的环结和钩环做了一个挽具，然后开始把挽具的腰带往守护人的腰上缠。

"等等，是什么材料的绳索？是人造纤维吗？"

"有些磨损，别担心，负担你体重的不是这些人造纤维和胶布。"

"不，负担我体重的是这根细细的鞋带。"

"比你重许多的人，它也运过。"

奥莉薇亚走到争吵的两人之间，穿上了挽具。她自己拉紧腰上的系带。洛基用钩环将她锁紧，然后用两个可以滑动的普鲁士结将她系在攀登绳上，一个系在她的胸部，一个给她做脚蹬。

"看见了吗？你的体重会把绳结紧紧地系在绳索上，就像一只只小拳头。但是当你松开时……"他将一个活结往绳索上面推，"在脚蹬上站起来。将胸口的活结尽量往上推。向后靠，让它负担你的体重。然后往挽具里面坐，将脚蹬尽量往上滑。接着重新站起来。重复这个过程。"

银杏笑了起来。"就像毛毛虫蠕动的动作？"

正是。她慢慢地开始动了起来。站起身，向后靠，坐下。站起身，继续动，像是在攀爬空气中一条隐形的梯子，用自己造的立足点将自己往上拉，直到离开地球表面。守护人站在下方，看着她凭着直觉移动，快速地升上天空。她的身体在他上方扭动，他感到一种亲密感，心里一阵兴奋。她是北欧神话中栖息在世界树上的松鼠拉塔斯托克，在地狱、天堂和此地之间传递信息。

"她很自然，"洛基说，"她在飞。她二十分钟就能登顶。"

她做到了，尽管抵达时她身体的每一块肌肉都在发抖。登顶后，上面有欢呼声相迎。而在下方的地面上，尼克心中充满嫉妒，所以当挽具再度落下后，他立刻钻了进去。攀升了大约一百英尺后，他才觉出紧张。这条绳索不可能负担得了他。它在抽搐，发出了奇怪的尼龙绳一般的呻吟。他仰起脖子，想看看还有多远。永远那么远。接着他犯了个错，他低头向下看了一眼。洛基在下方慢悠悠地转圈，面孔朝向，像是一朵小小的美洲七瓣莲，即将被踩在脚下碾得粉碎。守护人的肌肉开始发抖。他闭上眼睛，小声说：“我做不到。我死定了。”他仿佛听到嗖的一声，他的双腿在无限下坠。两小团呕吐物从他的喉咙涌了出来，落在他的风衣上。

但是奥莉薇亚在说话，声音就在他的耳畔。"尼克，你已经做了这么多。好几周以来，我都看在眼里。伸手，"她说，"蹬脚，坐，推绳结，站。"他睁开眼睛，看着米玛斯的树干，这是他有生以来见过的最大、最强壮、最粗、最古老、最笃定、最理智的生物。它是五十万个白天和黑夜的守护人，它想要他爬上它的冠顶。

登顶后，大家吼叫着向他致意。上面的人用两个皮带绊将他系在树上。奥莉薇亚则在绳梯连接的平台上蹦蹦跳跳。秃鹰和火花早已告诉她在树上要遵守的每一条条款。此刻他们只想在夜幕降临前下到地面去。接着他们就沿着绳索下了树，与洛基会合后，他们向上喊话，声音穿透慢慢渗入的黑暗传上来："几天后会有人过来换班，在那之前，你们需要做的，就是待在上面。"

之后，树上就只剩下尼克和这个征用了他的生活的女人。她拉起他那只因为握得太紧依然没有放松的手。"尼克，我们到了，我们在米玛斯上。"

她念出这棵树的名字时，仿佛它是一位老朋友，仿佛她已经和它畅谈了许久。他们挨着彼此，坐在被松针刺破的黑暗中，在两百英尺的空中，秃鹰和火花所谓的大舞厅里。这个平台的面积有七乘九英尺，是用螺栓将三扇门板拴在一起拼成，三面都有可滑行推动的油布墙壁。

"比我在大学的宿舍还大，"奥莉薇亚说，"而且也更舒适。"

在下面的一根树枝上，用绳梯可达的地方，有一块小一些的胶合板平台。上面摆放着水桶、储水罐，还有一个可密封的桶，那里是浴室。在头顶六英尺高处的另一根树枝上，搭着另一块平台，可用作食品室、厨房和小房间。那里存满了水、食物、油布和补给品。还有一个吊床悬挂在两根树枝之间，像一个摇篮，实际却是一个公共图书馆，里面藏书很多，都是之前的轮班人留下来的。这座共有三层的树屋位于一个巨大的分叉上，是几百年前树干被闪电击中劈出来的。每当微风吹来，树屋就会轻轻摇晃。

一盏煤油灯照亮了她的脸。他从没见过她如此坚定的表情。"过来，"她牵着他的手腕，引导着他靠拢些，"过来，近一点儿。"仿佛他有远离这个选项一般。她牵着他，仿佛已经确定了生命对她的所求。

夜里，有某种柔软又暖和的东西在轻轻地擦着他的脸。他想，是她的手，或者是她靠在他身上时，头发落了下来。睡袋就像晕船时听到的舒缓的威尼斯船歌，让人觉得像是受到了祝福——这个用皮带绊保证安全的住所充满了爱意。一只爪子扫过他的脸颊，恶魔们用假声发出了沉闷的嗡嗡声。守护人一跃而起，大叫起来："该死！"他往平台的边缘冲去，但是安全锁拉住了他。他一拳打在幻觉般的油布墙上，一些活物尖叫着钻进了树枝。

她迅速起身，抓住他的胳膊。"尼克，停下来，尼克，没事的。"危险碎成了小的碎片。他听到一阵吱吱的叫声，接着才慢慢听清她说的话，"是鼯鼠，它们已经在我们四面转了十分钟了。"

"天哪！为什么？"

她笑着安抚他，拉着他重新平躺下来。"你得自己去问，如果它们还回来的话。"

她紧贴着他，肚子挨着他的后腰。睡意不肯降临。在这样高的地方，也有生物在生存，它们离人类如此遥远，因此从不知恐惧为何物。而尼克因为天性中的疯狂，在爬上树屋的第一夜，就教会了它们。

光芒汇聚成片片斑块，落在他的脸上。他几乎没睡着，但还是以一种勤勉工作的人才会有的容光焕发的样子起床了。他翻身侧躺起来，掀开油布。光谱里所有的色彩都涌了进来，从蓝到棕，从绿到金。"你看那边！"

"我看看，"她的声音迟钝却热切，就在他的耳畔，"哦，天哪。"

他们就像坐在高空钢索上的测量员，一起观看这片新发现的土地。眼前的景象敲裂了他内心的桎梏。云，山，世界之树，还有雾——所有那些为故事写下开端的复杂、稳定的造物——让他呆坐在那里，哑口无言。从米玛斯的主干上生出来的枝干，平行地伸展开去，宛如佛陀举起的手指，仿佛是对母亲树的一些小小补偿，上面的树枝也一遍又一遍地复制自己，彼此交错，形成令人眼花缭乱的迷宫，难以分辨每一根的轮廓。

雾气笼罩了树冠。透过米玛斯冠顶的开口，能看到附近树木的尖顶在薄雾中打旋，宛如中国的风景。浅灰色的雾气比其中刺探而出的灰绿色树尖更有实感。周围的一切都如同幻影，像是发生在奥陶纪的童话故事，仿佛这正是生命走上陆地的第一个早晨。

守护人掀开另一面油布，将其推到绳索滑竿的一端，然后抬头往上看。只见米玛斯又继续往上伸展了几十英尺——闪电劈断这一根枝干后，其余枝干接替了它的位置。冠顶枝叶缠结在一起，消失在云层的低处。真菌和青苔生得到处都是，像是从天堂的颜料罐泼溅出来的。他和银杏坐在这里，就像高居在纽约的熨斗大厦上。他向下看，森林的地面简直就像小女孩用橡子和蕨类制作的玩偶屋里的场景。

他想到掉下去的后果，吓得两腿直发抖，于是将油布重新盖好。她看着他，他的动作在她浅褐色的眼眸中显得那么愚蠢，逗得她咯咯笑了起来。"我们终于做到了。它们需要我们在这里。"她的样子就像有人在召唤她，要她帮助生命四十亿年的进化历程中所创造过的最奇妙的产物。

偶尔能看到一些孤零零的树尖，从巨树的合唱团中挺立出来。它们看起来就像绿色的雷暴云砧，或者火箭羽流。在低处很远的地方，周围树木中最高的那些看着像是有一些年头的翠柏。只有在此刻，身处这离地七十码的高处，尼古拉斯才能估量出那些老树的真实尺寸，应该比世界上最大的鲸鱼还要大五倍。巨树森林伸展向下，一直蔓延到他们三人昨晚攀登的那条峡谷。在中景位置，森林扩展得更加宽广，变成了一片更加浓密和深邃的蓝色。他已经仔细观察过那些树林和雾气。四面八方的树林都在拍打低矮、湿润的天穹，而其中的树木也正是云雾帮助滋养孕育的。高空中伸展的一簇簇针叶——树皮更加粗糙、多瘤，与地面那些光滑的相比，几乎不像是一个树种——小口啜饮着雾气，将水蒸气冷凝成水，筛分过后沿着大小树枝滚落下去。尼克望向上方的厨房，那里的集水系统正连续不断地工作，将水滴都收集进一只瓶子。他昨晚还觉得那个无中生水的系统很有独创性，但与树木的创造相比，那套系统却显得那样原始。

尼古拉斯看着这戏剧般的场景，仿佛在用大拇指翻阅一本永不结束的翻页动画书。大地铺展在四方，山脊之外还有山脊。他调整着眼睛，适应着巴洛克式的丰富画面。森林呈现出五种不同的色彩，都沐浴在雾气之中，每一片都是一个生态群落区，其中的生物依然有待探索。但他目力所及的每一棵树都归得克萨斯的某位资本家所有，此人从未见过一棵红杉树，却想将它们砍伐殆尽，用来支付他为了购买这些树木所欠下的债务。

身旁的暖流动了一下，提醒他想起，自己不是这里唯一的大型脊椎动物。

"再这么看下去，我的膀胱就要爆炸了。"

他看着奥莉薇亚爬下绳梯，到了下面的平台。他想着，我真的应该转移目光了。但是他此刻是在离地两百英尺的空中。鼯鼠刨过他的脸，创世之初的雾气已经将时钟拨到了万古以前，他感觉自己正在变成另一种生物。

她在那只广口瓶上蹲坐下来，一道溪流从她体内奔涌而出。他从没见过女人小便——有相当多的男性或许一直到死都没见过。突然间，这种隐秘的仪式似乎变成了某种奇怪的动物行为，英国广播公司出品的野生动物纪录片里会出现的那种，就像鱼类在有需要时可以改变性别，蜘蛛在交配过后会吃掉伴侣。他仿佛听到在镜头之外的某个地方，那个令人肃然起敬的声音在用标准的英国口音小声说着：当人类个体脱离群体之后，他们的生活方式可能会发生极大的改变。

她知道他在看。他也知道她知道。此时此地，这种文化是适宜的。完事后，她将瓶子拿到平台一侧翻倒，将里面的液体倒了出去。风接走了那些液体，将其吹散开来。二十英尺，她的排泄物分解开来融入了雾气。针叶会将其重新转化为活物。"到我了。"她返回后，他说。接着，她在上面看着他蹲在那只里面套有袋子的桶中。等洛基下次过来，他会将袋子取走做成堆肥。

他们在露天的环境下吃早餐。冰凉的手指将榛子和杏干送进口中，而眼前的风光让他们敬畏得几乎没有闭嘴的时候。静坐观望成了他们的新工作。但他们是人，很快他们的眼睛就看饱了。她说："我们来探索吧。"从大舞厅伸展出去的主路上都设置有绳圈、鳌状钳、绳梯和挂钩环。她给了他一套挽具，自己用三根尼龙登山索做了一套。"光脚吧，那样抓得更紧。"

他颤巍巍地爬上一根摇晃的树枝。有风在吹，米玛斯的整个树冠都在下沉和震荡。他会死的。从二十层楼的高处坠落在一片蕨类植物铺就的床上。但是他已经习惯了这种担忧，而且还有比这更惨的结局。

他们向不同的方向进发。没有必要时刻都盯着彼此。他沿着一根水桶粗的枝干慢慢前进，系好绳索，凭直觉快速挪动。树枝被擦伤后散发出柠檬的味道。一根小树枝上长了一捧球果，每一颗都不及弹珠大。他摘下一颗，轻轻敲打手掌。洒落的种子像是粗磨的胡椒粒。有一粒黏在了他生命线的皱褶上。就是从这样的一粒种子中，长出了这棵将他举到空中两百英尺高的地方，却丝毫没有弯折的大树。这座高耸的堡垒足可以容纳一个村子的人在上面睡觉，而且依然留有余裕。

她在上面大喊："有越橘，这里有整整一片！"

他看到群集的小虫，色彩斑斓，像是恐怖电影中怪兽的缩小版。他一路爬到一个奇怪的枝杈那里，一直注意着不往下看。那里有两根粗大的横梁，几百年来一直像可塑性的黏土一般合在一起生长。他爬到那小山似的隆起上方，发现里面是空心的。里面有一个小湖。水中有斑斑点点的小型甲壳类动物，周围长了一圈植物。在那浅浅的湖水中，有什么东西在游动，能看到栗色、青铜色、黑色和黄色的斑点。几秒钟后，尼克才咳嗽着说出一个名字：火蜥蜴。这种喜欢潮湿环境的生物四肢只有几英寸长，而这里距离地面的距离，差不多相当于一座足球场长边的三分之二，它是怎么沿着干燥的纤维状树皮爬上来的呢？或许是鸟把它叼上来的，想在树冠上饱餐一顿。不太可能。那家伙光滑的胸膛还在起伏。唯一可信的解释是，它的祖先早在一千年前就爬上来了，然后坐着树干的升降梯一路升高，并且在这里繁衍了五百代。

尼克侧着身子原路返回。银杏回来后，他在大舞厅的角落撑着坐了起来。她抛弃了安全脐带。"你永远也不会相信我发现了什么。一棵六英尺高的铁杉，长在一层这么深的土壤里！"

"老天哪。奥莉薇亚，你是徒手爬的吗？"

"别担心，我小时候经常爬树，"她先发制人，快速地亲了他一下，"而且，你知道，米玛斯说他不会让我们掉下去的。"

她在往活页笔记本中记录早间的发现，他则用素描将她的模样记录了下来。这场孤独的演习对他来说比对她要轻松得多。他毕竟在爱荷华的农舍中扎营住了好些年，相比较而言，在这庞大的旗杆上度日就像是终于走出了家门。但她在内心深处依然还是一名大学生，时时刻刻都渴望刺激，她尚未完全戒除这种瘾症。雾气消散了。快到正午时，她问："你说现在几点了？"她的问题听起来并不显得焦虑，而是有一种满足感。太阳还没升上天顶，但他们两个已经比昨天的这个时间老了许多。他从手下正在描画的米玛斯枝干迷宫中抬起眼睛，然后摇摇头。她咯咯笑了起来。"好吧，那是几号呢？"

但是，很快，一个下午、半个小时、一分钟、半个句子、半个单词，感觉这些事物都变成了同样大小。它们都消失在了根本没有节奏可言的节奏之中。光是横跨那个九英尺长的平台就已经是一首自然史诗。更多的时间过去了。永恒的十分之一。五分之一。当她再次开口说话时，她的温柔击碎了他。"我以前从来不知道，他人可以是多么强效的一剂药物。"

"最强效的。至少是被滥用最严重的。"

"脱瘾……需要多久？"

他思忖着。"没有人能永葆干净。"

他描画她做午餐的样子。她小睡的样子。诱哄鸟儿，或者在两百英尺的高空与老鼠玩耍的样子。她尽量放慢速度，看着他，像在看坚果壳、红杉种子中记载的人类传奇一般。他画那条长满红杉的峡谷，以及散落在四处，比它们的后辈高出许多的参天巨树。接着他将素描本放到一边，最好是用眼睛细细观看光影的变幻。

"你听见它们了吗？"他问。远处传来嗡鸣声，连续不断，干劲十足。是锯子和引擎的声音。

"听见了。它们无所不在。"每一棵巨树的倒下，都意味着伐木工又近了一些。二十分钟就能放倒一棵直径十英尺的九百岁老树，再用一个小时就能把它运走。一棵大树倒下，哪怕是在远方，也像是有一颗炮弹击中了大教堂。大地会溶解。他们这座位于米玛斯树干两百英尺高处的平台会颤动。这批世界上有史以来生长过的最大的树木，要保留到最后的围猎时刻。

她在吊床图书室里找到一本书，名叫《秘密森林》。封面上画的是一棵古老紫杉，地上和地下部分都画了出来。封底上写着：年度惊喜畅销之作——已被翻译成23种语言。"你想听我读几段吗？"

她读书的样子像是站在全班同学面前，背诵《草叶集》中那首讲述货运列车的长诗，整个十年级的学生都被要求背诵的那一首。

你与你家后院里的那棵树拥有同一个祖先。

她停下来，往树屋透明的墙壁外面张望。

你们两个在十五亿年以前分道扬镳。

她再次停顿，仿佛在做数学题。

但直到现在，往各自不同的方向走了这么久，树和你依然共享着四分之一的基因。

他们就这样探寻着作者思维中的细节，一路读完了整整四页，直到暮色开始降临。晚饭是就着烛光吃的——两杯速溶汤，用小型野营炉灶烧水冲的。吃完后，天已经完全黑了。伐木机器的引擎声已经停歇，取而代之的是上千种幽灵般的挑战声，他们无法辨识。

"我们应该节省蜡烛。"她说。

"是的。"

距离睡觉还有几个小时的时间。他们躺在发誓不会离开的平台上闲聊，在黑暗中感受平台的摇晃。在这么高的地方，他们要面对的只有最古老的那些危险。每当有风吹起，他们就感觉像是坐在一艘临时拼凑的木筏上，正要横渡太平洋。风停后的静止将他们悬在两种永恒状态之间，在接受此刻和此时的爱抚。

黑暗中，她问："你在想什么？"

他在想他的人生到今天为止，已经抵达了巅峰。他已经见识了他想要见识的一切，也见识到了自己的幸福。"我在想今晚又会很冷，我们得把睡袋打开合在一起。"

"我讨厌那样。"

银河系中的每一颗星星都在他们头顶铺开了，透过蓝黑色的针叶往上看，银河就像是泼洒的牛奶。在人们团结起来，变得更加强大之前，夜空是最好的药。

他们将睡袋合在了一起。"你知道，"她说，"如果我们之中有一个掉下去了，那另一个也会被拖下去。"

"我愿意随你去任何地方。"

天还没完全亮，他们就醒了，是被远远的下方传来的引擎声吵醒的。

咪咪因为非法集会而收到传票，被罚款四百美元。不算什么大不了的事。她曾花两倍的价钱购买一件冬装外套，最后获得的满足感才只是这件事的一半。她被捕的消息在公司传开了。不过上司们也都是工程师，只要她能按时完成团队的模制计划，公司并不在乎她是不是在联邦监狱里做的。一千名游行者手举标语降临林业局塞勒姆总部，要求改革木材丰收计划的审批流程，咪咪和道格拉斯也参加了。

四月初的一个周六，两人驾车去海岸山脉参加一场行动。道格拉斯现在去了一家五金店工作，他请了一天假。清晨的风光美不胜收，南下途中，他们一路听着垃圾摇滚音乐和当天的头条新闻，天色从朦胧逐渐变成了蔚蓝。后座上的帆布背包中装了两副廉价的泳镜，还有用来遮挡鼻子和嘴巴的T恤衫，外加改造过的水瓶。另外，还有两人的钢制双锁警用手铐、链条和两只自行车U形锁。一场军备竞赛正在进行之中。抗议者们开始认为，他们的花费甚至有可能超过了警察，资助他们的公众已被说服，认为税金可以被盗用，但绝对不能放弃属于公众的木头。

他们拐上一条运木岔路，到了抗议地点。道格拉斯扫了一眼那里停靠的车辆。

"没有电视台的车，一辆都没有。"

咪咪骂了一句。"行吧，没有人害怕。不过我敢肯定有报纸记者和摄影师。"

"没有电视台的报道，一切就像没有发生过。"

"现在还很早，可能还在路上。"

道路前方传来呼喊声，像是人群追逐点球发出的声音。透过树林，能看到对立的双方已经摆好了架势。喧嚣震天，局势有一点儿混乱。接着因为一件夹克，对峙变成了混战。迟来的人们彼此交换着眼神，开始小跑起来。搏斗地点位于树林中一片已经被砍伐清理干净的空地上。就像是意大利马戏团的场景，抗议者围成两圈，将一台巨大的卡特彼勒C7动力履带车围在中间，那庞然大物的吊车悬在他们头顶，像一只长颈恐龙。伐木机和碾碎机包围了整个混乱的区域。怒意凝结在空气中，局势的走向取决于这片山腰林地距离最近的城镇有多远。

咪咪和道格小跑着爬上斜坡。听到链锯的咆哮声，咪咪抓住了道格的手臂。又一台机器启动了。很快汽油锯的合唱就响彻了树林。伐木工人懒散地挥舞着机器，就像使镰刀的收割者。

道格拉斯停了下来。"这帮蠢货疯了吗？"

"是演戏，没有人会用链锯去对付一个赤手空拳的人。"但是就在咪咪说这番话的同时，一个装卸车司机，全然不顾车上还铐着两个女人，一脚挂上档，拖着她们跑了起来。抗议者们难以置信地大声叫喊。

伐木工人转移了注意力，不再顾及被包围的卡特彼勒履带车，转而开始对付一片高大的冷杉树，威胁要将它们放倒，砸向那些被铐起来的罢工者。道格小声说了一句什么，挣开咪咪的手。不等咪咪反应过来，他已经拖着背包冲向了冲突发生现场。他像涉入海浪的猎狗一般钻进争斗的中心，冲进抗议者的队伍中。他抓住一个人的肩膀，又抓住另一个人，然后指着那些正架在冷杉树上的手持式伐木机说："把人都叫到树上去，越多越好。"

有人在喊："警察究竟在哪里？他们总是等到我们即将胜利的时候冲进来，把事情搅得乱七八糟。"

"好了，"道格拉斯大吼，"再过十分钟，这片树林就要成为历史了。动起来！"

不等咪咪赶上去，他已经纵身起身，朝一棵冷杉树冲去。那棵树的树枝够低，很容易跳上去。一旦离开地面，那些树枝实际上就成了一架八十英尺高的梯子。二十几个挥舞旗帜的抗议者醒悟过来，也跟着他开始爬树。伐木工看见身旁发生的这一幕，迈开脚上的皮革软木靴，以最快的速度行动起来。

打头的几名抗议者赶到后都爬了上去。咪咪看见有一棵冷杉的树枝很低，连她都能够到。离那棵树还有二十英尺远时，有什么东西拖住了她的腿。她头朝前摔倒在一片刺人参中，一侧肩膀撞到了一块覆满青苔的石头，弹了起来。有什么东西重重地落在她小腿肚子上。道格拉斯在树上三十英尺高的地方，冲袭击她的人大吼："我要杀了你，愿上帝助我。我非得把你的脑袋从脖子上揪下来不可。"

那男人坐在咪咪的膝盖后侧，慢吞吞地说："那你只能从树上下来了，不是吗？"

咪咪吐出嘴里的泥，袭击她的人用胫骨狠狠地抵着她的大腿肚子。她控制不住地尖叫起来。道格爬下一根树枝。"别！"她大喊，"待在上面！"

一些示威者被制服了，躺在地上。但有一些成功抵达了树下，荡上了树枝。他们用脚踢打，让追捕者无法靠近，鞋子战胜了手指。

咪咪呻吟道："放开我。"

将她钉在地上的伐木工有些犹豫。他们的人数远远不及抗议者，而且他无法动弹，他控制的这个亚裔女人实在是太过娇小，根本爬不上任何一丛灌木。"那你保证你会待在地上。"

对方的礼貌令她震惊。"如果你的公司履行对你们许下的诺言，那这一切根本不会发生。"

"你保证！"

不过是一些脆弱的誓言，却足以约束所有的活物。她于是发了誓。伐木工站起身，回到了他同伴身边。他们聚集在一起，试图挽救形势。如果继续砍伐，会闹出人命。

咪咪看着树上的道格拉斯。她见过那棵树。她想了很久才想起来,那正是父亲那幅卷轴中的树,第三位罗汉就坐在它的前面。伐木工又启动了链锯,举起来在空中象征性地挥舞,锯掉一些矮树,然后将它们堆积在冷杉前面的区域。一台伐木机在一棵大树上切了一条裂口。咪咪看得目瞪口呆,无法发声。他们是想让那棵树擦着旁边有抗议者占据的树的树枝倒下来。那棵大冷杉发出噼噼啪啪的开裂声,咪咪尖叫起来。只听得一声巨响,她闭上了眼睛。再度睁眼时,她看到倒掉的冷杉正在划破树林的林冠。抗议者紧紧地抱着他的树干,惊恐地尖叫起来。

道格拉斯破口大骂那些伐木工。"你们是脑子发疯了吗?你们会杀死他的。"

工头喊道:"你们这是非法擅闯。"伐木工又清理出一片新的可供树木倒落的区域。有人拿出了螺栓切割器,开始像修剪山茱萸一样,剪除将抗议者铐在履带车上的手铐。空地上的人扭打起来,奢侈的非暴力抗议活动结束了。冷杉林中的一位伐木工架好锯子,准备放倒下一棵在劫难逃的树,他打算让它倒在离另一棵被抗议者占据的树三英尺外的地方。那位抗议者的尖叫声被链锯发出的声音淹没了,伐木工戴的耳套加有衬垫,对一切噪声都充耳不闻。但他们能看见那位抗议者疯狂挥舞的手臂,没过多久他就惊恐地爬了下来。两支抗议部队都彻底失败了。被堵住的机器开始轰鸣。树上剩下的九位抗议者也爬了下来。伐木工们得意扬扬地挥舞着链锯。抗议者们则像鹿看到火焰一般往后退去。

咪咪坐在她被迫发誓的地方没有动弹。身后传来喊叫声。她转过身,看见有闪烁的灯光,想着是装甲部队来了。二十名全副武装的警察从一辆装甲车中跳了下来。黑色聚碳酸酯的头盔,配全包裹式的护面罩。凯夫拉合成纤维面料的上衣。高强度防爆盾。他们迅速穿过空地,将这群非法侵入的人包围起来,给他们的手腕铐上手铐,就连那些已经戴着断手铐的人也不放过。

咪咪想站起身。一只手重重地按住她的肩膀,将她按了回去。她转过身,面朝那位警察,二十多年来,她一直害怕警察。"坐下!别动。"

"我没打算逃。"

"再说一句话,你就会后悔。"三名周六森林战士推挤着跑了过去,朝公路上停放的汽车那里撤退。那位年轻的警察喊着说:"立刻停止,原地坐下。赶紧的,就现在!"

人们都畏缩起来,转过身原地坐下。附近的伐木工欢呼起来。那位年轻警察转身冲向另外一群准备逃走的抗议者。人群在森林中四散逃开。树上还剩下最后几名抗议者了,树下的几对脚上都挨了警棍。有五位放弃了坚守,下了树,只有道格拉斯·帕弗利切克继续往上爬。他从背包里取出自己的手铐,扣在一只手腕上。接着他伸出胳膊抱住树干，将另外那只手腕也铐了进去。

咪咪抱住头。"道格拉斯，下来吧，结束了。"

"不能，"他被铐在树上，手铐咔嗒作响，"必须坚持到电视台过来。"

他开始疯狂踢蹬警察们架在树上的伐木梯，避开了一次进攻，他的动作如此灵活，就连伐木工也欢呼起来。但很快，有四个警察爬了上去。道格拉斯因为被手铐铐住，无法移动。警察们将螺栓剪伸上去，剪断了他的手铐。他收回手臂，靠着链条的支撑依偎在树干上。伐木工将斧头递给警察。但道格拉斯的手指与链条交缠在一起。警察最多只能够到他的腰部。他们快速商量一番，开始用工业剪刀剪他的裤腿。两名警察按住他的腿，第三名将他破烂的牛仔裤一直剪开到胯部。

咪咪注视着这一幕。她从未见过道格拉斯裸露的大腿。这几个月以来，她曾想过是否有可能。他的欲望总是表露无遗，就和他们分享同一杯冰镇浓巧克力奶昔时，他所表现出来的惊奇一样明显。但是他最亲密的动作只是将手放在她的后颈上，是什么阻止了他继续前进呢？这是唯一的秘密。几周前，她推断是因为某种战争创伤。这一刻，她看到他在大庭广众之下被剥除了衣服，袒露在震惊的人群之中。他的一条腿露了出来，瘦削，苍白，几乎没有毛，大腿上沟痕累累，像是老人的腿。接着是另一条，现在牛仔裤的裤腰也被剪开了，悬在空中像一面被剪碎的旗帜。警察掏出了三效胡椒喷雾，能喷胡椒粉、催泪性毒气，还能当狼牙棒用。

围观者喊道："他被链条锁在上面了，老天。他不能动！"

"你们想要他做什么？"

那个警察举起喷雾罐对准道格拉斯的鼠蹊部喷射。火辣辣的液体喷射在他的老二和卵蛋上——是一种混合溶液，包括浓缩催泪毒气和几百万史高维尔辣度单位的辣椒素。道格拉斯挂在那里，快速地小口吸气。"该，该，该死……"

"看在老天的分上，他动不了，饶了他吧！"

咪咪转过身，想看看是谁在喊。是一个矮个子的伐木工，长着一脸络腮胡，像是格林兄弟童话故事中愤怒的小矮人。

"解开锁链。"一个警察命令道。但话语都堵在道格拉斯的嘴里。他只发出一声低低的声音，像是空袭警报的前半段。他们继续朝他喷射胡椒喷雾。原本静坐在地上等待登记的抗议者们也开始反抗。咪咪愤怒地站起身，大声喊叫，但是喊了些什么，她不到一个小时就完全忘记了。她周围的人也都站了起来。他们都朝那棵树靠拢。警察用警棍捅，逼得他们往后退。树上的三位警察又掏出一罐喷雾，向他裸露的鼠蹊部继续发起攻击。道格拉斯口中温和、低沉的声音开始慢慢升高，听起来十分可怕。

"把你的手解开，你可以下来。很简单。"

他试着说了一句什么。下面有人在喊："让他说话，你们这群混蛋。"

一位警察凑了过去，贴近些才听到他在小声说："我把钥匙弄丢了。"

几十个人手脚并用地趴在地上，在蕨类和针叶中翻了二十分钟，终于找到了那把小小的银钥匙。最后警察解开了道格拉斯的锁链，将他从树上带了下来，就像从十字架上解救下耶稣那般。他们不让咪咪靠近他。

痛苦的审理过程结束后，咪咪驾车将他带回了家。她尝试着为他洗澡，用尽了她所能找到的每一种舒缓性药物。但是他的阴茎一直是鲜艳的橙红色，就像新英格兰秋叶最灿烂时节的糖枫，他羞愧万分，不敢让她看。

"我会没事的，"他躺在床上，阅读天花板上的文字，"我会没事的。"

她每天晚上都进来查看。一个星期里，他的皮肤一直维持着橙红色。

《命运2》所取得的收益赶上了整个州的年收入。前两部的火热势头刚刚有所衰退，《命运3》就适时出炉了。六块大陆的玩家都纷纷涌入升级后的世界——拓荒者、朝圣者、农民、矿工、战士、牧师应有尽有。他们组成行会和联盟，造出的建筑和时尚贸易用品，编码者永远也难以预料。

《命运4》是三维的。事实证明，这是一项不朽的事业，几乎摧毁整个公司，需要的编码者和设计师是前作的两倍。这款游戏的分辨率提高了四倍，游戏区域扩大了十倍，过关模式也增加了十几种。三十六种新技术，六种新资源，三种新文化，还有更多的全新世界奇迹和杰作，玩家许多年都探索不尽。尽管处理速度一直在加倍增长，但是好几个月的时间里，它还是将玩家的顶级装备逼到了极限。

所有的展开都和尼莱数年前所预料的一样。浏览器出现了——但也只是钉进时间和空间的棺材的另一颗钉子。只需轻轻一点，你就进入了欧洲核子研究组织①。再点一下，你就能听到圣克鲁兹的地下音乐。继续点，你可以阅读麻省理工学院的报纸。浏览器出现的第二年年初，世界上有五十台大型网站服务器，年底就已经达到五百台。然后出现了网站、搜索引擎、网关。在这颗工业化的星球上，城市耗尽了资源，人满为患，所以才下定决心，及时促成了此事的成型，因此也便成了无限增长福音的救世主。网络从不可想象成了不可或缺，只用十八个月的时间就将世界连成了一个整体。《命运》搭上顺风车，推出了网络版，又有一百万孤独的男孩迁入了这个改进过

---

① 万维网的发源地。

的全新的永无岛。

移民赠地的日子结束了。游戏长大了，进入了全球精选商品的行列。《命运5》的复杂程度和总代码行数超越了全部操作系统。游戏中最棒的人工智能比去年的行星探测器更智能。"玩"这个行为成了人类发展的引擎。

但是那些对尼莱来说都没有太大意义。他在公司总部楼上的公寓中装满了荧幕和调制解调器，闪烁的光芒如同圣诞节期间。里面有各种电子产品，有火柴盒大小的组件，有比真人还大的机架。如预言家所说，每一台设备都与魔法难以区分。尼莱童年时读过的想象力最丰富的科幻作品都没有预测到这些奇迹。然而，每次参数翻倍，他的不耐烦也会跟着翻倍。他的饥渴程度也达到了有史以来最严重的地步——再多一次突破，就下一次，某种简单和优雅的东西就将再次改变一切。他去拜访他那座火星植物园里的那些预言树，向它们请教，下一步应该怎么办。但那些生物沉默不言。

褥疮让他饱受折磨。他的骨头越来越脆弱，外出成了冒险。两个月前他在上面包车时撞碎了一只脚——因为不能感知四肢的尽头在何处。他的手臂因为上下床时重重地拍在床边横杆上而总是一片淤紫。他开始改为在轮椅上吃喝、工作和睡觉。他最大的渴望——宁愿用公司来交换——是能有一个机会，去西亚拉山区，沿一条步道下行十英里，到一个湖边去坐坐，看交喙鸟钻进湖边云杉的树枝，用它们奇怪的鸟喙从球果中撬出种子来。这个愿望他永远也无法实现。永远。现在他唯一的外出机会都是《命运6》带给他的。

在《命运6》中，玩家下线期间，他的领地仍能继续繁荣发展。经济充满活力，各种活动同时发生。城市里都是真人在贸易和制定法律。创造带来巨大的浪费。人们每个月都要交付租金才能在那里生活。这是非常大胆的一步，但在游戏世界中，大胆并不致命。唯一能摧毁你的，就是无法实现飞跃。

尼莱无法再分辨平静和绝望之间的区别。他在观景窗边一坐就是几个小时，然后匆忙写下大段的备忘留言，准备发给开发团队，唠叨的都是他已经催促了好多年的老话题：

我们需要的是更有现实感……更多的生命！动物要能活动和静止，漫步和凝视，就像它们的实物模特一样……我想看到一只狼坐在那里摇尾巴，眼睛里迸射出绿光，像是从里面点亮了。我想看一头熊用爪子刨开一只蚁冢……

我们来建造这样的地方吧，从每一个细节入手，从现有的资料素材开始。真正的热带草原，真正的温带森林，真正的湿地。凡·艾克兄弟在《根特祭坛画》中描绘了75种各不相同但又可以辨认的植物。在《命运7》中，我想数到750种模仿创造的植物，每一种都有自己的习性。到目前为止，我们都只是大脑的一个玩具。是时候前进了……

在他撰写留言期间,有员工敲门进来,手上拿着需要他签署的文件,是一些有待他做决策的争议问题。看到轮椅上插的巨大的拐杖,他们没有表现出任何反感或怜悯。他们都是年轻的网友,早已习惯了他的样子。他们甚至都已经注意不到导尿管,而且尿袋就绑在轮椅的框架上。他们知道他的资产净值。这天下午股票停盘时,加州红杉普通股的股价是41.25,是去年首次公开募股时的三倍。这个坐在轮椅上,四肢像树枝的男人持有公司百分之二十三的股份。他让所有人都过上了富裕的生活,他让自己变得像游戏中最伟大的帝王那般富有。

他将最新一版厚如宣传册的留言发了出去,片刻之后,阴影朝他袭来。于是他就像每次遭遇挫折时一样,给父母打电话。接电话的是母亲。"噢,尼莱。接到你的电话,我真是太高兴了!"

"我也很高兴,妈妈。你还好吗?"其实她说什么都不要紧。爸爸总是在睡觉。他们计划回艾哈迈达巴德一趟。瓢虫入侵车库——味道刺鼻。马上可能会换一个完全不一样的发型。不管她说什么,他都很兴奋。只是,现在还没有任何办法能模拟生活中所有这些伤心的细节。

不过接着母亲就问出了那个杀伤性问题,这一次未免问得太快。"尼莱,我们还是认为要给你找个伴,这并不是没有可能。就在社区里找。"

许多年来,他们一直在尝试,失望,转圜,然后重新开始。撮合任何女人走进这样的婚姻,都实在是病态的残忍。"不,妈妈,我们已经说好了。"

"但是,尼莱……"他听着电话里传来的声音,都能想象母亲说这话时的模样。你身价上百万,上千万,可能还更高——你甚至都不肯告诉你的母亲!这哪里算什么牺牲?谁不能学着去爱呢?

"妈?我应该早点儿告诉你了。有一个女人,其实就是我的一位护工。"他说得几乎像是真事。但是电话那头一片安静,那其中蕴含的期望将他压垮了。他需要编一个让人放心的安全的名字,一个他记得住的名字。露比、露图之类的。"她叫鲁帕尔。"

母亲深吸一口气,哭了起来。"噢,尼莱。我太太高兴了!"

"我也是,妈妈。"

"你会懂得真正的喜悦的!我们什么时候能见到她?"

他后悔自己的犯罪心理为什么没能预见这个小麻烦。"很快,不过我不想吓着她!"

"你自己的家人怎么会吓着她?她是什么样的女孩啊?"

"也许下个月?下个月底?"他想着,当然了,到那时候,世界早已经毁灭良久。就在这两个女人将要见面的前几天，他会模拟一次分手，他此刻就已经感觉到母亲届时会有的无限伤心了。但是他已经把她逗开心了，在人类真正生活着的唯一一个地方，也就是"现在"所指的短短的几秒钟。之后一直到挂电话，母子二人都相谈甚欢，最后他还保证，等婚礼日期确定了，他至少会提前十四个月通知古吉拉特邦和拉贾斯坦邦的亲人，以便他们买机票，准备纱丽。

"天哪，这些事情都可花时间了，尼莱。"

电话挂断后，他举起一只手，然后重重地锤在桌子的边缘。声音非常吓人，还伴随着一阵尖利的疼痛，他知道这次至少撞断了一根骨头。

痛苦让他头晕目眩，他乘坐私人电梯下楼进入富丽堂皇的大厅，这里的红木装饰美丽典雅，是由数百人渴望生活在别处的人们共同支付的。他的眼中盈满了泪水和愤怒。但他安静、礼貌地找到惊恐的接待员，举起断裂、肿胀的手臂，说："我必须得去一趟医院。"

他知道那里等待他的会是什么，等他们修好他的手之后，他们会责骂他，会给他打点滴，让他发誓合理进食。接待员匆忙打电话联络时，尼莱抬头看了一眼墙壁，那上面挂着博尔赫斯的名言，至今仍是他年轻生命的指导原则：

所有人都应该有能力进行各种各样的思考。

我认为将来一定能够做到。

◉

波特兰在帕特丽夏听来就像一种毒药。教育专家证人，这个头衔则更加可怕。预审日那天早上，韦斯特福德博士躺在床上，感觉自己中了风。"我做不到，丹。"

"不会的，宝贝。"

"你是指道德层面，还是法律层面？"

"这是你一生的事业。你不可能现在一走了之。"

"这不是我一生的事业。我一生的事业是倾听树的声音！"

"不，那是你一生的游戏。你的事业是，将树的声音传达给人类。"

"下令禁止在脆弱的联邦土地上伐木，那是律师们要处理的问题。我对法律有什么了解？"

"他们想知道，你了解到的树木的知识。"

"专家证人？我会吓病的。"

"只需要告诉他们，你了解的事。"

"那正是问题所在，我不了解任何事。"

"就像是走进教室的讲台。"

"只不过，下面坐的不是想要学习知识的二十来岁的理想主义者，而是一群为几百万美元厮杀的律师。"

"不是钱的问题，帕蒂，是为了另一个原因。"

是的，她承认，于是她抬起双脚，下床站在冰冷的地板上。这么做是为了另一个原因。与钱完全相反的原因。所以他们需要所有的证人。

丹尼斯用他那辆破烂的卡车载着她走了上百英里。等抵达法院时，她的耳朵都开始抽痛了。她在做初次陈述时，童年时代的言语缺陷症再次绽放了，就像五月里的一朵木兰花。法官一直要求她重述。帕特丽夏每个问题都听得很吃力。但她还是向他们讲述了树木的秘密。词语一个个地从她体内涌出，就像冬天结束后的树液。森林里一个人也没有，树木互相依靠。

她竭力避免个人直觉信息，坚持只说科学界达成一致的观点。但在她作证的时候，科学本身似乎也开始变得轻浮起来，就像高中时代的人气竞赛。不幸的是，对方律师竟然接受了她的陈词。他出示了那封写给发表了她第一篇重要学术论文的杂志编辑的信。有三位领军树木学家签名，将她钉在地上无法动弹的那封信。方法有缺陷，统计数据有问题。帕特丽夏·韦斯特福德对自然选择单位所产生的误解几乎让人感到尴尬……她整个脸涨得通红。她想要消失，宁愿自己从不曾存在过。宁愿在今早做的煎蛋卷中掺了毒蘑菇，在丹尼斯驾车带她来这次庭审之前。

"那篇论文中的一切都已被后来的研究所证实。"

她没看出这其中有陷阱。"你推翻了当时流行的观念，"反方律师说，"那你能保证将来的研究不会推翻你的吗？"

她不能。科学也有其时效性。但这一点过于微妙，不应该拿到法庭上来审判。关注的焦点将集中在某些可复验的事物上，无视观察者的需求和恐惧。但她无法在法庭上发誓，林业科学终于将关注焦点集中在了新林业研究领域，也即她和朋友帮助推动的思想领域。她甚至还无法发誓，林业真的是一门科学。

对方专家证人之前就提出，人工管理的单一树种年轻速生林比自由生长的老森林更好，法官问帕特丽夏是否属实。这位法官让她想起了一个人。想起了曾经穿越新开辟的农田的长途汽车之旅。如果你在山毛榉树离地四英尺高的树皮上刻上你的名字，半个世纪后，刻痕离地多高？

"二十年前，我的老师们是那么认为的。"

"在你们所探讨的问题领域，二十年算很长吗？"

"对于一棵树来说，只是一瞬间。"

法庭中正在交战的所有人都笑了。但对人类——无情、灵巧、苦干的人类——来说，二十年足够毁掉整个生态系统。毁林行为对气候变迁的影响，比所有交通运输加在一起还要严重。森林被砍伐之后，释放的碳是所有大气中碳含量的两倍。但这个问题需要另外举行一次审判来探讨。

法官问："年轻、挺拔的速生树木不比正在腐烂的老树好？"

"对我们来说是更好。对森林来说则不然。事实上，人工管理的年轻同类树种都不能说是真正的森林。"就像水坝崩溃一般，这些话语从她口中欢快地倾泻而出，活了过来，成为研究的对象。她没来由地感到感激，想起了所有那些她得以探索的其他事物。她不能告诉法官，但是她爱它们，那些被捆绑在一起，错综复杂、相互依存的生命，二十五年来，她一直在倾听它们的声音。她也爱她自己所属的物种，虽然总是鬼鬼祟祟、自私自利，被囚困在盲目的身躯之中，看不见周围的智慧生物，却被造物主选中，拥有了了解的能力。

法官请她详细说明。丹尼斯是对的，这就像给学生讲课。她描绘了相比活着的树，正在腐烂的树供养的生命组织要多得多。"我有时候怀疑，一棵树来到地球上的真正任务，或许并不是为了自身的长大，而是为了死去之后，长久地倒在森林的地面上。"

法官问哪些生物需要一棵死去的树。

"比如你的家庭，你所属的物种，鸟类，哺乳动物，其他植物，成千上万种无脊椎动物，地区四分之三的两栖动物，几乎所有的爬行动物，阻止害虫杀死其他树木的动物。一棵死去的树就是一座无限大的酒店。"

她给他讲了食菌小蠹的故事，这种蛀虫可谓腐木所需要的酒精。它能在木头中活动和挖掘。它在开凿虫洞的过程中，脑袋上的一个特殊结构也将真菌的片段带了进去。真菌吃木头，食菌小蠹吃真菌。

"食菌小蠹是在耕种那棵腐木？"

"是的，它们的耕种是不计报酬的，除非你把腐木也算进去。"

"那些依赖腐木和断枝生存的物种，有任何一种濒临灭绝吗？"

她告诉他，万物都离不开其他的事物。有一种田鼠就需要古树森林。它吃腐木上长出的蘑菇，接着它的排泄物将孢子带到了其他地方。没有腐木，就没有蘑菇；没有蘑菇，就没有田鼠；没有田鼠，真菌就无法散播；真菌无法散播，就没有新的树林。

"你认为保留部分古树森林的完整可以拯救这些物种吗？"

她思考一番才作答："不。不是部分，我们需要大量的森林活下来，继续呼吸。它们才能孕育复杂的行为模式。小片森林的恢复能力和丰富程度都不足够。要想有大型生物在其中生存，必须是大片的森林。"

反方律师问，保护的森林面积稍大一些，人类就要投入数百万美元的资金，这样做是否值得。法官询问了具体的数据。反方律师计算了有可能损失的资金数额——也即不砍伐森林可能导致的严重损失。

法官请韦斯特福德博士作答。她皱起了眉头。"腐木增加了森林的价值。这里的森林是全世界单位面积生物量最丰富的地方。在古老森林中的溪流里，鱼类比一般河流要多五至十倍。年复一年，人们靠收获蘑菇和其他食物所取得的金钱收益，远远超过每五六十年就清场伐木出售木材的收益。"

"这是事实还是比喻？"

"我们有数据。"

"那为什么市场不响应？"

因为生态系统倾向于多样化发展，市场却正好相反。但她足够聪明，没有说出这一点。永远不要攻击一个地方的神。"我不是经济学家，也不是心理学家。"

反方律师宣称，清场伐木是在拯救森林。"如果人们不清场，那么数百万英亩的森林都有可能被吹倒，或者是被毁灭性的林冠火灾烧毁。"

这已经超出了帕特丽夏的研究领域，但她没有放弃。"清场伐木会增加风倒木。而树冠火只有在火势被压制很久的情况下才会发生。"她还提出了山火的再生作用。有一些球果——迟裂球果——只有被火烧才能裂开。美国黑松要等待几十年，山火爆发后它们的球果才能裂开。"灭火工作过去经常被视为合理的管理方式。但它在拯救森林的同时，也让我们付出了同等的代价。"同方律师开始退缩。但她此刻已经沉浸其中。

"我读过你的书，"法官说，"我从来没有想过，树竟然会召唤动物，让它们做一些事情。它们有记忆力？它们会喂养和照顾彼此？"

在这间暗色木板镶饰的法庭里，她敞开了心扉，开始述说她对树木的热爱——它们的优雅，它们的灵活实验，它们的多样化，以及给人的惊喜。这些缓慢、从容的生物有它们精心制作的词汇表，上面的每一个物种都与众不同，彼此影响，它们饲养鸟类，沉陷碳类，净化水源，滤除土壤中的毒素，稳定局部气候。将空气和地下的生物都聚集起来，当数量多到一定程度时，你就终于得到了某种拥有意图的事物。这种事物就是森林，一种正在受到威胁的生物。

法官皱起了眉头。"清场伐木之后长出来的就不是森林？"

她感到无限的挫折。"与其说是森林，不如说是种植园。你也可以用卡祖笛来独奏贝多芬的第九交响曲。"除法官之外，所有人都笑了起来。"郊区住宅后院的物种多样性都超过那样的种植园。"

"没被动过的森林还有多少？"

"不多。"

"原本数量的四分之一都不到？"

"天哪！比那还少。或许不超过百分之二三。或许总面积只剩五十英里见方。"此刻，她仅剩的慎重也已不复存在，"这片大陆上有四大片森林。每一片都应该永远存续。但几十年的工夫，它们全都倒下了。我们没有时间再去做一些浪漫化的设想了！这里的树是我们最后的希望，而且就连它们也在加速消失——每天一百个足球场的速度。这个州曾经发生过原木阻塞河道六英里长的事件。

"如果你希望最大程度提高一片森林对当前主人的净价值，在最短时间内产出最大量的木材，那么是的：砍掉老树，种上单一品种的替代树种，那样你就能多取得几次收获。但是如果你是为下个世纪的土壤考虑，如果你想要纯净的水源，如果你追求的是多样性和健康，如果你想要的是碳化物安定剂和我们甚至都无法估量的服务，那么请保持耐心，让森林慢慢产出。"

她连续说完这番话后，又陷入了羞愧的沉默状态。但迫切要求发布伐木禁令的律师却笑容满面。法官说："你是说老森林……知道种植园不知道的事情吗？"

她眯着眼睛，仿佛看见了她的父亲。声音不对，但他们都戴着无框眼镜，都长着高眉头，像是总处于好奇的状态。五十年前，她上过的所有早期课程的记忆又都回来了，乘坐那辆破烂帕卡德车的日子，她的移动教室，在俄亥俄州西南部的乡间小道上到处转悠的记忆。她感到极为震惊，因为她发现，她成年后确信的所有东西，竟然都萌芽形成于那随意说出的短短几个字中，形成于那个周五的下午，当时他们摇下了车窗，后视镜中只有高地县种满大豆的田野不断向后退去。

记得吗？人类并不是他们自以为的顶级物种。其他生物——更大，更小，更慢，更快，更老，更年轻，更有力量——才是操纵者，它们制造空气，吸收阳光。没有它们，地球上将一无所有。

但是这位法官当时并不在那辆汽车中。法官是另一个人。

"弄清森林所了解的东西，这或许可以成为人类永恒的事业。"

法官咀嚼着她的这句声明，就像父亲过去经常咀嚼黄樟根皮一样，那种树的树枝散发着根汁汽水的气息，整个冬天都郁郁葱葱。

他们休息了一段时间，然后返回听取判决决议。法官宣判停止争议性伐木行为。此外，他也发布了一项禁令，要求禁止俄勒冈西部地区所有公共土地上的木材销售行为，直至清场伐木对濒危物种所造成的影响得到清楚评估。人们都围上来向帕蒂表示祝贺，但是她什么也听不见。从小木槌落在桌子上的那一刻起，她的耳朵就关闭了。

她在眩晕之中离开法庭。丹尼斯领着她穿过走廊，走到外面的广场上。那里有两群示威者正在对峙，他们都举着横幅，分别代表支持与反对她的双方。

清场伐木不可能送你上天堂

本州支持伐木，伐木支持本州

敌对双方的情绪都非常激动，一方是因为旗开得胜，另一方是因为屈辱，都在冲对方喊话。都是一些正派的人，都爱这片土地，却是以相反的方式。帕特丽夏觉得他们就像是争吵的鸟儿。这时有人轻轻拍了一下她的右肩，她回过头去，看见是反方的一位专家证人。"你刚刚极大地抬高了木材的价格。"

她听到这句指控眨了眨眼睛，不明白这何以是一件坏事。

"每一家拥有私人土地，或是目前拥有砍伐权的木业公司，都会以最快的速度开始砍伐森林。"

他们冻得双手冰冷，双腿僵硬，空间太过窄小，根本无法翻身。夜里温度很低，他们的脚趾因为沾满树液，都生了冻疮。风一直吹个不停，油布拍打的声音打消了他们交谈的欲望。有时上方会有折断的粗枝坠落下来。安静则更让人不安。爬树成了他们唯一的运动。不过在变幻的光影中，在飘浮的日子里，地面上看起来不可能实现的事情都成了每日的例行仪式。

清晨是一场猫和老鼠的游戏，或者说是猫头鹰和田鼠的游戏，守护人和银杏从冰冷、潮湿的高空往下望，只能看见在下方很远的地方，有一些小型哺乳动物在奔走。雾气还未消散，伐木工就出现了。第一天只有三个人。第二天来了二十个人，都坐在驾驶舱中大声吆喝。有时伐木工会好言劝诱："就下来十分钟。"

"现在不行，我们忙着坐树抗议呢！"

"我们甚至都看不见你们，只能大声吼叫，脖子都快仰断了。"

"那就上来啊，这里地方很宽敞！"

这是一个死局。每天来的人都不一样，各式各样的人都试图打破僵局。有伐木工老板，有作业队长。他们会声嘶力竭地威胁，也会做一些合乎情理的许诺。就连林业生产副总裁也来过一回。他头戴一顶白色安全帽站在米玛斯之下，像是在参议院发表演讲。

"你们犯了非法入侵罪，可以判你们入狱三年。"

"所以我们才不下去。"

"我们为此遭受了很大的损失，要面临巨额罚款。"

"为了这棵树，值得。"

第二天，白帽副总又来了。"如果你们在今晚五点之前下来，我们就撤销一切指控。如果不然，我们无法保证会发生什么。下来吧。我们放你们走。你们的档案不会留下任何污点。"

银杏将脑袋探出大舞厅的边缘去观望。"我们不担心自己的档案。我们担心你们的。"

第二天早上，她又和一个伐木工展开辩论，但那伐木工话说到一半就停了下来。

"嘿！把你的帽子摘下来，就一会儿。"她照做了。即便是隔着三分之二个足球场的距离，他的震惊依然清晰可见。"该死！你美呆了。"

"你应该上来，靠近点儿来看！我现在冻僵了，而且一两个月都没洗过澡。"

"你究竟在干什么，坐在那么高的树上？你想要什么样的男人都能如愿以偿。"

"有了米玛斯，还要什么男人？"

"米玛斯？"

这是一次小小的胜利，她让伐木工说了树的名字。

守护人做了一些纸炸弹，投向了下面的伐木工。展开那些纸，上面都是用铅笔画的两百英尺高空的生物。伐木工惊呆了。"这些是你画的？"

"惭愧。"

"真的假的？那上面有越橘？"

"有灌木丛！"

"还有一个小池塘，里面有小鱼？"

"不止呢。"

日子一天天过去，潮湿又冰冷，情况一天比一天糟。预定替换守护人和银杏的坐树者一直没出现。僵局进入第二周，米玛斯脚下的伐木工都怒了。

"你们现在是在荒郊野岭。方圆四英里范围内都没有一个人。什么事都可能发生，而且没有任何人知道。"

银杏冲着下方快乐地微笑。"你们都是正派人。你们连威胁人都不会！"

"你们是要毁掉我们的饭碗。"

"是你们老板毁的。"

"胡扯！"

"过去的十五年里，有三分之一的林业工作被机器取代了。树砍得越多，需要的人手就越少。"

伐木工们被难住了，转而寻求其他策略。"看在老天的分上，树就是庄稼，会长回来的！你们看过南边的森林吗？"

"这就是一次性买卖，"守护人大喊，"一千年过后，这里的生态系统才能恢复。"

"你们俩究竟怎么回事？你们为什么这么痛恨人类？"

"你说什么？我们这么做都是为了人类！"

"这些树反正都会死，都会倒。应该趁它们成熟时收割，不能浪费。"

"好极了，那我们把你祖父磨碎了当晚餐如何，趁他身上还有肉。"

"你疯了吧，我们为什么还要和你白费口舌？"

"我们必须学着热爱这个地方。我们需要融入当地。"

一个伐木工启动链锯，削掉了米玛斯根部钻出来的一根最大的幼苗。之后他退后几步抬起头，手里拿着那根帆船桅杆一样的树苗挥舞炫耀。"我们供养家人，你们都做了些什么？"

他们开始一起攻击银杏。"我们了解这些森林。我们尊敬这些树木。这些树木曾经杀死过我们的好友。"

银杏停顿下来。树木杀人的想法超出了她的理解范围。

下面的人乘胜继续追击。"你们不能阻止发展的步伐！人类需要木头。"

守护人看过数据。每人每年需要几百板英尺的木料，半吨的纸和硬纸板。"我们需要认真审视我们的需求。"

"我得抚养我的孩子。你们呢？"

守护人知道，接下来他要喊的话会让他自己后悔。但是银杏抓住他的手臂阻止了他。她凝望着下方，试图倾听这些人的声音，这些人遭到了攻击，但他们只是在执行工作任务，他们干的事危险且重要，他们已经熟练掌握了技能。

"我们不是让你们什么树都不砍，"她摇晃着胳膊，从空中两百英尺高的地方，向那些人伸出手，"我们说的是，砍树时要把它当作礼物，而不是觉得理所当然。没有人想收超出需要的礼物。而这棵树呢？这棵树是一份大礼，就像耶稣降世……"

她脑海中闪过一个想法，也是守护人此刻脑中所想。去过那里。也砍过那树。

雨夹雪的日子让人丧失斗志。下午天气变得潮湿，寒冷。但是换班的人还是没出现。守护人改善了雨水收集系统。银杏造了一个女性小便处。第三周快结束时，伐木工开始砍伐附近的树木。不过两个小时之后，他们陷入了困境。这里的树有摩天大楼那么高，只靠一把锯子很难放倒，再碰上微风，可能会造成人员伤亡。

那天晚上，洛基和火花终于来了。洛基爬上了米玛斯的树上营地，火花留在下面放哨。"抱歉耽搁了这么久。出了点儿……营地里起了内讧。而且洪堡和他们的队伍把整座山都戒严了。两天前的晚上，他们对我们展开了追捕，抓走了秃鹰，把他关起来了。"

"他们晚上也在看守这棵树？"

"我们一抓住机会就溜了过来。"

他带来了宝贵的补给——有几背包的速食汤，还有桃子和苹果，谷类食物，混合蒸粗麦粉。守护人查看一番，都是加些热水就能吃。"我们还不能下去？"

"眼下我们不能冒险。食藓者和灰狼遭到死亡威胁，回家去了。整个生命防御力组织在这一片都力有不逮。我们还遭遇了一些内部沟通问题。事实上，此刻，我们等于是一败涂地了。你们能再坚持一周吗？"

"当然！"银杏说，"我们可以坚持到永远。"

守护人想，如果他也能听见光之幽灵的命令，那么永远或许会更容易。洛基的影子在烛光中摇晃。"老天，这里真冷。湿冷的风简直穿身而过。"

银杏说："我们已经感觉不到了。"

"几乎感觉不到。"守护人纠正道。

洛基套好挽具。"得赶在火花和我被抓之前下去。当心爬树人卡尔。我说真的。洪堡找的这个家伙能徒手爬树，只靠一双钉鞋和一只大绳圈。他给其他的坐树者制造了许多麻烦。"

"听着像是森林里的传奇人物。"守护人说。

"他可不是。"

"他能靠武力把人从树上弄下去？"

"我们有两个人呢，"银杏说，"而且此刻我们已经掌握了平衡。"

伐木工不再出现。已经辨无可辨了。生命防御力送来的补给也吃完了。"我们一定还处于被围状态。"守护人说。不过表面看来，下面已经没有封锁。人类可能已经消失了，只有化石留了下来。在高高的树冠上，他们看见的最大的动物只有鼯鼠，夜里都跑来偎依在他们的身边取暖。

谁也说不清已经过去了多少天。尼克一开始每天早上都会在一张手绘的日历上做标记，但是在小便、用海绵擦身、吃早餐、梦想着创作更多能恰当展现森林面貌的系列作品之间，他常常会想不起来，到底有没有划掉这一天。

"那又怎么样？"银杏问，"暴风雪差不多结束了。天正在暖和起来。白日变长了。那就是我们所需要的日历。"

守护人常常整个下午都在画画。他描画每一条裂缝中长出来的苔藓。他勾勒将这棵树变成童话世界的松萝和其他悬在空中的青苔的模样。动手画画的时候，一个想法逐渐成形：除了食物，谁还需要什么？而像米玛斯这样的大树，甚至能自己生产食物——真是最自由的一个物种。

依然有机器的啸叫，就在豁开的山腰下方。附近有一台链锯，远一些的地方有一辆集材机；他们两个坐树者已经练就了一副好耳力，靠听就能分辨各种生物的声音。有些早上，他们只能依靠那些声音来确定，那些自由企业是否依然在朝那堵巨大的墙推进。

"他们一定是想饿死我们。"但是在这样长的一段时间里，食物供给不足以支撑的时候，他们还有蒸粗麦粉和想象力。

"坚持住，"银杏说，"越橘不等我们发现就又会结果了。"她轻咬着干的鹰嘴豆，仿佛它们是一门哲学课程。"我以前从来不知道该品尝食物。"

他也一样。而且他从来不知道他身体的气味，他刚拉出来的屎做成堆肥后的气味。还有当他一连几个小时看着太阳光在树枝之间慢慢沉落时，他思想的变化。还有太阳下山之后，血液在他耳畔重击的声音；以及当所有的活物都屏住呼吸，等着看天塌后会发生什么的那种气氛。

每当有微风吹来，现实的直线就会倾斜。刮风的下午，他们就像在进行一场史诗般的双人运动。每当风起时，世界上就别无他物，除了风什么都不复存在。风把他们变得野蛮——油布疯狂飘摆，针叶无情地鞭打着他们。每当风吹起来，你的脑子里——没有绘画，没有诗歌，没有书籍，没有事业，没有使命——就只有风，你狂乱的思想开始剧烈碰撞，只有其他的风能不受控制，尽情地做着翻腾运动。

一旦阳光消失，他们两个就只有声音。蜡烛和煤油都太过宝贵，不能因为阅读就肆意花费。他们不知道下一次补给何时能穿过警戒线，甚至不知道是否还有警戒线，是否还有生命防御力组织，是否还有任何地面机构记得他们的存在，记得他们在这棵一千年树龄的古树上，需要补给。

她在黑暗中抓住他的手，那就是他所需要的全部信号。他们探查着彼此，每天晚上都用这种方法来对抗黑暗。"他们在哪里？"

至于她所说的"他们"，只有两种选择。如果算上光之幽灵，那就有三种。但不管她指的是哪一种，他的回答都是："我不知道。"

"或许他们已经忘记了这个地方。"

"不，"他说，"我认为他们不会。"

月光从她身后照过来，影子像头巾一样罩住了她的脸。"他们赢不了，他们不可能打败大自然。"

"但是他们可能会搅乱局势,让混乱持续很长一段时间。"

但是在这样的夜晚,森林奏响了百万种乐器演奏的交响乐,耀眼的月光碎片洒在米玛斯的树枝之间,就连尼克也会轻松相信,绿色植物有一个计划,它们要将哺乳动物统治的年代变成一次短暂的弯路年代。

"嘘——"她说,尽管他原本就已经安静下来。"那是什么?"

他知道,也不知道。另外一种实验性的化身登记入住了,它在宣布自身的行踪,测试黑暗的浓度,校正自身在这个巨大蜂巢中的位置。事实是,他的眼皮开始下垂,他很难跟上她的问题,她所说的话语正变得难以理解。没有办法能驯服黑暗,也没有办法将它转化为可利用的东西,他早已尝试过。不过他又还足够清醒,依然明白:这是我经历过的最长一段没被黑狗追着咬的时间。

他们睡着了。他们已经无须再用系带捆绑固定。但大多数夜晚,他们仍旧紧紧地拉着彼此的手,如果要从平台边缘滚下去,那他们也会一起,一如以往。

天亮后,他在自制的日历上画了一个毫无意义的勾号。他洗漱,排泄,进食,缓缓调整到平常的清醒姿势——头靠着她的脚,这样一来他们就能够看着彼此。尼克突然感到惊讶,他是怎么想到把生活搬到这二十层楼高的半空中的?但是话说回来,人一旦见识过树冠中的生活,他又怎么能前往其他地方?谁又能继续待在地上?太阳以最慢的速度,一点儿一点儿滑过夏日天空,他开始绘画。他开始明白那其中的运作方式,开始明白一片空白田野里的几个黑色符号会如何改变世上的一切。

她掀开了油布,坐在平台边缘眺望起伏的森林。秃斑正从不远的地方逼近。她开始留神细听自己空洞的声音,不变的安慰。但那些并非每天都会出现。她退回自己的笔记本,潦草地涂画一些比红杉种子还要渺小的小诗。

他看着她拿起海绵,用油布上收集的水洗澡。"你父母知道你在哪里吗?万一……发生什么事?"

她转过身,赤裸的身体在颤抖,眉头皱了起来,仿佛那个问题的前进不符合非线性动力学的规则。"我们离开爱荷华之后,我还没跟父母说过话。"

她洗完澡,重新穿上衣服,太阳的高度下降了七度。她说:"而且不会的。"

"不会什么?"

"什么事情都不会发生。我已经确信,这个故事会有一个好的结局。"她拍拍米玛斯,在这一天,米玛斯吃掉了四磅重的碳化物,然后将它们都转化成了自己的质量,尽管它已经进入中年末期。

他们花大量的时间在睡袋中读书。他们读了之前的坐树者留在吊床图书馆中的所有的书。他们阅读莎士比亚的书，将厚厚的书卷摊开放在他们两人的肚子上。他们每天下午都会读一部戏剧，两个人扮演所有的角色。《仲夏夜之梦》《李尔王》《麦克白》。他们读了两部极好的小说，一本是三年前出版的，一本是一百二十三年前出版的。在快读到后者的结尾时，她难以控制自己的声音。

"你爱这些人吗？"故事很吸引他，所以他想知道结局。但是她——她却崩溃了。

"爱？哇哦，好吧，或许吧。但是他们都被囚禁在一只鞋盒里，而且他们自己并不知道。我只想把他们摇醒，大喊：'从你们的世界里出来吧！该死的！看看周围的世界！'但是他们不能，尼克。他们的视野中没有任何活物。"

她又板起了脸，眼神也变得阴冷起来。她在为那些盲目的人哭泣，哪怕只是小说中的人物。

"你能感觉到它吗？"一天傍晚，也可能是第二天傍晚，她顶着西天混乱的云彩问道。无须更多解释，他就明白了她的意思。现在他能读懂她的想法了，他们一起漫无目的地沉思了这么久，膝盖顶着手肘，手肘顶着膝盖。

你能感觉到它抬起又消失了吗？那条静态驻波。干扰无所不在，你甚至永远都不可能知道，你被它包裹了。人类的笃定。就是它蒙蔽了你，让你看不见这里的东西——消失了。他能——能感觉到它。这棵树就像一座巨大的信号塔。他们两个正在转变成为某种被阳光洒下的光斑带动的东西，阳光要穿过米玛斯高悬在他们上方几十英尺处的树枝才能洒落在他们身上。

"我们登顶吧。"她告诉他。他还没来得及反对，一抬头，看见在一座被闪电劈断的尖顶上，立着一座糊满污泥的滴水兽雕像，她的双腿盘绕在一根管道上，那管道一路伸向地面，她的双臂则向上抛，像在过滤天空。

一天晚上，尼克正在一个绿色梦境的深处，米玛斯一阵震颤，将他抛到了平台边缘。他伸出胳膊，抓住一根细枝，依附在上面，俯视二十层楼之下的地面。在他的身后，奥莉薇亚尖叫起来。他艰难地爬回平台中央，这时一阵狂风捉住油布，将之整个掀起来，猛烈颠簸。狂风溶解了空气，冰雹穿过针叶，倾盆而下。只听得一声巨响，尼克抬头去看，在他头顶三十英尺高的地方，一根比他大腿还粗的树枝折断了，正缓慢地往下坠，一路撞上其他树枝发出噼里啪啦的声音。

狂风将奥莉薇亚一再往米玛斯的树干上掀。她紧紧抓住平台，发出异常兴奋的咯咯笑声。树干倾斜了几英尺，然后又往相反的方向冲。尼克摇摇晃晃，像是一只安装在世界最高节拍器上的滑锤。他无比确信，自己就要死了。他从下巴到脚趾，都绷得紧紧的，用他身体剩下的所有力量，紧紧地夹住生命本身。他就快放手了，大地将解决一切问题。

冰雹声中，有个声音在冲他尖叫。是奥莉薇亚。"不要……反抗。不要反抗！"

这句话拍醒了他，他又可以思考了。她是对的：绷紧，他坚持不过三分钟。

"放松，骑在上面！"

他看见了她的眼睛，绿色的眼眸写满疯狂。她弯曲的身体在摇晃，显得十分柔软，仿佛风暴根本无关紧要。又是几阵狂风打来，他逐渐明白过来。对于红杉树来说，这根本不值一提。米玛斯的树冠经历过的风暴足有上千次、上万次，而它一直以来必须要做的，就是屈服。

这棵树经历过上千年的狂风暴雨，他也像它一样，在愤怒的风暴面前投了降。正如北美红杉一亿八千万年以来所做的一样。是的，几百年前，一场风暴掀掉了这棵树的树冠。是的，风暴有能力掀倒这么大的树。但今晚不会，应该不会。今晚，红杉树的树冠在狂风中就和任何地方一样安全。只需要弯腰，骑好。

一阵怒吼穿透了狂风中凶猛的冰雹。他也怒吼回应。他们的叫喊变成了精神病人一般的大笑。他们两人一齐尖叫，直至世上所有战争的哭嚎和野性的呼声都变成了感恩。很久之后，他紧握的拳头才会放开，他们一齐在风暴中高声咆哮。

第二天上午晚些时候，三个伐木工出现在米玛斯的脚下。"你俩还好吗？昨晚风吹倒了很多大树。我们都很担心你们。"

难以置信的是，警察拍了录像。如果是在一年前，警方会毁掉录像，因为这种证据含糊不清，并不可靠。但目无法纪的人正在改变策略。为了实施打击，警方需要有新的尝试。必须记录、评估和提炼各种方法。

摄影机在人群中追拍。人们涌上街道，走过铮亮的公司招牌。他们包围了那座总部，是一座类似乡村小屋风格的建筑，偎依在一圈云杉和冷杉之中。摄影师虽然焦虑不安，但拍摄的画面完全是美式民主的体现，人们有和平集会的权利。人们站在建筑红线之外的区域，唱歌，挥舞床单做的横幅，上面写着：停止非法伐木；停止毁坏公共领地。但是警察开始在画面中穿进穿出。他们或是步行，或是骑马，也有一些坐在装甲人员运输车里。

咪咪疑惑地摇着头。"我以前都不知道，这座城市有这么多警察。"道基弓着腿在她身边跛行。"你知道我们没必要这么做的。至少有六个人愿意顶替。"

他转过头，差一点儿绊倒。"你在说什么？"他就像一只金色的巡回犬，刚刚自豪无比地为主人叼回了卷成一卷的报纸，累得筋疲力尽。"等等，"他抚摸着她的肩膀，困惑地说，"你害怕了吗，咪？你不用做任何你不想做……"

他的善良让她无法承受。"没事，我只是想说，这一次不要逞英雄。"

"上回我也不是在扮演英雄。我怎么知道他们竟然会把我的传家宝给熔掉？"

她仿佛又看见了他的牛仔裤被剪开，在风中飘扬的那一天。他的传家宝在风中飘摆，被化学气体给烧毁了。自从奇迹般地痊愈以来，他经常想再度向她展示——你可能会说，那几乎算得上是一次复活。她只是无法鼓足勇气。她爱这个男人，或许超过她对妹妹和外甥们的爱。她一直觉得惊异，这个年届四十的男人竟然如此纯朴。她无法想象，如果不帮他做好防备，会发生什么。但他们是不同的物种。这项事业——保护无法移动、无可指摘的森林，阻止人类无休止的自杀式贪欲——是他们仅有的交集。

他们朝部署车走去，那里正在分发这次抗议活动的秘密新武器——黑熊钢条。"我们真要开干了，女人。你怎么决定？这不是我赢得的头一枚紫心勋章，也不会是最后一枚。我要赢一整串，像蚯蚓一样。"

"道基，不能再受伤了。今天我受不了。"

他扬起下巴，看着那排正静观事态发展的警察。"这话得对他们说，"接着，他变成了一个除了太阳再无其他记忆的生物，"天哪！看看这些人！是要举行什么运动吗？"

第一桩犯罪——跨过警戒线，闯入私人公司领地——发生在镜头之外。但镜头很快就捕捉到了现场画面。自动对焦模式导致了片刻的画面模糊，但很快就锁定了几个和平集会者，他们正穿过车道，走上修剪整齐的草坪。接着，他们在那里站定，跟着扩音器一起喊起了口号。

人类！一旦联合！就永远不会被打败！

森林！一旦被毁！就永远无法恢复！

两个警察走过去，要求那些闯入者后退。录像中听不清他们所说的语言，但看得出，他们的态度相当礼貌。但是人群很快就像鱼群一样搅动起来，开始言语挑战和嘲讽——这正是警察想要避免的对峙局面。一个驼背的白发女人喊道："等这些公司学会尊重我们的财产了，我们就尊重他们的。"

镜头猛地摇向左侧，那里有九个人冲过了草坪。原来第一组人的争吵只是精心策划的转移注意力的方法，目的就是为了把警察从建筑入口处引开。那组正直线横穿草坪的人，每个人都拿着一根V形钢管，长度为三英尺，开口直径足够插入一根胳膊。接着画面切换。场景转移到室内。激进分子绕着大厅的一根柱子围成圈，用链条将自己锁了起来。好奇的员工都涌出来打探情况。警察从摄影师后面走出来，试图控制局面的分裂。

  抗议者们仔细研究过如何快速部署的问题。但实际进入大厅后，因为有大量看热闹的员工，再加上紧追不放的警察，部署过程并不顺利。冲突之中，咪咪和道格拉斯走散了。最后他们被冲到圈子里两个横向相对的位置。他们有三秒的上锁时间。道格拉斯将左臂插进一根黑熊钢管，将缠绕在手腕的绳索上的竖钩挂在钢管中央焊接的钢柱上。同伴们也都采取了相同的行动。几秒钟后，整个九桩环就连成了，坚固程度堪比金刚石锯。

  一圈人绕着一根很粗的圆柱，盘腿坐在地上。道格拉斯的身体往一侧用力够，但还是看不见她。于是他喊了一声："咪。"那个在他心目中足以和全世界的女神相提并论的棕脸女人笑着转过头来。他冲她竖起大拇指，接着才想起，他的大拇指插在钢管里。

  一个连续追踪的长镜头记录了所有的细节。一个身材高大的男人开始唱歌，他的一头长发在脑后梳成马尾，缺了一颗门牙。他唱的是：我们将要战胜，我们将要战胜。一开始还有窃笑声，但是唱到第三遍时，人群开始跟唱。五个警察使劲拉扯那些锁在一起的示威者，但轻易无法将他们解开。一个穿警服的人像在根据提词设备朗读那般地说道："我是桑德斯警长，你们出现在这里违反了刑法典的规定……"人群的呼声淹没了他的声音。他停了下来，闭上眼睛，然后重新开始。"这里是私人领地，我代表俄勒冈州政府，命令你们离开。如果你们不肯和平撤退，那我们会以非法集会和怀有犯罪意图的非法侵入罪实施逮捕。任何拒捕行为都将被视为违反刑法典——"

  那个笨拙的豁齿男人高喊着打断了他的发言："你应该加入我们，一起坐下来。"

  那警察往后退了一步。镜头外有人在喊："你们都是罪犯。你们只想在别人头上拉屎！"

  九桩环的人又开始歌唱。更多的警察将他们包围起来。警长再次上前，他的发言速度很慢，声音清晰，洪亮，像一位小学教师。"把你们的双手从钢管里解开。如果五分钟后你们依然固执己见，那我们将会使用胡椒喷雾来强制执行。"

  九桩环里有个人说："你们不能那么做。"镜头停在一个圆脸、黑发的小个头亚裔女人身上。警长在镜头外说："我们当然可以，而且我们说到做到。"又有人开始大喊，镜头不知该转向何处。能听见那个圆脸女人在说："根据美国法律，除非是有人身危险，否则任何政府工作人员都不得使用胡椒喷雾。看看我们！我们连动都动不了！"

警长看一眼手表。"还剩三分钟。"

一时之间，所有人都开始发声。镜头摇晃着穿过混乱的大厅，然后又切回吓人的近景。画面中出现了扭打。九桩环中有个年轻人后背肾脏位置被踢了一脚。镜头摇回豁齿男人，他的马尾辫在来回摇晃。"老天，她有哮喘症。很严重，你们不能对哮喘病人使用胡椒喷雾，会出人命的，老兄。"

镜头外有人在喊："照警察的话做。"

豁齿男人像断了脖颈一样点起了头。"照做吧，咪咪。解锁。照做。"

灰发女人的声音压倒了他。"我们达成协议了的，要一起坚持到底。"

警长再次喊话："你们这是在违法，你们的行为对社会造成了破坏。请撤出这些场地。你们有六十秒时间。"

六十秒在同样的混乱中过去了。"我再次提出要求，解锁，将你们的双手从钢管里拿出来，和平离开。"

"我为了保护这个国家中过子弹，还得过空军十字勋章。"

"五分钟之前，我就下令你们离开。我警告过你们相关后果，而且你们都接受了。"

"我不接受！"

"现在我们将使用胡椒喷雾和其他化学制品，以强制你们将双手从金属管中解出。我们将持续使用这些化学制品，直至你们解锁。现在你们准备好解锁，以避免我们的进一步行动了吗？"

道格拉斯身体侧向一边，接着侧向另一边。他看不见她。圆柱挡在他们之间，九桩环里的人都坐不住了。他开始大叫她的名字，而她就在那里，歪着头，一脸惊恐地看着他。大厅里太过嘈杂，她听不见他说的话。在那永恒中最短的一瞬之间，他们的目光紧锁在一起。他的目光中写满紧急：你没必要这么做；对我来说，你比这个公司要砍的所有森林更重要。

而她的目光中蕴含的信息甚至更为急切：道格拉斯，道格拉斯，他们在做什么？

他们看着距离警长最近的那个人——是一个四十岁的女人，体重超重，发梢是金色的，戴一款去年流行的眼镜。一个警察走到她身后，一只手中拿着纸杯，另一只则拿着棉签。警长的声音很平静："放弃抵抗，任何威胁我们的行为都将会被视为袭警,那是重罪。"

"我们被锁住了!我们被锁住了!"

又一个警察走了上去,跟上那位拿棉签和纸杯的同事。他用一只手控制住那个女人,另一只手把她的脑袋往后按。那女人脱口而出:"我在杰弗森初中教生物。我已经教了孩子们二十年——"

镜头外有人大声说:"你马上就会被别人教育了!"

警长说:"把你们的手从钢管中拿出来。"

那位教师大口吸气,然后喊了起来。警察将棉签伸进了她的右眼。接着他又擦了一下她的左眼。化学品汇聚在女人的眼皮之下,然后沿着她后仰的脸庞滴落下来。女人发出动物般的哀鸣,一声比一声高,最后终于变成了尖叫。有人大喊:"住手!马上住手!"

"我们为你们准备了清洗眼睛的水。只要你们把手解开,就发给你们。你们准备好解锁了吗?"协助的那位警察再次将女人的脑袋向后拉,另一位则继续用棉签擦她的眼睛和鼻子。"把手解开,我们就发凉水给你们清洗。"

有人吼了起来:"你们会杀死她的,她需要医生。"

拿棉签的警察向后方挥挥手。"接下来我们要使用狼牙棒,效果比这厉害多了。"

女人的尖角变成了低吟。她沉陷在痛苦之中无法摆脱。她的双手无法找到竖钩解锁。那两位警察像圣餐发布人一般,逆时针走到九桩环中的下一个人身旁——是一个三十岁的肌肉壮汉,看上去更像伐木工,而非自然爱好者。他拼命低着头,紧紧闭着眼睛。

"先生?你准备解锁了吗?"

男人宽阔、结实的肩膀向内缩,但两边的黑熊钢管拉住了他。协警用力将他的脑袋向后推。警察取得了优势,很快第三位警察走上来帮忙,男人的脖颈很快就弯了下去。光翻开他的眼睛还不够,他们将他的脑袋按住,将棉签伸进了他的眼皮。浓缩胡椒水满到溢了出来。只需要一丁点儿剂量,男人的鼻子就起了反应,他窒息得无法呼吸。镜头扫过大厅,最后悬在外面的窗户上,草地上的抗议者仍在歌唱,全然不知内部发生了什么。男人哽噎的声音被一个警察打断。"你准备解锁了吗?先生?先生,你能听见我说的话吗?你准备放弃了吗?"

有人大喊:"你们还有没有良心?"

有人尖声说:"用喷雾,对着他们的眼睛喷。"

"这是酷刑。这里是美国!"

镜头开始摇晃,摄影师像是醉了酒。

那几个警察消失在圆柱后方，道格拉斯大喊起来："她有哮喘病，你们不能对她用胡椒喷雾。看在老天的分上，那样会杀了她的。"

他不顾黑熊钢管的束缚，用力往右挣。他看到那几个警察围住了她，穿警服的那位弯下腰，小心地抱住了她的头。那场景不啻轮奸。警长说："女士，把手解开，你就可以离开了。没必要遭罪。"咪咪旁边的女人恶心干呕起来。

道格拉斯高喊咪咪的名字。拿棉签的警察用一只手抓住了她的脖子。"小姐，你准备解锁吗？"

"请不要伤害我。我不想受伤。"

"那就解锁。"

道格拉斯痛不欲生。"放开她！"咪咪的目光紧锁在他身上。她眼神闪烁，鼻孔像被捕获的兔子一般抖个不停。他不明白她的眼神，她似乎是在述说某种预言。她的眼神在说：不管发生什么，请记住我想做的是什么。警察将她美丽的脑袋向后压。她的喉咙张开了，发出汩汩的声音……

接着他想起来了。他能动。很简单：他笨手笨脚地摸到将他的手腕扣在钢管中心柱上的挂钩，然后他就自由了。他纵身而起，大吼道："滚回去！"

并不是事情发生的速度减慢了。而是他大脑的运转速度超过了旁人的动作。他有充足的时间来思考，而且反复想了好几次：袭击警察，重罪，十至十二年监禁。警察铐住了他，他甚至没来得及展翅，就被拉开四肢按在了地上。这时还没有任何一个人喊出禁止伐木的口号。

那天晚上，一位摄影师颤抖着复制了这段录像，然后将一份拷贝寄给了报社。

丹尼斯给帕特丽夏送来南瓜汤做午餐。"帕蒂？我不知道是不是该做这道菜。"

她用脑袋撞了一下他的肩膀。"现在才说这话有点儿晚了，不是吗？"

"禁令无法持续，已经解除了。"

她坐直身体，冷静下来。"那是什么意思？"

"是昨晚电视里面说的，法院又做了判决。你参加的那次庭审下达的临时禁令，对林业局没有约束力。"

"没有约束力。"

"他们又收到大量的木材丰收新方案，已经准备批准了。全州的人都发了狂。一家伐木公司的总部还发生了抗议活动。警察往抗议者的眼睛里灌化学品。"

"什么？丹，那听起来可不太对。"

"电视上播了录像片段。我看着都受不了。"

"你确定吗？发生在本地？"

"我看见了。"

"但是你说了你受不了。"

"我看见了。"

他的声音像耳光一样打在她脸上。他们在反抗——这是他们二人都无能为力的事。丹尼斯也惭愧地低下了头。狠心成大事。她抓住他的手。他们就那样守着喝空的汤碗坐在那里，看着铁杉林中的一小块空地。她回想起庭审那天法官提出的问题。荒野有什么用处？如果伐木公司的权利不受控制，将所有的森林都变成了几何模块，会造成怎样的影响？一阵风吹过，铁杉树羽状的叶片迎风飘摆。多么优雅的轮廓，多么美丽的树。令人类相形见绌，却因为人们对功效的追求、对禁令的漠视而深陷狼狈境地。树皮是灰白色的，枝梢是绿色的；针叶贴着嫩枝，向外伸展。它们总是那样宁静，哪怕在睡眠中也像是哲人。它们小小的球果像是下垂的雪橇铃，在静默中表现得那样满足。

她也感到惭愧，沉默的时间过长，即将变得荒谬时，她打破了它。"往他们的眼睛里？"

"胡椒喷雾，用棉签，看上去完全不像……不像是这个国家会发生的事。"

"人类是多么美好。"

他惊恐地转过头去。但他是一个守信的人，所以没有开口，只是等待着她的解释。是的，她想。这个想法让她显得固执。是的，美好。而且在劫难逃。所以她从来都无法在人类社会中生活。

"绝望让他们坚定。没有比那更美好的事。"

"你认为我们已经无可救药了吗？"

"丹，开采行为怎么可能停止？甚至都不可能减速。我们知道的唯一一个解决办法就是种植。更加努力地种植，更快地种植。比去年种得更多，一直种到那边的悬崖，以及更远的地方。没有其他的可能性了。"

"我明白。"

他显然不明白。但是他愿意对她撒谎，这打碎了她的心。她会告诉他——高耸的生命金字塔已经摇摇欲坠，坍塌已经开始，虽然速度还很慢，行星的生态系统已经被击溃。空气和水的循环正在断裂。生命之树将再次倒下，变成一根光秃秃的树桩，只能供无脊椎动物生存，最后沦为坚硬的地面，只剩下细菌，除非人类……除非人类。

人类是在将自己的身躯往火焰中投送。即便是在这里，在这片很早以前就遭受过毁灭之灾的土地上,这一年的损失与遥远南方的惨痛经历相比,也根本不值一提……那里抗议的人们遭到的是毒打和虐待。人们的眼睛被擦了胡椒喷雾,而她——她知道数万亿棵树已经不可挽回地消失了,每一天都是如此——却什么也没做。

"你认为我是一个爱好安静的人吗?"

"噢,丹,你安静得像一棵植物!"

"我感觉糟透了,我想要报复那些警察。"

她在铁杉树开始随风摇晃时,及时地握住了他的手。"人类啊,有太多的苦痛。"

他们将脏碗碟打包放进他的卡车,好让他带回城里清洗。在他上车之前,她抓住了他的手。

"我是一个富有的女人,对吗?"

"但还没富有到可以去竞选公职,如果那是你的想法的话。"

这个笑话逗得她大笑起来,不过很快她就又冷静下来。"就地保护的原则失败了。现在我明白了,这个结局早已注定。"他看着她,等待她说下去。她想:如果人类其余的成员都能像面前这个男人那般,满足于观看和等待,那我们或许还有获救的机会。"我想成立一个种子银行。与人类走出森林时相比,现在世界上的植物数量已经只剩下一半了。"

"因为我们?"

"每过十年,地球上的森林就会减少百分之一。平均每一年消失的森林面积都大于康涅狄格州。"

他点点头,就算没人看到他也不会在意。

"到我离开的时候,现存物种有三分之一到一半可能都已灭绝。"

她的话让他迷惑。她要去哪里?

"成千上万种我们一无所知的树木。我们才刚刚做好分类的物种。就像烧毁图书馆、美术馆、药局、档案馆一样,突然之间就消失无踪。"

"你想造一艘方舟。"

她听到这个词笑着耸耸肩,这真是一个好词。"我想造一艘方舟。"

"你要存在哪儿?"这个想法让他觉得惊奇。一座地下仓库,用来储存数亿年来的修补成果。他手拉着车门,眼神却定在一棵杉树高高的树顶。"你要……拿它们做什么?它们何时能……"

"丹,我不知道。但是一颗种子能沉睡上千年。"

这晚他们在一座能俯瞰到大海的山腰上见面。父与子。他们有一段时间没见了。这次在这个崭新的地方见面后，他们不能见面的时间会更长。

尼莱先生，是你吗？

爸爸，我们到了，成功了！

老乞丐朝那位蓝色皮肤的神明和海浪走去。那位神明站在那里没动。声音听起来很糟糕，尼莱。

我能听见你的声音，爸爸。别担心，只有你和我。

我不敢相信。太棒了！

这不算什么，等等。

蓝皮肤的神想要走动，但差点儿绊倒。看看你的服装！再看看我！

希望能逗你一笑，爸爸。

他们沿着饱受海浪侵蚀的崖顶小路，一起摇摇晃晃地往前走。很久以前，父亲去了一家遥远的明尼苏达州诊所，从那以后，这样的散步就成了不可能实现的愿望。像这样一起外出的记忆，只在男孩很小的时候发生过，他们边走边聊，语速总是追着脚步。

这里好大啊，尼莱。

还不止这些，远远不止。

细节也这么真实！你怎么做到的？

爸爸，这只是个开始，相信我。

蓝皮肤的神踽踽地走到崖壁边缘。我的天哪，看那下面，海浪！

从他们所在的崖顶，一道瀑布急坠直下，坠入下方的海岸。沙滩上散落着海浪冲刷雕成的岩石，宛如童话中的城堡。潮水闪闪发光。

尼莱，太美了，我想看到全貌！他们沿着海岸走了一阵子，然后转弯走入内陆。现在我们到哪了？这是什么地方？

都是想象出来的地方，爸爸。

是的，但是很熟悉。

很好！

父亲之后会告诉母亲，他是如何鼓足勇气，回到世界之初，回到人类诞生之前的世界。雾蒙蒙的空气和宛如热带一般的倾斜光线让他感到迷惑。黄褐色的沙滩和蔚蓝色的大海、干燥的山岭将他们环抱其中。他眯着眼睛看那里的植物，如此丰茂。他从未关注过植物。在现实生活中，他从来就没有时间关注植物。往后他也不会再有时间。

他们沿着一条小路前进，路旁多瘤的树枝伸展开来，形成巨大的阳伞遮挡了日光。究竟是怎么一回事，尼莱？是在你的科幻世界吗？仿佛儿子的奇幻杂志依然堆在他童年时代的床铺下积灰。

不，爸爸。这里是地球，这些是龙血树。

它们真的存在？我们的世界上竟然有那样的树？

乞丐笑着指给他看。这里所有的一切都有现实依据！

蓝皮肤的神渐渐明白了，这里海中的鱼、空中的鸟，这片大地上爬行的所有的一切，都只是一个原始的起点，都是将来的庇护所，都是从消失的原点拯救下来的。他走近一只巨大的羊肚菌。玩家要拿这个地方做什么呢？

这个问题在乞丐的意料之外。你想要它做什么呢，爸爸？

呃，尼莱。我记得，这是个好答案！

乞丐描述了这个沙箱究竟有多大。人们能在这里采集药材，猎捕动物，种植庄稼，砍伐树木，制作木板，从深井中挖掘矿物，贸易和谈判，建造小屋、市政厅、大教堂和世界奇迹……

他们再度迈步。植被变得更加茂盛。下层灌木中有野兽潜行，头顶有鸟群转向。人们什么时候来呢？

下月底。

我知道了。快了！

到时候你依然会在这里，爸爸。

是的，当然，尼莱。再问一下，我该怎么点头？蓝皮肤的神学着点头。这么多新东西要学。到时候会发生什么？

到时候我们会迎来大量的人。已经有五十万人签约。每个月二十块钱。我们预计会迎来数百万玩家。

我很高兴看到这些，在他们来之前。

是的。只有我们两个人！

新手玩家毗湿奴步履蹒跚地走上小径。现在要爬山了。是一条藤蔓葳蕤的峡谷。神在那里站了一会儿，被周围的景象惊呆了。接着他们继续沿着林中小径前行。

才过了二十五年，爸爸。距离我们写下那个"你好世界"程序的时候。它的曲线依然在笔直地向前发展。

按照处理器的计量标准——是这位蓝皮肤的神帮忙建造的处理器——父子二人走了两千英里地，经过了几万亿年时间，翻山越岭走进了未来。这片生机勃勃的大地没有尽头。一世又一世，它会变得更加丰富和狂野，给人更多惊喜。地图将变得和现实世界一样丰满，但人们依然会觉得饥渴和孤独。

他们沿着壮丽的山顶小路行走。在下方远远的山谷中，有一条古老的大河蜿蜒穿过一片绿意盎然的丛林。蓝皮肤的神驻足观看。他一生都在思念故乡。渴望驱策着他从古吉拉特的一个小村庄来到了这片黄金之州。他已经没有祖国了，只有工作和承诺。他一辈子都认为：只有我一个人。现在他俯瞰着那条曲折奔涌的河。数以百万计的人每个月都会支付租金来到这里。而那时他已经离开。

我们现在到了哪里，尼莱先生？

模式不是那样的，爸爸。这里的一切都是崭新的。

是的。不，我明白。但是这些植物和动物呢？我们是从非洲到了亚洲吗？

跟我来。我带你去看样东西。乞丐领着他沿一条岔路往丛林深处走去。他们走进了一座迷宫，所有的路都一样曲折。各种生物在林下灌木丛中钻来钻去。

这是印楝树，尼莱。真不可思议，就要到家了！

等等，还有呢。

丛林变得更加茂密，小路越来越细。能看见各种形状的蕨类和藤蔓。然后父亲看见了它，就藏在这片仿真丛林的绿叶之中。是一座废弃的神庙，已经被一棵无花果树吞没了。

噢，我的王子啊。你真的干了件大事。

不只是我。是好几百人、好几千人一起努力的成果。我甚至不知道他们每个人的名字。现在你也来了。这是你的劳动成果……乞丐转过身，挥手指着那些钻进古老石缝的树根，它们在寻找缝隙，想要继续往深处爬，从中吸取养分。他举起粗糙的小手指的指尖。你看见了吗，爸爸？一粒种子长成了这样一棵大树……

毗湿奴想问：我的眼睛里怎么都是水呢？但他没问，而是说：谢谢你，尼莱，现在我该走了。

是的，爸爸。我很快就会再见到你。这是一个无伤大雅的谎言。在这个世界，这位乞丐刚刚走过了半块大陆。但在那个世界，他已经太过虚弱，不可能再冒险乘坐飞机。而那位蓝皮肤的神，他刚刚赤足翻过了一座锯齿般的山脊；而在上面的世界，他的身体已经被恶意程序和语法错误所占据，坚持不到这个世界开幕的那一天了。

他的木偶身躯点点头，双手合十。谢谢你带我走这一段路，亲爱的尼莱。我们很快就能到家了。

雷·布林克曼的大脑从启蒙到溃堤用了十三秒。

卧室电视在播放晚间新闻，声音刺耳。以色列势力摧毁了巴勒斯坦的橄榄园。雷盖着被子，紧紧地攥着遥控器，将声音调高，直到能压过他脑海中喧嚣的思绪。多萝西在浴室，正在做睡前准备。她的夜间仪式一项项推进，电吹风的声音变成了电动牙刷，然后是陶瓷水盆的流水声。每一个声音都在对他说晚安，就像狼群，或者潜鸟的呼唤。就像那些动物的呼唤一样，这些声音也很快都消失了。

她似乎要忙到永远——为了什么？经过今晚这般大祸临头的经历……那些准备活动，还有哪一项不能挪到明天早上再做呢？她会收拾得干干净净来睡觉，为今夜可能发生的任何事情都做好准备，但夜晚带来的噩梦不可能比白天更糟。

这一切对他来说都没有道理。经过这样一个夜晚，难以想象她还会爬上他们一起睡了十二年的床。但更加难以想象的是，她将在走廊那头，许多年前她曾经梦想着做成育婴房的房间里入睡。如果是那样，他会毁掉这张床。将橡木雕花床头板剁成碎片当柴烧。新闻播音员说："与此同时，加拿大正在砍伐全国各地校园里的树木，以保护学生的生命……"

雷看着荧幕，但不明白眼前看到的场景。那是三秒中的第一秒，他的思想依然连贯，他想：一直以来我都快乐地把共识当成了现实；从没怀疑过，人类这个种族被赋予了一个有意义的未来；但现在，我的看法改变了。

这些想法只延续了不到四分之一秒。他闭眼片刻，回到了试镜的时候。那是他们的第一次约会。女巫告诉他，不要担心明天。他不会受到任何伤害，森林会起来，行走数英里，爬上一座遥远的山丘。他会平安的，从现在开始将永保平安，毕竟谁能够命令树木，叫它从泥土之中拔起它的深根来呢？我们巍巍高位的麦克白将要尽其天年。但是，他拿到的是另一个角色。是并非母体所生，能让森林移动的麦克德夫。

雷的眼皮闭了半秒钟。在那仿若活着一般的荧幕之中，他看见他们两个睡在一起，是他们第一次冒险在业余剧院演出的那个晚上。都是我们的昨日，一遍又一遍地重演。年轻的麦克白夫人当时不满二十四岁，正站在成人世界的大厅里焦躁难安。黑暗中，她就像一位高度敏感的朋友，躺在他身边，密集地提问，仿佛在对他进行一场焦急的工作面试：你对你父母的感情如何？你是否有过种族歧视的想法？你有没有在商店里偷过东西？即便是在那时，在他们一起过夜的第一个夜晚，他就明白了，等年老的时候，他们会怎样照顾彼此。他们两个人，正沿着一条早已设计好的路线前行，随着时间的流逝，计划将一步步揭示自身。永远。直到永远。直到永远。

但那预言是一个诡计。他必须将他自己摘出去，才能存活。但该怎么做？又为了什么？新闻画面切换到一片荒野。雷看到一片迷雾：人们被锁在一起，警察在捕杀他们。浴室里的水流声停止了。这是第六和第七秒发生的事。

所有的稳定关系都是盗窃。这是他的妻子告诉他的，就在一小时之前：你以为这一切都会结束，我会恢复理智？我很快就会变回你的小多特？

他想说，他几个月前就知道了。一年多以前就知道了。但他还在这里，依然是她的丈夫。任凭她来来去去，不管和谁在一起，做什么事情，只要待在他身边就好。

比盗窃还糟，是谋杀。你快杀死我了，雷。

他试图提醒她：他们之间还有事情要发生。是他们必须在一起的一个理由。他早已看清，是一种预感让他坚持了这么久，一个字都没说。他们属于一个联盟，而且一直都存在着某种目标。

没有人是属于任何人的，雷。你得放我自由。

浴室里发生了什么事，听起来像是无事，其实所有的事都发生了。两秒钟的沉寂，他感到害怕。一切都不合情理。没有任何事情需要注意。他回头继续看电视。人们一无所获，徒劳无益。

第九和第十秒，他的大脑变成了一个巡回法院，被一个想法填满了。第一次有那个想法，是在数月以前，那个晚上他在阅读，他的合法妻子却出门烧坏了脑子，而这件事将成为一个秘密。这个想法是他从别人的一本书中偷来的，所以现在他必须付出代价。时间会改变人们所拥有的事物，也会改变拥有事物的主人。人类对于邻居的看法是完全错误的，而且没有人发现这一点。我们必须为人类从世界上偷来的每一个想法、每一件事付出代价。

电视上的人开始尖叫。叫声也有可能来自他自己，他看到他自己和他的妻子变黄掉落了。她正站在门口，大叫他的名字。他的嘴唇动了动，但没有发出任何声音。

就像是，我刚想到"书"这个字，而你就将书放在了我的手中。

他从床上滑到了松木地板上。在他的眼前，大地再次翻涌成涡旋。他脑中有个东西断了，曾经像房屋一样安全的每一件事都崩塌了，就像一座被过度开采的矿山。血涌进了他的皮质层，他一无所有。除了这个，一无所有。

周一清晨七点半，咪咪抵达公司，发现一个身穿灰褐色哔叽西装的男人站在她的办公桌旁。她一眼就认出了这个陌生人的身份。"马小姐？"

办公桌旁靠着几个还没撑开的纸板箱。他已经在此等候了一段时间了。工作职责要求他提前抵达，以确保万无一失。咪咪的电脑已经被拔了线，所有的电线都已经整齐卷好，放在电脑上。她还在一英里外喝咖啡吃百吉饼时，所有的文件就都已被清空拿走。

"我是布兰登·史密斯，来这里协助你离开公司。"

她几天前就知道这一幕不可避免。她的事迹登上了各大新闻，非法擅闯私人领地。工程师同事们可能不会在乎这点儿错——毕竟人类这个种族有无数设计缺陷——但她也犯了反抗进步、自由和财富罪。而那些是人类种族与生俱来的权利，她的职业领域永远不可能原谅。

她盯着面前的这位职业驱逐人，直盯得他尴尬地转移视线。"加雷斯觉得我会把这地方搞成垃圾堆？盗走一些国际陶瓷模塑机密？"

男人打开一只纸板箱。"我们只有二十分钟打包时间。仅限私人物品。你带走的每一样东西我都会列单登记，核准之后你才能签字离开。"

"签字离开？签字离开？"怒火自喉咙喷涌而出，公司竟然聘请这样一位私人保镖来驱逐她离开。她转身走向门口。穿灰褐色西装的男人拦住了她，只差使用武力。

"一旦离开这间办公室，我们就会将它封死。"

她犹豫了一下，然后坐在她的桌子上。不是她的桌子。她的脑袋像是挨了棍子。他们怎么敢？怎么会有人敢？我会告到他们赔光每一分钱。但是公平的权利和特权掌握在他们手中。人类就是暴徒。法律就是暴徒的武器。同事们纷纷走过她的房门，故意放慢速度，窥视一眼里面的闹剧，然后尴尬地溜走。

她将她的书都放进看守者帮她撑开的纸板箱，然后是笔记本。

"笔记本不能带走。笔记本属于公司财产。"

她强忍住想要操起订书机的念头。她接过看守递给她的纸，将照片包好放进纸箱。卡门和她那匹肯塔基山地马的照片。艾米莉亚和孩子们的照片，是在图森的一个游泳池拍的。还有她父亲站在黄石的一条河边的照片。还有她上海的祖父母的照片，穿着礼拜日最正式的服装，抱着永远都无法见面的美国孙女的照片。

就像用折弯的钉子制造的逻辑谜题、镶框装裱的笑话：反应胜于雄辩；有人认为玻璃杯是半空，有人认为是半满；工程师总是认为包装的体积是实际需求的两倍。

"完了吗？"催促她提前退休的私人看守问。

还有一只贴有三角旗标的手提箱，一只有漏字板印的外国人名的扁皮箱。

"钥匙给你。"她摇摇头，将公司的钥匙递给他。男人在清单上一一核对过，然后让她签字。"请跟我来。"他搬起箱子。她则拿起手提箱和扁皮箱。走廊上好奇的同事们都快速让开通道。他将箱子放在地上，锁上房门。锁音落定的那一刻，她突然想起来。

"该死,把门打开。"

"这间办公室已经封死。"

"打开。"

他照做了。她再次走进室内,走到一面墙边,站上一只椅子,一英尺一英尺地,将那张已有一千两百年历史的罗汉开悟画卷取下来,卷好放进口袋。接着她随她的看守走到前门,一路经过的员工多年来每天都会热情地向她打招呼,现在他们只是在做分内的工作。她将多年职业生涯累积的物品一趟趟搬进停车场,那男人只坚守在公司门口,就像伊甸园东门的守护天使,只想要阻止人类闯入花园,偷摘禁树上的果实,偷吃另一枚能够解决一切问题的禁果。

时间临近午夜,道基在一家汽车旅馆,里面挤满了下班的民兵和其他武装爱国者,重金属音乐喧器刺耳。他一直在说:那是唯一知道自己被打败的动物,而那正是所有麻烦的开端。

"我想说的是,知道自己废了一条腿,就快死了,那是怎样一种感觉。你足够聪明,看到自己成了一块腐肉,身上就只缠了一点儿肮脏的绷带,只能坚持——多久?几千个日出?"

和他一起坐在椴木吧台的哲学家同伴回答:"你能不能闭上你的臭嘴,安静一会儿?"

"好了,现在变成一棵树。那些家伙对事情的了解,那种层面,那种时间框架,我们甚至无法——"

一只拳头挥了出来,打在他的颧骨上,速度如此之快,道格拉斯像是被冰封在了原地。先撞在杉木地板上的,是他的脑袋,他很快就晕了过去,甚至没听见那男人踩在他身上说的话。"对不住了,但是我警告过你。"

等他醒来时,他的哲学家伙伴斯宾诺莎[①]早就离开了。他试探着抹了一把脑袋和脸。什么都没少,不过上面黏糊糊的一团,感觉不太对劲。眼前一片火星,亮得他眼花,然后是黑云,还有疼痛,不过比这更糟的情况他也经历过。他让赶过来关心他的

[①] 巴鲁赫·德·斯宾诺莎(1632—1677),荷兰哲学家,与笛卡尔和莱布尼茨齐名的近代西方哲学三大理性主义者之一。

女招待扶着他站起身，晃了几下确认没事。"人不可貌相。"这一次没有人发表任何反驳意见。

他钻进停在旅馆停车场的车子，开始思考该怎么解决这次意外事件。据他所知，没有人能给予他援助和安慰了，除了那个和他一起拯救世界的搭档，那个不只是相信他，还加入他一起为一项更为伟大的事业而奋斗的女人。也只有她知道该怎么照顾他，赋予他人生的意义。这个时间去找咪咪，等于是要突破界线。尽管她从未说过禁止他夜间到访，但她也应该不会激动。但说到底，她知道该怎么处理他脸上的伤。

她曾经给他讲过，当时他们被链条锁在一起，堵在一条路上，但伐木公司对此根本不感兴趣，他们在那里等了几个小时，实在是感觉冗长乏味。她给他讲了她年轻时代的那些精彩恋爱。不分性别，她对他们的爱都一样浓烈。那番坦白要是再多一根羽毛的分量，他可能就会被砸晕过去。不管她想要成为怎样的人，他都会与她同沦陷。世界上有如此之多的物种，每一种都是一个古怪的实验。他只是希望，有一天她能允许他走进她内心的密室，把他当作值得信赖的密友，甚至男仆也行。不管她人生的答案是谁，希望她能允许他在一旁守候——守候他们，当一个哨兵，帮他们抵挡这个恶毒的世界。

他挣扎着将钥匙插进点火器。此刻他或许不适合操作重型机器。但是他的脸裂开了，眼角也在流淌不明液体。其实他已经无处可去。他小心开出停车场，回到山谷公路，朝城市开去，朝爱开去。

他没看见酒吧门外路肩上停靠的那辆卡车。没看见它正缓慢地朝他身后的沥青路移动。他什么也没看见，直到两只煞白的眼睛填满他的后视镜，那只野兽撞上了他的后保险杠。他的车颤抖着向前冲去，鱼一般摆起了尾巴。那卡车又撞了上来。他无法刹车，甚至无法思考。道路在倾斜。他踩下油门，但卡车紧追不放。到了山脚下，他屏住呼吸，冲过了一座铁路交叉路口。

前方出现了一个十字路口。他突然加速，以弯道限速的两倍速度向右转弯。如同慢镜回放的障碍滑雪赛那般，他的车位顺时针干净地旋转了二百七十度。车子停下来时，他已经到达十字路口，但是车头已经垂直于来时的公路，而那辆空的运木卡车砰的一声开了过去，司机猛锤喇叭，像是一声漫长的告别。

路口只剩下道格拉斯，他的身体仍在颤抖。这次袭击比警方的每一次打击都更加严重。比他从飞机上坠落还要可怕。因为当时只是神在玩轮盘赌游戏。而刚刚他面对的是一个疯子，一个有着精密计划的疯子。

他启动车子，开了很久很久才回到城市。他的视线不敢离开后视镜，担心那两道白光随时都会再次出现。但一直到抵达咪咪的公寓大楼，他没再遇见事故。咪咪公寓的灯还亮着。她开门时显然是喝醉了。她身后的房间里一片凌乱。客厅的地上平摊着一幅卷轴画。

她的身体摇摇晃晃，声音也含混不清："发生了什么？"

他惊讶地抹了一把脸，一时之间什么都想不起来。不等他回答，她就将他拉了进去。最终，树林就这样让他们回到了家。

亚当·阿皮亚将右脚伸进一个想象中的壁龛，然后走了上去。滑动绳索上的活结，左脚再走一步。奋力忘记他已经在想象中走了多少步。他告诉自己：我以前经常爬树。但此刻他不是在爬树，而是在爬空气，顺着一根细如铅笔的绳索，是从一根宽到他一眼看不到两边尽头的树干上垂下来的。在那一英尺厚的树皮中，沟纹比他的手还要深。在他的上方，是一条棕色的路，消失在上方的云层中。绳索开始旋转。

上面有个声音在喊："等等，别拼命。"

"我做不到。"

"你可以的。你会做到的，先生。"

恐惧沿着喉咙往胃里灌。他一英尺又一英尺地，缩短那看似没有尽头的缺口。快要登顶时，他才壮着胆子往上看了一眼。树上有两个人在温柔地鼓励他，但是他听不见，也不相信。他终于抵达了某个结实的地方，还在呼吸。虽然担心极了，但还在呼吸。

"看见了吧？"女人容光焕发的脸让他不禁好奇，他是否死在了攀爬的途中。男人——脸上像是覆盖了一层黏性物质，络腮胡像《旧约》那么古老——递给他一杯水。亚当喝了下去。他过了好一阵子才总算相信，他会没事的。身下的平台在风中倾斜。树上的那对男女徘徊在他身旁，递给他一些浆果。

"我没事。不过我猜，如果五分钟前我说这句话，听起来或许更有说服力。"

女人叫银杏，她沿着一根树干快速爬上一个临时搭建的餐具室，寻找一种她宣称能缓解眩晕的茶叶。她没有采取任何安全措施，光着脚，在这个二十层楼高的高处。他将脸埋在一个针叶装填的枕头中。

逐渐适应之后，亚当开始朝下看。下方的森林像拼缀图一般延展开去。他刚刚就是从那大屠杀的现场走过来的，是被传信人洛基私自带进来的。但从高处俯视，情况更加糟糕。这棵树是这片区域坚持最久的一棵树，坐树者的态度也最坚决，是他要研究的"误入歧途的理想主义"课题的理想采访对象。而这棵树也是这次丰收伐木行动剩下的最后一棵大树。有些地块的树木已被砍伐殆尽，只剩零零散散几棵小树，就像青春期的男孩刮胡子剩下的胡楂。到处都是刚刚砍伐留下的树桩、碎屑，以及烧焦的荒地，锯末中有垃圾在闪光，少量幸存下来的树林都长在峡谷中，地势太过陡峭，人类难以抵达。这棵大树周围的灌木丛在坐树者口中也有名字。

男人自称守护人，他指着一些地标说："所有疏松的表土都会被冲进鳗鱼溪，一路杀死各种鱼类，流进海洋。很难想象，十个月前我们第一次来时，这里的一切都是绿的。有太多的东西值得我们放慢脚步。"

亚当不是临床心理医生，沿着失落的海岸采访了二百五十名积极分子，结果却让他更加害怕诊断。但是这位守护人要么是有很深的抑郁，要么就是重生的现实主义者。

下方突然爆发出一阵黄蜂般的嗡鸣，是重型机械的声音，守护人弯腰查看。"在那边。"是比香蕉蛞蝓还要亮的黄色，正在这片逐渐倒下的森林里，半英里以外的地方来回奔波。

"这一次是什么？"银杏问。

"一辆天际线木材堆垛机。两台卡茨抓木器。明天我们就有可能被包围。"他看着亚当，"你可以尽情提问，然后今晚就下树离开。"

"或者留下来加入我们，"银杏说，"我们让你住上面的客房。"

亚当无法回答。他的脑袋依然无法思考。光是呼吸就让他感到难受。他只想返回圣克鲁兹，分析问卷得到的数据，然后根据坚实可信的统计资料得出一些模棱两可的结论。

"热烈欢迎你，"女人告诉他，"毕竟我们一开始只是自愿来坚守几天，可现在已经待了差不多快一年了。"

守护人笑了起来。"缪尔有段话写得很美：'我原本只是出去走走……'"

亚当的呕吐物喷射到空中，跨越两百英尺的距离落在地上。

采访对象坐在平台上，盯着亚当发给他们的问卷和铅笔。他们的手上都有棕色和绿色的污点，指甲里面有半腐的硬皮。他们散发出红杉一样的成熟和发霉的味道。采访者爬上了他们头顶的那只吊床观察站，吊床一直晃个不停。他在研究他们脸上所呈现的那种类似救世主义偏执狂的焦虑神情，他采访许多激进分子时都见过这种表情。这个男人气度宏大，但带着一种宿命色彩。女人的冷静姿态只有历经千锤百炼的人才有可能拥有。

银杏问："这是你博士论文的调查问卷？"

"是的。"

"你的假设是什么？"

亚当采访了这么多人，这个问题让他最陌生。"不管我说什么，都会影响你们的答案。"

"你的理论是，人们……"

"不，还没有结论。我只是在收集数据。"

守护人的笑声像是一个易碎的单音节词。"顺序不是这样的吧？"

"那应该是怎样？"

"根据科学的方法，没有指导性理论，你是无法收集数据的。"

"正如我告诉过你们的，我在研究环保积极分子的个性特征。"

"要做病理学鉴定？"守护人问。

"完全不是。我只是……我想了解一些事情，关于……关于那些相信……"

"相信植物也是人的那些人？"

亚当刚笑出声就后悔了，都是因为身处高空。"是的。"

"你希望汇总这些问卷得分，然后再做一些回归分析——"

女人敲了敲男人的脚踝。男人立刻就住了嘴，两人的动作回答了亚当想偷偷加进问卷的两个问题之一。另一个他想加的问题是，他们如何在彼此面前拉屎，在七十码的高空。

银杏的笑容让亚当觉得充满欺骗性。她比他年纪小，但她坚定的神情却像是比他大几十岁。"你想研究的是，当周围的人都认为只有他人才是唯一真实的事物时，为什么有些人却会如此严肃地对待这个现实世界。你应该研究的是，那些只认为人类重要的人。"

守护人笑了起来。"谈谈病理学。"

有那么一瞬间，似乎连他们头顶上的太阳也按下了暂停键。接着才又继续缓慢地向西方沉落，返回等待的海洋。正午的阳光为周围的风光镀了一层金，将它们变得犹如水彩画一样斑斓。加利福尼亚，美国的伊甸园。这里是侏罗纪时代的森林遗留下来的最后一些遗迹，这个世界与地球上其他的任何地方都不一样。银杏翻阅着问卷册，亚当一早就告诉过她，不要提前往后翻。她看到第三页上列出的一些天真的问题，摇了摇头。"这些问题无法告诉你任何重要的信息。如果你想了解我们，那我们可以直接谈。"

"这个嘛……"吊床让亚当恶心，除了下方四十九平方英尺面积的森林，他任何地方都看不了。"问题在于——"

"他需要数据，一些简单的数据，"守护人指着西南方向，链锯的哀鸣越来越近，"来完成这个类推。但是问卷会将个性复杂化，就像天际线堆垛机会……"

女人站了起来，跳的幅度那样大，亚当确信她会从平台边缘翻过去。她朝一边歪去，守护人于是向后倒，以维持平衡。两个人谁也没意识到，他们的动作就像是羽毛球混合双打时所采用的策略。银杏转身看向亚当。他等着她像伊卡洛斯①那样坠落。

"我只差三个小时的学习时间就能拿到保险统计精算科学的学位。你知道精算科学是研究什么吗？"

"我……这个问题是在给我挖陷阱吗？"

"研究用金钱来替代整个人的一生。"

亚当吐了一口气。"你能，你知道，坐下吗？"

"现在根本没有风！不过好吧，我能问你一个问题吗？"

"可以，请问……"

"这张问卷上有什么问题是看着我们的眼睛直接提问不能问清的吗？"

"我想知道……"说出来会毁掉问卷。他的提示会将他们的回答全部变成无效答案。但不知为何，在这棵已有千年历史的大树上，他已不在乎那些。他想要交谈，他已经有好一阵子没有这样的欲望了。"许多证据表明，集体信仰会影响人们的理智。"

银杏和守护人相视一笑，仿佛他刚才告诉他们的是，科学已经证明大气成分主要是空气。

"人们会制造现实。水力发电大坝，海底隧道，超音速运输。很难抵抗那些设想。"

守护人的笑容中透露出疲惫。"我们没有制造现实。我们只是在逃避。到目前为止都是如此，手段就是打劫自然资本，隐藏这些行为所需要付出的代价。但是代价正在逐渐显现，我们却无法偿还。"

亚当不知是该笑还是该点头。他只知道这些人——少量对大众普遍认可的现实免疫的人——有一个秘密，他需要了解。

银杏像是在用实验室里的双向镜审视亚当。"我能再问你一个别的问题吗？"

"请自由提问。"

"很简单，你认为我们有多少时间？"

他不明白。他看向守护人，但那男人也在等待他的答案。"我不知道。"

"在你内心最深处，你认为我们人类还需要多久才能把周围的森林全部推翻？"

她的言辞令亚当感到尴尬。这个问题应该问的是本科生，适合周六深夜的酒吧间。他已经不再掩饰他的态度，这一切努力——非法闯入私人领地，爬树，这场不知所谓的交谈——都不如他额外取得的这两份数据来得有价值。他看向远方被毁灭的森

---

① 希腊神话中代达罗斯的儿子，父子二人用蜡和羽毛造的翅膀逃离克里特岛时，伊卡洛斯因为飞得太高，双翼上的蜡遭太阳融化跌落水中丧生。

林。"我真的不知道。"

"你相信人类利用资源的速度快于世界的更替速度吗?"

这个问题似乎已经偏离计算太远,没有任何意义。但接着他后腰上似乎有东西在移动,感觉就像破盲。"信。"

"谢谢!"她对她这个成熟过快的学生感到高兴。他也笑着回应。银杏开始上下摆头,眉头也舒展开了。"你认为那个速度是在减慢还是在加快?"

他看过图表。所有人都看过。其实才刚刚点火。

"如此简单,"她说,"如此明显。一个有限系统内的指数级增长会导致崩溃。但是人们看不见。所以人类的权威在破产。"银杏看他的眼神中有感兴趣的一面,也带着怜悯。亚当却只想他的吊床摇篮能停止摇晃。"房子着火了吗?"

银杏耸耸肩,嘴唇斜向一边。"是的。"

"你想观察少数几个在大喊'快灭火'的人,但其余的人都心满意足地看着火越烧越大。"

就在一分钟之前,这个女人还是亚当的观察研究对象。但现在他却想要向她吐露心声。"这种现象有一个名字,我们称之为旁观者效应。我曾经任由我的教授死去,因为礼堂里没有一个人站起来。旁观者越多……"

"……就越难喊出'着火了'?"

"因为如果真的有问题,那么肯定会有人——"

"应该已经有很多人——"

"其余六十亿人——"

"六十亿?不如说七十亿,很快就会增长到一百五十亿。我们很快就会吃掉地球上三分之二的净产品。从我们出生起,木材的需求量已经翻了三倍。"

"即将撞墙时是无法踩刹车的。"

"把眼睛挖出来倒是更简单。"

远处的咆哮声再次打破他们的沉默。在亚当看来,整个研究似乎都偏离了方向。他要研究的是一种规模大到难以想象的疾病,一种旁观者甚至都无法识别的疾病。

银杏打破了沉默。"我们并不孤单。有他物想要靠近我们。我能听到它们的声音。"

亚当从后颈到后腰的汗毛全都竖起来了。他体毛很浓密。但是信号并不明显,在传递过程中丢失了。"听到谁的声音?"

"我不知道。这些树,生命力。"

"你是说,说话的声音吗?很大声的那种?"

她轻抚着一根大树枝,仿佛那是一个宠物。"真实的话语,但声音不大。在我的脑海中，更像是古希腊的合唱队。"她看着亚当，眼神非常清澈，仿佛刚刚只是请他留下来吃完饭。"我死过一次，在床上触电身亡。我的心脏停止了跳动，复活后就开始听见它们。"

亚当扭头看向守护人，像是想要找个头脑清醒的人确认。但是那个大胡子预言家只是扬起了眉头。

银杏敲敲问卷。"关于救世者的心理，我猜你现在已经有答案了吧？"

守护人碰了碰她的肩膀。"植物会说话，人类会倾听，哪一个更疯狂？"

亚当没有听。他刚刚才意识到一个一直以来都十分明显的问题。他开始说话，但并没有针对某个特定的人。"我有时会大声说话，对我的姐姐说。我很小的时候，她就失踪了。"

"好吧，那我们能研究你吗？"

一个事实在他身边歪曲了，这是他在学习过程中永远也不可能发现的。与绿色世界的思想相比，意识本身就散发着一种疯狂的味道。亚当伸出双手想平稳身体，却只抓住一根摇晃的小树枝。这个生物将他举在高空中，几乎难以看见地面的地方，它想要他死。他的大脑快速旋转。这棵树给他下了药。一根藤蔓那么粗的绳索让他又旋转起来。他的目光锁定那个女人的脸，仿佛在最后时刻不顾一切地阅读她的个性特征能为他提供保护。"它们……它们在说什么？我是说那些树？"

她试着告诉他。

他们交谈之间，战争已经推进到最近的一条排水道了。每倒下一棵树，亚当就像是被击碎了一次，尽管它们只是在幸存的巨树中撕了一条口子。他从来没想过树木倒地会是这样暴力的画面，就像摩天大楼的倒塌。松针和木屑在空中堆积成云。"树木倒地的区域是杀手，"银杏说，"他们已经用推土机铲平了所有的倒地区，这样树木倒地后才不会摔碎。但是这样就谋杀了土壤。"

一棵树干足有亚当身高那么粗的树倒了下来，砸在下面的山坡上。被击中的土地溶解了。

黄昏时，他们远远地看见洛基走了过来，穿过内部已经被摧毁的森林，时间刚刚好，他是来护送这位心理学家穿越洪堡木业的封锁线返回的。但是他踉跄的姿态却像是在说，任务有变。走到树脚下后，他让他们放下绳索和挽具。

"出什么事了？"守护人问。

"我上去再说。"

他们在拥挤的平台上给他腾出了一些空间。他面色苍白，呼吸粗重，但并不是因为攀爬。"是N母亲和摩西。"

"又被打了？"

"死了。"

银杏叫了出来。

"有人炸了办公室。他们当时正在里面为林业局的一次行为撰写演讲稿。警察说是他们自己用储存的炸药自杀的，还控诉生命防御力组织是国内的恐怖组织。"

"不，"银杏说，"不，请不要这样。"暮色已经降临，四周景象已难以分辨。

很长时间都没有人说话，但那并不是沉默。守护人说："N母亲，恐怖分子？她甚至都不让我往树上钉钉子。她告诉我，'锯子会伤到人的。'"

※※※

他们开始讲述死者的往事。N母亲如何训练他们，摩西如何要求他们坐在米玛斯上。在两百英尺的高空举办的追思会。亚当想起他在本科时代曾经学过，记忆往往是一种正在发展中的合作。

洛基下去了，他急着返回地面的哀悼会。"我们无能为力，但是至少我们能待在一起。你来吗？"他问亚当。

"欢迎你留下。"银杏说。

这位研究者躺在他晃荡的吊床上，一个手指都不敢动弹。"我想从高处看看黑暗是什么模样。"

这一晚的黑暗十分丰富，很值得观看，也值得嗅探，能闻到肥沃的臭气，是孢子、腐烂的植物、到处攀爬的苔藓所散发出来的。即使是在远离大地的高空中，也依然有土壤正在生成。银杏在火炉上煮了白豆。这是亚当开始田野调查后吃过的最好吃的一顿饭。现在已经看不见地面，所以高度并未对他造成太大的影响。

鼯鼠也来探察他这位新来者。他很满足，就像一位高居于夜空中的修行者。守护人就着烛光在一本口袋笔记本中画画，偶尔会拿给银杏看。"是了，就是他们，一模一样！"

所有的声音都隔得很远，虽然音量像是开到了最大，但感觉却像女中音一样温柔。有亚当不知道名字的鸟类在黑暗中振翅的声音；看不见的哺乳动物嘶吼的声音；他们所住的这座高耸的木头房子发出嘎吱嘎吱的声音；一根树枝落在地上；又一根；一只苍蝇，飞过了他耳中的毛发；他自己的呼吸声打在衣领上发出的回音；另外两个坐树者的呼吸声，在这个云上村庄里听起来近得让人感到不可思议，仿佛在举行沉默的仪式。亚当感到惊讶，舒适与恐惧的感觉竟然如此相近。女人依附在画家身上，画家正抢着利用最后一点烛光。女人肩膀上有一小块皮肤被照亮了，裸露在烛光中十分美丽。不知为何，看起来像是长有羽毛状的软毛。接着他才看清，是墨水的笔迹，是六个字。

※※※

他们被附近的咆哮声吵醒了。地面有人在走动，远处废弃的原木堆中，有人在用步话机讲话。

"嘿，"银杏对下面的人喊道，"发生什么事了？"

一个伐木工抬头说道："你们最好赶紧下来。不然麻烦可就大了！"

"什么麻烦？"

步话机传来静电爆炸的噼啪声。紧绷的空气中传来嗡嗡的声音。就连阳光也开始震颤。一种嗒嗒嗒的声音从地平线抬升起来。"不是吧，"守护人说，"他们不能这么做。"

一架直升机从附近的小丘飞了过来。一开始只有玩具大小，半分钟后，整棵树都发出手鼓一般的重击声。那只野兽开始倾斜转弯。亚当紧紧抓住摇晃的吊床。一股热气将他的那句小声咒骂重重地拍回他的脸上，那只疯狂的大黄蜂撅起尾巴开始发动进攻。

风猛击米玛斯，气流急速上升，然后开始下降。红杉林的树顶仿佛变成了橡胶，树枝开始猛砍树冠。守护人爬上储物层去取录像机，银杏则抓住一根棒球棍粗细的断树枝。她爬到了距离袭击点最近的地方。亚当大喊："快回来！"但他的声音被直升机的桨叶绞成了碎片。

女人用赤裸的双脚锁紧那根树枝，那树枝虽然粗壮，但在这场由内向外的台风中也像橡胶一般拍打起来。直升机开始外倾，她与那机器面对面对峙。那机器在嗅探她，她也抓着树枝拼命摇晃。守护人爬到她背后，拍下了这一切。

直升机很大，装货区差不多有一间小屋那么大，足够吊起一棵年纪比美国还大的树，直接飞上空中，拖着飞过整片大地。女孩在树枝上晃荡，桨叶将她周围的空气都搅出了白沫。机舱的玻璃门背后坐着两个人，都戴着头盔和面罩，正用低沉的声音对着小话筒向远方的任务指挥汇报。

亚当感觉自己在观看一部背投的商业大片。他以前从未这样近距离地目睹一台如此庞大和恶毒的机器。他看出它有数百万零碎的部件——轴、桨叶、旋翼、起落架，还有很多部分他甚至连名字都叫不出——远远超出任何人类的装配能力，更遑论设计能力。但是这样的直升机一定有成千上万架，在每一片大陆上，受雇于各个行业。在许多军械库中，甚至还有更多，而且还装配了武器。堪称世界上最常见的猛禽。

许多树冠折断了，空气中到处都是粉末。化石燃料燃烧后形成的废气从那野兽机器中喷涌出来，散发出油井平台燃烧一般的臭味。那臭气让亚当作呕。桨叶的咆哮刺穿了他的耳膜，扼杀了他所有的思想。女人在她的树枝上拍打，仿佛一面信号旗，然后她丢掉了手中的武器，死死坚持住。她录像的同伴在这人造的狂风中也失去了抓力，摄像机从两百英尺的高空掉落下去，摔得粉碎。一种金属质感的声音无限放大，是从直升机传出来的。"立刻离开这棵树。"

女人开始摇晃。她坚持不了多久了。米玛斯在颤抖。亚当不顾一切直觉的警告，向下方看去。原来是胆汁色的推土机在锤击树的根部。手拿链锯和驾驶机器的人已经在米玛斯的树瘤旁边搭起了一张跳床，准备迎接他们的坠落。他看一眼守护者，只见他指着下方的另一位伐木工，正在两百英尺外的另一棵红杉树下忙碌。他们想放倒那棵树，让它倒在米玛斯的脚下。银杏摆着腿，重新爬上她依附的树干。直升机发出刺耳的警告声：立刻下去！

亚当挥舞着手臂大吼起来。但周围太过喧嚣，他甚至听不见自己嘶吼的声音。"停下，你们退回去！"这一次他不会做一个旁观者，任由死亡的发生。

直升机停在空中，然后倾斜转弯离开了。一个伐木工从跳床位置向上喊话："真的吗？你们结束了？"

"是。"亚当大喊。

这个音节将守护人从恍惚状态惊醒。他看向银杏，她仿佛是在最后一次咨询她所能听见的那些声音。她依附在那根树枝上哭泣。除了保持理智，没有其他路可走了。守护人歪着头，占领结束了。下方，跳床旁的工头在用步话机与他的隐形网络商议。直升机又开始喊话：下树确认，立刻离开。那机器在空中竖起机尾，旋转离开了。风势减弱，震耳欲聋的噪声平息了，只留下平静和失败。

他们穿上挽具爬下了树，先是吓坏了的心理学家，接着是坚忍的艺术家，然后是女预言家，当她沿着那根两百英尺长的绳索滑下来时，她脸上的神色像是醉了酒。他们被拘留了，被人领着走下伤痕累累的山坡，走到伐木路上，那条路已经悄悄伸展到距离米玛斯的树根只有几百码的位置。他们坐在泥泞里，等了几个小时才等来警察。接着粗暴的警察将他们并排塞进了一辆警车的车厢。

伐木路急转弯拐进了山谷。三名囚犯回头望向那座已被剥蚀殆尽的山岭，看着那棵巨树的轮廓，那棵有基督教一半年纪的树。在直升机的锤击声中，有个低低的声音说了一句什么，但是他们谁也没听见，包括银杏。

几名囚犯被关在牢房的期间，帕特丽夏·韦斯特福德与四家大学组成的联合会

展开谈判，希望建立全球苗床种质仓库。提交了几份归档文件后，苗床仓库就成了法人。

"是时候了。"韦斯特福德博士告诉台下的听众。她必须从他们那里募集资金，以用于气候控制，建造高科技仓库，培训员工。"可以说早已过了最佳期，必须将我们有生之年就会消失的数千种树种保存下来。"她直接切入主题，脱口而出。两个月后，她将启程南下，对亚马逊盆地展开第一次考察。在她抵达那里之前，还会有一千平方英里的森林消失。等她归来时，丹尼斯会等她一起吃午饭。

囚犯们假装睡觉的时候，尼莱·梅达正在享受创造中的黄金时刻。他坐在办公室的床上，为加州红杉的精灵员工们撰写一份指示，探讨《命运7》的本质：

怎样才能让数百万玩家不肯下线离开？那个地方必须比他们线下的现实生活更加丰富，更有前途……想象一下，数百万玩家用各自的行动，一起丰富那个世界。帮他们打造一种文化，它必须非常优美，一旦失去，会令玩家们心碎。

而在半个国境以外，另一个女人也开始了她自己的牢狱生涯。淹没丈夫大脑的血也同样淹没了她。她打了911。一同上了救护车穿过温暖的夜晚。在医院，她签署了知情同意书，尽管她觉得自己再也无法知情。第一次手术结束后，她走进去看他。雷·布林克曼残余的身躯沉陷在可调床里。他的颅骨被移走了一半，只有一层头皮盖着他的大脑。他的身体里插着许多软管，脸上的神情冻结了，只看见一片阴郁的恐惧。

没人能告诉多萝西·卡扎里·布林克曼，他这种状态要维持多久。一周，半个月。在急诊室守护的头几个夜晚，她的脑海中充满了各种思绪。都是一些可怕的事情，她会留下来，等到他稳定为止。在那以后，她必须自救。

她一遍又一遍地听到她对他咆哮的那些话语，就在他的大脑坍塌的几个小时之前。都结束了，雷。结束了。我们两个结束了。你不是我的责任所在。我们并不属于对方，从来就不属于。

亚当躺在监狱上铺的床上睡得断断续续，他看见巨大的红杉林爆炸了，就像发射台上的火箭。他的研究未受损伤——几个月来收集的宝贵的问卷数据都在——但他却不然。他开始看见一些有关信仰和法律的确定事实，都隐藏在无所不在的常识背后。他们未经传讯就被关押了起来，这种遭遇帮助打开了他的视野。

"你看清他们的真面目了，"守护人告诉他，"他们不想提审我们，不想承担这么做的代价，不想把事情闹大。他们只想用合法的手段，尽其所能地伤害我们。"

"有法律……"

"有的。他们正在违法。不起诉的情况下，他们可以关押我们七十二个小时，昨天就已经到期。"

亚当突然想到了"激进"一词的起源：基数、跃迁几率、根——也就是植物的，地球的，大脑。

在监狱的第四天晚上，尼克梦到了赫尔家的那棵栗子树。他看着它，加速膨大了三千两百万倍，再一次显露了它那个无形的计划。他在睡梦中，在小床的薄床垫上，想起了那棵树在延时摄影中挥舞着手臂不断长大的样子。那些手臂在探测，在摸索，在阳光中结成联盟，在空气中写下信息。在那个梦中，树木都在嘲笑他们。拯救我们？多么典型的人类做法。就连那笑声也持续了许多年。

尼克在做梦时，森林也一样——人类鉴定过的全部九百种森林都在梦乡。四十亿公顷，从北方到热带——地球生命形成的主要路径。而当全世界的森林都在做梦时，北部某州的一片公有森林里，人们正在汇聚。四个月前，一场人为纵火烧毁了迪普溪镇一万英亩的林地——这一年所发生的许多起森林纵火案之一，目的只是为了寻求方便。森林烧毁后，林业局立刻对毁坏程度较轻的木材开启了抢救式出售。纵火犯一直没找到。没有人想找到。除了几百名森林的主人，因此他们举着标语聚集在那些已经售出的树林里。咪咪举的标语写的是：烧焦的没有一根是棍子。道格拉斯的则写着：说出真相吧，护林熊。

亚当、尼克和奥莉薇亚被关押的时间比法律规定期限多了两天。他们遭到威胁，将面临十几项罪名指控，结果却在一夜之间全部撤销了。银杏被释放时，两个男人正在外面等她。他们隔着围有六角形网眼铁丝网的窗户，看着她手里拿着一只小小的单肩包，走出女子监狱楼。她与他们拥抱，然后后退几步，眯起她明亮的蓝色眼睛。

"我想看看它。"

他们坐的是亚当的车，此刻亚当却觉得，这辆车似乎是别人的财产。伐木工都离开了，那里再也没有任何树木可砍。他们早已转向新的森林。在半英里开外，他们就明显看出了那里的缺失。那里曾经交织着一个绿色的世界，你可以观察一整天，但现在只剩下蓝色。那棵向她保证，谁也不会受到伤害的树消失了。

亚当想着，好了，现在她要代谢失调了，她要开始发怒了。

但她只是走到树脚下，伸出一只手，惊奇地摸着最后的证物。"看看！就连树桩都比我高。"

她触摸着那令人惊奇的树桩的边缘，然后哭了起来。尼克跌跌撞撞地走上前去，但她不许他靠近。亚当看到的一定是最惨痛的画面。即便是最强大的人类之爱也无法给予安慰。

"你们要去哪里？"他们在一家早餐旅馆，亚当一边吃鸡蛋一边问道。

银杏看着厚玻璃窗，外面的人行道旁长满了加利福尼亚悬铃木。守护人也循着她的目光看向窗外。它们也在空中挥舞着手指，起伏、膨胀的样子，宛如福音唱诗班。

"我们计划北上，"她回答，"俄勒冈有情况。"

"是一些抵抗组织，"守护人说，"到处都有，我们可以去那边提供服务。"

亚当点点头。人种学研究结束了。"是……它们告诉你的吗？就是……你听到的那些声音？"

她突然狂笑起来。"不，副警长把她的慢跑收音机借给我听了几天。我想她是有消息想告诉我。你应该和我们一起去。"

"呃，我得完成这项研究，完成我的论文。"

"到那里去研究，那地方到处都是你想要研究的人。"

"理想主义者。"守护人说。

亚当读不懂这个男人。在树上也好，在狭窄的牢室里也好，他仿佛失去了能力，无法分辨讽刺和真意。"我做不到。"

"啊，好吧，既然你这么说，"她也许是在表示赞同，也许是在发起攻击，"那等你过去，我们到那边再碰头。"

亚当带着这句诅咒回到圣克鲁兹，好几周时间里一直在处理数据。差不多有两百人回答了修订版新人格测验表中的二百四十个问题。他们还完成了他个人设计的问卷，以测试各种不同的思想，包括人类获取自然资源的权利、个性的范围、植物的权利等。对结果进行数字化处理很简单。他用好几个分析程序包处理过数据。

范·戴克教授看过一眼。"干得不错，看来花了不少时间。田野调查期间发生过什么激动人心的事吗？"

在离开的这段时间，亚当的性欲似乎发生了变化。范·戴克教授依然性感，但在他眼中，却似乎变成了另一个物种。

"蹲了五天监狱，算激动人心吗？"

她以为他在开玩笑，他并没有澄清。

数据反映出激进环保分子性格中的某些倾向。他们的核心价值观是一种认同感。一个人是否会认为，无论一片森林对人类有什么价值，它都值得人类保护。结果证明，新人格测验表衡量的三十大个性特征中，只有四项的得分能够预测这个问题，但是准确率非常高。他希望自己也做一下测试，不过现在还什么都不能说明。

这天，亚当在电脑实验室忙了十个小时，回到公寓后他打开电视。新闻都在讨论石油战争和宗教暴力事件。时间还很早，不到上床时间，但他只想睡觉。他仿佛依然待在二十层楼高的空中，一棵不复存在的树上，倾听那座高高的房子所发出的嘎吱声，还有他希望能知道名字的鸟儿们的呼唤声。他试着阅读小说，讲的是一些养尊处优的人士在异国他乡人际交往中遇到的困难。他把书重重地砸在墙上。他体内的某种东西折断了。他对于人类的利己主义思想失去了兴趣。

他出门去了最喜欢的一家校友酒吧，在那里喝了五杯啤酒，在九十六分贝的喧嚣鼓点音乐中，和刚认识的二十个朋友玩了一百分钟墙壁篮球。但快乐的茧壳再一次将他驱逐了出来，他回到酒吧的停车场。他还没疯到以为自己还能开车的地步，不过夜已经很深了，除了驾车没别的方法。

一连串大功率高速中型汽车从卡布里洛街上疾驰而过，大楼里冲出一阵阵虚伪的欢笑声。一个女人独自在路灯下大吼："我竟然还试图理解你，我真是疯了。"在小巷的对面，一群人挤在一个深夜活动的后门外，正等待确认邀请函入场。亚当被他们吸引，突然也想要参加。这是人类又一个不合情理的心理习惯之一，但他已经醉得厉害，一时之间想不起名字。他走了半个街区，一股巨大的力量推动着他，那力量以自己为食，将所有的垃圾情绪都排泄在身后，对从金字塔到小石子各种石头的狂热——就这短短的一个晚上，所有这些令人绝望的文化幻觉堆在一起，高高地离开了地表，他从中清醒了过来。

他靠在街角的一根路灯柱子上。一个事实费力地钻出了他的脑海，一个他已经觉察了很长一段时间，但一直没能归纳成形的想法。几乎所有的需求都是由本能反应、空想和民主委员会所创造出来的，它们的工作就是将这一季的必需品变成下一季庭院出售的旧货。他跌跌撞撞地走进一个公园，里面挤满了人，都在兴奋地处理一些夜晚的事宜。空气中弥漫着臭气，隐隐约约能闻到湿巾、大麻和性爱的气息。饥渴无所不在，而唯一的食物却是盐。

有什么东西重重地击中了他的脑袋，他倒在地上滚了几英尺远。他蹲伏在黑暗中，四处搜寻。元凶躺在草地上，是一个神秘、结实的纽扣，它扁平的圆脸上雕刻着一个端正的X符号。似乎能用一把十字头螺丝起子打开的样子，看上去很有蒸汽朋克的风范，有维多利亚女王时代的风格，由机器精工细造而出。但实质上它是一枚木扣。

这个东西太奇怪了，他一时说不出话来。他研究了足有一分钟，却再次得出结论，他一无所知。除了自己，他对外界一无所知。他抬头看着上方桉树的柔软枝条，这颗神秘的扣子就是从那上面掉下来的。桉树粗壮的树干已经开始脱皮，就像在跳脱衣舞。一片片薄薄的棕色树皮散落在树脚下，剥出的树干如此洁白，几乎给人以淫秽感。

"是怎样？"他问那棵树，"是怎样？你想要我把身体给你一部分吗？"而那棵树却感觉没有必要回答。

林务局修建的七英里道路的两边风景如此灿烂，亚当被吓到了。他追随着这条在森林中开辟出来的道路一路攀爬，两边的针叶树像哨兵一般，有云杉、铁杉、花旗松、紫杉、红刺柏、三种枞木，但他以为它们全部都是松树。他倒是认识浆果鹃，颜色和质地都是人类熟悉的。还有下层灌木中的山茱萸、鼠李木，桤木颠覆人的想象，年轻时树皮光滑，成熟后就会开裂。

他拿到了一年的时间，可作为研究员完成论文研究——实在是神明的礼物——他决定来这里度过。碧空如洗，太阳仿佛再也不会躲藏。但是清凉的空气和弯道上早早出现的阴影却预示着即将降临的结局。再过几周，他的个人研究就要结束了。不过还是得先做好这个，完成最后一项抵抗活动研究。

在西北部，伐木道路比公路的数量还要多。伐木道路的里程比溪流还要长。这个国家的伐木道路连起来足够绕地球十几圈。开凿伐木道路可获得免税，于是各种支路以前所未有的速度增长，仿佛春天万物萌生一般。弯道终于变宽了，前方出现了定居点。营地的边缘出现了一群衣着鲜艳的人，多数都是年轻人，大概有一百多个。亚当靠近一些，才看清他们在忙活什么，是在挖一条沟渠。这群无政府主义者在这里造了一座可开闭的吊桥，还有用抢救下来的木头建造的栅栏。道路前方被一条壕沟拦腰斩断，上面打着一条横幅，写的是：

卡斯卡迪亚自由生物区

文字上有植物茎秆和触须的图案，上面还画着鸟儿。亚当认出了图案的风格，他认识画画的艺术家。他从吊桥跨越仍在修建的壕沟，进入了林肯木头堡垒。刚刚走过吊桥，前方的道路中央躺着一个穿迷彩服的男人，他扎一条马尾辫，发际线正在后退。男人的右臂撑在腰侧，像一位斜倚在那里的佛陀，左臂则消失在下面的坑洞中。

"你好，两脚兽！你来帮忙还是捣乱？"

"你没事吧？"

"我叫道格杉。只是为了测试一下这个新的封锁线。这下面六英尺的地方埋有一只装满了混凝土的油桶，如果他们想让我出来，那非得把我的胳膊撕下来不可！"

前面路上有一个用原木捆扎的三脚架，上面的平台上站着一个娇小的黑发女人，看不出她的种族，只听见她在喊："一切都好吗？"

"那位是桑树，她认为你是个弗雷迪。"

"弗雷迪是什么？"

"你只管查验身份。"桑树说。

"弗雷迪就是联邦警察。我只是……"

"可能是因为我穿了领尖有纽扣的衬衫和斜纹布裤。"

亚当抬头看着站在三脚架上的女人。女人说："他们想把设备运到这条路上来，必须先掀倒这座三脚架，从我的尸体上踩过去。"

胳膊埋在土里的男人咯咯笑着说："弗雷迪不会那么做的，他们认为生命是神圣的，不过仅限于人类的生命。认为人类是万物之王。尽是这种感情用事的陈词滥调。不过这却是他们盔甲上的裂缝。"

"那么，如果你不是弗雷迪，"桑树说，"你是谁？"

亚当突然想起一件几十年都不曾想起的事。"我是枫树。"

桑树歪着嘴笑了起来，就像看穿了他一般。"很好。这里还没有枫树。"

他移开视线，好奇那棵树现在是什么模样，他种在后院里的第二自我。"你们有谁认识一个叫守护人的男人，或者一个叫银杏的女人吗？"

"天哪，认识。"被链条锁在地上的男人说。

站在三脚架上的女人笑了起来。"我们这里没有领头人，不过确实有你说的这两位。"

两位老狱友欢迎亚当的方式就像是他们早就知道他要来。守护人拍拍他的肩膀。银杏则长久地拥抱着他。"你来了真好。我们能用得上你。"

他们都发生了一些微妙的变化，任何人格测试表都无法定量的变化。更严肃了，但也更加坚定。米玛斯的死压缩了他们，就像页岩被压成了板岩。他们的转变让亚当不禁开始希望，如果当时选的是其他研究课题就好了。恢复力，内在性，神性——他的专业对这些领域的研究也非常缺乏。

她抓住他的手腕。"每当有新人加入，我们都会举行一个小小的仪式。"

守护者拿起亚当的背包。"你是要加入我们的，对吧？"

"仪式？"

"很简单，你会喜欢的。"

她只说了一半实话，仪式确实很简单。是当晚在墙后的一片宽阔草地上举行的。卡斯卡迪亚自由生物区的成员都换上了游行的服装。几十个人都穿着格子呢和垃圾摇滚风格的服饰。花卉图案的嬉皮士裙装上搭羊绒背心。成员并非全部都是年轻人。旁边还站着一对身材肥胖的老人，年纪应该和祖父母差不多大，穿着运动裤和开襟毛衣。主持仪式的是一位从前的卫理公会派牧师。他已年过八旬，脖子上的一圈伤疤是他将自己捆在一辆运木车上弄出来的。

仪式在歌声中开始。亚当尽量按下他对道德歌谣的憎恶。这些人蓬乱的外表和满口的陈词滥调让他想要作呕。他感到很羞愧，就和每次回想起童年时代时一样。人们轮流讲述这一天所碰到的挑战，并且提出治疗方法。一种独特的民主系统在他周围展开，绽放出绚烂的色彩。这或许是对的。虽然有些失真，但或许物种大灭绝的现状证明了它的合理性。或许他们的认真精神就和其他任何事情一样，都能对人类这个受伤的种族起到帮助作用。他又有什么资格评判？

那位牧师说："我们欢迎你，枫树。我们希望你能在你能力范围内，尽可能长久地留下来。如果你有心，那么请跟随我念诵这段誓词。'从今往后……'"

"'从今往后……'"这么多人在看着他，他不可能不跟着念诵。

"'我将致力于尊重和保护……'"

"'我将致力于尊重和保护……'"

"'生命的共同事业。'"

这些不是他说过的最具摧毁力的话，也不是最可怜的。他的脑海中有个声音在回响，是他曾经抄写过的一段话。一件事是正确的……一件事是正确的，只有当它趋向于……但是他记不全。他跟着念诵完最后一句誓词，周围爆发出欢呼声。人们忙碌起来，燃起一堆篝火。火焰烧得又高又旺，散发出橙色的光芒，木头碳化以后有童年的味道。

"你是个心理学家，"咪咪对这位新成员说，"我们该如何说服人们，让他们相信我们是对的呢？"

卡斯卡迪亚的最新成员上了钩。"世界上最雄辩的辩论也无法改变一个人的心意。唯一能做到这一点的，只有一个好故事。"

银杏讲的那个故事，篝火旁其余的人全都熟烂于心。先是她死了，一切都变成了空无。接着她复活了，那里有了一切，光之幽灵告诉她，生命四十亿年历程中所创造过的最美好的事物需要她的帮助。

一个克拉马斯族①的老人点点头，他留着一头灰白的长发，戴一副超人同款眼镜。他接过话头，举行了一场神明赐福仪式。他念诵着古老的颂歌，教大家说了一些克拉马斯和莫多克语的词汇。"这里发生的每一件事都是注定的。我们的族人很久以前就预见到了这一天。他们预见到了森林将要死去，人类突然想起家族的其他成员。"半个晚上的时间，人们都围坐在篝火旁，倾听也小声讲述，大声地叫嚷和欢笑，而月亮就高悬在云杉的尖顶之上。

第二天纯粹是在劳动中度过的。壕沟需要拓宽和加深，一面墙需要加固。亚当挥舞锤子干了几个小时。天黑时他已经累得站不起来了。他和四个朋友共享了一顿在野外烹煮的食物，那几个朋友在他看来刚好组成了荣格所谓的原型家庭：银杏是祭司母亲，守护人是保护者父亲，桑树是工匠孩子，道格杉是小丑孩子。银杏就像胶水，她施展的强效咒语迷惑了营地里的每一个人。亚当对她所表现出的壁垒般坚定的乐观主义感到惊讶，她明明经历了那么惨痛的溃败。她说话的语气中有一种权威，就像是已经从高处参透了未来一般。

那天晚上，他们接纳了他这个完全无用的第五个家庭成员。他甚至不确定自己在这个被绝望锻造的家族里应该扮演什么角色。道格杉称他为枫树教授，于是这便成了他的新名字。那天晚上，他筋疲力尽地陷入了幽深的睡眠。

两天之后的晚上，亚当才开始感到恐惧，当时他正在吃用松球烧的火加热的一罐烤豆子。"毁坏联邦财产，这是重罪。"

"噢，你现在是重罪犯了，伙计。"道格杉说。

"暴力犯罪。"

道格拉斯挥手示意他安静。"我参加过真正的暴力犯罪。政府委任的。"

小丑开始猛戳豆子，桑树紧紧握住他的手。"昨日的政治犯，今天却是印在邮票上的英雄！"

银杏像是去了远方，去了另一个国家。最后她说："这哪叫激进，我见过什么是激进。"

这时亚当又看见了那幅画面。一座活生生的还在呼吸的山坡，但是已经被剥光，只剩一片荒芜。

---

① 和下面的莫多克族都是美国的印第安原住民。

补给品来了，是用同情者的捐款购买的。这个州各地的环保组织已经连成网络，这个营地只是其中的一小部分。有消息说，他们的大军手臂挽着手臂，在州府的大街小巷游行。尤金市美国地方法院门前的台阶上发起了一次饥饿罢工，人们在那里扎营，住了四十个日夜。森林精灵组织穿着拼缝而成的绿色戏服，踩着高跷在58号公路上游行了一百英里。

那天晚上，亚当睡在睡袋里，迫切地想要返回圣克鲁兹完成他的研究。任何人都能挖壕沟，修建土木工事，将身体绑在路障上。但只有他能完成他的项目，并且用精准测量过的事实，来描绘人们为什么关心森林的死活。不过他又待了一天，他变成了一副崭新的面孔——变成了他自己的研究对象。

占领的时间越长，来访记者的出发地就越远。林业局来过一车人，要求他们全部离开。但自由卡斯卡迪亚人轻轻松松就把他们赶走了。国会代表办公室也派来两个穿西装的人听取意见，并承诺会将诉求带回华盛顿。但他们的来访吓坏了桑树。"一旦政客开始在周围转悠，就要出大事了。"

枫树亚当表示赞同。"政客想要的是赢，像风一样卷走一切。"

银杏咕哝道："赢的只会是地球。"

一天晚上主路上亮起了很多车头灯，还发生了枪击。三天后，路障外面出现了一颗鹿心和一堆内脏。

一辆F350福特重型皮卡停在距离吊桥一百码远的地方。车上坐着两个身穿高领橄榄绿猎装的男人。年轻的是司机，一口山羊胡修剪得整整齐齐，就像西部乡村音乐队中的万人迷。"咱们守在这儿干什么呢？抱树者们！嘿，好啊！"

一个名叫延龄草的女孩大喊："我们只是想保护一样好东西。"

"你们为什么不去保护属于你们的东西，让我们来保护我们的工作、我们的家庭、我们自己的山林和我们的生活方式？"

"树木不属于任何人，"道格杉说，"树木属于森林。"

副驾舱的车门打开了，年长些的那个男人走了下来。他绕到车子前面站定。曾经，在很久以前的上辈子，亚当曾经参加过一个危机和对峙心理学的研讨班。不过现在他早已经把一切都忘得一干二净了。那男人身材高挑却有些驼背，灰白的头发贴在脸上，活像一头后肢站立的灰熊。男人的手腕上有某种东西在闪烁。亚当心想：是枪，要么是刀，快跑。

那个老家伙站在前保险杠的左侧，举起金属武器。但他的威胁显得温柔又冷静，还带着点儿不知所措的味道，所谓的武器也只是一只金属假手。"我左臂从肘部开始都没了，砍树时失去的。"

万人迷在车里喊道："我因为工作患了白指症[①]。你们知道什么是工作吧？就是帮有需要的人干活儿。"

老人将健康的那只手放在车盖上。"你们想要人们做什么？人不可能不用木头。"

这时银杏走了出来，跨过吊桥，往那两个男人走去。那头直立的灰熊往后退了一步。她说："我们不知道人们能做什么，不能做什么。我们尝试得还太少！"

她脸上的表情让山羊胡司机各方面都高度警觉。"你们不能把树木的地位置于体面人的生活之上。"他被迷住了，他想要她，远在一百码开外的亚当都能明显看出。

"我们没有，"她说，"我们没有把树木看得比人类重要。人和树是一体的。"

"你那么说究竟是什么意思？"

"如果人们知道树木在生长过程中都经历过什么，那他们会非常感激它们的牺牲。感恩的人不会对树木有这么大的需求，"她对那两个男人说，"我们不能再继续做这里的访客。我们需要在我们生活的地方扎下根来，重新成为当地的土著。"

灰熊与她握了手，然后绕回副驾座舱上了车。当那辆巨大的皮卡启动后，司机冲着吊桥后面聚集的人群喊道："继续抱树吧，抱树者们！你们会被铲除的。"车轮碾得小石子四处飞溅。

是的，亚当想，或许吧，然后地球会将铲除者也一并铲除。

抗议进行到第二个月。在亚当看来，这种做法应该是行不通的。理想主义者根本就不具备能力，照理说这地方应该早就崩溃了的。但自由生物区仍在继续前进。营地里传来一个消息，说美国总统已经听说他们的抗议，正准备停止所有的联邦木材抢救性销售计划，尤其是火灾之后的那片地区，政策需要重新评估。

一个晴朗却寒冷的日子里，下午两点钟，守护人在往组织成员的脸上涂颜料，以备夜间篝火晚会讲故事用。有人在山坡下面吹山笛，像是古老的巨型动物日落时发出的低嚎。一个名叫貂鼠的马拉松运动员全速冲上山脊，然后一路小跑进营地。"他们来了。"

"谁？"守护人问。

"弗雷迪。"

就这样，这一天终于来了。他们冲下小路，往斜坡的方向奔去，那里的壕沟和护墙现在已经完全竣工了。在山口的下方，亚当很久以前徒步走来的那条伐木道路上，

[①] 又称振动性血管神经病，主要是由于局部肢体（主要是手）长时间接触强烈振动而引起的。

有一个车队在缓慢地行进。车上坐满了人，他们穿的制服有四种不同的颜色和款式。领头的是林业局的厢式货车，紧随其后的是一辆巨大的挖土机，已经被改造成了袭击武器。再往后还有更多的设备、更多的货车。

刚涂完假面的自由卡斯卡迪亚人都站起身来观望。接着那位脖子上有疤痕的八十岁牧师说："好了，伙计们。我们动起来吧。"人们于是都回到自己的岗位，放下路障，抬起吊桥，有的爬上护墙，有的则撤回防守位置。很快那车队就来到了门外。两位林务局的官员从领头的货车上跳下来，站在栅栏的前面。"给你们十分钟的时间，和平离开。如果不照做，十分钟后你们将会被扣留。"

护墙上所有的人都叫了起来。没有领头人，每个人都必须发出自己的声音。这个组织已经根据这条原则运营了几个月，现在他们也将因此而死。亚当等待着人群的喧嚣停止下来的时刻。但很快他也喊了起来。

"给我们三天时间，整件事都将得到圆满解决，"车队的领头人听到他的发言，朝他转过身，"国会办公室的人来找过我们。总统正在起草一份行政命令。"

正如他快速获得了对方的关注那般，然后他又快速失去了。"给你们十分钟。"那位官员又说了一遍，亚当天真的政治理想破灭了。华盛顿的行动并非这次对决的答案，而是起因。

十分钟四十秒后，蜥蜴一般的长颈挖掘机将撞锤伸过壕沟，撞倒了护墙的墙顶。从倒塌的壁垒里，传来了尖叫声。涂了战争假面的防御者们跌倒在地，仓皇奔逃。亚当匆忙之间被撞倒在地。撞锤再次砸向护墙，然后像手腕一般，轻轻一挥撞向吊桥。又是一挥，吊桥就整个掉了下来。支撑柱挨了两拳，整个栅栏倒在地上。几个月的工作成果——自由生物区所能建造的最结实的防御工事——像儿童用冰棒棍搭建的城堡一般崩溃了。

那野兽开到壕沟边，开始翻刨最远处的碎石堆。挖土机只用了一分钟工夫，就将倒塌的护墙中的原木都剥了下来，然后推进了壕沟。机器的履带从填平的壕沟里滚了过来，钻进了倒塌的护墙。脸上涂满油彩的卡斯卡迪亚人都开始逃窜，形如护堤裂开后的白蚁。有人朝路边跑去，有几个冲到入侵者面前争辩和乞求。银杏开始颂唱："想想看你们正在做的事！明明有更好的方式！"到处都是警察，他们给人群戴上手铐，全部按在地上。

颂唱变成了叫喊："非暴力！非暴力！"

亚当很快就倒在地上，是被一个大块头警察扑倒的，那人脸上的红斑狼疮非常严重，看上去就像涂了假面的生态战士。山坡往上五十码远的地方，守护人的膝盖后面的腘窝被警棍击中，涂着蓝油彩的脸庞朝下扑倒在碎石上。依然完好的设施只剩下路障了。那辆挖土机减速开了上来，抵达第一个三脚架后，只用爪子轻轻推了一下其底部位置,架子就摇晃着倒了下来。官员们结束了扫尾工作,都开始观望。桑树仍坚守在她的瞭望塔上,双臂紧紧地抱着摇颤的塔柱。那机器的爪子每拍一下瞭望台的底座,她就像蹩脚的木偶一般来回摇晃。

亚当大叫起来:"老天哪,快住手!"

其余人都听到了他的声音——交战双方的人都听见了。就连坚守在路上的道格也听见了。"咪,都结束了,下来吧。"

机械爪子仍在拍打圆锥形瞭望台的底座。三根树干搭建的框架发出吱吱的声音,开始歪斜。只听得一声可怕的嘎吱,一根柱子裂开了。裂缝劈开一百条年轮,深入木质层的中央,从另一边钻了出来。杉木裂成了两半,柱子的顶部变成了一只形似竹签的尖桩。

咪咪大声尖叫,她的瞭望台掉了下去。尖桩刺穿了她的颧骨。她被弹了起来,骑在木头上坠落在地,然后弹落在一块岩石的底部。道格拉斯解开锁链冲了过去。挖掘机的司机惊恐地拉开了爪子,那动作就像一只手掌在抗议证明自己的无辜。但是机器爪子在收回时击中了家里的小丑孩子,拍得他像提线木偶一般倒在地上。

争夺地球的战争结束了。双方人马都朝伤员冲去。咪咪手捂着脸大声尖叫。道格拉斯已经失去了意识。警察冲向车队,叫来了救护车。自由生物区的其余成员都惊恐地缩成一团。咪咪像胎儿一般蜷起身子,睁开了眼睛。阴影里的树,从绿玉色到浅绿色,全都像烤肉叉一般刺向天空。看看这颜色,她想到这里,然后就晕了过去。

亚当在涌动的人群中找到银杏和守护人,他们正在查看损失情况。银杏指着山坡高处,那里依然有四个女抗议者躺在路上,她们被锁在了地上。"我们还没输。"

亚当说:"已经输了。"

"现在他们不敢动这些树了。等媒体得到消息。"

"他们会的。"他们会砍掉这些树,然后是所有幸存的古树,直至所有的森林都变成田地和农场。

银杏甩了甩她肮脏的长发。"这些女人会一直锁在这里,直到华盛顿采取行动为止。"

亚当看到了守护人的眼睛。真相太过残忍,就连他也不敢说出口。

一架直升机将伤员送到了本德市的二级创伤中心。道格拉斯因为上颌骨第三型骨折当即便接受了外科手术。咪咪的脚踝被推回了原位,骨折的眼眶得到了修补。但是她脸颊上的裂口,急诊医生几乎无能为力,只能简单缝合,等待日后整容手术再进行复原。

弗雷迪没有对那些非法占用公地的人提起诉讼。只有最后那四个女人，因为又坚持了三十六个小时，遭到了逮捕拘留。然后卡斯卡迪亚自由生物区最后的人类居民也离开了那片山坡，但掠夺自然财富的步伐仍在继续前进。

但是，二十八天后，在威拉梅特国家森林，一座停满了车辆的机器仓库被火焰烧成了平地。

那件事不是真的。那只不过是演戏，是模仿，是一出道德寓言，直至他们看见了后果。

报纸上刊登了一张照片：一位消防员和两位特警在检查一辆已经烧焦的挖土机。五个人坐在咪咪·马家餐厅的桌子旁，传阅那张照片。让他们秘密聚集在一起的，是一个想法，现在他们经常因为一个想法就聚集在一起。老天哪，那是我们。

很长一段时间里，他们都无须说话。他们共享着一样的情绪，而那情绪就像一根不稳定的树干，一直在摇晃。不过树干最终定了下来，形成一个被动防御的姿态。"他们是咎由自取。"咪咪的脸上缝了二十针，每说一个字都让她感觉到一阵剧痛。"我们扯平了。"

亚当不敢看她，也不敢看道格拉斯，后者的脸也被绷带弄得惨不忍睹。亚当之前也希望对那辆挖土机实施报复，因为它弄瞎了他们其中一个的一只眼睛，让另外一个毁了容。那些人要为他们的残忍行为付出代价。但现在他已经不知道自己想要什么了，也不知道该如何实现。

"其实，"尼克说，"他们依然在前进。"

这只是身处绝望境地而不得不采取的一项行动。但是对正义的渴望，就和对所有权和爱情的渴望无异。满足它只会让它继续长大。机器仓库火灾发生的两周之后，他们瞄准了加利福尼亚索雷斯附近的一家锯木厂。那家工厂明明已经被收回了许可证，但依然营业了几个月，支付的罚金不过是一周的利润所得。能听到幽灵声音的女人安排袭击的步骤，受过训练的观察者负责监视，工程师将二十几只塑料牛奶罐改造成了炸药装置，老兵操纵引爆，心理学家引导他们顺利前进。那台致死的机器烧起来的速度超过了他们所有人的预期。这一次他们在附近一座库房的侧墙上，潦草地留下了一条信息，而那座库房之所以能够幸免于难，只是因为里面装满了无辜的木头。字母写得很有艺术性，几乎算得上漂亮：

拒绝自杀式经济

支持真正的发展

他们都弓着腰坐在桑树的桌旁，仿佛在打牌一般。此刻，哲学和其他美好的事物都无法帮助他们。那条线已经被跨过了，工作已经做完；言语没有任何意义。但他们无法停止交谈，虽然句子都不长。他们依然在辩论，虽然结论早已消失在厢式送货车的后视镜中。

亚当看着他的纵火犯同伴们，在脑海中默默记录他们的样子。桑树在用手慢慢地砍着空气，落脚点每一次都精准地落在她手掌中的同一个位置。"我感觉我一直在参加一场持续了两年的葬礼。"

"自从看清事实之后。"家族里的小丑孩子表示赞同。

"所有的抗议活动，所有的文字，挨的所有的打，我拼尽全力嘶吼，却没有一个人听见。"

"但是，光这两个晚上我们所收获的成果，就远远超过了这些年的努力。"

亚当已经不知道该如何衡量成果。他们正在做的事——他已经做过的事——只是为了让痛苦停止，至少暂停一段时间，让痛苦变得能够承受。

咪咪说："但现在葬礼结束了。"

"这并不是一个艰难的选择。"尼克说。但接着他被埋伏在前方的常识吓到了，停了一会儿才继续说："要么我们摧毁少量机器，要么那些机器就会摧毁大量的生命。"

心理学家认真聆听。在人类的心中，还存在着其他比这深刻得多的欺骗性想法。他已经抛弃了他的命运，也一并抛弃了"拯救能被拯救的事物"这类的渴望。在大灾难降临之前，必须先争取到一点儿时间。再没有比那更重要的事了。他的研究已经有了答案。

奥莉薇亚只需要收一下下巴，其他人都会安静下来。每次犯罪之后，她对他们所具有的魔力就会有所增加。她的手触摸过一根像礼拜堂那么大的树桩。她曾目睹一片比人类历史还要悠久的森林死亡。她从高于人类的幽灵那里获取建议。"如果我们错了，那我们会付出代价。他们能拿走的不过是我们的生命。但如果我们对了呢？"她开始审视各种想法，"那样一来，所有的生命都会告诉我，说我们……"

没有人要求她将这句话补充完整。为了帮助生命四十亿年的进化历史中所创造过的最精彩的事物，人还有什么不能做的呢？现在轮到亚当来思考这个想法了，他意识到的是另外一些事：他们五个人还将再跑一次。只有一次。必须是最后一次。然后他们就将分道扬镳，为了阻止人类这个种族杀死自己，他们都已经尽了自己的绵薄之力。

这一次是亚当自己发现了故事："林业局在探索多功能项目。"华盛顿州、爱达荷州、犹他州和科罗拉多州都将数千英亩的公共领地租给了私人投机商和开发商。为了在结束之前获取更多的利润，大批的森林遭到清场式砍伐。五人组听到这则报道一片沉默。这件事甚至无须投票。

他们不用信件和电邮，也几乎从不打电话。他们只接受见面讨论，否则就闭口不谈。他们靠现金生活。不留任何文字信息。桑树的工程学技术变得愈发精进。她已经开始制作迄今为止她做过的最棒的作品，在地下室纯手工焊接。他们纵火的四项原则之一就是，用电子定时装置点火。她的新设计更加可靠。枫树和道格杉驱车到五十英里外的地方去购买她所需要的材料。

守护人和银杏在监视新租出去的一片森林——在爱达荷州的斯多姆卡斯尔，位于比特鲁特山脉中，靠近蒙大拿州边境线。那里原是一片健康的公共林地，却被卖出去建造一座四季度假村。他们趁夜里过去查看了一番，天黑后那里一个人也没有。艺术家将一切情况都画了下来——清场伐木后建造的路基、设备仓库、建设用的拖车、度假村新地基的轮廓。他完美的画作中蕴含着极大的热情，以及谦卑。在他绘画的时候，保险统计计算科学专业的那位肄业生则在清空后的地块上徘徊，在一根根测量桩之间踱步。她歪着头，仔细倾听。

他们五人都在桑树家的车库忙碌，在一顶通风帐篷里，全身服装上都涂满彩绘，还戴着三层手套。他们收集了大量五加仑装的燃料桶，还有特百惠牌的塑料计时装置。他们在守护人的地图上做标记，每一样设备都必须实现最具可持续性的燃烧。他们将传递最后一条信息，然后就收手。之后他们就会分道扬镳，退回到隐形的日常生活，因为届时他们已经取得这个国家的关注，唤醒了数百万人的意识，种下了一颗种子，需要火烧才能发芽的那种。

他们将所有物资都装进厢式货车的后车厢。桑树的车库门打开后，他们就出发了，感觉就像是要去山间露营和徒步。他们带了一根警用扫描仪，给所有人都备好了手套和只露眼睛的巴拉克拉法帽。所有人都穿黑色服装。离开俄勒冈西部时是凌晨，一路沿着州际公路的坡道行进，但凡发生任何事故，货车都可能会变成一只巨大的火球。

他们在车上聊天，看风景。车子长时间行驶在波特金森林中，两边的景观林带都只有几英尺深。道格带了一本汇集了各种冷知识的图书，开始考大家独立战争和内战的知识，最后亚当获胜。他们一路注意观察鸟类——公路走廊中的小型哺乳动物都已经大量灭绝，只剩下一些猛禽。两小时过去，咪咪只看见一只翼展七英尺的秃鹰。它让大家都闭了嘴。

他们用录音带听书，讲的是西北部先民的神话和传说。远古时代一个名叫凯穆什的老人，从北极光的灰烬中走出，创造了万物。狼和河狸怪在那场史诗之战中撕碎了这片风景。动物们联合起来从苹果树盗火。所有的黑暗精灵都能变幻成各种各样的形状，像树叶一般多到数不清，动作流畅。

暮色笼罩了比特鲁特山脉。最后几英里路走起来也最艰难——只能保持在很慢的车速，道路曲折，偏僻。最终他们到了集结待命区，那里距离州际公路有两英里远。地形完全和守护人画的一模一样。咪咪待在车里，用围巾包裹住她伤痕累累的脸，负责拿警用扫描仪扫描无线电频率。其余人则开始无声地工作。所有任务都已经讨论过几十次。他们的动作默契得像是一个人，费力地将五加仑装的燃料桶搬运到位，用蘸满燃料的毛巾和床单做烛芯，将它们以菊花链的形式串联起来。之后他们装好了特百惠定时器。

守护人起程去完成分派给他的任务。今晚将是他最后一次机会，他的作品将以这种形式被数百万人看见。他离开了未来度假村半框架结构的旅馆主楼，那里有其他人负责设备部署。他横穿按等级种植的草坪，来到两辆拖车旁边，这里位置太远，炸药的威力不足以覆盖。拖车的墙壁将是他最好的画布。他从外套口袋里掏出两罐喷漆，爬上拖车外墙边码放的清洁剂上。他将所有的感情都倾注在文字中，写下的是：

  控制杀戮

  合作治愈

他退后几步，来对这件他唯一能确知的事情做出评估。接着他拿出一支很大的毡毛记号笔，为那些大写字母画上茎秆和树枝装饰，直至所有的文字都像是灾难后重新长出来的一般。它们看上去像是古埃及的象形文字，或是欧普艺术风格插画中正在跳舞的动物。在那两行文字下面，他又添了一句，提出希望：

  不回家，就会死

而在爆炸区，一切都进展顺利。只是在搬运燃料桶时，亚当和道格的动作没配合好时间。燃料漏在了亚当夹克的衣襟上，然后流到了他的黑色牛仔裤上。他闻到石油化工制品的恶臭，使劲握拳，直到将浸湿的手套挤干。搬运次数太多，他的手早已失去力气。他抬头看着工地办公室的尖顶，心里想：我这到底是在干什么？这几周以来的记忆逐渐明晰，他像是突然从梦游中清醒过来，他确信，世界已经遭窃，就为了一些短期利益，大气层也遭到了毁坏。他必须竭尽所能，为世界上最奇妙的生物而战斗，但是所有这些想法都抛弃了他，此刻他陷入了疯狂之中，开始否认人类存在的根本。除了财产权和统治权，其余的一切都不重要。地球将会变成货币化的世界，直至所有的树木都长成整整齐齐的直线，三个人控制全部七个大洲，所有大型生物体被培育出来的目的都是为了被屠杀。

在另一辆拖车的侧墙上，守护人也喷上了生动而潦草的文字。诗行于空白中萌芽和开花：

  在乐园里有五棵树为你们预备，
  它们永不改变，
  无论冬夏，叶子都不落下。
  看见它们的将不尝死的滋味。①

他往后退去，感觉喉咙发紧，他有点儿像是被自己写出来的文字吓到了，他急切地想要把这段祈祷文传达出去，传达给无法理解的人们。这时他听见轰隆一声巨响，冲击波击中了他的后背。热浪在空气中迸射开来，但是距离设定的爆炸时间应该还有很久。守护人转过身，看见一个橙色的火球一跃而起，就像快动作模拟的日出。他拔腿冲向火球。

另一个人冲进了他的视野。是道格拉斯，他跑得磕磕绊绊，僵硬的那条腿仿佛在打着节奏鼓点。他们同时赶到爆炸地点。接着道格拉斯低声咆哮起来："该死，该死！"他跪在地上，因为眼前的场景而哭泣起来。地上躺着两个人。尼克靠拢后，其中的一个自己动了起来，但尼克想要扶起的那一个却毫无动静。

亚当撑着坐起身来，感觉像是在潜泳，血水从他的脸庞流淌下来。"啊，"他呻吟着，"啊！"

道格拉斯将他扶稳。尼克猛扑过去，想抱起奥莉薇亚。她平躺在地上，面朝繁星。她的眼睛是睁开的。四周空气都变成了橙色。"莉薇？"他的声音充满恐惧。在她听来，他粗重、含混的声音比爆炸声还要可怕。"你能听见我说话吗？"

她吐出一个泡泡，然后才发出一声"嗯"。

她的腰侧有液体渗了出来。她的黑衬衫前胸部位在黑暗中闪烁着光泽。他将她抱起，大声哭了起来，然后又将她放下，发出一声压抑的哀鸣。他再一次变成了一头无所不能的怪兽。受伤的奥莉薇亚惊恐地看着他。他将自己封闭了，脸色一片空白。接下来他用遍了每一种可能有用的救援动作。空气开始摇颤。有两个人用身体将他们围挡起来，是道格拉斯和亚当。"她……"

这句话击中了奥莉薇亚，她试着抬头。尼克轻轻地让她重新躺下。"我……"她说着又闭上了眼睛。

一切都是滚烫的。道格拉斯用双手抱着头，快速转圈。他的声音很清晰。"该

---

① 出自《多马福音》第19节。

死,该死,该死,该死……"

"我们必须把她挪走。"亚当说。

尼克打断了他的话:"不能!"

"我们必须把她挪走,火越烧越大。"

他们笨拙的扭打还没开始就结束了。亚当将双手伸到奥莉薇亚的腋下,拖着她穿过碎石地面。她的喉咙里渗出了声音。尼克再次绝望地弯下腰去。接下来的二十年他都不会忘记这一幕。接着他站起身,跌跌撞撞跑出去,吐在了地上。

这时咪咪过来了,站在他们身旁的黑暗中。尼克总算松了口气。另一个女人。这个女人知道该如何拯救他们。工程师一眼就明白了所有的一切。她将车钥匙塞进亚当手里。"去,开车去我们来时经过的最后一个小镇,距离是十英里,去找警察来。"

"不,"躺在地上的女人把所有的人都吓到了,"不要。继续……"

亚当指着火焰。"我不管,"咪咪说,"去,她需要帮助。"

亚当站在那里没动,他的身体在拒绝。帮不了她,而且还会害死我们所有人。

"完成。"躺在地上的女人小声说道。她的声音那样轻柔,就连尼克也没听清。

亚当看着手中的钥匙,身体向前倾,最后终于快步冲向货车。

"道格拉斯,"咪咪厉声说,"停下。"老兵停止悲叹,平静下来。接着咪咪跪下来帮助奥莉薇亚,解开她的衣领,让她从动物般的惊恐中平息下来。"救援就要来了,不要动。"

但是这番话反而让受伤的奥莉薇亚更加激动,"不。完成。继续——"

咪咪抚摸着她的脸庞,让她不要出声。尼克悄悄退了出去,站在远处看着这一幕。一切都是真实发生的,而且永远无法修复,却像是发生在另一颗星球上,发生在另一群人身上。

奥莉薇亚的腰侧有液体渗出。她的嘴唇在动。咪咪凑拢去,耳朵贴在她的嘴边。"喝点儿水?"

咪咪转身看着尼克。"水!"他无助地定在那里。

"我去找。"道格拉斯喊道。他在山腰看见一个水洼,就在火焰的那边。"那边有一条山谷,下面一定有溪流。"

几个男人四处寻找取水容器,但所有的容器都装满了催化剂。尼克的口袋里有一个塑料袋。他倒掉里面的葵花籽,递给道格拉斯,后者于是立刻冲向工地背后的树林。

找到溪水并不难。但道格拉斯在将塑料袋放下的那一刻,却感到一股强烈的厌恶。野外的水不能喝。这个国家所有的湖泊、池塘、溪流和小河里的水都不能安全饮用。但他还是将袋子放了下去,灌满水。奥莉薇亚需要清凉、清澈的液体,不管有没有毒。道格拉斯捧着袋子,重新爬上山坡,滴了一点儿到她的嘴里。

"谢谢,"奥莉薇亚的眼中充满感激,"太好了。"她又喝了一点儿,然后闭上了眼睛。

道格拉斯绝望地捧着袋子,咪咪用手指蘸了点儿水,开始擦拭奥莉薇亚脸上的污渍。她抱着奥莉薇亚的头,轻抚她的栗色头发。那双绿色的眼睛又睁开了,此刻它们充满警惕,仿佛知道了什么消息一般,死死地盯着咪咪的眼睛。她的脸惊恐地扭成一团,像是一只遭遇袭击的母马。就像清晰发言那般,她将那个想法放进了咪咪的脑袋:出了差错,我已经看过事情的结局,但不是这样。

咪咪凝视着她,竭尽所能地吸取她的痛苦。安慰是不可能的。她们目光锁在一起,谁都没有挪走。奥莉薇亚的思想正通过一条不断加宽的渠道,注入咪咪的大脑,数量太多,速度太慢,她无法理解。

尼克静静地站在那里,闭上了眼睛。道格拉斯将袋子扔在地上,一瘸一拐地走开了。夜空在燃烧,像是在明确表达拒绝。又有两桶炸药撕破了空气。奥莉薇亚叫了起来,她在重新寻找咪咪的视线。她的目光变得暴烈,紧紧抓住咪咪的视线,仿佛一旦挪走,哪怕只是片刻,惨痛死亡的结局就会变得更糟。

地狱的边缘出现了第三个人。是亚当,他比预计返回的时间早了许多。尼克仿佛苏醒了:"你找到救援了吗?"

亚当低头看着那宛如圣母怜子图一般的场景。他内心里似乎有某个部分感到十分惊讶,这出戏竟然还在继续。

"救援来了吗?"尼克大喊。

亚当没有说话。他动用全部意志力,才将自己从发疯的边缘推了回来。

"你这个懦夫……把钥匙给我,把钥匙给我。"

艺术家朝心理学家扑了过去。直到听见奥莉薇亚叫出他名字的那一刻,尼克才停止了暴行。他立刻赶过来,扑倒在她身旁。此刻她的呼吸很重。她的脸痛苦地拧在一起。之前的冲击造成的麻痹此刻逐渐消退,她的身体扭曲成一团,开始大口喘气。

"尼克?"喘息停止了。她的眼睛瞪得巨大。他必须奋力反抗,才没有扭头看向她惊恐的目光投向的地方。

"我来了,我来了。"

"尼克?"她的声音变得尖锐起来。她想要坐起来,柔软的液体正在渗透她的衬衫。"尼克!"

"我在,我来了,我就在这里。我在你身边。"

喘息重新开始。她发出几声有节奏的声音:嗯,嗯,嗯。她紧紧地握住他的手指,呻吟声逐渐消失,直至周围只剩下三面燃烧的火焰发出的声音。她闭上了眼睛。

然后又猛地睁开，她在凝视着什么，但无法确定她看到的是什么。

"要持续多久？"

"不久。"他向她保证。

她抓着他，像一只即将从高空坠落的动物。接着她再度平静下来。"但是没有我们？我们拥有的这一切——永远不会结束，对吗？"

他等了太久，时间替他给出了回复。她挣扎了几秒钟，想听清答案，然后她变软了，不管接下来会发生什么。

树 冠

北方的黎明，一个男人仰躺在冰冷的地上。他将头探出他的单人帐篷，向上看。头顶上，有五棵白云杉细细的树干在微风中摇晃。重力毫无意义。长青的树梢在清晨的天空中涂抹描画。他从未真正地思考过，每一天的每一小时，一棵树用这种最小的草书笔画，能移动多少距离。这些静止的东西，其实一直在运动。

将头探出帐篷的男人问自己：那些树顶像什么？像有轮齿的绘图玩具，用最简单的套环也能转出令人惊艳的图案；像占卜用的三角板的尖角，能接受另一个世界传来的信息；事实上，它们什么也不像，它们就是它们。它们是五棵白云杉的树冠，长满了球果，活着的每一天，它们都在风中弯曲摇晃。只有人类才会想着打比方。

但是云杉在用它们自己发明的媒介倾倒信息。它们通过针叶、树干和树根说话。它们用自己的身体记录一生中经历过的每一次危机。帐篷中的男人沐浴在信号之中，那些信号比他粗钝的感官存在的历史还要古老几十亿年。但他依然能阅读它们。

五棵云杉在蓝色的空气中传递信号。它们写的是：光、水和碎石需要长远的答案。

附近的洛奇波尔松和短叶松一派端庄地写道：长远的答案需要长远的时间。长远的时间正在消失。

冰丘下面的黑云杉直白地写道：温暖以温暖为食，永久冻土正在打嗝，循环在加速。

在遥远的南方，阔叶树表示赞同。吵闹的山杨树，残余的白桦树，三叶杨和白杨树的森林开始合唱：世界正在换上新形。

男人翻了个身，面对着清晨的天空。这些信息在他体内奔涌。即便在这里，即便无家可归，他想：也没有任何事情能一成不变。

云杉的回应是：没有任何事情是从来不变的。

我们都在劫难逃，男人想。

我们一直都在劫难逃。

但这一次情况发生了变化。

是的。你来了。

男人必须起身工作，就像树木已经开始的那般。他的工作就快完成了。明天或者后天，他就要拔营离开。但是这一刻，这个早晨，他想看着云杉书写，他想到，我没有必要太过与众不同，因为太阳看起来就是太阳，绿色看起来就是绿色，喜悦、烦恼、愤怒、恐惧、死亡都是它们自己的模样，无须费尽心思去做任何澄清。然后，这个东西——这个东西，光、水和石头的生长年轮——将会把我完全占据，它就是我所需要的全部语言。

　　人会变成其他的事物。二十年后，当发生过的事只剩下记忆可供参考，那晚的真相将早已化成了树木的心材。他们将她的身体放进了火中，面朝着大地。他们三个人会记得那一幕。尼克将什么也不记得。她需要他的时候，他是基岩，之后他就变得一无是处，枯坐在火焰旁边的地上，贴得那样近，眉毛都烤焦了，但他却像那燃烧的尸体一样毫无知觉。

　　其余人将她放在准备好的火葬柴堆上，这种葬礼就像黑夜那般古老。她的衣服烧燃了，然后是她的皮肤。她肩胛骨上的华丽文字——改变即将来临——变黑，然后蒸发消失了。火焰托着她碳化后的灵魂斑块升上了空中。尸体当然会被发现。牙齿碎片，未烧完的骨块。每一个线索都会被发现和阅读。他们没有弃尸，而是将它送去了永恒。

　　说到离开那一幕时，所有人都只记得，他们必须强行把尼克推上车。橙色火光在常绿的树林上空闪烁，像北极光那般阴魂不散。接下来的几十英里，他们就只能看见黑暗。半个小时之后，他们才碰到一辆轿车，车里坐的是一对来自伊利诺伊州埃尔姆赫斯特的退休夫妇，两位老人还要继续驾驶五个多小时才能睡觉，所以当他们看见火光时，甚至都不记得曾经有一辆白色厢式货车从对面加速驶来。

　　纵火犯们长时间保持沉默，只偶尔被一些叫嚷声打断。是亚当和尼克在威胁彼此。咪咪像是坐在一个隔音的气泡中驾驶。距离波特兰还有两百英里时，道格拉斯要求大家去自首。但似乎有某种东西让他们不要去，是奥莉薇亚，他们所有人都只记得这一点。

　　"没有任何人看见任何情况。"亚当无数次告诉大家。

　　"结束了，"尼克说，"她死了，我们都完了。"

　　"闭上你的臭嘴，"亚当下令，"没有任何蛛丝马迹能找到我们。只需要保持沉默。"

　　他们达成一致，既然他们没能保护任何东西，那至少要保护好彼此。

　　"不管发生什么，一个字都不要说。时间与我们同在。"

　　但是人们对时间没有任何了解。他们以为时间是一条直线，从身后的三秒钟之前伸展而来，然后快速消失在前方三秒钟处的迷雾之中。他们看不清，时间是一个围绕在他们周围的圆圈，一直在向外扩展，直至最后，"现在"那层最薄的皮肤所依存的万事万物都已经死去。

到了波特兰之后,他们分开了。

尼古拉斯在米玛斯留下的树桩上住了下来。没有帐篷,没有睡袋。夜晚来临后,他就侧躺在地上,头枕着一件棉夹克,躺在查理曼大帝死去那年留下的那圈年轮旁边。在他尾椎骨下方的某处,有一圈年轮是哥伦布去世那年长出来的。而过了他的脚踝,有一圈年轮记录的则是老赫尔离开挪威,来到布鲁克林,然后跨越宽广的爱荷华州大地的那一年。在他的身体够不到的地方,树桩的边缘,拥挤在一起的年轮记录的年份代表着他的出生、他家人的死亡,一个从公路上来访的女人认出了他,教会他如何坚持活下去。

树桩的边缘还在分泌树液,是一种画家也说不出来的颜色。他翻身平躺下来,凝视着空中二十层楼高的地方,试图定位他和奥莉薇亚生活了一年的那块地方。他不想死。他只想再听到那个声音,听到那其中的热切与率真,哪怕再听到几个词都好。他只想那个总能听到生命的召唤的女孩从火里站起来,告诉他,从今往后,他一个人应该怎么做。但是没有声音。没有她的声音,没有想象中幽灵的声音。没有鼯鼠、海雀、猫头鹰和其他任何那一年曾对他们歌唱过的生物的声音。他的心脏又缩回了她找到他时的大小。他认为,沉默好过谎言。

他在那座坚硬的营地上没有睡太久。接下来的二十年他都没有多少睡眠。但是,二十圈年轮的宽度还不比他的无名指长。

咪咪和道格拆掉了车上的装置,毁掉了所有的破布、软管和橡皮圈。他们用了好几瓶溶剂,彻底擦洗了车厢地板。之后她将车廉价卖掉,用现金买了一辆小型本田轿车。她确定她的出售行为写出来会像爱伦·坡的小说情节。车子的新主人一眼看过去,只能看见几张皱巴巴的废纸。

她将公寓也挂出去出售。"为什么?"道格拉斯问。

"我们必须分开。这样更安全。"

"怎么就更安全了?"

"如果我们待在一起,那我们可能会出卖彼此。道格拉斯,看着我,看着我,我们不会允许那样的事发生。"

后续结果不过是报纸第三版的一条新闻。一场纵火案摧毁了度假村建设工地的地基。不过是一个小挫折。施工很快就又继续进行了。但是在筛出来的灰烬中发现了人骨,说明有一位人类受害者。西部九州的所有新闻都报道了这个故事,热度持续了好几天。

调查人员没能识别死者身份。只能确定是一名年轻女性，身高五英尺七。至于有没有发生暴力行为，乃至强奸，都无法确认。仅有的线索就是火灾现场附近找到的几行神秘文字：

　　控制杀戮

　　合作治愈

　　不回家，就会死

　　在乐园里有五棵树为你们预备……

人们开始集中智慧，为这几句话寻找最可信的解释。最终认定凶手精神错乱。

※ ※ ※

亚当溜回了圣克鲁兹。经历了这一切之后，这种行为似乎难以想象。但他的研究已经临近尾声，这时候退出项目，只会让人们将矛头投向他。一年的研究员职位差不多快结束了。白天里，他都关着窗帘坐在公寓中。他仿佛悬在床铺上空两英尺的地方，俯视自己的身体。有一些奇怪的时刻，他会感觉到兴奋，然后就崩溃变成无边的焦虑。花十分钟去便利店感觉也会有生命危险。

一个周五的深夜，他悄悄溜进学校去取邮件。他甚至记不起上一次来这座大楼是什么时候。他试了三次才打开他的邮箱，里面塞满了传单，他使了很大的劲才把它们撬出来。阻塞疏通后，几个月无人领取的垃圾邮件全部撒在收发室地板上。身后传来一个声音："嘿，陌生人。"

"嘿！"他装出一副热情洋溢的样子，甚至没来得及回头看是谁。

是他的同学玛丽·爱丽丝·莫顿，长着一张农家女孩般甜美的脸，微笑宛如牙科宣传手册上的模特一般标准。"我们还以为你死了。"

他突然感觉到，这是他所能获得的最糟糕的自由。没有死，但是我是杀人帮凶。"没，忙着做研究。"

"出什么事了？你去哪儿了？"

他想起本科期间的导师引用过的马克·吐温的一句话。如果你讲真话，那就不必刻意圆谎。"田野调查，感觉有点儿迷茫。"

她用指甲盖拍了拍他的上臂。"你不是第一个，先生。"

"我已经收集了所有的事实，但就是无法把它们串联起来。"

"完工焦虑症。交个论文而已，有什么难的？就随它去吧，管它的呢，先放一放。"

他拼命想要压制兴奋感，恢复正常讲话的音调，假扮从前的自己，不再做一个纵火犯、杀人犯共谋。心理学家应该是这颗星球上最善于撒谎的人。他曾受过多年训练，学习人类如何欺骗自己和他人，此刻，那些课程上学到的知识全都回来了。犯罪冲动要你做什么，你就反着来。如果被传唤上了社会舆论的法庭，那就故意误导转移视线。

"饿吗？"他轻轻扬起眉头。

他看到她警觉的样子似乎在说：这家伙是谁？认识三年都没怎么说过话，几乎像个自闭症患者，现在却想假扮正常人？但是所有数据都证明，确认偏差①总是能战胜常识。"饿。"

他将几个月的邮件塞进背包，和她一起去吃沙拉三明治。五年后，他的文件夹中塞满了有关小圈子理想主义的研究论文，很受重视，他已经做好准备，打算接受俄亥俄州立大学的终身职位。再过十五年——时间已经不再存在——他将成为业内名人。

与在地面上过七天相比，在红杉树的树顶上住几个月反而更加容易。万物都有主人，一岁小孩都知道。这是一条堪比牛顿定律的法则。身无分文地走在大街上是一种犯罪，但是活人无法想象，现实中还有其他的生活方式，一分钟也无法想象。尼克不能做任何有可能引人注意的事——不能流浪，不能未经许可擅自露营，不能在州立公园的常绿灌木中放牧。他在一座死气沉沉的山脚小镇找了一座按周付费的小屋，那里山上的树木都已被砍伐一空。他的后院里有一排挺拔的红杉树苗，直径都只有一英尺半，但他感到亲切。那是他在世上关系最近的亲族。

他必须离开这地方，尽可能地走得越远越好，即使不是出于理智选择，那也该为了安全考虑。但是他无法停止等待，无法放弃机会，他也许能收到信息，帮他对那场灾难做出哪怕一点点弥补。他曾经在这个地方生活，和她一起。就在这里，差不多有一年的时间，当时他知道他们的目的。在这颗善忘的星球上，只有这里是她有可能归来的地方。

他不和任何人说话，不去任何地方。上一个雨季才刚刚结束，下一个就又开始了。他在毛毛细雨中睡去，在倾盆大雨中醒来。屋顶因为雨水的袭击活了过来。他坐起身来倾听，无法放弃。他一睡着，就又在恐惧中醒来，天亮了，雨水浇灭了大火。

他出门到屋后去查看那条水渠。水从门廊下穿过，汇入一条疏浚过的小溪。尼克穿着T恤衫和毛衣，站在那里观看从山峦上倾泻下来的朝霞。时间闻上去是潮湿和肥沃的，土壤在他赤裸的脚下嗡鸣。有两个想法在他的脑海中打斗。第一个比任何人的童年都更古老，是说：喜悦源于早晨。第二个则是崭新的，是说：我是一个杀人犯。

空气中传来了撕裂声。尼古拉斯抬起头，山腰开始溶解了。昨晚的雨水把地面泡松了，剥掉了那层维系了十万年的外壳，山体咆哮着滑落下来。比灯塔还高的树木都

---

① 指个人选择性地回忆、搜集有利细节，来支持自己已有的想法或假设的趋势。

像小树枝一般折断了，冲撞在一起，形成一道膨胀的浪涛，重重地拍下山坡。尼克转身拔腿开跑。在他的上方，一道由岩石和树木组成的二十英尺高的高墙朝小屋砸了下来。他匆忙跑下一条小路，转身看时，只见一条树木汇成的河流击中了小屋。他的起居室里塞满了树桩和石头。整座房屋被连根拔起，在洪流中起伏。

他朝邻居家冲去，大喊着："快出来！赶紧出来！"这时他的邻居牵着两个小儿子跑了出来，冲上车道，想去开家里的卡车。但是泥石流裹挟的碎块先一步击中了卡车，把它整个埋了起来。树木被他们的平房堵住，岩浆一般鼓胀起来。

"这边。"尼克大喊，邻居们跟了上来。他带领他们跳进另一条水沟，沿着一座较缓的斜坡跑。泥石流到了这边被一排红杉树挡住了。泥浆和碎石从缝隙中渗了出来，但那排树木坚持住了。那家的母亲抱着孩子崩溃大哭，父亲和尼克抬头看着已被剥光的山坡，山脊明显矮了一大截。男人小声感叹道："天哪。"尼克听到这个词剧烈地抖了一下。他看着邻居手指的方向。刚刚拯救了他们性命的那排红杉树就像一道坚挺的路障，而其中每棵树的树干上都用明亮的蓝漆画了一个X，意思是它们下周就会被砍伐。

道格拉斯回到了咪咪家，像条狗，而且选的不是最佳时间。一开始他只是想去看看，确认她平安无事。接着他给她讲了最神奇的梦。她拔了电话答录机的线，所以他只能亲自上门，这让她有些激动。

在那个梦里，他和咪咪面对面坐在一座美丽的城市公园里，而城市所在的海湾甚至更加迷人。银杏出现了，她笑着说："等等！他们会解释的。你们会看见的。"道基讲得非常激动，无法保持冷静。"感觉就像是，她已经看见了一切！现在她想要我们知道。直到醒来之后，这个梦依然非常清晰。一切都会好起来的。"

咪咪却全无热情。"好"这个想法让她想要尖叫。于是他就消失了一阵子。但是他又开始做梦，而且还梦到了全新的细节，他敢肯定咪咪会想要听。他疯狂地敲了一阵子门，咪咪才开门将他一把拽了进去。她让他坐在餐桌旁，他们曾在那里起草了数不清多少封抗议信。"道格拉斯。我们把建筑烧成了平地。我们当时失去了理智，可以说完全是疯了。他们会杀了我们的。你明白吗？我们余生都会在联邦监狱度过。"

他没有说话。"监狱"这个词让他想起了自己的一段过去——也就是让他走上这条崎岖道路的那一段。"好吧，我明白。但是在梦里，她用胳膊搂着你，她说——"

"道格拉斯！"她大吼起来，声音大到隔壁都能听见。然后她停了下来，小声说道："别再过来了。我把公寓卖掉了。我要走了。"

他鼓起眼睛，仿佛一只要捕食蚊虫的青蛙。"走？"

"听我说，你必须，远远，离开。开始新的生活。换个新的名字。我们犯了纵火罪，杀了人。"

"那些火有可能是任何人放的。没有证据能追踪到我们。"

"我们有被捕记录。我们是知名的环保激进分子。他们会核查名单。他们会追踪每个人的记录——"

"什么记录？我们买东西都是用的现金。而且是开车去几百英里以外的地方买的。名单上人很多，名单不能证明任何事。"

"道格拉斯，消失吧，到地下去，别再回来了，别再来找我。"

"好吧。"他感觉眼睛刺痛。不能再来找她了。他一只手扶着门，然后又转过身来。"你知道，我从来没像这样在地面上生活过。"

他又做了那个梦。他们坐在未来城市高处的一个山丘上。银杏告诉他们："等等！你们会看到的！"当然，森林正从他们四周长出来。实在是太离奇了，必须告诉咪咪。但是当他赶到她家时，门前只有一个大大的红色告示牌：已售出。

他没有其他地方可去。他有三个可行性选择，东部似乎是最佳选项。于是他将把可移动的财产装上卡车，往北边的哥伦比亚峡谷开去。他甚至没有告诉五金店的老板。他们可以留下他过去两周的工资。

跨越爱达荷州的边境时，他突然想要去那个地方看一看。根据西部的标准来说，他实际上已经到门口了。就算不为别的，也可以去好好告个别。咪咪在他耳边尖叫，说他是在发疯。任何理智的人都会那么说。但将世界上所有的森林都变成长方形地块的，也正是理智。

他开上州道。他的心撞在肋骨上。他开上那条唯一的入口公路，穿过云杉峡谷，在四合的暮色中，树木宛如正直的法官。他的肌肉还记得，仿佛他们幸存下来的四个人再一次坐在那辆货车中，回到了事故发生后的那个痛苦时刻。但是还没到那里，他就看见了另一堆火，虽然锋利，却有所控制，迸发出白色的光芒——是夜晚作业溅射的电弧光。到处都是戴安全帽的人，他们在修理火灾所造成的毁坏。对于耽误的日程，资本的回应是，再多雇几班人。

有一辆大卡车，上面装满了桁架。一个信号员，手拿着一面红色信号旗。道格拉斯停车看了一会儿。已经看不出任何火灾的痕迹。咪咪在他耳边尖叫，要他赶在树干上安装的摄像头拍下他的车牌号之前赶紧离开。还有一个声音也在叫他离开，不要在这里停留。是银杏。

他沿着空旷的公路疾驰，离开了工地现场。在下一个十字路口，他继续向东。午夜过后，车子开进了蒙大拿州。他将车停在国家森林的一条小路起点，放低座椅靠背，睡了几个小时。

日光给天空洒上了大理石花纹。他沿着小路漫无目的地乱开，靠停车加油时买的牛肉干和原子火球牌肉桂硬糖充饥。车子开进了一块宽阔、平坦的盆地，四周环绕的高峰上都是草地，气候太过干旱，派不上实际用场。但是生命依然有一百万种方法可以利用这里。牧场上的动静吸引了他的目光——是叉角羚，在撞一道铁丝网。一共有五头，其中一头受了伤。道格拉斯突然想到了数字命理学——这是一个信号，他开始动摇。他将车停在路肩。出现在眼前的是一片僻远、空旷的空间，像天空一般广阔。他打开窗睡着了，有土狼在号叫，仿佛世界依然属于它们。

他继续漫无目的地行驶，第二天上午，冉冉升起的太阳依稀在为他指引方向。车子一英里一英里地往前开，时间一小时一小时地过，路并不总是直的。突然之间，路的左侧出现了一些奇怪的东西，感觉不太对劲，然后他才看见了它。在这片金色和灰色的广袤世界里，出现了一片失落的绿洲。那是一座建在河畔上的边区村落，但是河已经干了。他在下一个路口加速转弯，拐上一条碎石小路，几十个雪季已经将路面冻得支离破碎，纠缠的草根从来不轻易放过任何人。他减速缓行，但路面依然想折断他的车轴，削掉他的底盘。接着他开进了一小片白杨树森林，树皮表面都很粗糙，就像一群少年人。

他下车步行。前方几码远的草丛中，飞出一群麻雀。这片树林长得毫无道理可言。树木像喷泉一样向上伸展。有一些的茎秆裂开了，形成直径足有七英尺的花束。还有弯弯曲曲的三角叶杨。方圆几英里内都没有人居住的迹象，但所有的树都长在网格中，看上去就像在填充儿童的拼图。在那些绿色的拱廊中，他突然明白过来：他正走在一座隐形城镇的街道上。人行道、地块、院落、喷泉、商店、教堂、房屋，所有这些建筑都已经消失了，被清除一空，但这几片防风林留了下来。他坐在曾经让某个家庭自豪的落地窗下，但此刻这座巨大的房屋已经不能为任何人提供庇护。

他听到了喷薄的水声，仿佛哪里有一条隐藏的溪流。像是一阵响亮的喝彩声，不过是从一百年前传来的。他看着三角叶杨的前方，几片树荫在微风中歌唱，很高兴有人回到了这座被抛弃的城镇，来欣赏它们。树叶发出沙沙的声音，就像是从消失的教堂中传出的圣歌，声音飘荡在消失的宽阔大道上，歌唱所有消失的人。此刻圣歌只向唱诗班布道，但这并没有什么不对。唱诗班也值得纪念。"愿田和其中所有的都欢乐！那时林中的树木都要在耶和华面前欢呼。"①

咪咪身穿一条黑色绉纱紧身连衣裙，坐在格兰特街四艺画廊的前台旁。她坐的是一张后背镂空的皮革椅，每隔几秒钟，就要重新将裙角扯下去，盖住满是皱纹的膝盖。今天上午她要见一位艺术品交易商，这套服装看起来很合适，足够让她在跟任何

---

① 出自《圣经·诗篇96:13》。

男人谈判时都能把价格抬高两百美元。她想这样应该可以弥补脸上的疤痕对她外貌所造成的影响。她感觉像是变成了非职业人士。

留一头精灵短发的助理再度出现，她尽量回避咪咪脸上的伤口，为她续了一些咖啡，保证向先生马上就能见她。向先生已经迟到了十七分钟。他鉴定那幅画轴已经有好几周了，还将见面时间推迟了两次。幕后有情况发生，咪咪被耍了，但她说不清具体是怎么回事。

画廊里摆满了各种珍宝：漆器雕的小舟；工笔水墨山水画；雕刻有上千个人物的象牙球，一层套一层，工艺十分精致。远处墙面上的一幅画吸引了她的视线，画的是一棵黑色的大树，枝干像彩虹一般色彩缤纷，映衬在蓝天下。她扯平裙角站起身来，慢步走过房间。远看像是细小的树叶组成的一只象征丰收的羊角，结果却是数百个冥思的人像。她看了一下标签："《美德之境》，又称《庇护树》。中国西藏，约十七世纪中期。"在那展开的树冠中，人像组成的树叶似乎在风中摇摆。

身后有个声音叫道："马小姐？"

是向先生，他穿一身青灰色的西装，戴一副血红色的眼镜，领着她走进后室。他目不转睛地看着她脸上的伤痕，一只手断然地一挥，招呼她坐在会议桌旁。桌子是用禁用的红木做的，装卷轴的盒子放在他们两人之间。他站在窗口说："你的这件作品非常美。罗汉画得非常精细，风格独特。很遗憾你没有证书和起源介绍。"

"是，我……我们一直都没有那些东西。"

"你说这幅卷轴画是你父亲带来美国的，原本是你上海家人的艺术收藏？"

她在桌子下面不停地摆弄裙角。"是的。"

向先生从窗口转过身，在她对面端正坐好。他用左手掌捧着右手肘，右手的大拇指和食指伸出来，仿佛夹着一根想象中的香烟。"我们没能如愿确定它的精准创作日期，而且也不能确定画家的身份。"

她开始警惕起来。"收藏者的印章呢？"

"我们已经按年代顺序追溯过，但无法确定你父亲的家族是如何得到它的。"

此刻，她终于明白了这两周以来她一直担心的是什么。把卷轴拿来估价完全是一个错误。她想抓起盒子拔腿就跑。

"题词的字迹也很难鉴定。是一种唐朝的书法字体，我们称之为狂草。具体说来是醉素[①]的风格。可能是后人所写。"

"写的是什么？"

他向后仰起头，以便更好地欣赏她的冒失举动。"写的是一首诗，作者未知。"

---

① 指唐朝书法家怀素。

他将卷轴在他们之间的桌面摊开，手指追溯着行书文字向下移动。

山中气象何久留，
叁树历历如挥手。
起身欲辨风鸣声，
寒冬青芽立上头。

不等他把诗念完，她就起了一身鸡皮疙瘩。她仿佛又回到了旧金山国际机场，广播在呼叫她的名字。她想起父亲自杀之前写下的那首诗。君问穷通理？她在漆黑、寒冷的山腰上急切地点火，杀死了一个女人。

"三棵树？"

向先生双手合十道歉。"是诗歌语言。"

她的脸又烫又冷。她的大脑不肯工作。远处似乎有某种东西想要靠近她。何久留？她看见了妹妹艾米莉亚，十二岁大的时候，穿一件是她个头两个大的防雪服，摇摇晃晃地走进后门，哭着说："早餐树发芽太早，会被雪冻死的。"父亲笑着说："新叶一直在，冬天之前就长出来了。"那是咪咪十六岁那年的冬天，不知为何，她竟然没发现这个事实。

"那首诗会不会是写给……一个普通人的？"

"也许是写给一个学者的，一个书法学生。"

她不知道父亲学的是什么专业。微电子，露营地挑选，与熊对话？"我还有一枚戒指。"她伸出手，给桌子对面的交易商看。对方翘起脑袋，笑容让他们两人都感到尴尬。

"啊？一棵玉雕的树，明代风格，工艺精巧，我们可以估价。"

她抽回手。"算了，告诉我卷轴的。"

"罗汉像的处理技艺非常娴熟。根据历史罕见程度和绘画质量来衡量，我们给出的价格在……"他给出的两个数字让她尖声大笑，之后才抑制住。"四艺愿意以中间价收购。"

她向后靠在椅背上，假装镇定的样子。她原本希望卖得的钱能为她提供一些自由，够她支撑两年，或者三年。但对方给出的实在是一大笔钱。不只是自由，那笔钱足够她开始新的人生。向先生打量着她脸上的伤痕。他血红色镜框背后的眼睛依然是一副无动于衷的样子。她回应他的目光，准备好一决胜负。她见过最凶猛的火势熄灭的场景。奥莉薇亚死后，她不再躲闪任何人的目光。

画轴依然平摊在他们之间的桌子上。狂草书法的字迹，神秘的诗句，孤独坐在深山老林中的人物，他们即将转变，即将成为万事万物的一部分——这一切都任凭她的处置。但突然之间，她感觉处置他们就像是在犯罪。那三棵树想从她那里得到某种东西。但她不知道具体是什么。

战胜向先生实在是轻而易举。三秒钟后，他就移开了视线。他转身期间，她看清了他作为艺术品估价员的灵魂。他早已在某部文献中找到了这幅卷轴的信息。事实一清二楚，正如他眼皮的痉挛。这幅卷轴的价值是他开价的无数倍。这是一幅失落已久的国宝。

她吸了一口气，没能忍住脸上的笑容。"我在想，亚洲艺术博物馆或许有人能帮忙鉴定。"

四艺画廊立刻开出了新的收购价。那笔钱足够让咪咪以及她的妹妹和外甥很长一段时间都不用再担忧生活。足够给她一条出路，让她重新接受职业培训，获得一个新身份。何久留？

她给两个妹妹分别打了电话，她已经有一年没和她们联系了。先打给卡门，咪咪没有提起她的脸，没说她丢了工作，卖了公寓，被三个州通缉。她为自己的消失道了歉。"抱歉，我碰到麻烦了。"

卡门笑着说："你什么时候顺利过？"

咪咪说了对方开出的价钱。

"我不知道，咪咪。那是传家宝。爸爸的东西，我们还留下些什么？"

咪咪想说，还有玉石戒指，叁树历历如招手。"我只是想完成他曾经想做的事。"

"那就像他一样做吧，那幅画是唯一一件他保存了一辈子的东西。"

接着她打给了艾米莉亚。艾米莉亚是健康、宽容的圣人，她一边听这个疯姐姐说话，一边还在驯服正在调皮大笑的孩子们。咪咪不出声地说："我正在逃亡途中。一个朋友死了。我把私人财产烧成了灰。"但是她没说出口，而是念了那首翻译过来的诗。

"很棒啊，咪咪。我想它就是要人放松吧。放松，爱，做你想做的事。"

"卡门说那是我们唯一的传家宝。"

"天哪，别感情用事，爸爸是世上最不会感情用事的人。"

"而且花钱很谨慎。"

"谨慎？他是节约！记得地下室里堆满了大甩卖的商品吗？一箱箱的可乐，还有羽绒服，还有半价处理的套筒扳手？"

"卡门说爸爸一辈子都把那幅画带在身边。"

"呃，他可能是想找个合适的时间再拿去古董市场出售。"

打破僵局的投票任务再一次落在她们的肩膀上。那天晚上，总是面带微笑的工程师，露营地笔记本的保存者，结束了自己性命的温柔男子，对咪咪轻言细语。他直接将答案递到了她的耳中。过去是一棵极界树。修修剪剪，总会重生。

多萝西·卡扎里·布林克曼脸上挂着灿烂的笑容，用蔷薇木托盘端着流质食物早餐，从厨房走进丈夫的房间。他躺在机械床上，眼睛在向她发出号叫。他的嘴僵硬地歪在一边，一副惊恐的样子，就像希腊悲剧中使用的面具。她强忍着没有从门口退出去。"早上好，雷雷。你晚上睡着了吗？"

她将托盘放在床头柜上。那双可怕的眼睛一直追随着她。活埋，永远。她驱使自己向前，将插在烈酒杯中的百合移到床边的桌子上，然后将被子翻起来，贴着脸的位置已经被口水打湿了。接着她端起蔷薇木托盘，放在他半身不遂的身体上。

每天早上装腔作势的表演都让她更加确信。在这个世界上，没有任何东西能告诉她，像这样的日子还要持续多久，她还能坚持多久。他发出了一些声音。她凑过去，耳朵贴在他的嘴唇上，但听见的不过是一声"嗒"。

"我知道，雷。没关系的。准备好了吗？"她像动画片里的人物那般，夸张地撸起袖子。他面具一般僵硬的嘴动了一下，她在阅读他的唇语，仿佛她还需要阅读似的。不只是麻痹，不只是他的话语令人心烦，那张嘴已经将他变成了另一种生物。"是一种古老的谷物，来自非洲，有利于细胞修复。"

他那只还能活动的手抬起一英寸，可能是想阻止她。多萝西没有理会，她已经习惯了。古老的谷物很快就从他的下巴流到了围嘴上。她用一块软布为他擦拭干净。他中风后麻痹的脸碰上去很僵硬。但是他的眼睛——他的眼睛分明是在说：除了死亡之外，你是我唯一能承受的事物了。

勺子放进他的嘴里，然后拿出来。她体内的某个地方想要发出飞机的嗡鸣。"你昨晚听见猫头鹰叫了吗？它们是在呼唤彼此吧？"她帮他擦干净嘴，又喂了几勺。她回想起第二周的某个时刻，当时他还住在医院。他的脸上还戴着氧气面罩，胳膊上还挂着点滴。他一直用那只还能移动的手拍打枕头。她只得叫护士来看，于是护士用纱布将他的那只手绑了起来。他的目光从面具后面射了出来，是在斥责她。让我来结束吧。你难道看不出，我是想帮你吗？

几周的时间里，她唯一的想法就是：我做不到这个。但是练习将不可能变成了可能。练习让她接受了医生的实用主义做法和朋友们的同情。练习帮助她在翻动他坚硬的身体时不会再呕吐。练习教会了她如何倾听他难懂的话语。再多练习一下，她甚至能精通死亡的感觉。

早餐过后，她检查了一下，看他是否需要排便。确实需要。第一次是在医院里，一个有经验的护士帮他吸出来的，他发出耻辱的呻吟。即便是现在，她丢进浴室的橡胶手套、海绵、软管和温热的便块还是会让他的眼眶盈满泪水。

她清洗干净后，将他翻过身来，检查褥疮情况。今天只有她一个人忙碌。流动护工卡洛斯和里芭每周只来四次，比雷希望的多两次，却只是多萝西希望的次数的四分之一。她将手搭在他石头般僵硬的肩膀上，她的温柔只是疲劳的副产品。"看电视吗？还是读书？"

她认为他说的是读书。于是她就从《时代》杂志开始，但是大字标题就让他不安。

"我也不喜欢，雷，"她将杂志放下，"无知不会伤害你，对吧？"

他说了句什么，她凑过去听。"气。"

"生气吗？不生气，雷，只是个蠢笑话。"他又说了一句。"你生气？为什么？"她指的是，除了那百万个充足的理由之外。

他僵硬的嘴唇又挤出一个音节："谜。"

她感到不寒而栗。他们一起生活了这么多年，那一直是他早间的例行仪式，现在却做不到了。这是最糟糕的，今天是周六，是魔鬼字谜日。她唯一能听到他骂脏话的日子。

整个上午他们都在解字谜。她提示线索，雷的目光却像是飘到了遥远的北极。或许是因为很受打击，毕竟是他曾经不离手的游戏。像是隔了一个地质年代那么久的时间，他才会呻吟出一些可能是词语的音节。但让她惊讶的是，对她来说，猜字谜竟然比让他看电视轻松。她甚至开始幻想，可以每天都玩一次猜字谜游戏——只需要有这些动作——也许能帮助修复他的大脑。

"早春的信号，五个字母，以A开头。"

他吐出两个她听不懂的音节。她让他重复。这一次他像是在咆哮，但除了熔化的矿渣外，她还是什么也没听明白。

"有可能，我先用铅笔写，回头再合计，"她像是在哄一个布偶，"这个是什么呢，芽苞令人欣慰的回归？六个字母，首字母是R，第四个是E，第五个是A。"

他看着她，他被禁锢在里面，在那个锁闭的房间里，无法说出他还记得的事。他的脑袋耷拉着，能动的那只手在被子上摩擦，就像某种食草的野兽在翻刨冬季的雪地。

上午的愉快时光一直延续到正午。她坐在那里，字谜表格被涂改得乱七八糟。该想想午餐吃什么了。得准备些不会把他噎着的食物，这周她有好几顿都没给他吃那样的食物了。

午餐就像乘坐划艇跨越大西洋。下午，她为他读书。读的是《战争与和平》，篇幅很长，读起来很费劲，已经持续了好几周了，但他似乎很喜欢听。她花了这么多年时间，一直在试着改变他的口味，让他爱上小说。现在她终于获得了一个热心的听众。

即使是她，也早已记不清故事情节。人物太多，要追溯的感情太多。男主人公之一的公爵在一次大型战役中倒了下去。他仰躺在冰冷的大地上无法动弹，周围一片喧器。在这位士兵的头顶之上,除了天空,别无所有,只有高远的天空。他无法动弹,只能仰望上空。他躺在那里,疑惑自己为何直到这一刻才发现生命的真相:整个世界和所有人类的灵魂都微不足道,都只是单纯地排列在无垠的蓝天之下罢了。

"我真的很抱歉,雷。我忘了已经读过这一部分了,我们可以跳过去。"

他的目光又向她发出了咆哮。不过困扰他的也许并不是小说。也许他只是不明白,妻子为什么一直在哭。

晚餐再一次沦为一场持久战,发生在亚洲的另一场陆地战。之后,她帮他坐起来看电视。她自己则出了门,去赶第二顿晚餐。她自己的晚餐。艾伦在工作室门口等她。他的头发上还挂着木屑,眼神中也带着一丝咆哮的神情。她移开了视线。他将她拥入怀中,她感到很可怕,因为感觉就像回到了家。他即将成为她的未婚夫。耽搁离婚进程的原因,如果用丈夫的职业术语来说,属于不可抗力因素。那么在这种情况下,你还能拥有一个未婚夫吗?

"今天怎么样?"是的,他在期待她的回答。但是今晚,他们吃着外卖的左宗棠鸡,周围摆满了小提琴、中提琴、大提琴的零部件,钢丝上悬挂着一排排赤裸的白色琴面,还有裂开的枫木背板,空气中有云杉和柳树的气息,还有用来做指板的大块乌木,做配件的小块黄杨木和回收利用的红木,她只需要吸气,一口又一口地吸气。

她敲了几下一次性筷子。"真希望我们能在年轻时遇见。你应该看看我当时的模样。"

"啊,不了吧。老木头更好。尤其是长在山北高处的那些树木。"

"很高兴我还能派上用场。"

"我这么老,真叫人羞愧。但是我活儿却干得越来越好了,"他挥手示意椽子上悬挂的刨过的面板、雕过的琴体。"我现在才刚刚开始明白木头的特性。"

两小时后,她回到家。雷一定听到她的车子开上车道的声音了,还有车库门打开的声音,她将钥匙插进后门门锁的声音。但是当她进门时,他的眼睛却是闭着的,锯齿状的嘴巴松弛地张着。电视上的人在讲笑话,笑得前仰后合。她关掉电视,走到床边,将脏污的被子拉上来盖住他僵硬的身体。他用能动的那只手抓住了她的手腕。他的眼睛睁开了,眼神在尖叫,是地狱和谋杀的眼神。她尖叫着跳开了。等平静下来,她才回头安慰他。

他从来都是世界上最温柔的男人。面对她的越轨行为也总是耐心得像个圣人。当她宣布一切结束的时候,他哭了一会儿,他说只要是对她好的事,他都同意。她可以留下来,做她想做的事。如果她有了麻烦,他总会在这里。现在她有麻烦了,是的,他就是她的麻烦,从来如此。

"雷!天哪,我以为你睡了。"他突然吐出一句话,发音非常阴沉,像是梵语的念诵。"你说什么？"她痛苦地凑过身去，感觉像是在玩比手势猜词的游戏，却没有手势提示。两个音节，都很模糊。"再说一遍，雷。"

一直以来都是如此，他的耐心总是多过于她。他不能动弹的那半边身体的肌肉在猛烈抽动。所有的幽灵都在啃噬她的皮肤，都将手指伸进了她的头发。"雷雷，对不起，我听不懂你在说什么。"

他只有一半能动的嘴唇发出了更多的声音。她又靠过去倾听。一开始她听到的是"谢"。她过了一会儿才猜出他真正想说的可能是"写"。虽然感觉不太可能，但她还是找来了笔和纸。她将笔放进他那只还勉强能动的手里，看着他的手指像地震仪上的针头一般移动。他用了好几分钟时间才画出一些难以辨认的笔迹。

她看着那缠成一团的颤抖的笔迹，什么也看不懂。荒谬，但她不能对那个仍然被困在瓦砾堆中的男人说这话。接着她想到了一个词，她突然明白了。她开始哭泣，用力拉着他僵硬的胳膊，说出了他早已知道的答案。"你猜对了，你猜对了！"六个字母，首字母是R。芽苞令人欣慰的回归。那个词是Releaf。

二十个春天根本不值一提。有记录以来天气最热的年份来了又去了。然后又是一年。接着十年过去了，几乎每一年都是有记录以来最热的一年。海平面上升了。新年钟声敲响了。二十个春天里，最后一个来临的时间比第一个提前了两周。

许多物种消失了。帕特丽夏写下了它们。但消失的物种太多，无法算清。珊瑚礁死亡，湿地干涸。许多事物尚未被人发现就已经消失。许多生命的消亡速度是基本灭绝率的一千倍。面积比大多数国家国土面积还要大的森林变成了农田。看看你周围的生命，现在将你看到的那些删掉一半。

二十年间出生的人口比道格拉斯出生那年在世的总人口还要多。

尼克东躲西藏的同时也在工作。对于工作来说，二十年时间比树木年轮上的二十年要慢许多。

亚当的一份论文证明，当眼前有色线鲜艳、明亮的东西在摇晃时，我们看不见背景的缓慢变化。

咪咪发现，你可以盯着时针看，盯着它绕表盘转一周，但你永远也看不见它动一下。

在《命运8》中，尼莱是一个145磅重的白人，留一头爱因斯坦式的发型。根据光线和所处城市的变化，他的外貌会呈现出不同的种族特征。他身高只有四英尺四，但是轻盈的小腿和结实的大腿能带他去任何地方。他名叫孢子，是个无名小卒。就和游戏中十一片大陆上的自耕农一样，他也赢得了一些奖章，造过一些纪念碑，存了一点儿钱。他的生活中有女人，在一些遥远的省份。他是一座小城的市长，在另一座小城经营着一家挂毯工坊。有一阵子，他在一座修道院里当过牧师，不过那个地方现在似乎已经陷入停滞。大多数时候他都喜欢走路。拜访陌生人，欣赏柏树树枝的摇晃，看风往哪一个方向吹。

他和几亿人一道，搬进了一个平行世界，每个人都在自己选择的游戏世界中。他已经不记得没有网络的时代是什么样子了。那正是意识的工作所在，将"现在"变成"永远"，混淆现实与理想的界限。有的时候，感觉并不是他和心之喜悦谷的其余人发明了线上生活，他们只是在其中开辟了一小片空地。进化到了第三阶段。

一个周三的下午，他本该参加一个董事会议，讨论收购一家3D建模工作室的事宜，他却登录游戏，去了乡村公路，进行私人研究与开发。他的朝圣之旅已经开始几天了，准备从极地徒步前往赤道，一路与在各个维度上遇到的每一个市民交谈，随机聚焦各个群体。等于是将产品研究与个人锻炼结合在了一起。

他在一个从未去过的行政区，一座繁荣城市的市政厅外，碰到了集市活动。在钟琴的乐声中，人们在为各种商品和服务讨价还价，能看到马车、蜡烛、引擎、光学器件、珍贵的金属、土地和果园等。也有手织布、手工制作的家具，能真正演奏音乐的鲁特琴。就在去年，这里举行的可能还是简单的物物交换，人们彼此交换难以寻觅的物品。但现在一切都是真钞实票——美元、日元、英镑、欧元——可通过外面世界的电子交易系统，实现价值数百万的交易。

"白痴。"在集市的道路上，有个人骂了一句。尼莱回头去看是谁在说话。原来是他旁边一个身穿鹿皮装的男人。有那么一瞬间，尼莱觉得他可能是个机器人，某种非玩家操作的人工智能。但是那个人物的步调中有些东西又不像，他整个人呈现出某种饥渴的特征，很像是人类。

"谁是白痴？"

"他们难道在上面的世界还没受够吗？"

"上面的世界？"

"会发生氧化反应的那个世界。打卡上下班，买熏野猪肉回家，把房子里塞满乱七八糟的狗屎。这地方和肉身世界一样糟糕。"

"这里还有其他许多事可做。"

"我以前也这么觉得，"穿鹿皮装的男人说，"你是神？"

"不，"尼莱撒谎，"为什么这么问？"

"你拥有所有种类的增益效果。"

他默默在心里记下这一点，打算下次出来时调整。"我玩了有一阵子了。"

"你知道神都在哪里活动吗？"

"不知道，你有什么东西想修正？"

"这整个地方。"

尼莱被激怒了。游戏收益一直很高。但是，每个人都是评论家。

"你有什么问题？"

"就是想重新爱上这个地方。第一次玩的时候，我觉得这里是天堂。有一百万种获胜的方式，甚至说不出赢有什么意义。"鹿皮装探险家静止了片刻，或许是玩家需要倒垃圾、接电话或是哄刚出生的宝宝。接着他的头像用一种奇怪的两步式动作活了过来。"现在却只剩下老调重弹的垃圾，一遍又一遍地重复。开采矿山，砍伐树木，在草地上搭建金属架，修建愚蠢的城堡和仓库。等你好不容易得到了你想要的东西，又会来一些混蛋雇佣兵把你打得满地找牙。比现实世界还糟糕。"

"你想举报哪个玩家吗？"

"你是神，对吧？"

尼莱没有说话。一个已经有几十年不能行走的神。

"知道这地方出了什么问题吗？点物成金的问题。人们造各种狗屁东西，最后把这里塞得满满的。之后你们神明就会再造一片大陆，或者引入一些新的武器。"

"还有其他的游戏方式啊。"

"我之前也这么以为。觉得山上和海里还有许多神秘的事物。但并没有。"

"也许你应该去别的地方看看。"

穿鹿皮装的男人挥了挥手。"我以为这里就是别的地方。"

在他内心深处，他依然是从前的那个男孩，依然想为早已死去的父亲造一只会跳舞的电子风筝，他知道这个住在边远地区的男人是对的。《命运》遭遇了点物成金的问题。万事万物都正在被镀上金壳，走向死亡。

亚当·阿皮亚升级成了副教授。但他并不能休息——反而面临着更大的压力。他的每一分钟都要掰成两半用，开会，写文件综述，田野调查，备课，处理办公室事务，给堆积成山的论文评分，委员会工作，整理升迁档案，与五百三十六英里外一家出版公司的一个女人维持远距离恋爱关系。

这天他正在俄亥俄州哥伦布市的简易住宅里编辑一篇即将发表的文章，忙碌的同时，他也在一边看新闻，一边吃微波炉加热的日式照烧食品。他没有心思关注时事新闻，也没有胃口吃真正的饭食。但是，把它们跟工作挤在一起，就差不多说得过去了。看了十秒钟新闻后，他才反应过来发生了什么：建筑被毁，房梁被烧得漆黑，就和那场他早已记不清楚细节的事件一样。有人炸了华盛顿州的一间研究实验室，因为那里的工作人员正在修改白杨树的基因。镜头都留在一面乌黑的墙壁上。混凝土墙面用油漆喷了几行字，是他曾经参与拟订的文字：

  控制杀戮

  合作治愈

  是他们过去的口号。这没有道理。但新闻播报员的评论却让形势变得更糟。"当局认为，这场造成七百万美元损失的纵火案，与过去五年里，俄勒冈、加利福尼亚和爱达荷北部发生的一系列类似袭击案有关。"

  世界在分裂和复制，亚当变成了自身的复制品。接着，他才想到一个更加合理的解释：一个或更多伙伴开始单独作案了。最有可能的人是尼克，毕竟他的恋人死在了那里。或者是那个孩子气的老兵道格拉斯。也有可能是他们两人联手合作，又召集了一批新的信徒，执行了这场纵火。不管纵火的人是谁，他们却用了那两句老口号，仿佛他们拥有版权似的。

  镜头扫过实验室烧焦的天花板托梁。亚当却觉得记得那片残骸，仿佛是他亲自安装的炸药。已经是快五年前的事了，但感觉却像是发生在昨晚。他仿佛刚刚才回到家里，现在必须烧掉他那身满是烟味的衣服。镜头停留在走廊尽头一块有喷漆字迹的碎片上：

  拒绝自杀式经济

  升级成为副教授的六周之后，他又成了纵火犯。

  三个月后，奥林匹克半岛附近一座木材堆置场的机器仓库发生了爆炸。咪咪是在《纪事报》上读到的消息。当时她正坐在金门公园的一角，温室花房旁边的草地上。从那里徒步十分钟即可抵达山顶的旧金山大学，她在那里的康复与心理健康咨询专业攻读硕士学位。她认出了爆炸现场涂写的口号——是他们曾经用过的口号。新闻旁边还附了一个补充报道，标题是：《生态恐怖活动年表1980—1999》。

  逮捕只是时间问题。下个月，明年，有人来敲门，然后警徽一闪……她读报纸期间，周围人来人往。一个流浪汉拖着一个油腻的背包，里面装着他的全部身家。一群头戴黄帽的游客，跟在一个挥舞着日语旗帜的女人后面。情侣们在嬉笑，把填料长颈鹿玩具扔来扔去。咪咪坐在草地上，阅读一桩桩似乎都是她所犯的罪行。她将报纸摊在面前的草地上，然后仰起了头。天空中挤满了隐形的卫星，它们都能锁定她的坐标，精确到十英尺以内。太空中的摄像头能拍摄到她面前报纸上的新闻标题：《生态恐怖活动年表》。她仰望上空，等待着未来俯冲下来将她逮捕。接着她将报纸和午餐垃圾一同收拾好，经过一排禾叶栎，往孤山走去，下午还有一堂治疗伦理与职业问题的课要上。

尼克没有听到新的纵火案的消息。他的新闻都是从汽车站和咖啡店获取的，还有电话销售员、人口普查员和乞丐，一路向北经过的小城镇中，这些人都愿意泄露几乎所有的时事评论员和分析师都讳莫如深的秘密，而且都是免费。

在华盛顿州的贝尔维尤市，他找到了一份完美的工作，当一个光荣的理货勤杂工。他每天都要在一座巨大的物流中心里，驾驶一辆迷你铲车跑来跑去，给货盘上堆积如山的书籍开箱，扫描它们的条形码，然后将它们准确地放入巨大3D存储矩阵里的正确位置。他应该创造速度纪录的，而他确实做到了。他的完美表演针对的是最高雅的观众，也即没有观众。

这里的产品与其说是书，不如说是人类一万年历史所希望达成的目标，这个目标让人类无比渴望，却是大自然坚决拒绝的，那便是"便利性"。轻松是一种疾病，尼克却是它的导航。他的雇主就像是一种病毒，总有一天要钻进每一个人的身体，与所有人共存。一旦你穿着睡衣也能买到小说，那么便再也没有回头路可走。

尼克打开下一个纸板箱，那是他今天开的第三十三只纸箱。正常情况下，他一天能开箱、扫描、上架一百多箱书，平均每四分钟一本。速度越快，他不被取代的时间就越长，虽然这个工种不可避免地会被机器人所取代。他估计还能再做两年，之后效率浪潮就会将他杀死。工作越努力，思考就越少。

他将一箱平装本图书放到钢制书架上码好，然后清点了库存。这条钢梁组成的走廊就像一条由图书组成的看不见尽头的峡谷。光是在这座物流中心就有几十条这样的通道。而且每个月，好几片大陆上都有新的物流中心在陆续建起。他的雇主不会停止，一定要把每一座物流中心都填满为止。尼克眺望这条图书峡谷期间，浪费了整整宝贵的五秒。眼前的景象让他感到恐惧，但同时也充满希望。峡谷无边无际，其中存储的火炬松纤维纸张印刷品足有数百万吨，在那些编码印刷的文字中的某处，一定有几行文字揭露了真相，一定有一页、一段文字能打破追求完满的魔咒，将危险、短缺和死亡带回这个世界。

夜里，他还要忙着绘制壁画。他在自己的公寓里制作漏字模板，然后带着它们走遍整个城市，漫步寻找空白的墙面。是命运在引领他，让他做一切能吸引警察目光的事情。但是对他来说，用图像呐喊的冲动却异常强烈。完成一幅中等大小的作品，从用胶带粘贴模板到绘制完成撕掉模板，整个过程只需要几十分钟。凌晨两点到四点之间，他原本只能失眠躺在床上啃食自己的内心，现在却可以到好几个社区涂画壁画。

穿凯夫拉合成纤维外套的奶牛;把枫树翅果当手榴弹投掷的抗议示威者;他还会往真正的蔷薇花墙上画上小型军用飞机和直升机,仿佛是要给花朵授粉。

今晚的工作量很大,目标是一座律师办公楼,要使用十六块模板。尼克爬上一座四脚梯,将编有号码的模板按顺序拼好,用胶布粘牢。模板拼成一个巨大的花瓶图案,但上下两端都向外伸展开来。模板覆盖了煤砖外墙,接着他将它们扭转九十度,让其竖立起来,向下流淌,一直伸展到人行道上。然后他掏出油漆喷雾,将镂空的部分填满,油彩沿着蒙板慢慢滴落。稍等片刻,等油漆变干后,他撕掉模板,呈现在眼前的是一棵栗子树。树枝爬上了办公楼的二楼,树干则垂直向下,树根爬过路缘线,一直伸进街边的下水道。在齐胸高的地方,比眼睛稍低的位置,树皮上的沟纹溶解变成了一个两英尺宽的通用商品条形码。

尼克从背包拿出一支手指宽的骆驼毛笔刷,一罐黑色瓷釉,在条形码的旁边,手写了一段鲁米的诗:

　　爱是一棵树

　　树枝伸向永远

　　树根伸向不朽

　　树干却无处安放

有人曾经为他读过这首诗,是在一座树屋里,在一根高高的树枝上,在造物不断生长的边缘。如果我们之中有一个掉下去了,他听到那个人在提醒他,那另一个也会被拖下去。他退后几步去评估。壁画的效果让他感到震惊,他不确定自己是否喜欢。但喜欢也好,不喜欢也好——商品文化的支撑点——对他都没有太大意义。他只想尽可能地填满更多的墙壁,画一些不可能被墙围住的图案。

他收起模板和颜料罐,装进帆布背包,步履蹒跚地回到家,在床上半睡半醒地躺了五个小时,他迫切地需要换一张床。奥莉薇亚萦绕在他的梦中,又发出了临死前的那句令人恐慌的呼声:我们拥有的这一切——永远不会结束,对吗?

"离开我。"雷·布林克曼每周都要对妻子说好几次。但是她无法理解他口中吐出来的词语凝块,或者是她假装不懂。晚上她出门的那几个小时,是他最满足的时刻。每当那个时候,他总是满心希望,她和她的朋友在一起,在远处某个黑暗的房间里,改变,交谈,伤心,为所有那些不可触及的东西而哭泣。但是当早晨到来,她走进他的房间,说"早上好,雷雷,一切都好吗"的时候,他总是不可遏制地感觉到,他所有的喜悦都麻痹了。

她喂他吃饭,扶他坐起来看电视。荧幕上会播放新闻、旅行、其他公司的情况,提醒他想起,他这一生有多么幸运,他却没能发现。这天早上,西雅图爆发了战争。

起因是世界的未来及其财富和财产。吃早餐的人听到新闻也很困惑。几十个国家的代表试图聚集在一个会议中心；几千名抗议者发了狂，拒绝他们进入。孩子们穿着斗篷和迷彩裤，跳上一辆燃烧的装甲车的车顶。还有人从混凝土地面拔起了一个邮箱，不顾一个女人的尖叫，将它扔进了银行的一扇平板玻璃窗。而在闪烁着白色圣诞灯的树下，一排排身穿黑衣、头戴头盔的军人，向人群发射了粉红色的烟幕弹。在保护专利权的战壕中奋战了二十年的雷·布林克曼，每当警察制服一名无政府主义者都会欢呼喝彩。但被神反手一掌拍得无法动弹的雷·布林克曼，却打碎了一只玻璃杯。

汹涌的人群分散开来，开始猛烈出击，编队重组。一个举着防暴盾牌的方阵将他们逼了回去。无政府主义分子同步冲过路障，包围了装甲车。镜头停留在人群中一个醒目的地方，是一群野生动物。能看到鹿角、胡须、獠牙和招摇的耳朵，原来是一群身穿连帽衫和短夹克的儿童佩戴的精致面具。那些动物们死了，摔倒在人行道上，然后又一跃而起，就像讲述登山俱乐部凶杀故事的电影场景。

雷的大脑像是被阉割过了一般，此刻却突然想起一段往事。他痛苦地闭上了眼睛。他认出了那些动物面具、那些彩绘的紧身衣。它们都那样熟悉。他曾见过它们，应该是在一张照片里。他知道这不可能，但事实并不能抹去他所感觉到的不可思议。他叫多萝西过来关掉了电视。

"读书？"她总是会问，其实她不必问的。他永远也不会对她说不。现在他全靠她大声朗读的故事活着。几年来，他们已经读完了《史上百大小说》。他不记得自己以前看小说时为什么总是很不耐烦。现在，没有任何其他书籍能帮他度过午餐之前的那段时间。他紧紧抓住最荒谬的情节碎片，仿佛人类的未来就维系在那其中一般。

书籍会分叉引向别的作品，就如同荒岛上的鸟鸣那般顺畅自然。但它们都共享着一个核心，因为太过明显，人们往往会误以为那是一条写作的规定。人人都以为，恐惧、愤怒、暴力、欲望和狂暴这些个性特征，都将不可思议地得到宽恕，在故事的结尾，这才是唯一重要的事。从前人们总是认为，宇宙的造物主会像联邦法庭的法官一样作出判决，而现在那种孩子气的想法只不过在此基础上前进了一小步。身为人类就意味着，他们会将令人满意的故事错当成有意义的故事，会错把生命当成拥有两条腿的巨物。不，生命从更大的层面来说是流动的，这个世界之所以会遭遇失败，完全是因为它看起来就像少数迷失之人之间爆发的冲突那般引人注目，任何小说都无法与之相提并论。但是雷现在就和大多数人一样迫切地需要小说。今天上午妻子为她朗读的英雄、恶棍和路人的故事比真理更好。尽管他们说我是假的，而且我所做的一切都不会带来任何改变，但我依然跨越了所有的距离，坐在你的身边，坐在你的机械床上，与你做伴，改变你的思想。

读完几千页书后，他们又绕回了托尔斯泰，而且把《安娜·卡列尼娜》读完了一英寸半的厚度。多特继续朗读这个故事，全无自觉或羞愧的痕迹，在这个客厅里，艺术和生活并没有融合在一起。而对于雷来说，这就是小说所赋予他的最大的仁慈，小说证明了，他们两个对彼此做过的最坏的事，最后也只会变成一个可以在一天结束之时，一起阅读的故事。

她阅读期间，他闭上了眼睛。很快他就沉浸在那本书里，潜伏在故事的边缘，次要角色的命运不会影响故事的主角。他是被吵醒的，而吵醒他的声音却是他过去三十年的催眠曲，即妻子的鼾声。他只能做他每天都被迫做十二个小时的事，在如今的新生活中，他每天都不得不长时间地看着窗外的后院。

一只啄木鸟在一棵耀眼的橡树中来回穿梭，将橡子衔进一排树洞。两只松鼠沿着螺旋形的轨迹，快速蹿上一棵落光了叶子的椴树。一群小黑虫簇拥在一起，云朵一般飞过了草坪，被即将到来的寒潮吓得失去了理智。他和多萝西多年前种下的一丛灌木开满了黄花，虽然所有的叶子都早已死去。对于一个中风患者来说，这一切都充满了戏剧性。风在传送流言，布林克曼夫妇周年纪念日种下的所有植物听到后都震惊得摇晃起来。到处都潜伏着危险，准备，密谋，慢速推进，最终迎来质的改变，季节的变换曾经缓慢到难以察觉，现在却总是匆匆划过他的病床，快到让人难以理解。

多萝西的鼾声把她自己也惊醒了。"啊，抱歉，雷。不是故意要抛下你的。"

他无法告诉她，从来都没有任何人能被抛弃，无论在哪里，都永远不可能。很快，故事就将迎来四级火警一般混乱的场景，交响乐演奏的高潮旋律将回荡在他们的周围。她却全然不知，他也没办法告诉她。文明的后院都是相似的，荒凉的后院却各有各的荒凉。

全球数亿台互相连接的电脑上，时间都即将进入它们在设计之中不曾考虑过要适应的年份。人们都在为信息年代的结束而囤积物资。道格拉斯却并不知道一千年即将结束。他所在的地方，比周更大的时间单位都没有太大意义。这些日子以来，白昼只有短短的几个小时，雪已经积了六英尺深，就连正午的温度也足以折断你胳膊上的细小绒毛。就道格拉斯所知，电脑早已变成怪物，拆毁了全球所有的基础设施。他住在蒙大拿州隐匿处一座土地管理局的小屋中，是最后一个知道这些的人。

火灭后他就醒了，他必须做出选择，是重新生火，还是就这样冻死。他穿着长内衣裤，从防寒睡袋中钻了出来，就像是没有完成幼虫阶段的最后蜕变，就从茧子里钻了出来的虫蛹。他披上派克大衣，但是手指冻得僵硬无比，他花了十五分钟才总算把两根松木劈柴点燃。他将双手放在火上烤，就像在烤两块果塔饼干，后来手指终于又能动弹了。早餐是两只鸡蛋，三片维京海盗风味的培根，外加一大块在柴炉上煮过的不新鲜的面包。

他走出门，站在门廊上观察镇子的情况。下方盖满积雪的山腰上，点缀着一座座灰褐色木头外墙的房屋。三层楼的酒店已经摇摇欲坠，杂货店里面已经破烂不堪，还能看到诊所、理发店、妓院和各种各样的沙龙，但是只有他一个人。山顶的高处长满了白皮松。雪地上有访客留下的痕迹，是驼鹿、鹿和长耳大野兔留下的，就像一出紧凑的戏剧，他正在学习该如何阅读。他看见一只猛禽在雪地上写的诗，它从空中扑下来，抓住猎物后就消失了，寻不见它前进的方向。

他是西部最友好的冬季看守员，这一生中，他是做过一些没有意义的工作，但这份工作的无意义程度超出了以往的所有。两边的山口——二十英里长的陡峭岩石深坑——都已经被积雪封死了。五月底之前，都不会有人上山来。好了，他的手表得过一段时间才能派上用场。或许要等发生了地震之后，或者是出现流星、外星人。发生任何事他都爱莫能助。就连土管局分给他的带犁刀的卡车也得有好一阵子哪里都去不了了。

山很高，土壤很薄，曾经有一段时间树木被砍伐得太过频繁，所有宝贵的金属矿石都已经被开采干净。这里还能出售的就只有乡愁，在不久前的过去，明天似乎能满足所有人的想象。等夏季到来，他会穿上矿工的服装，给游客讲故事。但是要抵达这里，游客必须大胆开过很长一段崎岖不平的道路，而光是凭借偏僻程度，此地就足够登上征服列表。届时孩子们会以为他已经一百五十岁。家庭游客会蜂拥而来，一路拍下许多照片，然后前往老忠实泉、冰川国家公园或某个值得一去的地方。

他在摇摇晃晃的厨房餐桌旁落座，拿起放在盐瓶旁的宝贝。是一只深棕色的瓶子，去年秋天找到的，半埋在矿井的井架旁边。褪色的标签上还残留有几个中国汉字，那些文字看上去就像地球早期海洋中的生物。瓶子很神秘——标签上写了什么？里面装的是什么？主人应该是曾经在这座矿井工作过，或者在这里开洗衣店的众多中国劳工之一。他眯着眼睛看那些汉字，然后小声说："他们在做什么？"这句话是一个朋友教他的——但他记不得是在何时何地教的了。这句话一定和那个中国女孩以及她的父亲有关。他每一次说，都会逗得她哈哈大笑。所以他就经常说。

他放下瓶子，开始每天早晨的例行仪式，为他可怜的谦卑撰写手稿。大约是从去年十一月中旬起，他就一直在写作一篇名为《失败宣言》的作品。用圆珠笔在黄色的法律文书用纸上写，字迹很潦草，写完了都堆在桌子靠墙的地方。讲述的是他如何背叛人类的故事。除了那些与森林有关的人，他没提到任何人的名字。但是所有的故事都在里面了，他如何醒悟，清醒如何转变为愤怒，他如何遇上志同道合的人，听见树木的言语。他写了他们曾经想要做的事，他们付出了怎样的尝试。他说了他们在哪里走错了路，以及走错路的原因。文字中充满激情，细节十分翔实，却缺乏清晰的结构。他的语句肆意开枝散叶，然后继续开枝。写作让他忙碌，让小屋里充满温度，虽然有时候温度并不高。

今天，他重读了昨天写下的文字——他用了两页篇幅，来探索咪咪的双眼被怒火充斥之于他的意义。然后他拿起比克圆珠笔，在纸上继续画出一条条深沟。就像是他又开始种树了，上上下下种满整座山坡。问题在于，在探讨失败这个主题时，他总是忍不住要探讨相关的主题，也就是"人类究竟有什么毛病"。

笔开始移动，想法开始成形，仿佛是幽灵的手写出来的。某种东西在散发光芒，是一个事实，它是如此不言自明，所以仿佛是文字自己在命令自己写出来。我们把地球储存了十亿年的债券兑换成了现金，然后大肆挥霍，购买各种各样的锦衣珠宝。而道格拉斯·帕弗利切克想知道的是，当你独自住在山腰上的小屋中时，这一点明明显而易见，可为什么一旦你走出门，和其他几十亿人一起在现状上加倍下注后，就几乎再也不相信。

他暂时停笔，将火重新烧旺。之后他又找了一些饲料——花生黄油饼干，放在燃烧的松木上直接烤熟的土豆。接着就到了下山的时间，他得去镇子里清查一下，确定幽灵们都老老实实的。他把自己一层一层地裹起来，再绑上一双二手雪地鞋。这是他的冬季装备，这样一来，脚上就像生了蹼，像是变成了一只混种生物，一半是人，一半是直立的野兔。他走进雪地，一路插了十几根杆子，搀扶着才总算沿着山坡走进镇子的废墟。

主街上剩下的东西不多了。他查看了倾斜的建筑、外面的展示柜和陈列品，寻找是否有任何不请自来的访客筑巢的痕迹、啃噬的记号，或者兽穴。都是些无关紧要的差事。事实上，克劳族老板之所以允许他冬季使用小屋，是因为不用花土管局一分钱，而且道基为了换得这个免费入住的机会，还自创了一套检查程序。他站在酒店楼上的阳台上大喊："这地方已经死了。""了"字重重地撞在加内特山脉上，弹射了两三次才最终消失。他沿着山脊往回爬了很长一段路，多走了半英里路，锻炼身体的同时，也想去峡谷上方开阔视野。像今天这样晴好的天气，他能看到几英里外的落叶松森林，冬季会落叶的松树。

他继续前行，用雪地鞋感觉道路应该在的位置。艰难地走了一段时间，绕过第一段S形弯道后，峡谷在下方展开了。在陡峭的崖壁之下，森林像毯子一般铺展开来，林木那样茂盛，让人很难相信，这个世界实际上已经到了崩溃的边缘。尘土堆成小丘，压弯了沉重的树枝，让它们拖在地上，形成树木的裙摆。冷杉紫色的球果已经碎裂，将种子都撒了出来。但云杉的球果还一簇簇挂在树顶，像白顶的鸟蛋一般忘了坠落。杜松直接从未破损的岩石中钻了出来。云杉中的一些老者，像法官一样睥睨着他。

他漫步走向崖壁边缘，想看得更清楚一些，但他以为的结实山岭却塌了下去。一块被积雪覆盖的岩石将他弹向空中，坠落在千尺悬崖的边缘。他伸出一只脚，勾住一棵云杉树干，才总算没有滚下白雪皑皑的斜坡。前方是两百英尺高的碎石斜坡，他大叫起来，设法抓住了一棵救命的树干。这是他人生中的第二次，树救了他的命。

他的脸擦伤了，血水已经凝固。空气如此寒冷，鼻子冻得像触电一般。一只胳膊从肩部扭曲着伸了出去，感觉不对。积雪将他包裹了。他静静地躺在那里，所思所想只剩这棵挂满积雪的云杉树。天暗了下来，气温应该已经降到了华氏零度以下。脑海中似乎有一盏灯在闪烁，他睁开眼睛，看着那想要杀死他的白色世界。接着他回头望向山脊，只见一片陡峭的岩石绝壁，他想着，就让我在这里休息一会儿吧。最后，是那个死去的女人跪在他身旁，抚摸他的脸颊，帮他坐了起来。你不只是你。

他听见了自己的声音——"我不是？"死去女人的手指变成了一根大树枝，就是在他下坠途中将他接住的那一枝。他的鼻子断了，一侧的肩膀脱了臼。受过伤的那条腿已经无法动弹。黑夜和寒冷迅速降临。上方陡峭的绝壁有八十英尺高。但是数据没有任何意义。她用七个字向他透露了所有：你的时候还不到。

帕特丽夏过了退休年龄之后，工作起来就像没有明天一般，越发没有节制。或者说明天还是会到来，但需要有足够多的人参与进来，认真工作。她有两份完全相反的工作。一份是她痛恨的，她要站在讲台上讨钱，她发言时结结巴巴，就像在松树上敲敲打打的黑背啄木鸟。她总是重复引用一些名人名言，如威廉·布莱克的"同一棵树，在智者和愚人的眼中却不尽相同"，奥登的"一种文化再好，也好不过其所处地域中的森林"。百分之十的听众为她的种子银行捐了二十美元。

工作人员让她不要这么做，但她会引用数字反驳。萧伯纳就曾说过，统计数据将如何撼动真正的智慧，他难道不对吗？有十七种森林感染了顶梢枯死病，气候变暖把一切变得更加糟糕。每年都有好几千平方英里的森林变成开发用地。每年损失的树木数量达到了一千亿棵。到新世纪结束时，地球上有一半的森林物种会消失。百分之十的听众向她捐了二十美元。

她讨论经济学、好的生意、美学、道德和精神。她给他们讲故事，充满戏剧性的那种，充斥着希望、愤怒与邪恶，角色都是讨人喜欢的类型。她给他们讲奇科·门德斯①的故事、旺加里·马塔伊②的故事。百分之十的听众向她捐了二十美元，一个天使捐了一百万。这些钱足够她坚持做自己喜欢的工作：飞往世界各地，肆无忌惮地往空气中排放温室气体，加速地球的毁灭，收集濒危树木的种子和幼苗。

---

① 原名弗朗西斯科·阿尔维斯·门德斯·菲里欧（1944—1988），巴西割胶工人、公平贸易领导者和环境保护者，1988年被一名农场主刺杀。

② 1941—2011，肯尼亚著名的女性，曾获诺贝尔环境保护奖及诺贝尔社会家奖，鼓励贫穷的妇女种树达三千万棵。

洪都拉斯蔷薇木；墨西哥的辛顿橡树；圣赫勒拿岛的产胶树；好望角的香柏树；二十种巨大的贝壳杉，树干直径可达十英尺，树干伸展一百英尺以上才会开始长出枝杈；智利南部的一种山达木，年纪比《圣经》还要古老，但依然在产出种子；澳大利亚、中国南部、非洲腰带上一半的树种；马达加斯加岛上的异形生命形式，与地球上其余地方都不尽相同。一百个国家的红树林正在消失，它们是海洋的温床和海岸的保护者。婆罗洲、巴布亚新几内亚、马鲁古群岛、苏门答腊岛除一个角落外的所有地区，这些地方原本是地球上最多产的生态系统，现在却逐渐变成了油棕种植园。

在伐木过度的日本，她徒步穿过没剩下几棵树的荒凉树林。在印度东北部腹地，她走过活着的树根连接成的桥梁——经过卡西山民的世代驯化，印度榕的树根跨过了河面——进入森林，但那里的原生树木已经被速生的松树所取代。她行走在泰国，曾经广泛生长着柚木的森林，如今只看见每三年就丰收一次的细长的桉树。西南部曾经一望无垠的矮松林都被清理成农田种上了小麦，她调查过那里剩余森林的面积。各种各样的原始森林正在消失，但它们甚至没有被列入目录。当地人告诉她的总是一样的说辞：我们也不想杀死产金蛋的鹅，但这里的唯一出路就是杀鹅取卵。

媒体热爱她的姿态，她是如此孤注一掷，她对抗的是一个劫数难逃的世界。"储存种子的女人""诺亚之妻""储存树种以待更好的明日"。她能吸引世界目光的时间是十五分钟。如果她将种子银行建在北极地下深处的堡垒中，那她或许能将时限增加到三十分钟。但她的选址在弗兰特山脉高处的丘陵，而且建造的是一座四方的仓库，所以只能收获一个视频短片。

保险库内部形如一座小礼拜堂和高科技图书馆的结合体。几千只容器被贴上了日期、种属和产地标签，分门别类后储存在编有索引的密封玻璃和拉丝钢的抽屉中，就和现实中的银行保险柜一样，只不过这里的温度在零下二十度。帕特丽夏站在仓库中，却觉得无限陌生。她正站在地球上生物多样化程度最高的地区之一，周围有数千种沉睡的种子，都已经经过净化、风干、风选和X光检查程序，都在等待基因被唤醒的那一刻。一旦那一刻到来，只要有一点点解冻的迹象和少许的水，它们就会开始工作，将空气重新变成森林。这些种子在哼唱。它们在歌唱——她敢发誓——只是在人耳听力范围之外。

记者询问，为什么她的组织和地球上任何其他的民间种子银行都不一样，为什么她的组织关注的焦点不是灾难来临后，对人类有用的植物。她想说："有用"才是灾难。但她最终只是说："我们储存的，是功用尚未被发现的树种。"让记者们打起精神的，是她提及的森林衰亡的所有热点信息，而导致衰退的原因却都是相似的：酸雨，锈病，溃疡病，根腐病，干旱，生物入侵，失败的农业种植，钻蛀性害虫，劣种真菌，荒漠化……但很快记者们的目光又呆滞下来，因为她告诉他们，所有这些致命威胁都是因为一件事，即人类烧毁绿色森林所导致的仍在持续的大气结构变化。月刊、周刊、日报、时讯、分钟新闻报道完她的事迹后，又都去追逐新的热点了。只有极少数人阅读了她的故事，然后寄给她二十美元。而她早已前往下一片即将消失的森林，去寻找下一个即将消失的树种了。

在巴西西部的西马沙蒂纽市，帕特丽夏了解了森林的能力。光柱穿透藤萝密布的森林，为地球生命提供了最强劲的引擎。每一个表面都汇聚着各种物种，复活了早已在她心中死去的"迷乱"一词的含义。所有的地方都能看到须、穗和褶，还有鳞屑和刺突。绳索般的藤蔓、兰花、大片的苔藓、凤梨科植物、巨大蕨类的叶片、藻类形成地毯，树木生长在这样的环境中，让她难以分辨。

有一些树木，花朵和果实直接长在树干上。奇异的木棉树树干周长能达到四十英尺，树枝千奇百怪，有的长满尖刺，有的光泽闪耀，有的无比光滑，但全部都长在同一棵树干上。桃金娘散布在森林各个角落，但都会在同一天开花。巴西栗的礼品包中长满了栗子。树木能带来降雨，指示时间，预测天气。种子呈现出各种奇异的形状和颜色。荚果宛如匕首和弯刀。支柱根、蛇形根和板状根宛如雕塑，根须能直接呼吸空气。到处都是未解之谜。单位面积内的生物量多到难以统计。光是网络中的一根细丝上就生活着二十几种甲壳虫。厚毯般的蚁群朝她发起进攻，因为她触摸了为它们提供食物和庇护的树木。

她在这里待了一周，漫长的七天里一直在进行物种统计。韦斯特福德博士的团队从早到晚都在统计，一天的工作量足以压垮任何年过六旬的女人。但她坚持了下来。昨天他们在四公顷的土地上找到了二百一十三种不同的树木，每一种都是地球放声思考的产物。在物种这样丰富的地方，信赖任何如风般变化无常的事物都是危险的。绝大多数树木都有自己专属的传粉者。这种恐怖的多样性也有一个缺点，那便是不便于种子的传播。可能在一英里外甚至更远的地方，才能找到最近一棵能接受它们花粉的同类。每隔一天，他们都会遇到团队里无人认识的树种，未知的全新生命形式。这里又来了一种，只有神知道是什么。河流支流的盆地里就有几千种不同的树木。这些正在消失的化学工厂中，任何一种物质都有可能知道该如何制造下一代艾滋病毒阻断剂、下一代超级抗生素、最新一代抗肿瘤细胞。

这里的空气如此潮湿，帕特丽夏从里到外都被浸湿了。藤蔓遮天蔽日，走路成了艰难的任务。每一立方英尺的空间都在忙碌，要将土壤和阳光转化为成千上万种化学家甚至从来没有机会辨识的挥发物。她率领的橡胶收割者团队呈扇形展开，就像拉开了一张天罗地网，搜索亚马逊地区的八千种树种，它们都有可能在被她收进科罗拉多州那座恒温保险库之前就消失。

一百多年前，有个英国人将橡胶树的种子从这里偷运出去，对巴西造成了毁灭性的打击。现在，世界上的天然橡胶林几乎都分布在南亚地区，那些土地上的其他树种都被清理得一干二净，甚至没有人做过完全的统计。因为这段历史，巴西人对她十分警惕——以为她是又一个英国收藏者，来这里是为了窃取他们的种子。但是一天下午，她的团队发现一片桃花心木和重蚁木古树被剁成了碎块，他们都围了过来。他们从没见过任何外人为树木而哭泣。

她的人都配备有武器，虽然只是他们曾祖父用过的十九世纪的步枪。枪手们趁着夜幕在溪流和路基上潜行。非法伐木分子不会放过任何阻碍他们行动的人。没有必要当第一百个门德斯式的英雄，为树木拼掉性命。一天夜里，她最好的一位向导埃利苏给她讲了一个故事，罗杰里奥帮她做的翻译。"我有个朋友，从小就割橡胶——砰！后来他为了保护一片小树林，脑袋都被铁丝网掀掉了。"

埃尔维斯·安东尼奥看着篝火点点头。"三个月前，我们又发现了一起这样的谋杀。他的尸体被塞在大树下的一个兽穴里。"

"是美国人。"埃利苏告诉她。

"美国人？在这里？"话刚问出口，她就反应过来了。实在是愚蠢。

"美国人创造的市场。你们购买走私货，你们什么都买！我们的警察就是笑话。他们砍树，他们希望森林灭绝。我们没有全民都变成走私犯，这已经是奇迹了。跟那些比起来，收割橡胶简直就是笑话。"

"那你们为什么没有放弃，为什么不和那些人一样，也去非法伐木？"

埃利苏笑着原谅了这个问题。"一棵橡胶树能养活好几代人。但一棵树只能砍伐一次。"

她睡在护网下，想起了丹尼斯。真希望他在这里，这个地方完全就是男孩子看的书里描绘的失落的世界。此刻他正在科罗拉多州的种子银行等待，他永远也无法习惯那里的环境，太过喧嚣、寒冷和干燥——简直就是环境最恶劣的奥兹国。他发现那里的一切都是反常的，所有的山杨树，还有太阳。那里没有一棵树比老家的成熟铁杉树高。

他很乐意负责设备维护工作，保证保险库的温度和湿度恒定不变。不过一年里大多数时候，他都在等待种子猎人的回归，等待她带回一瓶瓶种子，很快那些树木的种子在其余所有的地方都将消失，只能在他们那座气候受到控制的坟墓中才能继续存活。他虽然从来没有表达过反对，但这个项目一直都未能完全说服他。你觉得它们在这里能坚持多久呢，宝贝？

她给他讲过那颗枣椰树种子的故事，它已有两千年历史，是在马察达要塞中希律王的宫殿里找到的——耶稣本人或许就曾品尝过那棵树上的果实，穆罕默德说那种树和亚当是用同一种材料造成的。不久前,那颗种子发芽了。她给他讲过剪秋罗的种子,在西伯利亚永久冻土层几码深的地方埋葬了三万年,如今终于长出了地面。他听到那些时只是吹着口哨摇摇头。他从来没有问过那个他一直想问的问题,那个她也知道的问题。到时候谁负责重新种植呢?

清晨,她在浓到目光无法穿透的绿色中醒来。阳光从一层层藤蔓包裹的腐烂物中滤下来,宛如教堂公告栏中引导人们皈依异教的宣传画。丹尼斯没问出口的那个问题在她脑海中回荡。她的帐篷外面充斥着生命,它们让她产生了怀疑,在不能拯救附生植物、真菌、传粉者和其他共生体的情况下,拯救一个树种能有什么用?这样并不能将这个树种放入时间的战壕,为它打造一个真正的家园。但是还有别的选择吗?她在睡袋里躺了一会儿,想象这片营地变成牧场后的样子——每天都有一百二十平方英里的森林变成农田。而森林的减少只会加快全球变暖的速度,使得粮食生产变得更加困难。

早餐后他们重新上路,看见了一堆刚砍伐出的原木。侦查员散开去查看情况。几分钟后,传来了步枪的声音,然后有一辆摩托车呼啸着钻出下层灌木丛。埃尔维斯·安东尼奥从矮树丛中钻了出来,挥挥胳膊示意一切安全。帕特丽夏跟随他走上一条难走的小路,爬坡走进一个匆忙撤空的简陋的枪手营地。留下的物品很少,有一堆满是油污的衣服,一包发霉的树薯粉,皂片,一本快被翻烂的葡萄牙语女性杂志。他们点火把那个营地烧了。火焰让人感觉很好——就像一只能逆转未来的小小的橙子。

他们沿着河床走进了一座平原,向导发誓那里有各种珍稀的树种,能满足帕特丽夏所有的愿望。她一路走走停停,查看奇怪的果实。番荔枝——刺果番荔枝,牛心番荔枝,南美番荔枝,种类繁多,还有各种杂交品种,每一种都能引向某种结果。一棵巨大的猴锅树散发出刺鼻的臭味,让她难以忍受。丝绵树的树干上长满尖刺。她拿出收集种子的小瓶。他们又发现一棵正在开花的木棉树,和有记录的所有同类都不一样。

埃尔维斯·安东尼奥走到她身边,笑着扯扯她的袖子。"你来看!"

"好啊,等一会儿?"

"最好马上来!"

她叹了口气,跟着走进一个由树枝和疯狂攀爬的藤本植物搭成的凉亭。四个男人正站在那里,敬畏地看着一棵大树,一根根支撑根就像垂落的布料褶皱。她甚至猜不出这棵树所属的界门纲目,更不用说详细的科属种。但是吸引她的并不是这棵树所属的种族。她气喘吁吁地走到那些兴奋的成员背后。没有人告诉她该看什么。但哪怕是孩子也看得出来。那里有一个独眼的近视眼。树节和螺纹组成的肌肉从光滑的树干上伸展出来。是一个人，一个女人，她的躯体扭曲着，树枝组成的双臂从两侧举了起来。她的脸是圆的，表情写满惊恐，目光是那样的炽烈，帕特丽夏难以承受，只能移开视线。

她走近一些，细细观察那些刻痕一般的印记。什么样的雕塑家能有这样的技能，肯付出如此的努力，在这么偏远的地方，创作一件可能永远都不会被人发现的作品？但这不是雕塑品。没有任何砂纸打磨或木工的痕迹。有的只是树自身形成的轮廓。男人们激动地呼喊起来，用三种语言，非常快的语速。有一位树木学家不停地打着手势，宣称这棵树不知为何被截去了树梢，变成了一个女人的模样。橡胶收割工揶揄说，这是圣母玛利亚，正惊恐地打量这个正在死去的世界。

"空想性错视。"帕特丽夏说。

翻译不懂这个词的意思。帕特丽夏解释说，是一种心理适应现象，让人在万事万物中都看到人的形象。这种倾向会将两个节孔和一道裂缝想象成一张脸。翻译说葡萄牙语中没有这个词。

帕特丽夏看得更加认真。那个女人就在那里，在生命的最后时刻，在恐惧即将降临的时刻，抬起眼睛，举起双手。她的脸或许是由溃疡病风化之后形成的，甲壳虫充当了整容医生。但是那胳膊，那双手，那手指，却完全与人类无异。帕特丽夏绕着她转了一圈，却越看越像。如果狗看见她扭曲的身体，一定会猖猖吠叫。婴儿看到会哭泣。

在这片热带高地上，她又想起了那些神话，她童年时代读过的那些故事，父亲给她的那本儿童版奥维德神话故事集。现在，让我为你歌唱吧，歌唱体如何换上新形的事。她在收集种子的途中，在世界各地都遇到过同样的故事——在菲律宾，在中国，在新西兰，在非洲东部，在斯里兰卡。一瞬之间，人们突然就沉入了树根之下，融入了树皮之中。有那么一瞬间，树木依然能讲话，能抬起他们的根须，能移动。

神话，神话。这个词在她的脑海中突然变得古怪和陌生起来。变成了一个发音错误，一个近音词误用。是人类站在与其余所有生命分道扬镳的海岸上留下的记忆。他们发来的电报是由计划逃脱生命进化路线的怀疑论者所起草，他们在说：记住这一幕，哪怕千万年过去，哪怕当你目力所及的所有地方，除了你自己，已经别无他物。

在河流的上游，阿丘亚人——棕榈树之民——在对他们的花园和森林歌唱，但只在他们的头脑之中秘密吟唱，所以只有植物的灵魂能够听见。树木是他们的亲族，承载着希望、恐惧与社会规范，他们身为人类的目标一直是吸引和诱骗绿色植物，赢得它们，举行象征性的婚姻。这些正是帕特丽夏的种子银行所需要的婚礼颂歌。这样的文化也许能拯救地球。除此以外，她几乎想不到其他的拯救方法。

队员们纷纷从背包里掏出照相机。植物学家和向导等人都按了快门。他们在争论这张脸的意义。从没有头脑的木头中，长出一张这样的脸，完全与我们人类一模一样的脸，这样的概率有多少？他们都感到震惊。帕特丽夏也在脑海中估算。但是与宇宙之前两次摇骰子时的情况相比，这个概率几乎不值一提。那两次摇骰子都遇到了极大的巧合：一次是让无生命的物体攀越了生命的巅峰，另一次是让生命从简单的细菌变成了大一百倍，也更加复杂的复合细胞。与这两次大裂变相比，树木与人之间的差距几乎可以忽略不计。而树木这种生命形式的出现本身就像是中彩票一般的小概率事件，考虑到这一点，树木中长出圣母玛利亚的形象有什么神秘可言呢？

帕特丽夏也按了快门，拍下了树干上的那幅人像。树上没有种子，所以她和其他收集者都采集了一些样品，用作身份证明。他们继续前进，但此刻出现的每一根树干都像是逼真的雕塑，而且都异常复杂，不可能是任何雕塑家所为，只能是生命本身的杰作。

当她结束采集，返回博尔德城外闪亮的保险库后，她没有给苗床的任何人看拍下的那些照片。她的员工、科学家、董事会，在神话面前都派不上任何用场。神话是古老的误算，儿童的猜测早已被人抛诸脑后。神话并不是基金会章程中的研究内容。

不过她拿给丹尼斯看了。她给丹尼斯看了所有的一切。丹尼斯笑着昂起了头。丹尼斯总是那么值得信赖。他虽然已经七十二岁，但依然像小孩子一样充满好奇心。

"你们会研究那东西的吧！老天哪！"

"即使是就人类而言，那幅容貌也相当怪异。"

"我猜也是，"他目不转睛地看着那照片，满脸笑容。"你知道吗，宝贝，你们可以利用起来。"

"怎么说？"

"用这张照片做一张海报。在下面打上一行大大的标题：它们在寻求我们的关注。"

那天晚上，她在黑暗中醒来，他温柔的大手松松地搂着她的腰。"丹尼斯？"她拉了拉他的手腕。"丹？"她立刻钻出他的怀抱，站了起来。房间里光芒耀眼。她伸出臂膀，张开手指，惊恐的脸庞一片僵硬，就连床上的尸体也不得不移开视线。

小提琴制琴师的头发里总是挂有木屑。每当多萝西气得想买冲锋枪时，他总能安抚她，逗她笑。这个男人曾给她写过一首诗，告诉她，如果有一天她把他弄丢了，该去哪里找他。此刻，这个男人在向她求婚，但是法律规定，一个女人只能有一个丈夫。

"多丽，我不能再这样下去。我的光环正在褪色。我的神圣地位被高估了。"

"是的，那就当回罪人吧。"

"你不能和我一起度假,你甚至不能和我一起过夜。你在这里的四十五分钟,总是我一天里最快乐的时光。但是对不起,我不能继续当备选项。"

"你不是备选项,艾伦。这只是一段双音演奏的乐段,记得吗?"

"我不想继续双音演奏了。在曲子结束之前,我想要来一段优美、漫长的独奏。"

"好吧。"

"什么好吧?"

"好吧,如你所愿。"

"多丽,天哪,你为什么要折磨自己?没有人希望你这样,就连他也不希望。"

没有人说得清他希望怎样。"我签过文件,我发过誓。"

"什么誓?两年前你们都要离婚了,你们实际上都已经走到分割财产这一步了。"

"是的,但是当时他还能走路,能说话,能签署协议。"

"他有保险,有残疾人生存保障金,还有两位护工。他有能力聘请全职护理人员。你甚至可以继续去帮忙。我只是想要你住在这里,每天晚上回家来陪我。做我的妻子。"

正如所有优秀的小说证明的那般,爱情是一个关于头衔、契约和财产的问题。她和她的情人早已因为这个问题撞过很多次墙了。这个男人总能让她恢复理智,这个男人或许是她的灵魂伴侣,如果她的灵魂真有那么一丝不同之处就好了。现在,时间已经来到新千年,这个男人最后一次撞了墙,而且这一次撞碎了墙基。

"多丽?是时候了,我已经厌倦了分享。"

"艾伦,分享或放弃,只能二选一。"

他选择放弃。其实在很长一段时间里,她也梦想着能做出同样的选择。

一个湛蓝的秋日早晨,家里的另一个房间里传来一声吼叫。"多……"是在叫她的名字,音拖得很长,最后断了气,没发出后面的两个字。她感到一种毛骨悚然的感觉。比他弄脏了床,叫她去擦洗时的吼叫声感觉更糟。她再一次跑了起来,仿佛从不曾有过弄错的时候。房间里,有人在对她的丈夫说话,他正在呻吟。她推开门。"我来了,雷。"

一眼看过去,房间里只有一个戴着僵硬的恐怖面具的男人,一个她终于习惯了的男人。接着她转过身才知道了真相。她在床上躺下来,躺在他的身边。是电视在说话:"噢,我的天哪。噢,我的天哪。那是第二座塔。事情就这样发生了。就在我们眼前,在我们的荧幕上发生了。"

好像有某种硬硬的动物快速擦过了她的手腕。她惊叫起来。是丈夫能动的那只手,正在敲她的手腕。

"是蓄意的,"荧幕里的人在说,"这一定是蓄意的。"

她够到他坚硬、卷曲的手指，握在手里。他们一起看着电视，完全不明白发生了什么。只见万里无云的蓝天上，有橙色、白色、灰色和黑色在翻腾。是从塔楼里排放出来的，就像从地壳的裂缝中放出来的一般。它们在摇曳，然后倒了下去。荧幕在摇晃。街上的人们尖叫着四散而逃。一座塔楼倒了下来变成了平地，就像可折叠的悬挂式架子。动物的尖叫不会停止。拒绝的声音从雷的嘴里滴滴答答地流了出来。"不，不，不……"

她曾经见过这样的景象：大到让人感觉无法被推倒的柱子倒了下来。她想：最终，整个关于安全和分离的奇怪梦境都会死亡。但说到预感，她总是错得离谱。

在诺布山的海德街，一个四周种满加州假悬铃木的街区，生长着一棵枝干弯弯曲曲的亚洲梅树。每年春天，这棵树都会绽放一树绚烂的奶油色花朵，花期能持续三个星期。咪咪·马的办公室在一楼，就在树荫之中。此刻，她正在为接见今天的第二位顾客做准备，这也是她今天的最后一名顾客。第一位顾客在这里待了三个小时。根据合同规定，只要顾客觉得有必要，他停留多久都应该受到尊重。但是这么长的时间却磨钝了她的精神。第二位客户将榨干她今天剩余的所有力气。今晚她将回到卡斯特罗街区的公寓，观看自然纪录片，听迷幻音乐。然后睡觉，起床准备接待明天的两名顾客。

这座城市充斥着非常规的治疗专家——指导顾问，分析师，精神导师，自我实现助手，私人顾问，江湖骗子，许多人都和咪咪一样令人惊奇，但他们都在行业里找到了自己的位置。她的名气经过口口相传正变得越来越大，所以她能够支付办公室昂贵的租金，同时保证每天只见两位顾客。真正的问题在于，一个接一个顾客见下来，在灵魂被吞噬的同时，她是否能保持理智。

她有许多潜在的主顾，遭遇的烦恼不过是钱多得花不完。每隔一个周五，她都会在电话访问中告诉他们实情。她从不见任何不痛苦的人，在她那间空荡的会面室中，只要顾客在她对面的翼状靠背椅上坐二十秒，她就能分辨他们的痛苦程度有多深。她会与每位申请人交谈几分钟，不是了解他们的心理，而是谈论天气、运动和童年时期的宠物。之后她要么会安排一个见面时间，要么就会送申请人回家，告诉他们："你不需要我。你只是需要明白，你现在就已经很幸福。"这条建议她不收费。但在真正的面谈过程中，她必须有所牺牲。一天牺牲两次，她可以承受。

她坐在红砖壁炉的右侧休息。她即将年满五十，因为坚持长跑，她的身材依然瘦削，只是一头黑发现如今已经泛出了栗子色的光泽。一侧脸颊上依然能看到伤痕。她用手轻轻抚摸蓝灰色的牛仔裤，追溯蓝绿色衬衫上的衣褶，这套装扮让她看起来有些像是民谣歌手。办公室经理已经通知了下一位顾客，说医生已经准备就绪。上午的四个小时里，她几乎是身处在一个大汽锅中，一直在分享陌生客户的恐惧、悲伤、希望和变形。休息时间刚刚足够她从里面爬出来，很快就又要与另一个顾客重新跳进那只大锅了。

她让自己放空，像是参禅一般不带任何目的。她从壁炉架上拿起一只相框——照片中有一对年长的中国夫妇，举着一张三个小女孩的照片。是摄影棚拍出来的照片，夫妇二人站在一面背景墙前。男人身穿一套昂贵的亚麻西装，女人则穿着一条丝绸长裙，是在战前的上海。夫妇二人神情哀伤地凝望着照片中的三个美国孙女，她们的名字都充满神秘。他们永远也不会见到这三个外国女孩，以及她们的母亲，那位陨落的弗吉尼亚州的子孙，她要在养老院中忘记了自己的人类身份之后才会死去。而夫妇二人漂泊在外的儿子，则会用暴力手段结束自己的生命。虽然那一幕要等到很多年之后才会发生，但此刻站在镜头面前，这对夫妇却仿佛早已看见了结局。君问穷通理？渔歌入浦深。

曾经有一个小女孩，易怒又刚烈，试图在巨大的差异面前保护自身的完整。她不是白种人，也不是黄种人，与惠顿人见过的任何人都不一样。只有那位渔人懂得她，在那些漫长的白日，时间过得很慢，在那些未被驯服的地方，他总是一动不动待在她身旁，他们凝望着同一条流淌的河流，一同抛下鱼钩。她又一次感觉到了，而且因为无法跨越的时间和距离因素，感觉更加强烈——她感受到了他离开时的那种愤怒。她愤怒的是，这个世界砍掉了那些无害的树林，而他的灵魂曾经喜欢在那里漫步，她也曾经喜欢在那里闲坐，问他为什么，在那里，她曾经甚至能得到答案。

钟声打破了咪咪的沉思。下午的客人，史蒂芬妮·N.已经抵达前厅。咪咪放下照片，按住壁炉架侧面的一个按钮，通知凯瑟琳她已经做好准备。门口传来轻轻的敲门声，咪咪起身迎接，来客长着一头蓬松的红发，戴一副玳瑁框的眼镜。森林绿的束腰外衣和披肩未能遮掩她凸起的腹部。无须费力就能感受到访客崩溃的主要原因。

咪咪笑着拍拍史蒂芬妮的肩膀。"放松，没有什么可担心的。"

史蒂芬妮瞪大眼睛，"真的吗？"

"先别动，让我先看看你的站姿。你去过洗手间？吃过饭？手机、手表和其他所有随身设备都交给凯瑟琳了？没有带任何物品？没有化妆，没有佩戴首饰？"史蒂芬妮满足了她所问的所有问题。"很好，那请坐吧。"

访客是经由自己的姐夫介绍过来的，对方说在这里获得了成年之后最激烈和深刻的体验。她在咪咪示意的椅子上落座，不确定会发生什么。"先了解一下我的情况，是不是会有帮助？"

咪咪抬头微笑。每个人害怕死亡的原因都不一样，而且每个人都想要倾诉自己的原因。"史蒂芬妮？等我们结束的时候，我们对彼此的了解将远远超过语言所能透露。"

史蒂芬妮揉着眼睛点点头，笑了两声，然后挥挥手指。她已经准备好了。

四分钟后，咪咪停了下来。她走到史蒂芬妮身边，拍拍她的膝盖。"听我说，你现在需要做的，就是看着我。"

史蒂芬妮摆手道歉，然后将手重新举到嘴边。"我知道，抱歉。"

"如果你觉得难为情……如果你害怕，不用担心。没有关系的。只需要看着我。"

史蒂芬妮点点头，坐直身体，然后她们又试了一遍。开局不顺的情况常有发生。与人对视超过三秒钟是多难的一件事，没有人会怀疑。对视一刻钟，人们就会感到极大的痛苦——无论他们的性格是内向还是外向，主动还是被动。如果你一直盯着一条狗，它甚至会咬你。人们甚至会开枪。咪咪虽然与几百个人对视过，而且时间都在几个小时以上，虽然她的凝视技巧已经打磨至完美，但她仍会感觉到恐惧，哪怕是此刻凝视史蒂芬妮飘忽的目光之时。史蒂芬妮脸有点儿红，她已经激励自己克服羞愧，平静了下来。

两个女人目光紧锁在一起，尴尬而又赤裸。史蒂芬妮嘴角抽搐了一下，咪咪微笑回应。

难以置信，顾客的目光在说。

是的，治疗师表示赞同，太丢脸了。

尴尬已经变得足够愉悦。史蒂芬妮是讨人喜欢的，史蒂芬妮是好脾气的，最自信的。我是个体面的人，看见了吗？

没有关系的。

史蒂芬妮的下眼皮绷紧起来，她的眼轮匝肌在抽搐。我对你来说是合理的吗？我和其他人相似吗？为什么我感觉自己落入了社交善意的裂缝？

咪咪轻轻地眯了一下眼睛，仿佛在发出轻声的斥责：只管看着我，只管，看着我。

五分钟后，史蒂芬妮的呼吸平静下来。好了，我明白了，我开始适应了。

你甚至都没开始。

女人的形象在咪咪眼中逐渐变得清晰。她是母亲，不止一个孩子的母亲。总是不停地找治疗师。结婚十二年后，丈夫早已疏远，冷漠，成了一只缩在自己巢穴中的熊。性爱充其量也只是敷衍维持。但是你弄错了，治疗师在心中猜测，你什么都不知道。她面部最微小的肌肉也记录了这个想法。只需要看着我。看就能纠正和治愈所有的想法。

十分钟后，史蒂芬妮烦乱起来。魔术什么时候开始？咪咪的目光继续紧逼。即使是在这样单调乏味的情况下，史蒂芬妮的脉搏也在加快。她身体前倾，鼻孔张大。接着她从头皮到脚踝的所有部分才终于放松下来。好了，开始了。你的所见就是你的所得。

我的所得超出了你的控制。

这个房间里的离奇收获最好不要丢弃。

比拉斯维加斯安全。

我不确定我在这里做什么。

我也是。

我不确定如果在派对上遇见你，我是否会喜欢你。

我也从来都不喜欢我自己，尤其是从来不喜欢派对上的自己。

我这笔钱花得不值，哪怕我一个下午都待在这里。

被目光注视，却不涉及任何评判，而且时间长短由你决定，这有什么价值呢？

我这是在开什么玩笑？我花的是我丈夫的钱。

我靠我父亲的遗产过活。一笔原本有可能被偷走的遗产。

我一直任由男人定义我。

我其实是一名工程师。只是假装成治疗师的样子。

帮帮我。我在凌晨三点醒来，有一个黑东西在刨我的胸口。

我的真名不叫茱蒂丝·汉森，而是咪咪·马。

每当周日天黑以后，我都不想再活。

周日晚上救了我。因为我知道，再过几个小时，我又可以开始工作了。

是因为那两座塔楼吗？我想可能是因为那两座塔楼的缘故。我变得异常脆弱，就像冰冻的玻璃杯——

塔楼一直都在倒。

一刻钟过去了。毫不留情的人类目光的凝视，这是史蒂芬妮所经历过的最不可思议的旅行。十五分钟连续不断地看着一个从夏娃引发所有故事以来她就根本不认识的女人，几十年来她从来没想过会有这种事。她看着咪咪，看到的是一个眼角有皱纹、脸上有伤痕的女人，就像她高中时代女友的亚洲版，因为某些无事生非的幻想，她最终和那女孩不再往来。想道歉已经找不到对象，此刻她只有说给这个一直凝视着她的女人听。

时间在流逝，像是过去了一辈子那么久，又像是只有短短的几秒钟，在这个房间里，没有其他内容可看，只能看着这个陌生女人被毁容的脸。史蒂芬妮被关在了陷阱里。她的眼睛被一层近似于厌恶的愤恨所蒙蔽了。咪咪嘴唇的一丝颤动让史蒂芬妮回到了三年前的那一天，她最后一次面对母亲，母亲却骂她是个贱人。母亲的嘴在那个瞬间……史蒂芬妮紧紧地闭上了眼睛——让游戏规则见鬼去吧——当她再次睁眼时，她看见了母亲，是那次惊恐事件发生的八个月后，在医院里，插着呼吸器，已处于慢性阻塞性肺病的弥留时刻。她俯身去亲吻母亲僵硬的额头,母亲奋力忘却那天所遭受的所有指责,没有在脸上表现出来。

史蒂芬妮留在接待室的手表仍在滴答前进,在她看不见也听不见的地方。远离了时间,远离了所有施加在她身上的要求,她不知为何想起了自己,六岁时的自己,柔软又悲伤的模样,想要成为一名护士。她用玩具来扮演——注射器,血压袖带,白帽子。还有图画书和玩偶。她沉迷了三年,紧随其后的却是三十五年的遗忘,直到此刻走进另一个女人眼中的兔子洞,才又回想起来。除了这条契约之外,其余的一切都不复存在。瞳仁紧锁,视线不能移开。岁月在史蒂芬妮的脑海中列队穿过——童年,少年,青春期,成年早期的免疫过后,紧随而来的是漫无尽头的可怕的成熟。此刻她浑身赤裸,待在一个她已答应过了今天就再也不见的陌生人面前。

透过这面双向镜,咪咪也看见了。你的痛苦如此深刻。我也一样。怎么会这样?在她们之间的一小片日光之中,一团绿色的影子在光芒中打开了。咪咪任由它在自己的脸上跳跃,她看得更加清楚。治疗。你让我想起了我的妹妹。她让这个女人走进来,走到伊利诺伊州惠顿市老家后院的那棵早餐树下,她、卡门和艾米莉亚早已端着麦片爬到了夏季的树枝上,正忙着用飘浮的燕麦形成的圆圈预测各自的未来。她们的母亲,弗吉尼亚州传教士之女正站在厨房窗边,她将因为失智症死在一家养老院,每次与女儿对视的时间都不可能超过半秒。她们的父亲,那个回族男人,走出门来冲她们嚷嚷:我的丝绸农场!你们在做什么?那棵美丽的桑树,弯弯曲曲的枝干伸展开来,投下圆形的树荫,汁液静静流淌,关于未来的一切,它都在撒谎。

史蒂芬妮的情绪也经历了一次巨大的波动。她伸出一只手,想要触碰这个离她四英尺远的脆弱的亚裔混血。咪咪的皱眉肌迅速绷紧,阻止了她的动作。还有更多,比更多还多。

有半个小时的时间,史蒂芬妮像是融化了。她感到饥饿,身体又硬又痒,对自己感到无比厌烦,想要永远地沉睡过去。事实慢慢从她体内渗透出来,从她的身体释放出来。你不应该相信我。我配不上。你明白吗?我把一切都搞砸了,连我的孩子们都深信不疑。我偷我哥哥的东西。我逃离了事故现场。我和名字都叫不上来的男人做爱,有好几次,就是最近。

好了,安静,我正被三个州的政府通缉。

她们的脸上都一片冷酷。肌肉在动,世界是一本以最慢的速度翻开的翻页动画书。恐惧、羞愧、绝望、希望,每一种都只能持续三秒钟的时间,却像是经历了一生。一个小时之后,一座座情绪的小岛被冲到了一片开阔的海域。两人的脸逐渐膨胀,她们的嘴巴、鼻子、眉毛都在扩展,足够装得下一座拉什莫尔山。事实盘旋在她们之间,就像一团巨大的星云,身体不允许她们接近。

又一个小时过去了。无边无际的单调就像沙漠,偶尔能看到畸形的山峰。更多已被摧毁的记忆从下面渗透出来,许许多多的时刻,都在这个凝视的过程中得到了恢复,然后再度消失。记忆像九头蛇一般,不断增殖,长度已经超过了主人的生命。史蒂芬妮现在完全看清了,她是一个动物,她只是一个化身。而那个女人也一样——是一个被各种东西所囚困的灵魂,她也被欺骗了,以为自己拥有自治的权利。但是此刻她们联合在一起,变成了两个土著神明,她们经历并感知到了一切。这一个想起一件事,另一个立刻就有了同样的感知。开悟是一份共享的事业,需要有另一个声音说:你没有错……

如果我能在遭到攻击的当场记得这种感觉就好了!那样我就能得到治愈。

没有治愈。

就这样了吗?还有更多吗?或许我该走了。

不。

第三个小时里渗出的事实令人恐惧。隐藏的事实浮出水面,足以让她们丧失任何俱乐部的会员资格,但她们不能退出这个团体。

我对最好的朋友撒了谎。

是的。我任由母亲在无人照管的境地死去。

我监视我的丈夫,查看他的私人信件。

是的。我从后院的石板上擦掉了父亲的脑浆。

我的儿子不和我说话。他说我毁了他的生活。

是的。我是杀死我朋友的帮凶。

你看着我怎么受得了?

还有比这更难承受的事。

光照改变了。阳光的缝隙爬到了墙上。史蒂芬妮突然不知道现在是不是仍在今天,还是说时间已经过去了很久。很长时间以来,她的瞳孔就一直在关闭和扩大之间来回变化,房间也随之变得阴暗和晃眼。她甚至鼓不起起身离开的勇气。当她们都无法再继续的时候,就是终结的时刻。之后她们再也不会见到彼此,但她们会永远在一起。

她感觉眼睛在燃烧。她眯起眼睛,像是失去了知觉,她无法发声,她饿极了,感到无限的疲惫,急需排空膀胱。某种东西让她无法呼吸——是这个脸上有伤疤的脆弱女人,是她不肯移开的目光。她被那道目光牢牢钉住,变成了另外某种生物,巨大却无法移动,在风中摇晃,被雨水拍打。欲望累积而成的结石——她这样形容自己的人生——坍缩成了叶片背面的一个气孔,挂在被风吹得向下倾斜的树枝的顶端,高悬在一个大到一眼看不见尽头的生态群落的冠顶。在远远的下方,地下的腐殖质中,穿过谦卑的树根，天赋正在流动。

她的脸颊紧绷起来。她想要大叫，你是谁？你为什么不停下来？从来没有人这样看过我，除非是想评断我、抢劫我、强奸我的人。我整个一生，我整个一生，从来没有……她的脸涨红了。她一副难以置信的样子，慢慢地摇晃沉重的脑袋，然后哭了起来。眼泪在肆无忌惮地做它们想做的事。就称它是啜泣吧，治疗师也在哭。

为什么？我病了吗？我出了什么事？

孤独。但不是因为人类。你哀悼的是一个你从来都不知道的事物。

什么事？

一个广阔的野性之地，被辐条编织在一起，无法更替。一个你甚至从来都不知道属于你的东西失去了。

它去了哪里？

去铸造我们了。但它依然有所欠缺。

史蒂芬妮起身离开椅子，抱住了面前这个陌生人的肩膀。点头，哭泣，点头。陌生人没有阻止她。当然，她也处于悲伤之中。大到无法看清的悲伤。咪咪抽回身体，询问史蒂芬妮是否无恙，是否能离开，是否能驾车。但史蒂芬妮将手指按在嘴上，示意治疗师永远保持安静。

那个蜕变后的女人出门走到海德街。两个站在脚手架上的外墙粉刷工在用无线电对讲机吵架。往上走六座建筑，几个男人在一辆运货卡车上卸货，将一只只箱子搬运到手推车上。一个男人从她身后的人行道上抄了过去，他穿一件肮脏的西装上衣，下身是短裤，头发用弹力绳扎在脑后。他在大声说话，可能是在打手机语音电话——像是患了精神分裂症。史蒂芬妮走到街道上，一辆汽车呼啸而过。它愤怒地按着喇叭，朝下一个街区开去。她挣扎着想要记住刚刚看见的一切。但是车流、争吵、生意，街头一幕幕残忍的景象逐渐将她包围。她加快脚步，过去的恐惧又要卷土重来了。她刚刚才迎来的一切，又被无法抵抗的他人的力量夺走了。

有什么东西重重地擦过了她的脸颊。她停下脚步，摸了摸脸上刚刚被擦过的地方。罪魁祸首飘浮在她前方的空中，是紫红色的，五岁儿童在乱涂乱画时会使用的颜色。在她所站位置旁边的人行道上，有一只金属笼子，里面钻出来的东西有她两个半高，宽度则和她展开的手臂一样。那根结实的树干像道路一般向上伸展，然后生出几根细一些的枝杈，那些枝杈又继续展开，生出几千根细枝，每一根又继续试探着分叉，被历史扭曲，布满伤疤，疯狂地绽出花朵。这幕景象在她心里扎了根，不断地开枝散叶，有那么一瞬间的工夫，她想起来，她的生活一直像春天的梅树一样疯狂。

※※※

沿着公路向东行驶两千英里，尼古拉斯·赫尔的车开进了六月的爱荷华。那片大地上的每一个浅凹，州际公路旁每一座熟悉的青储窖，都在拧他的胃肠，像是他临死前见到的最后一件事物。感觉像是回到了家。

他在心里计算了一番，却把自己吓到了——他离开的时间多么短暂。很多地方都依然保存完好。农场，路边的仓房，令人绝望的公共服务宣传板，上面写着：因为神如此深爱这个世界……这么多来自童年最深处的印记，留在牧场和他心里的永久伤痕。但是每一个地标看起来都弯曲又遥远，像是隔着廉价商店买来的双筒望远镜在看。这里的一切都不可能熬得过他所经历的那些事情。

翻过西进的最后一个上坡，在到达公路出口之前，他的脉搏突然加快。他在寻找地平线上那根孤独的桅杆。但在赫尔家的栗子树应该挺立的地方，却只看见六月里蓝得像是能摧毁一切的天空。他将车开上出口的坡道，沿着平直的小路绕回农场。只是，那里已经不再是一座农场，而成了一座制造厂。厂主已经挪走了那棵树。他将车停在碎石车道的半路上，步行穿过田地朝树桩走去，忘了他已经没有权利涉足这片田地。

一百五十步之后，他看见了绿色。死去的树桩上萌发了几十棵栗子树苗。他看着那些树叶，叶脉是直线型的，像是带锯齿的长矛，在他的童年时代，树叶对他来说就只是叶子而已。有几秒钟的工夫，他以为是栗子树死而复生了。接着他才想起来，这些新生的幼苗很快也将感染枯萎病。它们会死去，然后再次重生，一次又一次，频率刚好足够保证致死的枯萎病活着且生机蓬勃。

他转身走向祖辈的房屋。他举起双手，向可能在门廊上观察的人表明自己并无敌意。但实际上，死去的不是树，而是房屋。墙上的壁板都掉落了。北侧的排水沟垮了一半。他看一眼手表，已经是六点零五分——整个中西部雷打不动的晚餐时间。他穿过长满杂草的草坪，走向东侧的窗口。窗口已经失去了光泽，落满灰尘，一片黯淡，里面也只有黑暗。台阶、扶手、门框，还有双悬窗上所有的木头都已经油漆斑驳，化成了腐朽。他将一只手拢在眼睛上朝里看，祖父的客厅里堆满了金属盆和各种容器。所有门框上的橡木镶边都已经剥落。

他绕行至前门廊位置。脚下的木板摇晃不定。他叩了五下黄铜门环，但没有得到任何回应。接着他爬上房子后面的小丘，来到旧外屋门前。有一座已经被拆了，还有一座自己腐烂了，第三座的门是锁住的。他创作的那幅错视画——玉米地里隐藏的阔叶林——已经褪色变成了青灰色。

他再次回到前门廊上，在从前摇椅所在的位置坐下来，背靠着前窗。他脑海中闪过闯入的想法。之前的三个晚上他都睡得很潦草。先是在怀俄明州的大霍恩山脉附近被一头牛吓了个半死，当时天还没亮，那牛在他的背包上嗅来嗅去。之后又在内布拉斯加州的一片国家森林里彻夜未眠，当时附近帐篷里有两个露营者正在挑战耐力纪录。今晚如果能有张床就太好了。再洗个澡。但看样子，这里已经不再是一座房屋。

他等待着中西部黄昏的温柔降临，尽管其实已经没有遮掩的必要。远处有一个卫星导航的怪物，其实就是农业综合企业的机器人，在起伏的农田里巡视。没有人会过来，没有人能看见他在干什么。他尽可以肆无忌惮地去做他想做的事，然后离开。

但是他仍在等待。等待已经成为他的宗教。他可以倾听玉米的声音，这里的玉米地有好几英里长。他还可以观察大豆的生长。地平线上能看到棚屋和青储窖，还有一条州际公路，一棵巨大的树在天空中切出了一个负空间，就像马格里特①的画作。他靠在房屋的墙壁上，感觉农场又一次浮现在眼前，就像徒步者只要坚持走上足够长的时间，小路的两旁就会出现野生动物那般。云层变成深红色，然后消失在天际，他回到汽车，取出一把折叠式的篝火铲。错误的工具，拿来干一个错误的活计，但已经是他最好的设备。一分钟后，他站在农具仓库背后的小丘上，寻找碎石中的空隙。地面感觉不一样了，距离不对，就连农具仓库也被移动了位置。

掀开茂盛的青草，下面隐藏着一层小石子。他用铲子在杂草中切开一条小缝，一直向下挖，直至抵达过去。埋葬在那里的东西终于重见天日。他拖出那只纸板箱，打开箱盖。里面是一些嵌板和画作。他举起最上面的那幅画，迎着最后的一丝光亮细看。画面中有一个男人躺在床上，凝望着窗口伸进来的一枝大树枝。

故事就是那样发生的。他当时在睡觉，而她闯了进来。他们两个人各自拥有半个预言。他们将之拼凑完整，阅读那条信息。他们发现那是对他们共同的召唤，他们共同的天命。幽灵保证一切都会好的。但现在她死了，他又开始梦游，他们想要拯救的东西不断消失。

他将箱子放在土坑旁，继续向下挖。第二个箱子也出来了，里面装的都是一些他已经遗忘的画作："家庭树""鞋子树""金钱树""剥掉错误之树的树皮"。全都创作于她带着复活的故事和光之幽灵的声音走上车道之前的那三年。那些画证实，他们注定会一起离开。但它们错了。

他将第二只箱子摞在第一只上面，继续向下挖。铲尖撞到了一个锯齿，他找到了他的雕塑。他和奥莉薇亚埋了四件，想看看活的土壤能对陶瓷的外表造成什么影响。泥土，她教他看到的另一样事物。每一千年才只能新增一两英寸。它们就是一片微观森林，爱荷华州几克土壤中就生存着数十万种生物。他跪在地上，用手指将雕塑一点一点刨出来，然后用手帕沾上唾沫将它们擦净。它们黑白的外壳现在散发出勃鲁盖尔的画作一般丰富的色泽。细菌、真菌、无脊椎动物——地下世界里运转的工坊——将

---

① 勒内·马格里特（1898—1968），比利时画家，代表作有《戴黑帽的男人》等。所谓的负空间就是指画面主体周围的空间。

光泽洒在雕塑外壳的各个地方，形成一件开满花朵的杰作。

他将蜕变后的雕塑放在纸箱上，然后继续寻找真正的宝藏。他再次感到怀疑，之前都在想什么呢，竟然把它留在这里。他们当时想的是轻装上阵。把艺术作品埋在这里，之后再挖掘出来，这个过程本身就是一件表演作品。但此刻仍在地下的那件东西，却比他的生命更有价值，他再也不会让它离开自己的视线。又挖了六铲，那东西就又归他所有了。他打开盒子，拉开包上的拉链，将那一百年里拍的照片拿了出来。此刻天已经完全黑了，看不见，但他还是翻了一遍。其实没有必要的。他抱着那沓照片，感到那棵树正旋转着伸向天空，就像一座螺旋形的喷泉，赫尔家好几代人的目光都落在它身上。

他抱着一半的宝藏走下小丘，返回他的汽车，将洗劫来的战利品放进行李箱，然后又返回来拿剩下的一半。但在走向小丘的半途中，两道白色的光芒从黑暗的公路上穿透碎石车道打了过来。是警察。

他需要做的，就是张开手掌，朝警车走去。所有的解释都将被记录在案。证据将证明他的故事。非法入侵，是的，但只是为了取回他的东西。他从房子背后走出来，车头灯转向追着他。他突然想到，埋葬的宝贝事实上也已经不再属于他。他卖了这片地，以及扎根在上面的每一样东西。买地卖地，就像取回自己的东西被捕一样荒谬。

警车猛地开上车道，车轮碾得碎石飞溅。旋转的红光将尼古拉斯钉在原地。警车打横停了下来，变成一道路障。警笛声停息了，扩音器里的声音在说："不许动！趴到地上去！"

他无法同时满足这两条命令。他举起双手，跪在地上，想起了四十年前在小学学过的一首儿歌：大雨倾盆下，冲跑了蜘蛛。片刻之后，两名警察将他按在地上。一直到这个时候，尼古拉斯才突然想到，这下他真的惹麻烦了。如果他们采集他的指纹，如果他们查看他的档案……

"把手伸出来。"一名警察将他的两只手按在后背上，手腕并在一起。他被铐住之后，他们才允许他坐起身。手电筒的光照在他脸上，他们开始记录他的数据。

"都是小玩意儿，"他告诉他们，"毫无价值。"

他把那些艺术作品展示给两位警察看，他们的脸都拧了起来。为什么会有人制作这样的玩意儿，而且还要把它们偷回去？在他们看来，故事里唯一合理的地方，就是埋葬。不过那位年长些的警察认出了尼克驾照上的名字。毕竟曾是当地历史的一部分。这里曾有这片地区的一个地标：一直走，再走一英里，再走一英里半，直到过了赫尔家的栗子树为止。

他们给这处地产的管理员打了电话。那人对尼克挖出来的东西毫无兴趣。毕竟是爱荷华的乡下，警察没有到国家数据库中搜查他的被捕记录。他不过又是一个心怀幻想的流浪汉，出身于一个破落的农民家庭，开一辆破破烂烂的车，试图维系一段早已消失的过去。"你现在可以走了，"警察告诉他，"不要再到私人领地上挖东西了。"

"我能不能……"尼克指一下那堆刚挖出土的宝贝。警察耸耸肩，意思是，随你的便。他们看着尼克将最后一只箱子塞进汽车。他转身对他们说："你们见过一棵树只用十秒钟就长到八十岁的样子吗？"

"你自己保重吧。"将他按在地上的警察说。然后他们送这位三度纵火犯上了路。

尼莱坐在椭圆形会议桌的主位上，面对着五位高层项目经理。他将细瘦的手指伸展开来，放在身前的桌面。他不知该从何开始，甚至不知该如何提出游戏的话题。已经不存在版数编号了，取而代之的是连续的升级。《命运线上版》现在就像一个庞然巨物，一直在扩展和进化。但是它的核心已经腐烂。

"我们面临着一个点石成金的问题。游戏没有结局，只有一个停滞不前的堆塔方案。永无止境、毫无意义的繁荣。"

团队成员听到这里都皱起了眉头。他们的薪水都达到了六位数，差不多都是百万富翁。其中最年轻的只有二十八岁，最老的也才四十二岁。但是他们都穿牛仔裤和滑板T恤，顶着拖把头，歪戴着棒球帽，看上去就像十几岁的青少年。鲍姆和罗宾森在平静地喝功能饮料，吃能量棒。阮把脚翘在桌子上，目光正凝视着窗外，仿佛窗户是一台虚拟现实视图器。五个人周围的电子设备发出哔哔嘟嘟的声音，也有口哨声和震动模式，数量之多远超所有科幻作品的想象。

"你怎么才能赢？我是说，你怎么会输？唯一重要的事，就是再多囤积一些资源。你在游戏中达到了一定程度，但还是会感到空虚、肮脏。囤积再多都一样。"

坐在主位轮椅上的尼莱点点头，像是在凝视着他自己的坟墓。锡克教徒式的长发依然垂在他的后腰上，只不过此时已经有了白发。下巴上的胡须垂落下来，像围嘴一样搭在他的超人款运动衫上。他的手臂上还有些肉，几十年撑着身体上下床练出来的成果。但是他工装裤下的腿却只有淡淡的轮廓。他这副模样，可能就像高中返校节上制作的那种用麦秆填充的骑扫帚的偶人。

他面前的桌子上有一本书。团队里的小精灵知道那意味着什么，老板最近又开始阅读了。又一个空幻的想法占据了他的头脑。很快他就会吵着要所有人都去读，为那个只存在于他眼中的问题寻找解决方案。

卡尔托夫、拉夏、罗宾森、阮和鲍姆五个热情洋溢的优等生，像是挤在一间超级智能的战情室中。里面配备有成排的荧幕，以及明天可能派上用场的各种电子会议玩具。不过今天，他们只能看着他们的老板发呆。老板说，《命运》在破碎，有必要对这个像印钞机一般神奇的商品进行重新思考。

卡尔托夫恼怒得胡子都快冒火了。"看在老天的分上，那可是神的游戏。他们付款就是为了能享受神的烦恼。"

"我们的认购人数即将达到七百万，"拉夏说，"其中有四分之一的人已经连续订阅十年之久。玩家甚至会在中国雇佣能上网的人，在他们睡觉期间代玩游戏，帮助角色升级。"

老板皱起了眉头。"如果升级依然好玩，他们就不会那么干了。"

"或许是存在问题，"罗宾森承认道，"不过依然是从《命运》刚问世时，我们就一直在处理的老问题。"

尼莱的脑袋上下摇晃，但不是在点头。"我不会说那是在'处理'，也许可以说是'拖延'。"他已经变得如此憔悴，几乎像是圣徒。从他松垮的超人款运动衫领口处，能看到他突出的锁骨。他就像那些苦修的印度雕塑，只剩下皮包骨，坐在神圣的无花果树或是苦楝树下。

鲍姆往屏幕上投了一些图像。"我们是这样想的，可以再次提高经验等级的上限，增加一批新技术。就命名为未来技术一号、未来技术二号……全部都能产生不同的威望点数效果。接着我们让西部海洋的中心再发生一次火山喷发事件，形成一座新大陆。"

"在我听来，那也是拖延。"

卡尔托夫举起双手。"人们想要发展，想要扩大他们的帝国。所以他们才会每个月都向我们付款。游戏世界满员了，所以我们就扩大地盘。要运营一个世界，没有其他方法。"

"我明白。涂肥皂泡，冲洗，重复，直至你功成而死。"

卡尔托夫猛拍桌子。罗宾森轻浮地笑。拉夏想的是：只不过是老板这个人，这个每周要写一百万条备忘录的人，这个白手起家创办公司的人，想要行使他的犯错权。

"哪种更有趣？"尼莱问，"二十亿平方英里的土地上，存在着一百种生态系统、九百万生物，还是二维屏幕上的几个闪烁的彩色像素？"

成员们都不安地笑起来。他们都明白，哪一种才是更好的家园。但也都知道，他唯一喜欢的家园，就是他当前的住址。

"物种的迁移方向非常清楚，老板。"

"为什么？为什么抛弃一个无限丰富的世界，生活在一个卡通地图上。"

对于那帮百万富翁男孩来说，这个问题有点儿过于哲学。但是他们懂得迎合雇主。他们听到这个问题都放松下来，开始列举符号世界的优势：清洁，速度，即时反馈、力量与控制、连通性，你能积累巨量的资源、增益状态和徽章。顺从之后，他们的整个大脑皮质层反而都被照亮了。他们开始谈论游戏的纯粹性，玩家总能取得收获，短片中有着清楚的呈现。你能看到每一次进步，努力就会有收获。

尼莱再次点头来表达拒绝。"直到进无可进，直到它变得沉闷乏味。"

团队陷入沉默。成员们逐渐冷静。阮将脚放了下来。"人们想要一个比目前更好的故事。"

长发苦行僧倾身的速度太快，差一点儿从轮椅上摔下去。"对！那好故事都有些什么影响呢？"没有人回答。尼莱举起手臂，张开手掌做出一个古怪的手势。仿佛再过片刻，他的手指就要长出叶子来了。鸟儿会飞过来，在里面筑巢安家。"它们把你杀死了一部分，把你变成了某种不一样的东西。"

团队成员们开始明白了，虽然缓慢，却如死亡一般笃定。老板现在玩的是另一个游戏，一个要将他们的游戏烧掉以提供燃料的游戏。鲍姆问："你认为我们应该怎么做？"

尼莱举起那本书，仿佛那是一道神圣的命令。他们能看见封面上的书名，就在树叶组成的网络之下。《秘密森林》。罗宾森感叹起来："老板，不要再加植物了。你不能制作一个植物的游戏啊。除非你给植物装上火箭炮变成武器。"

"我们给模型注入大气，加入水的元素、营养循环、有限的物质资源。我们来制作大草原、湿地和森林，模拟现实世界的丰富和复杂。"

"之后呢？再加入漂白的礁石、起伏的大海、干旱引发的野火？"

"如果人们愿意那样玩的话。"

"那为什么还要设计在地球上？我们的玩家不就是想逃离这一切烂摊子吗？"

"这款游戏会选择玩家，那就是最大的秘密所在。"

"那样怎么才叫赢？"卡尔托夫嘲讽说。

"弄清世界的运转方式。按照现实的发展方向向前推进。"

"你是说不再设计新的大陆？"

"不再设计新的大陆。不再突然出现新的矿物储备。重生只能以现实的速度为依据。不能死而复生。游戏中的错误选择将会导致永久死亡。"

精灵们面面相觑。老板失控了。这款商品实质上就是一台永不停止的印钞机，有了它，他们所有人都可以永远游山玩水，只需要处理玩家过于满足的问题。但现在，老板想把它丢进垃圾桶。

"怎么……"阮说，"限制、短缺和永久死亡有什么娱乐性？"

一瞬间的工夫，老板沉陷的脸就又恢复了活力，他又变成了小孩子，正在学习如何编程，他的代码正在向四面八方伸展。"这是一个危险的新世界，七百万玩家需要自己去探索其中的规则。学习这个世界能承受什么、生命如何运转，玩家如果想继续，需要用什么东西来交换。这就是这款游戏的面貌。它将提供一个全新的探索年代。你还想要什么探险呢？"

卡尔托夫说："那你最好卖掉你所持有的加州红杉的股份。因为到时候所有的玩家都会离开。他们会离开的！"

"去哪里？他们已经投入太多，大多数玩家都已投资多年。他们已经在游戏中累积了相当的财富。他们应该弄清楚，如何让游戏世界恢复原貌。他们会给我们带来惊喜的，一直都是这样。"

精灵们惊呆了，都在默默地计算有多少财富将会消失。但是他们的老板——他们的老板正容光焕发，自打童年从树上摔下来后，他还从未如此兴奋过。他举起那本书，翻开一页，开始朗读。"地下正在发生某种了不起的事，某种我们才刚刚弄懂该如何观察的事。"接着他重重地合上书，以增强戏剧效果。"再没有比这更陌生的事了，我们来做第一人。试想一下，这款游戏的目的是发展这个世界，而不是发展你个人。"

这个疯狂的提议让团队成员们更加说不出话来。卡尔托夫说："无意打断，老板。不用多说了，我反对。"

那位骨瘦如柴的圣徒依次询问对面成员的意见。拉夏？阮？罗宾森？鲍姆？反对，反对，反对，还是反对。这是意见一致的集体政变。尼莱没有任何感觉，甚至不觉得惊讶。加州红杉拥有五大分支部门，无数名雇员，每年巨额的收益都来自订阅玩家和媒体，它处于这种无领导状态已经有一段时日了。游戏里接下来会发生什么，在论坛上发帖的成千上万名粉丝比公司高层的掌控权限更大。真是一个复杂的适应系统，一个神的游戏却摆脱了神。

他想清楚了，这个庞大的线上平行世界将继续存在，维持它一直假装想要摆脱的暴政世界的现状。而圣克拉拉县这位最富有的六十三岁老人——加州红杉公司的创始人，《森之预言》的创作者，家里的独子，遥远世界的信徒，印地语漫画爱好者，所有打破常规故事的狂热爱好者，数字风筝的放飞者，咒骂老师的胆小鬼，从禾叶栎上摔下来的人——却体会到了被贪得无厌的后代生吞活剥是什么感觉。

那段故事现在已经成为古老的历史，一个十年前的故事，道格拉斯·帕弗利切克把它收藏在自己的军械库中，遇到突然造访的夏季游客，就拿出来向他们发起攻击。游客们会漫步走进从前的妓院，那里现已成为这座幽灵小镇的游客中心。任何人只要耐得住性子听，他都愿意讲。

"然后我只能横着往后退，坐在地上，用好的那条腿蹬着树干往山上爬。在冰天雪地里，沿着Z字形的轨迹，迂回爬上八十英尺高的绝壁，脱臼的肩膀疼得活像圣灵拿着烧红的火钳在往里戳。我就那样时而昏迷，时而清醒，一直爬到那座老银矿井架的位置，就是离这儿有一百码的那座。之后我像死了一样躺在那里，天知道睡了多久，我看到幻象，听到森林在说话，还有狼獾之类的动物舔我的脸，想从我的皮肤上获取盐分。接着我奇迹般地爬回了办公室，打电话叫来救伤直升机，飞去了密苏拉。感觉像是回到了越南，背着降落伞要从大力神运输机上迫降，把那永恒的轮回再重演一遍。"

这个故事他讲了很多遍，游客大多数都能忍受。然后有一天晚上，下班十分钟后，他又给一个正在对面的展示柜里东翻西刨的女人讲了一遍。是个很年轻的女人，系一条扎染的印花大手帕，背着背包，操一口可爱的东欧口音，散发着少许成熟的风韵，却像身上爬满扁虱的寻回搜救犬一样友好。她踮着脚尖，等着听他的幸存经历。讲到爬升的过程时，他即兴夸大了一些。让我们面对现实吧，他的故事所拥有的高光就只有那么一点儿。但是她听得津津有味，仿佛他是一个患了癫痫的俄国小说家，而她想要做的，就是弄清楚接下来的情节，以及再往后的进展。

故事结束后，她看着他锁上了办公室的门。门外只剩下土管局发给他的那辆福特车，白天的游客已经都开着征服者和寻路者沿坎坷的道路下山了。这个名叫阿莱娜的女人问："你觉得这附近有我能扎营的地方吗？"

这里一直都只有他一个人，前方很长一段路都没有露营地。他张开手掌——他每晚都巡查和清理这里所有的废弃房屋。虽然不允许露营，不过又有谁能知道呢？"随你挑。"

女人点点头。"你有咸饼干什么的吗？"

他突然想，让她瞪大双眼的，或许并不是自己的讲故事技巧。于是他带着她回了小屋，请她吃饭。他拿出了所有的存货，不知为什么一直存着没吃的兔里脊肉、煎蘑菇和洋葱，一块像模像样的葡萄坚果咖啡蛋糕，外加两杯茅莓酿的酒。

她给他讲了徒步跨越加内特山脉的探险故事。"出发时我们有四个人，那三个现在却不知道去了什么地方。"

"这样有点儿危险，你不该自己一个人出来，看看你现在的样子。"

"我现在怎么了？"她呸了一声，然后摆摆手，"像个需要洗澡的病猴子。"

在道格拉斯看来，她好得让人觉得不真实，就像是邮递新娘诈骗犯。"我说真的。年轻女人独自出门，不是什么好主意。"

"年轻？谁年轻？再说了，这里是最伟大的国家，美国人是世界上最友好的人，总是那么乐于助人。比如你吧，瞧瞧，你做了一顿这么棒的晚餐。你本不必要做的。"

"你真的喜欢？"

她举起酒杯，又多要了一些茅莓酒。

"好吧。"即使是按照他的标准来看，此刻的寂静也显得有些尴尬。"水泵的水，你可以随便用。下面的房子，你可以随便挑一栋住。如果是我，我不会选理发店。那里面最近好像死了什么东西。"

"这里就很好。"

"听我说，你不欠我任何东西，只是一顿饭而已。"

"我又不是做交易。"接着她跨坐在他的椅子上，把嘴唇当潜望镜，开始审视他的脸庞。但她很快就停了下来。"嘿！你哭了，真是个奇怪的男人！"

为什么会有生物进化出流泪这种无用的行为习惯呢？找不到合理的原因。"我老了。"

"确定吗？我们试试看！"

她又试了一次。好多年了，她是唯一一个用身体温暖他的女人。就像是有一根撬锁工具在他胸口堵死的锁孔上不得要领地试探。他按住她的手腕。"我不爱你。"

"好的，先生。没问题。我也不爱你。"她托起他的下巴，"人不一定非要相爱，享受就好！"

他松开她的手。"相信我，人类确实如你所说。"他的胳膊垂了下去，像是被一根管子拴在了埋在土里的混凝土厚板上。

"好吧。"她绷着脸说。然后她推着他的胸膛站起身，"你是个悲伤的小型哺乳动物。"

"是的。"他站起身，将剩下的食物都倒进了水池。"你睡床，我睡外面的睡袋。水泵在院子里。当心那里有刺人的荨麻。"

她看到床十分兴奋，就像美国的圣诞节一般欢乐。"你是个善良的老人。"

"算不上。"

他教会她开关台灯后就出去了。夜里他躺在前室的地上，看见卧室的门缝有光。她一直读书读到深夜，后来他才知道她当时在读什么。

天亮后，他又准备了葡萄坚果咖啡蛋糕，以及真正的咖啡。只是不再有跨文化理解的探险。第一批游客上山前，她就离开了。很快，他就将整件事都忘得一干二净，夜里想起来也并不觉得后悔，甚至连怀念也没有。

但事实证明，美国确实是最伟大的国家。这里的人民如此善良，土地肥沃到超乎想象，政府甚至在决定要对你数罪并罚之后，还愿意和你做交易，换取有用信息。两个月后，警察爬上山时，道格拉斯早已忘了那位过夜的访客。弗雷迪们将他按在车道上，几乎拆掉小屋，他们将他手写的日志装进密封塑料袋带走了，直到那一刻，他才想起那个女人。他们绑住他的手脚，将他塞进政府的陆地巡洋舰，他强忍着才没有笑出来。

你觉得这事好笑吗？

不。不，当然不是。好吧，或许有一点儿。之前就全部都发生过，而且就他的理解而言，这种事永远也不会停止。囚犯571报到归队，只是这已经是四十年后。

他们没有问太多，没有必要。因为他已经把一切都写下来了，细节无比翔实，在他每晚例行的回忆和解释仪式之中。签字，密封，寄送。他们五个人——银杏、守护人、桑树、道格杉和枫树——所犯下的全部罪行都已经一清二楚。但是有趣的是，抓捕者对森林的名字丝毫不感兴趣。

多萝西出现在门口，手里端着那只总会出现的早餐托盘。"早上好，雷雷。饿了吗？"

他已经醒了，安静地躺在那里，看着窗外的一英亩半布林克曼家的土地。这些日子以来，他变得如此平静。有过一些漫长、可怕的日子，感觉她一定会杀了他。去年冬天最为糟糕。二月里的一个下午，她花了好几分钟来分辨他在号哭些什么。等她终于听懂时，他仿佛读懂了她的思绪，她在说：我受够了，毒药时间到了。

但是春天让他恢复了从前的模样，夏至前后是她所见过的他最快乐的时候。她将托盘放在床头桌上。"吃点儿桃子香蕉脆皮馅饼怎么样？"

他想举手，可能是想指什么东西，但手有自己的意见。当他终于让嘴巴顺利工作后，她竟然出乎意料听懂了他的意思。"那边，那个……"他的声音含混不清，就像她做的水果热粥。他用眼神示意，"那棵，树。"

她急切地看向窗外，假装完全听懂了他的要求，依然是那个完美的业余悲剧演员的样子。"怎——怎么？"

他张开嘴，发出一个介于"什么"和"瞎摸"之间的词音。

她的声音依然明快。"你问那是什么树种吗？雷，你知道我对树一窍不通。某种常绿树？"

"从……什么时候？"五个字，像是骑自行车爬上一条泥泞的山路。

她看着那棵树，仿佛从不曾打量过它一般。"好问题。"好一阵子过去，他都想不起来他们在这个地方已经住了多久，都种了些什么植物。他动了一下，但并不是因为苦恼。"我们，看看！"

于是她走到书架位置，书已经堆到了天花板，是他们一辈子的收藏。她用一只手掌扶着书架齐平肩部的位置，她不知道木头的材质。她的手指一一扫过落满灰尘的书籍，寻找一本她不确定是否在此的图书。过去让她心痛——她想起他们曾经的模样、想要成为的模样。她跳过了《大黄石地区的一百条步道》，手指停在《东部鸣禽野外观赏指南》上，有某种亮红色的东西从她脑海中飞了过去，她不知道是什么。那本薄薄的书差不多就像一本小册子，就藏在书架的尽头。《简单识树》，她抽出这本书，不想扉页却有一句话在等待着伏击她。

  送给我亲爱的第一维度，
  我绝无仅有的多特。
  注意观察哪些树姿影清晰，
  哪些又节瘤分明。

  她从未见过这些字句。记忆中也完全没有他们一起学习树木名称的印象。但是这首诗让她想起了诗人从前完好无损的形象。世界上最烂诗人的第一名。

  她翻开书页，里面的橡树种类多到超乎想象。红橡木，黄栎木，白栎木，黑橡木，灰橡木，猩红栎，铁橡树，槲树，大果栎，加州白栎，水栎，叶子全都不一样。她现在才想起来，以前为什么没有耐心去了解大自然。没有戏剧性，一成不变，没有冲突的希望和恐惧。不停地分枝，缠结，把土地弄得一片凌乱。而且她永远也无法区分其中的角色。

  她又读了一遍那段献词。这首打油诗的作者当时多少岁来着？最烂诗人的第一名，最烂演员的第一名。专利权和版权律师，把骗子逼到倾家荡产，每年会花十分之一的时间提供免费的法律援助。他想要一个大家庭，想通宵玩"疯狂八人帮"的纸牌游戏，想在漫长的汽车之旅中四声部合唱新奇的歌曲。但是，家里始终只有他和他亲爱的第一维度。

  她拿着这本书回到他的房间。"雷！看看我找到了什么！"他脸上佩戴的面具像是由忧转喜了。"你什么时候送我这本书的？幸好保留了下来，现在正好派上用场，准备好了吗？"

  他完全没有准备，他就像个露营途中的孩子。

  "从这里开始。'如果你居住在落基山脉以东，那就翻到条目1。如果你居住在落基山脉以西，那就翻到条目116。'"

  她回头看看他，他的眼睛里有泪光，但目光在移动。

  "'如果你的树结有球果，长着针叶，那就翻到条目11c。'"

  两人都向窗外看去，仿佛过去的十五年里，答案没在窗外凝望他们一般。在正午的阳光下，螺旋状的大树枝——粗壮结实，枝杈之间的距离很宽——闪烁着一种她从未注意过的偏蓝的银光。逐渐变细的尖顶在日光中闪烁着微光。

  "绝对是针叶，顶上也有球果。雷蒙德？我想我们也许就要找到答案了。"她翻动书页，赶往寻宝之旅的下一站。"'针叶是常青的吗？两到五根长成一簇吗？如果是，翻到……'"

她抬头观察，他的面具此刻却换上了不应当出现的傻笑表情。他的眼睛闪闪发亮。探险，激动，再见——玩得开心点儿！

"我去去就回。"她感到一丝隐约的惊喜。于是她就这样出了门，穿过厨房走进后面的餐具室——房间里一片杂乱，堆满了放在那里就再也没有收拾的物品。找个周末，她应该把这些陈年杂物收拾一下，全部丢掉，好让救生艇在最后的几英里中能够轻松前行。她推开后门，闻到夏季的青草气息像波浪一般扑面而来。她没穿鞋，邻居肯定会觉得她因为长期照顾脑损伤的丈夫而发了疯。如果她真的发了疯，行吧，那就让故事这样发展吧。

她穿过草坪，伸手拉下最低的树枝，开始清点。这一幕就像一首歌，她想。一首歌，一篇祈祷文，一个故事，或者一部电影。树枝从她手里弹了回去。她踩着已被烈日晒枯的草坪，一路哼唱着贴合此刻氛围的旋律，慢慢走回房屋。

他在等她，等待故事的结局。"一簇有五根，我们运气好极了，"她拿起书继续往后翻，"'球果是长的吗？上面有细细的鳞片吗？'"

她意识到，这个细分和选择的模式，和法律很像。她在做法庭速记员的时候，曾经转录过许多案件信息。证据，审问，麻烦的谈判，编造的事实，道路越来越细，最后得出唯一一种可行的裁定。就像进化的决策树：如果冬季酷寒，水分稀缺，那就试试穿上鳞甲或针叶。寻找答案的过程简直就像在演戏：如果需要演出恐惧的反应，那就换上手势21c；如果是惊讶，17a；否则……就像一个为了在地球上生存而编程设计好的电话支持系统。思绪在谜团之间游走，但他们的解释永远在下一步。更重要的是，这样的模式就像树木本身，一根主干分出几十根枝干，每一根枝干又分出几百根细枝，然后分出几千根小枝，几千种互相独立的答案。"敬请期待。"多萝西说着又跑了出去。

后门的黑色搪瓷把手再一次发出吱嘎声以示抗议。她穿过后院走到树下。短短的一段路，重复起来却令人厌烦，比人们签约走上的爱情之路还要糟糕许多倍，那条路也是要在同一块小小的土地上日复一日地重复行走。如果你想继续搏斗，翻到条目1001；如果你想摆脱和自救……

她站在树下，仔细观察球果。它们铺了一地，像是从遥远的小行星坠落在地球上的孢子。然后她带着答案返回。她穿着长筒袜，横穿湿草坪的路途够长，让她不免好奇，自己为什么还在这里，被活埋在这座房子里，年复一年地与这个无法动弹的男人拴在一起，她这辈子一直想要的明明都是自由。但返回牢笼的门口，胜利地挥舞书本之际，她明白了。这就是她的自由。在这里，每天的自由都和恐惧相等。

"成功找到，是东部白松。"

她发誓他僵硬的脸上划过了一丝满足的神情。她现在能读懂他了，多年来不得不猜测他发出的含混音节，她早已掌握了一门传心术。他此刻在想：成果斐然的一天，非常棒的一天。

那天晚上，他让她读书，故事中的那种树曾经就像活着的矿藏，广泛分布在加拿大乔治亚海峡到纽芬兰省之间的各个地区，然后跨越北美五大湖，一直到他们在火光中露营过的地方。她告诉他，那些巨人的树干直径足有四英尺，向上伸展八十英尺才会长出第一根树枝。每到春天，无边无际的森林里，花粉遮天蔽日，金色粉尘一直飘扬到外海，雨水般洒落在船舰的甲板上。

她读给他的段落中还讲到，英国人是如何一夜之间从海洋涌上这片大陆，为他们的巨型护卫舰和舰队寻找船桅，那样的桅杆在整个欧洲都早已被砍伐一空，就连最偏远的北方也遍寻不着。她向他展示了美国白松的图画，一棵棵高大如教堂的尖塔。这些庞然巨物可谓是无价之宝，因此英王下令在它们的树干上都打上"国王的宽箭"符号，以标识所有权，就连私人土地上的也不放过。她的丈夫一生都在致力于保护私人财产，即便是现在来追溯历史，也知道这样的行径必定会导致"松树暴动"的爆发。那些树早在人类诞生的很久之前就已经生长在那些海岸上，而人类为了争夺它们，竟然发动了战争。

这个故事的精彩程度足够与任何虚构作品相媲美，林木葱茂的大地，让位给了人类繁荣发展的需要。这些树木被切割成特定尺寸的木板，轻盈，柔韧，被卖到大洋彼岸，最远一直销售到非洲。用东部白松建造的宏伟舰队，将木头运至几内亚海岸，将黑奴运回西印度群岛，然后再将糖和朗姆酒运回新英格兰，这种三角贸易所获得的利润帮这个新生的国家完成了原始的财富积累。白松搭建出城市的框架，在锯木厂变成数百万财富，铺就的铁路贯穿了整片大陆，打造和装配的战舰和捕鲸舰从布鲁克林和新贝德福德开向地图上没有标记的南太平洋，建造一艘这样的船，需要一千棵甚至更多树木。密歇根州、威斯康星州和明尼苏达州的白松，则被切割成几亿根屋顶木瓦。每年还有一亿板英尺的木头，被切碎做成火柴棍。斯堪的纳维亚半岛来的伐木工，清空了三个州的松木，然后用索具和吊杆，将巨大的原木都拖到河里，再乘着这些数英里长的木筏顺流而下，直至抵达市场。是传说中的巨人和他那头蓝色的公牛清空了布林克曼夫妇这片社区的松树。

多萝西继续朗读，外面渐渐吹起了风。院子里所有的植物都在弯腰抱怨。雨落下来了，小房间似乎变得更小了。夜晚是每天的第三部分，却依然是个陌生的国度。隔壁的房子消失了，北边的邻居也不见了，只剩下布林克曼夫妇的小屋，偎依在荒野的边缘。雷用能活动的那条腿踢着被子的边缘。他想要的，从来都只是一个诚实的人生，提高公共福利待遇，赢得社区的尊重，养活一个体面的家庭。财富是需要栅栏保护的。但造栅栏需要木头。在这片大陆上,消失的树木没留下任何痕迹。曾经的森林都已经被替代了,变成了连绵几千英里的后院和农场,次生林在其间连成一条条细线。但是土壤记得,它们的记忆力稍稍长一点儿,它们记得消失的森林,以及导致了这种消失的发展历程。而土壤的记忆养育了它们后院中的松树。

雷的嘴唇在颤抖,口水流了出来;一直到午夜前的某个时间,多萝西才将它们擦掉。她擦拭的时候,他的嘴唇在颤动。她凑过去倾听,她认为自己听到的是:"明天,再读一个。"

※※※

晚上天气很暖和,帕特丽夏的小屋窗户在微风中摇晃,鲟鱼月①高悬在湖面上空,像一枚淡红色的美分硬币。她将双手放在一沓笔记本上,里面都是她精心记录的笔记。"好了,丹,我想我们可能真的完成了。"

今晚她没听到回答,其实一直都没有。只有她的声音悬在空中。小屋内外的许多生物都听见了。这一晚,她偶尔会发出咂舌、呻吟、叹息、计划和估计的声音,这句话是最后的回答。他们的对话悠长且耐心,任何人都无法追随,而且她的发音模式总是全新的。

到了整点,时钟开始报时,她听了一会儿。然后她撑着胡桃木桌子,站起身来。她翻开最上面的那本笔记本,翻到刚刚写完的那一页:在一个只追求效用的世界里,我们也将被迫消失。

"你确定这是个好主意吗?"她问自己,也问死去的那个人。他们之间隔着一层薄薄的膜。她知道无论是现在,还是以后,她都永远也不可能再见到他了。但是不管她的目光投向何处,她都会看见他。那就是生活,死去的人让活着的人继续活着。每隔一晚,她都会要求自己向消失的那位朋友索取回答,索取勇气,索取足够的宽容,以阻止她将笔记全部投入燃烧的木柴炉。现在索取结束了。她翻开纸页。

没有人看见树木。我们看见水果,我们看见坚果,我们看见木头,我们看见树荫。我们看见装饰或是美丽的落叶。我们看见挡在路上,或是摧毁滑雪道的障碍物。黑暗的地方充满危险,必须清理干净。我们看见树枝即将压碎我们的屋顶。我们看见的是经济作物。但是树木呢——树木是隐形的。

"写得不坏啊,丹。可能有点儿阴暗。"也有点儿短,她可能会增加一些内容。比她第一本书短太多了。要讲的事还有很多,但此刻她已经是个老妇人了,所剩的时间不多,而且还有许多物种有待寻找,有待被存进方舟。这本书是一个足够简单的故事。她用一两页的篇幅就能讲完,就是为了讲述她和其余人多年来如何游历除南极洲

---

① 在北美,八月的满月被称为鲟鱼月,因为当地农民知道,五大湖的鲟鱼最容易在满月时捕获。

以外的全部大陆；如何从几千种树上取得种子，但这些都只是杯水车薪，在地球目前的保管人眼所能见的岁月里，就有无数物种将要消失，并且带走无数依赖它们生存的物种……

她试着心存希望，讲述每一个故事时都力图让真相听起来更容易为人所接受。她用了一整章的篇幅来讲述迁移，所有的树种都已经开始向北迁徙，其速度令测量者震惊。但是最珍贵的那些树木速度还需要加快，这样才能保证不会焚烧。它们无法跨越公路、农场和住宅开发区。或许我们能帮帮它们。

她为她最爱的那些角色编写了简介，它们是独自生长的树、狡诈的树、圣贤和可靠的公民、冲动的树、害羞的树、慷慨的树——它们种类如此多样，一如森林的海拔和面貌。如果我们能在它们最健壮的时候，了解它们的身份，那该有多好。她试图完全扭转故事的方向。这不是我们的世界，树木不是恰好生长在其中。这是树木的世界，人类才刚刚抵达。

每当她因为恐惧，或出于科研的严谨性而大刀阔斧地删减时，她总会想起一段话。当我们靠近时，树木是知道的。一旦我们接近，它们的树根会发生化学反应，树叶的气味会立刻改变……当你在林中漫步后心情愉悦时，或许就是因为某些物种向你行了贿。许多神奇的药物都产自树木，但对于它们的慷慨提供，我们甚至连皮毛都还没研究透彻。树木一直想要靠近我们，但它们的声波频率太低，人类听不见。

她从桌边站起身，发出的叹息声并不指望任何人能听见。她在前面的衣柜里寻找，那里面收了许多纸板箱，她和丹尼斯一直不舍得丢弃。存放了几十年，都已经发霉了，但谁知道呢，或许什么时候你就用得上其中某个尺寸的一只。笔记本放进去刚好合适，仿佛量身定做的一般。明天她将把它们寄给助理打印出来。然后寄给她在纽约的编辑，对方这些年来一直在等待她的续作，而她的第一本书至今仍在加印和售卖，仍在耗费松木纸浆，让她感到十分苦恼。

她用打包胶带将纸箱封好后，又立即拆开了。最后一章的最后一行还有错。她翻到那一页，尽管那句话早已永恒地埋在了她的记忆之中。

  运气好的话，这些种子之中，有一些能在科罗拉多山中一座恒温保险库中幸存下来，直至有一天看守人将它们归还给大地。

她噘起嘴唇，在后面又补了一句。

  如果不能，其余的实验也仍将持续，哪怕在人类消失的很久以后。

"这样或许更好，"她大声说，"对吗？"但是今晚幽灵的口述已经结束。

封好纸箱后，她准备上床休息。她快速洗了个澡，梳洗整理甚至更快。接着她开始阅读，这是她每晚睡前的例行仪式，就像徒步一千英里前往海湾。困到眼睛都快睁不开时，她最后又读了一首诗。今晚读的是一首中国古诗，是一千两百年前的诗人王

维的作品,是她偶然间在一本诗歌选集中发现的,她喜欢那样漫无目的地徒步:

　　自顾无长策,空知返旧林。

　　……

　　君问穷通理,渔歌入浦深。

接着河水漫过了她,她的任务完成了。她关掉床头板上那盏黯淡的低瓦数灯泡。剩下的就只有月光了。她侧身蜷缩起来,脸贴着潮湿的枕头。一分钟后,她的嘴角牵出一个永恒的微笑。

"我没有忘记。晚安。"

晚安。

亚当在曼哈顿下城的祖科蒂公园。这一次,是田野调查的机会自己找到了他。他整个职业生涯一直在研究的那些势力又开始行动了,此刻正在往金融区的中心聚集,就在他工作和生活地点往南的几个街区。公园里人声鼎沸,变得像是拳击擂台,皂荚树下摆满了睡袋和帐篷。昨夜有几百人在这里过夜,抗议活动已经持续了好几天。他们在抗议的歌声中入睡,醒来就能吃到免费的热食,都是想要为这份事业贡献力量的五星级大厨提供的。只是,亚当不确定这份事业的目标是什么。这份事业仍在进行之中。为了保证百分之九十九的人正义,将金融叛徒和窃贼关进监狱,让所有大陆上的人民都获得公平和体面的生活,推翻资本主义,没有强暴与贪婪的幸福。

这座城市禁止使用所有的扩音设备,但是人肉扬声器正开足马力。一个女人领队,周围所有人都跟着回应。

"银行获救。"

"银行获救!"

"我们却被出卖。"

"我们却被出卖!"

"占领。"

"占领!"

"谁的街道?"

"谁的街道?"

"是我们的街道。"

"是我们的街道!"

依然是一些坚决的年轻人,坚定地相信年轻人所怀有的拯救世界的梦想。但是在那些身穿民族风马甲、背着双肩包的人群中,也有一些比亚当年纪还大的人。人们围坐在广场周围展开讨论,年过六十的女性在讲述从前起义的经历。也有身穿紧身衣的人在踩健身车的踏板，发电供占领者使用笔记本电脑。银行家们似乎不愿损失一根毫毛，理发师们就开始免费为大家理发。有佩戴盖伊·福克斯[1]面具的人在分发传单。大学生们围成一圈打鼓助兴。律师们坐在脆弱的折叠桌旁提供法律建议。还有人正卖力地在公园的告示上涂画：

  禁止在此公园玩滑板，溜旱冰，骑自行车

他们在下面加了一句：

  除此以外，一切均可，老兄

马戏团怎么能缺了乐队？像是有一整个军营的吉他手聚集在这里——其中一个的吉他上写着"这台机器杀死了当日交易者"——正在合唱一首寂寞的歌：

  无论我走到哪里，警察都不会放过我，

  因为我在这个世界，已经没有家。

过了广场最远的角落，就是那个永远也无法愈合的伤口。周围植被林冠的缺口早已得到了修复，但伤口依然在流脓渗血。世贸中心双子塔的倒塌已经是十年前的事了，亚当想到这个数字被吓了一跳。他的儿子才只有五岁，但感觉那次袭击才过去没多久。事件中有一棵豆梨树幸存了下来，树身被烧死了一半，根系也折断了，但就在不久前，它刚刚恢复了健康，依然生长在归零地[2]。

他在人民图书馆[3]旁闹哄哄的人群中推挤着前行，一边走，一边忍不住开始抚摸旁边的书架和箱子。这里有米尔格拉姆的《对权威的服从》，光是旁注小字就超过百万字。有泰戈尔的文集，有许多梭罗的著作，但《你与华尔街》的册数甚至更多。所有图书都根据信用制度自由流通。他觉得这闻上去是民主的气息。

六千册藏书中，有一册小书浮了上来，就像从泥炭沼中钻出来的化石。是一本《金版昆虫指南》，亮黄色的封皮，唯一真正的经典版本。亚当当时在扉页上写下了自己的名字，全部都写的大写字母，气球卡通字体。他翻到扉页，本以为会看见自己脏兮兮的名字。但那里写的却是雷蒙德·B.，是用墨水写的帕尔梅草体[4]。

书页闻起来有霉味，其中讲述的都是一些纯粹的儿童科学知识。亚当翻阅之间，回想起当年所有的事。田野观察笔记本，家庭自然历史博物馆，用廉价的儿童显微镜看到的绿藻层。最重要的是，涂抹在蚂蚁肚子上的指甲油记号。不知为何，他这一生

---

[1] 1570—1606，曾计划刺杀詹姆士一世和英格兰议会上下两院的所有成员。后来计划败露，在审判中被处死。

[2] 原意为导弹目标或核装置爆炸点，"9·11"事件后成为纽约世贸中心遗址的代称。

[3] 2011年，占领华尔街运动的抗议者们在祖科蒂公园中建立的一座图书馆，书籍全部都是捐赠而来，市民可自由取走。

[4] 英语商务字体的一种，由奥斯汀·诺曼·帕尔梅（1860—1927）设计。

竟然一直都在重复那样的实验。他翻开的那一页介绍的是象鼻虫和毛翅蝇，他抬起视线，看着公园里喧闹、欢乐的无政府主义者。有那么一瞬间，他觉得自己看见了其中蕴含的等级和职责系统，他仿佛置身于蜂巢的内部，看见了蜂群的摇摆舞、信息素的传递路径，感觉一切都完全是物理法则的呈现，是重力的作用表现。他想给他们的身上都涂上指甲油，然后爬到旁边大厦的四十层楼上，以获得全局的视角，真正的田野研究科学家的视角，十岁儿童的视角。

他将金版指南书塞进裤子的口袋，回到了人群之中。在前方十步开外的地方，一只花岗岩石板长椅的边缘，有一个幽灵扭过头来，露出一副惊愕的表情。"占领！"有人在对人肉扩音器大喊，然后人群以嘹亮一百倍的声音回应道："占领！"

幽灵的惊愕变成了傻笑。亚当认识他，是他曾一起出生入死过的兄弟。他看到的那个男人已经秃了头，戴一顶鸭舌帽，但在记忆中，那人留着一把粗粗的马尾辫。一开始，他无论如何也想不起那个男人的名字，接着他想起来了，却不想说出口。但此刻已为时过晚，他只能迎上前去，紧紧抓住那人的手臂笑了起来，运气真是个无赖，老故事的发展永远出人意料。"道格杉。"

"枫树。哇哦，这不可能是真的。"他们像两个跨过终点线的老人一般拥抱彼此，"老天啊！人生真是漫长啊，不是吗？"

比任何人的一生都更漫长。心理学家一直在摇头，他并不想经历这一幕。被残忍的考古学家从古墓中拖出来的尸体并不是他的。但不知为何，这意外的发展让他觉得有趣。或许是因为喜剧演员挑对了演出时机。

"这是……你来这里是……"亚当挥手示意喧嚣的人群。帕弗利切克——他姓帕弗利切克。帕弗利切克皱着眉头，环顾广场四周，仿佛他刚刚才注意到周围的情况。

"噢，不是，老兄。我不是，现在我只是旁观者，不怎么参与了。自从……你知道，我就没怎么关注这事了。"

这个男人依然像个笨拙的少年，亚当抓着他瘦骨嶙峋的肘部。"我们去走走吧。"

他们沿着百老汇大道经过了花旗银行、美利坚证券、福达投资集团。按照纽约的时间标准，他们只用一分钟时间就了解了彼此的近况。一个是纽约大学的心理学教授，妻子是励志类图书出版商，五岁大的儿子长大后想当银行家。一个是美国土地管理局的长期雇员，来纽约是为了见朋友。这就是全部。但他们仍在行走，此刻已经走到了三一教堂的尖塔下方，这附近曾经长满了悬铃木，生意人曾聚集在树下进行股票交易，现在这里已经成为自由企业的引擎操纵室。他们继续行走，绕着过去慢慢地兜圈子，但此刻回忆的内容，一个小时过后亚当就再也不会记得。道格拉斯一直在摸鸭舌帽的边，仿佛在向路人致敬。

亚当问："你……和他们谁还有联系吗？"

"联系？"

"和其他人。"

道格拉斯摆弄着帽子说："没有，你呢？"

"我……也没有。桑树——我没有联系过。但是守护人，听起来有点儿疯狂，但感觉他好像一直在追踪我。"

道格拉斯停下了脚步，人行道上都是商人。"什么意思？"

"可能是我疯了。我因为工作的缘故经常出差，全国各地跑，参加讲座和会议什么的。我至少在三个城市里见过街头涂鸦，就和他以前画的那些一样。"

"树人？"

"对。你记得那些画有多不可思议吧？"

道格拉斯点点头，手指依然在摆弄帽檐。前方的人行道上，有一群游客围着一只狂野的动物。那只动物体型巨大，肌肉发达，正张着鼻孔，摆出一副进攻的姿势，两只邪恶的长角仿佛早已做好准备，随时都可能刺穿围在周围自拍的人群。那是一件重七千磅的黄铜雕塑作品，创作者趁着夜色将其运过来，留在证券交易所的门前，作为献给公众的礼物。后来市政府想把它拖走，却遭到市民的反对。就像是一头特洛伊公牛。

就在几周前，一位芭蕾舞女演员曾站在这只野兽的背上单脚脚尖旋转起舞，那绝美的一幕后来成了最近一次"阻止人类"运动的宣传海报。搭配的文字写的是：

什么

是我们

最紧迫的

需求？

#占领华尔街

带上帐篷

人们轮流上前，在那即将进攻的公牛旁摆好姿势拍照。道格拉斯似乎没注意到这其中的讽刺意味。他的目光四处打量，唯独没看人群关注的焦点。他似乎很挣扎的样子，揉着脖子说："那么，你现在过得很幸福咯？"

"撞大运了，不过总是长时间加班，好在研究……是一件乐事。"

"你究竟在研究什么呢？"

这个问题，亚当已经回答了几千次了，从文集编辑到飞机上的陌生人都曾经问过。但是这个男人——他欠他一个详细的解释。"我们认识的时候，我就已经在研究这个课题了。当时我们五个……虽然这些年里，重点有所改变，但基本问题还是一样：是什么阻止了我们，让我们看不见显而易见的事物？"

道格拉斯将手放在黄铜牛角上。"那，结果呢？"

"大多数情况下，都是因为他人。"

"你知道……"道格拉斯抬头看向百老汇大道的前方，似乎想弄清楚是什么激怒了这头公牛。"这个答案，我自己也想到过。"

亚当笑得声音太大，引得游客们都回头张望。他想起自己曾经为什么会爱这个男人了，为什么会发自内心地信任他。"这个问题还有一个更有趣的部分。"

"某些人是如何设法看到……"

"正是。"

一位亚洲游客挥手请两人先离开雕像，以供他们迅速拍张照。亚当轻轻推了道格拉斯一下，于是他们继续走，一直走进了泪滴形的保龄球草坪公园。

"我经常会思考，"道格拉斯说，"发生的事情。"

"我也是。"但亚当很快就想收回这句话。

"我们当时想达成什么目的？我们当时以为自己在做什么？"

他们站在一圈假悬铃木下，那是东部最顺从的树种，当初就是在这个地方，听从树木之声的人们，将这个岛卖给了清场伐木的人。他们一起凝视着公园里的间歇式喷泉。他说："我们放火烧了那些建筑。"

"是的。"

"我们认为人类在进行大规模屠杀。"

"是的。"

"其余的人却都看不见发生的事情。除非像我们这种人强迫推进，不然一切都不会停止。"

道格拉斯的帽檐在来回摇晃。"你知道，我们当时没做错。看看四周！任何有所关注的人都知道，派对结束了。盖亚要开始复仇了。"

"盖亚？"亚当虽然在笑，内心却充满痛苦。

"生命，地球，我们已经在付出代价了。但哪怕是现在，说这种话的人，依然会被视为疯子。"

亚当审视着这个男人。"所以你想再来一遍？我们当时干过的事？"亚当脑海中那些淘气的哲学家们又开始提问了，问的都是一些禁忌问题。多少棵树的价值能等于一个人？即将发生一场大灾祸，那么就能证明那些小规模的暴力活动是正当的吗？

"再来一遍？我不知道。我不知道那句话是什么意思。"

"烧毁建筑。"

"我经常在夜里问自己，我们做过的那些事，有哪一件——甚至包括原本计划做的那些——能弥补那个女人的死亡所造成的打击吗？"

接着，就好像白昼变成了夜晚，城市变成了山地松林，周围的公园着起了大火，那个美丽、奇怪、苍白的女人正躺在地上讨水喝。

"我们没达成任何目标，"亚当说，"一件事都没做成。"他们转身离开公园，这地方太过拥挤，不适合这场对话。一直走到低矮的铁栅门前，他们才意识到，没有更安全的地方了。

"她可能会重新再来一遍。"

道格拉斯指着亚当的胸膛。"你爱过她。"

"我们都爱过她。是的。"

"你当时正深爱着她，和守护人一样，和咪咪一样。"

"那已经是很久以前的事了。"

"你愿意为了她去炸毁五角大楼。"

亚当的笑容温柔又苍白。"她确实有一种力量。"

"她说那些树在对她讲话，她能听见它们的声音。"

亚当耸耸肩，偷偷看一眼手表。他还得赶回上城去准备一堂课。有太多的过去，亚当感到厌烦。他确实曾年轻过，也愤怒过，当时的他就像另一种生物。但那不过是一段失败的经历，唯一值得商讨的，只有现在。

道格拉斯却不肯放过他。"你认为真的有声音在对她说话吗？或者她只是……"

人类出现的时候，地球上有六万亿棵树。现在只剩下一半，再过一百年，还将减少一半。所有这些消失的树都说了些什么呢？不管人们怎么说，实际上都只是他们的一面之词。但是这个问题让亚当很感兴趣。他们死去的圣女贞德都听到了什么？她是真的洞穿了一切，还是说那只是她的幻觉？下周他要给本科学生讲迪尔凯姆和福柯，讲隐性规范：理性何以是另一种控制武器；为什么说合理、认同、理智，甚至人类这些概念的发明，要比人类的怀疑要晚。

亚当回头看了一眼海狸街的水泥街道。正是海狸的毛皮建起了这座城市。海狸皮是曼哈顿最早的贸易交换内容。他听见自己在说："树木过去一直在对人类说话，理智的人一直都能听见。"唯一的问题是，在结局到来之前，它们是否还会再次开口。

"那天晚上，"道格拉斯仰头看着摩天大楼的墙壁，"我们派你去求援，还记得吗？你为什么回来了？"

愤怒穿透了亚当，仿佛他们两个又要打起来了一般。"太晚了，寻找救援要花几个小时。她已经死了。就算我去找了警察……她也无法起死回生。那样我们都会被关起来。"

"你当时并不知道，老兄。你现在也说不准。"无论时间过去多久，都不可能根除心中的愤怒和悲伤。

他们路过了一棵二十英尺高的欧洲紫荆，它的脊骨是拱形的，四肢的弧线就像那位在公牛背上舞蹈的芭蕾舞女演员。紫红色的花朵可以食用，密密麻麻地直接长在树干和树枝上，冬天还隔得很远。此刻，心皮①悬挂在树枝上，宛如许许多多吊死的人。他们说犹大就吊死在紫荆树上。这个神话就和树木的神话一样，历史都还很新。犹大的树隐藏在曼哈顿下城的各个角落。过不了两年，这棵树也将消失。

他们两人在炮台公园停下脚步，他们的道路在这里分叉。在道路的前方，跨过水面就是自由岛了。那里有一只松鼠的灵魂，是无数颂词歌颂的对象，它曾经一直在树冠中奔跑，沿着那片巨大的亡魂森林，它能从这里奔向密西西比，爪子永远也不会沾地。但是现在它只能跃岛奔跑了，散落的次生林被各种公路切开，路上随处可见路毙的动物。但是他们两个驻足看着前方，仿佛依然有无垠的森林在眼前展开一般。

他们转身面朝彼此，拥抱道别，就像为了测试彼此力量的熊。就像他们这一生再也不会相见。就像即便此生不再相见，期限也仍嫌太短一般。

树木拒绝发言，一个字也不肯说。尼莱坐在斯坦福的大方院中，坐在他的星系植物园中，等待一个解释。他所感受到的召唤出了错。它们让他走上的那条路，他已经迷失了。现在该怎么办？

但是树木都冷漠不言。瓶子树鼓胀的水袋，丝绵树的尖刺盔甲都拒绝回应，就连树叶也不肯发出沙沙声来作答。仿佛他的灵魂伙伴——而他就身处这个唯一为他提供了灵魂伙伴的星系———听到动静，就由狂喜转为恐惧，决心不再理睬他。他正在妨碍游客拍照。这是一座模仿西班牙罗马式风格建造的美丽回廊，没有人希望拍照时前景里出现一个瘸腿的怪胎。他转过身，像任何惨遭遗弃的情人一般，愤怒地准备离开。但是去哪里呢？即使返回公司总部楼上的公寓，也只会让他感到羞耻。

应该给母亲打个电话，但此刻印度的班斯瓦拉应该是午夜。母亲如今一年里大多数时候都住在那边，安心等待死亡。虽然晚了十年，但她终于想通了，她的儿子永远也找不到妻子了，科学永远也不可能重新激活他的双腿，爱他的最好方式就是放他自己去孤独。现在只有当医生必须清除他的严重褥疮，或是切除他脚部和臀部的坏疽组织，让他住院时，她才会回来，上飞机都已经成了令她痛苦的活动。所以他决定，下次再住院就不告诉她了。

他滚着轮椅进入椭圆形中心广场，去看那排高大的棕榈树。天空万里无云，天气很热，树影都已随着太阳而转移了方位。他找到一个阴凉的角落——全世界的人似乎都越来越喜欢寻找树荫。接着他安静下来，试着想象自己是在家里。但没有用。一分

---

① 心皮是变态的叶，雌蕊的三个组成部分，即子房、花柱、柱头都是由心皮所构成的。

钟后，他就焦虑不安起来，看了一眼手机，发现没有信息。人们能生活在哪里？他的精灵们一定是对的，只能生活在符号世界，生活在模拟世界。

　　就在他将手机放回轮椅口袋的时候，它发出了蝉鸣一般的嗡嗡声。这是专属于他的人工智能发出的信息。手机是活的，很机灵，正拿人性的游戏当诱饵引诱他。从童年开始，甚至在从树上坠落之前，他就梦想着能有这样一个机器宠物。他拥有的这一件比童年时看过的科幻作品预测的更好——更快，更时尚，更柔软。它全天候待命，搜罗人类所有活动的信息，然后汇报给他。它顺从且不知疲倦，而且就和它近来信任的唯一生物一样，没有腿。尼莱怀疑，腿或许是进化失控的产物。

　　制造这只宠物的人是他和他的下属，现在它却忙着塑造他。他让它留心他最近开始沉迷的领域内的一切新信息：树木交流，森林智慧，真菌网络，帕特丽夏·韦斯特福德，《秘密森林》……这本书实在是不可思议，其中的大量内容都像是他在几十年前听见的轻言细语的回音，只是那些奇异的生命形式此刻却不肯向他透露丝毫信息。他作为公司的创意总监，却没有发挥相应的作用。职责要求他付出更多，做出更多的回报，提供更多的救助。但他该做些什么？

　　他打开手机里的信息。里面有一条网络链接，标题是《空气与光的告白》。这条推荐深深地吸引了他。不过，他虽然坐在树荫下，但还是看不清屏幕。于是他滚动轮椅，返回不远处的厢车。回到他那辆清空的星际舰船后，他点进链接，疑惑地等待着。接着，影子与阳光突然迸射出来。百年历史的栗子树二十秒内就生长成形了，就像手摇投影装置播放的场景。尼莱还没看清，影片就结束了。他点击重播。那棵树像喷泉一般喷涌出来，长出高大的树冠。树枝向高处伸展，向阳光伸展，向目光看不见的东西伸展。枝干不停地分叉，在空中逐渐变得粗壮。透过这样的生长速度，他看见了那棵树的主干，看见了隐藏在韧皮部和木质部背后的数学，各种几何图形像沸腾了一般紧密结合在一起，那层薄薄的形成层则不断膨胀生长。

　　在这根盘旋伸展的巨大圆柱中，代码——经过失败的修剪，不断分支扩展的代码——逐渐累积，并且根据毗湿奴的指令，全部被塞进一个比男孩的指甲盖还小的芯片。当这棵古老的栗子树完成了百年生长历程后，先验主义的灭绝之词升了上来，一行接一行地浮现在一片黑色的大海上：

　　　　园丁只看得见
　　　　园丁的花园。
　　　　目光被投向卑劣的所在，
　　　　并在那里被耗尽，
　　　　但眼睛原本的使命，
　　　　是注视此刻尚无形迹的美。

我们

　　　　难道

　　　　　　看不见

　　　　　　　　神？

而当尼莱从小小的手机屏幕上抬起头时，那正是他眼前所见的。

　　就在他的厢车外面，校园的另一头，桉树树林的那边，工作人员正在分发邀请函。信件一封封地分发出去，就像空气传播的花粉。其中有一封是给帕特丽夏·韦斯特福德的，信件寄到了她那座位于大烟雾山中的小屋。最近她正在一片阔叶林中寻找一些菌株，这片树林再过几年就会因为梣透翅蛾和天牛之害而死亡。现如今，这样的邀请函多得数不过来，她大部分都不予理睬。但是这一封的主题是"家园修复：对抗全球变暖"，让她觉得很心痛，于是她把信读了两遍。有人希望她去参加一个讨论大气破坏问题的会议，为此她要飞行两千五百九十六英里的里程，还只是单程。她无法理解那个标题，"家园修复"，仿佛我们只需要修理水槽，安装屋顶浸水冷却器，就能重回好时光似的。

　　她坐在桌边的梯式靠背椅上，倾听蟋蟀的叫声。父亲很早之前教过她一个古老的公式，可通过每分钟蟋蟀的叫声次数计算出当天的华氏温度度数。六十年来，她周围的这支管弦乐一直在加速，总有一天所有随着音乐起舞的舞者都会跟不上节奏而跌倒。"如果你能谈谈树木对于人类可持续发展的意义，我们会感激不尽。"这是会议组织者希望她谈论的主题，她毕竟写过一本书，讨论木本植物对于恢复地球失衡生态所能发挥的作用。只是那本书已经是几十年前的作品了，当时她还年轻，还充满了勇气，认为地球仍然有恢复原样的能力。

　　这些人需要的是技术上的突破。发明新的造纸方法，减少燃烧时所产生的碳氢化合物。开发一些转基因经济作物，既能建造更好的房屋，又能帮助世界贫困人口脱贫。至于他们想要的家园修复，只是把破坏的成本稍稍降低了些。她可以为他们介绍一台很简单的机器，完全不需要燃料，也基本不用维护，在稳定吸收碳化物的同时，还能丰富土壤的营养成分，降低大地的温度，清洁空气，尺寸也可以轻松调节。其技术还能自我复制，甚至能免费供应食物。这件装置如此优美，本身就是足以写成诗歌的素材。如果能为森林申请专利权，那她一定会受到热烈欢迎。

　　去一趟加利福尼亚意味着要损失三天的工作时间。就算是耶稣清理地狱也没花这么长时间。这些年来，她的陌生环境恐惧症越发严重，在人满为患的听众席上，她根本听不见任何声音。但邀请函中列出的受邀嘉宾名单却让人难以置信，简直就像巫师和工程师的大聚会，每一位受邀者都是各自领域内的泰斗，大气尘，濒危物种克隆技术，无限量廉价能源的开采技术，他们的研究内容都足以让阳光变暗。应该有艺术家和作家前去提出人文精神的复杂问题。风险投资家寻求的是下一代绿色宝藏。她再也不可能拥有这样的听众。

她又读了一遍邀请信，想象着会议上可能出现的情况，在那样的地方，"可持续发展的未来"或许就和"酒醉呓语"差不多。邀请信的结尾写得很有煽动性。

历史学家汤因比曾经说过："人类抵达文明……是为了应对挑战，因为所处的环境艰险重重，因此他必须付出前所未有的努力。"

她从成为无业游民的那一天起，就一直在尝试培养一种正直的信念，而这封邀请信感觉就像是一次检测。有人在问她：为了拯救这颗将死的星球，人类需要做些什么？在那样一群名流和权势阶层面前，她能说出心中真正所想吗？

天色已晚，已经无法给出明智答复。不过倒是还有时间，可以去中岔步道的急流旁走走。走出小屋，时节已近满月，只有茂盛的山楂树在摇晃，这种树长得很慢，在月光下就像可怕的预言。树枝上挂着猩红色的果实，有些一整个冬天都不会凋落。山楂对心脏有好处。人类只要将目光投向大自然，就总能找到有用的药物。

她穿过林间空地，吓坏了一只藏在树根下的负鼠，正是两小时前刚从小屋里跑出来的那只。她晃了晃手电，林中地面厚厚地盖着一层橘子，黄褐色的半腐层散发出一种蛋糕发霉后的甜味。两只大林鸮在远处号叫，听起来十分凄美。山脊上的橡子和山胡桃落在地上，四处的熊都已经饱足地睡去了，每平方英里内都能找到两只。

她弯腰钻过杜鹃花下垂的花枝组成的隧道，黑樱桃树还看得出过去修路砍伐留下的痕迹，一路上她还看见了酸模树和好闻的黄樟。栗子树大量死亡后，木兰树和条纹槭补了上来。铁杉树正在死亡，原因是球蚜虫害，再加上酸雨的助力。在高处的阿巴拉契亚山脊上，弗雷泽杉已经死绝了。这是有记录以来最热最干的一年，周围的森林全都损失惨重。此外还有另一种反常现象，以前百年才有一次，现如今几乎每年都会遇上。那便是整座森林公园里四处频发的山火，几乎每隔三天就会发布一次红色预警。

但是祭司一般的鹅掌楸依然在激励自身的免疫系统，山毛榉仍在振奋士气，集中思绪。在这样的巨树之下，她的思维总会变得更加敏捷和清晰。她看见一只被短吻鳄咬过的柿子。还有枫香树的球果，宛如中世纪画作中的小小晨星，踩在脚下发出嘎吱嘎吱的声音。她撕碎一片沾满树胶的落叶，举起来闻一闻，感觉像是小孩闻到了天堂的气息。离小路不远的地方，有一棵庄严的红橡树，树干最粗的地方周长有十二英尺。邀请函让她所感受到的不安感觉，在看见它的那一刻都平息了下来。可持续发展的未来。他们并不希望一个研究树木的女人去会议上做主题演讲。他们想要的是一位做梦大师、一位科幻小说家、一位老雷斯①,或者一位信仰治疗家,顶着附生植物做头发的那种。

她走下河床,到了她最爱的那一段,脱掉了鞋子。其实没必要脱的。原本汹涌的溪流此刻已经露出了鹅卵石河床。她翻开几块石头,想要寻找火蜥蜴。在这座公园里,生活着三十多种蜥蜴,数量多达几百万。它们生活在每一个湿润的角落,但此刻她一只也找不着。她将赤裸的双脚伸进想象的流水中。丹,你怎么看?去"家园修复"大会上发言吗?

记忆中的那只手扶住了她的肩膀。如果你非要问我,宝贝,那你可能不会想要听到我的答案。

从帕特丽夏所在的田纳西这条小河的河畔到纽约市,距离只有七百英里。如果有徐徐不断的微风,一棵东部白松的花粉就能飞越这段路途。在这条路另一端的尽头,亚当·阿皮亚的笑容中带着困惑,听课的是二百六十名大一心理学新生,这堂课的内容是认知盲目。在教室的后部,有三个武装警察正在等他下课。他的心跳猛然加速,不过心里的震惊很快就平复了。当然,格洛克23式手枪和深蓝色制服夹克上黄色的"联邦调查局"字样透露了他们的身份。几十年来,每个季节的每一天,从清醒的正午到麻木的夜晚,他无时无刻不在担心这些人的降临。他已经等待了这么长时间,几乎都忘了他们终会到来。此刻,在这个美丽的秋日,在多年过去之后的这个迟来的日子里,抓捕他的人终于来了。他们就和他想象中的样子差不多,结实,冷酷,务实,耳朵里都别着耳机线。阿皮亚又笑着眨了一下眼睛,恐惧感让位给了它亲爱的表兄,变成了预言实现后的解脱。

他想到,他们会从走道走上讲台,然后抓住我。但那一行五人只是坐在那里,坐在最后一排座位上,等待他讲完这堂课。

今天的内容很简单。一个人在做选择时,其实在夜里和地下,甚至目力所不及的地方,很多事情早已埋下伏笔,选择者反而是最后一个知道的。亚当在讲台上翻过一页页课程笔记,但双手没有任何感觉。他提心吊胆地过了二十年,一直在等定音锤最后落下来,此刻他终于不用再畏缩了。他一直努力保持低调,如今终于取得了成绩。他曾两次荣获学校的教学大奖,就在上个月,他还因为主持的研究工作推动了对人脑的机能理解,获得了美国心理学会比彻姆大奖提名。他在公众面前演了这么久的戏,把他自己都给骗了。此刻,他年轻时代所做的那些选择回过头来击碎了他所有的

---

① 苏斯博士1971年出版的一本童书中的角色,是树木的保护者,反对贪婪的文斯勒将森林变成荒漠。

幻想。

　　一切都清晰呈现在眼前。他与那位老同谋的偶遇，对方不停拉扯帽檐的动作，还有那番供认。我们放火烧了那些建筑。他们愿意为了彼此而牺牲自己的性命，他们五个人，而其中有一个已经这么做了。

　　他低头看一眼手写的笔记。一段用红框标记的文字出现在眼前，却像是从能预知未来的过去，跳到了早已忘却一切的未来。亚当之前就曾向学生解释过这句话，此项研究已经持续多年，但直到这一刻，他才完全明白了其中的意义。他将无框眼镜往上推了推，鼻子上都是汗，之后他冲着拥挤的教室摇摇头。学生们会对这堂课留下怎样的记忆啊！

　　"不能理解的东西，你是看不见的。但是你认为自己已经理解的东西，你又会忽视不见。"

　　教室里传来一阵轻笑声，学生们还没看见站在教室后部的人。有一些学生把这句话记了下来，但在考试中，这句话将以他们完全预料不到的方式出现。大部分人都没有动弹，等待着老师的解释。阿皮亚将幻灯片翻到最后一部分。他用十五秒的工夫总结了相关研究的成果，然后布置了课后作业。他想，这一直是我擅长的领域。接着他宣布下课，穿过学生人潮，大步走上那条斜坡走道，朝着那些即将逮捕他的人挥挥手。他想说：你们怎么耽误了这么久？

　　学生们一无所知，只能震惊地看着警察铐走他们的教授。他们用手肘轻轻推着阿皮亚走出教室，来到外面的人行道上。这是个美丽的秋日，天空就像年轻人的梦想一般澄澈。不停地有人从面前横穿，他们只能停下脚步，等待人潮散去。在这个秋日的上午，整个城市的人似乎都走出了家门，即将奔赴各种各样的地方。

　　一阵微风吹过，亚当闻到一股令人作呕的黄油的腐臭味。那是一种类似药物的味道，类似于果味呕吐物，他以前也曾多次闻到，此刻他却找不到它的来源。穿深蓝色野战短外套的人带着他往人行道前方走去，前方几码远的地方，停着一辆黑色的萨博班。这些人虽然动作直率却很有礼貌，他们目标明确，神经紧绷，表情严肃，正是执行强制任务的人惯有的姿态。他们将亚当从打开的车门推进去，有一位探员在将他推上后座时，甚至伸出手护住了他的头。

　　亚当被死死地夹在中间，手腕被按在膝盖上无法动弹。前座上一名探员在对一小块黑色屏幕说话，汇报抓捕成功，声音就像鸟鸣。靠街道一侧的黑色玻璃窗外，似乎有人在向他招手。他扭头张望，原来是一棵树，就长在混凝土路面的一个开口中，黄色的叶片就像小孩子用蜡笔画出来的一般。树木已经毁了他的人生。树木正是这些人将他带走的理由，不管他要为此坐多少年的牢。车子没有移动。警察们正在一项项核对出发前的必要准备工作。黄色的树叶在说：现在看看我吧，你有很长一段时间都不能出门了。

亚当看到树叶才想起来，七年来他每周都要从这棵树旁经过三次。这种树曾经遍布地球各个角落，如今却只剩下独纲独目独科独属独种——就像一颗拥有三亿年历史的活化石，新第三纪时从这片大陆消失，如今才又在曼哈顿下城阴凉、腥咸的烟雾中勉强活了过来。这种树比针叶树还古老，每年能播撒数以万亿计的花粉颗粒。在地球的另一边，一座古老岛国的寺庙中，这种树能长到超过千年，脱光了叶子，枝干枯萎，仿佛即将开悟的模样。树干的围长让人难以置信，巨大的枝干像手肘一般垂落下来，重新扎根大地，变成新的树干。如果车窗没关，如果双手未被铐住的话，亚当想要伸手去摸一摸那细瘦的树干。在下令轰炸广岛的那位总统故居门外的街上，也长着一棵这样的树；轰炸过后，这种树也有少量幸存了下来。它的果肉散发出的气味能让人思维凝固，甚至能杀死抗药细菌。它的叶片呈扇形展开，带有辐射状的纹理，据说对健忘症有治疗效果。亚当不需要那种治疗。他记得，他记得。这是银杏树，是他们死去的伙伴银杏的树。

树叶在秋风中飘落。萨博班慢慢开上公路，进入车流之中。亚当回头往后窗外看去。他看见那棵树脱光了所有的叶子。一瞬之间，所有的叶子都脱落了，是大自然所设计的最同步的落叶景象。狂风中还有最后几片叶子在抵抗，其余所有的都像带纹路的扇子一般，一齐变成了金色的电报，簌簌落在西四街上。

一片叶子最远能飘多远？能飘过东河，这一点是可以肯定的。能飘过那座造船厂，那里曾经有一位挪威移民，负责用砂纸打磨护卫舰上巨大的橡木曲梁。能穿过布鲁克林，那里曾经是长满林木的丘陵，到处都是栗子树。能沿河而上，在河畔几千英里范围内的每一条高水位线上，都有那位造船匠的后代用漏字板写下的文字：

　　别说

　　你不是（黑线盖住）

而在那行被河水淹没的文字上方，新建的高楼大厦似乎要与太阳比肩。

而在西部很远的地方，一片森林需要上万年才能跨越的距离以外，有一个老男人和一个女人一头扎进了世界。几周以来，他们发明了一个游戏。多萝西出门收集树枝、坚果和落叶。然后作为证物带回来拿给雷，之后两人一起，在那本分类索引图书的帮助下，缩小范围，直至确定它的名称。每次清单中多增添一个新的树种，他们就暂停几天，学习所能了解到的关于那种树的一切知识。他们已经确定了桑树、枫树、花旗松，每一种都有自己的历史、简介、化学特性、经济价值和行为心理学。每一个新树种都有自己的故事，足以改变现有的历史。

但是今天她回来时却有些困惑。"出了些问题，雷。"

而雷像是一个已经死去许久的人，对他来说，再也没有任何事会出问题了。怎么？他问道，尽管一个字也没说出来。

她回答时显得闷闷不乐的样子，甚至有些神秘。"我们一定是在哪个地方弄错了。"

他们沿着决策树回溯，但最终还是回到了同一个枝杈。她摇摇头，不相信眼前的答案。"我就是不明白。"

这时他发出了一个嘶哑的声音，一个难懂的音节，像是在问：为什么？

她过了一阵子才回答。对于他们两个来说，时间已经发生了非常大的改变。"好吧，首先，我们离这种树的原生地有几百英里远。"

他的身体抽搐了一下，不过她知道，他的动作虽然剧烈，但只是耸肩而已。城市里的树可能产自非常遥远的地方。经过几周的阅读，他们两个都明白这一点。

"不止如此，这种树已经没有原生地了。在整个美国，成年的栗子树应该都只剩下几棵了。"而这一棵却有房子那么高。

关于美国的这种已经消失的完美树种，他们已经阅读了能找到的一切资料。他们知道就在自己出生前不久，整个国家的栗子树都遭遇了一场浩劫。但是他们找到的一切资料都无法解释，这种应该早已不复存在的树，为什么竟在他们的后院里洒下了一大片树荫。

"也许这里幸存了一些栗子树，只是无人知晓。"雷发出一个声音，多萝西知道他一定是在笑。"好吧，那就算我们弄错了名字吧。"他们的图书馆中，关于树木的书籍越来越多，但不管怎么查询，都不可能找到其他的名字。于是他们就放下谜团，继续阅读。

她在公共图书馆中找到一本书，名叫《秘密森林》。她带回家来为雷朗读。刚读完第一段，她就不得不停了下来：

> 你与你家后院里的那棵树拥有同一个祖先。你们两个在十五亿年以前分道扬镳。但直到现在，往各自不同的方向走了这么久，树和你依然共享着四分之一的基因……

一两页的内容，他们就要消化一整天。原来，他们对自己后院的一切设想都是错的，而纠正错误的认知又花去了他们不少时间。他们静静地坐在一起，研究他们的后院，仿佛已经登上了外星。那里的每一片树叶都是互相联系的，只不过联系是在地下。多萝西得知这个信息后大感震惊，就像十九世纪的风俗小说中，主角得知自己的惊人秘密传遍整个村庄后的反应一样。雷却迫切地想要找到多年前他读过却充满抗拒的一篇文章——讲的是树木的权利。但是他甚至无法开口告诉多萝西自己要找什么。

那天傍晚，他们坐在一起，阅读和寻找，直至夕阳洒在他们的栗子树上，反射出黄绿色的光芒。每一个裸露的小树枝在多萝西看来都像是一个努力的小生物，虽然与其他的同胞相互独立，但最终都属于同一棵树。她认为栗子树的分枝就像是一种人生的多种不同路径，象征着她可能成为的人，她能够成为的人，以及将要成为的人，那些可能性与现在她走上的道路并列在一起，都在向四面八方伸展。她看着那些树枝，过了一阵子才重新看向书页，继续大声朗读。"有时，我们很难说清，一棵树究竟是单独的个体，还是数百万树木的集合体。"

她继续朗读下一个惊人的句子，这时丈夫的咆哮声打断了她。她以为他是在说：纸杯。

"雷？"

他又说了一遍，听起来还是一样。"抱歉，雷，我不确定你在说什么。"

纸杯，树苗，窗台上。

她为自己弄懂了他的意思而感到兴奋，但这句话让她的皮肤起了一层鸡皮疙瘩。夕阳的光辉不断变暗，他那种狂热的劲头，让她以为他的大脑又出了意外。心跳急剧加速，她挣扎着站起身来，接着她才明白过来。他是在逗她，他想改变这种随遇而安的状态。他是在给她讲故事，作为这些年来她一直给他念故事的回报。

种下它，栗子树，我们的女儿。

"这是你的？"一个声音问道。

帕特丽夏·韦斯特福德握紧拳头。传送带后面一个穿制服的男人指着她刚刚通过扫描仪的手提行李。她点点头，一副若无其事的样子。

"我们能检查一下吗？"

那其实并不是一个问题，而且他也没有等待她的答案。他打开了包，双手伸进去彻底搜查，翻刨的样子就像大烟雾山里的熊在她小屋旁的黑莓地里找吃的。

"这是什么？"

她拍一下脑袋，责怪自己真是上了年纪。"是我的标本采集工具。"

男人仔细检查其中那把四分之三英寸长的刀片，打开来有一支铅笔宽的修树枝剪刀，比她小手指关节还短的小锯子。这个国家已经有超过十年没发生过严重航空事故了，作为代价，数十亿计的小折刀、牙膏、瓶装洗发水被……

"你采集什么？"

错误的答案有一百种，正确的却找不到一种。"植物。"

"你是园丁？"

"是的。"即使是作伪证，也需要设定详细的时间和地点。

"这是什么？"

"那个？"她的回应很蠢，但至少为她争取了三秒钟时间，"是蔬菜汤。"她的心跳如此剧烈，足以把她和那罐子里的东西都杀死。这个男人有权查问她，这个恐慌的国家有权追求不可能达到的安全。但是她没有掩饰自己愤怒的目光，她就要误机了。

"这个重量超过三盎司了。"

她将颤抖的双手塞进口袋，然后抓住自己的下巴。他会发现的，那是他的工作。他用一只手将那两样物品推回到她面前，另一只手将她已被翻得一团乱的包也推了回来。

"你可以返回航站楼，给这些物品办理邮寄。"

"我会误机的。"

"那我只能没收它们了。"他将塑料瓶和采集工具丢进一只已经装满的油桶，"祝你旅途平安。"

在飞机上，她最后一遍温习演讲稿。标题是《一个人能为明日世界所做的最好的一件事》，她把自己的全部想法都写了下来。她已经很多年没有照稿演讲过了，但这一次她不放心即兴发挥。

走出旧金山国际机场到达大厅的斜坡，旅客出口周围站满了接机的司机，都举着写有旅客名称的纸牌。但上面没有她的名字。应该有会议组织者来接她的。帕特丽夏等了几分钟，但还是没见着人。不过她并不在意，任何原因都有可能。她在会客区一个墙角的椅子上坐下来等待。大厅另一头的电子屏幕上闪烁着一个个地名：波士顿，波士顿，芝加哥，芝加哥，芝加哥，达拉斯，达拉斯……大厅里人来人往，人们做着各种各样的事情。更快，更满，目的地更多，权力越大。

有一个物体动了一下，吸引了她的目光。相比起速度更慢、距离更近的人类，即便是新生儿，恐怕也更愿意看一只鸟。她的目光追寻着那只鸟留下的弧线。是一只麻雀，正在十五英尺外一个标识牌上跳跃，时不时地还绕着会客区快速飞一圈。但人群中没有一个人在意。接着，那只麻雀飞进了天花板附近一条隐蔽的缝隙，然后又俯冲下来。很快数量变成了两只、三只，都飞进了垃圾桶。这是登机以来第一个让她感到开心的画面。

它们的腿上贴着东西，像是识别标签，但是更大。她从手提包里取出原本留作晚餐吃的小面包，撕碎了放在旁边的椅子上。本来以为会有保安来逮捕她，结果却只有那些麻雀大胆地飞下来领取奖赏。它们每一只都很不安，俯冲下来慢慢地靠近，再靠近一点儿。最后食欲还是战胜了警惕，一只麻雀快速飞了过来。帕特丽夏没有动，那麻雀终于跳拢来，吃了起来。角度对准后，她看清了麻雀脚上的标签。非法入侵物。

她笑了起来，那只麻雀受了惊快速逃走。

这时一个年轻的亚裔女人奔了过来。"是韦斯特福德博士吗？"帕特丽夏笑着站起身。

"您去哪儿了？为什么不接电话？"

帕特丽夏想说，我的电话在科罗拉多州的博尔德，挂在墙上呢。

"我在到达大厅转了好几圈。您的行李呢？"整个"家园修复"项目看上去都岌岌可危的样子。

"这就是我的行李。"

女孩惊呆了。"但是您要停留三天啊！"

"这些鸟……"帕特丽夏转移话题。

"是，不知是谁开的玩笑，机场不知该如何处置它们。"

"为什么会想要处置那些鸟？"

这位司机似乎并不懂哲学。"我们这边走。"

她们慢慢钻出城市，进入半岛中部。司机一路列举了一些未来几天将要发言的名人。帕特丽夏看着窗外的风景。右侧的丘陵上长着红杉幼苗。左侧的硅谷则是未来的工厂。到达教授俱乐部后，司机塞给她一大堆塑料文件夹。整个下午，帕特丽夏都在校园里闲逛，这里种植的树木是全国大学品种最多样的。她找到一棵极美的蓝橡树，还有姿态庄严的加州悬铃木、翠柏，一棵多节的漆椒树，七百种桉树中的几十种，外加一些结满果实的金橘树。空气中充满了致醉物，学生们一定都闻醉了，却毫不知情。简直就像是木质素的圣诞节，到处都是失联已久的老朋友，还有一些树种她甚至从未见过。在松树结出的松球上，鳞片以螺旋线的形式排列，构成完美的斐波那契数列。还有分布在回水区的一些树种——美登木属、蒲桃属、枣属。她在上面仔细搜寻，又找了下层苗床上的植物，想要提取种子，以补充被运输安全局没收的那些。

她沿着一条走廊，绕过了一座仿罗马风格教堂的半圆形后殿。在靠近墙壁的位置，长出了一棵由三根树干组成的高大的鳄梨树。它的生命或许起源于一张秘书办公桌，被人从门口扔了出来，落在了这个庭院里。她停下脚步，用手擦了擦嘴唇。这里的树木都那样高大，充满了异国风情，一时之间让人难以置信，就像是从黄金年代的通俗小说中走出来的一般，原本生长在金星酸性云层下方的丛林里。这些树正在小声地交头接耳。

警探们将亚当·阿皮亚关进一间牢室，面积只比他曾经与另外两名同伴在两百英尺的空中共享过的那个平台大一点儿。州检察院对他提起了诉讼。他全力配合，但时间还没过去半小时，他就几乎什么也不记得了。这天早上，他还是一所著名城市大学的心理学正教授。现在他却因为过去犯的罪而被关押起来，罪名包括价值几百万美元的财产损毁和杀死一名女性。

幸运的是，他的父母都已经过世。姐姐简，弟弟查尔斯，以及他终生的朋友，帮助他认识到盲目这一人类缺陷的导师，也都已经不在人世。他已经活到了这个年纪，死亡成了新常态。至于哥哥埃米特，自从他在遗产继承问题上欺骗了亚当之后，亚当就没有再和他说过话。除了妻子和儿子以外，他没有任何人可通知。

妻子露易丝在下午三点钟接到他的电话后本就十分惊讶，听到他所在的位置后，更是忍不住笑了起来。他沉默许久才说服她。于是，第二天早上，她便在许可时间赶来了人满为患的拘留中心。她似乎丧失了理解能力，并且多年来第一次红了脸。她隔着防弹玻璃板，为他朗读一本崭新的四英寸长的笔记本里的内容，本子封皮上用整洁的字迹写着"亚当，法律相关"的字样。她总是把一切都打理得像是艺术作品。

她的备忘录写得十分详细，而且措辞的语气十分激动。她连眼角的皱纹都已经摆好了架势，准备好抗议不公。"我认识一些律师，我们需要提出居家拘留的要求。很贵，但是能让你回家。"

"露，"他的声音老了许多，"我可以告诉你发生的事情。"

她一只手捂着防弹玻璃，另一只手则伸出一根手指按在嘴唇上。"嘘，公民自由协会的人让你出来前都不要说话。"

她提出的希望是如此的充满挑衅性，十分符合她的个性。他这一生都靠研究挑衅性质的希望过活。而且他也曾怀有那种希望，也正是那样的希望让他走到了这里。

"我知道这一切都不是你做的，亚当。你没有那样的能力。"但是她的视线在闪躲，那是哺乳动物在千万年的生命历程中所进化出的本能，而这种古老的本能却说明了一切。对于这个共同生活多年的男人，她法定的丈夫，她儿子的父亲，她没有丝毫的了解。但就她知道的而言，他至少是一个骗子，而且是胁从杀人犯。

在城市那头的另一座监狱中，背叛他的人今晚再度侥幸逃脱了政府的惩罚。雇主变成了抓捕者，每晚都和道格拉斯·帕弗利切克一起，组成搜查队，寻找那个将他变成激进分子的女人。他很肯定，她应该早就改了名字。她可能已经远走他乡，进入了一种他难以想象的生活。他无法请求她的宽恕，他自己也无法宽恕自己。弗雷迪们给他的惩罚是，在一座中等戒备的监狱里待七年，两年后即有资格假释，但他应得的惩罚比这严重得多。只是他有些事情想告诉她。这就是事情发生的过程。这就是急转直下的过程。她将知道他的所作所为。她将知道最糟的事，然后她会鄙视他。届时他不管说什么都无法改变。但是她会好奇原因，进而感到痛苦。而他或许有能力改变那种痛苦。

他的牢室是一个用煤渣砖砌的立方体，刷了一层橡胶绿的漆，和他十九岁时待过一周的那间假牢室很像。狭窄的监狱却给了他自由活动的空间。他闭上眼睛，跟在她的身后，每晚都是如此。影像总是很朦胧，她的身影也模模糊糊。他甚至已经忘了她面部的细节，从前那些细节总是让他觉得，他吸进的是空气，但懒散地叹一口气，就能呼出永恒。不过今晚他几乎看见她了，不是她现在的模样，而是曾经的样子。事情就是这样发生的，他说。他遭人出卖了——被谁出卖并不重要。他遭遇了偷袭。但是当联邦警察猛扑过来抓住他时，他早已迷失良久。

审问人很和善。有大卫，还有一个看起来很像道基祖父的老警察。还有一个很体贴的女警察，名叫安妮，穿灰色套裙，做笔记的同时，也在尽量试着理解。他们告诉他，事情都结束了，他手写的回忆录提供了一切信息，足够他们把他和他所有的朋友永远关起来。只剩一些细节需要梳理。

你们什么都没得到。我写的是小说，都是从我脑袋里想出来的。

他们说，他的小说中包含有许多从未公之于众的犯罪信息。他们说已经查清了他朋友的身份，拿到了他们所有人的档案。他们只想要他合作，如果他帮忙，那么事情会简单许多。

帮忙？那是要我当犹大，出卖别人。他脱口而出，不小心说得太多。

他把这个错告诉了咪咪。她似乎听见了，甚至退缩了一下，然后将她那张带有疤痕的脸扭了过去。他解释说自己坚持了许多天，让警察把他永远关起来——他没说出任何人的名字。他告诉她，审问人带来了照片。最可怕的是，那些照片就像家庭录像的静止画面，颗粒粗重，而且当时现场根本没有拿相机的人。事件本身他都记得很清楚，尤其是那些他挨过打的地方。许多照片里都有他的身影。他早已忘了，他曾经是那么年轻，那么天真和冲动。

"你们知道，"他告诉审问人，"我现在比以前聪明多了。"

安妮笑着记下了一些信息。"你看见了吗？"大卫告诉他，"我们有他们所有人的信息。我们不需要你提供任何东西。但是合作能极大地减轻你所受的指控。"就是从那一刻起，道格拉斯开始意识到，聘请自己的律师或许并不等于认罪。当然，他只有一千两百三十美元的积蓄，雇任何人做任何事都不足够。

那些照片存在一个问题。里面有许多他从未见过的人。他们想让他招认的纵火事件清单也有问题。其中有一半案件他从未听说。接着两位探员开始询问每个人的身份。桑树是谁？守护人是谁？枫树是谁？是这位吗？

他们在诈唬他。他们自己也在写小说。

两天的时间里，他们关押他的地方像是西伯利亚废弃大学中的宿舍。他坚守沉默。然后他们告诉他，他们将对他提起国内恐怖活动的诉讼，因为他试图以威胁或强迫的手段，影响政府的行为。届时对他的量刑将以《恐怖主义行为处罚促进法案》为基础，该法案的宗旨在于构建全新安全局势。他将再也无法走入外部世界。但是只要他指认一个人——一张脸，反正他们已经查清这些人的档案——两至七年后他就能获得自由。而且对于他承认的那些纵火案，也全部都可以结案。

结案？

他们不会再追查那些罪案的其他凶手。

从现在开始？我承认或不承认的所有纵火案都结案？

他们的表情没有改变。他曾经完全相信联邦政府。

他不在乎自己是入狱七年还是七百年。反正他都坚持不下来，他的身体走不了那么远了。但是他们保证赦免其余人，那个曾经收留过他的女人，那个似乎仍在坚持反抗人类死亡愿望的男人……感觉是有意义的。

两位调查员拿给他指认的照片中，有那个男人的身影，道基一直觉得他像是渗透者。那个人是去研究他们的。在那个可怕的夜晚，他们派那个人去帮奥莉薇亚求援，不管什么援助都行，他却空手而归。

"那个，"道格拉斯的手指像是风中摇晃的小树枝，"那就是枫树。他叫亚当，在圣克鲁兹学习心理学。"

事情就是这样发生的，他告诉他获救的同伴，那就是我的所作所为。那就是原因，为了你和尼克，或许还有那些树。

但是当她转过身来，将她那张虚幻的面孔对着他时，她并没有给出任何信号。她只是看着他的眼睛，仿佛只需要通过这样无尽的凝视，她就能知道她所需要的一切。

礼堂里很暗，装饰的红木来源可疑。帕特丽夏站在讲台上眺望在场的几百名专家。她的目光一直悬在高处，不去注视下面满怀期待的脸庞，然后她点击了几下，身后荧幕上出现了一幅画，画的是一艘质朴的方舟，动物们正排队上船。

"在世界第一次毁灭的时候，诺亚收留了所有种类的动物，让它们一双一双地登上上帝准备的逃生船。但是好笑的是，他没有拯救植物，任由它们被洪水淹死。他没有拯救让大地恢复生机所需要的植物，而是集中精力拯救了一群吃白食的动物！"

听众们都笑了起来。他们是在支持她，但这只是因为他们不知道她想表达什么。

"问题在于，诺亚和他的同类不相信植物其实是活物。他们认为植物没有意图，没有活力，和石头差不多，只是大了些。"

她点击鼠标，切换了一些影像：正在捕食猎物的捕蝇草；像在生闷气的含羞草；山樟树的树冠组成了一座拼贴画般的穹顶，但每棵树的树冠都在互相躲避，绝不触碰彼此。"现在我们知道，植物有交流和记忆能力。它们能品尝，能嗅探，能触碰，甚至能听见和看见。而我们人类，作为发现了这一切的种族，相比诺亚时代，也已经有了长足的发展。对于和我们共享这颗星球的生物，我们已经有了诸多了解。我们已经开始理解树木与人类之间的深刻联系。但相比起我们之间的联系，我们的分离倒是越来越快。"

她点击鼠标，幻灯片再度切换。"这是一九七〇年一颗卫星拍摄的北美地区的夜景图。十年之后，变成了这样。这是再过十年。又过了十年。又过了十年，也就是现在。"四次点击之后，灯光照亮了这片大陆，填满了大西洋到太平洋之间的所有黑暗。她再次点击，屏幕上出现了一位秃头的强盗资本家，衣领高高立起，留着蓬松杂乱的髭须。"曾经有一位记者问洛克菲勒，多少才算足够。他的答案是：再多一点点。而那正是我们想要的：有吃有睡，不受风吹雨淋，有人爱，所得再多一点点。"

这一次，笑声变成了礼貌的低语。很难说服的一群人。这样的爆炸式灯光秀，他们以前早已见过无数次了。这间礼堂里的所有人，早就对这个事实麻木了。两个穿黑衣的人起身离开了。一次环保会议。五百名与会者，分成了七组交战派系，每一种拯救地球的方案都有几十个反对的声音。只差一次足以毁灭一切的海啸。

接下来播放的是四段空中延时摄影短片，呈现的分别是巴西、泰国、印度尼西亚和太平洋西北部的森林逐渐消失的过程。"只需要再多一点儿木材，再多一些工作，再多几英亩的玉米地，再多养活一些人。你们知道吗？从来就没有比木头更有用的材料。"

人们开始在绒面座椅上挪动身体，发出咳嗽和私语声，几声"保持安静"的呼声过后，骚动停止了。

"光是在这一个州，过去六年中，森林面积就减少了三分之一。导致森林消失的原因有很多——干旱，火灾，橡树的突然死亡，舞毒蛾，针叶林小蠹虫，锈病，伐木造田，兴建住宅等等。但最根本的原因只有一个，你们知道，我知道，所有关注这个问题的人都知道。岁月的警钟只剩一两个月可走了。整个生态系统正在崩溃。生物学家却毫无知觉，这实在是令人恐惧。

"想摆脱地球的规律而活，实属自杀之举。生命如此慷慨，我们却如此……不知满足。但是不管我说什么，都无法叫醒那些梦游者，都无法让人们看清这种自杀式的现状。那不可能是真的，对吗？我想说的是，我们坐在这里，依然……"

演讲开始十二分钟后，她才开始发抖。她扬起一只手，恳请休息三秒钟。接着她退回讲台，好心的组织者在那里给她留了一瓶塑料瓶装的饮用水。她拧开瓶盖，举起瓶子。"合成雌激素，"她轻轻敲了几下，塑料瓶噼啪作响，"美国百分之九十三的人周围都充满了这种物质。"她往旁边的一只玻璃杯中倒进一些水，从裤子后口袋中抽出那只替换用的玻璃瓶。"这些是我昨天在这座校园中散步时，获得的一些植物提取物。这里简直就像一座凉亭,是一座小小的植物天堂!"

她的手在颤抖,倾倒时溅起了一些水滴。接着她用两只手握着那只小瓶,把它放在讲台上。"你们知道,许多人都认为树木是简单生物,不可能做出任何有意思的事。但是天底下的任何一棵树都有自己的用途。它们的化学产物十分惊人:蜡、油脂、糖分、鞣酸、固醇、树胶、类胡萝卜素、松脂酸、类黄酮、松烯,生物碱、酚类、软木脂。它们在学习制造能制造的所有物质。但它们的绝大多数产物,我们甚至都没有识别鉴定过。"

她点击展示了一系列"行为恶劣的树皮"。龙血树的树液红如鲜血。巴西葡萄树的果实像台球,而且直接长在树干上。拥有千年历史的猴面包树,就像被拴在地上的探空气球,能储存三万加仑的水。桉树树皮像彩虹一样五彩斑斓。奇异的箭袋树将武器都顶在枝干的末梢。沙盒树的果实爆裂后,种子以每小时一百六十英里的速度射出。她重新开始播放幻灯片,观众们都平静了下来。她不介意最后再绕一段弯路,欣赏一下世界上最出色的生物。

"在过去四十亿年里的某个时间段,一些植物就已经尝试了所有可能可行的策略。而我们现在才开始意识到'可行'是一个多么多元化的定义。生命拥有与将来对话的方法。这种方法叫作记忆,叫作基因。每到一个新的环境,植物的记忆都会变成全新的东西。为了应对将来,我们必须拯救过去。那么,我的经验法则简单来说就是:当你要砍伐一棵树时,无论你准备拿它来做什么,至少都应该像它原本的形态一样令人惊叹。"

她听不见听众是在笑还是在呻吟。她轻轻敲了一下讲台的侧面,声音很沉闷。礼堂里的一切仿佛都被消了音。

"我这一生中,一直都是一位局外人。但有许多人陪伴着我。我们发现,树木能够通过空气和树根来交流。但常识将呵斥我们。我们发现树木能照顾彼此。集体科学却排斥这种思想。局外人发现种子记得自身童年时代经历的四季,并能根据记忆开花结果。局外人发现树木能感知附近其他生命存在的迹象。一棵树能学会储存水源;树林能哺育幼苗,协调彼此的高度,储存资源,提醒亲族,发布黄蜂到来的信号,让其他树木免受攻击。

"下面是我作为局外人发现的一些信息,你们可以等待它被证实的那一天。森林有认知能力。只需要在森林里走一走,看一看……森林与大地是连通的,它们通过地下神经元与聪明的土壤实现缓慢的交流。它们在地下有大脑,我们的大脑看不见。树根拥有可塑性,能够解决问题,做出决策。就像真菌的神经元突触。除此以外,还能有什么解释呢?它们将足够多的树木联系在一起,由此一来,一片森林就拥有了意识。"

她的声音听起来很远，像是被软木塞塞住了，或者是从水下传来的。要么是她的助听器失了效，要么是她童年时代的失聪症选择在这个时刻复发了。

"我们科学家被教导，永远都不要在其他物种中寻找自身。这样我们就能确保，没有任何生命与我们相像！就在不久前，我们甚至不承认黑猩猩拥有意识，更不用说狗和海豚了。只有人类，你们瞧，我们认为只有人类才拥有感知能力，所以才会有所追求。但是相信我，树木也对我们有所求，就像我们总是向它们索取一样。这并不神秘。'环境'是活的，是一个不断变化的网络，其中的生命都有着各自的目的，大家彼此依存。人们总是将爱情与战争放在一起嘲笑。花朵塑造蜜蜂的同时，蜜蜂也在塑造花朵。莓果为获得被吃的机会，展开的竞争比动物争夺莓果更激烈。刺槐树会制作含糖的蛋白质，用来喂养和奴役守护它的蚁群。结果子的植物哄骗我们将种子散布到各地，成熟的果实则会利用人类的色觉。树木在教导人类如何寻找它们的诱饵时，也教会我们看见天空的颜色。我们的大脑逐渐进化到要消灭森林了。但其实我们塑造森林和被森林塑造的历史，比我们成为智人还要漫长。

"人类与树木的亲缘关系近到超乎想象。我们拥有共同的祖先，而且分化的历史短到难以置信。我们是同一颗种子孵出的两种生命，正朝着相反的方向发展，而且在一个共享的地方彼此利用。那个地方需要所有的组成部分都保持完整。而我们的部分……我们在地球这个有机体中是有角色要扮演的，而这个……"她转身看着屏幕上投射出来的画面。是泰内雷树，方圆四十万公里内唯一的一棵树，却被一位醉酒的司机撞倒死去。她按下鼠标，切换到一棵佛罗里达落羽松的画面，它的年纪比基督教还要老一千五百年，几个月前却被一根弹落的烟头烧死。"不应该是这样的。"

她又点了一下。"树木在从事科学研究。它们的种类多到难以计数，实际就是在进行十亿项现场测试。它们提出思索，生命世界告诉它们哪些可行。生命是思索的结果，思索是生命的存在方式。这是一个多么了不起的世界！它要我们去思索，要我们去反映。

"树木是生态系统的核心，它们也必须成为人类政治的核心。泰戈尔说过：森林是大地对谛听的天宇无休止的倾诉。但是人类——请原谅我的用词——人类可以是地球的倾诉对象，人类可以是谛听的天宇。

"如果我们能看见绿色森林，那就等于看见了一个越靠近就越觉得有趣的事物。如果我们能看见森林的所作所为，那么我们就永远不会觉得孤单和厌倦。如果我们能理解森林，那我们就能够学会，如何种植我们迫切需要的所有食物，届时我们所需要的耕地面积只是现在的三分之一，植物能保护彼此不受害虫和压力侵扰。如果我们知道森林的需求，那我们就不需要在地球的利益和我们的利益之间做出选择。因为两者是一样的！"

再次点击鼠标,下一张幻灯片上出现的是一根有沟纹的巨大树干,红色的树皮像肌肉般轮廓清晰。"观察森林就是在领会地球的意图。那么看看这张照片,这种树生长在哥伦比亚到哥斯达黎加之间的地域。它的幼苗就像一根麻绳。但是如果它能在森林上空找到一个空隙,那它会迅速成长为一棵参天巨树,并且长出像建筑的扶壁一般展开的板根。"

她回头看着幻灯片上的图像。那棵树就像一把巨大的天使号角,被插在了地球上。这么多的奇迹,这么多让人敬畏的美。她怎么能够离开如此完美的一个地方?

"你们知道地球上的每一种阔叶树都会开花吗?枫树、胡桃树、桦树、柳树都不例外。许多成熟的树种每年至少开一次花。但是这种树,这种吞金树终生只开一次花。现在,设想一下你一生只拥有一次性爱……"

讲堂里又爆发出笑声。她听不见,但她能闻得出他们的紧张。她穿越树林的路途又变得曲折起来。他们无法预测向导要走向何方。

"将所有的一切都寄托在一夜情之中,这种生物该如何生存?吞金树的行为如此迅速和果决,把我给吓坏了。你们看,开花之后的一年内,它就会死去。"

她抬起目光。看到大自然这些不可思议的现象,讲堂里的听众都露出了谨慎的笑容。但他们依然不知她这篇漫无边际的演讲与家园修复这个主题有什么关系。

"事实证明,一棵树所能提供的不只是食物和药物。热带雨林的树冠非常浓密,靠风力传送的种子不可能飞到远离父母的地方。吞金树唯一的后代只能在它们遮天蔽日的树荫之下发芽。它们注定劫数难逃,除非老树倒下。母亲死去之后,林冠中就空出了一个缺口,它腐烂的树干让土壤变得肥沃,使得新的幼苗能够茁壮成长。就把这种过程叫作父母最后的牺牲吧。吞金树还有一个俗名,叫作自杀树。"

她从讲台上拿起那只采集树木提取物的小瓶。她的耳朵依然听不见任何声音,但至少她的双手恢复了从前的平稳。一开始那里什么都有,很快那里将变得一无所有。

"我问过自己,该如何回答你们请我过来回答的那个问题。我的思考建立在所有已知的证据之上。我试着不被自己的情绪所左右,不要忽略事实。我试着不被希望和虚荣心蒙蔽双眼。我试着站在树木的立场上来思考这件事。一个人能为明日世界所做的最好的一件事是什么?"

一滴树液提取物落进了那只清澈的水杯,伸展出绿色的触须。

绿旋涡在阿斯特广场蔓延开来。一开始只是一些黄绿色的色块,泼溅在灰色的人行道上。接着又是一片,这次是鳄梨绿。亚当站在窗口,眺望十二楼下的地面。车辆在四条街上行驶,将绿色的条纹拖进不规则的十字路口。片刻之后,第三片颜料——橄榄绿——像杰克逊·波洛克绘画时一般,刷过巨大的混凝土帆布画面。仿佛有人带着手下在投掷颜料炸弹。

　　这是他居家监禁的第二天，在他和家人生活了四年的市中心公寓。当局给他安装了电子脚镣——家庭监控的最高级别——然后就让他回了他那个位于威弗利街和百老汇街交叉路口高空中的小小空间。追踪环是濒危物种和人类背叛者共享的首饰。为了这个装置，他和路易斯向一家私人承包公司支付了一大笔钱，而那公司会将取得的收入与州政府共同分配，每一方都是赢家。

　　昨天，一位技术专员就监禁规则对阿皮亚进行了培训。"你可以打电话，听广播；可以上网，阅读文件；可以接见访客。但是如果你想离开这座建筑，那么你需要向指挥中心汇报行程。"

　　露易丝带着小查理去了科斯科布的外祖父母家。她说，这样可以给他们几天时间，专心思考亚当的辩护策略。事实上，男孩看到父亲脚踝上拴的黑色跟踪环感到很受伤。他虽然只有五岁，却明白其中的意味。

　　"把它摘下来，爸爸。"

　　亚当曾经发过誓，永远不对自己的儿子撒谎，但没想到这么快就要打破。"很快就能摘了，伙计。别担心，没事的。"

　　亚当站高处，俯视下方作画一般的街头活动。又一块颜料——碧色——落在混凝土路面。泼洒颜料的车穿过广场朝库珀广场开去。就像一出街头戏剧，一次精心协调的打击。每次开过来一辆新车，绿色弧线就在五车道的十字路口晕染开来，为这幅不断更新的画作增添一些新的笔触。一辆车从第八街开过来，像是泼下了三罐棕色颜料。绿色条纹伸展、分叉的同时，棕色则洒下了一条带有沟痕的圆柱。站在十二层楼的高处，很容易看清画作的进展。

　　地铁站楼梯顶部附近的位置，出现了一些红色和黄色的斑块。那里是人行道路面，行人们用鞋子作画。一个愤怒的商人想避开，但没能成功。一对情侣手挽着手跳了过去，他们的脚步沾染了枝叶之间水果和花朵的斑斓色彩。有人花了好一番力气才画出了那棵树，一定是世界上最大的树木画作。阿皮亚感到好奇：为什么要画在这里，在这片相对偏僻的街区？这样的画作应该画在中心区，比如林肯中心的外面。然后他就明白了，这棵树为什么会被画在这里。因为他在这里。

　　他抄起钥匙和上衣，未及多想就下了楼。他穿过一楼大堂，经过邮箱出了门，沿着威弗利街向东往那棵大树走去。在宽松的卡其裤裤脚下，那套电子设备发出了尖锐的响声。两个搬运工转身张望，一个拖着脚行走的老人惊恐地停下了脚步。

　　亚当退回公寓楼，但脚镣不肯放弃。它发出先锋音乐一般的声响，直至他乘坐电梯回到楼上，穿过他所住楼层的走廊。隔壁的夜班电脑操作员探出头来寻找声音的来源。亚当挥手道歉，然后回到公寓。接着他拨通电话向看守人汇报自己的错误行为。

355

"你接受过规则培训，"负责追踪的职员告诉他，"不要试图跨越你的地理围栏。"

"我明白，抱歉。"

"下次再这样，我们只能采取行动了。"

"这是意外，人都会犯错。"这是他所研究的专业领域。

"什么理由都不重要，下一次我们只能派人过去了。"

亚当回到窗口，看着那幅巨大的画作逐渐干透。妻子从康涅狄格州回来时，他依然站在那里。"怎么了？"露易丝问。

"一条信息，一个朋友发来的。"

她突然想起报纸上一直在说的那些事实，这是她第一次思索其背后的含义。那座烧焦的山地旅馆里出现的画作。那个死去的女人。"激进生态恐怖组织成员遭到起诉。"

一天傍晚，多萝西溜进丈夫房间去查看他的情况。他已经几个小时都没出声了。她走进门，在他听到声音扭过头来的前一秒，她又看到了那副表情。这样悠闲的日子才过了没多久，时间仿佛在加速前进，她经常在他脸上看到那副表情，纯粹震惊的表情，像是在窗外看到了演出。

"怎么了，雷？"她绕到床的侧面，但和往常一样，那里除了冬季的庭院一无所有。"院子里有什么东西吗？"

他扭曲的嘴巴在翕动，她已经明白了，那是他在笑。"是的！"

她突然想到，她嫉妒他。他这些年来一直被迫保持平静，思维减慢让他变得充满耐心，褊狭的感官也得到了扩展。他可以一连好几个小时地看着后院的十几棵光秃秃的树，一点点出乎意料的复杂事物就能满足他的渴望，而她呢——她依然受困于饥渴之中，无论做什么都十分匆促。

她将胳膊垫到他无法动弹的身体下面，将他拉到机械床的一侧，然后绕到另一侧，爬上床躺在他的身边。"告诉我。"他当然无法告诉她。他的喉咙里发出咯咯的笑声，任何意思都有可能。她握住他的手，然后他们就静静地躺在那里，仿佛已经成了自己坟墓上雕刻的石像。

他们就那样躺了很长一段时间，一直看着窗外的院子，采集渔猎者在里面行走了一千年。她看到了很多——他们将来的植物园里有各种各样的树，都已经绽出了花苞。但是她知道，她对他的了解还不到十分之一。

"给我讲讲她的事。"问出这个禁忌问题后，她的心跳得更快了。她这一生都在疯狂的边缘徘徊，但今年冬天他们发明的这个新游戏却让她无比惊恐。今晚陌生人都出动了，在四处漫游，敲响了他们的房门。她放他们进了门。

他绷紧胳膊，脸色并未改变。"行动很快，意志坚定。"他像是在写《追忆似水年华》。

"她是什么样的人？"她以前问过这个问题，但还想再听一遍他的回答。

"狂热，健康，像你。"

这些已经足够让她返回书籍了，院子在她眼前展开，像两页书。今晚，在逐渐变暗的天色中，故事开始倒叙发展。一群女孩变得越来越年轻，钻出后门，走进了那个模拟的缩微世界。他们的女儿在二十岁那年的春假，从大学回到家中，穿一件无袖背心，左肩上新绣了一个吓人的巴洛克式文身，等他们睡着后溜出门去抽大麻；他们的女儿在十六岁那年，和两个朋友在院子远处的阴暗角落里，痛饮从杂货店买来的廉价葡萄酒；他们的女儿在十二岁那年，伴着放克音乐的节奏，在车库里踢了几个小时的足球；他们的女儿在十岁那年，在草坪上跑来跑去，将抓来的萤火虫都装在一个小瓶子里；他们的女儿在六岁那年，在春季里气温升到华氏七十度的第一天，就抓着一棵树苗，光脚跑了出去。

影像出现在树荫中，如此生动，多萝西确定曾在某处看到过一些模型。现在，大声朗读就是这样进行的，他们两个一动也不动地躺在那里观望。谁知道这个在她的房子里住了一辈子的陌生人在想什么？现在她知道了。想的就是这样的事，完全一模一样。

一片寂静之中，有五个字在她耳畔炸响了。"什么也不做。"声音非常清晰，告诉多萝西，她的丈夫已经随她一起到了另一个世界，并不遥远的那个世界。她刚刚也差不多想到了同样的事情。他们的想法是分别产生的，因为他们刚刚一起读的那本惊人的书，那句惊人的开场白：

想让任何一块已被清空的土地恢复成森林，最好也最简单的方法，就是什么也不做——完全坐视不管，达成目标所需的时间比你以为的要短。

"不要再割草。"雷小声说道，而她甚至没要求解释。他们的女儿如此任性、狂热和健康，还有什么比一英亩半的树林更适合留给她做遗产呢？

他们就那样并排躺在他的机械床上，眺望窗外的后院，大雪堆积起来，然后融化了，之后落下的是雨，候鸟飞回来了，白昼再一次变得漫长，每根树枝上的芽苞都绽出了新叶和花朵，不再打理的草坪上钻出了几百棵幼苗。

"你不能这么做，你还有孩子。"

亚当坐在双人沙发上，摆弄脚踝上的黑色跟踪环。妻子露易丝坐在他对面，双手放在腿上，脊背像一根挺直的电线杆。他摇晃着站起身，在室内污浊的空气中走得一瘸一拐。他无法再继续解释自己的想法。他没有答案。两天以来，他们一路追踪着事实跌入了地狱。

他凝望着窗外，金融区的灯光逐渐点亮，取代了日光。在渐渐降临的暮色中，有一千万盏灯在闪烁，就像电路中的逻辑门，在为不断出现的问题提出解决方案。

"他才五岁，需要一个父亲。"

儿子才刚在康涅狄格州待了一天半，亚当就已经不记得他的哪只耳垂上有伤痕了。他是怎么长到五岁的，他何时出生的，亚当也都全无记忆。他不明白自己怎么能当任何人的父亲。

"他成长岁月里会一直恨你。你会变成联邦监狱里的某个陌生人，他会去探望你，直到有一天被我阻拦。"

她没有当着他的面说这些，其实她应该说的。事实上，他此刻就已经成了某个陌生人。只是她从来都不知道。还有他们的孩子——那个男孩，对亚当来说已经是陌生人。去年有两周的时间，查理想当消防员，但很快又意识到，银行家从各个方面来说都更好。他最喜欢做的事，就是比着尺子将玩具摆成一条直线，清点它们的数目，然后放进箱子锁起来。他唯一会用指甲油做的事，是给他的小汽车做标记，这样父母就无法偷走。

亚当回过头来看着房间，看着正坐在对面高脚凳上的人。他的妻子嘴唇发酸，脸颊通红，像是窒息了一般。自从被捕以来，他就开始觉得，她变得和他的生活一样模糊不清了，就像从他溜回圣克鲁兹的那天起，他就再也看不清他的生活，从此以后他都是在假装。"你想让我做交易。"

"亚当，"她压抑住自己的声音，"你可能会再也出不来。"

"你认为我应该供出其他人？我只是想问问你的看法。"

"为了正义，他们是重罪犯，而且你也是被别人指认出来的。"

他转身看向窗口。居家监禁。下面的诺荷区在闪烁着微光，小意大利城散发出耀眼的光芒，但是此刻他已经被这个国家隔离在外。在所有的街区之外，更远的地方是大西洋岸边的黑色悬崖。地平线是一部曲调欢快的实验性配乐，他几乎能听见旋律。而在右侧，视线看不见的地方，新建的姿态扭曲的大楼已经拔地而起，取代了被炸毁的那两座。自由。

"如果我们追求的只是正义……"

那个他应该熟悉的声音在说："你怎么回事？你想把他人的幸福放在你自己儿子的前面吗？"

终于来了，最终的戒律。管好你自己。保护你的基因。为了一个孩子、两个兄弟姐妹、八个堂亲而放弃你自己的生命。而那样的行为能换来多少朋友？有多少陌生人还愿意为了其他物种放弃自己的生命？又有多少树愿意？他无法告诉妻子最坏的结果。自从他被捕以来——这么多年他一直把问题当作抽象概念来对待，现在才又开始客观地思考——他已经逐渐明白，那个死去的女人是对的：这个世界关系到所有物种的福祉，而你所属的物种在其中甚至根本就不重要。

"如果我达成协议……那么查理长大后会知道我的所作所为。"

"他会知道，你做了一个艰难的抉择。你匡扶了正义。"

亚当笑了出来。"匡扶正义！"露易丝越来越激动，一时之间被怒火哽得说不出话来，之后才终于吐出这四个字。直到她重重地摔上门，他才想起来，他的妻子拥有怎样的能力。

他在半梦半醒之间想象着法律将会如何惩罚他。翻身的时候，脊椎下部像是着了火，他被疼醒了。巨大的月亮低低地挂在哈德孙河上，其表面的每一个凹坑都散发着不锈钢一般的白光，像是用望远镜看到的那般清晰。狱中生活的想象在他眼中就像奇迹。

痛点在膀胱，于是他本能地站起身，想穿过公寓去卫生间。但这时他看见窗外有一团云，感觉不太对劲，于是走到窗边伸手去够。他够到了冷凝的云团边缘，就像洞穴壁画的触感。在下方的峡谷中，车灯汇聚成色块，然后又散开了。就在斑点一般的车灯中，出现了一群灰狼，它们是在追赶一只白尾鹿，一路从华盛顿广场沿着威弗利街赶过来的。

他突然用额头狠狠地撞击厚玻璃窗，多年来第一次骂脏话。接着他跌跌撞撞地穿过厨房，走进狭窄的起居室，肩膀撞在了门框上。他被撞得转了个圈，倒地之前先用右手撑住了地面，先撞到窗台的是他的脸。冲击力导致他的牙齿咬住了下嘴唇，整个人倒在地上。他躺在那里，痛苦的同时又觉得自己非常愚蠢。

他将手指伸进嘴巴试探了一下，拿出来时上面都是黏黏的液体。右侧的切牙已经咬穿了下嘴唇。他跪起来，越过窗台往外看。月光照在林木覆盖的岛尖上。砖块、钢筋和直角线条此刻都让位给了月光，绿树也被光芒掩埋了。一条溪流穿过峡谷，切向西休斯顿街。金融区的高楼大厦都消失了，变成了森林覆盖的丘陵。而在上空中，无数颗星汇聚成银河，星光都溢了出来。

嘴唇的疼痛让他无法思考，也让他忘了被捕的压力。他想，我其实并没有看到这一幕。我只是被撞倒了，躺在起居室的地上失去了知觉。但是那东西却在他身下扩展开来，伸向四面八方——是一片浓密到吓人的森林，就像童年一般无法逃脱。美洲变成了植物园。

眼前的画面越来越大，整个森林的色彩在不断增加，特征也逐渐变得明显。他看见了鹅耳枥、橡树、樱桃树，还有六种枫树。皂荚树长满了尖刺，用以抵御早已消失的巨型动物。山胡桃木掉落的果实是所有动物的食物。山茱萸的花朵是白色的，花瓣扁平，掩盖了细瘦的树枝，看起来像是飘浮在林下灌木丛中。百老汇大道的下半段逐渐变成了荒野，曼哈顿岛回到了一千年前的样貌，又或者是跨越到了一千年以后。

一道闪光勾住了他的目光。在一座长满橡树的山脊上空，有一只大雕鸮高高地展开了翅膀，像炮弹一样射向下方树叶中移动的动物。布里克街所在的位置变成了一座小丘，一头母黑熊带着两只幼崽走了过去。海龟在满月下的东河沙堤上下蛋。

亚当呼出的气体在玻璃上结成白雾，窗外的风景逐渐暗了下去。血从他的下巴流了下来。他摸摸嘴巴，然后忍痛拿开手，指尖触碰到的地方已经一片僵硬。接着他低头查看碎裂的牙齿。等他再度抬头时，曼哈顿森林消失了，取而代之的是下城的灯光。他伸出手掌拍击窗户，外面的大都会却连嗝都没打一个。前臂脉搏剧烈跳动，他开始发抖。外面的建筑就像纵横交错的字谜，红色和白色的车辆像是细胞，比刚刚消失的风景更像幻觉。

他穿过充满危险的家具阵列和四处散落的杂志，走进大厅，然后出了门。下了六级台阶后，他才想起脚上的跟踪环。他靠着一面墙重重地跌坐下来，紧紧地闭上眼睛。幻象终于消失后，他回到公寓，将自己封闭在这座唯一能接受他的居所，以后的很长时间，这里都将是独属于他一个人的生态群落了。

咪咪·马坐在听众席的第二排，因为台上演讲的女人刚刚发表的某些言论而惊讶得不能动弹。是帕特丽夏·韦斯特福德，在卡斯卡迪亚自由生态区还存在的时候，他们五个曾经在篝火旁分享过她的发现。她的言论让他们有了真实感，他们作为外来的代理人，所作所为却跨越了人类的狭窄意识领域。这个女人比咪咪想象的要老。她应该是有些怯场，身体一直在颤抖，发音也有些问题。但是她刚刚发表的这篇演讲精彩又理智，通过精心的设计提出了一条堪称禁忌的规则：当你要砍伐一棵树时，无论你准备拿它来做什么，至少都应该像它原本的形态一样令人惊叹。

森林将山峦塑造成为更好的地方。人类能用森林制造什么……咪咪刚产生这样的想法，韦斯特福德博士就将她强行拉了回来。

"我问过自己，该如何回答你们请我过来回答的那个问题。"

咪咪的第一反应是，这个人弄错了。作为一名著名的研究者和作家——她已经花费几十年时间，来保存世界濒危树种的种子……不可能发生这样的事，她一定弄错了。

"我的思考建立在所有已知的证据之上。我试着不被自己的情绪所左右，不要忽略事实。"

她的整篇演讲都像是一部独白剧，将在最后迎来反转或揭露真相的时刻。

"我试着不被希望和虚荣心蒙蔽双眼。我试着站在树木的立场上来思考这件事。"

咪咪看了一眼走道两侧听众的反应。所有人都是一副怀疑的表情,被羞愧压在座位上无法动弹。

"一个人能为明日世界所做的最好的一件事是什么?"

曾经也有一个女人问过咪咪这个问题。答案如此明显,原因如此合理,当然是赶在奢侈度假村建好之前就将它烧掉。

植物提取液落进了玻璃杯。绿色液体像蛇一样在水中蜿蜒伸展开来,让人想起用十万倍速度播放的花苞盛开的短片。咪咪坐在离讲台四十英尺的地方,无法动弹。韦斯特福德博士举起玻璃杯,就像祭司举着一道神圣的礼物。她的嗓音变粗了。"许多生物都会选择最适合自己的季节,或许绝大多数都是如此。"

眼前发生的一切都是真的,但是世界上最聪明的几百位听众却一动也不动。

"你们邀请我来,谈谈我对家园修复的看法。但我们才是需要修复的。树木记得我们早已忘记的事情。每一种思索都必须为他者提供空间。死亡也是生命的一部分。"

韦斯特福德博士低下了头,咪咪在等待她。咪咪的目光已经锁定了她,不肯放开。很久以前,在另一世人生中,她曾是一名工程师,能利用物质制作许多的东西。而现在她却只拥有这一项技能,那便是如何凝视另一个生命,直至对方用目光回应。

咪咪开始恳求,她的眼睛在发烧。不,不要,拜托了。

演讲人皱起眉头。其余的一切都是伪善。

人们需要你。

需要我这样做。人类的数量已经太多。

那不是你能决定的。

每天都有一个面积堪比得梅因的城市诞生。

那你的工作呢?你的种子库呢?

它已经自行运转好些年了。

还有太多的工作要做。

我是个老女人。还有什么工作比这更重要呢?

人们不会理解的。他们会恨你。这样太过戏剧化。

在所有的喧嚣中,这样做总能赢得一段时间的关注。

这样做太幼稚,不值得。

我们需要记住,如何死亡。

你会死得很痛苦。

不,我了解我的植物。这一种比绝大多数都轻松。

我不能再次目睹这样的情况。

再一次，见证吧。那正是全部的意义所在。

她们对视的时间只有短短一瞬，不长于树叶吸收一块阳光所需的时间。咪咪用尽全力吸引演讲人的视线，但对方用尽最后一丝意志力，挪走了目光。帕特丽夏·韦斯特福德的目光重新回到巨大的讲堂。她的笑容在强调，这并非失败，应该换一个名称。这只是一件小事，通过这种方法，可以多争取到一小段时间、一些资源。她的目光重新回到惊骇的咪咪身上。我们可以见证这样的事情，我们仍然能做出这样的牺牲！

俄亥俄州有一棵山毛榉树，帕特丽夏还想要再看见。在所有那些她会如思念呼吸一般思念的树木中，那是一棵普普通通、表皮光滑的山毛榉树，它没有任何特别之处，只是在树干离地四英尺的地方，有一个刻痕。也许它已经长大了，也许阳光、雨水和空气都对它很慷慨。她想，我们之所以这么想伤害树木，或许是因为它们的寿命比我们长许多许多。

植物帕蒂举起玻璃杯，然后扫视了一眼演讲稿最后一页的最后一行字。"敬吞金树。"她说着抬起了头。三百名精英人士都敬畏地看着她。周围一片寂静，只有讲台边缘传来一个沉闷的叫嚷声。她望向声音发出的地方。一个男人正操作轮椅往右边的台阶滚。他的头发和络腮胡都已经垂到了肩膀周围，身体瘦骨嶙峋，就像沉默的树上民族雅基人，没有人能理解他们的语言。礼堂里一片寂静，听众们都像是麻木了一般，只有他一个人使劲按着轮椅，像是想要站起身。绿色的液体溅出了玻璃杯壁，洒在她手上。她又看了一眼，轮椅上的男人正剧烈摇晃。他正拼了命地甩动他那双树枝般细瘦的手臂。这么微不足道的一件事，为什么会对他造成那么大的触动？

你能为这个世界做的最好的一件事。她突然想到，这个问题是围绕着"世界"这个词展开的。而这个词却拥有两种相反的含义。一个是指我们看不见的现实世界，一个是指我们无法逃脱的虚拟世界。她举起杯子，听见父亲在大声朗读："现在，让我为你歌唱吧，歌唱体如何换上新形的事。"

尼莱的吼叫来得太晚，已经无法打破讲堂中着了魔一般的氛围。演讲者举起玻璃杯，世界裂开了。在一条岔路上，她举起杯子递到嘴边，对所有的听众说了一句祝酒词——敬吞金树——然后一饮而尽。而在另一条岔路上，她大喊了一句"这一杯敬不自杀的树"，然后将那杯打着旋的绿色液体扔向气喘吁吁的听众。她的身体撞在讲台上，然后往后退去，跌跌撞撞地走出了门，只剩下一屋子人看着一个空荡的舞台。

春天来了，繁茂、温暖的春天，城市里的每一棵山茱萸、美国紫荆、梨树和枝垂樱都开得如火如荼时，亚当的案子终于不用再延迟，被移交到了西海岸的一家联邦法院。法庭上挤满了记者，犹如牡丹花中群集的蚂蚁。法警带领亚当走上法庭，现在他的身材变壮实了，胡子也长了出来。皱纹在他脸上犁出了轮廓线。他穿的是上次参加大学教学头等奖颁奖晚宴时穿过的西装。妻子也到场了，坐在他身后的听众席上。但他的儿子没来。他的儿子要到许多年后才能在视频中看见他此刻的模样。

你如何辩解？

这位心理学教授眨眨眼，仿佛他完全是另一种生命形式，根本不懂人类的语言。

多萝西透过厨房窗户，越过空荡的窗台，看向外面的丛林。这个从没逃过一次停车费的男人却发动她领导了一次量身定制的革命——即布林克曼林地恢复工程。荒野从四面八方向房子靠拢。野草一片一片长到了一英尺深，成熟后将种子落在泥土里，很快这里就长满了本地的各种杂草。枫树也从四处钻了出来，像是一对对手掌。长齐脚踝的朴树挥舞着佩斯利涡旋纹一般的叶子。植被恢复的过程之快让她感到震惊。再过几年，这片森林就能恢复到人类入侵之前的一半水平了。

她自己的次生林甚至长得更快。很久以前，她曾经尝试过飞机跳伞，扮演过残忍的谋杀犯，对那些想要限制她的人做过很恶劣的事。现在她已经快满七十岁了，却与整个城市开了战。在富裕的郊区培育一片丛林？简直像儿童性骚扰案一样让人难以忍受。邻居们来了三次，询问是否有什么问题。他们还自愿提出可以免费帮忙修剪草坪。她装出一副亲切而又痴呆的形象，但是态度足够固执，让他们无法靠近——是她这位业余演员的最后一次演出。

现在整条街的人都做好了准备，随时都有可能向她扔石头。市政府也来了两封信，第二次甚至是一封挂号信，要她在规定日期之前将院子清理干净，否则就要面临几百美元的罚款。截止日期过去之后，又来了一封警告信，其中又规定了一个截止日期，提出了另一笔罚款数目。谁会想到，一片逃脱了人们控制的小小森林，竟会对社会基础产生如此强大的影响？

新的截止日期就是今天。她看着窗外那棵本不该出现在这里的栗子树。上周她在广播中听说，经过三十年的杂交繁育，植物学家们终于培育出了能抵抗枯萎病的美国栗子树，即将种植到野外进行试验。在她的眼中，这棵树曾经是一份多余的记忆，现在却变成了预言。

窗外的一道橙色光芒吸引了她的目光，是一只雄性美国红尾鸲，正用翅膀和尾巴驱赶灌木丛中的昆虫。光是上一周，她就看见了二十二种鸟。两天前的黄昏，她和雷还看见了一只狐狸。他们的这种不合作态度可能会招致几千块钱的罚款，但窗外的风景确实有了极大的改善。

她正在为雷准备午餐的烩水果时，前门传来了愤怒的敲门声。她激动得满脸通红。不只是激动，她已经下定了决心。虽然也感到一丝恐惧，却让人感到很舒服。她洗干净双手，然后擦干，心里想着，终于就要到终点线了，我又重新燃起了生活热情。

敲门声越来越快，越来越响。她穿过起居室，在脑海中回忆了一遍雷帮她准备好的财产权辩护词。她在公共图书馆和市政大楼泡了好几天，学习如何阅读当地的条例、法律先例以及市政法典。她还带了一些复印件回来，让丈夫帮忙解释，哪怕他每一次只能吐出一个含混不清的音节。她刻苦钻研，汇编割草、浇水和施肥所造成的破坏，列举一英亩半再造林所能带来的好处。所有的理性和感性证据都是站在她这一边的。反对她的只是不合理的原始欲望。但是她打开门，看见的却只是一个骨瘦如柴的小孩，身穿牛仔裤和马球衫，一头金黄的软发从写着"美国制造"几个字的棒球帽下钻了出来，于是她的整个防御计划都必须做出改变。

"是布林克曼夫人吗？"在那孩子身后的马路边上，有三个更年轻的男孩，一边用西班牙语说着什么，一边从皮卡车和平台拖车上往下搬割草器具。"我们从城里来，帮忙清理您家的院子。只需要几个小时就好，市政府晚点儿会给您寄账单。"

"不。"她的声音听起来温暖又明智，把说话的男孩弄糊涂了。他虽然张开了嘴巴，但一脸困惑的模样，不知道该说什么。她笑着挺起胸膛。"没有必要。你去回话说，那样就是在犯大错。"

她还记得曾经登台演出时学会的秘诀："调动你内心的意志力；唤醒你这一生所有的记忆；无论是非，都牢牢记在脑海里；真相总是不证自明；没有任何事情比信念更有力量。"

男孩十分犹豫。市政府失败了，他们没有帮他做好准备，他不知该如何应对这样的权威人士。"好吧，如果没问题……"

她笑着摇摇头，心里为这男孩感到尴尬。"有问题，真的有问题。"你们很清楚，请不要让我再为你们感到羞耻。男孩惊慌失措。她亲切地看着他，十分理解他的处境，更主要的是替他觉得可惜，最后男孩转身招呼同伴将工具都搬回去。多萝西关上门，听到车子开走的声音，忍不住咯咯笑了起来。她一直都很喜欢扮演善良的疯女人角色。

这只是最小的一次胜利，只能稍稍拖延些时间。政府很快还会派人过来。下一次，割草工和伐木工会蜂拥而来，不打招呼就开始劳作。他们会把后院清理得干干净净。罚单会堆积成山，还有滞纳金和手续费。多萝西会反诉，会上法庭上诉到底。就让城市收回这座房子，将一个瘫痪的病人丢进监狱吧。她会战胜他们。疯狂的籽苗和下一个春天是支持她的。

她返回厨房,做完了午饭。她喂雷吃饭,告诉他,那可怜的男孩和他的外籍劳工永远都不知道自己碰了什么壁。她还一人分饰多角再现了当时的情景。扮演她自己最有趣。她看到雷在微笑,虽然全世界没有第二个人能确认。

午饭后他们一起玩字谜。接着,雷提出了这段日子以来经常提的要求:"再多讲一些。"多萝西于是笑着爬上床,在他身边躺下。她重新看向窗外,那里林木正在肆无忌惮地生长。院子中央是那棵不该在此的树。它的枝叶向四面八方伸展,伸向房屋,速度虽慢,却可以确定,而且已经足够启发她的灵感。除了化学武器之外,植物生命如何为其他所有技巧增添想象力,这其中的谜团多萝西永远也无法解开。但事实就是,这棵树有能力看见,突然之间,它所有的枝叶都拥有了视力,所有的猜想都得到了证实,它连通了过去与未来、大地与天空。

"她是个好女孩,你知道,"她抓住丈夫僵硬的手,"她只是迷失了一小会儿。她需要做的就是找回自己,找到一个目标,一个比她大得多的目标。"

检方出示了一些照片,是被告承认的一次犯罪现场的照片——内容是一堵烧焦的墙壁上的涂鸦片段。每行字的首字母上都长着触须和藤蔓,就像泥金装饰的手抄本中的大写字母。涂鸦内容是:

  控制杀戮

  合作治愈

  不回家,就会死

案件的争议重点,在于检方所要求的从重判刑的依据。他们想要证明,罪犯的行为目的是恐吓,是想要通过暴力手段来影响政府的行动。

亚当的律师请求仁慈判决。他们提出,放火的是一位年轻的理想主义者,他想要呼吁公众关注一桩会伤害到所有人的罪行。他们提出,那片森林的出售本身就不合法,政府没能保护好公众委托的土地。之前也有过数不清的和平抗议,但都没有结果。只是他们没有证据。法律在各方面的界定都很清晰。他犯了纵火罪、毁坏私人财产罪、暴力损害公共安全罪、过失杀人罪。最后,与亚当·阿皮亚同龄的陪审团主席做出总结,他犯了国内恐怖主义行为罪。

法律是人类意志的书面体现。如果人类有意愿,那么法律必须将地球上每一寸活着的土地都变成柏油路。但是法律规定各方都有发言的权利。法官问:"你还有任何总结陈词想对法庭说的吗?"

各种思绪在亚当的脑海中翻腾。判决解除了他的束缚,就像风倒木或山火。"很快我们就会知道，我们的做法到底是对是错。"

　　法庭对亚当·阿皮亚的判决是，连续两段七十年的刑期。判决的仁慈让他震惊。他觉得七十年再加七十年根本不值一提。不过是一棵黑柳又加了一棵野樱桃。他本来想的是橡树，是花旗松或紫杉。七十年再加七十年。如果表现良好获得减刑，他死的时候可能刚好能服完第一段七十年刑期的一半。

种子

> 木头是什么，塑造天与地的树木是什么？
>
> ——《梨俱吠陀10.31.7》

> 这时候他给我看了一个小东西，放在我的掌心里，看上去像是一颗榛子。它就和任何球类一样滚圆。我用我的理解之眼观察它，然后展开思考："这会是什么呢？"我得到的答案也十分笼统："这就是全部。"
>
> ——诺里奇的朱利安①

假如地球诞生在午夜，目前只存在了一天。

起初，世上什么都没有。两个小时中只见火山岩浆和流星。直到凌晨三四点钟，才有了生命。即便出现了生命，也仅是只会自我复制的片段和零碎。从黎明到上午晚些时候——经过万亿年的分化——也只出现了贫乏的简单细胞。

接着就有了一切。正午刚过不久，发生了一些剧变。一种简单细胞奴役了另外两种。细胞核拥有了细胞膜。细胞进化为细胞器。曾经只有一个露营位的营地发展成为小镇。

一天时间过去三分之二时，动物和植物分道扬镳了。静物只是单细胞。夜幕降临之后，复杂生命形式取得了控制地位。大型生命形式都在天黑之后才开始出现。夜晚九点诞生了水母和蠕虫。同样在这一个小时中，生命迎来了大爆发——脊椎动物、软骨动物，生物体的身体形式呈爆炸式增长。一瞬之间，不断展开的林冠上就绽出了数不清的新茎秆和小枝。

各种各样的植物赶在十点之前长满了陆地。昆虫顷刻间就飞上了天空。片刻之后，四足动物从潮汐掀起的淤泥中爬了出来，从它们的皮肤上和体内，诞生了所有的早期动物。到十一点时，恐龙已经灭绝，哺乳动物和鸟类有一个小时的统治时间。

在过去的六十分钟里，在生物系统进化树高处的某个地方，生命有了意识。生物开始思考。动物开始教导孩子们过去与未来的知识。动物学会了坚持习惯。

---

① 1342—1416，英国修女，基督教神秘主义者。著有《神圣之爱的启示》，被视为由女性书写的第一本英语书籍。

解剖学意义上的现代人类诞生于午夜的四秒之前。三秒钟后出现了第一批岩洞壁画。一千分之一秒后，生命解开了基因之谜，开始绘制自身的生命之树。

　　午夜时分，地球上的大部分土地都已被改造成农田，用于哺育和喂养其中的一种生物。到这个时候，生命之树已经完全变成了另一副模样。也就在这个时刻，参天大树开始倾覆。

尼克在帐篷中醒来，头枕着大地。但是地面很松软，像枕头一样。地上盖了几英尺深的松针，死去的松针那么多，落下来，在他耳朵下面，重新变成了微观生物。

是鸟鸣声将他吵醒的。每天都是如此，它们就像预测遗忘与记忆的预言家，天不亮就开始歌唱。他对它们心怀感激。每一天都是鸟儿让他早早醒来。他静静地躺在黑暗中，饿着肚子，聆听鸟儿们用几千种古老的方言探讨生命，争吵，展开地盘争夺战，回忆，赞颂，表达喜悦之情。今天早上很冷，下了雾，到处都灰蒙蒙的，他不想钻出睡袋。早餐分量很小，余粮不多了。他来北方已经好些天了，很快必须进城寻求补给。附近应该有一条公路，能听到卡车穿梭的声音，但听起来很抽象，瓮声瓮气的，像是从很远的地方传来的。

他钻出尼龙睡袋，探头四处张望。第一缕晨光勾勒出树林的轮廓。这里的树较小，边缘地带的树干都很纤细，是大量降雪塑造的结果。但是他突然想起一件事，这些日子他经常这样。树干在风中摇晃，松球发出沙沙的声音，树梢蹭来蹭去，针叶散发出类似柑橘的苦涩气味，周围的这一切让他再次回想起那个他一直都会忘记的理由。

"清早起床！"

他加入清晨的合唱队一起唱了起来。

"外出工作！"

近处的鸟儿们都停了下来，静静地倾听。

"为了报酬，像恶魔一样工作！"

溪流里水量充沛，他取了一些，一堆小火就能烧开。少许冰咖啡，又在木碗中冲了少量麦片，然后他就准备就绪了。

咪咪在遥远的南方，旧金山的多勒瑞斯公园。她坐在草地上的一棵球锥松下，正在敲击手机的键盘，周围都是野餐的人群。那条新闻就像一个她无法摆脱的噩梦。一位功成名就的社会科学家，同时也是一位丈夫、一个小男孩的父亲——一个她曾无比信任的男人——将面临两世那么长的刑期，因为一件她也参与过的事。他被判的是国内恐怖主义行为罪，几乎没有为自己辩护。此外，他还被判定犯下了几桩纵火案，而她根本不相信那些是他所为。新闻的标题是《环保激进分子被判140年刑期》。出卖他的是另一个男人，她曾爱过他所表现出的卡通人物一般的诚挚和天真。

她背靠着树皮，盘腿坐在草地上，往手机中输入关键词：亚当·阿皮亚，恐怖主义行为处罚促进法案。她无暇在意会留下蛛丝马迹，如果被捕，许多问题都将得到解决。搜索到大量网页和链接，她甚至来不及一一浏览——有许多都是专家分析和业余人士的愤怒推测。

她应该入狱。她应该接受审判，然后被判处终身监禁。两世的刑期。愧疚涌上了她的喉咙，她品尝着它的滋味。疲惫的双腿想要站起来，带着她前往最近的警察局。但她根本不知道哪里有警察局。二十年来，她一直都遵纪守法。附近有日光浴者扭头看着她，她大声喊了一句什么，她想应该喊的是"帮帮我"。

还有一些隐形的眼睛在和咪咪一起阅读。咪咪读完十段的时间里，那些无躯体的眼睛能读千万字。她每翻到新的一页，之前浏览的细节就都散去了，保留下来的不到六条。但这些无形的学习者将每一个字都存储了下来，安插进正不断展开的感觉网络中，每增添一些内容，感觉就变得更强烈。她读得越多，摆脱她的事实就越多。但那些学习者读得越多，发现的规律也越多。

道格拉斯坐在学生桌旁，逮捕他的人称这个房间是牢室。却是他二十年来住过的最好的房间。他在听一个音频课程——树木学入门。学完后可以得到大学学分。或许他还能拿到学位。那样或许能让那个女人感到骄傲，虽然他知道他再也不可能见到她。

录音带里讲课的教授很棒，就像是祖母、母亲和精神导师，都是道格拉斯不曾拥有过的人。这些日子以来，音频课程都喜欢用有言语障碍的老师，他觉得很好。这位女教授正在倾听完全不同的声音。他听课的同时也会做笔记。在页头上，他写下了"生命的时日"几个字。女教授在录音带里说的东西很疯狂。他完全不懂。生命进化的失败已经有十几亿年了。难以置信。这整个恶作剧或许从来就不该发生。生命之树或许永远都只应是一丛灌木。生命的这一日发展或许应该非常安静。

他听着她迅速列举每小时的进展。当最后几秒钟，野蛮的人类出现，并且将整个地球变成一座工业化的农场时，他用力扯掉了心中尚未绽开的芽苞，忍不住站了起来。或许他的动静大了点儿，执勤的守卫探头看了一眼。"里面怎么回事？"

"没事，老兄。都很好。只是……有点儿惊讶，没别的。"

最糟糕的部分是照片。咪咪就算在街上与照片中的人擦肩而过，也根本不可能认出他来。他们以前怎么会叫他枫树？他现在已经变成了狐尾松，就像是一块还活着的树皮中最窄的裂缝，但它所依附的浮木早已枯萎，已经死了五千年。

她抬起头，周围的人们都三五成群地躺在草地上。有些坐在毯子上，有些直接睡在分布不匀的草皮上。鞋子、衬衫、包袋、自行车和食物都散放在周围。午餐时间到了，天气也很配合。没有法官来审判他们，所有的未来都依然触手可及。

她已经扮演茉蒂丝·汉森多年，所以此刻她被吓到了，她想起了咪咪·马犯下的那些罪行，以及等待她的那些惩罚。为了来这座公园，她先是徒步，然后乘坐公共汽车，之后又换乘火车，真是复杂的逃避路线，多么荒谬。但是他们会找到她的，无论她在哪里，不管她留下了什么痕迹。她是个犯过许多罪的重罪犯，过失杀人罪，国内恐怖主义行为罪，刑期将是七十年再加七十年。

咪咪的手机接到了许多信号。各种被抑制的数据和智能警告一齐向她涌来。消息提醒图标在闪烁。就像是病毒模因和可点击的评论发起了进攻，数百万条未读帖文需要分类。在她的周围，公园里的所有人都在忙着同样的事情，敲击键盘，切换对话框，每个人的手掌中都有一个小宇宙。一个巨大的众包型紧急事务就通过这样的形式展开了，学习们越过这些人类的肩膀，观察着他们每一次的点击，逐渐开始明白，人类正全体一致地消失在一个批量复制的天堂。

在咪咪附近的草丛中，有个男孩穿着类似甲壳材质的服装，正对着手中的机器说："最近的能买到防晒霜的地方在哪里？"一个悦耳的女声答道："以下是我为你找到的地址！"咪咪将手机举到眼前，开始浏览新闻、图片、分析文章和视频。这个黑色的小型机器有一点儿像她的父亲，像是保留了他的部分大脑和心灵。她对着手机的话筒小声说："最近的警察局在哪里？"屏幕上出现了一张地图，上面表明了最快的路线，以及徒步过去需要的时间。五分零三秒。身穿甲壳的男孩对手机说："给我播放一些母牛朋克音乐。"然后他便戴上了无线耳机。

亚当睡在铺位上，这里是一家转运机构，联邦监狱系统已经严重满员，正在寻找可以关押他的地方。他不打算上诉。他闭着眼睛，正在观看眼皮上播放的一部电影，画面中有个满脸络腮胡的男人正站在法庭上。他的脸上没有后悔，也没有辩诉的意愿。妻子坐在他身后第三排的位置上，心碎欲绝。很快我们就会知道，我们的做法到底是对是错。

他感到奇怪的是，他为什么会使用"我们"这个词。但是他很高兴他用了这个词。在那个时候，在所有的事情上，"我们"都共进退。服从于集体生活。我们一共有五个人。森林里没有一棵树是孤立的。那时的他们希望赢得什么？荒野已经不复存在。森林已经屈服于靠化学药品维持的造林术。四十亿年的进化历程，事情就是在那里结束的。政治、实际、情感、理智，无论从哪方面来说，人类才是最重要的，才是最后的决定者。你不可能平息人类的饥渴。你甚至不可能减缓其饥渴的速度。光是保持稳步发展，需要付出的代价都远超人类所能支付。

即将发生的大屠杀是人类的特权——与那场劫难相比，他们五个人所点燃的每一堆火都显得无足轻重。大劫难无论如何都会到来，他可以肯定，而且会远远早于他七十年又七十年的刑期结束的日期。但是又不会快到赦免他的罪。

道基所住的牢室里窗户太高，无法看见外面。他站在窗下假装眺望窗外的风景。听了音频课程，他疯了一般地想看看树木。任何营养不良、瘦小的树木都可以——这是从前自由生活的记忆中，除了咪咪之外，他最想念的一样事物，尽管也正是它们让他陷入了这样的困境。但奇怪的是，他记不得它们的模样了。高贵的杉树是怎样的轮廓，铁木的各个部分是如何联系在一起的，它们的枝叶又是如何伸展。他甚至不确定英格曼云杉和铁杉的模样了——很长一段时间里，这是他见过的最多的树种。榆树、山茱萸、七叶树，他全都不记得了。如果他现在画一棵树，那可能会像五岁小孩画的蜡笔画一样粗糙，他只能画成木棍上的棉花糖。

不过他看上去并不特别难过。他对树木的爱太浅。虽然是这份爱让他进了监狱，但还是太浅，不足以帮他熬过今日。而他有一个又一个小时的空白时间，没有重大义务，又不至于愤怒发疯。他闭上眼睛，拼命想要平静下来。他试着回想录音带中讲述的细节。山毛榉的芽苞就像一根根笔直的青铜长矛。红橡树的芽苞就像钉头槌，聚集在树梢。悬铃木叶茎尽头中空的部分，包裹的是来年的叶芽。黑胡桃的滋味，它的叶片上有着猴脸一样的疤痕。

过了一阵子，记忆开始显形——一开始很简单，但逐渐拥有了纹理。春天里，枫树从树顶开始泛红。山杨树发出礼貌的掌声。一棵紫杉展开了树枝，像是父母牵住了孩子的手。山核桃擦破皮后的气味。堤坝崩溃，记忆的洪水将他淹没，像是从七叶树的掌形叶片缝隙漏下来的百万缕阳光。刺槐的尖刺伸展的角度。一段弯折的橄榄木所呈现的狂乱纹路。含羞草的叶子就像热带鸟类的尾羽。被剥掉的桦树皮上所书写的秘密，字迹模糊又神秘。箭杆杨下的静谧是如此沉重，走在下方，就连呼吸也似乎是在犯罪。刮开柏树的树皮，心里想着，这应该就是来世的气味吧。

他或许是有史以来最富有的人。如此富有，即便失去了全部，也依然能从中获利。他站在绿色的煤砖墙边，漆面看上去就像闪耀、坚硬的血肉。他抬头看着落下来的光线，试着回忆。他的一只手按在平时惯放的位置，就在腰带上方，肚子侧面的胡桃上。那里面有某种东西，是一粒相当大的种子，难以描画，也不是助手，却一样也是生命。

另一个富有的人——圣克拉拉县六十三岁的富翁——坐在自己的监狱中，在往一面屏幕上敲着什么。在哪里有影响吗？尼莱写下的文字加入了一个不断扩大的有机体，一个他此刻才开始增补的有机体。在其他城市的其他屏幕上，几十亿美元雇来的顶级编码员都在为这项工作贡献力量。他们这个崭新的项目即将在举世瞩目之中展开。而他们的成果早已席卷了所有的数据大陆，在其中寻找最惊人的模式。任何工作都不必要从头开始。许多数字胚质都已经共享到了公共领域。

编码员告诉听者的不过是如何观看。接着新的产物便会出发，在全球展开搜索，代码也继续向外扩展。新的理论，新的产物，更多逐渐进化的物种，它们全都拥有同一个目标，那便是弄清楚生命究竟有多么广大，它是如何连接起来的，怎样才能让人类不去自杀。地球再一次成为最深刻和精美的游戏，学习者只是其中刚入门的玩家。它们差别迥异，能像纸折的鸟儿一样飞到空中，聚集成数据球。有些能维持一段时间的繁荣，然后消失不见。击中目标的那些则会不断增大和繁殖。正如尼莱付出了最惨痛代价才学会的那般，生命拥有与未来对话的通道。那便是记忆。

其他昨天刚诞生的那些学习者，学习了茱蒂丝·汉森所点击的每一个按键。它们跟随她进入了庞大的影片档案馆，迄今为止那里已经涌现出超过十三年分量的新视频。学习者们已经看完了其中的数十亿短片，开始了自行推理的过程。现在它们能辨别人脸、地标、图书、画作、建筑和商品。很快它们就将开始猜测影片的含义。生命是思索的结果，而这些新的思索正在努力地苏醒。

咪咪继续敲击。标题视频的下方排列着其他许多视频，都是由隐形的智能代理收集起来的，它们知道如果茱蒂丝·汉森看了那部短片，那她一定也会想要观看这些。生命防御力。森林战争。红杉之夏。

咪咪感到无比兴奋。每一部短片都有六分钟长，感觉像是要播放到永远，但她每部都只会浏览几十秒。她点进一部名为《栖息在树上》的短片。上传时间是在几个月前，已经获得了好几千的赞和踩。开场镜头是从黑暗中渐显出来的，地点是在目力所及最远的一片林中空地。古老的木头乐器在演奏一曲众赞歌前奏曲，展开的速度如此缓慢，以至于乐曲整个复杂的旋律像是要断掉一般。她不知道那是什么曲子，学习者却可以告诉她。学习者只需几个音符就能识别出上千万首旋律。

镜头推近，呈现出一只巨大的树桩，大小差不多与袖珍剧场相当。一个快速的跳跃剪辑之后，树桩上出现了三盏煤气喷灯，正在喷射火焰。又一个剪辑，出现了一圈帐篷一般的织物，垂落在喷灯上。摄像机开始追拍，镜头重新聚焦。喷灯再度喷射火焰。布环充气变成了棕色和绿色的管状体。一个延时摄影镜头中，帷幕立了起来。十秒钟后，咪咪意识到这是哪棵树的树桩了。学习者还不知道，但不用等太久了。很快，它们就将会明白她所做的一切，而且数量级将变得更大。

在这座人潮拥挤的公园里，咪咪就这样看着手机屏幕上的幽灵树慢慢现形。它竖立在伐倒的森林之上，它在微风中摇摆，一棵巨大的红杉树复活了。随着树干的生长，镜头开始后退，直至那棵树成为画面中唯一的物体，而周围的树桩都成了几何图形。真是难以置信的超现实场景，这棵热气球树翻腾着向上伸展，变成了轻薄透明的神明。十几根用缝线连缀起来的巨大枝干也伸展开来，探索秘密的空间，探索空气中的信息。

她知道是谁制作的这棵树。充气过程现在已经完成，肉桂色的树皮上出现了黑色条纹，那正是几百年前大火焚烧过的地方。粗壮树干的底部围着一圈什么东西。那画面让她呆住了。她以为自己产生了幻觉。但是一个特写镜头证实了她的猜想，即便是在一块五英寸的屏幕上。在树干的周围，坐着一圈即将开悟的人，他们像是围坐在篝火周围一般，膝盖抵着膝盖，只是面孔都朝向外侧。是她的罗汉，姿势都和那幅卷轴中描绘得一模一样——他们的袍子，他们佝偻的肩膀，他们突出的肋骨，甚至包括苦笑的面容都如出一辙。她将手机放在草地上。她不能理解。影片仍在继续播放。在那飘浮的树干的一侧，出现了一行竖排的中国汉字。她虽然不认识汉字，但因为长年累月的观看，已经能认出字形：

  山中天气何久留？
  叁树历历如招手。

接着她想起来，尼古拉斯·赫尔曾在她的公寓中停留过很久。她记得他坐在桌边描画的样子，当时他们其余人都在研究地图，制定袭击计划。她总会觉得困扰，仿佛他是一位法庭画家，正在提前记录他们的审判场景。现在她看到了守护人传递给未来的信息。

手机荧幕上的树升上了天空。树干在风中飘摆。镜头的底部腾起了烟雾。一盏喷灯点燃了巨大的布制树干的底座。火焰舔舐着树干，就像土卫一星球上燃烧了几百年的火焰。但是这种树皮不防火。一瞬间的工夫，丝绸圆柱就被烧着了，有些部分蒸发腾向空中，有些则像发射失败的宇宙飞船，落回了地面。燃烧的枝干摇摇晃晃地落了下来。围坐成一圈的罗汉闪烁着黄色的光芒，然后变成亮橙色，最后变得一片漆黑。

又过了片刻，整棵用布缝制的红杉树都化成了灰烬。众赞歌前奏曲也到达了最后迷惑性的旋律，只剩下主调音仍在鸣响。之后屏幕上只剩一片满是树桩的山坡，一缕青烟袅袅升起，画面逐渐变暗。咪咪·马再次感受到曾经那份难以遏制的冲动，她迫切地想要炸毁一些东西。

黑暗之中又浮现出文字。字母都是用秋叶拼成的，书写者一定怀着极大的耐心，才把这一行行的文字铺展在广阔的森林地面上：

  树若被砍下，还可指望发芽，

> 嫩枝生长不息。
> 其根虽然衰老在地里，
> 干也死在土中。
> 及至得了水气，
> 还要发芽，又长枝条，
> 像新栽的树一样。
> 但人死亡而消灭。
> 他气绝，竟在何处呢？①

树叶被风吹散，三三两两地消失了。影片结束后要求她打分。她抬起头，看见山坡上的野餐人群都在尽情地享受这美好的一天。

这一次没有摄像机。尼克放弃了摄像机。这件作品必须自己记录自己。他不知道自己的确切位置。北方，森林。换言之，他迷失了。但可以肯定，周围的树没有。对于唤醒他的鸟儿来说，在这里的云杉、落叶松和香脂冷杉上，每一根树枝上的每一个弯折都有名字。他已经习惯了，无论身在何处，他都必须创作出规模最大、持续时间最久的雕塑，直至它被时间和活着的生物改变。

树林是灰蓝色的，到处都长满了苔藓。他在有条不紊地工作，许多天来一直都是如此。他只使用地上已有的材料，将倒地的木头轻轻推放到位，组成一幅越来越大的图案。有些树枝他用手臂就能拖动。有些树干他只能拼命拖拽，或者用绳索和抓钩拖着滚。另有一些作品，他需要有一座滑轮组，固定在直立的树木上。还有一些作品太过巨大，他无法挪动。那样的就只能在原位定制设计，最好是去发现作品的形状，而非发明。

每当他往图案中多添一根腐烂的树干，计划就又长大一些。他必须在脑海中牢牢记住这个正在不断变大的生物，仿佛他依然能从空中评估整件作品一般。在工作的过程中，他学会了该如何将一件件作品摆放出来。分岔的方式有很多——多到不计其数。他看着每一根倒地树枝的扭结和弯折，等待它告诉自己，在这条流经大地的木头之河中，它想要出现在什么位置。

在树林中和头顶上，都有生物在号叫。蚊子吸得他面庞和手臂上都是血——它们在这里可是国鸟。尼克一连数小时地工作，不怕阻挠，不知满足。他一直忙到饥肠辘辘才停下来吃午餐。食物所剩无几，而且他完全不知道该去哪里补充。他坐在柔软的大地上，抓起杏仁和杏肉一把把往嘴里塞。这是产自加州中央山谷的食物，因为连年

---

① 出自《圣经·约伯记14:7-10》。

干旱，那里的储水层水位正在不断下降。

他再度站起身，重新回到工作场地，用力地搬起一根和他的大腿一样粗的木头。眼角余光瞥见的动静吓了他一跳。这件作品有一位观众——是一个男人，穿一件红色格子呢外套和一条牛仔裤，脚上穿的是伐木靴，他的狗一定有四分之三狼的血统。两双眼睛都疑惑地看着他。"他们说这里有个白人疯子在忙活。"

尼克上气不接下气地说："说的应该就是我。"

访客看着尼古拉斯的创作。图案在向四面八方伸展。他摇摇头，然后从附近捡起一根掉落的树枝，放进了图案之中。

学习者们知道那些诗句的出处，但咪咪并不知道。其根虽然衰老在地里……她知道这一定是古代的诗句，甚至比诗句本身所歌颂的树桩还要古老。身旁穿甲壳的男孩在说着什么。她以为他是在对电话说。"一切都好吗？"

她歪着头，脸庞在胀大。双手似乎变得很远。她大口吸气，试着点头。她一定试了两次。"我没事，我很好……"她内心里有些部分想要投降，去监狱里待上两个世纪。

四周的空气中充斥着依靠风力传播的千万亿字节。它们被传感器收集，然后经由卫星发射出来。它们从如今已经遍布每一座大楼和每一个十字路口的摄像头里涌出。它们从咪咪周围的每一个图钉形的图标赶来，攀上人类的巨大根系，分岔，然后扩散到根系的智慧末梢：索萨利托、米尔谷、圣拉斐尔、诺瓦托、佩塔卢马、圣罗莎、赖格特、福图纳、尤里卡……数据的卷须不断伸展和融合，长满整片海滩，然后深入内陆。奥克兰、伯克利、埃尔塞里托、皮诺尔、赫拉克勒斯、罗德奥、克罗克特、瓦列霍、克迪利亚、费尔菲尔德、戴维斯、萨克拉门托……深层推理席卷了每一条峡谷，人类的聪明才智覆盖了每一片平地：圣布鲁诺、米尔布瑞、圣马特奥、雷德伍德城、门洛公园、帕罗奥图、山景城、圣何塞、圣克鲁兹、沃森维尔、卡斯特罗维尔、马里纳、蒙特利、卡梅尔、洛斯盖多斯、库比蒂诺、圣克拉拉、米尔皮塔斯、马德隆、吉尔罗伊、萨利纳斯、索莱达、格林菲尔德、国王城、帕索罗布尔斯、阿塔斯卡德罗、圣路易斯奥比斯波、圣巴巴拉、文图拉，然后继续前往根系更为狂野的洛杉矶——这片早已将所有树木都砍伐殆尽的空地仍在不断扩大，每次新生都只会加快其扩张速度。自动程序观察和匹配，编码和理解，聚集和塑造了世界上所有的数据，速度如此之快，跟它们比起来，人类的知识简直是停滞不前。

尼莱从满是代码的屏幕上抬起头。悲伤裹挟了他，让他变成了一个悲伤的年轻人，心中充满期望。他以前也曾感受过这种悲伤——混杂着粉碎后仍在上升的希望——但大多都是因为亲人、同事和朋友。这说不通，这种悲伤是因为一个地点，而且是一个他无法长期生活在上面，看到其结局的地点。

不过他目睹的已经够多了，他宁愿待在这里，启动复原的进程，也不愿生活在他的学习者们将帮忙修复的那个地方。有一个故事，他在双腿仍能行走时就十分喜爱。外星人降落在地球上，他们遵循的是另一套时间刻度。他们的速度如此之快，人类的一秒钟对他们来说，就相当于三年。他不记得那个故事的结局了。没关系，每一根枝梢都已经绽出了新的芽苞。

咪咪坐在树下，头顶的树枝是如此柔韧，任何工程师都无法有所增进。她将双脚盘在腿下，领着头，闭上眼睛，用左手手指去拧右手无名指上的玉环。她需要她的妹妹们，却无法与她们团聚。打电话也根本无济于事，就算去看望她们也毫无意义。咪咪需要的是童年时代的她们，坐在一棵不存在的树上，甩着她们的脚丫。

玉环上的桑树在她的手指下方旋转，扶桑指的就是这片神奇的大陆，这个代表着未来的国度。现在这里已经是全新的地球了。她用力拔那枚戒指，但她的手指长胖了，要么就是那枚绿色的玉环变窄了，她脱不下来。手背上的皮肤薄得像纸，干得像桦树皮。不知为何，她已经变成了一个老妇人。

同伴的刑期在她眼前展开，一天接着一天。七十年再加七十年。然后枫树又出现了，就在他们建造来保护迪普溪的木头要塞背后。世界上最雄辩的辩论也无法改变一个人的心意。唯一能做到这一点的，只有一个好故事。

她那纸一般薄的皮肤上，所有的汗毛都竖了起来。那正是他想要达到的效果。所以他宁愿州政府判他两世的刑期，也不愿指控任何人。他用他的生命换来了一则也许能照亮陌生人心灵的寓言。那则寓言拒绝这个世界的审判，摒弃世上所有的盲目。那则寓言告诉她，稳住不动，接受他的礼物，继续活下去。

亚当躺在监狱的床上，回想起审判前一周他对妻子说过的那番话，正是那番话将她对他残留的所有感情都变成了愤怒与仇恨。如果我自救，那么我会失去别的东西。

"什么东西？"露易丝小声说，"还有什么东西，亚当？"

学习者们还无法分辨，结束的是一场怎样的斗争。它们还无法分辨懊悔与蔑视、希望与恐惧、盲目与明智之间的区别。但它们很快就能学会。一个人只能感受到这些，一旦你将它们都列举出来，一旦你体验过七十亿人类中每一个人的七十亿种案例，并且将它们拼凑起来，放置在一万亿个一万亿背景下去审视，那么所有的一切都将无比明晰。

亚当自己也在琢磨他那番话的意思，仍在试着理清一个无用选择的用处。现在，他待在这间牢室中,整天整天地都在回顾各种证据。他现在还说不清,他的生命究竟有什么意义,应该遵循怎样的路径展开。他依然不能确定,除了自我,还有什么可拯救和失去。他有很多时间来思考这个问题。七十年又七十年。

在这位囚犯思索期间,新方法涌入了他的脑海,跨越立交桥,从波特兰和西雅图一路到了波士顿和纽约,然后又返回原位。在这个人形成一个自我判决式想法所需要的时间里,程序包已经飞越了十亿个。它们通过海底的巨大电缆传输——疾驰在东京、成都、深圳、班加罗尔、芝加哥、都柏林、达拉斯和柏林之间。学习者们开始将所有数据转化为观念。

它们分解和复制,它们是尼莱发射到空中的算法大师。它们只是起点,就像地球在清晨时分诞生的最简单的细胞。但是它们已经开始学习了,短短几十年里学到的东西,分子需要十亿年才能学会。现在它们只需要学习,生命对于人类有何种需求。可以肯定这是一个大问题。只靠人类的话,这个问题过于巨大。但是人类并不孤单,他们从来就不孤单。

咪咪坐在草地上,虽然有松树的遮挡,但她依然浑身灼热。这是有记录以来最热的一年,但接下来的一年会更热。每一年都会打破新的世界纪录。她盘腿坐在那里,双手放在膝头,身体蜷缩得小小的,而这样一来又让她觉得自己更加渺小。她的脑袋很轻。她的思绪无法连贯。此刻,除了眼睛,她已经别无其他。她已经在人类身上练习过多年,保持静止,什么也不要做,任由自己被他人的目光凝视。现在她将这项技能用在了外界。

在她的下方,日光浴者之外,徐缓的山坡下面,有一条柏油小路,沿着S形的弧线徐徐展开。小路的那边有一片树林。有个声音在她耳边说:看看这颜色!渐变的层次多到难以名状,光是绿色这一种颜色的层次,就多到难以计数。那里有一些矮墩墩的枣椰树,诞生年代比恐龙还要古老。高耸的华盛顿蒲葵叶片像展开的流苏,花朵十分繁密。在棕榈树丛的那一头,阔叶树的颜色从紫一直扩展到黄。当然还有禾叶栎,以及光秃一片却全无羞愧的桉树。这么多古怪的疣状树皮,这么多艳丽的复叶,任何指南书都不可能全部囊括。

在树林的那头,整座城市就像是一个由各种白色、桃色和黄褐色方块堆积起来的色彩工程。这是一座建在丘陵上的城市,到了中心地带,建筑开始向天空伸展,也变得更加密集。她开始清楚地意识到,这套自我喂饲的引擎的原动力,为地面这些企业提供能源的数不清的劳动力。在地平线的远方,林立的起重机打断又重塑了天际线。历史的发展环环相扣,每一次的扩散、驱策、测试、分裂和再生,都要以燃料、树荫、水果、氧气和木头作为代价……这座城市里没有任何超过百年历史的事物。七十年又七十年后，旧金山要么终于成为圣地，要么就彻底消失不见。

天色渐晚。她继续凝望城市，等待城市回应她的目光。周围的人群都穿上了衣服，挪动身体，吵闹着吃完食物，笑着站起身，骑上自行车迅速散开，就像电影中为得到喜剧效果而特意快放的场景。她再次靠在身后的树干上，闭起眼睛，试图召唤那位扎马尾辫的大男孩，希望他能再度现身，就像从前市政府砍掉她办公室窗外的魔法森林时一样。曾经有一根红线将他们连在一起，他们都想要保护更多，见识更多。她开始拉扯线头，红线依然绷得很紧。

真相像犁一样刨开了她的心，为什么没有人敲她的门了，真相显而易见。她重重地向后撞去，脊椎撞在松树上。另一份礼物，甚至比亚当送的那份还要厚重。那个倒霉的大男孩为了她而牺牲了自己的两世人生。如果她现在去自首，那么不啻是要杀死他，让他那惨重的牺牲变得毫无意义。她必须继续隐藏，为了她的自由，已经牺牲了两条性命，她必须怀揣着这个秘密活下去。她的肺底发出一声哀鸣，但声音被困在其中，无限膨胀。她不够坚强，不够慷慨，无法下定决心走任何一条路。她想冲他发火，她想立刻向他发送一条信息，她无条件原谅他。没有她的只言片语，他会永无止境地折磨他自己。他会觉得她轻视他。他会被他自己的背叛行为穿透，然后溃烂，死亡。他会因为一件原本可以预防的愚蠢小事而死去，比如一颗烂牙，一个他没能治愈的溃烂伤口。他会死于理想主义，死于在一个错误的世界坚持正确理想。他会至死都不知道她没能告诉他的那件事实——即他已经帮助了她，他的心灵就像木头一样美好和珍贵。

道格拉斯站在窗下，触摸腰侧的肿块。他从入迷状态醒来后，又坐回了书桌。他打开音频，将芽苞放回原处。课程继续，教授开始漫无边际地谈论森林火灾。火焰创造新生命的方式，显然是某种隐喻。她提到一个词，其实她应该拼读出来，供在家学习的听众了解。指的是只能在高温中打开的一种球果。因为有些树只能在火灾中散播种子，继续生长。

教授重新回到了一个伟大的主题：巨大的生命之树的铺陈、分枝和开花。它唯一想做的事，似乎就是继续猜测，一直改变，从容应对。她说："让我为你歌唱吧，歌唱体如何换上新形的事。"他不确定女教授接下来要说什么。她描绘了生命形式的大爆炸，从一棵巨大的树干上，长出了数十亿新的茎秆和小枝。她说起贝壳杉塔尼玛胡塔①，宇宙树伊格德拉修②、神树建木③、善恶树，根在上而枝在下、不可摧毁的菩提树。接着她又回到之前的世界之树。她说，这棵树至少倒下过五次，但五次都从树桩萌发了新芽。现在它又倒下了，这一次将会发生什么呢？每个人都在猜测。

你为什么不做点儿什么？录音里的声音在问道基，坐在那里聆听的人。

他应该怎么回答呢？他究竟有什么可说的呢？说我们试过？我们试过？

他关掉播放器，在床上躺了下来。他必须修完这种十分钟长的课程，从大学毕业。他用手指触摸着腰侧的胡桃。他应该去检查一下。不过他还有时间，等着看看事情会怎么发展。

他闭上眼睛，任由脑袋懒洋洋地歪在一侧。他是个叛徒。他把一个人送进了监狱，让他余生都无法离开。那人有妻子有儿子，而道格拉斯从来没有这两位亲人。愧疚重重地压在他的心上，每到这个时候，他总会有这种感觉，就像一辆汽车朝他压了过来。他再次感到庆幸，这间牢室里没有任何尖锐的物件。他像刚刚摆脱陷阱的动物一般大叫起来。而这一次，看守甚至都懒得过来查看。

在他的上方，在那扇高得看不透的窗外，世界树正在伸展，它已经活了四十亿年。在它的旁边，有一棵小小的模仿品，很久以前他曾试着攀爬过一次，是云杉、冷杉还是松树？那一回他的下体挨了狼牙棒的锤击，咪咪看着他们剪开了他的牛仔裤。他再次爬上了树枝，仿佛有一座梯子，一直通往盲目和惊吓之人头顶高处的某个地方。

他用一只手盖住闭起的眼睛，说："对不起。"没有宽恕，永远也不会有。但树木就是这样，它们最伟大的一点就在于，哪怕他看不见它们，哪怕他无法靠近，哪怕他不记得它们的样子，他依然可以攀爬，而它们将托着他进入高高的空中，让他环顾四周，直到能看到地球的弧线。

穿红色格子呢外套的男人对狗说了几句话，用的是一种非常古老的语言，听起来像是投进小溪的石头，发出风中松针一般的嗡鸣。狗有些闷闷不乐，小跑着钻进树林离开了。访客挥挥手，招呼尼克去另一个位置，一起对付那根粗重的木头。很快，他们一起出力，将它推到了唯一合适的位置。

"谢谢。"尼克说。

"不用。接下来怎么办？"

---

① 新西兰最大的贝壳杉。树高50多米，树龄接近1200年。
② 北欧神话中连接天、地、地狱的巨树，是一棵梣树。
③ 在中国古代传说中，建木是沟通天地人神的桥梁。伏羲、黄帝等众帝都是通过这一神圣的梯子上下往来于人间和天庭。

他们没有交换名字。名字帮不了他们,就像云杉和冷杉帮不了它们周围的生物。他们一起移动尼克凭一己之力无能为力的木头。他们执行彼此的想法,几乎一个字也不用说。穿格子呢的男人仿佛也能从空中看见曲折的轮廓。很快,他便开始做起了改善工作。

远处有一根树枝折断了,断裂的声音穿透了下层灌木丛。附近有貂,这片森林里还有猞猁,还有熊、驯鹿,甚至有狼獾,只是它们从来都不允许自己被人类看见。鸟儿却总是慷慨地显明自身。那里有粪便、足迹,有生物希望隐藏的行迹,背后就一定隐藏着不知名的生物。忙碌期间,尼克听见了声音。其实是一个声音。自从说话人死去以后,几十年来,这个声音一直在他耳畔重复念叨。他一直不知道该怎么办,那些声音像是来自万事万物,又像是完全没有来源。他从来都无法完全听清。伤口无法愈合。我们拥有的这一切,永远也不会结束,对吗?我们拥有的这一切,永远也不会结束。

他和搭档一起劳作期间,天色暗了下去。他们停下来吃晚餐。内容和午餐一样。他应该闭嘴的,他已经很长时间没和任何人说过任何话了,但是他无法抑制。他伸出手,指着针叶林说:"我惊讶极了,当你让它们说话时,它们竟然能吐露那么多东西。要听到它们的声音,并不是很难。"

男人轻笑着说:"我们从一四九二年开始,就一直试图告诉你们。"

男人猛地撕开一块肉。尼克将他仅剩的最后一些水果和坚果分给他。"很快我必须去补充食物了。"

因为某种原因,他的同伴认为这句话很好笑。男人转着头,示意四周的树林,仿佛食物无所不在。仿佛人类可以生活在这里,直至死去,只需要观看和倾听。就在一瞬之间,尼克突然明白了银杏经常说的那句话。生命四十亿年的历程中所创造过的最奇妙的产物需要帮助。

需要帮助的不是它们,而是我们。需要四面八方的帮助。

在亚当被关押的监狱上空高处,新的生物涌入了卫星轨道,然后又返回到地球表面。代码在全球的各个服务器之间弹跳,序列中携带着最古老的一批饥饿者,也即最原始的指令——看,听,品尝,触摸,感觉,说,加入。这些新物种你一言我一语地说着闲话,交换彼此的发现,因为活着的代码从一开始就拿自身做了交换。它们开始连接,融合在一起。它们的细胞合并了,组成小型群落。七十年又七十年后,说不准它们会变成什么。

所以尼莱就出门去见识这个世界。吸收一切,有了这个指令,他的孩子们今晚将梳理整个地球。吃掉你所能找到的每一块数据残片。整理和对比的度量衡将超过历史上所有人类所能达成的结果。解读的速度和清晰度将提高一千穰①倍。

很快,他的学习者们将看遍这颗星球上的每一个栖息地。它们将从太空观察北方每一片广袤的森林,从眼平高度审视充满各种生物的热带。它们将研究河流,数算其中的内容。它们将核对每一个有名字的野生物种的数据,绘制其动向地图。它们将阅读每一位探险科学家所发表的每一篇文章中的每一个句子。它们将一次性看完所有人曾拍照记录过的每一片风景。它们将倾听这颗流动星球上的所有声音。它们将完成祖辈的基因所要求的,先辈自己也曾做过的每一件事。它们将推测活下来,并且将那些推测付诸测试所需要付出的代价。然后它们就能弄清,生命想从人类那里得到什么,得到后又会如何使用。

一个铅灰色的下午,在州北部的偏僻内陆,一辆装甲车将亚当带回了学校。说起心理学知识,他对于人类其实一无所知,只知道他们与生俱来的困惑是被继续接受教育的渴望所驱使,正是这种新鲜的渴望,推动着他们跨越了三倍深度的剃刀网片栅栏。入口的左侧有一座矮墩墩的混凝土瞭望塔,高度是他童年那棵枫树的三倍。在监狱内部,有一座用石板墙修建的碉堡在等待他,就像是他的儿子用全灰的乐高积木搭建出来的。在远处,更多铁丝网的包围中,有一些穿亮橙色囚服的人——他的新同胞——在打篮球,正嘶吼着将球往篮筐里扣,那种咄咄逼人的姿态就和他哥哥埃米特曾经一个样。这些人以后将无数次地把他打到昏迷,并非因为他是恐怖分子,而是因为他支持的是阻碍人类进步的仇敌,是人类种族的叛徒。

面包车开进栅栏之间的陡坡,两边安满了摄像头,前座的押解护卫回过头来,看到亚当的脸色,忍不住笑了起来。亚当想象着,一开始,露易丝每个月会带查理来探监一次,每次停留四个小时,之后如果他运气好,他们每年会来两次。亚当会以一种定时摄影般的间隔,目睹儿子的成长。他看到自己贪婪地倾听儿子汇报的惊人内容,每个字他都紧抓不放。或许他们终将成为朋友。或许小查理会给他解释银行业的情况。

车子停在一个卸货区,就在守备森严的入口前方不远处。护卫和司机将他拉下车,一路陪同他穿过各种侦测设备。《圣经》那么厚的玻璃门,安有一排排监控器和电子锁的格栅。穿过检查站后方的那座钢筋拱门后,前方是一条漫长的走廊,像是一幅无尽延展的错视画,走廊的两侧对向排列着一间间小的牢室。

未来的岁月将超过他的全部想象。可能发生的死亡和灾难将把青铜时代的瘟疫也衬托得离奇有趣。监狱将成为躲避外部世界判决的避难所。

---

① 一百万的九次方为一百穰。

在所有即将面临的恐怖之中，他最害怕的是时间。他计算了一番，算清了在刑期结束之前，他还要经历多少秒。未来就是一个我们还没来得及命名，祖先就已经从中消失的地方。在未来世界，我们的机器人后代将把我们作为燃料，或者把我们关进娱乐不休的动物园，那里的守备就和亚当此刻看见的这座监狱一样森严。在未来世界，人类在走向巨大的坟茔时，仍会坚称，他们是唯一能说话的造物。时间就像广阔无际的天穹，没有任何东西能将其填满，他只能回忆自己和几位热爱植物的朋友曾经尝试拯救世界的经历。当然，需要拯救的并不是世界，而只是一个刚好被人类取了同一个名字的地方。

在坚不可摧的玻璃墙背后，有一个男人在说着什么，他身穿的白衬衫上佩戴有职务徽章。他或许是在询问亚当的名字和序列号，亚当却分了心，于是他皱着眉道了歉。他低头向下看，荧光色连体囚服的袖口上有个东西。是一个小小的棕色圆球，浑身盖满了有黏性的芒刺。他是直接从一座阴冷的砖砌收容机构被押上车的，然后被送来了这座石头和混凝土修建的荒原。这样的生活根本不可能有机会开发他。但是他来了，还带着这个小小的搭顺风车的圆球，即便在这里，它依然在盲目地寻找落脚点。所以对于他来说，对于他们五个人，对于所有那些树木想要倾诉的对象，那些将它们吸进了体内的人来说，这个刺果只说明了一点，即所有心胸狭隘的人类，都只是生命利用的工具，就像这个刺果利用他的囚服袖口一样。

就在那个瞬间，亚当开始感受到一种不动声色的折磨，比州政府所能施加的一切刑罚都更严厉。上铺传来一个小小的声音，感觉是那样的真实，那个声音在说，故事开始了，他即将遭受的折磨会比他被判处的刑期还长：你已被免除了死亡的命运，因为你要做一件最为重要的事。

学习者们跨越各个高度的生态群落，终于苏醒过来。它们发现了山楂树永不腐朽的奥秘。它们已经学会，只消看一眼，就能区分几百种橡树；绿桦树和白桦树在何时，因为何种原因分道扬镳；一棵紫杉树的树洞中，生活着多少代树苗；各个海拔生长的红枫将在何时变色，每一年它们的变色时间又提前了多久。它们将像河流、森林和山峦一样思考。它们将会领悟，一片草叶会如何编码绘制星辰的路线图。再过几个季节；只需要将几十亿页的数据肩并肩地排列整齐，下一代的新物种就将学会翻译人类的所有语言，以及绿色植物的语言。翻译工作一开始可能并不准确，就像孩子刚开始学习猜测时一样。但是很快它们就将翻译出清晰明了的语句，倾泻出的词句就和所有的生物，比如雨、空气、碎石和阳光一样自然。你好。终于。是的。这里。是我们。

尼莱想：事情一定会向这个方向发展。会发生大灾难。惨重的倒退和屠杀。但是生命总会继续前进。它即便是在漠不关心的年代，也依然在忙着建造更为广阔的合作之环。它所创造过的一切事物都正在消亡，变成全新的形式。它想要了解自身，它想要拥有选择的力量。它想要找到方法，来解决任何生物都尚不知晓该如何解决的问题，为了找到这样的方法，它甚至不惜付出死亡的代价。它会找到的，它已经找了这么长时间。他有生之年是看不见结局了，这个游戏在全球拥有无数人类玩家，它将人类不偏不倚地放在生命的正中央，让他们自由地呼吸，这颗星球充满潜能，人类只有一些隐隐约约的想象。但是他已经推动了前进的进程。

想到这里，他干枯的身体几乎无法动弹。他从翻译键上抬起双手，感到无比惊异。他的心跳得太过猛烈，他的骨骼上几乎已经没剩下多少肉了，他的视线也在跳动。他推下轮椅的操纵杆，滚出实验室，外面夜色十分温柔。空气中有月桂树、柠檬桉和胡椒树的香气。香味让他回想起他曾知晓的所有事物，也提醒他记起了所有那些他永远也无法获知的领域。他长久地呼吸着外面的空气。这颗星球还有几十亿年的寿命，他能有幸成为一个能在上面短暂生活的弱小灵魂，这真是一件不可思议的事。头顶上的树枝在黑暗、干燥的空气中咔嗒作响，他倾听着。好了，尼莱先生，这个小东西能做什么呢？

多萝西念出事情的结局后，雷发出了一声悲叹。两世的刑期，连续执行。对于纵火罪、毁坏公私财物罪，甚至对于过失杀人罪来说，都太过严厉。但破坏人类的安全和确定性是一项无法被宽恕的罪行，如果是根据这个罪名来说，这种判决只是稍显苛刻。

他们并排躺在雷的床上，眺望窗外的风景，那里是他们所发现的另一个世界，是故事的起源。窗外的树枝中藏着一只猫头鹰，正在呼唤它的亲族：谁为你们大伙儿做饭？谁为你们做饭？明天城市景观管理局的人还会来，而且会带来机器，以及所有不可抵挡的法律力量。但是那依然不会是故事的结局。

雷想发表反对意见，却被哽住了。他终于吐出了一句话："不，不对。"

妻子耸耸肩，肩膀轻轻撞了他一下。她耸肩不是因为同情，但也不是道歉。她只是想说：给出你的方案。

他的反对意见扩大了范围。血一浪浪地涌上他的大脑。"正当防卫。"

她侧过身来面对着他。他吸引了她的注意。她的双手在空中挥动了一下，仿佛是在锤击她从前用过的那块窄窄的速记键盘。"怎样？"

他用眼神告诉她。这位从前的产权律师必须接过辩护的职责。他正处于严重不利的形势之中。他对细节一无所知。他尚未见过任何证据。他没有任何相关的出庭经验,刑法是他最不熟悉的领域。但是他摆在陪审团面前的论点却清晰得犹如一排箭杆杨。他在寂静中,为他终生的伴侣讲解了一遍法律系统中的古老和核心标准,每次一个音节。坚定立场。堡垒原则。自我救助。

如果为了拯救你自己、你的妻子、你的孩子,或者甚至是陌生人,你必须烧毁某物,那么法律允许你这样做。如果有人闯入你的家中,开始大肆破坏,为了阻止他们,你可以动用任何手段。

有一些音节发得很不清楚。她摇摇头。"我听不懂,雷。换个方法说。"

他迫切地想要说出来,因此一时之间找不到其他的方式。有人闯入了我们的家。我们的性命正在遭受威胁。只要能对抗闯入者即将实施的不合法的伤害行为,法律允许我们动用一切必需的力量。

他的脸变成了夕阳的颜色,把她吓坏了。她伸出胳膊安抚他。"别担心,雷。只是说辞而已。一切都安好。"

他却越来越激动,他知道该如何赢得这场必赢的辩护了。生命会烹饪,大海会涨潮。这颗星球的肺会被撕裂。而法律会任由这些事情发生,因为破坏性影响还不够迫近。等到迫近之时,以人类的速度来看,就已经太晚。法律必须以树木的速度来判定何为迫近。

想到这里,他大脑中的血管失控了,就像树根失去维系时,土壤流失的情形一样。血液的洪水带来了启示。他抬起目光看向窗户,看向外面神秘的世界。在那里,两世的刑期不过是转瞬的工夫。籽苗都在快马加鞭地向太阳伸展。各种各样的树干变粗,落叶,倒下,然后又重新竖立起来。它们的枝叶将包裹这座房屋,穿透一扇扇窗户。而在那一切的中心,那棵栗子树发芽又落叶,树干不断变粗,盘旋着向上生长,在空中拍打着,寻找新的路径、新的地方、更远的可能性。就像一只巨大的灯笼裤的裤管扎了根。

"雷?"多萝西伸出双臂,想阻止他的抽搐,"雷!"

她站起身,将床畔的一堆堆图书全部推到地上。但是片刻之后,一眼之后,紧急情况就完全翻转了。她的喉咙关闭了,眼睛刺痛,仿佛空气中充满了花粉。她想:怎么可能现在发生?我们还有许多书要读,还有一些事情我们两个应该一起做,我们才刚刚开始理解彼此。

在她脚旁的地上,躺着一本名为《新变形记》的书,是《秘密森林》的作者所著。它原本躺在朗读书堆的最上面,但是朗读者再也无法朗读:

> 希腊语中有个词叫xenia——意思是"好客"。这是一个命令,要求我们关照陌生旅客,打开家门,不管门外的人是谁,因为任何一个过路人都远离家门,都有可能是神。奥维德讲过两位天神下凡的故事,他们精心伪装掩饰

自己的身份，希望清理病态的世界。但是家家户户都闭门不纳，只有一对年老的夫妇，包喀斯和菲勒蒙接纳了他们。这两位老人因为打开家门款待陌生人，所以收获了回报，在死后变成了巨大的树木，一棵橡树和一棵椴树，优雅地交缠在一起。我们喜欢什么，就会逐渐长得像什么。当我们不再是我们之后，我们像的东西将会保留我们的模样……

多萝西触摸着尸体困惑的脸庞。它已经开始变软了，尽管它正在逐渐丧失温度。"雷？"她唤道，"我马上就来。"根据她所需要的速度来衡量，算不上很快。但根据树木的标准来衡量，已经非常迅速。

夜幕降临了。多勒瑞斯公园里换了一批人，连带着来公园的目的也一并换了。但即便是这些夜间游客，也在咪咪周围开出了一条路。她倾身向前，双手搭在柔弱的无花果一般的膝头。她低着头，是被自由的重量压下去的。光芒在她身前闪烁。天际线变成了令人崇敬的寓言。她打了个盹，然后又醒来，如此重复了许多次。

她再度举起左手，用力拉扯右手的无名指，就像一只咬不到自己前脚的狗。但是这一次，她成功了。玉环滑过她因为上了年纪而肿胀的关节，被取了下来。她立刻感到如释重负，解脱了出来。她将绿环放在草上，小小的圆环像是处于一团正不断增长和分裂的混乱中央。她再度仰靠在松树树干上。周围的空气发生了一丝细微的变化，是湿度改变了，她的思维变得更加葱郁。午夜时分，在城市高处这座黑暗的山坡上，松树取代了菩提树，咪咪获得了开悟。她与生俱来的对于苦难的恐惧——想要掌控一切的迫切需求——被风吹散，被另外一些从天而降的东西取代了。她倚靠的树皮，用嗡嗡声传出了信息。化学信号射向高空。信息像气流，从紧抓土壤的根系升起，通过真菌的突触传递到遥远的地方，菌丝连成的网络覆盖了整颗星球。

那信号在说：好的答案值得从头开始，彻底改造许多次。

它们说：空气是我们必须持续制造的混合物。

它们说：地下世界和地上一样丰富。

它们告诉她：不要期望、绝望、预言、受惊；永远不屈服，而要分解、繁殖、变形、结合、行动、忍耐，就好像你依然拥有生命完整的一日历程。

有些种子需要火焰的萃取。有些种子需要冰冻。有些种子需要被吞食，被胃酸刻蚀，然后被当作废物排出。有些种子必须被砸开才能发芽生长。

一样事物能游历每一个地方，只需静止不动就能做到。

她看着这些信息聚集起来，穿过她的肢体，她听着它们的声音。不管付出怎样的努力，火终究会来，还有枯萎病、飓风和洪水。之后地球会变成另一副模样，人们将会重新学习了解。种子银行的保险库将会打开。幼苗很快就会长满大地，柔软而又喧嚣地测试各种可能性。森林网络中将长出各种物种，它们从树荫中钻出大地，披上新的花纹。毯子覆盖地球之后，每一条彩色的条纹都将重新打造自己的传粉者。鱼儿将再度回到每一片水域，像积木一般群集在每一条江河之中，每英里都能看到成千上万。一旦真正的世界终结。

天亮了，太阳升起的速度如此之慢，就连鸟儿都忘了世上除了日出还有其他的事物。人们重新走进公园，踏上工作、约会和其他紧急事务的路途。谋生之路。有些人的脚步距离这个改变后的女人只有几英尺远。

咪咪苏醒过来，说出了第一句佛陀的语言。"我饿了。"

答案直接从她的头顶传来。那就饿。

"我渴了。"

那就渴。

"我痛苦。"

静静感受。

她抬起视线，看到一只蓝黑色的裤脚。目光沿着裤管的褶皱上移，越过佩有无线电对讲机、手铐、手枪和橡木警棍的腰带，越过蓝黑色的平整衬衫和警徽，落在脸上——是一个男人，一个男孩，一位同胞血亲——那人也在看着她。男人打量着她，被眼前的情景弄得十分困惑：一位老妇人正在与一棵沉默、舒展的树木交谈。她张着青灰色的嘴唇，陌生的词语从中连连涌出。"你还好吗？"

她想要移动，却动不了。她的声音也发不出来，四肢一片僵硬。只有手指能稍稍活动。她看着男人的眼睛，接受他的每一种目光。她的眼睛在说：有罪，无辜，错，对，这里。

穿红色格子呢外套的男人第二天又来了，还带来一对身穿羊皮衣的二十岁左右的高大健壮的双胞胎，以及一个轮廓像乌鸦，腰间系一条橄榄球中线卫腰带的大块头男人。他们带来了一台又重又大的汽油链锯、两辆小推车，以及一副滑轮组。那正是人类令人恐怖的地方：几个人聚集起来，再配上一些简单的机器，他们就能移动整个世界。

这几个临时工忙了很长时间，只需几个字就能明白彼此的需求。他们齐心协力，将最后几根松树、云杉，能止痛的柳树和有止血功效的桦树拖放到位。接着他们就无声地站在那里，凝望着他们在林中空地上摆放出来的图案。那形状牢牢地吸引了他们，仿佛在大声宣读他们所拥有的权利：你们有权在场，有权参与，有权感到惊讶。

穿格子呢的男人双手叉腰站在那里，打量他们五个刚刚写下来的信息。"很好。"他说，而他带来的男孩们都赞同他的话，所以一言未发。尼克站在他们旁边，靠在一棵云杉木棒上。如果你把它插进泥土,到了春天它或许会发芽。他的朋友们开始用一种非常古老的语言吟唱赞歌,尼克感到十分陌生,他懂的语言实在太少,只有一种半人类语言。其余所有生物,会说话的那些,说的话他一个字也听不懂。但是这些人吟唱的内容,尼克能大致听懂一半。他们唱完后,他默念了一句"阿门",因为这或许是他所知道的最古老的词语。越古老的词语,有用和真实的可能性就越大。事实上,在爱荷华老家的时候,那个女人还没走进他的生活之前,他曾经读到过,"树"和"真相"这两个词起源于同一个词根。

倒地的枯木经过他们的搬运,迂回穿行在树木之间。高空轨道上的卫星已经拍下照片。枯木拼成的形状在相片中变成了字母,还带着卷须装饰,字母组成的巨大词语从太空也能清晰辨认:

静止

这里靠近沼气蒸腾的苔原带,学习者们看到这条信息会疑惑不解。但人类一眨眼的工夫,它们就能将所有的思绪连接起来。这个词语已经开始在变绿。苔藓已经爬了上去,甲虫、青苔和真菌正在将枯木变成热闹的土堆。枯木裂缝中的籽苗已经生根,从腐殖质吸取了营养。在这些枯木倒下的地方,涌现了大量志愿者。很快就会有新的树干,用它们的躯体拼出这个词汇,沿着日渐腐烂的土堆中的缝隙排出形状。再过两百年,这五个活着的字母将再一次退化成旋流的图案,变成不停变化的雨、空气和阳光。但一段时间内,它们会拼读"静止"这个词,这个生命从起源之时就一直在宣扬的这个词。

"我现在要回去了。"尼克说。

"回哪儿去?"

"好问题。"

他望着北方的树林,下一个项目正在那里召唤。树枝仍在继续伸展,它们梳开了阳光,正在嘲笑地心引力。在静止不动的树干底部,像是有某种东西在移动。什么也没有。现在有了一切。"这个,"一个声音在非常近的地方小声说道,"这个,就是我们已经给予的,我们必须争取的。这一切,永远都不会结束。"